古代小说与戏曲

（第二版）

沈新林

国家开放大学出版社·北京

图书在版编目（CIP）数据

古代小说与戏曲/沈新林编著. —2 版. —北京：
中央广播电视大学出版社，2017.8（2023.10 重印）
ISBN 978 - 7 - 304 - 08765 - 4

Ⅰ.①古… Ⅱ.①沈… Ⅲ.①古典小说 – 小说研究 –
中国 – 开放教育 – 教材②古代戏曲 – 文学研究 – 中国 –
开放教育 – 教材 Ⅳ.①I207.41②I207.37

中国版本图书馆 CIP 数据核字（2017）第 173205 号

古代小说与戏曲（第二版）
GUDAI XIAOSHUO YU XIQU
沈新林

出版·发行：国家开放大学出版社（原中央广播电视大学出版社）
电话：营销中心 010 – 68180820　　　　总编室 010 – 68182524
网址：http://www.crtvup.com.cn
地址：北京市海淀区西四环中路 45 号　　　邮编：100039
经销：新华书店北京发行所

策划编辑：宋　莹　　　　　　　　版式设计：赵　洋
责任编辑：宋　莹　　　　　　　　责任校对：张　娜
责任印制：武　鹏　马　严

印刷：三河市博文印刷有限公司　　　印数：90201～101200
版本：2017 年 8 月第 2 版　　　　　2023 年 10 月第 17 次印刷
开本：787mm×1092mm　1/16　　插页：12 页　　印张：21.5　　字数：480 千字

书号：ISBN 978 - 7 - 304 - 08765 - 4
定价：48.00 元

（如有缺页或倒装，本社负责退换）
意见及建议：OUCP_KFJY@ouchn.edu.cn

目 录 ‖ Contents

上编　古代小说

下编　古代戏曲

绪　　论

🗂 教学目的

　　了解古代小说、戏曲的相同命运，以及主要的异同点；了解研究古代小说、戏曲异同的必要性；展望小说、戏曲的不同前程。

第一节　古代小说、戏曲的相同命运

一、雅文学和俗文学

　　中国古代文学作品按照文本的文化品位和审美主体的文化层次划分，大致可以分为雅文学和俗文学。雅文学以诗歌、散文为宗，俗文学以小说、戏曲为主。小说和戏曲是中国古代通俗文学艺苑中的两株奇葩。

　　在中国漫长的封建社会中，统治阶级不仅长期垄断了文艺创作的权利，而且把封建等级观念移用到文艺作品的评价上面。诗歌、散文一直被尊崇为中国文学的正宗，被誉为"经国之大业，不朽之盛事"（曹丕《典论·论文》）；小说、戏曲不仅"出道"迟，而且不断遭到历代统治者的查禁，社会评价也不高。直到中国封建社会后期，小说、戏曲才得以升堂入室。至于小说、戏曲与散文、诗歌四家平分天下，则是封建王朝寿终正寝以后的事。大约宋元以降，人们把诗歌、散文称为雅文学，而把小说、戏曲相对地称为俗文学。雅，正也。《荀子·王制》云："使夷俗邪音，不敢乱雅。"这里不仅指明雅、俗是对立的，而且认为俗与邪有天然的联系。这种偏见影响久远。小说、戏曲就是在这种备受歧视的逆境中成长和发展的。

　　相对于作为雅正文学的诗文，小说被视为"小道"，被称为"短书"，其悲剧命运延续了几千年。历来统治者及正统文人对古代小说不屑一顾。清代的康熙皇帝不失为一个开明而有作为的好皇帝，他也曾说："乐观小说者，多不成材。"（《清实录·仁宗睿皇帝实录》卷一百二十九）清代文人纪晓岚就对蒲松龄的《聊斋志异》颇多微词。俗文学很少得到关注，只作为茶余饭后的谈资笑料，更谈不上被研究了，所以，小说的作者往往不肯署名，无奈之

下用了许多千奇百怪的化名。例如，《金瓶梅》的作者兰陵笑笑生，目前就有几十位"候选人"。戏曲的命运也是如此，《红楼梦》中的女人分十等，最卑微的是"戏子"。这一现象颇为耐人寻味。

一般来说，在学术研究领域，古代文学作品的争议比较多。对于其成书过程、源流关系、作者、版本、思想内容、人物形象、艺术性等，都可谓见仁见智。而作为俗文学的古代小说、戏曲，由于长期以来少人问津，各方面的争议特别多。显然，古代小说、戏曲的研究空间远远大于其他文学样式，所以，让读者了解、熟悉古代小说、戏曲的基本知识，意义深远。

二、古代小说、戏曲的混淆

本书将古代小说、戏曲（包括近代的小说、戏曲）编为一体，并不是古代小说和戏曲的简单拼盘，而是有其他方面的重要考虑。从古到今，将小说与戏曲混为一谈的不乏其人，甚至包括不少学术界的名人。古代小说和戏曲在概念上一直存在缠杂不清的现象，这个问题从唐代到清末，历时一千多年都没有得到解决，给学术研究带来了极大的困惑和不便，极易引起人们的思维混乱。中国社会科学院文学研究所研究员、著名古代小说研究专家刘世德先生在《小说琐记》中说，他在日本看到一本《小说目录》抄本，封面题"明治四十四辛亥岁夏季日"。此书著录了23种小说，其中包括"笠翁十种"，即《怜香伴》《风筝误》《意中缘》《蜃中楼》《凤求凰》《奈何天》《比目鱼》《玉搔头》《巧团圆》《慎鸾交》。刘先生感到大惑不解。他说："它们是戏曲，还是小说？可以说，两种可能都有。把这十种作品组合在一起的，是戏曲，而不是小说，即所谓的'笠翁十种曲'。李渔戏曲作品的戏剧效果甚强，非常适合于改编为小说。莫非有一位或数位作家把'笠翁十种曲'引下舞台，全都再创作成章回小说？很难说。迄今为止，尚没有掌握这方面的资料。我们似乎只知道《风筝误》《意中缘》《比目鱼》三种有小说存在。况且根据《风筝误》改写的小说也不叫《风筝误》，而叫做《风筝配》。所以这里的'笠翁十种'是戏曲的可能性大于它是小说的可能性。大概是'藏主'没有细翻这十本书，从而导致了把戏曲当作小说收录的错误。"[①]

刘先生的两种推测固然不无道理，因为李渔兼擅戏曲、小说创作，所以就有人将他的戏曲作品误作小说。其实，应该还有另一种可能性，即藏主混淆了戏曲和小说的概念，把戏曲也归入小说。这一论断似乎有些不合常情，甚至有些荒唐，但确实可以在逻辑上得到严密的证明。这里的"明治"，是日本明治天皇的年号（1868—1912年），明治四十四年为公元1911年，恰当中国近代社会历史时期的末期。值得注意的是，这一时期有相当数量的中国学者常常将小说、戏曲混为一谈，而当时中日交流又十分频繁，日本的学人受其影响，是顺理成章的事。这一现象的存在，说明我们进行古代小说、戏曲比较研究不仅十分必要，而且

---

① 刘世德. 小说琐记. 明清小说研究，2000（3）：242－244.

非常具有迫切性，其学术意义不可低估。

将中国古代小说和戏曲进行全方位、多角度的比较，研究两者同中之异和异中之同，进而探寻、发现其中的规律，是一个富有重要意义的课题。我们有足够的理由相信，对古代小说和戏曲进行全方位、多角度的比较研究，会使两者的相似之处和不同点更加清晰地呈现在人们面前；再进一步，人们在对这两种文体的个性品质具有深刻认识的基础上，肯定会思考一些带有规律性的问题。这无疑不仅有利于学术研究的拓展和深化，而且有利于繁荣社会主义文艺创作，特别是小说、戏曲的创作。

第二节　古代小说、戏曲的比较

一、古代小说、戏曲的相同点

本节的写作目的不外乎两点：一是强调小说、戏曲两者的共同特点；二是对小说、戏曲两者进行比较。为了减轻读者的负担，比较的内容不宜全部放进教材，故只在"绪论"中作简要论说，只介绍几点结论，省略了复杂的论证过程。有兴趣的读者可以参阅参考资料。下面对中国古代小说和戏曲的概念、起源、体制、作者、版本、传播途径、题材、创作方法、艺术性、人物形象、语言、文学批评、文化内涵、审美特征、理论影响等方面进行简略比较。

古代小说、戏曲的相同点，主要表现为四方面：

其一，通俗性。古代小说、戏曲分别起源于劳动休息时的讲故事和对劳动过程的模仿，在相当长的时期里，没有文本，更不能依赖文本流传，只靠说唱，口耳相传，后来发展为舞台表演，其接受主体主要是无文化群体，为人民大众所喜闻乐见，从题材、内容到语言都通向大众。这就决定了它们具有通俗性，因此也被视为"浅薄"。早期的民间戏曲乡土气息浓郁，在路边场头演出，反映日常生活。

其二，综合性。戏曲与小说都是综合性较强、构成元素较多的文学样式。比如，戏曲由音乐、曲词、舞蹈、宾白、表演、舞台布景、灯光等许多因素构成；口耳小说则由说、唱、表演等诸因素组合而成；文本小说除情节叙述外，又包括诗、词、曲、歌谣、俗语、谚语、谜语等诸多元素，而不是单一的叙事形式。所以，戏曲和小说均有很强的综合性。

其三，故事性。小说与戏曲都有相对完整的故事情节，以塑造人物形象为使命。最早的小说可以上溯到古代神话，任何一个神话都有一个相对完整的故事。例如，"女娲补天""嫦娥奔月""精卫填海"等短小的神话，汉代的历史笔记小说，魏晋南北朝志人、志怪小说，虽不成熟，但已经粗具规模，也有简单的故事情节和人物形象；唐代传奇，大多是纪传体，更具备了小说的虚构特征和情节、人物形象等几个要素。早期的戏曲《东海黄公》《踏摇娘》也有故事性，其中有人物、情节，只是比较简单罢了；唐代的歌舞戏虽然淡化了故事性，但其音乐语言、肢体语言也具有情节因素；宋金杂剧、百戏、滑稽戏已有较强的故事性，元代杂剧就更无须讨论了。故事性往往又与复杂性相联系，古代小说与戏曲的故事性，决定了具有其复杂性。

其四，表演性。小说、戏曲都有两种最基本的传播形式——舞台表演和文本阅读，起初是舞台表演，然后经过文字记载才有了文本阅读。文本阅读是文学作品共有的特征，而表演性则是小说、戏曲所独有的。古代小说起源于讲故事，其表演特征与生俱来，说书、唱大鼓书的传统延续至今。戏曲的表演性就无须饶舌了，戏曲离不开舞台表演，不能表演的戏曲不是真正意义上的戏曲。学术界将文人模拟话本创作、不作为说书底本而仅供案头阅读的白话短篇小说称为"拟话本"，还有人把不能演出只能阅读的剧本称为"拟剧本"，颇有道理。

二、古代小说、戏曲的差异

当然，小说与戏曲的不同点也很明显。戏曲的表演特征带来的直观性、连续性、不可重复性，是其与小说最大的区别。

下面我们从不同角度对古代小说与戏曲进行比较研究，目的是梳理两者的同中之异和异中之同，探讨其发生、发展和演变的规律。

（一）古代小说与戏曲的概念

古代小说概念庞杂纷乱，经历了由琐碎的言论到芜杂的笔记，再到完整的情节，乃至以人物描写为主的故事这样的几个阶段。由于概念纷繁，以致小说内涵包罗万象，小说与史不分，与经不分，与戏曲不分，与诗歌、散文也不分，有人竟然将小说称为"无声戏"，又有人把戏曲作为小说。其概念的混乱简直不可思议，到了令人瞠目结舌的地步。戏曲的概念相对比较单纯，但"戏曲"与"戏剧"两个概念在绝大多数人心目中是可以画等号的。其实仔细考察，两个概念的内涵与外延并不完全相同。再者，"戏曲"到底是以"戏"为主还是以"曲"为核心的，两种意见迥然不同，各执一词。至今聚讼纷纭，没有结论，恐怕还要一直争论下去。更为迫切的是，直到近现代，仍有人（包括大学者胡适等）将戏曲羼入小说，这不能不引起学术界的关注。那么，为什么小说、戏曲两者会被混为一谈呢？原因主要有以下几点：

其一，唐宋金元时期，小说与杂剧统称为"杂戏""百戏"。小说只是杂戏的一种演出形式，是其中的一个门类。它们演出的底本都称为"话本"。诸宫调也可以称为"传奇""话本"。

其二，明清时期，文人淡化了小说与戏曲的区别，往往有意无意地将戏曲归属于小说，或视戏曲为小说的附庸。

其三，近代是古代小说批评的繁荣时期，有的批评家已注意到小说与戏曲的"渊源甚异"，而不少评论家仍把传奇、弹词列入小说门类。

小说与戏曲确实有太多的共同点。有人说，小说是无声的戏曲，而戏曲是有声的小说。这话虽不全对，却也不全错。小说与戏曲都是通俗文学，都以塑造人物形象为旨归，都具有完整的故事和生动的情节，都通过说、唱等表现手段进行传播，等等。而其根本的区别则在于，小说是叙事体，戏曲是代言体；小说是叙述业已结束的故事，戏曲是表演正在进行的事件。总之，共同点多，而相异点少。未能深入研究的学者将二者等同起来，也是不足为奇的事。

此外，还有一个深层次的原因，就是评论家的小说观不尽相同。胡适在《论短篇小说》一文中说，短篇小说是用最经济的文学手段，描写事实中最精彩的一段或一方面，而能使人充分满意的文章。比较起来，这个时代的散文短篇小说，还该数到陶潜的《桃花源记》。这篇文章命意也好，布局也好，可以算得一篇用心结构的短篇小说。……韵文中的《孔雀东南飞》一篇是很好的短篇小说，记事言情，事事都到。但是比较起来，还不如《木兰辞》更为经济。白居易的《新乐府》诗中，尽有很好的短篇小说，最妙的是《新丰折臂翁》一首。……白居易的《琵琶行》也算得一篇很好的短篇小说。[①] 粗略一看，觉得此论有道理，再看下去，便不对了。原来他在阐释短篇小说的概念时，竟然忽略了散文与韵文的区别。

（二）古代小说与戏曲的起源

小说和戏曲均起源于劳动。马克思主义认为劳动创造一切。小说、戏曲起源于劳动，目前并没有直接的证据。小说起源于劳动，是与鲁迅先生所说的诗歌起源于劳动时前后呼应的号子进行比较类推的结论。关于戏曲起源问题，长期以来聚讼纷纭，莫衷一是。笔者借鉴鲁迅的研究方法，大胆作出新的判断：戏曲与小说一样，也起源于劳动。鲁迅认为，小说起源于劳动休息时讲的故事；笔者则通过比较和推论，在前人模仿说的基础上，明确提出：戏曲起源于对劳动过程的模仿。学界的种种起源说，都是误将"来源"当作"起源"。"来源"，主要指内容；"起源"，《现代汉语词典（第6版）》解释为"开始发生"，则主要指形式。前人所谓戏曲起源于"歌舞""巫觋""优孟""说唱文学""傀儡戏""梵剧"等，其实论说的对象都不是"源"，而是"流"。混淆了"来源"和"起源"，便使研究进入了误区。

古代小说和戏曲都具有不同的形态。小说大约在汉代才从言论阶段飞跃到文字阶段，至少有口耳相传和文本阅读两种基本形态。戏曲也有舞台表演和书面传播的不同形态。我们研究小说、戏曲的起源，只能是研究其最初的形态。从这一意义上说，小说的言论阶段、戏曲的舞台阶段才是研究其起源的考察对象。换言之，文字形态的小说、戏曲不是我们研究其起源的考察目标。从前人研究的情况来看，那种以为古代小说产生于古代神话、寓言及史传文之后的观点，无疑是以书面小说为研究对象的。而众说纷纭的戏曲起源说也不乏以戏曲剧本为研究主体的。比如，有学者认为中国戏曲起源于印度梵剧，其论据便是"梵剧体例"对于汉剧的影响。这明显是着眼于戏曲文本的，在今天看来是不可取的。

---

① 胡适. 胡适古典文学研究论集. 上海：上海古籍出版社，1988：678.

（三）古代小说与戏曲的作者

通过对野史笔记小说、文言小说、通俗小说、长篇白话小说和汉代角抵戏、宋代参军戏、北杂剧、早期南戏的作者进行深入细致的考察分析，可以发现：最早的小说、戏曲作品均没有署作者姓名，一般被视为民间创作或集体创作。小说、戏曲的作者大多是下层文人，这是作品的通俗性渊源所自。小说、戏曲作家有的是小说、戏曲兼擅，有的还精通戏曲理论。我们可以概括出几点规律：

其一，古代小说和戏曲经历了一个从群体创作到个人创作、从民间创作到文人创作的发展过程，其作者则经历了一个从无到有的过程。

其二，古代小说和戏曲作者的平民化，是小说、戏曲天然具有通俗性的原因。

其三，戏曲是比小说综合程度更高的文学样式，其作者要具备音律知识、戏曲理论、舞台实践经验等多方面的修养。戏曲家一般能创作小说，而小说家不一定能创作戏曲。戏曲创作难度较大。

其四，古代小说与戏曲具有较多的共同点，这决定了两者兼擅的作家较多，如明清两代的冯梦龙、凌濛初、王世贞、吕天成、徐渭、屠隆、袁于令、李渔、丁耀亢、蒲松龄等。这是中国文学史上的一个特殊现象。

（四）古代小说与戏曲的体制

把产生于宋元时代、有可能同样出自书会先生之手的话本与杂剧进行比较，可以发现话本的体制分为题目、篇首、入话、头回、正话、篇尾六大部分，其中除了头回为话本所独有外，其余的部分也存在于杂剧体制之中，只是名称不同而已。我们通过研究可以发现：

其一，古代小说与戏曲都有完整的结构，十分讲究故事性。小说的题目、篇首、入话、头回、正话、结尾和相对应的戏曲结构形式，从体制上保证了演出内容的完整性。结构的程式化形成了相对固定的体制，并且得到观众的认同，其根本原因是形式对小说、戏曲内容的故事性起了制约作用，能最大限度地满足观众追求故事结构完整、情节离奇的审美心理。

小说、戏曲的体制至宋元时代大致形成，书面作品主要受说话、搬演的影响，但作为通俗文学样式，不能不受到雅文学的影响。值得注意的是，中国源远流长的八股文至元代方始定于一尊，成为科举考试的文体。议论文的八股与话本、杂剧的体制大同小异，其间相互影响是必然的。尽管至今尚未发现前人对此进行研究，但这是一个富有意义的研究课题。

小说、戏曲的故事性主要表现为情节的有头有尾、跌宕起伏，尤其是大团圆结局。这既是中国小说、戏曲与诗文、杂著的区别，又是其与异域小说、戏曲的不同之处，具有鲜明的民族特色。宋元时期的白话小说与戏曲结局还没有统一模式。如宋元南戏中的《赵贞女》，戏文最后以马踩赵五娘、雷轰蔡伯喈结束。元杂剧中的《关张双赴西蜀梦》《冤报冤赵氏孤儿》《破幽梦孤燕汉宫秋》《唐明皇秋夜梧桐雨》等都不是大团圆结局。宋元话本中，《错斩崔宁》《闹樊楼多情周胜仙》《西山一窟鬼》等也不以团圆终篇。一直到明代，小说与戏曲逐渐形成了大团圆结局。尤其是明末清初的才子佳人小说，几乎无一例外以花好月圆结局。戏曲也不能免俗，于是便有了"光明的尾巴"。从这一演变，可以看到通俗文学作品取媚世俗和理想化的特点。

其二，戏曲、小说都由韵散相间的文字组成完整的故事，表现了市民阶层对单一的韵文或散文的摒弃，以及要求韵文与散文各尽其长、相兼相容，共同塑造艺术形象的审美心理。韵文由诗而词，由词而曲，到元代已发展到极致。诗、词、曲在唐、宋、元三朝各领风骚，成为"一代之文学"，出现了许多名篇佳作。但作为塑造艺术典型的手段，三者虽各有千秋，又未免显得单调。若三者结合起来，加上散文，则可以各显神通，取长补短，相得益彰。小说、戏曲其实是综合了诗、词、曲、散文等多种文字形式共同叙述故事情节、塑造人物形象的文学样式，是综合性较强的艺术形式。

由简单到复杂、由单一到多元的综合，符合人们的审美心理发展演变的特征，这是小说、戏曲一经问世便呈现出勃勃生机、具有强大生命力的深层原因。诗、词、曲也好，散文也好，作为单一的文学样式，都尚雅，而一旦走向综合，便有通俗的倾向。除了作者有意运用生活化、口语化等手法迎合读者的原因之外，读者心里厌弃单一，趋向综合，也是一个不容忽视的因素。适合大众审美心理需要的便是通俗的、喜闻乐见的。于是，小说、戏曲的面世不仅打破了诗文一统天下的格局，而且大有执文坛牛耳之势。事实上，在小说、戏曲成为"一代之文学"的明清两朝，诗文的命运每况愈下，直至现当代，也难以改变"沉舟侧畔千帆过，病树前头万木春"（刘禹锡《酬乐天扬州初逢席上见赠》）的现象。

其三，通过对古代小说、戏曲体制的比较，我们发现两者在体制上大同小异，这一点给小说和戏曲的界定带来了麻烦。自唐宋至晚清，许多学者将小说话本与杂剧、将小说与戏曲混为一谈，其源盖出于此。

（五）古代小说与戏曲的传播方式

除了传统的说唱形式外，古代小说与戏曲还有绘画和雕塑等传播形式。宋元以后，小说、戏曲的传播途径除了手写、木刻以外，原始的说唱形式仍在发展，且不断创新，以争取听众和观众。说和唱是小说和戏曲最重要的传播方式。戏曲以唱为主，以说为辅；而小说以说为主，以唱为辅。说唱成分的多少决定了作品的性质。两者异中有同，同中见异。传播方式的差异使之成为同源而异派的文学方式。在宋元时期，演唱、说书艺人不识字，绝对不是个别现象，而是普遍现象。由此可见，绘画、雕塑在小说、戏曲传播中的确起了重要的媒介作用。说与唱有相兼相融、相互渗透的趋势，在一定程度上缩小了小说与戏曲传播形式的区别。比较而言，小说的口头传播方式逐渐被冷落，随着市民阶层文化水平的日益提高，书面传播便出现了大一统的局面；而戏曲传播正好相反，书面传播日益冷落，而舞台演出则有取而代之之势。这显然与这两种文学作品的审美特征有关。

（六）古代小说与戏曲题材的相互影响

明末清初的戏曲理论家兼小说、戏曲作家李渔说过："稗官为传奇蓝本。"（《绣像合锦回文传》第二卷卷末评）这不仅是李渔个人对古代小说与戏曲二者关系的美学判断，而且是明清之际的文艺理论家对戏曲创作借鉴小说题材这一现象的理论概括。确实，中国古代戏曲中有相当数量的作品是以古代小说为蓝本改编而成的，因此李渔的论断言之成理。但是，他又忽视了另一方面，古代小说创作也曾经受到戏曲的影响，以戏曲题材改写的小说屡见不鲜。

首先，小说与戏曲都属于综合性较强的通俗文学样式，具有许多共同的美学特征，都有生动曲折的情节、完整的故事和鲜明的人物形象，而强烈的趣味性带来了雅俗共赏的艺术效果，能最大限度地实现其愉悦功能与教化功能。

其次，小说与戏曲两种文体在创作方面有不少相通之处。在明清之交，不少作家视小说为"无声戏"，李渔直接将其白话短篇小说集命名为《无声戏》，还有人视小说为"笔下之梨园""纸上之春台"。他们认为小说与戏曲的区别仅在于有声与无声，有唱词者为戏曲，没有唱词的便是小说，这样便有意无意地缩小了小说与戏曲的差别。虽然小说与戏曲的差别并不仅仅在于有声与无声，但两者在情节的安排、人物的塑造、线索的铺设等方面毕竟没有太大的区别，手法极为相似，所以，把小说改编成戏曲比较方便，且易于成功。可以说，任何一个谙熟音律、具有舞台演出经验的作家都可以将小说改编成戏曲。反之亦然，用戏曲改编小说也是施力不多而效果显著的艺术创作，所以也频频为文学家所尝试。尤其是在商品经济日益发展的封建社会后期，一些文人出于谋生的需要，靠创作小说、戏曲维持生计，既要保证质量，又要追求效率，那么用现成的蓝本来改编成小说或戏曲就成了他们的首选。

用现成的小说、戏曲进行改编创作还有回避文字狱的好处。清朝顺治、康熙年间，文字狱盛行，骇人听闻的大案令人谈虎色变。顺治十四年（1657年），李渔的《无声戏二集》问世。三年后，湖广道监察御史萧震劾奏浙江左布政使张缙彦"刻有《无声戏二集》一书，诡称为不死英雄，以煽惑人心"，结果张缙彦被流放宁古塔，不久死去。次年，庄廷鑨《明史稿》案发，七十余人被处死。这些触目惊心的事件迫使文艺家改弦易辙，在创作小说、戏曲时千方百计寻找现成的文学作品作为题材。这恐怕也是清初小说、戏曲题材相互为用的风气盛行的重要原因之一。

比较而言，小说改编为戏曲的作品多，而戏曲改编为小说的作品少，这又是什么原因呢？这是由于戏曲的综合程度更高，对于占城镇和乡村绝大多数的无文化阶层来说，戏曲能为更多的人所接受，有利于扩大影响，"票房"价值也更高。众所周知，欣赏戏曲只需一双眼睛和一副耳朵，其他如识字多少、修养高低、年龄大小，都无关紧要。而看小说，必须识字，有文化。小说是"阳春白雪"，戏曲便是"下里巴人"。此外，戏曲表演有说有唱，有歌有舞，甚至有杂技、武术，还有幽默诙谐的插科打诨，较之看小说、听说书要生动形象得多，所以尤为下层人民、无文化群体所钟爱。所以，戏曲作家无论是为了求名，还是为了扩大影响，都会考虑将小说改编为戏曲。这种改编大致分三种情况：

其一，添枝加叶，小有异同。故事情节没有太大的变化，或变更人名，或稍作点染，但无不打上时代的烙印，表现出新的生活内容，这属于内涵发展。如唐人陈玄祐的传奇《离魂记》与元杂剧《倩女离魂》，两者有质的不同。唐传奇中，倩娘离魂是反对父母包办婚姻；元杂剧中，倩女灵魂出窍则是对封建门阀制度的抨击和批判。

其二，借题发挥，尺水兴波。在小说或戏曲创作中，借蓝本为由头，大肆铺陈发挥，虚构大量情节，使故事变得丰富多彩，使艺术性得到很大提高。同一题材常常可以生发出几个不同版本。以《白蛇传》的神话故事为例，从唐朝到清代一千二百多年间，小说和戏曲相互为用，相互影响，新作迭出，最为典范。其中的规律发人深省，值得探索。

其三，推陈出新，作意翻案。其根本的标志是借改编之机，改变原作主题，可谓老树新花。这类作品分为两类，有的注入了时代内容，值得肯定；有的别有用心，作翻案文章，不足称道，但更值得注意。

（七）古代小说与戏曲的创作手法

小说是叙述体，说话的底本和小说文本是叙述者的话语，其中总有一个或隐或显的、置身于故事之外的叙述者。戏曲则不同，它是代言体，属于表演艺术，其本质在于表演，包括唱、念、做、打、舞等。戏曲是代言体，戏曲文本是戏曲人物而非作者的话语。戏曲的主要表达方式是表演，其中没有一个叙述全部故事的人，只有将戏曲中各个人物的行动、对话贯穿起来，才能形成一个完整的故事。观众不喜欢读剧本，而又不嫌重复、乐此不疲地看戏，其原因盖出于此。

塑造人物形象是小说和戏曲共同的使命，但两者在刻画人物的手法上互有异同。小说刻画人物以语言、文字为手段，如肖像描写、心理描写、语言描写、行动描写等；戏曲则不然，肖像描写主要靠化妆，心理刻画多通过演唱和表情，语言描写、行动描写也有其特色，表现出鲜明的表演性和直观性。

情节是叙事文学的重要因素，小说和戏曲都十分注重情节的安排。情节是人物性格变迁的土壤，也是吸引观众的主要因素。情节安排的得失直接关系到小说、戏曲艺术性的高低。小说和戏曲在情节安排的手法上也互有异同。小说和戏曲的情节安排都讲究奇异性，巧合、误会是小说和戏曲推动故事情节发展常用的艺术手法，也是吸引读者和观众、提升艺术魅力的有效手段。戏曲常常设计精彩的场面，而通过场面设计进行细致描写也是短篇小说成熟的标志。运用道具作为贯穿作品的线索，在小说和戏曲中也取得了理想的效果。对比、映衬更是小说和戏曲常见的手法。注意细针密线，起伏照应，也是小说和戏曲共同的特色。

小说和戏曲在情节安排上大同小异，有些方面是名同实异。比如戏曲有戏曲冲突，而小说中则称矛盾，其实是一回事。当然，戏曲也有其独特性，一般戏曲有逻辑高潮和情感高潮之分，而小说便没有这一说。

（八）古代小说与戏曲的审美特征

中国古代小说和戏曲有多种多样的传播方式。其早期的传播主要靠说唱、表演等动态的方式，而后转为静态的文字、图像、雕塑等媒介的传播。传播方式的不同，便规定了其审美特征的差异。全面而完整地比较古代小说和戏曲的审美特征，应分为两个层次：一是以说唱、表演为主的动态传播方式的比较；二是书面的小说文本和戏曲剧本的比较。

中国古代小说和戏曲具有综合性、教化性、愉悦性、通俗性、典型性等共同的审美特征，而戏曲还有直观性、程式化、节奏性、抒情性等独有的审美特征。这是由于戏曲综合程度更高而显示出的美学风貌。

综合性是小说和戏曲首要的共同审美特征。戏曲是文学、表演、美术、音乐、舞蹈等多种艺术形式有机合成的综合艺术，但又不是各种艺术成分的简单相加。尽管戏曲所包含的视觉艺术因素如演员形象、舞台美术及听觉因素如音乐、音响等都具有各自独特的审美价值，但它们又不能互相替代。它们都不能单独代表戏曲本身的审美价值。各种艺术成分必须服从戏剧美学原则，产生艺术质变，经过剧作家、导演、演员、美术家、音乐家、剧场工作人员的集体创造，加以有机合成之后，以整体的舞台形象呈现在观众面前，这才具有戏曲的审美价值。

教化性是古代小说和戏曲又一共同的审美特征。中国古代文学有"寓教于乐"的传统，文艺作品都有娱乐和教育两种功能。

愉悦性是古代小说和戏曲另一共同的审美特征。作家要通过艺术形象教化读者、观众，必须首先令人愉悦，给人以快感，这就是寓教于乐。

通俗性也是古代小说和戏曲共同的审美特征之一。从小说和戏曲两种文体的起源和发展来看，它们均繁盛于市民阶层蓬勃兴起的宋元时代，其作者多为中下层知识分子，而且兼擅小说和戏曲两者的现象十分普遍，这集中反映了市民阶层希望在文艺领域得到表现的要求。

典型性也是古代小说和戏曲共同的审美特征之一。典型性是指艺术家用典型化的方法创造出来的相对完整的艺术片断，既具有鲜明的个性特征，又能反映社会生活某些方面的本质，寄寓着艺术家的审美理想和审美情感。

古代小说和戏曲都是以刻画人物来反映社会生活的文艺形式，都属于通俗文学范畴，所以在表现手法上具有很多相同之处。但小说和戏曲毕竟又是不同的文学体裁，其美学特征有很大的区别。小说借助于语言媒介，向读者或听众叙述过去发生的故事；而戏曲则以直观展示的方式，把业已结束的事件当作正在进行的故事，通过舞台表演，呈现在观众面前，所以两者的美学风貌又有不少差异。

戏曲的直观性是其独特的审美特征。小说是叙述体，说书人以第三者的身份，借助于语言媒介，向听众描述过去发生的事情。戏曲是代言体，戏曲演出是把已经完成的故事通过正在进行的表演展现在观众面前，戏曲人物与观众直接进行超越时空的心灵对话，因而便具有直观性。所谓直观性，就是通过演员搬演其他人或其他事物，在观众面前当场表演具有完整情节和矛盾冲突的事件，塑造人物形象。戏曲的直观性决定了表演的粗放和直率，较少含蓄蕴藉，观众处于被动地位，对剧情总是一览无余，审美主体的参与空间不大。换言之，观众个人文化修养的高低对理解剧情影响较小。而听故事或看小说，主要通过语言和文字媒介获得信息，了解情节，个人文化素质便直接影响审美效果。

戏曲的程式性就是戏曲有一套独特的规范的表现形式。"程"是中国古代度量和容量名称；"程式"作法式、规章解释，具有度量客观事物与树立行动准则的含义。程式的运用既严格又灵活，形成了戏曲完整的程式特征。戏曲程式是在对现实生活进行高度艺术概括的基础上，在长期的艺术实践中形成的。戏曲从剧本、导演、音乐、舞台调度、舞美到演员表演艺术等，都各有规则，即程式。

节奏性也是戏曲表演艺术独特的审美特征。在戏曲表演中，由剧情发展、人物道白、唱腔、情绪、行为的变化运动过程中轻重缓急、松紧起伏等交替更迭和对比关系所构成的形式因素，就是戏曲节奏。

浓郁的抒情色彩是戏曲区别于小说的又一审美特征。重曲轻白的现象贯穿了古代戏曲史发展的全过程。而曲又称词余，词又称诗余。说到底，曲是诗歌的一种形式。而诗歌有侧重抒情的传统，这就决定戏曲具有强烈的抒情性。审美特征是审美对象由本身的审美因素所表现出来的个性特征。综合程度愈高的文学艺术作品如戏曲，其审美特征愈加丰富多彩，更具个性。

（九）古代小说与戏曲的文化内涵

文艺作品的文化内涵主要包含两方面：一是思想文化；二是艺术文化。文化内涵主要取决于其文体特征和作品的思想内容、表现形式。文体不同，文化内涵肯定有差别。

古代小说和戏曲随着其概念的不断演变，文体日臻完善，其文化内涵日益丰富。小说和戏曲，一为全知视角的叙述，一为限知视角的代言；一以叙事为主，一以演唱为务，其文化内涵的差异也十分明显。

古代小说和戏曲各个流派的相兼相容，导致其文化内涵复杂、矛盾，光怪陆离。综观文学史，古代小说的流派大抵按思想内容划分，而古代戏曲的流派则按艺术风格划分。无论是小说还是戏曲，各个流派在一段时期内可能壁垒森严，故步自封；但在漫长的文学史上，各个流派之间又是相互影响、相互渗透的。

古代小说和戏曲的文化内涵都经过由雅到俗的演变过程。学术界往往把小说和戏曲视为俗文学，这当然不无根据，因为这是着眼于整体，立足于现代的。但在古代小说、戏曲发展的过程中，雅俗之争一直没有间断，而且贯穿始终，并且呈现由雅到俗的演变趋势。

研究中国古代小说和戏曲的文化渊源，可以发现，两者的文化分野在于，小说属于历史文化范畴，而戏曲属于诗歌文化范畴。

从总体上看，古代小说和戏曲都属于叙事文学范畴。这是因为，小说和戏曲的共同点就在于，通过故事情节的叙述来塑造人物形象，反映社会现实生活。但由于在古代戏曲发展的过程中，作者普遍重曲轻戏，淡化故事情节，削弱叙事因素，使戏曲的抒情色彩大大加强，而抒情性就成为戏曲的显著特征。可以说，叙事性和抒情性是小说和戏曲文化内涵的重要区别之一。

戏曲中用以抒情的曲词代表了戏曲的根本特征，这也是它与小说的区别所在。

抒情和叙事这两种手法也是相对而言的。有时两者难解难分，有的即事抒情，有的以情见事。叙事和抒情是两种不同的表达方法，其文化内涵有很大差别。叙事以写实为原则，创作风格以现实主义居多，尽量尊重客观事实，比较注重时间和空间的规定性。要求准确地记叙人物、事件、时间、地点以及前因、后果，不仅要交代做什么，而且要交代怎么做，重视事物变迁的过程，动态的描写比较多。在写作技法上，多叙述和描写，崇尚白描，较少运用修辞手法，特别讲究艺术真实。在文章结构方面，要求前后照应，有头有尾，结构完整。记叙的顺序一般按照事理发展的自然逻辑，大多有一个或明或暗的内在线索。文字比较平实，不尚华丽，提倡本色。抒情则不同，主要是作者直抒胸臆，没有固定模式，可以自由发挥。不受时间和空间的制约，思维方式属于发散型思维，"神与物游"，"思接千载，视通万里"（刘勰《文心雕龙·神思》），"精骛八极，心游万仞"（陆机《文赋》）。想象和联想是两种最基本的方法；抒情大多是静态的描写，用典、对偶、比喻、象征、借代、夸张、通感等则是常用的修辞手法，多富有浪漫色彩。故语言铺张华丽，文章空灵变幻，以文采见长，表现出扑朔迷离的况味。其主旨有难以捕捉的不定性，理解时往往可以见仁见智，不拘一格，呈现出多义性。文章有完整的结构，行文以情感的波动为线索，多不具有连续性，而显示出跳跃性。

审视古代小说和戏曲的文化内涵，可以发现：中国古代小说作为中国历史文化的分支，在表现手法上继承了史家的传统，具体表现在以叙述为主、讲究真实、多用人物传记、以故事为本位等方面。叙事性是其根本的特征。戏曲作为中国诗歌文化的分支，更多地表现了诗歌的文化精神。古代小说在总体上无非表现历史和反映现实两方面。戏曲创作无非记叙历史和反映现实两方面。从思想文化内涵这一层面来观照，古代小说和戏曲是非常相似的。叙事性和抒情性是小说和戏曲文化内涵的重要区别之一。小说和戏曲的叙事、抒情也不绝对，小说主要叙事，但叙事中有抒情；戏曲主要抒情，而抒情中有叙事。优秀的小说中常有精彩的抒情描写。

（十）古代小说与戏曲的人物形象

小说主要由作者叙述故事情节；戏曲主要凭借剧本的内容和演员的发挥创造。小说的人物塑造由文本的刻画和读者的理解与想象来完成，戏曲人物则由剧本、演员和观众三方面共同创造，所以，两种文艺形式塑造的人物形象同中见异，异中有同。

中国古代小说和戏曲中的人物形象都经过了从无到有、从简单到复杂，从类型化到典型化、复杂化的发展过程。古代小说和戏曲，一个用语言文字通过第三人称叙事来刻画人物，一个凭借剧本和戏曲舞台，靠演员通过唱、说、念、打、做的表演，进行艺术再创造，从而塑造形象，因此两者刻画人物的手法有不少差别，塑造出来的形象也各有千秋。

通过中国古代小说和戏曲人物形象的比较，可以发现一些艺术规律，解释一些文艺现象。

首先，古代小说和戏曲题材相互为用的现象比较普遍，而以小说改编为戏曲作品者尤多。如果将古代小说改编为戏曲，那么，戏曲人物形象一般难以达到原来小说人物的境界。但戏曲的主要观众为无文化群体，他们一般没有阅读过小说，于是可能对戏曲表现出极大的热情。元、明、清三朝乃至近代，群众对戏曲创作、演出、观赏的热情乐此不疲，日趋高涨，持续数百年之久，其缘盖出于此。因此，这种改编对于普及名著具有非常重要的作用，所以，小说改编为戏曲的作品较多。

其次，小说和戏曲人物形象的审美效果大不相同，各有千秋。小说比较含蓄，往往通过艺术形象说明道理，小说的人物形象一般富有一定的张力，作家一般不会在作品中直接表达自己的感情倾向，而是通过各种艺术手段来间接表达。戏曲则比较直观，雅俗共赏，要让读书人与不读书人同看，不能太过隐晦、艰深，因此，看戏曲一般不需要想象和联想。戏曲主要靠导演的艺术把握和演员对剧本的理解，临场发挥，现身说法来塑造人物。人物形象具有立体感和直观性，其成功与否主要决定于导演的水平，以及演员的素养和演技，与剧本描写有一定的关系，却没有必然的联系。演员表演是二度创作，可以表现个人的艺术个性和特殊风格。所以同一个剧本由不同演员表演，会产生迥然不同的艺术效果。准确地说，一个成功的戏曲人物形象是优秀的剧本与演员的精湛表演技巧有机统一的结晶。小说刻画人物则可以调动各种艺术手段，除了肖像描写、细节描写、语言行动描写、心理描写等常用手法之外，还可以利用环境描写及对比、烘托等方法，手段极其丰富。所以，小说人物远比戏曲人物丰富多彩，具有复杂性、含蓄性，赋予读者较大的想象空间。古代小说和戏曲刻画人物形象的方法相互渗透，心理描写和喜剧手法是古代小说借鉴戏曲的结果。而戏曲则主要汲取了小说的情节安排、矛盾冲突设置诸方面的艺术经验。古代小说和戏曲人物描写的主要区别在于细节。细节描写是表现小说人物形象丰富复杂性的重要途径。戏曲人物的心理描写比较成功。戏曲中大量曲词的抒情作用，有效地表现出人物性格，在这方面小说难以望其项背。古代戏曲对小说的影响导致小说的戏曲化，这是一股值得注意的文艺思潮。这一现象最大限度地表现了小说家对戏曲文化的认同，在一定程度上缩小了小说和戏曲之间的距离。古代小说人物形象比戏曲人物形象的丰富复杂程度大得多，更重要的是，戏曲人物性格一般缺少发展变化。

再次，随着人们文化修养的提高，生活节奏的加快，信息媒体的大量增加，作品人物形象富有张力的小说将拥有更多的读者；而人物形象相对外露、直观的戏曲会遭到冷落，这是大势所趋。对于有一定文艺修养的读者来说，第一，读小说比较自由，可以调节阅读的速度、时间和空间。根据读者的兴趣和时间，可以一字一句地精读，也可以一目十行地浏览；可以多读，可以少读；可以反复读，也可以跳跃读；可以对照读，也可以省略读；外出旅游或执行公务时，还可以在轮船、火车、飞机等交通工具上读。第二，读小说可以尽情展开想象和联想，从中得到美的享受。而观看戏曲，则必须到指定地点，按部就班地与其他观众同步，目不转睛地欣赏，基本没有个人自由，想象力也受到压抑。在当今个性愈来愈受到尊重、愈来愈得到张扬的文明时代，人们宁可选择看小说，而不愿意去看戏，其主要原因就在于，人们在获得审美享受的同时，还要保持相对的自由和独立。

（十一）古代小说与戏曲的版本

第一，小说和戏曲的版本都经历了一个从无到有、由简陋到完善的过程。最早的杂剧文本只有曲词，没有科范、宾白，呈现出原始、粗陋的面貌。小说和戏曲的最早版本产生于市民阶层崛起的元代末期。

第二，由于著作权意识淡薄，最初的通俗小说和戏曲版本作者一般都没有署名，或不署真名，所以许多小说和戏曲的作者存在很大的争议。

第三，古代小说和戏曲文本被任意评点的现象普遍存在，并且成为相关版本最为重要的特征。古代小说评点的肇始最早可以追溯到南宋末年刘辰翁评点《世说新语》，通俗小说的评点则盛行于明代"四大奇书"——《三国演义》《水浒传》《西游记》和《金瓶梅》问世以后。很多评家兼批小说、戏曲，以李贽、金圣叹、李渔等人最为典型。明末清初，戏曲评点蔚然成风。

第四，不同版本的小说和戏曲的差异，直接关系到作品的情节、人物形象和艺术性的评价。小说《红楼梦》、传奇《琵琶记》比较典型。

第五，古代小说、戏曲的版本研究有许多共同的特点。由对古代小说、戏曲的不同版本研究产生了版本学。版本学研究的内容有版本鉴定、版本考证等，其他如作品的祖本问题、版本的先后问题，是目前学术界聚讼纷纭、争议很大的热点问题，也是古代文学研究的重要内容。

第六，古代小说和戏曲版本研究的终极目的，主要不是寻找一个最佳版本，而是发现它们的同中之异和异中之同，进而探索其中的规律。

小说版本与戏曲版本相比情况要复杂得多。戏曲版本的差异主要在宾白，集中表现在三方面：其一，宾白的有无、多少；其二，宾白与唱词的次序安排；其三，少量的宾白异同。古代小说同书异名的现象比较普遍。古代小说被改动的现象比较多，有些细小的改动居然成了某些版本的特征。古代小说被割裂、合并的现象时有发生，这是戏曲版本所没有的。古代小说也存在作伪的现象。小说文本的续书现象也是戏曲文本所少有的。

造成古代小说和戏曲版本异同的原因大致有以下几方面：

其一，古代小说和戏曲都是俗文学，一直遭到歧视，加之古人著作权意识淡薄，很多读者形成了在小说和戏曲文本上随意改动的习惯。宋元以后，虽然古代小说、戏曲的地位有所提高，艺术创作也有了较快的发展，甚至在明末清初达到了鼎盛，但人们对于小说和戏曲的基本观念没有根本改变。

其二，抄手的抄写水平直接影响到抄本的质量，有些抄手的漏写、错写便成为版本的重要特征，后面的抄手对这些错误的纠正又形成新的版本特征。这是古代戏曲和小说版本问题复杂的一个重要原因。如《红楼梦》现知的抄本就有十几种，就是由许多不同水平的抄手抄成的。

其三，不同时代有不同避讳，从唐代开始至清代，避讳时有宽严，以清代雍正、乾隆朝最为严苛。避讳的方法有原字缺笔、改用代字、墨钉空字等，由此造成的讳字是鉴定古籍版本真伪和时代的重要特征。明代的避讳政令始于天启元年（1621年），先后规避泰昌（光宗）朱常洛讳，改"常"为"尝"，"洛"为"雒"；避天启（熹宗）朱由校讳，改"由"为"繇"，改"校"为"较"；避崇祯（思宗）朱由检讳，改"检"为"简"。题"墨憨斋新编"的《皇明大儒王阳明先生出身靖难录》，原刊本已佚，今所见日本庆应纪元乙丑（1865年）弘毅馆刊本，时当清同治四年（1865年），由书名中的"皇明"，可证成书于明代；由书中讳"由"为"繇"，讳"校"为"较"，讳"检"为"简"，可确证成书于崇祯朝。清代《红楼梦》抄本一律将"玄"改为"元"，或缺一点，就是因为避康熙皇帝玄烨的讳。这样，避讳与否便成为检验小说抄写年代的一个重要手段。

其四，不同的序、跋、评点成为某一版本区别于其他版本的特征。道理非常简单，一个小说文本被人加了序跋，作了评点，与原先的文本同时被传抄流播，自然就是不同的版本。

其五，不同收藏家的收藏也会形成不同的版本特征。有些收藏者习惯在藏书上留下自己的印记，盖藏书章，或者题署名讳以及收藏时间，等等。

古代小说的版本问题要比戏曲的版本问题复杂得多，造成这一现象的原因值得探索。这主要与这两种文体的审美特征、文化传统有关。从本质上说，戏曲应该是靠说唱、表演传播的视觉和听觉艺术。由于戏曲通常是靠舞台演出而被广大观众所接受的，而这些观众中的无文化群体占了相当大的比例，这些人与戏曲的文本没有任何关系。元杂剧盛行时期，并没有原始记录的文本流传下来。刊刻元杂剧是几十年乃至百年以后明代人整理修订前代文化遗产的创举。就是说，戏曲从舞台传播演变为舞台、文本同时传播，经过了一个多世纪的漫长历程。戏曲的文本主要是为了满足民间收藏的需要，依赖阅读戏曲文本了解剧情的现象并不普遍。换言之，戏曲文本与广大市民的联系并不紧密。人们更愿意看戏曲演出，而不愿意自己读戏曲文本。即便是在现代学人中，戏曲文本的读者也不多。无论年龄、性别、文化水平有多大的差异，人们几乎都喜欢读小说，而对戏曲文本不感兴趣。这也是当今戏曲刊物销路不好的主要原因和深层原因。由于古往今来的学者与戏曲版本的接触比较少，所以戏曲的版本研究和发现的问题并不太多。

（十二）古代小说与戏曲的语言

通俗性是古代小说和戏曲语言首要的共同特征。文学作品的语言要最大限度地适应其主要阅读对象的审美需要。李渔认为："文章做与读书人看，故不怪其深；戏文做与读书人与不读书人同看，又与不读书之妇人小儿同看，故贵浅不贵深。"（《闲情偶寄·词曲部》）徐渭《南词叙录》云："曲本取于感发人心。歌之使奴、童、妇女皆喻，乃为得体。"同时，古代戏曲讲究当行、本色，语言的通俗化也是本色的基本要求。古代小说语言也讲究通俗化。冯梦龙说："大抵唐人选言，入于文心；宋人通俗，谐于里耳。天下之文心少而里耳多，则小说之资于选言者少，而资于通俗者多。"

趣味性是古代小说和戏曲语言的另一共同特征。语言的趣味性问题是一个十分复杂而玄妙的命题。"机趣"，包含两方面的内容：机，指机智，是趣味的内容特征，趣味性是机智、睿智的产物，没有机智就没有趣味性，所以，机智是戏曲的灵魂；趣，指有趣，是趣味性的形式，是机智的外在表现，所以，有趣是戏曲的风韵、风致、风貌。机和趣的有机结合就产生趣味性。科诨艺术则是表现语言趣味性的另一重要途径。李渔说："插科打诨，填词之末技也，然欲雅俗同欢，智愚共赏，则当全在此处留神。文字佳，情节佳，而科诨不佳，非特俗人怕看，即雅人韵士，亦有瞌睡之时。作传奇者，全要善驱睡魔。"① 可见，古代小说的语言也离不开趣味性。

人物语言的个性化是古代小说和戏曲语言的又一共同特征。李渔提出"语求肖似"的主张，认为戏曲语言要"说一人，肖一人，勿使雷同，勿使浮泛"②。他还说："填生旦之词，贵于庄雅，制净丑之曲，务带诙谐，此理之常也。"③ 古典戏曲美学中所谓的当行，就包括戏曲语言个性化的要求。

语言的精练、干净、流畅，也是古代小说和戏曲语言的共同特征。一言以蔽之曰，压缩语言，即认真修改。其法有三：一是热处理，趁热打铁，创作结束后立即修改，"每作一段，即自删一段，万不可删者始存，稍有可削者即去"④。二是冷处理，隔一段时间修改一次，"凡作传奇，当于开笔之初，以至脱稿之后，隔日一删，逾月一改，始能淘沙得金，无瑕瑜互见之失矣"⑤。三是注意炼字、炼句、炼意。遣词造句，反复推敲，仔细琢磨，以一当十，以少胜多。要千锤百炼，"语不惊人死不休"；还要力求恰当、鲜明、生动，最富有表现力，一字千金，一字不易。

戏曲中的曲词和宾白都讲究音乐美。这是古代戏曲语言与小说语言的区别之一。音乐性是戏曲语言的固有品性，是戏曲艺术与生俱来的一种特征。

语言的动作性则是古代戏曲语言的又一特点。古代小说语言基本沿袭话本的传统，分为叙述语言、人物语言和评论语言。人物语言略同于戏曲的宾白。

较之戏曲语言，小说语言可以更广泛地运用修辞手法。随着时代的变迁，古代小说语言有逐步雅化的趋势。一般说来，戏曲的曲词比较雅致，而宾白语言则比较通俗，与小说语言相去不远。

（十三）古代小说与戏曲的鉴赏

鉴赏小说和戏曲主要分两个层次：一是听说书、看演出；二是看小说、读剧本。

鉴赏戏曲大致可分为三个层次：一是情节，即内行与外行都可以从中得到乐趣的"热闹"；二是排场、舞姿、唱腔、曲词、音律等，这是有文化的欣赏群体津津乐道的"门道"；

---

① 李渔．闲情偶寄．单锦珩，校点．杭州：浙江古籍出版社，1985：50.
② 李渔．闲情偶寄．单锦珩，校点．杭州：浙江古籍出版社，1985：43.
③ 李渔．闲情偶寄．单锦珩，校点．杭州：浙江古籍出版社，1985：2.
④ 李渔．闲情偶寄．单锦珩，校点．杭州：浙江古籍出版社，1985：47.
⑤ 李渔．闲情偶寄．单锦珩，校点．杭州：浙江古籍出版社，1985：47.

三是人物塑造的得失，这是文艺家们鉴赏的内容。而林黛玉听《牡丹亭》曲心动神摇（《红楼梦》第二十三回）式的艺术共鸣则是更高境界的鉴赏，或曰艺术鉴赏的升华。

小说和戏曲剧本不仅都以塑造人物形象为使命，以反映生活为旨归，而且在作品的体制、创作手法、美学特征等方面都有较多的相似之处。因而，对小说和戏曲文本的鉴赏确实大同小异。其相同之处在于：

第一，无论是看小说还是读剧本，都把了解故事情节放在第一位。

第二，在文艺鉴赏活动中，都把人物形象的成功与否作为戏曲、小说得失成败的主要标准。一般说来，性格丰富、复杂的人物形象便标志着小说、戏曲创作的成功；反之，人物性格单一、苍白，则表明创作的失败。

第三，鉴赏小说、戏曲都讲究构思的严密精致，情节前后照应，针线细密，滴水不漏。

第四，重视细节艺术。现实主义创作原则除了要求细节真实，还要求真实地再现典型环境中的典型人物。细节的真实性是衡量文艺作品艺术性高低的标准之一。鉴赏小说、戏曲，十分讲究细节艺术。概言之，读小说先事后人，看戏曲先人后事。在鉴赏人物、事件的顺序方面略有不同。想象和联想是小说鉴赏和戏曲鉴赏中的一个重要特征，也是区分有文化群体和无文化群体的一个基本标志。通过想象和联想，对戏曲人物产生情感共鸣，是戏曲鉴赏的最高境界。

从鉴赏学的角度看，具有不同美学特征的文艺样式都有与之相适应的最佳鉴赏方法。小说虽然也经过口头传播阶段，但作为一种文体，则定型于书面传播形式。同一题材的小说，拟话本肯定优于话本，所以小说鉴赏以书面阅读为佳。反之，尽管戏曲也有文本，但欣赏戏曲不能离开舞台。脱离舞台的戏曲不是真正意义上的戏曲，故戏曲鉴赏的最佳方式是观看表演。概言之，小说和戏曲的本质特征决定了小说以阅读欣赏为主，而戏曲以观看舞台演出为佳。所以看小说者多而读剧本者少。

读小说和看戏是两种不同的艺术鉴赏形式。看戏包括听唱词和看表演，略同于听故事，其特征是具有开放性、直观性、不可重复性，宜于集体欣赏、同步欣赏。读小说略同于读剧本，其特征是具有封闭性、隐晦性、可重复性，宜于个别欣赏、自由欣赏、反复欣赏，而对审美主体有较高的文化要求。

听书与看戏，看小说与读剧本，都是同中见异的；而读小说与看戏，则异中有同，成为鉴赏小说、戏曲的最佳选择。想象与联想是小说和戏曲鉴赏活动中必要的中介环节，是区别有文化群体与无文化群体的显著标志。

（十四）古代小说与戏曲的批评

古代小说和戏曲批评均起源于诗文批评，在形式上都是由评点、序跋发展到专论、专著；内容由随意、零散发展到具有系统性和理论性，由评述文艺现象发展到揭示作品的本质特征。从小说评点看，宋元之交的刘辰翁采用了即兴随笔式的评点形式，具有相当的随意性，内容既有词语解释，也有对文意的评说。元代小说批评大抵沿袭前人。明代小说批评的形式更趋多样，除了眉批、总评之外，出现了二十余篇序跋，标志着序跋已经成为小说批评的主要形式。序跋篇幅较长，容量较大，可以系统地阐述某些理论问题，这就大大加强了小说批评的理论色彩。明末清初的金圣叹抓住长篇小说和作品结构两个主要问题，指出鲜明生动的人物形象是小说艺术的魅力所在；李渔则提出了"稗官为传奇蓝本"（《合锦回文传》第二卷素轩评）的命题，阐释了小说和戏曲两种文体之间的联系，标志着小说和戏曲批评的理论化程度有了提高，进入成熟阶段。近代小说批评中，评点的样式已日趋衰微，仍有一些批评家运用传统的评点方式批阅小说，以评点《红楼梦》者为最。

戏曲批评由元代前期的胡祇遹首开风气，之后便蔚然成风。燕南芝庵的《唱论》专门论述戏曲演唱理论和方法，周德清的《中原音韵》阐明了作曲要旨以及曲词创作在音律方面的特殊规律。钟嗣成的《录鬼簿》品评了400余种戏曲和散曲作品，夏庭芝的《青楼集》、陶宗仪的《辍耕录》对元杂剧的演变等作了初步论述。明代的高明通过戏曲中的宾白、曲词表达其戏曲观。晚明出现了一系列戏曲批评专著。王骥德的《曲律》、祁彪佳的《远山堂曲品》和《远山堂剧品》分别专评传奇和杂剧，能自出机杼，所论戏曲的社会功能、结构、批评方法和标准均富有特色。徐复祚的《三家村老委谈》、凌濛初的《谭曲杂札》、张琦的《衡曲麈谈》等各有侧重，自成体系。明末清初，金圣叹和李渔两位通俗文学批评大师把戏曲和小说批评推进到新阶段。清代戏曲批评呈多样化趋势。丁耀亢、吴伟业、黄周星、尤侗、毛先舒、毛纶、洪昇、孔尚任、吴舒凫等分别从不同角度表达了自己的戏曲批评主张，多有新见，言之成理，繁荣了戏曲批评。嘉庆、道光以后，各种地方戏异彩纷呈，戏曲批评也别开生面。梁庭楠的《曲话》的批评方法和戏曲观点都有独到的建树，其中论戏曲艺术特征最为精彩，其特点在于将"意境说"完整地引进戏曲批评。王国维的《宋元戏曲史》借鉴了西方的文艺思想，吸取了前人的戏曲观点，以翔实的资料考证，对古代戏曲的发展历史、艺术特征以及元杂剧文学价值等根本问题作了创造性的论述，故与鲁迅的《中国小说史略》并誉为"中国文学史上的双璧"。纵观小说和戏曲批评史，共同之处有三点：一是都肇始于宋元之际；二是明末清初金圣叹、李渔兼擅小说和戏曲批评，以其理论性、系统性标志着通俗文学批评的成熟，鲁迅、王国维则分别在小说和戏曲批评史上独树高标，达到最高成就；三是西方美学思想和文艺思潮的影响推进了小说和戏曲批评的发展。

通俗文学批评家以南方人居多，尤以江浙一带为最。除了胡祇遹、钟嗣成、贾仲名分别是河北、河南、山东人之外，其他大都是南方人。在古代小说、戏曲批评史上贡献较大的刘辰翁、汤显祖、冯梦龙、李贽、金圣叹、李渔、王国维、鲁迅等都是江西、江苏、浙江人。这与江南地区生产力发展水平高、经济发达、思想活跃、文化繁荣有关。戏曲和小说批评兼擅的现象比较普遍，如陶宗仪、胡应麟、吕天成、李贽、冯梦龙、凌濛初、金圣叹、袁于令、李渔、王国维、鲁迅等，尽管他们对于戏曲、小说批评各有侧重，但都涉及两个领域，其中多数人还染指诗文批评。古代小说和戏曲批评家大多富有创作经验，多有小说或戏曲作品传世，集文学家与批评家于一身。批评家干预创作的情况较为突出；一种情况是批评家建议作家对原文进行改写，如脂砚斋以秦可卿托梦王熙凤有功，命曹雪芹删去"秦可卿淫丧天香楼"，改为"秦可卿死封龙禁尉"（甲戌本十三回后脂砚斋评语）；另一种情况是批评家直接对原著进行砍削修改，如金圣叹批点《水浒传》，又腰斩了《水浒传》。

古代小说和戏曲批评从形式到内容仍存在不少差别，表现出各自独特的面貌。

第一，古代小说批评的形式比戏曲批评更为丰富多样。换言之，小说评点比戏曲评点样式更多。长篇小说分回，小说评点除一书卷首的批序、题词、读法、总评、图说、问答、论赞以外，每一回有总评、行间评、眉批、夹批、批注、总批等，正文中有密圈密点、重圈重点。古代小说评点常用不同颜色的笔，以示区别。

第二，戏曲批评专著多，而小说批评专著极少。戏曲批评中除早期的"序"，明清时金圣叹、李渔等的评点之外，绝大多数是以专论或专著形式出现的。从《唱论》《中原音韵》《曲藻》《曲品》《剧品》《曲话》《曲律》《谭曲杂札》《衡曲麈谈》等到《宋元戏曲史》，分别从歌唱、音律、曲调、鉴赏、评论、风格、创作等方面进行论说，而王国维《宋元戏曲史》是一部融资料与理论于一体的考论结合的专著。在整个戏曲批评史上，专著不下数十部。而与此截然相反的是，小说批评的专著却寥若晨星，大概只有鲁迅的《中国小说史略》是一部史论结合的小说批评专著。

第三，古代小说与戏曲批评最大的区别是内容的侧重点不同。古代小说批评主要着眼于题材、情节、人物形象和艺术手法，而古代戏曲批评则以曲为主，主要是曲的创作与演唱，包括腔调、音律、语言、演唱技巧等。

第四，古代小说与戏曲批评的又一区别是，古典戏曲批评家引进西方戏曲理论，促进了中国戏曲的现代化。小说批评侧重于人物、情节等艺术要素，而戏曲批评轻戏而重曲。戏曲创作与批评这种相互影响的现象循环往复，势必造成戏曲创作的萎缩。尽管在近代东西文化的交流撞击之中，中国戏曲的体制及美学风貌都有了较大的演变，但中国古代戏曲重戏轻曲的传统观点并未根本改变，这直接导致了戏曲创作很不景气的状况。而中国古代小说批评与创作相互影响产生良性循环，则在一定程度上促进了小说创作的繁荣。

（十五）古代小说理论与戏曲理论的相互渗透

古代小说理论与戏曲理论的相互渗透包括两方面：一方面，戏曲理论影响小说创作，小说理论又影响戏曲创作；另一方面，小说理论与戏曲理论相互渗透，相兼相容，而且指导创作实践。由于中国古代小说和戏曲概念的混杂及其批评的复杂性，上述两方面常常交融在一起，难以截然分开。中国古代小说有纪实的传统，魏晋笔记小说大体是写实的。到唐传奇开始出现艺术虚构，这种虚构手法到宋元话本中得到了广泛运用。古代戏曲起源于对劳动过程的模仿，最初也是讲究真实的。迟至宋金时代，古代戏曲已出现了虚构。更多的评论家将小说与戏曲的虚构等量齐观。从古代小说和戏曲发展、演进的实际情况看，古代小说成熟于唐代，而戏曲成熟于元代。小说和戏曲创作中自觉运用虚构手法则是其成熟的重要标志。显而易见，古代小说的虚构特点对戏曲创作产生了重要影响。明清之际的评论家对于虚构与艺术真实的关系有了新的认识。这种认识的飞跃、观点的更新，无疑促进了小说和戏曲创作的繁荣。

古代小说以塑造人物形象为终极目的，古代小说趋于成熟的又一标志便是将人物形象塑造放在构思的中心位置。塑造人物形象主要依赖于小说情节的安排。晚明王骥德的《曲律》在论及戏曲构思、结构的同时，也涉及人物塑造。但戏曲评论中一直存在重曲轻戏的倾向。祁彪佳的《远山堂曲品》与《远山堂剧品》评说比较全面，包括人物形象塑造。小说批评对戏曲理论的影响是清晰可见的。

戏曲理论对小说创作的影响主要表现为明末清初以李渔为代表的"无声戏"小说观。李渔的戏曲理论对其小说创作影响最直接、最显著的是《闲情偶寄》中的"结构""词采""宾白""科诨"等章节。一是他在创作上十分注意题材的奇异性；二是他创作的小说表现手法不同寻常；三是他的小说一如戏曲，力戒荒唐，都写日常生活中耳闻目击之事。由于李渔长期从事戏曲创作，形成了一定的思维定式，所以他的小说在人物的配置上总是按照戏曲人物的格局进行安排，生旦净丑位置极工。有些篇章则是典型的无声戏。李渔小说大量引进戏曲名词、术语和戏曲人物、故事、情节，是其戏曲理论影响小说创作的又一标志。

古代小说创作理论对于戏曲创作的影响在于，它在一定程度上纠正了戏曲创作和评论中重曲轻戏的偏向，完善了古代戏曲的内涵，规范了戏曲创作。古代戏曲理论影响小说创作主要在于小说的戏曲化。这一文艺思潮出现在明末清初，以一大批才子佳人小说及李渔等人的小说创作为代表。所谓小说的戏曲化，就是小说家把小说当作戏曲来创作，于是赋予小说以戏曲特征。古代小说和古代戏曲理论的相互渗透、相互影响，一方面，导致戏曲内涵的完善和小说的戏曲化；另一方面，导致小说和戏曲出现合流趋势。弹词就是小说理论与戏曲理论相互渗透而衍生出来的文学样式。

三、小说和戏曲的不同前程

从学术研究的角度看，比较只是一种手段，绝不是终极目的。我们对古代小说、戏曲进行了全方位、多层次的比较，其目的就是探讨这两种文体的本质特征——因为比较是一种最简单而最有效的研究方法——从而把握其发展的规律和趋势，本着古为今用的原则，为繁荣当今的小说、戏曲文化服务。我们发现，小说和戏曲的本质特征决定了它们的发展变化的规律。在这一点上，古今是相通的。戏曲的最大特征就是表演性和直观性，这既是戏曲无可比拟的优势，又是其致命的弱点所在。其优势在于能够凭借舞台和演员，进行有声有色的直观表演，非常适宜于下层民众尤其是无文化群体观赏。所以，在漫长的封建社会里，由于下层民众尤其是无文化群体人数众多，戏曲的发展遍及四面八方，上至宫廷庙堂，下到寺院谷场，如火如荼，长盛不衰。酒足饭饱后的官员财主、盐商大亨、平头百姓，都希望在精神文化方面得到一点愉悦、满足。明清以降，私家戏班全面开花，官员、士大夫、成功商人都想随时随地看戏娱乐，以家有剧班为时尚，形成一道独特的景观。但随着封建社会的终结，整个社会文化层次提高，无文化群体人数不断减少，以及整个社会娱乐方式的多元化，戏曲逐渐失去不少观众，无可奈何地走下坡路。1949 年新中国成立以后，随着新的表演方式的不断涌现，尤其是电影、电视、互联网等多种媒体的出现，戏曲经过了"死亡三部曲"的苦难历程。每一种新的媒介形式的出现，都几乎使戏曲的观众呈现以几何级数下降的趋势。同时，由于戏曲具有与生俱来的弱点，即由其表演性带来的观赏的同步性、不可重复性，极大地压抑了观众个体人性的自由，观看戏曲必须几十人、几百人同步进行，必须连续观看下去，中途不能离开；戏曲演出需要演员、舞台、道具、布景等，条件比较苛刻；一本戏只能演一段时间，一个剧团只能演几本戏，成本相对较高。因而戏曲必然会随着其他价廉物美的表演形式的问世、全民文化层次的提高、个性的进一步张扬而遭到冷落。目前戏曲的主要市场已经从文化发达的城市转移到文化相对落后的农村，在农村还能维系几十年到一百年的时间。本着古为今用的原则，我们可以预言，随着农村城镇化脚步的加快，戏曲将面临又一次危及生存的严峻挑战。比较而言，小说在封建社会不如戏曲那么风行，小说在口头传播阶段，命运肯定不如戏曲，因为看戏比听说书形象、生动、有趣，看戏与听说书有高低、贵贱、文野之分。小说进入文字传播阶段，又因为有文化群体人数不多而难得普及。所以小说在封建社会经历了两次变迁，第一次是宋元话本时期，那是市民阶层悄然崛起的时代，掌握了文化的市民阶层人数众多，一下子拉动了口头和书面小说的消费水平，民众的欣赏积极性空前提高，所以鲁迅称之为"一大变迁"。对于第二次，鲁迅未及加以论说，那是处于半封建半殖民地社会时期的近代，古老的中国大门被鸦片战争的枪炮彻底摧毁，"江山不幸诗家幸"，各种文化乘虚而入，西学东渐，新的文化环境、新的文化观念铸就了崭新的文学作品。古代小说迎来了新的机遇。维新派从西方国家的历史中看到小说在思想启蒙和社会变革中的地位，把小说文体从文学结构的边缘地位一下子推到中心位置，提出"小说界革命"的口号。近代文化人王无生提出："今日诚欲救国，不可不自小说始，不可不自改良小说始。"（《论小说与改良社会之关系》）各类翻译小说争奇斗艳，促进了言情小说、政治小说、社会理想小说、侦探小说、科学幻想小说等门类的创作。小说叙事模式和描写手段的改变，提高了小说的艺术性。作为中国古代小说的后劲，近代小说流派纷呈，作品数量惊人，大有狂飙突进之势，确实是小说史上万紫千红的时代。近代小说为古代小说的发展画上了圆满的句号。

今后小说的前景如何？小说的前景还是继续被看好，主要由于小说至少适合一部分层次较高的文化人阅读休闲的需要。他们通过想象联想，品味赏鉴，引起共鸣，从而潜移默化地修身养性，得到润物无声的美感享受，带来愉悦身心的神奇效果。另外，对于古代小说和戏曲的学术研究前景来说，由于古代小说的作者、版本、解读、鉴赏和批评等方面的分歧和争议，远远超过了戏曲的相对应的方面，具有相对较大的研究空间，所以，对于古代小说的研究，在很长一段时间内，肯定还是学术界的热门。戏曲因为其受众人数十分有限，则别无选择地站在历史发展的十字路口，面临严峻的挑战，只能希望通过自身的改革来扭转未来的命运。那么，爱好古代小说、戏曲的文化人，从事古代小说和戏曲教学、研究的专家学者，面对如此现状，应该做点什么？又能做点什么？应当怎么去做？这些问题必须引起大家认真严肃的思考，并使大家付诸行动。这是历史赋予我们这一代文化人的神圣的使命。我们有很多理由相信，大家认真读完这本《古代小说与戏曲（第二版）》，再加上比较深入的思考，一定会有所思索，有所感悟，进而会有所行动，有所作为。让我们携起手来，为繁荣社会主义的小说和戏曲文化而努力吧。

🕮 思考题

1. 古代小说和戏曲为何被称为俗文学？两者主要有哪些相同点？
2. 古代小说和戏曲在人物形象塑造的手法方面有何不同？
3. 古代小说和戏曲在鉴赏方面有何异同？
4. 你认为，随着时代的进步，小说和戏曲今后的发展走势如何？
5. 为何要进行古代小说和戏曲的比较研究？

上编　古代小说

第一章　小说的起源

教学目的

掌握古代小说最初的概念内涵变化及其特征，了解古代小说起源的概况以及古代小说与古代神话、寓言、史传文学的关系。

研究中国古代小说，首先必须研究小说的概念。因为古代小说的概念不仅纷乱复杂，而且随着时代的发展变化，其内涵在不断演变。古代小说的内涵与今天的小说概念并不相同。追本溯源，"小说"一词首见于《庄子》，细加考察，"小说"在其后不同的历史时期，又有不同的内涵。《现代汉语词典（第6版）》解释"小说"为"一种叙事性的文学体裁，通过人物的塑造和情节、环境的描述来概括地表现生活"，就是说，现代意义上的小说必须具备人物、情节、环境三要素。

第一节　小说的概念

"小说"一词，首见于先秦诸子的《庄子·杂篇·外物》：

"饰小说以干县令，其于大达亦远矣。"①

这里的"县"是通假字，通"悬"，意为"高"。其全句意思是，涂饰小说以求取高名美誉，它与经国济世的大道理相比，就相距太远了。其后"小说"一词屡被提及，如桓谭《新论》：

"若其小说家，合丛残小语，近取譬论，以作短书，治身理家，有可观之辞。"

又如《汉书·艺文志·诸子略·小说家》：

"小说家者流，盖出于稗官，街谈巷语、道听途说者之所造也。孔子曰：'虽小道，必有可观者焉，致远恐泥。'是以君子弗为也，然亦弗灭也。闾巷小知者之所及，亦使缀而不忘，如或一言可采，此亦刍荛狂夫之议也。……诸子十家，其可观者九家而已。"

---

① 郭庆藩. 庄子集释：第4册. 北京：中华书局，1961：942.

综合上面三段文字，我们可以大致了解到汉代以前人们对于"小说"的一般认识和理解。从语词结构看，《庄子·杂篇·外物》提到的"小说"，是偏正词组，"小说"的意思是"小"的"说词"，是"丛残小语"，即琐碎的言论。显然，这并不是文体意义上的概念。"小说"的内涵是与"大达"相对的小道，"大达"乃经国之大业，而"小说"则是微不足道的片言只语。"小说"的形式是"短书"，是与经、史等"长书"相对而言的。众所周知，记载战国时期策士言论、行动的国别体史书《战国策》，就别名《长书》。其形制长二尺四①，宽二尺；而短书则长一尺二，宽一尺，分别只是长书的一半。"小说"的作者，不过是"道听途说者""闾巷小知者"，即劳动人民。而"小说"的采集者则是"稗官"，史书有云："王者欲知闾巷风俗，故立稗官，使称说之。"（《汉书》如淳注）稗，是一年生草本植物，叶子像水稻，子实像黍米，为稻田害草；亦云细米为稗。稗官即小官，后亦以之代称小说，暗含贬义。又云："浅薄不中义理者，别集而为百家。"被鄙称为"百家"的"小说"，其艺术性则自然是"浅薄"的，所以在诸子十家中，小说家排在末尾。显而易见，《汉书·艺文志·诸子略·小说家》中"小说家者流"提到的"小说"，才算得上是文体意义上的概念。

古代小说的概念具有庞杂、纷乱的特点。可一居士《醒世恒言序》云："六经国史而外，凡著述皆小说也。"翟灏《通俗编》亦云："古凡杂说短记，不本经典者，概比小道，谓之小说。"在他们看来，小说就是六经国史而外的一切体裁短小、内容庞杂而无法归类的文字。从古代小说的坎坷遭遇看，这一观点无疑又是不错的。

第一，小说与历史不分。班固的《汉书》与葛洪的《西京杂记》，一为正史，一为小说，然而同出一源。《西京杂记·跋》云："班固所作，殆是全取刘氏（歆），有小异同耳。并固所不取，不过二万许言，今抄出为二卷，名曰《西京杂记》。"葛洪所说的话是否可靠，姑且不论；但在他看来，小说与历史没有根本区别。后人常用小说羽翼正史，其源盖出于此。从创作实践看来，不仅有正史被改写成小说，而且有史官将小说的文字写入正史。因此，不少小说的内容与历史记载没有多少区别。

第二，小说与经书不分。《汉书·艺文志·诸子略》著录小说1 380 篇（实为1 390 篇，《汉书》计算有误），其中《青史子》57 篇，现已亡佚。鲁迅曾经不惮辛劳，爬罗剔抉，考出了其中的3 篇，而其中就有2 篇见于《大戴礼记》的《保傅》篇，是既无人物又无情节的"胎教"和"幼教"常识。作为礼制的内容，互见于被尊为经典的《大戴礼记》之中，可见小说和经书没有明显的界限。

第三，小说与散文不分。陶渊明的《桃花源记》是《桃花源诗》前面的小记，是一篇表现作者理想境界的优美散文，历来被视为魏晋南北朝的散文名篇。而这篇散文被一字不差地收在志怪小说《搜神后记》中，其原因可能是《桃花源记》写到武陵渔人发现了世外桃源，回来告诉太守，"太守即遣人随其往，寻向所志，遂迷；不复得路"，有点神异色彩。

---

① 尺，古代长度单位，3 尺＝1 米。

由此可见，有人将散文、小说混为一谈了。

第四，小说与诗歌不分。胡适在《论短篇小说》一文中说："短篇小说是用最经济的文学手段描写事实中最精彩的一段或一方面，使人充分满意的文章。"① 于是他认为《木兰辞》记木兰的战功，只用了"将军百战死，壮士十年归"十字，这便是"经济"，所以是真正的小说。当然，他给短篇小说所下的定义其实不足为训。

第五，小说与戏曲不分。从古到今，将小说与戏曲混为一谈的不乏其人，甚至包括不少学术界的名人。古代小说和戏曲在概念上一直存在缠杂不清的现象，这个问题从唐代到清末，历时一千多年都没有得到解决，明清将戏曲视为小说的附庸，近代学者仍然把传奇、弹词归入小说。这给学术研究带来了极大的困惑和不便。

第六，小说与科学记载不分。《五朝小说》把"竹谱""禽经""诗品"列为小说。今人侯忠义、袁行霈的《中国文言小说书目》收录了大量的"诗话"。他们别无选择，因为这些都是不本经典的杂说短记，只能划入小说。所以，至今学术界对于古代文言小说总计的篇数没有能够达成共识。

以上数端，足见小说概念的庞杂纷乱，这是由于许多学者都按照个人的理解去解释小说概念。从小说概念的角度看，有人把轶事小说作为小说的全部内容，如南朝宋代刘义庆、刘孝标的《小说》，南朝梁代殷芸的《小说》和无名氏的《小说》都属轶事作品集，却都以"小说"作为书名。他们以为"轶事"即"小说"。从小说流派角度看，"传奇"本指唐代文言小说，在宋元话本中又指一个说书流派，后来又成为戏曲的专称。在不同时期不同人的心目中，内涵很不相同。诚如王国维所说：

"传奇之名，实始于唐，唐裴铏作《传奇》六卷，本小说家言；至宋则以诸宫调为传奇；元人则以元杂剧为传奇；至明则以戏曲之长者为传奇，以与北杂剧相别。乾隆间黄文旸编《曲海目》，遂分戏曲为杂剧、传奇二种，盖传奇之名，至明凡四变矣。"②

从作家作品的角度看，很多小说在同一书中，有故事，有笔记，有文学形象，有名物条目，有天文地理，也有草木鸟兽。既有小说作品，又有非小说作品。作为清代文言小说的集大成之作，《聊斋志异》也包括一定数量的并不能称为小说的作品。总之，由于小说地位的低微，所以其概念极其纷乱。

清人刘廷玑曾说："小说之名虽同，而古今之别，则相去天渊。"（《在园杂志》）古代小说概念的混乱也与小说内涵的不断发展有关。试以清代《四库全书》收录的四部小说《西京杂记》《海内十洲记》《搜神记》《博物志》为例，它们在《隋书·经籍志》中分别被归入"旧事""地理""杂传""杂家"；在《旧唐书·经籍志》中分别被归入"故事""地理""杂传""小说"；在《新唐书·艺文志》中分别被归入"故事""道家""小说""小说"；在《四库全书》中则被全部划为小说。可见小说概念从隋朝到清朝不断演变，并趋于

---

① 胡适. 胡适古典文学研究论集. 上海：上海古籍出版社，1988：678.
② 王国维. 王国维戏曲论文集. 北京：中国戏曲出版社，1984：110.

一致的轨迹。学术界从历朝历代的小说创作实践出发，进行了深入研究。有学者指出，古代小说概念的发展大致经历了琐碎的言论、芜杂的笔记、完整的故事和以人物描写为主的故事等几个阶段。[①] 此说颇有道理，大体符合实际。那么，"小说"这个概念，从最初的"丛残小语"到塑造出个性鲜明、栩栩如生的人物形象的叙事文学作品，其间确实有天渊之别。尽管对于小说概念发展的几个阶段，学术界的观点不尽一致，仁者见仁，智者见智——其中的原因是复杂的——但谁也无法否认古代小说概念纷乱的事实，乃至于形成了"泛小说观"或者"大小说观"的局面。

综合学术界相关的研究成果，比较一致的意见是，小说首先在口头流传，然后进入文字阶段；口头讲故事与文字小说在相当长的时期是并辔而行的。古代小说概念的内涵从先秦到宋元时期不断变化，从非文体意义概念，演变为文体意义上的概念。其不同内涵可以分别概括为：先秦时期主要指琐碎的言论；魏晋南北朝时期指芜杂的笔记，以魏晋笔记小说为代表；唐代指完整的故事，以唐传奇为代表；宋元时代指以人物为主的故事，以话本小说为代表。

关于这一问题，本书将在后面相关章节详细论述。

第二节　小说与神话、寓言、史传文学的关系

关于古代小说的起源，至今并未发现直接的证据。根据文学起源于劳动的观点，鲁迅认为，小说起源于古代劳动人民休息时的"讲故事"。这基本得到学术界的一致认同。关于古代小说的起源，由于年代久远，现在乃至于将来，确实难以找到文字记载或者直接的证据。但是，可以肯定，小说和诗歌是起源较早的两种文体。诗歌起源于劳动人民生产劳动时前呼后应的号子，已经成为学术界的共识。有鉴于此，我们可以通过比较研究来论定小说的起源。首先，文学起源于劳动，是得到学术界公认的，那么，小说肯定也起源于劳动。其次，劳动人民生产劳动时前呼后应的号子被视为诗歌的起源，那么，劳动人民休息时讲故事作为小说的起源，也是顺理成章的。其实古代小说最早的形态是口头讲故事，而文字小说的形态肯定出现在口头讲故事之后。古代小说经历了一个由言论阶段到文字阶段的飞跃。

小说与神话、寓言、史传文学是相互影响的。

比较而言，小说与神话的关系更为密切。《山海经》等神话与小说具有千丝万缕的联系，被称为"古今语怪之祖"。请看《山海经》中的三篇文字：

> 夸父与日逐走，入日。渴，欲得饮，饮于河渭，河渭不足，北饮大泽。未至，道渴而死。弃其杖，化为邓林。
>
> 发鸠之山，其上多柘木。有鸟焉，其状如乌，文首、白喙、赤足，名曰精卫，其鸣

---

①　谈凤梁. 中国古代小说简史. 南京：江苏教育出版社，1996.

自詨（叫）。是炎帝之少女，名曰女娃。女娃游于东海，溺而不返，故为精卫。常衔西山之木石，以堙于东海。

刑天与帝至此争神，帝断其首，葬之常羊之山。乃以乳为目，以脐为口，操干戚以舞。

小说与神话，两者既有相通之处，又有区别。古代神话大多属于小说的范畴，但神话并不等于小说，只是小说的渊源，是小说中某些艺术元素的载体，充其量可算是小说的萌芽阶段。神话和小说是两个概念，不能相互代替。神话一般都有超人的想象内容，属于浪漫主义作品。请看下面几篇：

往古之时，四极废，九州裂，天不兼覆，地不周载，火爁焱而不灭，水浩洋而不息，猛兽食颛民，鸷鸟攫老弱。于是女娲炼五色石以补苍天，断鳌足以立四极，杀黑龙以济冀州，积芦灰以止淫水。苍天补，四极正，淫水涸，冀州平，狡虫死，颛民生。（刘安《淮南子》）

昔宇宙初辟之时，只有兄妹二人，在昆仑山中。而天下未有人民，议以为夫妻，又自羞耻，乃结草为扇，以障其面。（李冗《独异志》）

俗话天地开辟，未有人民。女娲抟土作人，剧务，力不暇供，乃引绳泥中，举以为人。故富贵贤知者，黄土人也；贫贱凡庸者，引絙人也。（应劭《风俗通义》）

而寓言具有相对完整的故事情节，自觉地虚构故事，在一定程度上推进了小说的发展进程。请看《孟子·离娄下》的"齐人有一妻一妾"和《孟子·滕文公下》的"攘鸡"：

齐人有一妻一妾而处室者。其良人出，则必餍酒肉而后反。其妻问其所与饮食者，则尽富贵也。其妻告其妾曰："良人出，则必餍酒肉而后反。问其所与饮食者，尽富贵也；而未尝有显者来，吾将良人之所之也。"早起，施从良人之所之。遍国中无与立谈者。卒之东郭之墦间之祭者，乞其余，不足，又顾而之他。此其为餍足之道也。其妻归告其妾，曰："良人者，所仰望而终身者也，今若此！"与其妾讪其良人，而相泣于中庭。而良人未之知也，施施从外来，骄其妻妾。由君子观之，则人之所以求富贵利达者，其妻妾不羞也而不相泣者，几希矣！

今有人日攘邻之鸡者，或告之曰："此非君子之道。"曰："请损之，月攘一鸡，以待来年，然后已。"如知其非义，斯速已矣，何待来年？

这两则寓言故事为了讽刺当时某些社会现象，虚构了故事情节，因而引起世人的质疑。齐人不可能每天向"祭者乞其余"，都能"餍酒肉而后反"，更不可能娶"一妻一妾"；攘鸡者每天攘鸡一只，而邻人不可能有那么多鸡。时人有好事者诗曰："乞丐如何有二妻？邻人焉得许多鸡？当时自有周天子，何必纷纷说魏齐？"（冯梦龙《古今笑概》）世人对于"乞丐二妻"和"邻人多鸡"产生疑问，恰恰说明在文学作品普遍写实的风气之下，它的虚构现象特别引人注目，居然引起了"公愤"。诸子寓言的这一虚构手法直接影响到了后代小说的虚构因素，促进了小说的发展。

历史散文与诸子散文对于小说的影响主要在刻画人物形象等方面。历史散文，如《左传》中的《郑伯克段于鄢》，以较少的笔墨刻画了郑庄公的老谋深算、狠毒奸诈、伪善伪孝和共叔段的狂妄自大、恃宠骄纵、贪鄙无知。其叙事手法尤其是对战争的描写相当高明，这些经验自然对叙事文体有不小的影响。诸子散文多用对话，有些篇章通过对话表现人物性格，颇为精彩。如《论语·先进》的"侍坐"章，记叙了孔子与子路、冉有、公西华、曾皙四弟子的对话，巧妙地表现了四个人不同的志向和性格，而《孟子·梁惠王上》的"齐桓晋文之事"，也是值得称道的优秀片断。作为古代散文最高成就的《史记》，在叙事方式、情节安排、刻画人物诸方面都给小说以巨大影响。

小说反过来也影响到史传文、寓言、经书。《史记·刺客列传》中"世言荆轲，其称太子丹命天雨粟、马生角也，太过"，明显受到汉代野史笔记小说《燕丹子》的影响。据小说《燕丹子》记载：燕太子丹质于秦，秦王遇之无理……欲求归，秦王不听。谬言："令乌头白，天雨粟，马生角，乃可许耳。"不料乌鸦顷刻头白，马驹长出小角。司马迁创作《史记》时，认为小说描写过于夸张，所以没有采用。学术界认为，古代寓言大多来自民间创作。王焕镳先生在其《先秦寓言研究》中说，民间所流传的神话传说，有的是一个普通的故事，有的已构成寓言的雏形，为先秦作者提供了寓言的素材，同时在手法上也启发了寓言的创作技巧。[①] 这说明，属于小说范畴的神话故事确实对寓言有影响。小说对诸子散文的影响早有定论，《汉书·艺文志·诸子略·小说家》所记载的 15 家琐言类小说，很多是诸子文的蓝本。如《伊尹说》，虽已亡佚，但在诸子文《孟子》《吕氏春秋》中已有记述。

民间传说虽带有宗教、迷信色彩，但多以故事形式出现。民间传说以故事作为载体，经过民间口耳相传，活跃于社会，后来逐渐形诸文字，则成为小说。《山海经》因其内容驳杂，属于地理博物类著作，保存了不少神话传说，被称为"古今语怪之祖"（胡应麟《少室山房笔丛》）。对后来志怪小说的形成、发展影响极大，故可视为文字小说的源头。汉代的民间故事《燕丹子》《吴越春秋》，则由言论阶段飞跃到文字阶段，成为最早的历史小说。

自从鲁迅的《中国小说史略》作为中国研究古代小说的开山之作面世之后，研究古代小说史的学者，代不乏人，名家辈出。各家所论，见仁见智，都不无道理。本书兼采各家之长，对中国古代小说发展历史进程的具体描述如下：

先秦时期，古代小说的发轫阶段。"小说"指琐碎的言论，并不是文体意义上的概念。小说主要靠口头流传。

汉代，古代小说的萌芽阶段。"小说"的内涵逐步转化为文体意义上的概念；小说的传播由言论阶段飞跃到文字阶段。

魏晋南北朝时期，古代小说的发展阶段。小说的内涵相当于故事，成为真正的文体意义的概念，作品以魏晋笔记小说为代表。

---

① 王焕镳. 先秦寓言研究. 上海：古典文学出版社，1957.

唐代，古代小说的定型、成熟时期，小说的内涵是描述完整的故事。小说语言主要是文言，作品以唐传奇为代表。

宋元时代，古代小说的繁荣时期。小说的内涵是描述以人物为主的故事。小说语言由文言转变为白话，受众主体由统治阶级和封建文人转变为广大的市民阶层。作品以宋元话本小说为标志。

明代至清代中期，古代小说的辉煌时期。标志之一是白话短篇小说（拟话本）与长篇小说双峰并峙；标志之二是文言小说与白话小说二水分流。各领域均出现了高峰性作品，以"三言二拍""明代四大奇书""清初三大小说"为代表。

晚清，古代小说的衰微时期。小说呈现出回光返照的景象，作品以"四大谴责小说"为代表。

五四新文化运动时期，提倡白话文，古代小说失去了生存的土壤和环境；文学创作进入现代新文化时期，现代小说取代了古代小说的地位；古代小说画上圆满的句号，标志着中国古代小说完成了历史使命而告别文艺舞台。

思考题

1. 古代小说最早的概念出自何处？其内涵是什么？
2. 汉代之前，"小说"的基本特征如何？
3. 简述古代小说与古代神话的关系。
4. "乞丐如何有二妻？邻人焉得许多鸡？当时自有周天子，何必纷纷说魏齐？"这首诗说明了什么问题？
5. 你如何理解古代小说的起源问题？
6. 谈谈你对中国古代小说发展历史进程的理解。

第二章　两汉魏晋南北朝小说

教学目的

　　了解两汉魏晋南北朝小说的特点及其在小说史上的地位；掌握魏晋志人小说和志怪小说的主要思想内容和艺术特色。

第一节　汉代小说

　　汉代与魏晋南北朝是古代小说发展的重要阶段。

　　张衡《西京赋》云："小说九百，本自虞初。"（《汉书·艺文志》载《虞初周说》943篇）张衡所云并不准确，但他告诉我们，汉代小说已经不再是口头作品，而是书面记载，且数量繁多，蔚为大观。同时，汉代"小说"的内涵已经基本转化为文体意义上的概念。

　　汉代小说大致分三类：琐言类、野史笔记类、民间故事类。

一、琐言类

　　琐言类书目见于《汉书·艺文志》：

　　《伊尹说》27篇。（原注：其语浅薄，似依托也。）

　　《鬻子说》19篇。（原注：后世所加。）

　　《周考》76篇。（原注：考周事也。）

　　《青史子》57篇。（原注：古史官记事也。）

　　《师旷》6篇。（原注：见《春秋》，其言浅薄，本与此同，似因托之。）

　　《务成子》11篇。（原注：称尧问，非古语。）

　　《宋子》18篇。（原注：孙卿道："宋子，其言黄老意。"）

　　《天乙》3篇。（原注：天乙谓汤，其言非殷时，皆依托也。）

　　《黄帝说》40篇。（原注：迂诞依托。）

　　《封禅方说》18篇。（原注：武帝时。）

《待诏臣饶心术》25篇。(原注:武帝时。师古曰,刘向《别录》云:"饶,齐人也,不知其姓,武帝时待诏作书,名曰《心术》。")

《待诏臣安成未央术》1篇。(原注:应劭曰,道家也,好养生事,为未央之术。)

《臣寿周纪》7篇。(原注:项国圉人,宣帝时。)

《虞初周说》943篇。(原注:河南人,武帝时以方士侍郎,号黄车使者。应劭曰:其说以《周书》为本。师古曰,《史记》云:"虞初,洛阳人。"即张衡《西京赋》"小说九百,本自虞初"者也。)

《百家》139卷。

右小说十五家,千三百八十篇。(应为1 390篇。)

《汉书》注家三国魏人如淳认为,上面十五家1 380篇(应为1 390篇)小说,"今皆不存,故莫得而深考。然审其名目,乃殊不似有采自民间,其中依托古人者七,记古事者二,明著汉代者四家"。

这里至少可以说明三点:第一,汉代琐言类小说大致可以分为三种,即依托古人,记载古事,以及汉代人所撰;第二,这类小说到三国时期俱已亡佚;第三,这类小说不像是民间讲故事。

二、野史笔记类

汉代野史笔记类小说不少,比较典型的有无名氏的《燕丹子》和赵晔的《吴越春秋》。

《燕丹子》写战国时期燕国太子丹派遣荆轲行刺秦王的故事,情节略同于史书。该书是否作于汉代,至今仍有争议。但其故事内容早在社会上流传,应劭的《风俗篇》和王充《论衡》中均曾提及;作品多用古字古义,至少不是汉代人编造的。作品写战国时期,燕国太子丹设法逃离秦国,急于复仇。后经鞠武介绍谋士田光,再由田光举荐勇士荆轲。荆轲携带了由秦降燕的樊於期的首级和秦王觊觎已久的属于燕国的督亢地图,以降秦邀功为由,行刺秦王。他将匕首藏在地图之中,借机抓住了秦王,却未能将他刺死。其内容虽然暴露了秦王的虎狼之心,但歌颂封建忠义观念的倾向并不值得肯定。这篇小说在艺术上情节完整,人物形象鲜明,是继承发展"讲故事"形式的力作。

《吴越春秋》,作者赵晔,生卒年不详,字长君,东汉经学家、文学家,会稽山阴(今浙江绍兴)人。"少尝为县吏,奉檄迎督邮"(《后汉书,赵晔传》),以为耻,弃车马而去。至四川资中从杜抚学韩诗,穷究其术,积20年,音讯不通,家人为之发丧制服。"抚卒乃归,本州召补从事,不就",卒于家。著有《吴越春秋》《诗细历神渊》等。相传大学者蔡邕至会稽,读《诗细历神渊》,赞赏不已,以为胜过《论衡》,还京师,传其事,于是学者皆诵习。惜已佚。

《吴越春秋》,《隋书·经籍志》作12卷,今所见本仅10卷,写春秋战国时期吴越争霸的故事。楚平王听信谗言,杀害大臣伍奢及其二子,其三子伍子胥顺长江东下,投奔吴王阖间，并借助吴王之力打败楚国，鞭楚王尸复仇。因越王曾联楚抗吴，故阖闾转而伐越，被越王勾践射伤致死。吴越纷争，越国大败，勾践被俘。勾践卧薪尝胆，改革政治，十年之后，又离间吴王夫差的君臣关系，使吴王杀死大将伍子胥，然后打败吴国。《吴越春秋》似为史书，其材料源于《左传》《国语》《史记》中的有关记载，但并不拘泥于史实，掺杂了许多传闻异说，其中很多记载不见于史书。每卷各有专题标目，颇有文学意味。如《吴越春秋》中的《夫差内传》载，伍子胥被杀后，尸体被抛入江中，头颅被挂在姑苏城头，灵魂则化为汹涌澎湃的波涛。这些情节，其他史书都没有记载。有人认为，这是"演义类雏形的历史小说"，似有一定道理。鲁迅称其"虽本史实，并含异闻"，论断十分精确。《吴越春秋》不同于一般史书，包含"异闻"，但这些"异闻"并不等于艺术虚构，这一点恰恰与后代的演义小说不同，演义小说离不开历史，而塑造形象又少不了艺术虚构，故《吴越春秋》不能称为历史演义小说。有人认为，它应介于小说与历史之间，即野史笔记小说。

《吴越春秋》前五卷着重写伍子胥为父兄报仇，通过吴越兴亡的叙述和人物描写，表现出国家与人民的密切关系，集中暴露了封建统治阶级滥杀忠良的罪恶，揭示了统治阶级内部的尖锐矛盾，突出了反抗强暴的复仇精神。小说在艺术上刻画了伍子胥、范蠡、勾践等一系列人物形象；注重情节描写，用以表现人物性格；通过对比、衬托，突出人物性格，如勾践与夫差、伍子胥与太宰嚭的对比；同时，讲究场面的描绘及环境气氛的渲染，如勾践入吴的场面、国人送子弟去边境的情景描写，等等，十分感人。

其他的野史笔记小说，还有袁康的《越绝书》，扬雄的《蜀王本纪》，托名班固的《汉武故事》《汉武帝内传》，等等。

袁康，生卒年不详，字君高，东汉史学、文学家，会稽山阴（今浙江绍兴）人，曾著《越绝书》。此书经同郡人吴平审定，其内容与《吴越春秋》相似，叙述春秋时代吴越争霸的故事，然亦涉及楚国的史实，反映了统治阶级内部的矛盾斗争。作品文笔纵横枝蔓，情节曲折生动，对伍子胥的描写颇有小说意味。其书内容虽本于史实，但亦含有不少异闻，对后世小说发展有一定的影响。

扬雄（前53—18年），字子云，西汉文学家、哲学家、语言学家，蜀都（今四川成都）人。少好学，博览多通，为人口吃，不能畅谈，然好沉思，善为辞赋。扬雄40岁后出川游京师，大司马王音奇其才，荐之于朝。他随汉成帝游猎，献赋数篇；后任给事黄门郎，历成帝、平帝、哀帝三朝，不得仕进；王莽篡权后未得封爵。生活贫素，自甘淡泊。晚年研究哲学，埋头著书。他与司马相如并称"扬马"。《汉书·艺文志》著录其赋12篇，另著有《法言》《太玄》《方言》和野史笔记小说《蜀王本纪》。《蜀王本纪》虽然沿袭《史记》"本纪"的体例，但其内容是以关于蜀王的历史传说为主的记叙。

班固（32—92年），字孟坚，扶风安陵（今陕西咸阳）人，东汉史学家、文学家，曾任兰台令史等。他借鉴司马迁《史记》，完成了第一部纪传体断代史《汉书》的撰写。此外还有诗、赋传世。《汉武故事》《汉武帝内传》托名为其所作，此二文是否属于汉代作品，历来看法不一。世传本《汉武故事》中云："长陵徐氏，号仪君，善传朔术，至今上元延中已百三十七岁矣，视之如童女。"元延是汉成帝年号，既称"今上"，作者当为成帝时人，肯定不是班固。关于《汉武帝内传》的著作年代，如果对照《博物志》的引文，如"武帝好仙道，祭祀名山大泽以求神仙之道"，"此桃三千年一生实"，"东方朔从殿南厢朱雀牖中窥母"，"尝三来盗吾此桃"等，就可以看出，它是汉代末年的作品，不是班固所作。因为《博物志》的作者张华是魏晋时人，离汉代末年为时不远，其作品皆取古书旧说，完全可能引用过汉代末年的作品。

三、民间故事类

汉代民间讲故事风气盛行。《汉书·艺文志》注云："王者欲知闾巷风俗，故立稗官，使称说之。"稗官即小官，和民间讲故事有密切联系。他们既是民间故事的采集者、加工者，又近似于职业艺人。稗官的本职工作当然是采集民间故事，民间故事的原创性决定了故事质量必然粗糙，必须经过加工才能上呈。而要进行加工就必须掌握民间艺人的手艺，于是，稗官便与民间艺人结下了不解之缘。汉代民间故事的内容到底是哪些呢？由于口耳相传，不便记载；统治阶级垄断文化，轻视小说，又疏于记录，所以，现在已不得而知。1953年，四川成都天回镇出土的"说书俑"，手执鼓槌，笑口迎人，神态可爱，可算是民间故事的重要实物证据。这无疑可以说明，说书在汉代确实风靡一时。此外，流传很广的《秋胡行》《陌上桑》《孔雀东南飞》等汉代乐府民歌，具有人物形象、情节因素，故事性强，艺术性也很可观，明显保留了说唱痕迹，与民间讲故事有着千丝万缕的联系。

总之，汉代小说的内涵已经基本演变为文体意义的概念；而且从言论阶段飞跃到文字阶段。小说的传播有了两条途径：文字小说萌芽成长，发展迅速；同时，民间讲故事仍然风行。虽然有时不可避免地被统治阶级利用，变为茶余饭后的娱乐工具，但民间讲故事的传统仍然不断发扬光大，并按照自身的条件和前进轨迹在不断发展。

第二节　魏晋南北朝小说

魏晋南北朝小说称为笔记小说。因为魏晋南北朝后期，随着文学创作的繁荣，文士们对文学作品的名称产生了不同意见，结果出现了文笔之争，就是以有韵的文章称为"文"，无韵的文章称为"笔"。于是，社会上一般人就把注重辞藻，讲究声韵、对偶的文章称为"文"；而把散行撰写、不讲声韵的文章称为"笔"。"笔记"是与诗歌、骈俪之文相对而言的。小说显然是散行单句、无韵的文字，故称为笔记小说。

这一时期，笔记小说主要有杂录小说、志怪小说、民间故事三类。

一、杂录小说

杂录小说又称志人小说，包括人物轶事、历史琐记、笑话解颐三类。

（一）人物轶事

人物轶事类小说以刘义庆召集门客编撰的《世说新语》为代表作。

刘义庆（403—444 年），彭城（今江苏徐州）人，南朝刘宋时文学家，宋武帝刘裕之侄，长沙景王刘道怜次子，过继给叔父临川王刘道规，袭封临川王。刘义庆秉性简素，寡嗜欲，爱好文学，招聚文学之士，远近必至。当时著名的文士袁淑、鲍照、陆展、何长瑜等都曾受到其礼遇，也参与了《世说新语》的创作。另撰有志怪小说《幽明录》，原书 30 卷，鲁迅《古小说钩沉》辑录其佚文 200 余条。

《世说新语》原名《世说》。唐代人为了区别于汉代刘向的《世说》，改称之为《续世说》《世说新书》。后代人则合并刘向和陆贾的两部书名，将它易名为《世说新语》。今本《世说新语》共 36 门。从第一门"德行"到第二十二门"宠礼"以褒扬为主；从第二十三门"任诞"到第三十六门"仇隙"重在针砭。前四门的标目分别为"德行""政事""言语""文学"，可见该书以儒家思想为主导。

从条目看，《世说新语》的内容主要是记录由汉末至东晋之间豪门士族知识分子的传闻轶事，时间跨度大约 250 年。另有几条所记，属于西汉人物的言行。

第一，《世说新语》揭露了统治阶级的荒淫腐朽、穷奢极欲和暴虐凶残的本质。如：

> 武帝尝降王武子家，武子供馔，并用琉璃器，婢子百余人，皆绫罗绔裲，以手擎饮食。蒸豚肥美，异于常味。帝怪而问之，答曰："以人乳饮豚。"帝甚不平，食未毕便去。（《世说新语·汰侈》）

统治阶级有的"用蜡烛作炊"，"以赤石脂泥壁"；更有甚者，晋武帝的亲戚王武子竟然"以人乳饮？（喂猪）"，而使猪肉鲜美可口，连晋武帝也愤愤不平。再如"汰侈"门的《石崇邀客宴集》，富商石崇竟然因客人拒绝饮酒，而把劝酒的美女杀掉；大将军王敦却视而不见，坚持不喝。这既暴露了石崇以杀人劝酒为阔的凶暴，也批判了王敦以见死不救为豪的残忍，令人发指。

第二，《世说新语》真实反映了乱世知识分子的生活，用艺术形象诠释了魏晋风度。如"任诞"门《刘伶纵酒》：

> 刘伶恒纵酒放达，或脱衣裸形在屋中。人见讥之。伶曰："我以天地为栋宇，屋室为裈衣，诸君何为入我裈中？"

表现了嗜酒派的行为怪僻，放荡作达。《三语掾》更不可思议：太尉王衍听说阮修有清谈的美名，就问他："老庄与圣教何异？"阮修答道："将无同。"这种没有人能明辨其真实含义的回答，竟然折服了王衍，辟其为太尉的属官"掾"。这就是"三语掾"典故的由来。

第三，《世说新语》歌颂了劳动人民和知识分子的优秀品质。如"自新"门之《周处》：

> 周处年少时，凶强侠气，为乡里所患；又义兴水中有蛟，山中有邅迹虎，并皆暴犯百姓；义兴人谓为三横，而处尤剧。或说处杀虎斩蛟，实冀三横唯余其一。处即刺杀虎，又入水击蛟。蛟或浮或没，行数十里，处与之俱。经三日三夜，乡里皆谓已死，更相庆。竟杀蛟而出，闻里人相庆，始知为人情所患，有自改意。乃自吴寻二陆。平原不在，正见清河。其以情告，并云欲自修改，而年已蹉跎，终无所成。清河曰："古人贵朝闻夕死，况君前途尚可；且人患志之不立，亦何忧令名不彰邪？"处遂改励，终为忠臣孝子。

表现了主人公周处上山擒虎，下水斩蛟，勇于为民除害的英雄气概和闻过则改的优良品格。

其他，如《阮裕焚车》，阮裕买了个新车，有个人因死了母亲，不好意思向他借车。他认为，自己有车，而别人不敢来借，那么车还有何用？于是，他就把车烧了。又如，《管宁割席》，管宁见华歆既爱金钱，又羡慕权势，就毅然割席分坐。再如，《陶侃清廉》刻画古代的清官，等等。

第四，《世说新语》也有一些篇章按照封建思想来规范人们的言行，不值得肯定。比如，一位小吏为了请假回家，谎称母亲生病。被上司知道以后，竟被判了死刑，理由是"欺君不忠，病母不孝"。不忠不孝之人，就应当判死刑。"方正"门中的"刘真长"，写刘真长与王仲祖外出而无所食，一个平民请他吃饭，刘真长竟说，凡是小人是不能与之打交道的。这种不识好歹的行为竟被视为"方正"。

《世说新语》在写作上颇为成功，积累了许多艺术经验。

第一，《世说新语》善于运用人物的一言一行刻画人物形象，表现个性。这是篇幅短小的文言小说最大的特色。如"汰侈"门之《石崇邀客宴集》：

> 石崇每邀客宴集，常令美人行酒。客饮酒不尽者，使黄门交斩美人。王丞相与大将军尝共诣崇，丞相素不能饮，辄自勉强，至于沉醉。每至大将军，固不饮，以观其变。已斩三人，颜色如故，尚不肯饮。丞相让之，大将军曰："自杀伊家人，何预卿事？"

"已斩三人，颜色如故，尚不肯饮"，"自杀伊家人，何预卿事？"这一言一行刻画出大将军的残忍冷酷。

第二，《世说新语》的心理描写颇为出彩，如"汰侈"门之《石崇与王恺争豪》：

> 石崇与王恺争豪，并穷绮丽，以饰舆服。武帝，恺之甥也，每助恺。尝以一珊瑚树高二尺许赐恺，枝柯扶疏，世罕其比。恺以示崇，崇视讫，以铁如意击之，应手而碎。恺既惋惜，以为疾己之宝，声色甚厉。崇曰："不足恨，今还卿。"乃命左右悉取珊瑚树，有三尺、四尺、条干绝世、光彩溢目者六七枚，如恺许比甚众。恺惘然自失。

王恺以珊瑚树"示崇",被击碎后"既惋惜,以为疾己之宝,声色甚厉","惘然自失",表现出其由骄纵,到惋惜,到愤怒,再到失落的过程,心理活动的轨迹非常清晰。

第三,《世说新语》细节刻画和对比手法运用出色,如"德行"门:

> 管宁、华歆共园中锄菜,见地有片金,管挥锄与瓦石不异。华捉而掷去之。又尝同席读书,有乘轩冕过门者,宁读如故,歆废书出看。宁割席分坐,曰:"子非吾友也。"

"捉而掷去之"是十分传神的细节。先"捉",表现了华歆对于金片已经心动,而"掷去之",表现了他碍于管宁在旁边而不得不扔掉金片,心理活动与思想的变化过程非常清晰。用对比手法表现在管宁、华歆对金钱和权贵的态度不同:对于金片,一个是"挥锄与瓦石不异",一个"捉而掷去之";对于"乘轩冕"者,一个是"读如故",不为所动,一个是"废书出看",经不起诱惑。两种截然不同的品格通过对比表现出来。

第四,《世说新语》的语言简约含蓄,隽永传神,富有韵味。比如"言语"门之《过江诸人》:

> 过江诸人,每至美日,辄相邀新亭,藉卉饮宴。周侯中坐而叹曰:"风景不殊,正自有河山之异。"皆相视流泪。唯王丞相愀然变色曰:"当共戮力王室,克复神州,何至作楚囚相对?"

只用一句富有哲理深意的话,就将周侯与王丞相对于"过江"之后的不同态度传神地表现出来。一个感叹物是人非,一个立志克复神州,其精神风貌迥然相异。明胡应麟《少室山房笔丛》云:"读其语言,晋人面目气韵,恍然生动,而简约玄淡,真致不穷。"看了其中多数篇章,就会发现此评不虚,确为的论。《世说新语》词语凝练,有许多已经成为约定俗成的成语,如"难兄难弟""拾人牙慧""望梅止渴""咄咄怪事""絮雪才华""枕流漱石",等等。

刘孝标为《世说新语》作注,引书多达400余种,且今天大多亡佚,故其史料价值很高。刘孝标《世说新语注》与裴松之《三国志注》、郦道元《水经注》被称为魏晋南北朝最有价值的"三大注"。

鲁迅评价《世说新语》,"记言则玄远冷隽,记行则高简瑰奇"[1],概括了《世说新语》的特色及其对后代文学产生的深远影响。《世说新语》分门别类的写法,片言细行、隽永记叙的笔法为后代所仿效。唐代王方庆的《续世说新语》、刘肃的《大唐新语》、刘𫗧的《隋唐嘉话》,宋代王谠的《唐语林》、孔平仲的《续世说》,明代何良俊的《何氏语林》、冯梦龙的《古今谈概》,清代王晫的《今世说》等,都受其影响。"击鼓骂曹""除三害""七步成诗""黄绢幼妇"等许多故事、典故成为后代小说、戏曲的题材或材料。总之,《世说新语》在文学史上有很高的地位。

其他的人物轶事小说还有裴启的《语林》、郭澄之的《郭子》、沈约的《俗说》、殷芸

---

① 鲁迅. 中国小说史略. 北京:人民文学出版社,1973:47.

的《小说》，等等。

（二）历史琐记

历史琐记的代表作是葛洪的《西京杂记》和宗懔的《荆楚岁时记》。

葛洪（284—364年），字稚川，号抱朴子，丹阳句容（今江苏句容）人，东汉道教理论家、文学家、医学家。少以儒学知名，后好神仙养道之术，刻苦钻研，成为博学多闻、超群绝伦的大学者。因参加镇压农民起义，被封为关内侯。史学家干宝与之友善，推荐他修国史，他固辞不就，后携子侄于罗浮山炼丹，积年而卒。著作甚多，代表作为《抱朴子》。

葛洪托名刘歆所撰的《西京杂记》，记述了汉代的传说、琐闻，描绘了有关西京的宫室园圃，如《骕骦裘》写司马相如与卓文君私奔到成都，经营酒店，犊鼻贳酒，捉弄卓王孙的故事：

> 司马相如初与卓文君还成都，居贫愁懑，以所著骕骦裘，就市人阳昌贳酒，与文君为欢。继而文君抱颈而泣曰："我平生富足，今乃以衣裘贳酒。"遂相与谋，于成都卖酒。相如亲著犊鼻裈涤器，以耻王孙。王孙果以为病，乃厚给文君，文君遂为富人。文君姣好，眉色如望远山，脸际常若芙蓉，肌肤柔滑如脂。十七而寡，为人放诞风流，故悦长卿之才而越礼焉。长卿素有消渴疾，及还成都，悦文君之色，遂以发痼疾。乃作《美人赋》，欲以自刺，而终不能改，卒以此疾至死。文君为诔，传于世。

又如，《鸡犬识新丰》写刘邦做了皇帝后，为迎合父亲，将其故人、鸡犬等搬到京师的著名故事：

> 太上皇徙长安，居深宫，凄怆不乐。高祖窃因左右问其故，以其平生所好，皆屠贩少年，沽酒卖饼，斗鸡蹴踘，以此为欢。今皆无此，故以不乐。高祖乃作新丰，移诸故人实之。太上皇乃悦，故新丰多无赖，无衣冠子弟故也。高祖少时，常祭枌榆之社，及移新丰，亦还立焉。高帝既作新丰，并移旧社，衢巷栋宇，物色唯旧。士女老幼，相携路首，各知其室。放犬羊鸡鸭于通途，亦竞识其家。其匠人胡宽所营也。移者皆悦其似而德之，故竞加赏赠，月余致累百金。

还有《王嫱》，写毛延寿贪贿毁图，昭君出塞远嫁匈奴的故事。《匡衡勤学》《秋胡戏妻》等也是流传千古的篇章，并成为后代小说、戏曲创作的蓝本。其内容健康，记叙客观，情节生动，引人注目，而且在古小说中，意绪秀异，文笔可观。[①] 其他，关于汉代风习的记载，如七月七日汉代彩女穿七孔针，九月九日佩茱萸、饮菊花酒，直接影响到后代的七夕乞巧、重阳插茱萸风俗，对了解、研究古代民俗风情有一定价值。

南朝梁代宗懔的《荆楚岁时记》是一本有价值的杂传小说，记录荆楚岁时的风物、故事，自元旦至除夕共记载20余条。如：

---

① 鲁迅. 中国小说史略. 北京：人民文学出版社，1973.

五月五日，谓之浴兰节，四民并蹋百草，又有斗百草之戏，采艾以为人，悬门户上，以禳毒气。

是日竞渡，采杂药。按五月五日竞渡，俗为屈原投汨罗日，伤其死所，故并命舟楫以拯之。舸舟取其轻利，谓之飞凫。一自以为水军，一自以为水马，州将及土人悉临水而观之。……邯郸淳曹娥碑云："五月五日时，迎伍君逆涛而上，为水所淹。"斯又东吴之俗，事在子胥，不关屈平也。《越地传》云："起于越王勾践，不可详矣。"是日竞采杂药，《夏小正》云，此日蓄药，以蠲除毒气。

以五彩丝系臂，名曰辟兵，令人不病瘟。又有条达等织组杂物，以相赠遗，取鸲鹆教之语。

上述记载告诉我们，南北朝时期的农历五月五日有斗百草、竞渡、采药除毒的风俗。其他如正月初一放爆竹，三月三日为流杯曲水之饮，七月七日穿七孔针乞巧，九月九日登高、野餐、佩茱萸，十二月八日化妆击鼓、作金刚逐疫，等等，作为民俗材料的研究价值十分珍贵。

其他历史琐记，还有晋代陆翙的《邺中记》，记一方史事；晋代习凿齿的《襄阳耆旧传》，记州郡名贤；晋代葛洪的《神仙传》和晋代皇甫谧的《高士传》，专记佛道、神仙、异人、隐士；晋代周处的《风土记》和南朝宋代盛弘之的《荆州记》，专谈地理、风土，等等。

（三）笑话解颐

笑话解颐，代表作有魏代邯郸淳的《笑林》、晋代陆云的《笑林》、陈末隋初侯白的《启颜录》。

邯郸淳（约132—?），一名竺，字子叔，或作子礼，颍川（今河南禹县）人。少有异才。汉桓帝元嘉元年（151年），上虞县长度尚为孝女曹娥立碑，邯郸淳席间作碑文，援笔立成，文不加点，遂声名远扬。其后大学者蔡邕于碑后题"黄绢幼妇，外孙齑臼"（喻"绝妙好辞"）。献帝初平中（192年前后），邯郸淳客游荆州，曹操久闻其名，召见，礼遇之。曹丕即位，邯郸淳任博士给事中，奏献《投壶赋》千余言。其文仅存《投壶赋》《孝女曹娥碑》等。其所著古笑话集《笑林》3卷，是我国古代最早的笑话专书，所记多为俳谐故事。如《鲁有执长竿入城门者》，幽默生动，流传甚广。原书已佚，今存20余则。鲁迅《古小说钩沉》辑本较为完善。

陆云（262—303年），字士龙，吴县华亭（今上海松江）人。陆机之弟，与之齐名，号曰"二陆"。有"二陆入洛，三张减价"之说。少善文，有才思。吴尚书闵鸿见而奇之，曰："此儿若非龙驹，当是凤雏。"曾任浚仪令，有治绩。后入为尚书郎，任侍御史、太子中舍人、中书侍郎等职。成都王司马颖荐为清河内史，世称"陆清河"。后转为大将军右司马。成都王杀害陆机，陆云同时遇害，时年42岁。著有文章340余篇，又撰《新书》10篇；另有笑话集《笑林》，为古代较早的笑话集，散佚。宋人辑有《陆士龙集》，明人辑有

《陆清河集》。

侯白，字君素，隋代魏郡临漳（今属河北）人，生卒年不详。好学，有捷才，举秀才，任职儒林郎。善巧辩，在京城尝与仆射越国公杨素斗智。《北史》载其"好为俳谐杂说，人多狎之，所在处观者如市"。隋高祖闻其名，召修国史，月余即殁。著《旌异记》15卷、《启颜录》，皆佚，《太平广记》引用甚多。

早在先秦时期，就有"揠苗助长""守株待兔""郑人买履"等笑话，但都属于子书中的片断，不是独立的作品，更不是专门著作。魏晋南北朝出现了笑话专著。笑话具有讽刺意义，刘勰《文心雕龙·谐隐》云："古文嘲隐，振危释急。"意思是，嘲笑性质的文章、隐语，可以拯救危亡，解除疲劳。笑话运用得及时适当，具有讽刺和规劝作用。例如邯郸淳的《笑林》中的《汉世老人》：

> 汉世有人，年老，无子，家富，性俭啬。恶衣蔬食，侵晨而起，侵夜而息。管理产业，聚敛无厌，而不敢自用。或人从之求丐者，不得已而入内，取钱十，自堂而出，随步辄减，比至于外，才余半在。闭目以授乞者，寻复嘱云："我倾家赡君，慎勿他说，复相效而来。"老人饿死，田宅没官，货财充于内帑矣。

这则笑话讽刺批判的矛头直指地主阶级的悭吝恶德，堪称笑话的佳作。但这样的作品数量不多，有很多作品只讲究笑的效果，并不具有典型意义，而其笑料只来源于人们生理上的缺陷或者某些并非社会恶德的个人缺点。如侯白的《启颜录》中的《山东人娶蒲州女》：

> 山东人娶蒲州女，多患瘿，其妻母项瘿甚大。成婚数月，妇家疑其不慧，妇翁置酒盛会亲戚，欲以试之。问曰："某郎在山东读书，应识道理，鸿鹄能鸣，何意？"曰："天使其然。"又曰："松柏冬青，何意？"曰："天使其然。"又曰："道边树有骨（骨出），何意？"曰："天使其然。"妇翁曰："某郎全不识道理，何因浪住山东？"因以戏之曰："鸿鹄能鸣者，颈项长；松柏冬青者，心中强；道边树有骨髅者，车拨伤。岂是天使其然？"婿曰："请以所闻见奉酬，不知许否？"曰："可言之。"婿曰："蛤蟆能鸣，岂是颈项长；竹亦冬青，岂是心中强；夫人项下瘿如许大，岂是车拨伤？"妇翁羞愧，无以对之。

这作品把患瘿者等作为戏谑嘲讽对象，格调不高，思想性不强，但对后代笑话作品影响很大，流传甚广。惟其如此，所以讽刺文学中很少有佳作。从艺术上看，笑话有其明显特色。它取材精当，能抓住某一特征，像剪影一样，通过艺术夸张，将可笑之处展现在读者面前。作者不作任何评说，其感情倾向在情节展示过程中自然流露出来，从而取得强烈的笑的效果，达到讽刺目的。优秀的作品还能使读者在笑过之后仔细思考品味，从而洞察时弊，憎恨丑恶的东西。

二、志怪小说

"志怪"二字，最早见于《庄子·逍遥游》："齐谐者，志怪者也。"意为记述怪异。魏晋南北朝时期许多人借用"志怪"二字作为书名，如孔约、祖台之、曹丕、许氏、于氏、殖氏等人都有"志怪"之作。到了唐代，《酉阳杂俎序》把上述书籍称为"志怪小说之书"。于是，"志怪"二字由动宾词组、书名，转化为小说流派的名称。

早在战国时期，我国就有了志怪小说，如《山海经》《穆天子传》等。其中，《山海经》被称为"古今语怪之祖"。到了魏晋南北朝时期，志怪小说蔚为大观，例如，曹丕《列异传》，无名氏《神异传》，王浮《神异记》，张华《博物志》，郭璞《玄中记》，干宝《搜神记》，葛洪《神仙传》，王嘉《拾遗记》，戴祚《甄异传》，陶潜《搜神后记》，刘义庆《幽明录》《宣验记》，刘敬叔《异苑》，祖冲之《述异记》，任昉《述异记》，王琰《冥祥记》，吴均《续齐谐记》，侯白《旌异记》，颜之推《冤魂志》，等等。从内容上看，数量众多的志怪小说可以分为两大类：一是夸示博物地理的琐闻；二是记叙神鬼灵怪的故事。前者深受《山海经》的影响，代表作为张华的《博物志》；后者与《穆天子传》一脉相承，其中干宝的《搜神记》堪称典型。从数量上看，后者的数量远远超过前者；从内容上看，两者之间彼此又是相通的。无论是夸示博物地理的琐闻，还是记叙神鬼灵怪的故事，它们的内容都重在"张皇鬼神"和"称道灵异"。

世界上并没有神仙鬼怪，可是志怪小说的作者都是有神论者，例如颜之推在《颜氏家训·归心》中明言自己编书的目的是证实三世轮回、善恶报应。最典型的要数《搜神记》的作者干宝。

干宝的《搜神记》和张华的《博物志》是志怪小说的代表作。

干宝，生卒年不详，字令升，新蔡（今属河南）人。少年勤学，博览群书，以才气见称。晋元帝时，召为佐著作郎，领修国史。因家贫，求补山阴令，升始安太守。后被王导请为司徒左长史，迁散骑常侍。平生著作甚多，著有《晋纪》20卷，时称"良史"。所存《晋纪总论》是晋代论说文名篇。又搜集古今神奇灵异故事，撰成《搜神记》20卷（原书已散佚，今本系后人缀辑而成）。《搜神记》是一部笔记体志怪小说集，其撰写动机是"发明神道之不诬"和使"将来好学之士有以游心寓目"。书中博采异闻，保存了不少民间故事和世俗传说，富有现实因素和浪漫主义色彩，也夹杂了一些宣扬迷信的糟粕内容。例如，《干将莫邪》，揭露了封建统治阶级的凶狠残暴，歌颂了劳动人民敢于反抗的斗争精神；《韩凭夫妇》描写了宋康王霸占韩凭妻子何氏，逼迫他们先后自杀的悲剧，故事结尾写二人化作"相思树"，富有浪漫主义色彩；《李寄斩蛇》描写贫家少女机智勇敢、大胆斩蛇的故事，表现了劳动人民为民除害的智慧和勇于自我牺牲的精神。此外也有一些爱情故事，如《紫玉韩重》《董永》等，有强烈的现实生活气息，人物性格比较鲜明。《搜神记》为魏晋志怪小说的代表作，对后世文学艺术影响很大。

《晋书·干宝传》云：

> 宝父先有所宠侍婢，母甚妒忌，及父亡，母乃生推婢于墓中。宝兄弟年小，不之审也。后十余年，母丧，开墓，而婢伏棺如生，载还，经日乃苏。言其父常取饮食与之，恩情如生。在家中吉凶辄语之，考校悉验，地中亦不觉为恶。既而嫁之，生子。又宝兄尝病气绝，积日不冷，后遂悟，云见天地间鬼神事，如梦觉，不自知死。宝以此遂撰集古今神祇灵异人物变化，名为《搜神记》，凡三十卷。……因作序以陈其志曰："……亦足以明神道之不诬也。"

这段记载中的故事荒诞不经，但干宝笃信鬼神的思想根源和宣扬神道的编书动机十分明确。由此，志怪小说的大部分内容都离不开神仙、鬼魂和怪异。

张华（232—300年），字茂先，范阳方城（今河北固安）人。少孤贫，性耿直，曾作《鹪鹩赋》，深得阮籍赏识，被誉为"王佐之才"。晋初为中书令，加散骑常侍，力劝武帝排除异议，定灭吴之计。及吴平，晋封为广武县侯。惠帝即位，历任太子少傅、中书监等职。官至司空，进封壮武郡公。后因事为赵王司马伦及孙秀所杀，卒年69岁。张华学识渊博，谶纬、方术无所不通。乐于提拔后进，如陆机、陆云、束皙、陈寿、左思等都得到他的推举。他能诗善赋，存诗32首。原有诗文集10卷，后散佚，明人辑有《张司空集》。另撰有《博物志》，原书已佚，今本系由后人缀辑而成。该书内容广泛，记载了异境奇物和古代琐闻杂事，有的颇有神话色彩，如"八月浮槎"；有的则是科学史料，如"临邛火井"；也有的宣扬神仙方术，属于糟粕。这是一部研究古代文化历史的重要文献。

描写神仙鬼怪的作品不一定都是糟粕，因为文艺不同于哲学，必须塑造活生生的形象。作者常常运用浪漫主义的创作方法，借助于现实生活中并不存在的事物来表现积极的理想。鬼神本来是没有的，但文艺作品可以描写生活中并不存在的鬼神。写鬼神的作品未必是"毒草"，正如不写鬼神的作品未必是"香花"一样。问题在于作品究竟宣扬什么主题。如果借助鬼魂神怪表现积极向上的主题，那么，就有"鬼"无害。魏晋南北朝的志怪小说，有很多来源于民间传说，所以不乏积极浪漫主义的优秀之作。

从总体上看，魏晋南北朝志怪小说内容可以分为三个方面：

其一，优美的神话传说和科学幻想故事。魏晋南北朝的志怪小说有不少是对宇宙之谜和人生之谜的虚妄解释，一方面，编撰者对上古神话传说保持浓厚的兴趣，千方百计加以补充和发挥；另一方面，他们又构想了许多用以解释现实的新的虚妄故事。前者如《搜神记》中的《嫦娥》《风伯雨师》，《博物志》中的《女娲补天》《息壤填水》；后者如《搜神记》中的《二华之山》《蚕神》《女化蚕》等。前者比之上古神话已是强弩之末；后者却花样翻新，别具风采，如《二华之山》写河神巨灵劈开华山，使之"中分为两，以利河流"的传说，气壮山河，撼人心魄。值得注意的是，志怪小说中出现了很多科学幻想故事，这是生产力缓慢发展过程中人们思维方式逐步变化的标志。

其二，借助神鬼故事揭露封建统治的黑暗，表现进步理想的作品。这类作品数量很多，是志怪小说的精华。如《搜神后记》中的《襄阳李除》：

> 襄阳李除，中时气死，其妇守尸。至于三更，崛然起坐，搏妇臂上金钏甚遽。妇因助脱，既手执之，还死。妇伺察之，至晓，心中更暖，渐渐得苏。既活，云："为吏将去，比伴甚多，见有行货得免者，乃许吏金钏。吏令还，故归取以与吏。吏得钏，便放令还，见吏取钏去。"后数日，不知犹在妇衣内，妇不敢复著，依事咒埋。

这则故事明显鞭笞了封建社会贿赂公行，"有钱能使鬼推磨"的吏治现实。又如干宝《搜神记》之《三王墓》，是一曲见义勇为、不畏强暴的颂歌：

> 楚干将莫邪为楚王作剑，三年乃成，王怒，欲杀之。剑有雌雄，其妻重身当产。夫语妻曰："吾为王作剑，三年乃成，王怒，往必杀我。汝若生子，是男，大，告之曰：'出户望南山，松生石上，剑在其背。'"于是即将雌剑往见楚王。王大怒，使相之。剑有二，一雄一雌，雌来雄不来。王怒，即杀之。莫邪子名赤，比后壮，乃问其母曰："吾父所在？"母曰："汝父为楚王作剑，三年乃成，王怒，杀之。……"子……得剑，日夜思欲报楚王。王梦见一儿眉间广尺，言欲报仇。王即购之千金，儿闻之亡去。入山行歌，客有逢者，谓："子年少，何哭之甚悲耶？"曰："吾干将莫邪子也，楚王杀吾父，吾欲报之。"客曰："闻王购子头千金，将子头与剑来，为子报之。"儿曰："幸甚。"即自刎，两手捧头及剑奉之，立僵。客曰："不负子也。"于是尸乃仆。客持头往见楚王，王大喜。客曰："此乃勇士头也，当于汤镬煮之。"王如其言煮头，三日三夕不烂。头踔出汤中，瞋目大怒。客曰："此儿头不烂，愿王自往临视之，是必烂也。"王即临之，客以剑拟王，王头随堕汤中。客亦自拟己头，头复堕汤中。三首俱烂，不可识别，乃分其汤肉葬之，故通名三王墓。

其三，不怕鬼的故事。如《列异传》之《宋定伯捉鬼》：

> 南阳宋定伯，年少时，夜行逢鬼。问曰："谁？"鬼曰："鬼也。"鬼曰："卿复谁？"定伯欺之，言："我亦鬼也。"鬼问："欲至何所？"答曰："欲至宛市。"鬼曰："我亦欲至宛市。"其行数里，鬼曰："步行太亟，可共相担也。"定伯曰："大善。"鬼便先担定伯数里，鬼言："卿太重，将非鬼也？"定伯言："我新鬼，故重耳。"定伯因复担鬼，鬼略无重。如是再三。定伯复言："我新死，不知鬼悉何所畏忌？"鬼曰："唯不喜人唾。"于是共道遇水，定伯因命鬼先渡，听之了无声。定伯自渡，漕漼作声。鬼复言："何以作声？"定伯曰："新死不习渡水耳。勿怪。"行欲至宛市，定伯便担鬼至头上，急持之。鬼大呼，声咋咋，索下，不复听之，径至宛市，著地化为一羊，便卖之。恐其变化，乃唾之，得钱千五百，乃去。于时言："定伯捉鬼，得钱千五百。"

又如《搜神记》中的《秦巨伯》，写秦巨伯弄清了冒充其孙子的恶鬼之后，借酒醉把它抓住，使"鬼动作不得"；《灵鬼志》中的《周子长》，讲写诵佛经不能驱鬼，而擒胸扭打之方始解围，等等。

这些故事，既鼓吹有鬼有神论，又宣扬正能压邪，鬼神并不可怕。据此，我们不妨用旧瓶装新酒的办法，换一个角度，将其当作寓言来读，从而得出机智勇敢、战胜邪恶、不畏强暴、人定胜天的结论。这也正是何其芳在编写《不怕鬼的故事》时将《宋定伯捉鬼》放在篇首的主要原因。

可以说，魏晋南北朝志怪小说是瑕瑜互见的。但瑕不掩瑜，其主流还是好的，不失为中华民族文学宝库中的一颗璀璨的明珠。

三、民间故事

除了杂录小说、志怪小说以外，魏晋南北朝的民间讲故事的风气盛行。这些故事，不管是口耳相传的，还是被用文字记录下来的，都应该算是小说。据《三国志·魏志》卷二一注引《吴质别传》记载：

> 质黄初五年朝京师，诏上将军及特进以下皆会质所，大官给供具。酒酣，质欲尽欢，时上将军曹真性肥，中领将军朱铄性瘦，质召优，使说肥瘦。

这则材料说明，早在三国时期就有许多讲故事的民间艺人，应召即至，即兴编造故事，艺术水平很高，得到上层军官的青睐。这些"优人"已经把讲故事作为谋生的职业，可见"说话"风气之盛。

讲故事被称为"说话"。据侯白《启颜录》云：

> 白在散官，隶属杨素。爱其能剧谈，每上番日，即令谈戏弄，或从旦至晚始得归。后出省门，即逢素子玄感。乃云："侯秀才可以（与）玄感说一个好话。"白被留连不获已，乃云："有一大虫，欲向野中觅肉。……"

杨玄感要求侯白"说一个好话"，就是讲一个好听的故事。"说话"，就是讲故事，此后，"说话"就成了讲故事的代称。侯白是当时讲故事的高手，能从早讲到晚，而且能即兴编造故事，他就是临时编了一个"大虫觅肉"的故事打发杨玄感的。可见，魏晋时期讲故事风行一时。这些故事有的被记录下来，有的流传在口头上，都算作小说，但流传下来的故事不多。

魏晋南北朝小说属于笔记体，故称为笔记小说。魏晋南北朝笔记小说有如下特点：

第一，在创作上讲究"真"。魏晋南北朝笔记小说创作上崇尚纪实，杂录小说大多记叙达官贵人文人雅士的遗闻轶事，统治阶级当然要求符合真实，所以必须采用纪实的方法。晋代的处士裴启，将汉魏以来的名流的谈吐应对编成《语林》，因为所记有关谢安的言论不够"真实"，遭到谢安的诋毁，该书也被废绝。志怪小说似乎远离生活，并非纪实，但志怪小说的编撰者都认为：鬼怪是存在的，所以叙鬼怪事与记载人间常事没有虚假与真实之别。①

---

① 鲁迅．中国小说史略．北京：人民文学出版社，1973．

他们在编撰过程中奉行所谓"非目之所睹，迹之所历，与身之所接者弗记"（王临亨《粤剑篇》王安鼎序）的原则，而且自认为在撰写时严格记录客观事实而不随意发挥。张华在采集材料编撰《博物志》时，就因为没有严格遵守纪实的要求，被晋武帝贬斥为"记事采言，亦多浮妄"，而且命令他"截除浮疑，分为十卷"（王嘉《拾遗记》卷九）。

值得注意的是，魏晋南北朝时期的统治阶级虽然要求小说创作忠实于真人真事，但实际上小说已经出现了虚构的因素。第一，许多编撰者都宣称，在其专集中有自我撰写的部分。如《晋书·干宝传》记载，干宝《搜神记》的题材就包括"承于前传者""采访近世之事"和自我"著述"三方面。尽管他著述的目的是"明神道之不诬"，但毕竟他用来实现这一目的的手段不是纪实，而恰恰是"虚构"。第二，许多被编进志怪专集的民间神怪故事原本就是劳动人民想象的产物，它们并不因为被相信鬼神实有的文人编进专集而改变虚构的性质。像《拾遗记·怨碑》所叙述的汉初发骊山之墓，"昔生埋工人于冢内，至被开时皆不死。工人于冢内琢石为龙凤仙人之像，及作碑文赞词"等故事，就与《史记》的记载不相吻合，明显是劳动人民编造出来的。这一点连王嘉也无法否认，不得不在作品结尾加上"《史记》略而不录"一句，以自我解嘲。第三，在记载名流言行和民间传闻的过程中，编撰者不可避免地要进行取舍、剪裁和加工，又必然会流露出本人的感情倾向，其中也包含虚构的因素。刘义庆等人在编纂《世说新语》时，为了追求"真实"，曾经研究考证《名士传》《语林》《魏晋世说》和《郭子》等专著的有关记载，并且广泛采集和整理了各种传闻轶事，但他们讲究简约玄淡，并没有也不可能将前人的记载原封不动地保留下来。关于这一点，有识之士早已明察，唐代的刘知几和明代的胡应麟都曾经明确指出。比如，《石崇与王恺争豪》一节，当石崇砸碎王恺的珊瑚树之后，《语林》就没有王恺"既惋惜，又以为疾己之宝"等细节描写。刘义庆等人既不忠实于前著，又不是王恺的同时代人，何以知道王恺当时的心理活动？这难道不是想象和艺术虚构吗？《语林》写王蓝田性急，夹不住鸡蛋，就用手抓，并"投于地"；《世说新语》则在"投于地"之后，加上了"踩"和"咬"的描写。究竟有没有"踩""咬"？不是《语林》失实，就是《世说新语》虚构，二者必居其一。应该看到，魏晋南北朝笔记小说的虚构，对唐代传奇产生了不可低估的影响，给后来的纪实小说提供了纪实与虚构相结合的依据，为古代小说的成熟发挥了强有力的推动作用。

第二，从内容和体制方面看，魏晋南北朝小说显得很"杂"。诚如可一居士《醒世恒言序》所云："六经国史而外，凡著述皆小说也。"在封建时代，一般文人学士认为"博采旁搜，是亦古制"（《四库全书总目提要》卷一零四，子部小说家类）。清人刘廷玑曾概括历代小说的内容："其各代之记略、官职、朝政、宫闱，上而天文，下而舆土，人物、岁时、禽鱼、花卉、边塞、外国、释道、神鬼、仙妖、怪异……统曰历朝小说。"（《在园杂志》）他列了许多名目，其实讲的都是笔记小说，魏晋南北朝小说就大体符合这种情况。

魏晋南北朝小说内容纷繁，门类繁多，由于博采旁搜，故无所不包。相对而言，杂录小说内容比志怪小说集中，但"杂录"名下有许多分支，这些分支实际上是内容的不同类别。所谓"杂录"，顾名思义，就是芜杂的记录，各种各样的类别就是芜杂的明证。

就体制而言，魏晋南北朝小说也包罗万象。明代的胡应麟在他的《少室山房笔丛》卷二九《九流绪论》中把古代笔记小说分成"志怪""传奇""杂录""丛谈""辨订"和"箴规"六类。除"箴规"等少数门类以外，魏晋六朝小说中几乎都有。这些门类实际上包括类似于现代应用文、议论文和记叙文等体裁和神话故事、随笔、小品、论说文、叙事散文等文学样式的因素。当然，用人物、情节和环境等小说要素来衡量，魏晋南北朝笔记小说也有一些比较得体的超乎一般笔记小说的佳作。如《搜神记》中的《李寄斩蛇》，开头交代"高数十里"的庸岭、"土俗常惧"的民俗，又揭示了重男轻女和父慈子爱的人物关系，环境描写十分成功。故事以童女祭蛇为序幕，以李寄"应募欲行"为开端，以"父母不听"和"寄自潜行"为发展，以设计斩蛇为高潮，以越王"聘寄"为结局。故事层层推进，情节曲折完整。小说中的李寄既孝敬父母，又不听命于父母；既有重男轻女思想，又有超过男子的过人胆识，性格描写是成功的。"缓步而归"等细节，又表现出现实主义的本质特征。从源流的角度看，后代的传奇、话本等小说都得到魏晋六朝小说的滋润。

第三，从表现形式看，魏晋南北朝小说显得"散"。魏晋南北朝小说并不把事件和人物性格的描写放在构思的中心位置，而往往以编撰者的见闻、感受为线索，敷衍成文。例如，《拾遗记》中的《夷光修明》和《翔凤》。前者记三件事：越王将美女夷光和修明"贡于吴"；越国战胜吴国；吴王抢二女以逃。越王勾践终成霸业的预兆是"丹鸟夹王而飞"。后者也写三件事：石崇宠幸胡女翔凤；石崇与翔凤等众美女行乐；翔凤失宠之后，所作诗歌被采为乐曲，流传"至晋乃止"。这两篇作品中所罗列的事件，有的似有联系，但又各有侧重；有的各自独立存在，彼此没有联系。它们之所以合为一体，是因为讲述的对象相同，都属于编撰者收集和见闻所及。也有的魏晋南北朝小说讲述专一的人物故事，作者在构思上仿佛有所突破，但仔细推敲，情况并非如此。例如，《搜神记·韩凭夫妇》记叙韩凭及其妻子遭受宋康王迫害并与之进行生死斗争的全过程。情节比较复杂，故事相当完整，在叙述过程中也很少留下编撰者介入的痕迹，但是，在作品结尾处冒出这样两句："今睢阳城有韩凭墓，其歌谣至今犹存。"这个结尾尽管与正文有一点联系，但毕竟与之是不同时间、不同地点、不同对象的两回事，只是作者借以交代记叙的缘由或动机，以增强故事真实性的题外话。如果把这段题外话作为与正文的联系纽带，那也是作者的见闻与感受。这就是作品的构思特点。

从表达方式看，魏晋南北朝小说有记叙、议论，很少描写。作品中的"我"，并非人物形象，而是编撰者本人。编撰者既是故事的叙述者，又是见证人、评说者。在很多作品中，编撰者直接跳出来，或介绍故事来源和笔录缘由，或对其所记内容进行解释评论。例如《西京杂记·广川王发冢》的开头，笔录者就直接交代他与广川王的间接关系，并公开说明，他所记的广川王发冢的"十许事"是由其友人转告的。当然，在魏晋南北朝小说中也有的并不出现"吾""余"等字样，但从作品的结构安排、表达方式和叙事语气等方面看，实际上仍然处处可以见到作者的影子。如《拾遗记·薛灵芸》在叙述薛灵芸赴京入宫的过程中，对于驾车的青牛、焚烧的"石叶香"、"基高三十丈"的"烛台"、大道旁矗立的

"铜表"，作者都用议论的方式不厌其详地对其出处、性质、意义作了交代和揭示。从结构上看，这些属于非情节因素；从表达方式看，这是议论性的插说。透过这些文字，分明可以看到作者的身影。

魏晋南北朝小说有的作品没有中心人物、事件，有的作品篇幅短小，有的作品则是零碎的、片断的言论和事态的记录，很少有对人物性格的刻画。如《世说新语》中《王濛称殷浩》仅仅记录了王濛的一句话："王仲祖称殷渊源：'非以长胜人，处长亦胜人。'"《博物志·食忌》计10条，总共不过100字，有的一条只有几个字，如"饮真茶令人少眠"，"马食谷则足重不能行"，"食燕麦令人骨节断解"，等等。

魏晋南北朝小说中，一个故事被辗转抄袭的现象屡见不鲜。某一人物的言行被同一部书不同门类割裂成若干条目的情况也司空见惯，如晋代的陶侃，其清廉、省俭、聪颖等特征被放在多个不同门类的条目之中。这就很难塑造出完整的艺术形象；作品也显得既短又散。

总之，在中国小说史上，魏晋南北朝小说还处于初步发展的阶段，"小说"的内涵虽然已经演变为文体意义上的概念，但"丛残小语"粗陈梗概的现象在所难免。不过我们不能因此否定其艺术成就和承前启后的地位。魏晋南北朝有很多小说来自民间，又经过文人的加工，故不乏优秀之作，片言只语也显示了小说的特点。可以说，魏晋南北朝小说为后代小说的发展、成熟奠定了基础，也提供了宝贵的艺术经验。

思考题

1. 为什么说汉代小说已经由言论阶段飞跃到文字阶段？
2. 魏晋笔记小说讲究真实，但其中已经出现了虚构，为什么？
3. 举例说明《世说新语》善于通过人物的一言一行刻画形象的艺术特点。
4. 作为史官，干宝十分讲究真实，却写出《搜神记》这样的神怪小说，如何解释？
5. 试列出《世说新语》中出现的成语。

第三章　唐宋文言小说

🗂 **教学目的**

了解唐代传奇繁荣、宋代传奇衰落的原因以及唐宋文言小说的门类；掌握唐代传奇发展概况、代表作品及其在小说史上的地位；熟悉唐代传奇小说中描写爱情等篇章的特点。

唐代是中国漫长封建社会的鼎盛时期，政治稳定，经济发展，文学上也出现了辉煌。唐代不仅是诗歌的黄金时代，而且是小说的定型、成熟时代，诗歌和小说并称为"一代之奇"。唐人的小说观有了变化，有了创作小说的意识。同时，小说文体的内涵已趋于稳定，小说的要素已基本具备。以传奇为代表的小说创作，不仅门类多，而且质量高，标志中国古代小说的成熟。值得注意的是，唐代关于民间流传的白话小说的具体记载不多，主要由于文化被统治阶级垄断，白话小说必然为传奇的成就所掩盖。但作为小说的重要一支，白话小说肯定也已经成熟。

为什么唐代传奇空前繁荣？为什么小说能够出现定型成熟的新局面呢？这主要有两方面原因：社会原因和文艺内部的原因。

社会原因有以下几点：

第一，天下安定统一，政治开明宽松，经济得到恢复和发展。

政府力图提拔中小地主阶层的知识分子，并果断出手，打击垄断政治的豪门士族，如山东五大姓崔、卢、李、郑、王受到不同程度的制裁，甚至往往成为嘲讽的对象，这就弘扬了正气，促进了文艺的繁荣。唐传奇作品，如《莺莺传》中，作者把心目中的反面主人公设计为姓崔、姓郑，其源出于此。

第二，人民生活安定，物质生活问题得到解决以后，就希望在精神文化上得到满足；全社会重视文艺，尊重文人。薛用弱《集异记》所记载的"旗亭唤酒"故事就是典型事例。当时的著名诗人王昌龄、王之涣、高适到一酒店喝酒御寒，有四名艳丽歌妓进店练习名曲。三人各擅诗名，便"密观诸伶所讴"以定高下。结果，压轴的漂亮歌女唱了王之涣的《凉州词》。当伶官歌妓得知三人的大名之后，自谓"俗眼不识神仙，乞降清重（高贵的身份），俯就筵席"。这说明当时的诗人得到社会普遍的尊重。这种风气也推进了文艺的繁荣。

第三，唐代的科举考试，有行卷、温卷制度。举子在考试前可以把作品投送给主考官，第一次投送作品，叫行卷；过一段时间，再投送作品，第二次、第三次就叫温卷。传奇具有综合性，最能显示作者的赋（诗笔）、判（议论）、传（史才）的才能，与考试内容关系最为密切，所以举子多以传奇作为敲开科举大门的敲门砖。许多举子纷纷以传奇作为行卷作品。据《云麓漫钞》《唐音癸签》《国史补》《南部新书》等书记载，唐代牛僧孺的《玄怪录》、裴铏的《传奇》、李复言的《续玄怪录》等，都是行卷或温卷的作品集。唐代传奇之所以繁荣，除了一般的政治、经济和文艺内部的原因之外，科举考试也是重要的文化原因之一。

第四，中外文化交流日益频繁。李白、白居易等人的诗歌传到日本、韩国等，乃至家喻户晓，妇孺皆知。又有韩国学者崔致远等来中国求学，做官。由此可见盛唐帝国的文化交流状况。唐代传奇中出现了"昆仑奴"磨勒的形象（裴铏《传奇》）。据唐代杜佑《通典·五方狮子舞》等资料记载，这是印度人或黑人。隋唐时期，航行南海的商人贩卖土著为奴，通称之为昆仑奴。戴君孚的《广异记》中有一篇小说《南海大蟹》，透露了中外通商，波斯人到印度觅宝的情况。段成式《酉阳杂俎》中的《吴洞主儿》与《格林童话》中《灰姑娘》的情节惊人相似，可见或是中国文化当时就传到西方，或是《吴洞主儿》受到外来文化的影响。这有力地证明了中外文化交流与小说成熟的关系。

第五，古文运动的影响。中唐时代出现了以韩愈、柳宗元为首，众多文人参与的声势浩大的古文运动，影响深远，波及全国。因为散文与传奇两种文体的区别并不是很大，因此，不少古文家也是传奇作家，纷纷创作传奇小说。元稹、白行简、陈鸿、李公佐等及韩门弟子创作了不少优秀传奇。韩愈的《毛颖传》，柳宗元的《种树郭橐驼传》《蝜蝂传》等，就是传奇名篇。古文运动的成就也扩大了唐传奇的创作成就。

此外，还有文艺内部的原因。魏晋六朝笔记小说出现了一些具备小说元素的作品，特别是杂录小说（志人小说），虽然仅仅只是注重一言一行的片段描写，但毕竟以刻画人物为中心，符合小说塑造人物形象的宗旨。志怪小说中一些篇章，如《三王墓》《李寄斩蛇》等，结构比较完整，而且具有故事性。尽管魏晋六朝笔记小说强调真实，但实际上已经出现了艺术虚构倾向。民间讲故事的支流虽然一直在潜流暗滚，奔腾不息，资料记载不多，但其讲究结构、情节安排和故事性等方面的艺术积累不可低估，肯定对文字小说产生了积极影响。到了唐代，小说观念、虚构手法、构思立意、叙述体制、文字描写等各个方面都有了突破，于是，就出现了小说定型和趋于成熟的新格局。

第一节　唐代传奇的发展历程

唐传奇指唐代流行的文言小说。传奇，顾名思义，就是以传记体写奇怪事。北宋年间，晁公武在介绍唐代陈翰所编的传奇集《异闻集》时就说其"以传记所载唐朝奇怪事"，这正是对"传奇"的最好注脚。这就从根本上决定了唐传奇内容上讲究奇异和形式上多为传记体的特点。据此，传奇的"传"，意思是用传记体来撰写故事，应读"zhuàn"，而不读"chuán"。以"传奇"之名称小说，应始于唐诗人元稹。从宋人曾慥的《类说》卷二十八和王铚的《辨传奇莺莺事》，可知《莺莺传》本名《传奇》。晚唐裴铏的文言小说集名《传奇》，其时的"传奇"只用作篇名和书名。到宋代，尹洙曾讽刺范仲淹"用对语说时景，世以为奇"的《岳阳楼记》为"传奇体"。后来，"传奇"才逐渐作为文言小说的代称。元代的陶宗仪就将唐传奇与宋金戏曲、院本并列。明代的胡应麟将小说分为六类，其中称《莺莺传》《霍小玉传》等爱情篇章为"传奇"。于是，"传奇"就成为唐代文言小说的称谓，约定俗成，被沿袭下来。

关于传奇，王国维在《宋元戏曲史》一书中说："传奇之名，实始于唐，唐裴铏作《传奇》六卷，本小说家言；至宋则以诸宫调为传奇；元人则以元杂剧为传奇；至明则以戏曲之长者为传奇，以与北杂剧相别。乾隆间黄文旸编《曲海目》，遂分戏曲为杂剧、传奇二种，盖传奇之名，至明凡四变矣。"① 也就是说，传奇的概念变化了四次：唐代指小说，宋代指诸宫调，元代指杂剧，明清指戏曲之长者。

在唐代小说中，传奇的成就最高，影响最大。唐代传奇是在魏晋志怪小说基础上发展起来的，两者具有千丝万缕的天然联系。

唐传奇的发展大致经历了三个阶段：

第一阶段，初唐、盛唐时期，是传奇的发轫期。这是六朝志怪小说向传奇的过渡转化时期。作品数量不多，艺术上不够成熟。代表作有王度的《古镜记》、无名氏的《补江总白猿传》、张鷟的《游仙窟》。《古镜记》以古镜为线索，将12个小故事串联起来，记古镜降妖伏怪的事迹。《补江总白猿传》写梁将欧阳纥之妻被山中白猿掠去；欧阳纥入山历险，救回妻子；后其妻生子类猿，长成后"文学善书，知名于时"。有人以为此文是故意影射唐代书法家欧阳询的。从内容看，这两篇作品明显残留搜奇志怪的痕迹，但在人物刻画和结构安排上有所突破。《游仙窟》篇幅较长，艺术成就也比较高，作者张鷟，字文成，唐高宗调露初年中进士，卒于开元中。作者以第一人称叙述奉使河源，途中投宿神仙窟，与女主人十娘、五嫂宴饮欢乐的情事。所谓"游仙窟"，就是逛妓院。其中诗文间杂交错，韵散相间，华丽的文句中见俚俗气息，基本具备传奇的风貌。其中的骈文描写，又明显带有魏晋南北朝的流风余韵。此小说在作者生前就传到日本，在国内反而失传。近代学者从日本抄回，始有传本。这一阶段传奇作品的总体特点就是带有很多由志怪向传奇转化的痕迹。

第二阶段，中唐时期，为传奇的繁荣期。由唐代宗大历年间到唐宣宗大中年间（766—858年）的近百年时间，传奇趋于成熟，其他文体在表现手法上对传奇的渗透影响丰富了传奇作品的文学内涵。诗歌的抒情写意、散文的叙事状物、辞赋的铺张扬厉，在传奇中融为一体。名家名作，蔚为大观。代表作有蒋防的《霍小玉传》、白行简的《李娃传》、元稹的《莺莺传》、李朝威的《柳毅传》、沈既济的《任氏传》、李公佐的《南柯太守传》、牛肃的

---

① 王国维．王国维戏曲论文集．北京：中国戏剧出版社，1984：110．

《纪闻》、牛僧孺的《玄怪录》，等等。

值得注意的是，歌行与传奇相互配合，以诗歌与小说两种文体共同演绎同一事件的现象，并不少见。如白行简的《李娃传》、元稹的《莺莺传》、陈鸿的《长恨歌传》等都有与之相匹配的长篇诗歌，两者相辅相成，取长补短，相得益彰，成为文学史上的佳话，也是一道独特的景观。这无疑大大提高了传奇的文学地位。

这一时期的作品将近40部，不仅数量多，而且艺术性高。其题材多取自社会现实生活，涉及人们日常生活的方方面面，如爱情、政治、历史、梦幻、神仙，等等。其中，爱情作品精彩纷呈，争奇斗艳，成就最为突出。可以说，陈玄祐的《离魂记》是传奇进入繁荣期的重要标志。陈玄祐，生卒年不详，约唐代宗大历末在世。生平事迹亦不详，著有传奇文《离魂记》，为元人杂剧《倩女离魂》之蓝本。值得称道的是，陈玄祐《离魂记》构思十分巧妙，写张倩娘为了冲击封建的门第观念，追求自由爱情婚姻，精诚所至，灵魂出窍。灵魂与肉体二者分离，各司其职，肉体抗议父母作梗，灵魂防止男子负心，结果双双奏效，获得了美满爱情。三年后，夫妻荣归故里，其灵魂与闺房中病卧数年的躯体合二为一。小说运用浪漫主义手法，情节跌宕起伏，赞扬了青年男女为争取自由爱情婚姻而进行的反封建斗争。

《任氏传》是唐传奇描写爱情的名作。作者沈既济（约750—800年），吴县（今江苏苏州）人，一说湖州武康（今浙江德清）人。博通经史，曾任江西从事、太常寺协律郎。建中元年（780年），沈既济经宰相杨炎推荐，任左拾遗、使馆修撰。建中二年（781年），因杨炎获罪，沈既济被牵连贬为处州司户参军；后入朝，官至礼部员外郎。《旧唐书》称其"博通群籍，史笔尤工"。撰有《建中实录》10卷及传奇《枕中记》《任氏传》。《枕中记》融入了作者仕途的感慨，宣扬人生如梦，否定富贵荣华，讽刺批判了醉心于功名利禄的士大夫。《任氏传》作于建中二年（781年）沈既济被贬往处州途中。其内容写贫士郑六与狐精幻化的美女任氏相爱，富家公子韦崟白日登门，强施暴力，任氏坚拒不从，并责以大义。后郑六携任氏赴外地就职，任氏在途中为猎犬所害。此文描写任氏多情、开朗、忠贞、刚烈、机敏的个性，使得异类人性化，堪称唐传奇的标准文本。该小说的特色表现为三点：一是运用人物传记形式，始终以对主要人物任氏的描写为中心；二是改变了以往小说片面强调神怪诡异一面的写法，而重在张扬任氏富有人性的一面；三是改变了以往小说以妖精作为神佛的反面、多以殃害人类面目出现的倾向，率先使一个坚贞刚强、聪明可爱的狐精形象出现在文学作品中。唯此，《任氏传》首开了蒲松龄《聊斋志异》描写花妖狐魅的先河，对后代的小说、戏曲创作有较大影响。

李朝威（约766—820年），陇西人，大约唐肃宗乾元年间在世，唐代著名传奇作家。他的作品仅存《柳毅传》和《柳参军传》。其中《柳毅传》被鲁迅与元稹的《莺莺传》相提并论。李朝威本人也被后来的一些学者誉为传奇小说的开山鼻祖，与李复言、李公佐合称"陇西三李"。

李朝威的《柳毅传》写人神恋爱，将灵怪、侠义、爱情三者结合在一起，通过波澜起伏的情节，描写形神兼具的人物形象，展示出神异浪漫的色彩和清新俊逸的风格，诚为难得的佳作。男主角柳毅性格刚烈豪放，他在泾阳邂逅了远嫁异地、被逼牧羊的龙女，得知其悲惨遭遇后，毅然为之千里传书。钱塘君将龙女救归洞庭，逼令柳毅迎娶龙女。他严词拒绝，其凛然正气赢得了龙王的敬佩。几经周折后，柳毅终与龙女成婚。龙女的温柔多情、追求爱情自由的执着坚定，钱塘君的勇猛暴躁、闻过即改，洞庭君的忠厚仁义、疾恶如仇，令人难忘。

从贞元中期到元和末年（795—820 年）的二十多年间，传奇领域出现了白行简、元稹、蒋防三位大家。

白行简（776—826 年），字知退，下邽（今陕西渭南）人。白居易之弟，贞元末年进士，曾随白居易在江州多年。元和末年曾任左拾遗，累迁司门员外郎，官终主客郎中。原有集 20 卷，已散佚。《全唐诗》录存其诗 7 首，《全唐文》录存其文 18 篇。白行简善辞赋，但以传奇《李娃传》闻名于世。作品深刻地暴露了封建社会豪门世族的冷酷残忍，热情歌颂了下层人民与被压迫妇女的正直善良。小说故事情节波澜曲折，富有戏剧性，人物形象鲜明生动，细节描写传神，语言简洁细腻，是一篇艺术性很高的优秀传奇作品，被清人俞正燮誉为"文笔极工"（《癸巳存稿》），对宋元话本与戏曲有较大影响。宋代说话就有李亚仙和郑元和的篇目，元代高文秀的《郑元和风雪打瓦罐》、石君宝的《李亚仙花酒曲江池》以及明代薛近兖的《绣襦记》都以该传奇为题材。

《李娃传》约作于贞元十一年（795 年），写荥阳生赴京应试，与名妓李娃相恋，资财耗尽后，被鸨母设计逐出，流浪街头，成为丧葬店唱歌的挽歌郎。一次，与其父相遇，惨遭鞭笞，几被打死。后沦为乞丐，风雪之中为李娃所救。在李娃的勉励之下，发愤读书，终于登第为官。二人终成眷属，其四子皆为达官，李娃荣封汧国夫人。《李娃传》故事情节曲折，颇能扣人心弦，引人入胜。

元稹（779—831 年），字微之，洛阳人。贞元九年（793 年）明经及第，十九年（803 年）与白居易同以书判拔萃科登第。元和元年（806 年）又与白居易同以制科入等，授左拾遗，后转监察御史。元稹生性激烈，少柔多刚，参政意识和功名欲望极强，屡屡上书议事，指摘时弊或实地纠劾，惩治猾吏，因此多次遭贬。先后为江宁士曹参军、唐州从事、通州司马、虢州长史。元和末年入朝，历任膳部员外郎、祠部郎中、知制诰等。长庆二年（822 年）升任宰相。因与裴度发生冲突，为相仅四个月即被罢为同州刺史。又任浙东观察使、武昌军节度使等职。53 岁因暴疾卒于武昌任所。有《元氏长庆集》，存诗 830 余首。元稹以诗歌与白居易齐名，并称"元白"，但给元稹带来更大声誉的是他的传奇作品《莺莺传》。

《莺莺传》，叙唐朝贞元年间，张生游蒲州，居普救寺，巧遇暂居于寺院的崔氏母女。其时蒲州发生兵变，张生设法保护了崔氏母女。崔夫人设宴答谢，命女儿莺莺出见。张生惊其美艳，遂托红娘传书。几经曲折，私下结合。张生赴京应考，滞留不归。莺莺寄去书信和信物，张生断然与之决绝，并斥之为"必妖于人"的"尤物"，自诩为"善补过者"。小说的主题是始乱终弃。《莺莺传》作于贞元二十年（804 年）元稹 26 岁时，因传中所叙的张生与元稹经历大致吻合，有人以为是元稹自传。"自传说"肯定不当，因为生活真实与艺术形象之间不可以画等号，但张生形象里包含元稹的影子是千真万确的。文艺创作的规律告诉我们：小说作者总是将自己的影子主要寄托于第一号正面人物的身上。显然，张生并非元稹的自画像，只是一部分影子而已。

　　蒋防，生卒年不详，字如城，又字子徵，一作子微，义兴（今江苏宜兴）人。少有文才，18 岁时，其父友命作《秋河赋》，援笔立成，颇受赞赏。曾任左拾遗。元和、长庆间，因得到李绅的赏识推荐，迁司封员外郎、知制诰，又升为翰林学士。长庆末年，李绅为宰相李吉甫所排挤而获罪，他受牵连，贬为汀州刺史，不久改为连州刺史、袁州刺史；后入朝任中书舍人。约卒于大和五年至开成元年（831—836 年）之间。《全唐诗》录存其诗 12 首，《全唐文》收其赋及杂文各 1 篇，《太平广记》《唐人说荟》等收其小说《霍小玉传》《马自然传》《戏幻志》3 篇。

　　其作品最著名的是传奇《霍小玉传》。《霍小玉传》写唐代才子李益与名妓霍小玉相爱，后将霍小玉遗弃的故事。《霍小玉传》叙出身贵族的霍小玉，因母亲身份低贱而被逐出家门，沦落风尘。她与士子李益深深相爱，自知不能与之白头到老，只求相守八年，期望短暂的幸福，然而这一愿望也被李益无情粉碎。李益背信弃义，销声匿迹。霍小玉耗尽心血与家财，不能求得一见，以致寝食俱废，卧床不起。最后，一黄衫客挟持李益来见，小玉怒斥其负心无情，随即愤然长逝。死后不断报复李益，使之终生不得安宁。作品塑造了霍小玉这样一个温婉深情而又刚强义烈的妇女形象。通过这一形象，作品对封建社会热衷功名的豪门公子的虚伪残酷进行了无情揭露，并深刻地指出封建门阀制度是造成这一悲剧的根源。这篇传奇的思想性、艺术性俱佳，明代学者胡应麟说："唐人小说记闺阁事，绰有情致。此篇尤为唐人最精彩动人之传奇，故传诵弗衰。"（《少室山房笔丛》）《霍小玉传》对后世文学创作影响深远。

　　第三阶段，晚唐时期，是唐传奇的衰微时期。传奇经过初、盛唐的兴起、中唐的成熟、繁荣之后，到晚唐开始出现衰落局面。但这一时期的传奇作品仍然不少，并且出现了传奇专著，主要作品有袁郊的《甘泽谣》、皇甫枚的《三水小牍》、裴铏的《传奇》、薛用弱的《集异记》、李复言的《续玄怪录》等。但这些作品大都篇幅不长，内容比较单薄，偏重于搜奇记逸，言神志怪，思想和艺术性都失去前期的绚烂光彩。晚唐传奇也饶有特色，就是创作出不少描写侠义行为的传奇，涌现出一批令人难忘的豪侠形象，其中包括女性豪侠形象。其内容涉及除暴安良、安邦定国、扶危济困、军阀争斗等，突出描绘了侠客保国安民的正义感、卓然不群的人格魅力和出神入化的武艺。如《甘泽谣》中的《红线》，《传奇》中的《聂隐娘》《昆仑奴》等。又如杜光庭《虬髯客传》，是一篇具有代表性而又富有争议的作品。

　　杜光庭（850—933 年），字宾圣，一作宾至（古人名与字有关联，名光庭，字当为宾至），号东瀛子，别号华顶羽人，京兆杜陵（今陕西西安）人。侨居处州缙云（今属浙江）。咸通（860—873 年）中，应九经举不第，遂入天台山为道士。中和间（881—884 年），居长安太清宫。光启初（885—887 年），僖宗赐紫衣，赐号广成先生。未几入蜀，住成都玉局观。前蜀通正二年（天汉元年，917年），拜户部侍郎，封蔡国公。后主乾德三年（921年），封传真天师，拜崇真馆大学士。不久解官，隐居青城山白云溪。光庭博学能文，著有《广成集》20卷，今存17卷；《全唐诗》存其诗1卷；《全唐文》存其文16卷；其道教著述收入《道藏》者20余种；其小说多为神鬼异闻传说，今尚存者，有《墉城集仙录》10卷（存前6卷）、《录异记》8卷、《神仙感遇传》5卷；另有《仙传拾遗》40卷、《王氏神仙传》1卷，已佚。

《虬髯客传》是唐传奇中最著名的豪侠小说，小说以李靖和张氏的爱情为线索，描写有志图王的虬髯客折服于"真命天子"李世民而退居海外自立的故事。作品构思巧妙，人物神采飞扬，个性突出。李靖的倜傥深沉、张氏的慧眼卓识、虬髯客的慷慨豪爽，相互映衬，各呈异彩。"风尘三侠"由此得名而流传后世。明代张凤翼的《红拂记》、凌濛初的《红拂三传》、冯梦龙的《女丈夫》传奇，均取材于此。但有论者认为，"风尘三侠"之一的红拂，作为杨素的侍妾，见主人尸居余气，毅然私奔于李靖，其形象值得肯定；而虬髯客形象在客观上宣扬了"君权神授"的天命论，力图挽救唐王朝的覆亡，政治倾向是反动的，其本质与其他侠客有严格区别。

现存的唐传奇作品大多收录在北宋太平兴国年间李昉等人编辑的自汉代至宋初的小说总集《太平广记》中，全书500卷。另可以从鲁迅编辑的《唐宋传奇集》、张友鹤编辑的《唐宋传奇选》、汪辟疆编辑的《唐人小说》这三种选本中阅读唐代传奇的代表作品。

第二节　唐代传奇的思想内容

一、爱情作品

唐代代传奇中最精彩的篇章是批判礼教的爱情作品。其代表作品具有区别于其他爱情小说的显著特点，试加以分析。

第一，唐代传奇爱情作品中出现了描写才子佳人的新模式。

较之于汉魏六朝小说中关于男女爱情描写的门当户对格局，唐代传奇提出了一个"郎才女貌"的新模式。即女子必须是花容月貌，男子则须才调风流。蒋防的《霍小玉传》就是"郎才女貌"新模式的典型。《霍小玉传》中的霍小玉名为霍王宠婢所生的女儿，实为尚未婚嫁的妓女。她"资质浓艳"，被名为媒婆实为鸨母的鲍十一娘称为谪在下界的"仙人"，当霍小玉走进堂屋，"但觉一室之中，若琼林玉树，互相照耀，转盼精彩射人"。毫无疑问，她是个美女，而李益外貌如何呢？虽然鲍十一娘说他"才调风流"，"仪容雅秀"，但这只是老于世故的媒婆的当面奉承。实际上他是个"门族清华，少有才思，丽词嘉句，时谓无双"的"进士擢第"者。所以，在霍小玉第一次见到李益时，不免大失所望。她说："见面不如闻名，才子岂能无貌？"这说明李益是个才子，而不是美男子，即所谓有才无貌。而李益面对霍小玉的失望之情，则遂连起拜云："小娘子爱才，鄙夫重色，两好相映，才貌相兼。"于是，两人"婉娈相得"地如愿结合了。这一段描写就是"才子佳人"小说模式的形象图解。类似如此模式的婚姻爱情故事，还有《柳氏传》《李娃传》《李章武传》《莺莺传》等。比如，《柳氏传》中的韩翃只是个"有诗名"的寒士，柳氏则是"艳极一时""艳独异"的美女，用作品中人物李生的话来说，就是"柳夫人容色非常，韩秀才文章特异"。所以他们很快就结合到一起。值得注意的是，《柳氏传》中的柳氏，原是李生的"幸姬"，但她经常从门缝里窥视韩翃，后来还向侍者说："韩夫子岂长贫贱者乎？"于是就爱上了韩翃。霍小玉对于李益，只期望八年的欢愉生活，而柳氏则希望凭借韩翃的前程得到荣华富贵。这就从更深的层面上揭示出了"才子佳人"模式的本质内涵：女性地位低下，形同玩物，男女交欢的要害是功名利禄。

由于"才子佳人"小说本质的制约，男女之间的爱情婚姻往往是不牢固的，因为"美女"往往门第不高，地位低下，而"才子"常常飞黄腾达。他们的结合不属于明媒正娶，才子们又大多为好色之徒，在发迹之后，他们每每弃旧迎新。当然，"才子佳人"式婚姻的结局，也与男女人物的生活环境和个性有关。所以，故事的情节结局同中见异，乃至千差万别。

唐传奇的婚姻爱情作品的情节结局描写有相对比较固定的模式，大致分为三种：

其一，融合式。传奇中男女青年的爱情婚姻进程虽然也难免有困难曲折，但男女双方都希望与对方厮守一生，始终没有太多的波澜和悬念，基本上有始有终，算是比较一帆风顺的。如《柳氏传》，主人公韩翃有诗名，但家庭贫困，而且仕途坎坷，尽管柳氏为有夫之妇，后来在战乱中又被番将霸占，但韩翃对其一往情深，最终以团圆结局，情节安排明显属于正剧范畴。沈既济的《任氏传》、李朝威的《柳毅传》等，皆属于融合式。

其二，分离式。男女相爱只是双方一生中的一段美妙的插曲，因为主客观的原因，未能坚持到最后，算是有始无终。如《霍小玉传》，李益是在中了进士后与霍小玉结合的，又"自矜风调"，遵从母命，所以，尽管与霍小玉已经生活了两年，而且说过"粉身碎骨，誓不相舍"的誓言，写过"引喻山河，指诚日月"的誓词，但授官郑县主簿之后，便背信弃义，丢下霍小玉离去。后来又背盟负义，另娶卢氏，身居长安，置"疾候沉绵"的霍小玉于不顾。最后激起公愤，被侠客豪士设计，抱持至霍小玉住所，导致朝思暮想的霍小玉当即饮恨而终，香销玉殒，酿成了撼人心魄的悲剧结局。又如元稹的《莺莺传》，写始乱终弃，当然也属于分离式的作品。

其三，复归式。男女爱情婚姻中出现惊涛骇浪，一度分手，经过双方努力，或外界帮助，最后又得以破镜重圆。如《李娃传》中，荥阳生出身显贵，长相清秀，文才出众，后来与"妖姿要妙，绝代未有"的长安名妓李娃结合，金钱散尽，沦为挽歌郎。其父数以有辱门风之罪，"以马鞭鞭之数百，生不胜其苦而毙"。他死里逃生之后，得到李娃的殷切关怀。为了他的生存，李娃决意赎身，付出了足够鸨母20年"衣食之用"的金钱；为了荥阳生的前程，又以"百金之数"买来书籍，勉励他刻苦读书，终至一举成名。对于荥阳生来说，一方面，父子之情已绝；另一方面，博得功名之劳尽属妓女李娃，所以荥阳生在就任成都府参军之前，无论如何不肯让李娃离开他。最后，柳暗花明，终成眷属。此作品以白头偕老为结局，在情节构思上分明属于喜剧畛域。又如陈玄祐的《离魂记》，通过离魂的情节设计，达到新的结合，也可算是复归式。

分离也罢，复归也罢，无论最后是什么结局，"佳人"们的命运总是悲惨的、不幸的，总是围绕"红颜薄命"的主题。这在封建社会，是时代与制度使然。《柳氏传》中的柳氏根本没有独立人格：她像货物一样被李生赠给了韩翊，在变乱中欲保清白而不能。《李娃传》中的李娃，从小沦为娼妓。尽管荥阳生并不嫌弃她，但还是在异地他乡，隐瞒了其妓女身份的前提下，才完成了婚嫁程序，与荥阳生真正取得夫妻名分。但值得注意的是，后代小说的爱情婚姻描写始终未能超出唐代传奇开创的这几种模式。即便是明末清初的才子佳人小说、近代的鸳鸯蝴蝶派小说，乃至现当代的爱情小说，无一例外，都不能游离上面所概括的框架。这可视为唐代传奇对后世小说的深远影响之一。

第二，唐代传奇的爱情婚姻作品批判封建门第观念，矛头直指反动的门阀制度。

汉魏六朝小说中的优秀爱情作品，重在批判"父母之命，媒妁之言"。而"父母之命，媒妁之言"只是一种外在表现形式，其实质是"门当户对"，说到底还是门阀制度作祟。父母权衡子女的婚姻，媒妁牵合男女的爱情，还是以双方家庭的地位和财富为标准的。关于这一点，汉魏六朝小说揭露得并不深刻，唐代传奇中的爱情作品则以直接或间接的形式对其作了相当充分的揭露批判。

例如，孟棨《本事诗》中的《崔护》，写名门公子崔护，寻春独行，酒渴求饮，而属意于一个"妖姿媚态，绰有余妍"的农家女子。崔护不以出身显贵而自矜，农家老夫也不以地位卑微而自贱。结果男女相得，结为夫妻。这里包含了对摒弃门第观念的开明知识分子的肯定，也是对新的社会风气的赞扬。

薛调《无双传》中，无双之父刘震官至尚书租庸使，他在无双年幼时曾口头许诺将其许配给外甥王仙客，但当王仙客前来求亲时，即以"向前亦未许也"为推托。只是在朱泚兵变，无双与父母离散，乃至被掠入宫廷后，才得到侠士古生的帮助，得以远离长安，"变姓浪迹"而与王仙客结为夫妻。无双是作者肯定的人物，其结局也比较理想。小说对坚持门当户对的刘震夫妇表面上似乎采取回避的态度，其潜台词就是，悔婚的一方肯定没有好下场，实际上采取了曲折的内涵讽刺方式。

陈玄祐的《离魂记》写门不当、户不对的张倩娘和王宙一对表兄妹的爱情故事。张倩娘见王宙求婚遭到父亲张镒的冷落而离去，情之所至，灵魂出窍，追随王宙，结为夫妻，生儿育女，享富贵荣华，最后以团圆结局。这种具有浓郁浪漫主义色彩的理想描写，正是对门第观念的曲折而深刻的批判。这方面的代表作还有沈既济的《任氏传》。任氏钟情于贫寒书生，而拒绝颇有身份的韦崟，这一点虽然不是小说描写的重点，但作家批判门第观念的良苦用心是一清二楚的。

值得注意的是，《霍小玉传》和《莺莺传》在批判门阀制度的同时，还有属于隐晦笔墨的弦外之音。学术界普遍认为，《莺莺传》自身有很大的局限性。小说前半篇描写了书剑飘零的寒士张生与贵族小姐莺莺的爱情故事，肯定了长在深闺的相国千金莺莺经过反复的思想斗争，最终冲破封建礼教防线，与张生私下结合的大胆行为。后半篇却礼赞始乱终弃的张生为"善补过者"，诅咒莺莺是"不妖其身，必妖于人"的"尤物""妖孽"。之所以有这种现象，其实只要联系唐代反对豪门地主阶层的坚决措施，以及平步青云的庶族地主阶级知识分子的癫狂浮华情状①就不难理解，《莺莺传》正是故意贬低权豪势要，嘲讽和捉弄贵族女子的曲笔描写。《李娃传》也是富有争议的作品，一般人认为荥阳生与李娃的结合是不合情理的，其实这是一篇绝妙的反对豪门贵族的浪漫主义作品，暗示他们的子女是"婊子养的"。这一观点不是无聊之谈，而是切中肯綮。

唐代传奇中的爱情婚姻描写，其思想意义是多方面的。霍小玉、李娃等妓女都进入文学殿堂，成为小说中值得肯定的主要人物；《柳毅传》中的龙女、《飞烟传》中的飞烟，敢于争取婚姻自主；《任氏传》中的任氏，在事情败露，遭受迫害时，但云："生得相亲，死亦何恨？"这些都体现了妇女要求主宰自身命运的愿望和决心，在不同程度上体现了市民阶层的思想意识，并在几百年后的话本、拟话本和《聊斋志异》等作品中得到发扬光大。

二、批判现实作品

唐传奇中有相当数量的揭露社会黑暗的作品。唐代固然是漫长封建社会发展的顶峰，总体上歌舞升平，太平风流；但地主与农民两个阶级的矛盾日渐加剧，腐朽黑暗，积弊丛生，也是不争的事实。"不平则鸣"，有不平之事，必然有文学作品加以表现。传奇是新兴的文艺轻骑，是当时社会思潮、时代思想最好的载体。

这类作品有两种，一是揭露封建统治阶级内部矛盾，二是反映阶级矛盾。

（一）揭露封建统治阶级内部矛盾的作品

陈鸿的《长恨歌传》、韦瓘的《周秦行记》、吴兢（一说陈鸿）的《开元升平源》、陈翰《异闻集》中的《上清》、李复言《续玄怪录》中的《辛公平上仙》、皇甫枚《三水小牍》中的《却要》等都揭露了封建统治阶级的内部矛盾。

陈鸿，字大亮，贞元二十一年（805年）进士，曾任尚书主客郎中。长于史学，曾以七年时间修成《大统记》30卷，其书已佚，仅存序文。所作传奇三种：《长恨歌传》、《东城老父传》、《开元升平源》（一说为吴兢作）。他与白居易友善。元和元年（806年）冬十二月，他与白居易、王质夫同游周至仙游寺，有感于唐玄宗与杨贵妃的爱情故事，王质夫要求

---

① 如《旧唐书·高俭传》记载，朝廷把山东豪门集团的崔姓贬为三等。刘《隋唐嘉话》记载，庶族地主知识分子高俭希望得到一官半职，就向皇帝呈诗曰："上林许多树，愿借一枝栖。"皇帝答曰："吾以全树栖汝，岂唯一枝？"盛唐以降，地主阶级知识分子挟妓游宴蔚然成风，仅专写娼妓之书就有孙棨《北里志》、韩偓《香奁集》等数种。

白居易作诗，白居易写了《长恨歌》。诗成，又怂恿陈鸿为其作传，因成《长恨歌传》。传与歌互为表里，相辅相成，并传后世。《长恨歌传》笔墨酣畅，布局严整，感情委婉，抒情味浓郁。虽属于爱情小说，但有关唐玄宗后期"在位岁久，倦于旰食宵衣，政无大小，始委于右丞相。稍深居游宴，以声色自娱"，以及杨国忠"盗丞相位，愚弄国柄"，从而导致"安史之乱"等的史实描写，无疑是对"朝纲"的一种抨击和对统治阶级内部矛盾的深刻揭露。"安史之乱"平定以后，唐肃宗"尊玄宗为太上皇，就养南宫。自南宫迁于西内，时移事去，乐尽悲来"。作品字里行间包含着李隆基与其子的诸多矛盾，以及作者的感伤之情。正如作者自云，就是要"惩尤物，窒乱阶，垂于将来"。

（二）反映阶级矛盾的作品

揭露阶级矛盾的作品，以张彦远的《法书要录》中的《购兰亭序》最为典型。此文描写了唐太宗骗取和尚辩才的《兰亭序》的过程。为了得到珍贵的《兰亭序》，唐太宗三次召见辩才，收藏《兰亭序》的辩才却不肯吐露实情。唐太宗本想治其欺君之罪，但又怕仍然得不到《兰亭序》，于是设下计谋，派遣奸诈的大臣萧翼，乔装成江湖落拓之士，结交辩才，并骗取其信任，在摸清其底细之后，窃得《兰亭序》，并威逼辩才。唐太宗由想杀辩才转而给予赏赐，使辩才惊恐致死。作品成功地刻画了唐太宗附庸风雅、耍弄权术、贪图虚荣的帝王形象，深刻地反映了尖锐的阶级压迫和阶级矛盾。

《东城老父传》，则写斗鸡童贾昌的一生，从侧面反映了唐玄宗时期政治的腐败。《东城老父传》用回忆对比的形式，描写了唐玄宗开元初年到唐宪宗元和初期（713—806年）将近百年之间的社会变化。经过安史之乱，唐王朝一蹶不振，财政亏空，民族矛盾加剧，世风日下。作者探索了致乱的原因，认为关键是"朝服斗鸡"。这种说法肯定是"不对"的；但从对斗鸡的盛况描写，以及"上之好之，民风尤甚"，贵族"倾帑破产市鸡"，"神鸡童"享尽荣华富贵，乃至民间出现"生儿不用识文字"的心理等叙述中，读者看到封建统治阶级腐化堕落的本质和劳动人民经受的深重灾难。

李复言《续玄怪录》中的《李俊》、高彦休《唐阙史》中的《李可及》、沈既济的《枕中记》、李公佐的《南柯太守传》等，还从不同角度反映了唐代上层统治的黑暗，诸如科举考试的弊端，儒、佛、道三教对人民思想的毒害，知识分子对官场生活的讽刺，等等。《南柯太守传》写主人公淳于棼梦梦入槐安国，当了驸马，做了20年南柯太守，备受国王宠幸。"生有五男二女，男以门荫授官，女亦聘于王族，荣耀显赫，一时之盛，代莫比之"。后来他打了败仗，旋即谗言四起，被遣送出城。醒来方知为酒后梦境。作品以古槐蚁穴影射朝廷，将蝇营狗苟的官吏斥为"群蚁"，这无疑是对腐败的封建上层社会的大胆嘲弄，讽刺意味十分强烈。

比之于历代的小说，唐代传奇揭露社会黑暗的作品明显有两个基本特点：一是揭露批判敢于矛头向上；二是揭露批判的层面比较广泛。唐代传奇敢于揭露当代社会，传奇作家具有正义感和说真话的勇气，勇于承担风险，直接揭露上层统治者。例如，《购兰亭序》和《东城老父传》等，揭露的矛头直指最高统治者唐太宗和唐玄宗；《辛公平上仙》所描写的唐顺宗死于宫廷政变的故事，距离吴兢创作的年代不过二三十年；《开元升平源》则写姚元崇利用唐玄宗要他担任宰相的机会，公然提出十件大事作为任职条件。这十件大事步步紧逼，层层上纲，说到第十件，姚元崇竟以防范妃子、太后争宠夺权为由，强迫迷恋声色的李隆基答应把惩处条款"书之史册，永为殷鉴，作万代法"。这样的描写何等惊心动魄！唐代以前虽然也有过涉及政治的暴露作品，如干宝《搜神记》的《干将莫邪》，但它所批判的楚王距离作者写作的年代已经有五百多年。可见同样属于暴露性质的小说，两者有着本质的区别。

三、豪侠作品

唐代传奇出现了不少描写豪侠形象的作品。在《史记》等史书中就有关于游侠、刺客的专门描写，这些游侠、刺客敢于以武犯禁，藐视统治阶级的王法，有的能为人民伸张正义。受其影响，后代的稗史中多有侠客描写，《搜神记》的《干将莫邪》中的"客"，就是一个反抗强暴、为民复仇的英雄形象。可能受唐代的古文运动以《史记》为古文写作的传统规范影响，文人学士阅读《史记》成为风尚，因此，唐传奇中出现了不少豪侠形象，如《霍小玉传》中的黄衫客、《谢小娥传》中的谢小娥、《无双传》中的古押衙、《柳氏传》中的许俊、《昆仑奴》中的磨勒、《聂隐娘》中的聂隐娘、《虬髯客传》中的虬髯客、《红线》中的红线，等等。他们的社会地位和身份并不相同，但他们的所作所为大多具有正义性。

《霍小玉传》中的黄衫客是一个家中有仆人的豪士，他见义勇为，劫持负心的李益去见霍小玉；李公佐《谢小娥传》中的谢小娥是个商人的女儿，为报杀父之仇而浪迹江湖，最后削发为尼；《无双传》中的豪侠古押衙身为皇陵的侍卫官；《柳氏传》中的豪侠许俊则是藩镇的亲信武官；《昆仑奴》中的侠士磨勒为崔姓"显僚"家的奴仆；《红线》中的红线是藩镇薛嵩的家生奴。这些人只是下层官吏或奴隶，他们打击的对象都属于邪恶的一方，因此，他们的行为在不同程度上显示出正义性。以《无双传》中的豪侠古押衙为例，他身为皇陵的侍卫官，却破坏了皇陵的规矩，营救被贬至皇陵"以备洒扫"之用的宫女刘无双，使她能与王仙客成亲。而王仙客与刘无双的结合明显具有反封建意义。因为刘无双的父亲刘震身为"朝臣"，鄙弃曾经许婚的王仙客，在姚令言、朱泚发动政变的危急关头，又抛弃了王仙客，而且"受伪命官"。于公于私，刘震都无正义性可言，那么，作品在客观上就赋予了古押衙的正义性。

值得注意的是，《霍小玉传》《无双传》《柳氏传》等均为爱情篇章，《谢小娥传》《聂隐娘》《虬髯客传》《红线》等才是纯粹的以豪侠为主人公的作品。很多评论对这些豪侠作品持否定态度，这是值得研究讨论的。以《红线》为例，有人认为，红线是"奴性十足的奴才"。固然，她是节度使薛嵩家的女奴，但这种关系随着她的卓绝才能的显示和神奇作用的发挥而不断发生微妙的变化。在红线"盗合"之后，薛嵩实际上已经不再把她作为奴隶了，而且视之为"功臣"和"救星"。红线要求"还其本身"，薛嵩不仅没有刁难，反而打算赠以"千金"，最后又"悉集宾客"，"广为饯行"。有评论认为，红线之所以能改变身份，是由于"她施展神术，替藩镇维持其反动统治卖命"。事实又是如何呢？诚然，红线"盗合"确有"报主恩"的因素，但更有"两地保其城池，万人全其性命"的效果。另外，我们也要实事求是地进行分析，与魏博节度使田成嗣相比，潞州节度使薛嵩显然要好得多。田成嗣"收安、史余党，拥劲卒数万……自署文武将军，不供贡赋"（《资治通鉴》代宗永泰元年）；薛嵩"谨奉职，颇有治名"（《新唐书·本传》）。他们之间的矛盾具有吞并与反吞并的性质，是战争与和平两种前途的较量，这就有了非正义与正义的区别。即使红线"盗合"的动机与行动完全是为了尽忠于薛嵩，其客观效果也值得肯定。何况红线平素就有自己的思想，"盗合"的义举又是她深思熟虑的结果。凡此种种，足以证明，《红线》是一篇具有进步意义的作品。《聂隐娘》稍有不同，女侠聂隐娘是魏博大将军聂锋的女儿，她学剑艺成之后，表面上只讲知遇之恩，被魏帅"以金帛署为左右吏"。魏帅派她去行刺陈许节度使刘昌裔，但刘昌裔神机妙算，待之以礼。结果，聂隐娘反过来帮助刘昌裔，斩杀了魏帅而后派来的"刺客"精精儿和空空儿。其实，这种反常行为恰恰表现出，讲究知遇之恩的聂隐娘有独立思考、判断是非的能力和特点。她固然答应了魏帅的要求，接受了魏帅的派遣，但并没有立即付诸行动。在两个藩镇激烈的斗争过程中，她实际上并未介入，而是静观其变。再说，她平素对"无故杀人"的大官僚总是毫不留情的，乃至"遇此辈，先斩其所爱（指儿女），然后决之"。这足以说明，聂隐娘的身份也不能用"奴才"二字来概括。当然，红线和聂隐娘身上也有局限性，如报主恩、宿命论观点等。

　　唐传奇中的豪侠形象大致可分为两类，绝大多数豪侠虽然是奴才身份，但其所作所为是正义的，或有益的；只有极少量作品中的豪侠，如《虬髯客传》中的虬髯客，宣扬"君权神授"的天命论，认为李世民是"真命天子"，便主动退居海外，并给李靖和红拂以巨额资金，要他们"佐真主，赞功业"。作者在唐王朝濒于覆灭的情况下，抬出开国定鼎的李世民，鼓吹"人臣之谬思乱者，乃螳臂之拒走轮耳。我皇家垂福万叶，岂虚然哉？"竭力妄图挽救唐王朝的覆亡，政治倾向应予否定。相比较而言，《红线》中的红线，是描写最为精彩而又富有争议的形象。红线虽然是藩镇节度使薛嵩的女奴，在薛嵩与田承嗣两位藩镇节度使的争斗中，她不因身份卑微而放弃大显身手的机会，主动请缨，并雷厉风行，运筹帷幄，施展绝技，勇盗金合，棋高一着。一夜之间，就将一场即将发生的刀光剑影的藩镇割据战争消弭于无形，颇有神奇色彩。她的侠义举动，使"两地保其城池，万人全其性命"，从而成为维护稳定的"功臣"和"救星"。虽然她主观上有"报主恩"的动机，但客观上维护了社会稳定，保全了人民的生命财产，具有进步意义，因此值得肯定。

四、神鬼作品

　　唐代传奇还有一些不信鬼、不怕鬼的故事。魏晋六朝志怪小说以有神论为前提，"张皇鬼神，称道灵异"①；唐传奇则大不相同，他们从不怕鬼的水平飞跃到无神论的新阶段。诚然，从《古镜记》《补江总白猿传》到《玄怪录》《续玄怪录》，在传奇领域仍然有不少神怪之作，但其中有很多是借以寄托某种思想，或者表现作者的文采或意想的。与其不同的是，唐传奇有一些不怕鬼的故事。如牛僧孺的《玄怪录·郭元振》，写郭元振在从晋州到汾州途中，深夜进入乌将军庙，发现庙中有一个用来祭妖的少女。他救了少女，又设计斩断了"乌将军"的"手腕"，进而说服乡人，带领他们沿着血迹，找到猪怪藏身的洞穴，为地方除了大害。该作品主题具有进步意义，但并未超出六朝志怪小说的思想高度，没有从根本上否定鬼神的存在。比较而言，牛肃《纪闻》中的《张长史》，皇甫氏《原化记》中的《画琵琶》《京都儒士》等就大大前进了一步。《张长史》写张长史因其在临济县任知县的女婿李回虐待自己的女儿而只身前往女婿的衙门，哪知认错了路，跑到全节县。他大闹公堂，要女婿李回出见。恰巧全节县人相信狐狸精作祟，就把张长史当作妖怪处置。直到他女婿闻讯从临济赶来，才澄清真相。这篇作品写出了有人疑神疑鬼的现实情状。那么，到底有没有鬼神呢？《画琵琶》回答了这一问题。某书生乘船到江西，因风阻泊船而上山闲步，在僧房的墙壁上悄悄画了一把琵琶。后来，这琵琶竟被村人尊为求福甚效的"圣琵琶"。书生听到传闻，再往江西时就把琵琶洗尽，并向乡人说明了原委，于是圣灵随即消失。这个故事形象地告诉我们，神本来是没有的，一切迷信都是庸人自扰。还有，《京都儒士》的故事从正面深层次说明鬼神之类都是人造的幻影。此文写一个"怯懦"的儒生自夸有"胆气"，与人打赌，独自住进一座"凶宅"。他"不敢睡，唯灭灯抱剑而坐"。到了三更时分，竟将一顶从衣架上吹落的"如鸟鼓翼，翻翻而动"的破帽当做怪物，挥剑砍落在地。到了五更，又将那头拴在"别屋"，从狗洞里"气咻咻然"探进头来的驴子砍掉了半面嘴，而且吓得趴在床底下，闹了一场大笑话。这是对有神论者的绝妙讽刺。

应该看到，在唐代传奇风靡一时的背景下，与传奇有血缘关系的志怪小说仍有不少作品。如陆勋的《集异志》、李冗的《独异志》、张荐的《灵怪集》、孔慎言的《神怪录》等，其内容偶有可取。如《独异志》卷上，记唐初僧人玄奘西行取经，严灵寺松枝年年西指；取经归来，松枝转而向东。此为唐代流行的传说，后被写进神魔小说《西游记》。

第三节　唐代传奇的特点

唐代传奇是唐代小说的代表；轶事、琐闻属于笔记体，是魏晋笔记小说的余韵；变文具有说话的特点，可以参见话本小说的相关介绍。这里仅对唐代传奇的形式特点作全面介绍。唐代传奇在形式和表现手法方面具有显著特点。

---

① 鲁迅. 中国小说史略. 北京：人民文学出版社，1973：29.

一、唐传奇的艺术虚构

唐代传奇改变了汉魏小说的纪实传统，大多采用虚构法，在创作上出现了艺术虚构，标志着古代小说的成熟。

汉魏六朝的小说是"很排斥虚构的"，尽管在具体的创作实践中已经出现了无意识的局部的零星的虚构。到了唐代，情况有了明显的根本性变化。唐代传奇吸收了晋代以后阮籍、陶潜、刘伶等人"幻设为文"的创作经验，对前代的小说进行了一定的改造，而"虚构"就在改造过程中应运而生。

第一，唐代人的文艺观发生了变化，不再把神仙鬼怪的故事当成真事，开始把神仙鬼怪的传闻故事当成"资谈笑"（高彦休《唐阙史序》）的材料，从而恢复了它们虚构的本来面目，抹掉了涂饰在这些故事表面的"真事"的光环。温庭筠在《乾𫗦子序》中，就公然宣称"语怪以悦宾"（晁公武《郡斋读书志》卷十三），既然神仙鬼怪故事只是用以悦宾的材料，就无须计较其真实性。于是，传奇作家首开风气，随意驱使神仙鬼怪，任意处置，以之作为表现作品主题或作者意念的一种手段。例如，唐传奇《原化记》中的《吴堪》就分明沿用了《搜神记》中《白水素女》的题材。《白水素女》写到田螺姑娘真相暴露之后而"翕然离去"为止。《吴堪》却让田螺姑娘与吴堪结为夫妻，并虚构了田螺姑娘与吴堪结合以后接连遭到"县宰豪士"的两次迫害，吴堪夫妻同他们进行斗争并取得胜利等情节。显然，《原化记》的作者皇甫氏并没有把《白水素女》的故事当作真人真事，所以根据反封建主题的需要自说自话，对田螺姑娘的故事作了大幅度的扩展和修改。

第二，唐代传奇中有不少描写现实生活的作品，也不再拘泥于真人真事，打破了"纪实研理，足资考核"（邱炜萲《客云庐小说话》，引自阿英编《晚清文学丛钞》）的旧传统。也有的作品对真人真事进行了加工，如陈鸿的《东城老父传》以真实的传闻故事作为题材，但对神鸡童贾昌夫妇发迹变泰的过程以及骊山斗鸡的场面描写并不等同于史实，而完全是一种艺术的再创造。正因为《东城老父传》对真实的传闻进行了加工，所以清代人把它排斥在《全唐文》之外。唐传奇中有的作品把生活中的真实故事当成塑造艺术形象的模特，或者仅仅视为创作的由头。例如，蒋防的《霍小玉传》表面上时间、地点、人物、事件凿凿有据，其实只有李益的多疑特点有案可稽。《旧唐书·李益传》："李益……少有痴病，而多猜忌，防闲妻妾，过为苛酷，而有散灰扃户之谭闻于时，故时谓妒痴为李益疾。"李肇的《唐国史补》卷中云："散骑常侍李益少有疑病，亦心疾也。"而这一点也不是塑造李益形象的主要依据。除此之外，作品中的人物霍小玉、崔允明、韦夏卿等，都属附会人物；至于霍小玉、鲍十一娘、营十一娘等，更是虚构的人物。

另外，还有些传奇作品在表现现实的政治斗争时常常采用假托鬼神、影射附会的写法，从而给本来真实的传闻蒙上一层神秘的色彩。李复言的《辛公平上仙》就属此类，这篇作品描写辛公平为阴吏所引，到皇宫观看一个皇帝被杀的情景。作品其实是影射元和元年

（806年）正月十九日太监俱文珍等发动宫廷政变，谋杀太上皇顺宗的经过。这种为了规避政治风险，故意借助于浪漫主义的情节来曲折表现政治斗争的写法，也是唐代传奇的独创。

第三，有些唐代传奇的作者公然背离小说必须"依托"的传统，全靠凭空构想，结撰作品。众所周知，古代小说多记"街谈巷语，道听途说"，它们虽属不登大雅之堂的"小道"，但十分讲究"依托"。在汉魏六朝时期，虽然也有个别作家在相信鬼神的前提下突破"依托"的藩篱，虚构出一些神怪故事。但这并不是主流，而是个别现象。而且作者诚惶诚恐，害怕因为失去依托而遭到"讥谤"。比较而言，唐代传奇的作者胆子大多了。如果说，李公佐、李朝威等人在创作《南柯太守传》《柳毅传》等传奇时还"仅在显扬笔妙，故尚不敢言事状之虚"[1]，那么到沈亚之、牛僧孺等人撰写《秦梦记》和《玄怪录》时，情况就大大变化了。他们"欲以构想之幻自见"，"时时示人以出于造作，不求见信"[2]。以《秦梦记》为例，沈亚之异想天开，描写了自己的一场"春梦"：他始入强秦，游说穆公；继而将兵征讨，连下五城；然后被招为驸马，娶妻弄玉；最后"日暮东归"，离开秦国。这简直是天方夜谭。更为荒唐的是，文中写道，已经成仙的弄玉，竟然一命呜呼，溘然长逝。再如牛僧孺《玄怪录》中的《岑顺》，竟然描摹了岑顺参与古墓"戏局"中金铜俑相互格杀的恐怖情景。《张佐》则描绘了北朝神者申宗回忆其"前世"，由其耳中奔出神童，再从神童耳中进入"兜玄国"的离奇故事。这些故事既不见于前朝的野史稗说，也不是当代的名人轶事。显然，他们完全抛弃了"依托"和"纪实"的陈规陋习。这样的描写完全是镜花水月，海市蜃楼。

用艺术虚构方法撰写作品是唐传奇的一大特点，也是"传奇"区别于"志怪"和"杂录"的明显标志。正是从唐传奇开始，中国古代小说出现了"虚构"和"纪实"两大流派。随着艺术虚构日益受到小说家的青睐，古代小说与历史记载就分道扬镳了。如果说汉魏南北朝小说曾被大量引进史书，史书的材料也被纪实的小说家大量摘取，那么，唐代传奇等虚构小说的情况就大不相同。它们一般不再得到史学家的垂青，偶尔有骚人墨客借传奇"助兴"，在其抒情作品中用上几句小说语言，也难免遭到非议。从小说观念演变的角度看，应该承认，这是一种进步。艺术虚构是现代小说的本质特征，可以说，唐代也是古代小说和散文两种文体二水分流的分水岭。

二、唐传奇的体制特点

在体制上，唐代传奇已经从魏晋南北朝小说的笔记体发展为传记体，就是说，采用传记形式描写人物故事，标志着唐代传奇开始注重人物描写，日益接近现代小说的内涵。

"传奇"二字，表现了唐代传奇的主要特征：一是传记的形式；二是奇异的内容；三是

---

① 鲁迅. 中国小说史略. 北京：人民文学出版社，1973：71.
② 鲁迅. 中国小说史略. 北京：人民文学出版社，1973：71.

以人物为中心。所谓传记，就是人物故事。唐传奇沿着汉魏某些传记小说的路子，发扬了《史记》《汉书》等史传散文和《大人先生传》《桃花源记》等文人作品的传记写法，创立了小说领域内"始就一人一事，纡徐委备，详其始末"①的传记体。与魏晋南北朝小说以及唐代传奇以外的小说相比，传记体的传奇以人物传记为写作的体例，有其明显的特点。

第一，唐代传奇改变了多数魏晋南北朝小说没有题目的状况，大多借用小说主人公的名字作为篇名。如《李娃传》《东城老父传》《柳氏传》《霍小玉传》《无双传》等，就是如此。有的则概括小说内容，选择故事发生的地点、背景等作为题目，如《长恨歌传》《离魂记》《定婚店》《东阳夜怪录》《冥音录》等，就属此类。另有一些作品题目综合了人物和故事两个因素，例如《三水小牍》中的《王知古为狐招婿》《侯元违神君之戒兵败见杀》《鱼玄机笞毙绿翘致戮》等。一般来说，古代小说题目的文字经历了一个由短到长的过程。

第二，唐传奇不仅题目中直接有"传"，如《莺莺传》《霍小玉传》《柳毅传》《任氏传》《南柯太守传》，等等，而且绝大多数把人物（包含神化的人）及其故事作为主要描写对象，篇篇有人物和故事情节，改变了魏晋小说有事无人或有人无事的现象。传奇把社会生活环境的各方面作为一个不可分割的整体来加以表现，并且自觉排斥帝略官制、考订训诂、地理名物等难以构成文学形象的内容描写，也绝不离开人物故事去孤立地记叙鸟兽草木、物态变异。不仅如此，唐传奇特别着意描写人与人之间的相互关系，总是着眼于"人物之间的联系、矛盾、同情、反感和一般的相互关系"，展现出一系列主动的情节，在形形色色的矛盾冲突中揭示不同类型人物的性格特征，从而使人物和故事融成一个有机的整体。以焕发奇光异彩的爱情小说为例，作家们无不乐于把各种人物的爱情故事作为描写的对象。《任氏传》中的狐仙、《柳毅传》中的龙女、《李章武传》中的鬼魂、《裴航》中的神女，似乎十分怪诞，并非现实生活中的真人，其实这些仙妖鬼怪多具人情，分明是现实人生的曲折反映。这一点恰如《任氏传》中的狐仙所说："人间如某之比者非一。"这些爱情小说，完整地反映了女主人公的容貌、装饰和技艺，男主人公的才情、贡举和官职，男女之间的狂热追求、婚嫁情状，以及相恋、相弃的各种表现。当然，对于爱情的整体描写，绝不等于机械地摄像或记流水账。唐代传奇之所以写得绰约多姿，真切动人，关键是抓住了人物关系这一环。如脍炙人口的《莺莺传》，作者正是围绕着爱情与礼教的矛盾，精心设计了张生与莺莺之间相恋、相知、疑忌和遗弃的关系。所以，始乱终弃的爱情故事里波澜迭起，特别具有故事性。而在爱情波涛中，张生兴风作浪、陷入绝境的丑态，莺莺随波逐流、沉浮其间乃至遭到灭顶之灾的情状，也被淋漓尽致地表现出来。不过，作者的思想是落后的，对之应该加以批判。唐代传奇这种专写人物故事的特点，明显地把小说和说明文、应用文、议论文等文体题材区别开来。

第三，传记体的唐传奇开始把故事情节放在构思的中心，改变了多数古代小说类似于散文的结构形式。它们一般都有完整的情节，出现了开端、发展、高潮和结局等情节发展的逻

---

① 夏曾佑. 小说原理//郭绍虞，罗根泽. 中国近代文论选. 北京：人民文学出版社，1981：199.

辑层次和阶段。作者一般不再直接进行议论、说教，作品的倾向性也往往在情节发展的过程中自然而然地流露出来。以张彦远《购兰亭序》为例，唐太宗三度召见辩才，为故事的开端；派遣萧翼骗取辩才信任，为故事的发展；萧翼窃取《兰亭序》，威逼辩才，为故事的高潮；辩才毙命，为故事结局；以《兰亭序》殉葬唐太宗为故事尾声。在小说中，唐太宗、房玄龄、萧翼、辩才、许善行等不同类型人物之间存在尖锐的矛盾冲突，从而构成了完整而生动的情节。作者正是凭借这些情节，成功地塑造了唐太宗这一个附庸风雅、玩弄权术、贪图虚名的帝王形象。值得注意的是，《购兰亭序》几乎通篇都是情节因素。它得力于客观的叙述和形象的描绘，绝不作主观的议论和补充说明。虽然为了避嫌，故意题名为《购兰亭序》，但在情节发展的每个阶段都处处流露出一个"骗"字。可以说，"购"《兰亭序》实为"骗"《兰亭序》。这种"骗"的描写，让读者感受到了张彦远思想的进步性。把故事情节放在构思的中心位置，寓作者的褒贬于叙事之中，借故事来表达主题思想，这是唐代传记体小说的一大成就，也是中国古代小说与散文两种文体二水分流的一个明显标志。

三、唐传奇的"尚奇"特点

（一）题材之奇

唐传奇在题材选择、艺术构思和语言表达等方面，非常讲究奇异性。小说尚奇，是从魏晋南北朝志怪小说开始的，它们逐步摆脱了"或托古人，或记古事，托人者似子而浅薄；记事者近史而悠缪"① 的状态，开始以"天下遗逸"和"世间里巷所说"（王嘉《拾遗记》卷九）作为记述对象。唐代传奇继承了魏晋志怪小说的这一传统，同样追求奇异性。但因时代和社会风尚不同，小说家对于文体概念的理解及其创作的实际情况存在差异，所以唐传奇的奇异性又具有不同于魏晋志怪小说的新的特点。

从题材来看，志怪小说以"发明神道之不诬"为旨归，所以它的"奇"主要指"张皇鬼神，称道灵异"。唐代传奇中也有相当数量的作品是写神仙鬼怪的，固然不乏神奇怪异色彩，但其创作动机与志怪小说稍有差异。其中大多数作品是为了表现社会主题；一部分虽然照旧"谈祸福以寓劝惩"，但其根本目的是表现作者的文采和意想。以陈玄祐的《离魂记》为例，他所描写的张倩娘灵魂出窍，离开肉体，私奔王宙的故事，虽与志怪小说《幽明录·庞阿》《搜神记·无名夫妇》《灵怪录·郑生》《独异记·韦隐》等类似，但《庞阿》等作品的主旨只是想证明肉体之外还存在灵魂，而《无名夫妇》所描述的一对夫妇共同观看高枕安眠的丈夫的魂神，丈夫身魂合一之后，终身"性理乖误"的故事，甚至没有任何其他思想意义。《离魂记》则不同，其情节同样光怪陆离，但在离奇的故事中蕴藏着青年男女对封建婚姻制度的强烈不满和反抗，以及对自由爱情的大胆追求。从这里可以看出，唐代

---

① 鲁迅. 中国小说史略. 北京：人民文学出版社，1973。

传奇未必是为了追求神奇而写神奇，神奇的故事往往只是形式，只是一种表现方法和手段而已。惟其如此，传奇中的神仙鬼怪及其故事，实际上与志怪小说中的奇异形象有很大区别。唐传奇中的狐鬼、龙女、花精、蚂蚁、龙虾公主、猪首人妖等，往往既有"神性""兽性"，又有"人性""人情"，既奇，又不奇。如《任氏传》中的狐仙任氏，既有变幻隐匿、善于逆料、不自纫缝、慑于苍犬等所谓狐狸精的特点，又具备善良忠贞、爱情执着等平民妇女的美德。《李章武传》中的王氏子妇，既是"举止浮急，音调轻清"，受辖于阴司，出没于黑夜的鬼魂，又与不慕金钱财货、不惑"甘词厚誓"、一往情深、九死不悔的人间女性毫无二致。志怪小说中的神仙鬼怪，大都只具"神性""兽性"，很少具有"人性"。正因为传奇中的形象兼有神性和人性，而志怪小说中的神仙鬼怪形象大多没有"人性"，所以同样的故事题材就呈现出不同的特点。一般说来，志怪小说的故事是荒诞不经、不合情理的，传奇则既神奇怪异又合情合理。以《柳毅传》为例，它描写龙女与柳毅的爱情故事，始则洞庭传书，夺回龙女；继而钱塘说媒，柳毅辞婚；终至龙女托身，暗度陈仓。其开端、发展、高潮、结局，无不出人意料，奇绝怪异，令人瞠目结舌。但只要联系封建时代青年男女争取婚姻自主的斗争，注意龙女不甘受辱、憧憬幸福生活的性格和柳毅见义勇为、施恩不图报的高尚品德，就不难发现，《柳毅传》描写的种种矛盾、层层波澜都在情理之中，具有超凡而又平凡的特点。明代的凌濛初曾经间接指出，在《太平广记》的很多作品中，"上自神祇仙子，下及昆虫草木，无不受了淫亵污点"（《二刻拍案惊奇》卷三十七）。凌濛初所转述的"淫亵污点"，显然指人性的寄托。他主观上肯定另有所指，但在客观上总结了以神怪为题材的唐传奇尚奇的特点。

"唐人底小说，不甚讲鬼怪"①，唐传奇中的很多作品突破了志怪题材的局限，开始面向现实的人生。这类作品虽然不写耳目之外的"牛鬼蛇神"，只写耳目之内的饮食起居，但照样具有"奇"的特点。奇在哪里呢？借用唐代古文家皇甫湜的话说，"谓之奇即非常矣……出常也"（《答李生第二书》）。

（二）艺术构思之奇

唐传奇"尚奇"，主要指题材的稀奇、新奇，也指艺术构思的出奇，具有奇异性，也就是非常、超常、出常。

首先，奇指人物故事的新颖。四海之大，无奇不有。社会上的奇闻异事往往被热衷于"征异话奇"的传奇作者作为敷衍传奇的热门题材。如《武黄门之死》事件中，大官僚裴度的仆人王义，为营救主子而被"盗贼""扦刃死之"，此事发生并流传之后，当年中榜的进士竟有"十之二三"（李肇《唐国史补》卷中）以此为题材写成了《王义传》。钱易《南部新书》戊卷则曰："是岁进士撰《王义传》者三之二。"正因为传奇作者酷爱新颖的题材，所以，他们描写的人物故事总能翻空出奇，不落俗套，富有奇异性。

---

① 鲁迅. 中国小说史略. 北京：人民文学出版社，1973：282.

其次，奇指人物故事的稀有和偶然。如《酉阳杂俎·宁王》所记叙的宁王将计就计，以熊易女，借熊噬僧的故事，就非常少见。再如，牛肃《纪闻·苏无名》记叙苏无名受命侦破太平公主珠宝失窃案的故事。他深入民间，调查研究，细致观察，终于在扫墓之日一举侦破盗宝案，擒获盗窃犯，既在意料之外，又在情理之中。又如《唐阙史·薛氏子》所渲染的江湖术士打着掘金结坛的幌子，骗取薛氏二子大量财宝的故事，以现实人生为题材，又都属生活中所绝无仅有的事情，带有极大的偶然性。这种"罕见"和"偶然"，使唐代描写现实人生的小说，更加焕发出夺目的奇光异彩。

最后，非常、出常，又指不合常理常情。李渔认为："世间奇事无多，常事为多。"凌濛初说："天下之真奇，未有不出于庸常者也。"（笑话主人《今古奇观序》）在描写现实人生的传奇中，作者往往善于透过平平常常的"日用起居"和"物态人情"，从寻常生活中捕捉那些违背"常理""常情"的生活现象，加以放大，据以撰写成奇特的人物故事。封建世俗认为，正人君子必定恪守信义，勾栏娼妓则无节操可言。但蒋防、白行简等传奇作家偏偏在"常情""常理"的背后，看到了卑贱的妓女有情有义，高贵的官僚无德无行，写出了《霍小玉传》和《李娃传》等作品，这就是很生动的例证。以此类推，诸如富而悭吝、草民奇才、骄矜受挫、豪门落魄、红颜薄命，等等，似为反常而实则充满辩证法的生活现象，也无不为小说家所瞩目，据以撰写了《王叟》《苗夫人》《李慕》《李使君》（分别见于《原化记》《云溪友议》《逸史》《剧谈录》）等作品。应该说，这类作品能够从"常情""常理"中捕捉某些奇异的题材，从千千万万普通的生活现象里洞察某些素材的特殊性，这是"尚奇"的中国古代小说从稽神语怪向描写现实生活方面迅速转化的一个明显标志。正是沿着这个路子，人们逐步把个性化的典型人物和独特的艺术形象理解为"奇"的真谛。作为唐传奇的特点，古代小说于常中求奇的美学追求直接影响到后代的小说。继唐代传奇之后，由宋元话本首开风气的白话短篇小说，就特别讲究"奇"，并把个性化的典型人物和独特的艺术形象作为"奇"的内涵，使之成为中国小说美学批评的准则。睡乡居士《二刻拍案惊奇序》曰："知奇之为奇，不知奇之所以为奇。舍目前可纪之事，而驰骛于不论不议之乡，如画家之不图犬马而图鬼魅者。……今举物态人情，恣意点染，而不能使人欲歌欲泣于其间。此其奇与非奇，固不待智者而后知之者也。"可谓精当的概括。

唐代传奇的奇异性，除了题材的"奇"，还表现在艺术构思方面。因为两汉魏晋南北朝小说大多拘泥于写实，所以从严格意义上说，它们是全景照相式的，并不存在选择和提炼题材的问题，也不存在酝酿和确定主题的问题，更不需要考虑人物活动与事件进展的布局和推敲恰当的表现形式问题。就是说它们的奇特性完全依赖于客观的故事和传闻本身，并不靠主观的艺术构思。唐代传奇则既注意客观故事的奇特，又讲究主观构思的精巧。有些篇章的作者确实在构思上颇费斟酌，甚至全凭艺术匠心来显示其与众不同的奇特性。例如，为了揭露占卜者拐骗良家妇女的罪恶，高彦休的《唐阙史·崔碣》，特意描绘了王可久妻子遇到的丈夫"陷于寇域，逾期不归"，卜者杨乾夫"端著虔祝"，假行仁义的特定环境；为了颂扬"节行瑰奇"的妓女，白行简对《李娃传》中荥阳生父子的今昔，鸨母、荥阳公与李娃几个主要人物，进行了精彩的对照；为了表现被拆散的市民情侣为自由爱情而顽强斗争的精神，孙棨的《北里志·张住住》别开生面地利用民谣俚曲，串联男女主人公庞佛奴和张住住的离合故事；为了突出好事多磨，有情人终成眷属的主题，薛调的《无双传》全凭偶然的巧合，敷衍了青年男女王仙客和刘无双生离死别、绝处逢生的情节。上述种种，有的在新颖独特题材的基础上使作品奇上加奇；有的恰恰由于超群绝伦的构思本身使作品跨进了"传奇"的行列。如《无双传》，就因为题材和构思两相奇特，竟至弄巧成拙，出现了"大奇而不情"（胡应麟《少室山房笔丛》卷四十一《庄岳委谈》）的毛病。《张住住》等作品虽然并没有新奇的题材，但因为表现手法独特，风格异样，所以尽管与一系列名妓的轶事传闻编辑在同一册，也没有人把它排斥在传奇之外。

（三）语言之奇

就语言风格来说，唐代传奇与两汉魏晋南北朝小说也不尽相同。两汉魏晋南北朝小说属于"笔"而非"文"，笔记体的作品是用质朴的散体语言来记叙简单的事物；唐代传奇的语言则既质朴又华丽，既"散"又"文"。它成功地冲破了笔记的藩篱，表现出新奇的特点。

其一，唐代传奇的语言"入于文心"，吸取了"文"的长处，大量运用了描写性质的形容词和骈偶语言。与笔记小说相比，唐代传奇中的形容词大大增加。以描写女性容貌来说，有些汉魏六朝小说根本不用形容词，有些虽偶尔采用，但往往只是"美""美丽""甚美"等寥寥数字。而唐传奇形容女性的容貌，总是不厌其烦，争奇斗艳，或"妖姿媚态，绰有余妍"（《本事诗·崔护》），或"琼英腻云，连蕊莹波，露濯蕣姿，月鲜珠彩"（无名氏《郑德璘》），或"露裛琼英，春融雪彩，脸欺腻玉，鬓若浓云，娇而掩面蔽身，不足比其芳丽"（《传奇·裴航》），等等。此外，唐代传奇还大量引用骈俪的文句，如《柳毅传》《南柯太守传》《长恨歌传》等间杂了很多四言六言的对偶句。在《高力士外传》和《红线》中，骈语的分量甚至超过了散体。应用形容词和骈偶语言，并不是唐代传奇语言"入于文心"的全部内涵，但仅仅就是这两点，就使得作品的语言更为华丽、生动、形象。正是这种华丽、生动、形象的语言，在很大程度上表现了唐传奇的特殊性。

其二，唐传奇更加通俗，更加广泛地运用了市井间的俗言、口语。在唐代传奇中，人称代词往往直接用"你""我""他"，人物的名字出现了"浣纱"（《霍小玉传》）、"采苹"等（《无双传》）。象声词则从市民口中借来，如"骨董一声"（《北里志·张住住》）。另外，市民间习惯的比喻、流行的俚语、讴歌的谣谚等也被大量引用。《柳氏传》中以"章台柳"代称妓女，《霍小玉传》用"鞋"比喻夫妻和谐，《东城老父传》中有"生儿不用识文字"的民谣，《云溪友议·真诗解》中用了"当时妇弃夫"的俚语。这些都是极其生动的例子。当然，连汉魏晋南北朝小说的语言也是通俗的，区别在于，两相比较，唐代传奇的语言通俗的程度已经超过了两汉魏晋南北朝小说。这里出现了一个问题，运用形容词和骈偶语言使传奇的语言趋于华艳，采撷市井间的俗言口语则使传奇语言更加质朴，而华艳和质朴分明是两个互相对立的概念。其实，华艳和质朴都是语言的表现形式，对于唐传奇来说，这两种形式是和谐地统一在"通俗化"这个前提之下的。唐传奇语言的"华艳"与其他文学样式的"华艳"的实质是不尽相同的，它分明是通俗化的另一表现形式。骈偶句的运用，是深受唐代变文、俗曲等民间文学影响的结果。可以说，四六句式的增多、骈偶文字的口语化正是唐传奇语言通俗性的重要标志。正是这种既"文"又"散"，既"华艳"又"质朴"的通俗语言，使得唐代传奇独树一帜，显示了唐传奇的奇异性，取得雅俗共赏的艺术效果。

四、唐传奇的艺术技巧与艺术形象

从艺术技巧和塑造艺术形象的方式方面来看，唐代传奇婉转委曲，描写细致多样。比较唐传奇与魏晋南北朝笔记小说，就会发现一个有趣的现象，唐代传奇"大率篇幅曼长"。比如，刘义庆的《幽明录·焦湖庙祝》，全文只有短短 100 字，而借鉴这一题材，表现相同主题的沈既济的传奇《枕中记》全文有 1000 多字，整整增加到 10 倍；李公佐的《南柯太守传》发展到 4000 多字，篇幅增加到 40 倍。唐代玄奘《大唐西域记》中的《施鹿林东涸池》全文不过 800 余字，而描写同一题材的李复言的传奇《续玄怪录·杜子春传》全文超过 2000 字。显然，唐代传奇的篇幅确实增加了许多。

唐代传奇的篇幅为什么会普遍加长呢？篇幅加长，一般是为了丰富故事情节，扩大矛盾波澜。如《枕中记》和《南柯太守传》所写的卢生和淳于梦梦中的经历，就比《幽明录·焦湖庙祝》中汤林的梦境更加漫长曲折。这两篇传奇在鼎结高门、生儿育女、频频升迁的基础上，又增加了文治武功、出镇边关、奢侈佚乐、官场倾轧等次要情节。但就多数传奇来说，其情节是并不复杂的，矛盾线索也比较简单。诚如洪迈等人所指出的那样，传奇所描写的内容往往是"小小情事"，抑或"一人一事"。即就《枕中记》和《南柯太守传》来说，其情节主干也即希求荣华而入梦，梦中历尽荣悴悲欢，梦醒顿悟世事虚无、人生如梦。这与《焦湖庙祝》还是相同的。这说明，扩大和丰富故事情节并不是唐代传奇篇幅加长的主要原因。

唐代传奇篇幅加长的关键是一个"浓"字和一个"繁"字。诚如胡应麟《少室山房类稿》所云："唐人传奇小传，如《柳毅》《红线》《虬髯》诸篇，撰述浓至。有范晔、李延寿之所不及。"《酉阳杂俎》南宋淳祐十年（1250 年）的序说："是书……何以记之奇且繁也。""浓"和"繁"，实际上就是指叙写的婉转委曲和描写的细致多样。

从表达方式方面看，两汉魏晋南北朝小说和其他笔记小说，大都采用记叙和议论，很少运用描写；唐代传奇就不同了，它将记叙与描写有机结合起来，从而使作品有可能淋漓尽致地反映客观生活，细致入微地描摹现实人生，也因此使作品的篇幅大大扩展开来。

唐代传奇叙述和描摹的内容极为广泛，主要有背景、情节和人物等三方面。唐代传奇的叙述和描摹又是婉转委曲、细致生动的。从背景方面来说，它改变了两汉魏晋南北朝小说只用片言只语交代时间、人名、籍贯的程式，出现了对社会背景和生活场景的形象描述。如《长恨歌传》《东城老父传》等，对天宝年间唐明皇"倦于旰食宵衣"和安禄山等"胡羯陷落"的形势作了扼要的说明。再如，白行简《李娃传》所涉及的唐代长安的一系列地名，以及荥阳生由"布政里"到"平康鸣珂曲""里北门东转小曲"，及至"安邑东门""里垣北转第七八"的往返路线和街坊名称，与有关长安地理典籍的记载竟分毫不差。袁郊的《红线》，则更加惟妙惟肖地描摹了侠女红线所目击和赖以活动的藩镇田承嗣的寝卧场所的生活场景：

> 外宅男止于房廊，睡声雷动。见中军士卒，步于庭庑，传呼风生……田亲家翁正于帐内，鼓跃酣眠，头枕文犀。髻包黄縠，枕前露一七星剑，剑前仰开一金合，合内书生身甲子与北斗神名，复有名香美珍，散覆其上。……时则蜡炬光凝，炉香烬煨，侍人四布，兵器森罗。或头触屏风，鼾而者；或手持巾拂，寝而伸者。……如病如昏，皆不能寤。（李昉《太平广记》）

再从情节的叙写和描摹看，唐传奇纹理细密，色彩斐然，不仅有粗壮的主干，还有梗直的枝条、旁出的丫枝、茂密的树叶和累累的硕果。将题材相同的《施鹿林东涧池》和《杜子春传》作一比较，就能说明这一情况。这两篇作品的基本事件都只有招募"烈士"和"屏息"两件事，对于这两件事的描述却有着"浓"与"淡"和"繁"与"简"的区别。关于招募"烈士"的事件，《施鹿林东涧池》只说了"隐士……以五百金遗之"和"数加重赂"等几句话。而《杜子春传》却分出了三个层次：首写老人给杜子春"三百万钱"，次写"一千万"，再写"三千万"。围绕三次"授钱"，详尽地描写了杜子春的感激之情、纵姿之状和惭愧之色，并由此及彼、步步深入地描写了杜子春"浪子回头"，终至甘心为老人效命的心理变化。"屏息"炼丹的情况同样如此。《施鹿林东涧池》只概括叙述了"烈士"所经受的"被杀"和"转世"。《杜子春传》却用生动的艺术形象描写杜子春所感受到的喜、怒、哀、惧、恶、欲六种幻觉。作为玄奘赴天竺取经的见闻之一，《施鹿林东涧池》这个民间故事已经有所虚构，而《杜子春传》的描写功夫又未必如其他传奇那么纯熟、细腻。这样两篇作品的情节描写尚且有如此大的差异，其他作品的情况就可想而知了。

唐代传奇对人物形象描摹的细致性和生动性，虽然未必如描绘故事情节那样突出，但是它所采用的多种形式很值得注意。如果说，两汉魏晋南北朝小说还只是单一地不自觉地以人物言行来描写人物，唐传奇人物描写在言论、行动之外，已经出现了肖像描写、心理描写和细节描写等。如《霍小玉传》等优秀作品，已经越过了静止而又单纯勾勒人物外貌的局限，开始围绕情节的展现和性格的发展，动态地、多方面地描写人物的外貌、服饰、姿态、表情和嬉笑怒骂等。在霍小玉出场之前，作者先让鸨母鲍十一娘赞誉她为"仙人"，净持"压抑"她为"不至丑陋"。霍小玉刚一亮相，作者就用生花妙笔，首写其神采和眼神，继写其笑貌与声容。在李益始乱终弃的过程中，又进而用"流涕观生""含怒凝视""长恸号哭"等词句，深层次表现霍小玉善良、痴情和敢于斗争的性格。在心理描写方面，唐代传奇虽然处于萌芽阶段，但也有所突破。元稹的《莺莺传》采用"以诗传情"的办法，《续玄怪录》中的《李卫公靖》则采用了无声描摹的手法。当李靖跨上天马，代为行雨之时，作者用如下一段话描写了他的心理活动："吾忧此村多矣，方德其人，计无以报。今久旱苗稼将悴，而雨在我手，宁复惜之？"至于细节描写，唐代传奇正是在两汉魏晋南北朝已经偶然应用的基础上，有了较大发展。几乎每篇作品都有细节，用来反映生活的真实，串联曲折的情节，揭示鲜明的个性。如《枕中记》中的"煮黄粱"、《李娃传》中的"诈坠鞭"、《裴航》中的"献玉杵"就是生动的例证。这些是唐传奇篇幅加长的主要原因，当然，篇幅加长也是古代小说发展的必然趋势。

其实，唐代传奇细致多样地进行描写，主要还不在篇幅的长短方面，而在于如实地反映生活的本质方面。正是因为唐代传奇能细致多样地进行描写，所以才可能按照生活本来的样子去多方面地反映生活，也才可能对生活进行提炼和概括，塑造出栩栩如生的艺术形象来。惟其如此，学术界才认为唐代传奇标志着古代小说的成熟，从而把唐代论定为古代小说的定型和成熟时期。

第四节　唐代轶事琐闻

唐代天下太平日久，经济发达，文化昌盛。整理史料，编辑史书的风气盛行。官修的史书有《晋书》《梁书》《陈书》《北齐书》《周书》《隋书》，私人著述的有李延寿的《南史》《北史》。同时，温大业结合自己的见闻撰写了《大唐创业起居注》，记叙了唐高祖李渊起兵的始末，开创了实录的先河。而且，魏晋南北朝以来的《语林》《世说新语》等轶事小说的影响，提高了士大夫采集轶事琐闻的兴趣，推动了这一类小说的发展。

唐代轶事琐闻大致分如下几类：

一、分门别类的琐闻

这类作品内容以"纪事实、探物理、辨疑惑、示劝惩、采风俗、助谈笑"（《唐国史补自序》）为旨归，很少涉及神鬼、报应和梦卜之类。如刘𫘦的《隋唐嘉话》、刘肃的《大唐新语》、李肇的《唐国史补》等。《隋唐嘉话》《大唐新语》等书在形式上仿效《世说新语》，大多分门别类，以类相从，善于记载简短的言行片段，语言简洁洗练。《隋唐嘉话》所记内容上自隋朝，下至唐玄宗时代，涉及的时间不长。虽未分门类，但有意义的篇章不少，具体记载与《世说新语》格式相同。如：

> 太宗将致樱桃于郑公，称"奉"则以尊，称"赐"又以卑。乃问之，卢监曰："昔梁武帝遗齐巴陵王，称'饷'。"遂从之。（刘𫘦《隋唐嘉话》）
>
> 隋炀帝善属文，而不欲人出其右，司隶薛道衡由是得罪。后因事诛之，曰："更能作'空梁落燕泥'否？"（刘𫘦《隋唐嘉话》）

这两则故事分别属于卷中和卷上（全书分上、中、下三卷），但前者很像《世说新语》"言语"门中的作品，后者与《世说新语》"文学"门的条目十分相似。还有不少颇有意义的篇章已经成为典故。如"唾面自干"与"夺锦"两个典故，前者讲娄师德嘱咐将赴代州任刺史的弟弟，遇事要忍耐，如有人唾其面，不可拭去，待唾液自干；后者讲武则天游龙门，命百官赋诗，先成者赏锦袍，左史东方虬捷足先得，宋之问稍后成诗但文理兼美，"上乃夺锦赐之"。

《大唐新语》按内容分门系事，分"匡赞""规谏""极谏""刚正"等29门，记录唐高祖初期到唐代宗末年的琐闻轶事。每篇故事各具首尾，叙述较为详细，与《世说新语》稍有不同。其内容不少与《隋唐嘉话》重复，但从总体上看，它记述面广，材料较为丰富。其中"文章""著述"两门可取内容较多。例如，"文章"门有关《初学记》的条目，记录唐玄宗命张说、徐坚等人辑录《初学记》的经过，交代了古代编辑类书的目的是作文速成和取材方便；"文章"门记载被时人称为"王杨卢骆初唐四杰"之一的杨炯自谓"耻在王后，愧在卢前"，具有丰富的知识性和很高的史料价值。除此之外，"褒锡"门记载了唐太宗画长孙无忌、秦叔宝等24名功臣之像于凌烟阁；"谀佞"门记侍御史郭霸为了讨好上司，竟尝御史大夫魏元忠的便溺；"记异"门记载唐玄奘赴天竺取经，僧一行撰写《开元大演历》；"酷忍"门记载武则天朝酷吏周兴、来俊臣特地制造"定百脉""喘不得""失魂魄""死猪愁"等10个大枷，并编写《告密罗织经》，用来诬人谋反、严刑逼供等，都有很高的史料参考价值。

《唐国史补》分上、中、下三卷，各卷条目均用五字标题，如"李白脱靴事""张旭得笔法""王摩诘辨画"等。其内容多为唐代文人的传说、典故、风俗等，如，文士唐衢怀才不遇，常常痛哭不止，发声音调哀切，使闻者泣下；和尚怀素好草书，把弃笔埋于山下，称为"笔冢"。这两则故事后来成为典故"唐衢痛哭"和"怀素笔冢"。书中谈典制掌故的条目也很多，如"叙进士科举"一条，记述进士间的称呼，以及及第后题名于慈恩寺塔，大宴于曲江亭，就是重要的科举掌故。此外，书中也有少量的谈怪异、言报应之作，如卷上的"淮水无支奇"记淮河水怪；"鸟鬼报王积"记乌鸦化鬼报仇，等等。

二、一朝一代的琐闻

唐玄宗开元、天宝时期，政治局面发生巨变，前后形成鲜明对比。皇帝的作为与时代面貌均沾染上传奇色彩，所以，有不少作品专门记载唐玄宗李隆基及开元、天宝时期的轶闻奇事，如李德裕的《次柳氏旧闻》、郑处诲的《明皇杂录》、郑綮的《开天传信记》等。

《次柳氏旧闻》又名《明皇十七事》，记唐玄宗及其有关之事，如唐玄宗初即位时信任姚崇、宋璟；玄宗与诸王饮于花萼楼；入蜀时不焚府库；肃宗居东宫时为太平公主所忌，为李林甫所谮，等等。

《明皇杂录》更为详细地记载了玄宗一朝的轶事。很多篇章从不同侧面反映了唐代的黑暗政治和统治集团内部的矛盾。如《玄宗幸华清池》，穷形尽相地揭露了统治阶级生活的糜烂奢侈：

> 玄宗幸华清池，新广汤池，制作宏丽，安禄山于范阳以外玉石为鱼龙凫雁，仍为石梁及石莲以献。雕镌巧妙，殆非人功。上大悦，命陈于汤中，又以石梁横亘汤上，而莲花才出于水际。上因幸华清宫，至其所，解衣将入，而鱼龙凫雁，皆若奋鳞举翼，状欲飞动。……又尝于宫中置长汤屋数十间，环回甃以文石，为银镂漆船，及木香白船，置于其中。至于楫橹，皆饰以珠玉，又于汤中垒瑟瑟及沉香为山，以状瀛洲方丈。上幸华清宫，贵妃姐妹，竞饰车服，为一袭车，饰以金翠，间以珠玉，一车之费，不啻数十万贯。

他如卷上记载，权臣杨国忠之子杨暄，举明经考试不及格，礼部侍郎因畏祸而将其列于上第；姚崇与张说不合，病重时向诸子授计，笼络欺骗张说以免祸；等等。

《开天传信记》记开元、天宝间的琐闻轶事，凡 32 则。其中涉及神怪之作较多，如玄宗见岳神于华阳，梦游月宫，罗公远隐形，叶法善符箓，等等。书中记述，虚构成分较多。

张鹭的《朝野佥载》、韦绚的《刘宾客嘉话录》、赵璘的《因治录》、李绰的《尚书故实》等与《次柳氏旧闻》稍有不同，所记录的内容并非仅玄宗一代，而是盛唐、中唐的琐闻。

三、专题性的琐闻

此类作品有：范摅的《云溪友议》，十之七八的条目记诗人的唱和与逸闻；崔令钦的《教坊记》，专记开元时教坊制度、曲名、轶闻；孙棨的《北里志》，记晚唐都城长安名妓的故事；等等。

综上所述，轶事琐闻类的小说，内容琐碎，虽然讲究真实，但又难免虚构，有些具有史料价值，成为后代小说、戏曲的蓝本；艺术上不如传奇，但比魏晋南北朝的轶事小说有了较大的发展。

第五节　唐代转变与说话

郭湜《高力士外传》云："太上皇移仗西内安置，每日上皇与高公亲看扫除庭院，芟薙草木，或讲经、议论、转变、说话，虽不近文律，终冀悦圣情。"由此可见，唐代小说除了统治阶级和封建文人所津津乐道的传奇与志怪以外，还有流行于民间的转变与说话等名目。转变与说话也是唐代小说的门类，下面分别略加介绍。

一、转变

关于"转变"二字的内涵，历来有不同解释，如：

> 诗人张祜未尝识白公，白公刺苏州，祜始来谒。才见白，白曰："久钦籍，尝记得君款头诗。"祜愕然曰："舍人何所谓？"白曰："'鸳鸯钿带抛何处，孔雀罗衫付阿谁？'非款头何耶？"仰而答曰："祜亦尝记得舍人《目连变》。"白曰："何也？"祜曰"'上穷碧落下黄泉，两处茫茫皆不见'，非《目连变》何耶？"遂与欢饮竟日。（孟棨《本事诗》）

> 皇甫松著《醉乡日月》三卷，自叙之矣。或曰："松丞，相奇章公表甥，然公不荐。"因襄阳大水，遂为《大水变》，极言诽谤。（王定保《唐摭言》）

这两段文字中的"变"，分别是指普通诗文和受变文影响而写出来的诗文。又如：

> 《白虎通》卷四"灾变"："变者，何谓？""变者，非常也。"（班固《白虎通》卷四"灾变"）

> 《昭明文选·西京赋》"尽变态乎其中"句，薛综注："变，奇也。"（萧统《昭明文选》）

这两段话中的"变"，则指非常和奇特。再如：

> 吴道子善画地狱变。（张彦远《历代名画记》）

"地狱变"后称"地狱变相"，"相"就是图画。

综上所述，比较一致的意见是，"变"是文字和图画的总称。无图的文字一般称"变文"，无文的图画一般称"变相"，变文有时也夹有图画。

"转"的解释也多种多样。

《淮南子·脩务训》："秦楚燕赵之歌，异转而皆乐。"高诱注曰："转音声也。"据此，转，应解释为"啭"，也就是"婉转歌唱"，就是演唱。所以，"转变"，就是讲唱奇特的故事。讲唱什么奇特故事呢？似乎先指寺院内通俗化的佛经故事，后来包括街头巷尾讲唱的人间故事。

二、说话

"说话"就是讲故事，又称为"人间小说"或"市人小说"。《唐会要》卷四记载："元和十年……韦绶罢侍读。绶好谐戏，兼通人间小说。"段成式《酉阳杂俎》续卷四"贬误"篇记载："予大和末，因弟生日观杂戏。有市人小说，呼扁鹊为褊鹊字，上声。"这两则材料中的"人间小说"和"市人小说"即指说话。

关于说话的记载不多，但唐代说话讲故事风气盛行。元稹《元氏长庆集》卷十《酬翰林白学士代书一百韵》有两句诗"翰墨题名尽，光阴听话移"，原句注云："乐天每与予游，从无不书名屋壁。又尝于新昌宅说《一枝花话》，自寅至巳犹未毕词也。""自寅至巳"大约六七个小时，元稹和白居易、白行简听得津津有味。不仅如此，白行简还据此写了著名的传奇《李娃传》。联系《唐会要》卷四所记唐玄宗当上太上皇后爱听转变、说话的情况，不难看出，唐代的说话已经由民间进入文人士大夫阶层、宫廷内院，成为一种为上层人士所喜闻乐见、雅俗共赏的文学样式。

有关转变与说话的文字资料长期湮没无闻，直到 1879 年，才在甘肃省敦煌县东南 20 千米的三危山下的莫高窟千佛洞内，发现了唐代和五代的藏书 20000 多册。可惜这些书籍没有引起腐朽的晚清政府的重视，大多被帝国主义文化骗子所掠夺。据统计，这 20000 多册书中，90% 是佛经；其余 10% 为一般的经、史、子、集，此中的 10% 为变文、说话之类，凡 198 卷，其中除重复的篇目，共有 63 种，内容分为两大类：

其一，描写佛经和佛教的故事。诵佛经的有《长兴四年中兴殿应圣节讲经文》、《仁王护国般若波罗蜜多经》（简称《仁王般若经》）、《金刚般若波罗蜜经讲文》、《佛说阿弥陀经讲经文》（为于阗国王讲的经文）等；讲佛教故事的有《太子成道经变文》《太子成道变化》《八相变》《破魔变文》《大目乾连冥间救母变文》《目连变文》《地狱变文》等。

其二，描写人间故事。其中，韵散相间的，如《伍子胥变文》《孟姜女变文》《汉将王陵变文》《王昭君变文》《李陵变文》《捉季布变文》《董永变文》《张义朝变文》《张淮深变文》等；散文式的有《舜子变文》《秋胡变文》《前汉刘家太子传》《庐山远公话》《韩擒虎话本》等；对话体的有《孔子项托相问书》《燕子赋》《晏子赋》等。

有关佛经的变文，如宣扬《维摩诘经》的变文，适合那些笃信佛教思想而不出家的人的口味，所以深受欢迎，流传很广。相对而言，描写人间现实故事的变文更受欢迎。这一类变文中，有不少成了"说话人"说话的底本。如《庐山远公话》《韩擒虎话本》《张义潮变文》《张淮深变文》《唐太宗入冥记》等。这类作品情节曲折，人物描写细致生动。其中《张义潮变文》《张淮深变文》是描写当时民族英雄张义潮叔侄保卫国土，反抗外族侵略的英雄事迹的。文中描述了唐代边陲为异族所蹂躏的凄惨景象，并以此为背景，写沙洲人张义潮乘吐蕃衰乱之机，独自领导民众在会昌年间恢复瓜州十一城；又在咸通年间恢复安陇咽喉凉州。由于他们的努力，长期失守的河陇州郡得以收复。这些作品绝非宣传宗教的俗讲变文，酷似南宋艺人"说新话张、韩、刘、岳"的气象。

这些作品都是在敦煌莫高窟发现的。除此之外，如《一枝花话》则是在别的记载中提到的。由此可见，唐代转变与说话这类通俗文学（主要是通俗小说）数量很多，它们使湮没日久的讲故事传统得以重见天日，得到恢复，并对后代的小说、戏曲产生了深远影响。《一枝花话》等是宋代说书艺人所说"小说"一派的前驱；《张义潮变文》等是"铁骑儿"一类的前导；《伍子胥变文》等分明是"讲史"的蓝本。

需要说明的是，除转变、说话以外，唐代的传奇、志怪和轶事、琐闻小说的分类只是相对的。因为志怪、轶事之类的小说流派的分类是后代的事，唐代人创作时并没有明确的界线。如《三水小牍》《剧谈录》《桂苑丛谈》等，也兼载零星的轶事琐闻。段成式的《酉阳杂俎》，分门别类地辑录材料，所记有仙佛、鬼怪、人事、动物、植物、酒食、寺庙、考证等，可谓融志怪、传奇、轶事、琐闻、考辨诸体于一炉的"大杂烩"。其书名为"杂俎"，就有这方面的含义。另外，唐代还有"考据辨证"一类的笔记，这类作品中也有少量写人记事的短篇，且直承晋代崔豹《古今注》等笔记作品的传统，但因小说发展到唐代，已经很讲究故事性，所以不再把它们纳入小说的范围。

第六节　宋代传奇志怪和历史琐闻

宋代的传奇志怪与唐代传奇相比，已属于强弩之末。宋代的历史琐闻名目繁多，形式上也有某些发展，但小说的含义到此时已经更加明确。从这一角度看，笔记体作品难免因循守旧，所以不需要再详细介绍。这里主要介绍传奇志怪与历史琐闻类小说。

一、宋代传奇志怪

宋代传奇志怪是与魏晋南北朝志怪小说、唐代传奇一脉相承的。相对于唐代传奇而言，其成就不高。鲁迅认为："宋一代文人之为志怪，既平实而乏文采；其传奇，又多托往事而避近闻，拟古而远不逮，更无独创之可言矣。"[①] 他又说："唐人大抵描写时事，而宋人则多讲古事。唐人小说少教训，而宋则多教训。大概唐时讲话自由些，虽写时事，不至于得祸。而宋时则忌讳渐多，所以文人便设法回避，去讲古事。加以宋时理学极盛一时，因之把小说也理学化了，以为小说非含有教训，便不足道。"[②] 鲁迅分析出宋代传奇志怪艺术性不增反降的原因有三点：一是"拟古"而不写"近闻"；二是变成宣扬儒家思想的说教；三是缺乏文采和意想。在唐奇异军突起之后，不能反映现实生活、缺乏创造性的文言志怪传奇，已经开始走下坡路，失去了生命力。此外，小说各流派发展的不平衡性也是传奇衰落的原因。

宋代传奇主要取材于历史，其中写隋炀帝的有几部，如托名唐代颜师古的《大业拾遗记》2卷（又名《隋遗录》《南部烟花录》）、阙名的《迷楼记》1卷、《海山记》2卷、《开河记》1卷等。这些作品客观上揭露了隋炀帝杨广骄奢淫逸的生活，叙述了劳民伤财终至国破家亡的悲剧，但是缺少批判精神，而且宣扬了迷信思想和天命观，甚至有的作品有很多色情描写。其他还有乐史的《绿珠传》1卷，写"愿效死于君前"的石崇宠姬绿珠坠楼自杀事；《杨太真外传》2卷，前半写繁华，后半写衰亡，记叙杨太真从入宫受宠到马嵬缢死的

① 鲁迅. 中国小说史略. 北京：人民文学出版社，1973：87.
② 鲁迅. 中国小说史略. 北京：人民文学出版社，1973：286.

全过程；秦醇的《赵飞燕别传》"叙赵飞燕入宫至自缢，复以冥报为大鼋事"；《骊山记》《温泉记》写落第书生张俞于骊山下询问杨贵妃轶事，后梦见杨贵妃相召，复赐浴于温泉。这类以古代后妃及姬妾为题材的作品，一般思想性、艺术性均不高。宋代传奇中有一些以娼女为描写对象的作品，如秦醇的《谭意歌传》、柳师尹的《王幼玉传》、无名氏的《李师师传》等，前两篇的情节分别袭用了《莺莺传》或《霍小玉传》的前半部分和《李娃传》的某些内容。而《谭意歌传》写封建官吏张正字与娼女谭意歌结合后，迫于父母之命又另娶孙氏；谭意歌既无怨言，又主动劝张正字自爱，自己则守节教子，闭户耕织；直到孙氏死后，张正字才将她迎还。这种主题分明与《霍小玉传》南辕北辙，显然是封建礼教的传声筒。《李师师传》则写当朝事，宋徽宗宠姬李师师在徽宗禅位后弃家为女冠，后为金兵所掳，终不肯屈节，吞折簪而死。小说推崇气节，蔑视贰臣，思想、艺术俱有可观。

可以说宋代传奇的思想境界和艺术水准并不高，但也有可取之处。以描写后妃宠妾的作品而言，作者能注意总结历史经验教训。众所周知，所谓的"女人亡国论"是错误的，那么，作者所采取的鲜明的批判态度就值得肯定。《绿珠传》作者说："今为此传，非徒述美丽，窒祸源，且欲惩戒辜恩负义之辈也。"另如张实的《流红记》、无名氏的《梅妃传》等的思想意义是较为深刻的。"流水何太急，深宫尽日闲。殷勤谢红叶，好去到人间。"封建时代，无数宫女长期被幽禁深宫，动辄得咎，精神受到折磨，一旦青春消逝，就被逐出宫门。韩夫人题诗红叶，抒发幽情，后来终于如愿以偿，与寒儒于祐结为伉俪。这正是对封建帝王玩弄妇女、戕害青春的委婉抗议。《梅妃传》写唐玄宗两个妃子邀怜取宠、争风吃醋的故事，反映了宫廷的腐化生活。在文章末尾，作者又说：

> 明皇自为潞州别驾，以豪伟闻，驰骋犬马雩、杜之间。与侠少游，用此起支庶，践尊位。五十余年，享天下之奉，穷极奢侈，子孙数百。其阅万方美色足矣，晚得杨氏，变易三纲。浊乱四海，身废国辱，思之不少悔。是固有以中其心，满其欲矣。江妃者，后先其间，以色为所深嫉，则其所当人主者，又可知矣。议者谓或覆宗，或非命，均其娼忌自取。殊不知明皇耄而忮忍，至一日杀三子，如轻断蝼蚁之命。奔窜而归，受制昏逆，四顾嫔嫱，斩亡俱尽。穷独苟活，天下哀之。《传》曰："以其所不爱及其所爱。"盖之所以酬之也。报复之理，毫发不差。是岂特两女子之罪哉？

显然，这段话抨击了"女人亡国论"，比较直接而深刻地批判了唐玄宗的罪行。

宋元时代的志怪小说数量多，但大多充斥宗教迷信思想。较为著名的作品有徐铉的《稽神录》、吴淑的《江淮异人录》、洪迈的《夷坚志》、元好问的《续夷坚志》等。

徐铉的《稽神录》，多言荒诞，不外乎因果报应、鬼神灵异之类。较之受魏晋六朝志怪小说影响，缺少乡土气息，很少积极浪漫主义精神。诸如欧阳氏不认父亲而遭雷击，庐山卖油者以鱼膏杂于油中而被震死，江西宋某放鼋积德而其子免于风涛之灾，静海军姚某因释海怪而捕鱼丰收，等等，可谓不折不扣的封建传统礼教和因果报应的说教。

《江淮异人录》的作者吴淑是徐铉的女婿，他创作志怪小说《江淮异人录》可能受到其岳父的启发和影响。《江淮异人录》，顾名思义，专写侠客、术士、道流等"异人"的故事，讲究奇特，虽涉诡异，却与侈谈鬼神的《稽神录》迥然不同。如《洪州书生》：

> 成幼文为洪州录事参军，所居临通衢而有窗。一日坐窗下，时雨霁泥泞，而微有路。见一小儿卖鞋，状甚贫窭。有恶少年与小儿相遇，鞋坠泥中。小儿哭求其价，少年叱之不与，儿曰："吾家旦未有食，待卖鞋营食，而悉为所污。"有书生过，悯之，为偿其值。少年怒曰："儿就我求钱，汝何与焉？"因辱骂之，生甚有愠色。成嘉其义，召与之语，大奇之。因留之宿，夜共话。成暂入内，及复出，则失书生矣。外户皆闭，求之不得。少顷复至前曰："旦来恶子，吾不容，已断其首。"乃掷之于地。成惊曰："此人诚忤君子，然断人之首，流血在地，岂不见累乎？"书生曰："无苦。"乃出少药傅于头上，捽其发摩之，皆化为水。因谓成曰："无以奉报，愿以此术授君。"成曰："某非方外之士，不敢奉教。"书生于是长揖而去，重门皆锁闭，而失所在。

其他，如《司马郊》写异人司马郊"能诈死，以致青肿臭腐，俄而复活"；《江处士》写江处士手法高妙，"能制鬼魅"；《张训妻》写张训妻未卜先知，能食人头，等等。可见《江淮异人录》是唐代传奇中异人传说之类作品的继续。

洪迈（1123—1202年），字景卢，别号容斋，又号野处，饶州鄱阳（今江西波阳县）人。洪皓之子。宋高宗绍兴十五年（1145年）进士，授两浙转运使，累官左司员外郎，使金不屈，几被拘留。孝宗朝，拜翰林学士。官至敷文阁待制，以端明殿学士致仕。晚居乡里，专门从事著述。卒，赠光禄大夫。著有《容斋随笔》5集、《夷坚志》、《野处类稿》等。洪迈学识渊博，颇富文名。其笔记、志怪作品，内容丰富，举凡经史百家、文学艺术、世俗风习、景物名胜、掌故传说、神怪见闻及生活琐事，无所不包，有不少佳作。能诗，作品不多。

洪迈的《夷坚志》取《列子·汤问》"夷坚闻而志之"之语意而命名。它是宋代志怪小说集中篇幅最大的一部，内容多为神仙鬼怪、异闻杂录、吉祥梦卜。其中，有的作品在一定程度上反映了宋代阶级剥削的苛酷、社会的黑暗及官场的腐败，如《毛烈阴狱》《袁州狱》《兰溪狱》等都抨击了宋代腐败的吏治。例如，《兰溪狱》写兰溪有个姓祝的在自家水塘里发现尸骸，有个先前因行乞发生争执的道人诬告他曾经打死人。县官信以为真，把祝氏逮捕下狱，称凡是证明祝氏没有杀人的人都受了祝氏贿赂，对祝氏更加严刑拷打，日复一日。这则故事暴露了大小官吏挟私报复、草菅人命的罪行。又如《岛上夫人》《昌国商人》等作品，从某个侧面反映了宋代航海经商，发现异域风情的情况。《岛上妇人》记述道：

> 泉州僧本偊，说其表兄为海贾，欲往三佛斋……船落焦上，一船尽溺。此人独得一木，浮水三日，漂至一岛畔。度其必死，舍木登岸，行数十步，得小径，路甚光洁，若常有人行者。久之，有妇人至，举体无片缕，言语啁哳不可晓。见外人甚善，携手归石室中。至夜，与共寝，举大石窒其外。妇人独出，至日晡时归。必赍异果至，其味珍甚，皆世所无者。留稍久，始听自便。如是七八年，生三子。一日纵步至海际，适有舟抵岸，亦泉人，以风误至者，乃旧相识，急登之。时妇人继来，度不可及，呼其人骂

之，极口悲啼，扑地气几绝。其人从蓬底举手谢之，亦为掩涕，时舟已张帆，乃得归。

除此之外，《夷坚志》中的《闽情异境》《青城老泽》等分明是《桃花源记》一类的作品；《庞安常针》《汪大郎马》等则是描写神医与能工巧匠的杰作。

《夷坚志》中也有以不怕鬼、不信鬼为主题的作品。如《土偶胎》，写仙井监超觉寺九子母堂中的一个女土偶，竟与黄姓行者淫乱，至于怀孕。这种亵渎神灵的描写，为读者揭开了笼罩在神灵脸上的神圣面纱。《夷坚志》并不是纯粹的志怪小说集，间杂遗闻轶事、诗词歌赋、风尚习俗乃至中医药方，等等。其主要原因在于，传统的小说观念直到宋代还没有被完全打破。所以，《宋金元艺文志·元艺文志》所记载周密批评《夷坚志》"贪多务得，不免荒诞"等语是有偏颇的。清代学者阮元认为此书"神怪荒诞之谈，居其大半；然而遗闻逸事可资考镜者，亦往往杂出于其间"（《揅经室外集》卷三），则较为中肯。

二、宋代历史琐闻

宋代历史琐闻门类齐全，数量繁多：大致说来，北宋有专门记载国家大事而近于实录的，如司马光的《涑水记闻》；有记时事而间杂谐谈琐语的，如欧阳修的《归田录》；有专录师友言行、议论的，如李廌的《师友谈记》；还有记述范围更广、遍及各体的，如王辟之的《渑水燕谈录》等。

司马光（1019—1086 年），字君实，陕州（今山西夏县）涑水乡人，世称涑水先生。仁宗宝元二年（1039 年）进士，历同知谏院。神宗时官至翰林学士、御史中丞。因竭力反对王安石变法，离朝居洛 15 年，专心致志主编《资治通鉴》。哲宗即位，任尚书左仆射、门下侍郎，主持朝政，遂尽废新法。同年卒，赠太师温国公，谥文正。遗著有《温国文正司马公文集》80卷。其历史琐闻《涑水记闻》杂录宋太祖到宋神宗时代的故事，是正史的资料积累，但又不同于正史，多记宫廷琐闻。例如，赵匡胤用赵普之谋，削夺石守信、王审琦等人的兵权；赵匡胤死后，宋后使内侍都知王继隆召秦王赵德芳，继隆竟召赵匡义入朝嗣位，等等。

欧阳修（1007—1072 年），字永叔，自号醉翁，晚年又号六一居士，庐陵（今江西吉安）人。4 岁丧父，家贫，其母郑氏用荻秆划地教其识字。仁宗天圣八年（1030 年）进士，试南宫第一。任西京留守推官，入为馆阁校勘。庆历初，以右正言知制诰。因支持范仲淹政治改革，遭到保守派的忌恨，被贬知滁州、扬州、颍州等地。后入为翰林学士，使馆修撰，与宋庠等修撰《新唐书》。官至枢密副使，参知政事。晚年思想趋于保守，反对王安石变法。神宗熙宁四年（1071 年），以太子少师致仕，次年卒。赠太子太师，谥文忠。著有《欧阳文忠公集》153卷，附录 5 卷；又撰有《新五代史》74 卷。他是北宋诗文革新运动的领袖，早年得韩愈遗稿，爱其广博深厚。从政后，大力提倡古文，积极奖掖后进，善于识拔人才，"三苏"（苏洵、苏轼、苏辙）、王安石、曾巩，皆出其门下。他倡导并带领多人奋斗，终于取得古文运动的胜利。他是北宋第一位在诗、词、文多方面卓有成就的文学家。历史琐闻则是他的随笔，但经文学高手略加点染，自然不同凡响。《归田录》是其致仕后记载朝廷政事和士大夫琐闻的作品，与

《涑水记闻》相类，但又间杂谐谈戏谑之言。例如《钱思公》：

> 钱思公生长富贵，而性俭约，闺门用度，为法甚谨。子弟辈非时不能辄取一钱。公有一珊瑚笔格，平生尤为珍惜，常置之几案。子弟有欲钱者，即窃而藏之，公即怅然自失，乃榜于家庭，以钱十千赎之。居一二日，子弟佯为求得，以献公，欣然以十千赐之。他日有欲钱者，又窃去。一岁中率五七如此，公终不悟也。

其他，如写陈尧咨善射与卖油翁酌油，都源于手熟；张齐贤嗜肥肉，食量大，一顿所食之物，"酒浆浸渍，涨溢满桶"；晏元献幕客王琪、张亢，一肥大如牛，一瘦削如猴，两人相互嘲弄"触墙成八字"与"望月叫三声"，等等，富有生活气息。

李廌是"苏门六君子"之一，他的《师友谈记》记录了他与苏轼、范祖禹、黄庭坚、秦观、张耒等文人雅士交往的言论，从中可以窥见北宋一代名流的言论、风采和作者的见解，颇有资料价值。

王辟之的《渑水燕谈录》分17门，记宋哲宗绍圣以前除"怪诞无益之语"外的各种杂事。其写作目的是"搜拾旧闻，借博谈助"。其中不仅有帝王将相的掌故，而且有市井里巷的琐闻。如《于令仪》写曹州于令仪以德化人，体谅因"迫于贫"而至其家行窃的"邻子"，满足了他的要求，并嘱以白昼来取钱，以免黑夜"为人诘"；《灵犬志》记青州被叛军所困，食且尽，孙氏幸有灵犬，每天出城取米，而"独得不馁"；《卢多逊》写尽室沦丧的老妪拒见贬官朱崖的卢多逊：因其子先前不愿追随卢"违法治事"，而此前已逃至朱崖，所以老妪见卢多逊而严加痛斥，"因号呼泣下"。

南宋的历史琐闻中，以记南渡以来朝政得失、士大夫言行的作品最为可取，如王明清的《挥麈录》、叶绍翁的《四朝闻见录》、岳珂的《桯史》、周密的《齐东野语》等。

王明清的《挥麈录》叙述北南宋交替时期的诸多历史事实。其中对宋徽宗、蔡京、高俅、秦桧等昏君、佞臣的揭露颇为深刻；对抗金将领和英烈则赞赏备至，如太原总管王禀坚守孤城，最后赴火而死；胡铨奏请斩秦桧、王伦、孙近"三人头竿之藁街"，等等。全书倾向鲜明，洋溢着爱国热情。可惜囿于史实，缺乏小说应有的形象魅力。

叶绍翁是南宋江湖诗派诗人，字嗣宗，号靖逸，处州龙泉（今浙江泉县）人。他的七绝《游园不值》"春色满园关不住，一枝红杏出墙来"句构思新颖，为千古传颂的名句。叶绍翁曾在朝为官，著有《靖逸小集》1卷、《四朝闻见录》5卷。其《四朝闻见录》记南宋高宗以下四朝的轶事，如《天子狱》记陈亮"落魄醉酒"，"目妓为妃"，被狂士告以谋反，几遭不测。《技术不遇》写关西棋手屡败诸国手，皇帝面试前夕，某国手将实为妓女的"女儿"许配给关西棋手，并约定关西棋手与己对弈时各负一局。结果，第一局中，"关西佯逊国手，上拂衣起……曰：'终是外道人，如何敌得国手？'关西才出，知为所卖，郁闷不食而死"。这部书的诸多内容多关史料，小说意味不浓。从文学角度看，它与《挥麈录》有同样的毛病。

岳珂是南宋抗金名将岳飞的孙子，他的《桯史》多记南北宋故事，其中有关宋金和战与忠奸诸事相当精彩，不乏为其祖父辩诬之作。例如"秦桧为相"条，写秦桧任人唯亲，"至以选阶一二年为执政"，所以"任于朝者多不肯求外迁"，造成重内轻外的时弊。王仲卿以喻戏谑曰"凡人之死者乃称不在"；外出者应称"出去"，结果被王仲卿所排斥者蹙额云："我官人宁死却是讳'出去'（意为外迁）二字。""开禧北征"条，写外戚韩侂胄独擅朝政，妄议北伐，结果全军覆没。岳珂自涟水返京，沿途满目疮痍，死亡相继，乃至井中汲水，"辄得文身之皮，浮于桶面"。全书兼及考辨、诗论，似嫌芜杂，且少虚构。但一些考辨文章还稍有一点小说意味，如"田登放火"条，记上元放灯时，田登因避讳云："本官依例放火三日。"以"放火"代"点灯"，后来就形成了"只许州官放火，不许百姓点灯"的俗语。

周密（1232—约1298年），字公瑾，号草窗，祖籍济南，流寓湖州（今浙江吴兴），曾居弁山，自号弁阳啸翁、四水潜夫。理宗淳祐中为义乌令，景定初为浙西帅司幕官。不久去职，退居湖州。宋亡不仕，移家杭州。与王沂孙、张炎、仇远等共结词社。著作颇多，以辑录旧闻为主，所作《齐东野语》《武林旧事》《癸辛杂识》《浩然斋雅谈》《云烟过眼录》等均富有学术价值。所选《绝妙好词》保存了不少优秀词作。他的《齐东野语》，因孟子云"此非君子之言，齐东野人之语也"而题名。作品多记南宋朝廷大事，如《绍熙内禅》《诛韩始末》《岳武穆逸事》等，均与他书记载略同。另有《张定叟失出》，讲溧阳杀人犯甲与乙在狱中密谋，乙兼认甲之杀人罪，甲由此瞒过知府张定叟，"立破械纵之"；《台妓严蕊》记天台营妓严蕊被朱熹系狱折磨，等等，均为后世小说家所瞩目。《野婆》等篇则上承《博物志》"日南出野女，群行不见夫。其状晶且白，裸袒无衣裤"之说，写邕宁以西穷崖绝谷之间的"蛮婆"，"每遇男子必负去求合"，"然性多疑畏骂，已盗必复至失子家伺之，其家知为所窃，则积邻里大骂不绝口，往往不胜骂之众，则挟以还之"。这一类记载虽然没有脱离猎奇的俗套，但已经有了较好的人物描写。

受宋代文言小说的影响，金元时期的作品可以分为三类：一是以遗老身份追述前代遗闻的，主要有刘祁的《归潜志》，记金朝战事；二是以切身经历记当代典章制度的，如王恽《玉堂嘉话》；三是野史杂传，如王鼎的《焚椒录》、吴莱的《三朝野史》等。

总之，宋代以降，历史琐闻小说车载斗量，但其形式上仍然是笔记体，创作上不离"真""杂""散"，与魏晋南北朝笔记小说并没有根本区别。

🗂 思考题

1. 唐代传奇的繁荣与唐代的科举制度和古文运动有何关系？
2. 简述唐代传奇发展的过程及其各阶段的特点。
3. 唐代传奇关于爱情描写主要有哪几种结局？举例说明。
4. 为何说唐代传奇标志着古代小说的成熟？
5. 以《红线》为例，分析唐传奇尚奇的特点。
6. 唐代的转变与说话在小说史上有何地位？
7. 宋代文言小说有何特点？

第四章　宋元话本小说和明清拟话本小说

🔲 教学目的

了解宋元话本小说和明清拟话本小说形式和内容的特点，掌握描写爱情篇章的时代特色；熟悉主要代表作品，分析宋元话本小说和明清拟话本小说在小说史上的地位。

鲁迅说，宋元话本的出现，"实在是小说史上的一大变迁"①，充分肯定了话本在中国文学史上的地位。宋代是古代小说的空前繁荣期。这一时期，不仅小说门类齐全，流派众多，而且由民间讲故事形成的话本小说盛况空前，一枝独秀，占尽风流，甚至独领风骚，余韵悠长，成为中国古代小说的主流。

宋王朝的建立，结束了五代十国分裂割据的局面，实现了民族的和平统一。但从整个封建社会发展的历程看，封建社会在经历了唐代的顶峰之后，不可避免地开始走向衰落。宋朝统治者加强了专制统治，中书、枢密、三司分掌权力，优礼文人，既促进了经济、文化的发展，又导致了冗兵、冗官、积贫积弱的弊端。由于宋朝开国初年，统治阶级照例采取了一系列开明措施，加速了封建社会内部生产关系和生产力的发展，诸如手工业技术提高，商业活动开展，城市空前繁荣，市民阶层迅速崛起。国子博士李觉上书云："富者有弥望之田，贫者无立锥之地。有力者无田可种，有田者无力可耕。雨露降而岁功不登，寒暑迁而年谷无获。富者益以多畜，贫者无力自存。"（李焘《续资治通鉴长编》卷二十七）宋朝经济的发展处于矛盾状态：表面繁荣，实际贫弱；城市繁荣，农村落后。繁荣的一面为文艺发展提供了物质基础，贫弱的一面又为文学创作提供了题材。市民阶层的兴起、城市的繁华、经济的发展、文艺的分门别类，推动通俗文学迅猛发展到新的阶段。

宋代小说主要分三类：话本、传奇志怪和历史琐闻，其中以话本为主流。古代小说就起源于民间讲故事，话本是在民间讲故事的基础上发展起来的。由于中国古代下层人民没有文化，所以许多民间讲故事的资料失于记载，但民间故事作为古代小说的一支生力军，一直潜流暗滚，汹涌奔腾于社会底层。小说的领地一直被属于统治阶级的野史笔记、志怪传奇所占领。到宋元时代，市民阶层逐渐掌握了文化，民间讲故事才得以出头露面，升堂入室。宋元

---

① 鲁迅. 中国小说史略. 北京：人民文学出版社，1973：287.

话本小说与明清拟话本小说体制基本相同，故本书将间杂话本的"三言""二拍"等拟话本小说与话本小说一并加以论述。

第一节　话本和拟话本

　　说话，就是说书，就是演唱故事。其内涵有不同见解，比较带有倾向性的观点是：话本，就是说书艺人说书的底本，属于通俗文学、市民文学。话本的称谓，宋元时代并不完全统一。《熊龙峰四种小说》中的《张生彩鸾灯传》的末尾有"话本说彻，权作散场"的结束语。冯梦龙《警世通言》卷十九末说"这个话本，则唤做《新罗白鹞》《定山三怪》"。他如洪楩《清平山堂话本》中的《简帖和尚》《合同文字记》中都有"话本"字样，但在《柳耆卿诗酒玩江楼记》中则说："到今风月江湖上，万古渔樵作话文。"冯梦龙《醒世恒言·灌园叟晚逢仙女》中也说："你道这段话文，出在哪个朝代，何处地方？"这里说的"话文"就是"话本"。另外，也有把话本称为"话"的。如《错认尸》和《苏长公章台柳传》中说："至今风月江湖上，千古渔樵作话传。"又如《洛阳三怪记》末尾交代："话名叫做《洛阳三怪记》。"上述三类说法不同，但意义是一致的。有些作品中的"话本"却另有所指。如《熊龙峰四种小说·孔淑芳双鱼扇坠记》中说："聊效崔氏而逢张珙，谐百年鱼水之欢娱；岂被王魁而负桂英，作万载风流之话本。"这里的"话本"，分明意为"话柄"。《水浒传》第五十一回，讲到白秀英说唱诸宫调时说："招牌上明写着这场话本，唤作《豫章城双渐赶苏卿》。"这里说的"话本"又指"诸宫调"。

　　宋代说书流派很多，即话本有不同的门类，孟元老《东京梦华录》"市瓦伎艺"条记载北宋有讲史、小说、说浑话、说三分、五代史五类。南宋灌园耐得翁《都城纪胜·瓦舍众伎》云：

> 说话有四家：一者小说，谓之银字儿，如烟粉、灵怪、传奇，说公案，皆是搏刀赶棒，及发迹变泰之事，说铁骑儿，谓士马金鼓之事。说经，谓演说佛书，说参请，谓宾主参禅悟道等事。讲史书，讲说前代书史文传兴废征战之事。最畏小说人，盖小说者能以一朝一代故事，顷刻间提破。合生与起令、随令相似，各占一事。

　　灌园耐得翁认为"说话有四家"，但并没有明确交代哪四家，似乎只交代了三家：小说、说经、讲史；另一家则含糊其辞。承袭其"四家"说法的吴自牧在《梦粱录》的"小说讲经史"中也没有说清楚。此后，清代的翟灏、张心泰以及后来的胡适、鲁迅、谭正璧、孙楷第、陈汝衡、胡怀琛、赵景深、严敦易、胡士莹、王古鲁、青木正儿等都曾对"四家"进行过考证。直至今天，仍然有人乐此不疲地对此进行研究。学术界见仁见智，众说纷纭。意见一致的三家是小说、说经、讲史。我们先将这三家作为宋元话本的三个门类，介绍给大家。

说话的底本称为"话本"，但"话本"的含义并不限于说话。作为说话底本的"话本"，只是一个笼统的称谓。从现在能见到的话本来看，小说的话本一般称为"小说"，如《京本通俗小说》《小说张子房慕道记》《小说错认尸》；讲史的话本一般称为"平话"，如《秦并六国平话》《三国志平话》《五代史平话》；说经的话本有时称为"诗话"，如《大唐三藏取经诗话》；也有不分类型的话本称为"传""记""词话"，如《张生彩鸾灯传》《西湖三塔记》，钱曾《也是园书目》把《种瓜张老》《错斩崔宁》等称为"宋人词话"，等等。

宋元话本数量相当可观，但绝大多数亡佚，流传下来的不多。宋元话本成就最高的是小说。话本成为小说的主流，标志古代小说的繁荣。唐传奇是古代小说的定型、成熟时期，但其形式主要是人物传记，语言是文言骈语，阅读面不广，主要在统治阶级层面和上流社会流传，下层市民少有问津，具有其明显的局限性。宋元话本的本质是讲故事，听众以下层小市民为主，其内容则多写下层民众生活，以描写人物为中心，情节曲折，故事性强，语言是白话口语，下层小市民在听众数量上占了绝大多数。因而，到宋元时代，话本小说空前繁荣起来。

为了适应说话的需要，话本都有其独特的形式。讲史派的艺人，由于讲述的故事很长，一次根本讲不完，所以就分成许多章、回，逐次演述。后来，专讲短篇故事的"小说"派艺人和专讲宗教故事的"说经"派艺人也仿效这种形式。这种分章分回的形式，开了后代章回小说的先河。另外，各种说书流派的底本又有其独特的形式，其中以"顷刻提破""顷刻捏合"的小说底本最具代表性。惟其如此，明清时代，很多文人模拟话本形式创作的白话短篇小说被称为"拟话本"。话本与拟话本最大的区别就在于话本并不是供人阅读的案头作品，而只是说书的底本；拟话本则是仅供人阅读的案头作品，并不是说书的底本。当然，这一特点决定了话本和拟话本的作者、思想内容和表达形式也相应存在某些差异。罗烨《醉翁谈录·小说开辟》说：

> 说收拾寻常有百万套，谈话头动辄是数千回。……有灵怪、烟粉、传奇、公案、兼朴刀、杆棒、妖术、神仙。自然使席上风生，不杠教座间星拱。说杨元子、汀洲记、崔智韬、李达道、红蜘蛛、铁瓮儿、水月仙、大槐王、妮子记、铁车记、葫芦儿、人虎传、太平钱、芭蕉扇、八怪国、无鬼论，此乃是灵怪之门庭。言推车鬼、灰骨匣、呼猿洞、闹宝录、燕子楼、贺小师、杨舜俞……此乃为烟粉之总归。论莺莺传、爱爱词、张康题壁、钱榆骂海、鸳鸯灯、夜游湖、紫香囊、徐都尉、惠娘魄偶、王魁负心、桃叶渡……此乃谓之传奇。言石头孙立、姜女寻夫、忧小十、驴垛儿、大烧灯、商氏儿、三现身……此乃谓之公案。论这大虎头、李从吉、杨令公、十条龙、青面兽、季铁铃……此乃为朴刀局段。言这花和尚、武行者、飞龙记、梅大郎、斗刀楼、拦路虎、高拔钉……此乃杆棒之序头。论种搜神记、月井文、金光洞、竹叶舟、黄粱梦、粉合儿……此乃是神仙之套数。言西山聂隐娘、村邻亲、严师道、千圣姑、皮箧袋、骊山老母、贝州王则、红线盗印、丑女报恩，此为妖术之事端。也说黄巢拨乱天下，也说赵正激恼京师。说征战有刘项争雄，论计谋有孙庞斗智。新话说张、韩、刘、岳，史书讲金、宋、

齐、梁。三国志诸葛亮雄材，收西夏说狄青大略。

从罗烨所列举的话本名目来看，宋元时代的小说、说经、讲史话本是很多的。结合《宝文堂书目》《也是园书目》等资料来分析统计，宋元话本的数量应不少于140篇。可惜它们遭到封建统治阶级的歧视和排斥，绝大多数已经亡佚。明代话本的保存情况比宋元话本要好，仅《宝文堂书目》就记载了26种明人话本，如《张子房慕道》《冯唐直谏汉文帝》《李广世号飞将军》《孔淑芳记》《羊角哀鬼战荆轲》《范张鸡黍死生交》《夔关姚卞吊诸葛》《雪川萧琛贬霸王》《李元昊吴江救朱蛇》《齐晏子二桃杀三士》《沈鸟儿画眉记》《合色鞋儿》《没缝靴儿记》《李亚仙记》《杜丽娘记》等。问题在于，《宝文堂书目》记载的明人话本，很难区别哪些是宋元旧篇，哪些是明代新作的话本。如《风月相思》亦见于《清平山堂话本》《熊龙峰四种小说》和《国色天香》；《齐晏子二桃杀三士》也见于《古今小说》，题目被改为《齐平仲二桃杀三士》；《合色鞋儿》可能就是《醒世恒言》中的《陆五汉硬留五色鞋》。这几篇作品，一般认为是宋元话本，但大都经过了润色和较大幅度的修改，所以既可以说它们是宋元话本，也可以说它们是根据宋元话本改编的拟话本。反过来看，今天能见到的真正的明代话本只有《李亚仙记》《张于湖宿女贞观》和《杜丽娘慕色还魂》。如《杜丽娘慕色还魂》，载于明何大抢《燕居笔记》卷九，而明余公仁《燕居笔记》卷八题作《杜丽娘牡丹亭还魂记》，晁瑮《宝文堂书目》题作《杜丽娘》。据学者考证，这篇话本曾给予汤显祖创作传奇《牡丹亭》以很大影响。

明清拟话本的单篇作品和专著很多，因为拟话本是借助于文学手段撰写出来供人阅读的，话本则专供说话人作为说书的底本，未必公布于众，又因为拟话本作者的文化水准高于话本作者，其作品的艺术性肯定要高于作为"脚本"的话本。有哲人说过，对于真正的艺术品，时间对它是无能为力的。艺术性越高，生命力则越强，所以拟话本流传下来的要比话本多得多。至于具体书目，将在下面简单介绍。

宋代的说经当是由唐代的俗讲发展而来的，作品流传极少，其内容大致是宣扬佛经、鼓吹因果报应等。现代的宋代话本《五戒禅师私红莲记》《花灯轿红莲成佛记》或许就是说经话本。《大唐三藏取经诗话》尤其著名。此书刊刻年代约在宋末或元初，全书共分为17个章节，每节有单句回目，如《行程遇猴行者处第二》《入大梵天王宫第二》等。这是我国最早的分回且有回目的小说。它是由《大唐西域记》《大唐大慈恩寺三藏法师传》向《西游记平话》、长篇章回小说《西游记》演变过程中的一座桥梁。它对神魔小说《西游记》的影响主要在两方面：一是改变了取经故事的主人公，白衣秀士即猴行者成了主要人物，唐僧退居第二；二是取经途中遇到许多妖魔。这两点正是由历史故事向神魔小说转变的关键。大约在元末，出现了《西游记平话》（《永乐大典》原称为《西游记》）。《永乐大典》卷一三一三九有一段平话，题为《梦斩泾河龙》，注明是《西游记》，与百回本神魔小说《西游记》第九回故事大体相同。约刊于元代的朝鲜古汉语教科书《朴通事谚解》记载了一段"车迟国斗圣"的故事，与百回本神魔小说《西游记》第四十六回大体相似。它与《永乐大典》所载的一段可能源出一书。由此可见，《西游记平话》又是《大唐取经诗话》到百回本《西游记》的桥梁。

讲史话本即演讲历史故事，起源于唐代在民间演说流传的变文。唐代变文有一部分是敷衍历史故事的，如《伍子胥变文》《汉将王陵变》《王昭君变文》《韩擒虎话本》等。现存的宋元讲史话本尚有《全相平话五种》（《全相平话武王伐纣书》《全相平话乐毅图齐七国春秋后集》《全相秦并六国平话》《全相平话前汉书续集》《全相三国志平话》）《新编五代史平话》《新刊大宋宣和遗事》《薛仁贵征辽事略》等。

讲史话本的作者大都地位低下，其听众和观众大多是生活在社会底层的人民，因而，讲史话本的思想观点比正统诗文进步，较为接近人民群众。抨击揭露暴君庸主是讲史话本的普遍倾向。如无道的商纣王、昏庸的齐湣王、暴虐的秦始皇、残暴的吕后、荒淫的宋徽宗等，无不是作者抨击的对象。与此相对应的是歌颂仁君贤相，如周文王、周武王、汉高祖、汉文帝、周世宗等。天下唯有德者居之，成了讲史话本的一个共同主题。《全相平话武王伐纣书》中黄飞虎叛君，太子殷郊杀纣王的情节，彻底否定了封建社会"君君，臣臣，父父，子子"的伦理纲常。讲史话本的进步性还表现在能真切地描述人民的苦难，部分揭示农民起义的社会根源，如《新编五代史平话》中有一段描写："是岁，晋境春夏旱，秋冬水蝗大起，竹木叶皆尽。兼是朝廷搜刮民谷，督责严急，有坐匿谷抵死者，县官往往纳印自劾去，民之馁死者数十万口，流亡不可胜数。"在《全相平话武王伐纣书》《全相三国志平话》《新刊大宋宣和遗事》等讲史话本中也有类似描写。当然，讲史话本不可能完全摆脱封建正统思想和封建正统史学观的影响，如神化帝王，美化君主，宣扬天命、因果、神鬼等唯心主义思想。讲史话本大都取材于正史稗官、遗闻传说，并加以敷衍和虚构。它们往往头绪纷繁而叙述简略，风格粗犷而错误百出，生动奇诡而荒诞不经。它们对明代兴盛的讲史和英雄传奇有很大影响。如《新刊大宋宣和遗事》之于《水浒传》，《全相三国志平话》之于《三国演义》，《全相平话武王伐纣书》之于《封神演义》，等等。

宋元话本成就最高的是小说。至今尚能见到的宋元小说话本主要保存在《清平山堂话本》《熊龙峰四种小说》《京本通俗小说》及"三言"的《古今小说》中。有人认为，《古今小说》中的"古小说"是经过加工的话本；"今小说"则是拟话本。仔细研究，发现这一观点颇有道理。现在尚能见到的宋元小说话本有 40 多篇。明清两代产生了不少著名的拟话本集，例如，洪楩刊印的《清平山堂话本》（清顾修《汇刻书目初编》云其原分为"雨窗""长灯""随航""倚枕""解闲""醒梦" 6 集，每集分上下卷，每卷 5 篇，共 60 篇。故《西湖游览志余》又总称之为《六十家小说》，现存 29 篇），冯梦龙编撰的《古今小说》（再版时改名《喻世明言》）、《警世通言》、《醒世恒言》，合称"三言"，凌濛初的《初刻拍案惊奇》《二刻拍案惊奇》（合称"二拍"），东鲁古狂生的《醉醒石》，天然痴叟的《石点头》，周楫的《西湖二集》，李渔的《无声戏》（一名《连城璧》）、《十二楼》，等等。由于拟话本的读者主要是下层民众或下层文人，而拟话本作者大多是怀才不遇的稗官、寒士，因而在思想内容上，明清拟话本与宋元话本具有明显的继承关系，形式上也有许多相似之处。总之，宋元话本与明清拟话本具有天然的联系，故将二者放在一起加以论说。

第二节　话本和拟话本的思想内容

第一，在小说话本、拟话本中最具有进步意义和艺术魅力的是描写爱情的篇章。爱情历来是小说的重要主题。爱情小说的主角多是青年男女。他们最具有反封建、反礼教、反传统的勇气、毅力和积极性，有最明确、最现实的反抗目的。因此有关爱情的描写就成了我们窥探社会思潮、人情世故、生活风貌的重要窗口。它对社会的反映最及时，最大胆，也最有影响。爱情本身的神秘性、奇异性，也使之成为读者最关注、最感兴趣的话题。这是爱情作品深受读者欢迎的一个重要原因。

我国封建社会发展到宋代，由于市民阶层的壮大、商业的繁荣，小市民在社会生活中的位置越来越重要。随着封建婚姻观的反动性、腐朽性日益显露，市民阶层的爱情观发生了很大变化。到了明清时期，早已出现了资本主义萌芽，市民的爱情观有了新的飞跃，已经十分接近今天的婚恋观。汉魏六朝时期，婚姻讲究门当户对，多靠父母之命、媒妁之言；唐代提出了以"郎才女貌"为核心的才子佳人新模式。话本、拟话本的爱情描写自然不能完全摆脱传统势力的影响，但毕竟在某些方面突破了封建传统的束缚，反映了时代风尚，预示了未来爱情的发展趋势。

其一，就择偶标准而言，话本、拟话本的爱情故事开始由门当户对、郎才女貌，向尊重品德、情感，注重生活实际方面进化。这反映了市民阶层对于生活与爱情关系的新的理解，不仅富有宋元两朝的时代特征，而且代表了未来的发展方向。在宋元话本《碾玉观音》中，作者含蓄地用两句话点明了璩秀秀的择偶标准："崔宁是个单身，却也痴心。秀秀见恁地个后生，却也指望。"她"指望"的无非是崔宁的淳朴憨厚，有谋生的好手艺，足以托付终身，所以选择了王府失火的难得机会，手提早已准备好的"一帕子金珠富贵"，毅然与崔宁私奔，远走他乡。这样的择偶标准反映了市民阶层已经懂得了"爱情必须附丽于生活"的道理。明代拟话本"三言"中的《乐小舍拼生觅偶》写乐和与喜顺青梅竹马，两小无猜，在一次观看钱塘江人潮时，喜顺不慎落水，乐和冒着生命危险，跳进滚滚的江涛中抢救喜顺。正如回末诗所云："钟情若到真深处，生死风波总不妨。"《卖油郎独占花魁》中，莘瑶琴色艺双绝，善吟诗作画，为临安首妓，与她交往的都是公子王孙、官宦阔商。她本想在衣冠子弟中找一个可靠的归宿，但转眼五年过去，并无一人"知心着意"，毫无结果。那时，在她的眼中，出身卑微的卖油郎——"倒了你卖油的灶，还不够半夜宿钱"的秦重贱如尘土。她心里装的全是有名称的子弟。后来在酒醉之余，竟然还念念不忘："这个人，我认得他，不是有名称的子弟，接了他，被人笑话。"谁知夜来喝得烂醉，得到秦重的悉心照料。她当时也曾动过心："难得这好人，又忠厚，又老实，又且知情识趣，隐恶扬善，千百中难遇此一人。可惜是市井之辈，若是个衣冠子弟，情愿委身事之。"但是仍然在犹豫。后来她遭到官宦子弟的百般蹂躏，衣冠子弟们撕下温柔敦厚的面纱，露出了狰狞面目。她才明白这几年的浮艳奢华生活只是南柯一梦，绚丽的生活画图只是肥皂水吹起的五彩泡，艳冠群芳的花魁只是王孙公子的遣兴之物，她终于认清了衣冠禽兽的本质。于是，面对忠诚善良的小本经纪人秦重，她吐出了"我要嫁你"的心声。小说以生动曲折的情节揭示了一个深刻的道理，真情实感、忠诚体贴才是爱情的基础。与这篇作品主题相近的还有《杜十娘怒沉百宝箱》。杜十娘精明干练，多年的烟花生涯使她大致认清了纨绔子弟的卑劣本性，爱上了貌似忠厚实则怯懦的书生李甲。经过巧妙的周旋和顽强的奋斗，她终于跳出火坑。她暗携百宝箱，跟随李甲，痴心地憧憬美好自由的新生活。谁知李甲在封建礼教的压力和自身卑劣的灵魂驱使下，将杜十娘出卖给孙富。杜十娘一生的心血尽付东流，纯洁的感情遭到玷污。她知道这个世界上再也没有她的立足之地，便毅然手抱百宝箱跳进滚滚江流之中。她的死，不仅是对李甲、孙富之流的血泪控诉，更是对不合理的封建婚姻制度的强力控诉。

其二，小说话本、拟话本中爱情作品描写的对象——小说的主角与宋代以前的小说大不相同，发生了根本变化。宋代以前的爱情小说，男主人公大多是官宦或才子，女主人公也有一定身份，她们或是仙姝，如西王母、龙女；或是王妃，如杨玉环、赵飞燕；或是相门之女，如崔莺莺；或是官僚之女，如李洛秀。虽然也写到妓女，但往往是被贵族化了的高等妓女，如霍小玉等。在话本、拟话本中，官宦才子反而退居次要地位，市民阶层作为主要描写对象登上了文艺舞台。以女主角为例，有花魁如莘瑶琴，有普通妓女如赵春儿（《赵春儿重旺曹家庄》）、韩金奴（《新桥市韩五卖春情》），有商贾的女儿如周胜仙（《闹樊楼多情周胜仙》）、万秀娘（《万秀娘仇报山亭儿》）、高秋芳（《钱秀才错占凤凰俦》），有小手工业者或小摊贩的女儿如陈二姐（《错斩崔宁》）、梁圣金（《任孝子烈性为神》）、璩秀秀（《碾玉观音》），有小官吏之女或小妾如计庆奴（《计押番金鳗产祸》）、闻淑女（《沈小霞相会出师表》），有乞丐之女如金玉奴（《金玉奴棒打薄情郎》），有渔家女如刘宜春（《宋小官团圆破毡笠》），有农家女如蒋淑真（《蒋淑真刎颈鸳鸯会》），有店主妇如王媪（《穷马周遭际卖媪》），还有为数不少的媒婆、尼姑，等等。这些下层人物的成批出现，使话本、拟话本作品贴近社会现实，真切地反映了人民群众尤其是下层人民的生活，说明了下层市民社会地位的提高，反映了市民阶层在文艺作品中寻求表现的倾向；提高了小说反映生活的容量和能量，为小说创作开辟了新的领域；也提高了小说在文学史上的地位。

其三，话本、拟话本爱情篇章的主题也发生了明显的变化，主要表现在反对封建的门第观念、贞操观念和等级观念。《闲云庵阮三偿冤债》中的陈玉兰"有如花之容，似月之貌，况描绣针线，件件精通；琴棋书画，无所不晓"。其父位至太尉，且家私万贯。陈太尉发誓要替女儿找个门当户对的女婿："一要当朝宰相之子，二要才貌相当，三要名登黄甲。有此三者，立赘为婿，如少一件，枉自劳力。"然而，陈玉兰看中了对门的商贩之子阮华，暗中信物相通，私相结合。可惜他们惧怕封建礼教和家长的淫威，不能公然结合，时刻担惊受怕，致使阮华丧命。这一悲剧正是对陈太尉门当户对的封建婚姻观的批判与嘲讽。他不但害死了女婿，使女儿出乖露丑，还害得女儿终身守寡。究本穷源，还是腐朽的门第观念在作祟。封建社会所大力鼓吹的贞操观念在话本、拟话本中也受到唾弃。对妓女的同情和歌颂就是一个明证。这方面写得最细致、最生动的当推《蒋兴哥重会珍珠衫》。小说中的年轻商贾蒋兴哥与妻子王三巧本是恩爱夫妻，为了赚钱，蒋兴哥丢下新婚妻子王三巧外出经商，且积年未归。王三巧受坏人暗算，掉入陷阱，失身于陈商。蒋兴哥得知后，虽然急怒交加，但反而责备自己："当初夫妻何等恩爱，只为我贪着蝇头微利，撇她少年守寡，弄出这场丑来，如今悔之何及？"他虽然狠心休了三巧，却又"念夫妻之情，不忍明言"，顾全了妻子的脸面，又将王三巧用过的箱子全都封了陪送。"只因兴哥夫妇，本是十二分相爱的。虽则一时休了，心中好生痛切。见物思人，何忍开看？"蒋兴哥心中倒觉得自己做错了事一样，只是迫于封建礼教和传统观念的压力才休了王三巧，实际上对她旧情未断。三巧再嫁之后，对蒋兴哥仍有情有义，最终使蒋兴哥免于死罪，夫妻得以重会："他俩个也不行礼，也不讲话，紧紧的你我相抱，放声大哭，就是哭爹哭娘，也没有这般哀惨。"此后再续姻缘，夫妻恩爱，团圆到老。感情的力量鼓励他们挣脱了礼教的束缚，封建统治阶级津津乐道的贞操观在他们心目中已经黯然失色。王三巧虽然应该受到指责，但更应该得到谅解与同情。作品主观上宣扬因果报应，客观上却说明在市民阶层眼里，封建贞操观已经一钱不值。

反对父母之命、媒妁之言，争取自由婚姻，也是话本、拟话本爱情篇章所要表现的内容之一。这方面具有代表性的作品是《乔太守乱点鸳鸯谱》。孙润与刘慧娘、裴政与徐文哥两对夫妇，因为巧合误会，全都违背了当初的父母之命。这也是典型的宣扬自由恋爱的优秀篇章。

在这类作品中，女子的地位有了明显提高。她们不仅成为作品的主角，而且不像在以前的小说中，只作为被嘲弄和被同情的角色出现。她们不满封建社会父母媒妁对自己命运的安排，努力挣扎着寻求一条通向幸福的道路。虽然这种挣扎是痛苦的，付出的代价是高昂的，很多人为此付出了生命，如李翠莲、杜十娘等。但她们的奋斗毕竟冲击和动摇了千百年来的封建礼教，而且有些人取得了胜利。尽管这种胜利有的是表面的、短暂的，甚至是痛苦的，如朱多福、陈玉兰等。这些爱情故事揭露了封建婚姻制度的荒谬残忍，抨击了封建家长的虚伪和专横；向读者尤其是青年读者展示了一条通向光明幸福却布满荆棘甚至充满血腥的奋斗之路。在理学纵横的明代，不能不说这具有强烈的反叛色彩和深刻的现实意义。当然，仍然有一些话本、拟话本宣扬了封建的节烈观，如《大树坡义虎送亲》《蔡瑞虹忍辱报仇》等；有时也有一些色情描写。

第二，以断案折狱为题材的作品也是话本、拟话本的重要内容。早在魏晋时期公案小说就已经出现了，但"公案"一词，最早见于灌园耐得翁的《都城记胜》。宋代说话的"公案"故事，"皆是搏刀赶棒，发迹变泰之事"。而后来的公案小说则指由官吏审断案件的作品。

公案小说真正成为流派，始自宋代。宋代的法制比较健全，并且处于封建社会的衰落时期，统治阶级虚伪、残忍、外强中干的本质暴露无遗。新兴的市民阶层掌握一定的文化，又常常经风雨，见世面，对于封建法律的严肃性、公正性逐渐怀疑乃至否定、反抗。市民阶层比较注重生活实际，尊重人的尊严，意识到人性的存在，要求司法公正，反对草菅人命。而且，小说作为反映现实生活的重要文艺形式，此时已经成熟，并趋于繁荣。于是，公案小说蔚为大观，终于形成了一个影响很大的流派。

在公案小说中，作者刻画了少数正直廉明而有才智的清官，如《包龙图智赚合同文》中的包龙图、《况太守断死孩儿》中的况太守等。清官为民做主，调查研究，伸张正义，但这样的清官太少，且过于理想化。另一些作品揭露了封建司法制度的腐朽及各级官吏的残酷、虚伪、无能，真实地反映了社会生活。如《张廷秀逃生救父》中，王员外招张廷秀为螟蛉之子，并准备将次女许配给他。大女儿与大女婿赵昂阴谋私吞家产，千方百计要除掉张廷秀。他们先是花几十两银子买通捕人杨洪，又教强盗扳张廷秀之父张木匠为同伙。张木匠辩称："若有此情，必将搬向隐僻所在去了，岂敢还在闹市上开店？爷爷不信，可拘四邻地方来问，便知小人平素。"这件事本来极易辨明，但侯爷的逻辑是："你是个穷木匠，为何忽地骤富？这个须没得辨。"硬是将张木匠屈打成招，"一律都拟斩罪"。张廷秀兄弟欲往按院去上诉；赵昂又买通官府，在途中将二人抛入江中，意欲将之淹死而未遂。赵昂又"用了若干银子"，谋得山西平阳府洪洞县县丞这数一数二的美缺。官府和法律成了有钱人坑人牟利的工具；而人民只是砧上鱼肉，任别人随心所欲地宰割。《卢太学诗酒傲王侯》中的卢楠，因为恃才傲物，得罪了知县汪岑，以致被牵连进官司后，"知县专心在卢楠身上，也不看地邻呈子是怎样情由，假意问了几句，不等发房，即时出签，差人捉卢楠立刻赴县"。由于知县上下其手，将卢楠捉拿，全县乡绅秀才俱知卢楠冤枉，上堂为之辩白，但知县推说有病，不能升堂。乡绅秀才刚退下，汪知县的病突然好了，又立刻升堂，务要置卢楠于死地。"那仵作人已知县主之意，轻伤尽报做重伤，地邻也全会得知县要与卢楠作对，齐咬定卢楠打死。"为了斩草除根，以绝后患，汪知县"当晚差谭遵下狱，教狱卒蔡贤拿卢楠到隐僻之处，遍身鞭扑，打勾半死，推倒在地，缚了手足，把土囊压住鼻口，那消一个时辰，呜呼哀哉"。幸亏正直的董县丞救了卢楠之命。汪知县怀恨在心，"寻两件风流事过"，向上司参了一本，董县丞被罢官而去。而横行不法的汪知县，陷害了一个无辜的乡绅，"竟得到了美名，行取入京，升为给事之职"。作者将无限的感慨和满腔的义愤尽寄寓于不言之中。更有甚者，官僚们还常常超越本来就极不公正、极其虚伪的所谓法律，把自己的言论当作法令，把家庭当作衙门。如《碾玉观音》中的郡王，私设公堂，或打或杀，全凭己意，肆行无忌。《青楼市探人踪 红花场假闹鬼》中的杨金宪劣迹昭著，罢官回家以后，"所为愈横"，"他一向私下养着剧盗三十余人，在外庄听用。但掳掠得来的，与他平分。若有一二处做将出来，他就出身包揽遮护。官府晓得他的刁，公人怕他的势，没个敢正眼觑他。但有心上不象意，或是眼里动了火的人家，公然叫这些人搬来庄里分了。弄得久惯，不在心上"。这样的官宦，就是强盗和恶棍。《错斩崔宁》是揭露官吏无能、草菅人命罪恶的代表之作。官吏昏聩，错杀了崔宁和陈二姐，诚如作者分析的那样："看官听说，这段公事，果然是小娘子与那崔宁谋财害命的时节，他俩人须连夜逃走他方，怎的又去邻居人家借宿一宵？明早又走到爹娘家去，却被人捉住了？这段冤枉，仔细可以推详出来，谁想问官糊涂，只想了事，不想捶楚之下，何求不得？"总之，这类作品数量较多，真实地反映了封建社会的一个阴暗面，抨击了封建司法制度及贪官庸吏。作者在批判的同时，对人民的命运，尤其是妇女的不幸遭遇，表示深刻同情。因此公案小说成为话本、拟话本中的优秀作品。

第三，暴露封建社会的黑暗现象是优秀话本、拟话本的又一内容。这类题材的作品，历代都有。因为统治者与被统治者之间的矛盾是不可调和的，统治阶级的本性就是奴役、镇压被统治者。优秀的话本、拟话本与前代小说的不同之处，就是全面地揭露了各级官吏、各个阶层人物的罪行，使读者对封建社会的本质有了更为清醒的认识。从皇帝如金海陵（《金海陵纵欲亡身》）、隋炀帝（《隋炀帝逸游召谴》），到王侯如咸安郡王（《碾玉观音》），到宰相如王安石（《拗相公饮恨半山堂》）、贾似道（《木绵庵郑虎臣报冤》），再到御史、按院、知县、乡宦、狱吏、走卒，大多贪赃枉法、依仗权势、为非作歹、荒淫无耻。难能可贵的是，这类作品在内容的深度和广度上作了新的开拓，主要表现在敢于揭露某些清官的本质。最著名的清官莫过于包龙图和况太守。《三现身包龙图断冤》中的包公，断案全凭天意；《况太守断死孩儿》中的况钟，折狱有其独到之处，就是专搞严刑逼供，"况爷的板子厉害，二十板抵四十板……况爷的夹棍也厉害……"包龙图和况太守尚且如此，其他清官就不用说了。《滕大尹鬼断家私》中的滕大尹"廉明"如水，却在断案时装神弄鬼，连骗带夺，诈去梅氏孤儿寡母一千两银子。当然，与贪官相比，清官并不谋取法外特权，这是值得肯定的。宋元时代，僧侣享有一定特权。话本、拟话本也对他们的罪行作了揭露。如在《简帖和尚》《汪大尹火烧宝莲寺》中，作者对贪财、好色或助纣为虐的不法和尚、尼姑作了抨击。这些都是前人很少涉及的题材，内容新颖。宋代及明清时期，是以"二程"、朱熹为代表的新儒学盛行的时代，就此，话本、拟话本作者还对一些腐儒作了无情的嘲弄。如《二刻拍案惊奇》中的《硬勘案大儒争闲气　甘受刑侠女著芳名》，将宋代大儒朱熹卑劣自私的本性与妓女严蕊坚持正义、忠贞不屈的品质进行了对比，褒贬分明，使这位名垂青史的大儒原形毕露。再如关于强盗的描写，产生盗贼的根本原因当然在于封建社会制度本身，大多数盗贼是因为无法生存才铤而走险的，但有一些强盗的行径的确给一般百姓人家造成痛苦，酿成了悲剧。如静山大王杀了刘贵已是不该，而这又是陈二姐和崔宁被错杀的起因（《错斩崔宁》）。宋四公随随便便杀死了守夜女子；赵正更是儿戏一般杀死侯兴的独生子；侯兴夫妻开的竟是人肉馒头店（《宋四公大闹禁魂张》）。再如《万秀娘仇报山亭儿》《苏知县罗衫再合》《蔡瑞虹忍辱报仇》中的强盗皆非良善之辈，倒是《拍案惊奇》中的《刘东山夸技顺城门　十八兄奇踪村酒肆》和《乌将军一饭必酬　陈大郎三人重会》两文中的强盗淳朴慷慨，讲究仁义。后者有一段议论十分深刻："假如有一等做官的误国欺君，侵剥百姓，虽然官高禄厚，难道不是大盗？有一等做公子的，依靠着父兄势力，张牙舞爪，诈害乡民，受投献，窝私赃，无所不为，百姓不敢声冤，官司不敢盘问，难道不是大盗？有一等做举人、秀才的，呼朋引友，把持官府，起灭词讼，每有将良善人家拆的烟飞星散的，难道不是大盗？"这些描写非常真实，议论尖锐、大胆，是以前的小说中从未见到的。当然，话本、拟话本作者涉及的暴露笔墨远不止于此，对于其他的一些社会黑暗现象，在许多作品中也夹枪带棒地作了批判，如吉光片羽，成为熠熠动人的闪光点。

第四，中国古代劳动人民，一向勤劳善良，互相帮助，他们在对付外族入侵、阶级敌人、天灾人祸时，常常表现出舍己为人的崇高品质。人类美好的本性在劳动人民和正直人士身上得到了充分体现。因此，歌颂赞扬劳动人民淳朴正直、友爱仁义、拾金不昧等美德也是优秀的话本、拟话本的一个重要内容。《施润泽滩阙遇友》中的养蚕农民施复，凭着风调雨顺和夫妻辛勤劳作，可以勉强度日。一次，他在路上拾得两锭银子，也曾想据为己有，用它再添一张织机，扩大生产，多挣些利息，改善生活；但淳朴善良的本性很快使他打消了这个念头："若是客商的，他抛妻弃子，宿水餐风，辛勤挣来之物，今失落了好不烦恼。……或有与我一般样苦挣过日，或卖了绸，或脱了丝，这两锭银子乃是养命之根，不争失了，就是绝了咽喉之气。一家良善，没甚过活，互相埋怨，必至鬻身卖子。"于是他忍饥挨饿，等候失主，归还银子。回家后，"夫妇二人，不以拾银为喜，反以还银为安"。《吴保安弃家赎友》中的吴保安，知道郭仲翔为人义气深重，与之结为神交之友。当郭仲翔被虏，须交赎绢千匹时，他倾其所有，只得绢二百匹。于是，"朝驰暮走，东趁西奔，身穿破衣，口吃粗粝，虽一钱一粟，不敢枉费，都积来为买绢之用"。整整坚持了十年，凑得七百匹绢。他抛妻弃子，为朋友倾家荡产的高尚品德非常感人，值得肯定。《范巨卿鸡黍死生交》写朋友之情超越了生死的界限；《俞伯牙摔琴谢知音》则写俞伯牙因为钟子期谢世而世无知音，决然将名贵的古琴摔坏，说明知音难得。还有《羊角哀舍命全交》《袁尚宝相术动名卿　郑舍人阴功叨世爵》等都是这样的名篇。

第五，话本、拟话本内容丰富，除了上述四方面内容之外，还涉及其他关于发迹变泰、经商致富等富有新意的描写。在以前的小说中，也有相关的描写，但发迹变泰主要靠读书或者建立军功，地主商人剥削的手段主要是靠地租、高利贷和法外特权，甚至在梦中幻想得到金银财宝或意外的功名。如《搜神记》中的《张奋》，唐传奇中的《枕中记》《南柯太守传》等。可以说，这些小说中写财富的积累是逐步的、量变的。到拟话本中，人们对从商的看法、商人的交易方式及财产的积累方式都发生了相应的变化。只要结果相同，手段则不再被过于计较。经商致富几乎与读书中举一样受人尊敬，一样光宗耀祖。经商者也不再像封建地主一样，靠辛苦劳动、节俭刻薄而发家致富，而是凭借侥幸和冒险，希望在一夜之间成为富翁。这是在明代资本主义因素萌芽之后市民阶层新兴的商业观点。这方面的代表作有《转运汉巧遇洞庭红　波斯胡指破鼍龙壳》《叠居奇程客得助　三救厄海神显灵》等。

话本、拟话本中当然也有糟粕，主要表现在以下方面：第一，鼓吹封建伦理道德，如《合同文字记》《行孝子到底不简尸　殉节妇留待双出柩》《江都市孝妇屠身》等；第二，有大量的关于神仙道化的迷信描写，如《洛阳三怪记》《福禄寿三星度世》《金光洞主谈旧迹　玉虚尊者悟前身》等；第三，宣扬因果报应和宿命论，如《花灯轿莲女成佛记》《庵内看恶鬼善神　井中谭前因后果》等；第四，有色情描写，这在"二拍"中较为突出。其他如鼓吹圣君贤相，表扬忠孝节烈，等等。即使在前面所列举的优秀作品中，也不同程度地存在这样那样的缺陷。这些是阅读话本、拟话本时要注意的。

第三节 话本和拟话本的特点

话本、拟话本主要记述市井间事，是中国古代承前启后的白话小说。以"三言二拍"为代表。其作者博古通今，大都熟悉前朝故事，不仅熟悉下层人民生活，与当时的市民阶层生气相通，而且富有表现生活的艺术技巧。这些就使得话本、拟话本作品在题材选择、情节安排、人物刻画等方面都有独到之处，不仅表现出与前代小说迥然不同的特点，而且造成了古代小说的繁荣局面。

罗烨在《醉翁谈录·小说开辟》中说：

夫小说者，虽为末学，尤务多闻。非庸常浅识之流，有博览该通之理。幼习《太平广记》，长攻历代史书。烟粉奇传，素蕴胸次之间；风月须知，只在唇吻之上。《夷坚志》无有不览，《琇莹集》所载皆通。动哨、中哨，莫非《东山笑林》；引倬、底倬，须还《绿窗新话》。论才词有欧、苏、黄、陈佳句；说古诗是李、杜、韩、柳篇章。

罗烨说的《太平广记》是北宋太平兴国年间由李昉等人编辑的自汉代至宋初的小说总集，全书共 500 卷，编录了 475 种书籍中的作品；《夷坚志》是宋代洪迈的志怪小说集；《琇莹集》可能是宋代说话人的重要参考书，其书名"琇莹"，显然出自《诗经·卫风·淇奥》中的"充耳琇莹，会弁如星"，其意为玉色光润的美石，比喻珍奇的故事；《东山笑林》可能是魏晋时期邯郸淳的《笑林》等笑话解颐类书籍；《绿窗新话》则是南宋皇都风月主人集撰的传奇笔记小说集，计 150 篇，大概是从古籍中摘录而来的。欧、苏、黄、陈、李、杜、韩、柳分别指唐宋两代的著名诗文大家欧阳修、苏轼、黄庭坚、陈师道、李白、杜甫、韩愈、柳宗元。罗烨这段话的意思是，说书人必须"博学该通"，"尤务多闻"，知识面要宽，要贯通古今；也告诉我们，话本、拟话本的题材固然要开掘现实生活，但也离不开借鉴古代的小说、诗歌、散文、历史，等等。这就注定了话本、拟话本与前人作品有千丝万缕的联系。

借鉴古代的作品，注入时代内容，这是话本、拟话本小说的第一个特点。话本、拟话本中的很多作品都借鉴了古书记载，同时注入了时代内容。根据近人孙楷第、赵景深、胡士莹等学者探索话本、拟话本的源流关系，进行深入研究的丰硕成果来看，以冯梦龙《喻世明言》的前十卷为例，其中借鉴古书的就有九种：《蒋兴哥重会珍珠衫》，借鉴明代宋幼卿的《九籥集》。《陈御史巧勘金钗钿》中的"头回"，借鉴了杨瑀的《山居新话》及陶宗仪的《辍耕录》等。《闲云庵阮三偿冤债》的本事，见于《夷坚支志》卷三《西湖庵尼》。《穷马周遭际卖𫗴媪》事迹，见于刘餗的《隋唐嘉话》及赵自勤的《定命录》。《葛令公生遣弄珠儿》的"头回"故事，见于《韩诗外传》卷七，亦见于《说苑》卷六《复恩》。《羊角哀舍命全交》的"入话"，见于《史记·管晏列传》；正文故事见于《后汉书·申屠列传》。《吴保安弃家赎友》故事，出于牛肃《纪闻·吴保安传》（《太平广记》卷一百六十六引）。《裴晋公义还原配》的"头回"故事，见于《史记·佞幸列传》；正文本事出于《玉堂闲话》及《太平广记》卷一百六十七《裴度》。《滕大尹鬼断家私》与《晋书》汝阴隗焰事相类。

从借鉴的方面来看，话本、拟话本涉及了《醉翁谈录》谈及的诸多方面。从总体看，话本、拟话本借鉴古代小说的篇幅最多，其中，唐宋传奇原作和《太平广记》编录的有关故事又是重点。例如，《明悟禅师赶五戒》的"头回"，事出《甘泽谣》，为《太平广记》卷三百八十七所引。《苏知县罗衫再合》的正文，事出《原化记》，为《太平广记》卷一百二十一所引。《三孝廉让产立高名》的"入话"中的第二个故事，见于《开天传信记》。《卖油郎独占花魁》的"入话"，见于《太平广记》卷四百八十四。《灌园叟晚逢仙女》的"头回"，出自《博物志》，亦见于《酉阳杂俎续集》卷三《支诺皋》。《大树坡义虎送亲》的正文，见于《广异记》，为《太平广记》卷四百二十八所引。《独孤生归途闹梦》的正文，由《河东记·独孤遐叔》和《纂异记·张生》（两文分别为《太平广记》卷二百八十一、卷二百八十二所引）串联而成。《薛录事鱼服征仙》和《杜子春三入长安》，事出《续玄怪录》，亦见于《太平广记》卷四百七十一和卷十六。《李汧公穷途遇侠客》本事见《原化记》，亦见于《太平广记》卷一百九十五。《李道人独步云门》本事见《集异记》，为《太平广记》卷三十六所引。

近代评论家提出了小说敷衍传奇的观点，这一说法并不全面。通过认真研究，就可以看出，话本、拟话本引用传统的故事，只是"流"，而不是"源"，是为了表现当时的现实生活，即所谓用旧瓶装新酒。如《隋炀帝逸游召谴》表面上引用了《隋遗录》（上卷、下卷）、《海山记》（上卷、下卷）、《迷楼记》、《开河记》等宋代传奇文，实际上它并不是机械地拼凑，而是为了表现新的主题而利用和改造了传奇而成的。因为隋炀帝的荒淫无度与明代的某些皇帝极为相似。又如《醒世恒言》中的《灌园叟晚逢仙女》虽然沿用了《博物志》和《崔元微》的故事，但将其与二者对照就不难发现，它们故事的主干虽然变化不大，但情节的丰富性和人物描写的细致性呈现出由《博物志》到《崔元微》再到《灌园叟晚逢仙女》的三个演进阶段。如果说，《崔元微》旨在描写花神在崔元微的帮助下，战胜自然界的暴力——狂风的话，冯梦龙则由此及彼，让花神帮助秋先惩处了封建社会的贪官污吏和土豪恶霸。

再以《玉堂春落难逢故夫》为例，它明显受到唐传奇《李娃传》的影响，但在内容和形式上有很大突破。《李娃传》中，李娃参加了以"竹林烧香"为借口的抛弃荥阳生的行动；《玉堂春落难逢故夫》中，老鸨施行"倒房术"却是瞒着玉堂春的，所以明白真相后她流泪不止。李娃千方百计督促荥阳生读书应试，求取功名富贵，固然与其特殊境遇有关，也表现了她的封建名利思想；玉堂春与李娃似乎具有同样的思想局限，而王公子读书主要是迫于家长的压力。李娃与鸨母斗争，是出于人性的同情，为了恢复荥阳生的"本躯"；而玉堂春与鸨母的较量则是为了争取爱情。两篇作品前后相承，并非简单的重复，而是同中见异，各具个性，表现了不同主题。可以说，话本、拟话本以前代故事作为蓝本，借鉴前人作品，迥异于笔记小说辗转过录的现象，是一种表现新鲜主题思想的创新。

　　话本、拟话本在体制上都具有特殊形式。这是话本、拟话本小说的第二个特点。这种形式与说话的特殊性分不开。说话是诉诸听觉的艺术，"说话人"在描绘人物形象时，演说惊心动魄、引人入胜的故事，才能吸引听众。此外，根据《东京梦华录》《都城纪胜》等书的记载，"说话人"在"瓦子"里讲小说，每次最多四五个小时。所讲的故事，又必须"顷刻间提破"，分章分回。这些都决定了话本、拟话本的形式特点。

　　话本、拟话本一般都有题目、入话头回、正话和结尾。

　　话本、拟话本都有题目，因为说书艺人在开场前必须张贴广告，而题目又一定要确切表明故事特征以吸引听众。古代小说的题目经历了一个从无到有，由短到长的过程。从现有资料看，古代小说的题目本来很短，话本、拟话本的题目最初的作用是介绍故事，招徕听众，大多是简短的人名、浑名等。如《醉翁谈录》"朴刀"类罗列的题目有《大虎头》《李从吉》《杨令公》《十条龙》《青面兽》《季铁岭》《陶铁僧》《赖五郎》《圣人虎》《王沙马海》《燕四马八》等。后来，为了醒目、准确、雅致，话本、拟话本题目逐渐转变为词组或句子，如宋元话本的题目有《西山一窟鬼》《碾玉观音》《错斩崔宁》。之后，又逐步演变为七言或八言的句子。宋代的拟话本《青琐高议》每一篇的短名之下都附有一个七言长名，说明到宋代已经完成由短名到长名的过渡。明代冯梦龙编纂的拟话本集"三言"篇章题目有《杜十娘怒沉百宝箱》《沈小霞相会出师表》。有的明清拟话本题目发展为对偶句，如《拍案惊奇》《无声戏》等拟话本的题目就是对偶句，例如，《小道人一着饶天下　女棋童两局注终身》、《谭楚玉戏里传情　刘藐姑曲终死节》，等等。

　　小说话本一般有"入话头回"。"入话头回"是故事的前奏，又名"得胜头回"。早期的"头回"可能是以鼓乐"得胜令"聚集听众，讨吉利，表祝颂等。宋代话本的"入话头回"的形式和作用都发生了变化，其形式可细分为三部分：篇首、入话、头回。篇首，主要是演唱诗词；入话，指篇首演唱诗词后，由说书艺人加以解释，进行过渡，然后引入正话；头回，指有些小说在入话后、正话前，插入一则或几则小故事，其作用主要是揭示正话的主题思想。篇首、入话、头回在具体作品中很难区分，一般笼统地称为"入话头回"。其作用主要是等候听众，透露正文主题，因此，"入话头回"的主题与正话主题的关系一般只有两种情况："或取相类，或取不同……取不同者由反入正，取相类者较有浅深，忽而相牵，转入本事。"① 现存宋元话本的"入话"，其内容绝大多数与正文主题"相类"，只有极个别的与正话主题"相反"，绝对"相反"的只有"三言"中的《汪信之一死救全家》一篇。

　　入话头回在小说中具有相对的独立性，后代的"说话"中，逐渐发展为单独的一回书。从小说发展史角度考察，小说话本的入话头回到了后代也有了发展。明代有些拟话本的入话头回由几个同一主题的小故事组成，逐渐淡化了聚集听众，预示主题的作用，实际上已经与

---

① 鲁迅.中国小说史略//鲁迅.鲁迅全集：第9卷.北京：人民文学出版社，1981：88.

正话并列存在。下文就篇首、入话、头回分别举例说明，帮助读者了解作品的实际情况。

《简帖和尚》的开头有一首【鹧鸪天】词：

> 白苎千袍入嫩凉，春蚕食叶响长廊。禹门已准桃花浪，月殿先收桂子香。鹏北海，凤朝阳，又携书剑路茫茫。明年此日青云去，却笑人间举子忙。

《志诚张主管》的开头有一首律诗和一首【醉楼亭】词：

> 谁言今古事难穷？大抵荣枯总是空。
> 算得生前随分过，争如云外指溟鸿。
> 暗添雪色眉根白，旋落花光脸上红。
> 惆怅凄凉两回首，暮林萧索起悲风。
>
> 平生性格，随分好些春色，沉醉恋花陌。虽然年老心未老，满头花压巾帽侧，鬓如霜，须似雪，自嗟恻。几个相知劝我染，几个相知劝我摘。染摘有何益？当初怕作短命鬼，如今已过中年客。且留些，妆晚景，尽教白。

这就是篇首。

《碾玉观音》开头演唱很多各自独立的诗词。作者先演唱一首描写孟春景致的词【鹧鸪天】，再演唱一首《仲春词》，演唱完结后说："原来不如黄夫人做的季春词好。"于是，依次把描写三春景色的诗词演唱完毕，包括黄夫人、王荆公、苏东坡、秦少游、邵尧夫、曾两府、朱希真、苏小小等人的诗词。接着说书人话锋一转，宕开一笔，把话题引到"春归"上去。再演唱诸如风雨送春、柳絮飘春、蝴蝶掠春、黄莺杜鹃啼春、燕子衔春等当时名人的诗句。最后，则引王岩叟的一首诗加以总结。末了引入正话，讲述郡王游春等情节。这篇作品开头部分共用了 11 家诗词，不仅可以由此窥见宋代说话的演唱痕迹，而且分明可以看出唐宋诗词对古代小说这一文体的渗透和影响。起初可能是作者用以炫耀自己的才华，逐渐显示出交代故事背景的作用，后来这也就成了小说话本的有机组成部分。除诗词之外的，用以连接、解释等的作者助言统称为入话。

"二拍"中的《刘东山夸技顺城门　十八兄奇踪村酒肆》，在正话之前，安排了三则小故事：蜈蚣克蛇，小兽制虎，村妇吓退武举。这三则故事与正话的内容没有任何联系，但其主题与正文是一致的，就是劝人谦虚谨慎，即为头回。

从上述例子可以看出，在篇首、入话和头回中，头回的作用最为重要。所以有些研究话本、拟话本体制的学者，往往不提"篇首"等概念。

正话，就是话本正文，正式的故事，说书的主要内容。宋元话本有的故事内容丰富，篇幅较长，由于受说话时间的限制，一次讲不完，已经出现分回现象。小说话本不是案头作品，所以即使分回仍然没有显露出形迹。但是，透过这些作品的结构和场面处理，还是可以看出其分回的迹象，如《史弘肇龙虎风云会》就是如此。另外有些作品自身点明分回问题，一般讲一次就是一回。《西山一窟鬼》云："自家今日也说一个士人，因来行在临安府选取，变做数十回蹊跷作怪的小说。"

小说话本的结尾，一般有收场诗和结束语。其作用在于总结全文，概括主题和表现作者的思想倾向；另外，收场诗的演唱也能为故事增添余味，同时在袅袅余音中给听众以美的享受。在分回的作品中，收场诗和结束语还兼有预示下一回情节的作用。值得注意的是，由于话本作者思想上的矛盾性以及听众的复杂性，或者由于加工整理过程中的混乱无序，有些作品的收场诗和结束语往往与正文的主题思想存在矛盾。例如，《宋四公大闹禁魂张》的正文，歌颂了侠盗赵正的所作所为；而结束语却改变了调子，说"这一班贼盗在东京做歹事——那时节东京扰乱，家家户户不得太平"，收场诗里甚至用了"盗贼狂"等字眼。这一现象可能是由结尾与正文出自不同的作者之手而造成的。

话本、拟话本体制上的特点有题目，篇首、入话、头回，正话、分回，篇尾、收场诗等，与古代戏曲在体制上非常相似。古代戏曲"除了'头回'为话本所独有外，其余的部分也存在于杂剧体制之中，只是名称不同而已"[①]。深入研究可以发现，这与中国封建社会源远流长的八股文有关。

从创作上看，话本、拟话本在艺术构思、情节安排方面较前代小说出现了飞跃。这是话本、拟话本小说的第三个特点。话本是口头文学，它要求讲得生动形象，通俗易懂；而且，话本的题材大都是耳目之内的事情，所以要尽量避免平淡和枯燥；另外，说书受时间、空间的限制，切忌枝蔓拉杂，一定要让听众掌握要领。鉴于此，话本的艺术构思等方面发生了很大变化，把古代小说的创作向前大大推进了一步。

第一，话本、拟话本表现生活的时间大大缩短。小说表现生活的时间长短是作品艺术质量高低的标志之一。魏晋笔记小说《搜神记》中的精彩篇章《干将莫邪》，写的是战国时代的故事，而文章末尾又加上一句话："三首俱烂，不可识别，乃分其汤而葬之，故通名三王墓。在今汝南北宜春县界。"《搜神记》是笔记体小说，杂用叙述、议论等表达形式，连同故事末尾的交代，最终组成一个完整的故事。而干宝生活的年代上距战国时期已逾5个世纪。那么，《干将莫邪》反映生活的时间跨度达500多年。唐代陈鸿的传奇《东城老父传》从"开元元年癸丑"斗鸡童贾昌出生，一直写到"元和庚寅"年间贾昌回忆对比为止，即由713年到810年，前后长达98年。而《东城老父传》全文不足2000字，以这样简短的篇幅，写跨度如此漫长的生活历程，自然不能作详尽周到的描写，很难塑造出栩栩如生的文学形象。话本、拟话本的情况则完全不同。《卖油郎独占花魁》全文25000字，已接近今天中篇小说的体制，故事主干只写莘瑶琴与秦重"终成眷属"的故事，从文章的具体介绍来看，"朱十老三年前过继过一个小厮，也是汴京逃难来的，姓秦名重"；"再说秦重到了王九妈家多次，家中大大小小，没有一个不认得秦卖油。时光迅速，不觉一年有余"。"三年"加"一年"，记叙的时间分明总共只有四年。又如，《杜十娘怒沉百宝箱》篇幅超过15000字，也接近今天中篇小说的体制，内容涉及的时间不过八年，而正面表现爱情悲剧的时间只有一年。因为小说交代，"那杜十娘自十三岁破瓜，今一十九岁，七年之内，不知历过多少公子

---

① 沈新林. 同源而异派：中国古代小说与戏曲比较研究. 南京：凤凰出版社，2007：41.

王孙"。李甲进了妓院,"日来月往,不觉一年有余"。篇幅与《杜十娘怒沉百宝箱》相仿的《钱秀才错占凤凰俦》仅仅写了不到一年之内高赞择婿的故事。更有甚者,《神偷寄兴一枝梅 侠盗惯行三昧戏》入话头回中,写巨盗"我来也"行窃的故事,只涉及一个晚上。正话中写的侠盗"一枝梅"(又称"懒龙")的所作所为,根本没有交代时间,充其量在一年半载之内。表现生活的时间大大缩短,其意义在于改变了古代小说"粗陈梗概"和单纯记叙故事,乃至记流水账的形式,从而使人物形象的描绘成为小说的主要使命。这就使得古代小说概念由"笔记体""故事体"逐步向以人物描写为主的作品演变。此外,由于反映生活的时间缩短,中国古代小说的创作就要求作者精心构思,改变单一的"以事写人"的纵切格局,设计"因人设事"的横断模式。如《神偷寄兴一枝梅 侠盗惯行三昧戏》就是一篇地道的"因人设事"的横截模式作品,它通过盗古墓,赈贫民,出衣橱,偷鹦哥,盗枕钱,取锦被,挖米囤,卷新帽,以及夜盗贪官无锡县令的金匣,剪其小孺人的发髻,为"治行贪秽,心术狡狠"的吴江县令盗印而又戏弄他,设计揭穿苏州府库监守自盗的阴谋以惩处贪官等小故事,从不同侧面成功地塑造了一个富有个性的"侠盗"形象,表现了"一枝梅"这个侠盗爱打抱不平、劫富济贫、整治酷吏、逢场作戏、机智灵巧等性格特征。

第二,话本、拟话本的情节线索趋于单一。众所周知,话本是说话的底本,口头表达的词汇量和篇幅远比案头创作大得多。为了吸引听众,诉诸听觉的技艺绝不允许杂乱无章或者头绪纷繁,所以,话本、拟话本的线索清楚简单,它重点写一个人物、一个故事,简洁明了,不添枝加叶。例如,《拗相公饮恨半山堂》重点写王安石由京城还乡途中所受的种种嘲弄;《错斩崔宁》着重交代陈二姐和崔宁被"错判"和"错斩"的来龙去脉。也有作品运用插叙、补叙等手法以增加次要线索,如《万秀娘仇报山亭儿》《汪信之一死救全家》等就是如此。这些作品在交代次要线索时,一般用"却说""话分两头""就中单表""花开两朵,各表一枝""原来"等词句开头。这样的写法,既能节省篇幅,以经济的笔墨处理纷繁复杂的故事,又可以使情节曲折,富于变化,还能使作品脉络清楚,有条不紊。在情节线索趋于单一的基础上,话本、拟话本对情节的各方面都作了几乎滴水不漏的交代。绝不会因为某些破绽而使听众或读者产生疑窦。刘义庆《幽明录》中的《焦湖庙祝》,短短100多字,写经商的县民汤林"经庙祈福",庙祝却问他"婚姻否",然后让汤林靠柏枕入睡,做了个结婚、生子、做官的美梦。经商的人一心想的是发财,庙祝为何要问他"婚姻否"以及生子、做官之类的问题?这与商人有何关系?诸如此类,作者全然没有交代,可谓破绽百出。唐代传奇的故事情节虽然要严密得多,但疏漏在所难免。如《虬髯客传》中,红拂为何钟情于布衣李靖?红拂何以能独具慧眼?虬髯客究竟是什么角色?他看红拂梳头究竟是什么意思?诸如此类的问题,作品也没有交代。话本、拟话本与此大不相同。别说是牵动全局的大关目,就是小小的细节都有着落,如对杜十娘、莘瑶琴赎身的金银寄放在何处,莫稽鄙弃金玉奴家世的若干影响因素,全部令人信服地作了交代。

第三,话本、拟话本精于场面设计。作者往往选择最能表现主题和人物性格的事件,设计成生动感人的场面,加以细致描写。这是古代小说艺术臻于成熟的标志。说书人要想吸引听众，必须避免主次不分和平铺直叙。"有话则长，无话则短"，是他们选择材料和安排结构的一条原则。那么，哪里应长，哪里该短呢？罗烨《醉翁谈录》的说法是："讲论处，不滞搭，不絮烦；敷衍处，有规模，有收拾。冷淡处，提掇得有家数。热闹处，敷衍得越久长。"就是说，"说话人"的评论要简明，情节不重要的地方要简略，该发挥的地方要充分讲，紧张的关节要细致描述。所以，设计场面就成了话本、拟话本作者的最佳选择。从小说史的角度看，这是小说形式发展的一大进步。它既与史书"编年记事"的形式划清了界限，又改变了重故事、轻人物的传奇体形式，把故事体小说描写人物形象的水准提升到了一个新的高度。例如，《金玉奴棒打薄情郎》写了金玉奴从 18 岁到 21 岁，莫稽从 20 岁到 23 岁间的爱情婚姻生活。在这三年时间里，衣食住行，爱恨情欲，何止千万？但作者紧扣主题表现和人物描写，主要选取了"莫稽入赘""乞丐起哄""负心杀妻""欣然允婚""设计棒打"五个场面。在进行场面描写的过程中，作者全用"代言体"，任凭主人公和各种人物登场，让他们在相互同情、联合、矛盾对抗之中进行活动而绝不助言加以链接。

设计场面和进行细致的描写是古代小说进一步成熟的标志。那么，场面与场面之间如何串联呢？从话本、拟话本的实际看，其作者除了依托人物性格发展的内在逻辑和借助简洁而巧妙的叙述语言以外，还发明了线索连贯法，即借助富有特征性的肖像、器物来以连缀内容。诸如《简帖和尚》中州东墦台寺和尚下简帖破坏他人婚姻家庭，致使皇甫殿直怀疑妻子杨氏，和尚趁机占有了杨氏，但和尚的阴谋终究被揭露出来。这样复杂的情节和很多场面凭借什么串联起来呢？值得注意的是，《简帖和尚》中出现了四次对和尚肖像的描写："粗眉毛，大眼睛，蹶鼻子，略绰口。"这种肖像特征描写，就是线索。其他如《杜十娘怒沉百宝箱》中的百宝箱、《沈小霞相会出师表》中的《出师表》、《蒋兴哥重会珍珠衫》中的珍珠衫、《十五贯戏言成巧祸》中的十五贯钱、《神偷寄兴一枝梅　侠盗惯行三昧戏》中的一枝梅、《陈御史巧勘金钗钿》中的金钗钿、《苏知县罗衫再合》中的罗衫，等等，都属于线索。为了说明线索的作用，我们以《杜十娘怒沉百宝箱》为例加以分析。杜十娘的悲剧由"巧计赎身""殷勤赠别"、中道见弃、"愤怒投江""恩仇相报"五个场面组成。其中，"赎身"是故事的开端；"赠别""见弃"是情节的发展；"投江"把悲剧推向高潮；"报恩"标志着故事结局。那么，小说所描写的五个场面用什么米连接呢？除了人物性格发展的内在逻辑之外，那就是靠百宝箱这一具有明显特征的物品。作品的第一场面，在细致描写杜十娘赎身的背后，深深埋下了百宝箱这一线索。作者用"私有所积""蕴藏百宝"等话语，向读者暗示了百宝箱的隐约存在。随后作者即紧扣"百宝箱"的经历，借助"取回""携带"百宝箱，敷衍了第二、第三两个场面。进而又描述了"怒沉百宝箱"的场景和情态，最后则用"恩仇相报"的结局，交代了百宝箱的归宿和故事的结局。作为串联故事的线索，百宝箱并不是内容的主干，因此，在用它连接各个场面时必须注意分寸。这方面作者的手段十分高明，巧用百宝箱这个道具穿针引线，使得各个场面之间具有巧妙的内在联系。杜十娘渴望自由人生，憧憬幸福爱情，为了谋求"从良"并得到认可，她必须积蓄一笔巨额财富。只有积聚了足够的银子，才能谈得上"赎身"。正是由于这个意义，"蕴藏百宝"的百宝箱分明是"巧计赎身"的重要前提；百宝箱寄存在谢月朗、徐素素那里，因此，杜十娘"从良"之后，就以谢别为名，向她们透露了要取回百宝箱的意图，因此，"殷勤赠别"的主要目的之一恰恰就是取回百宝箱；取回了百宝箱，杜十娘立即离京南下，直到逼近苏杭的瓜洲渡口，她一直没有向李甲透露百宝箱的秘密，所以，"惯怕老子"，"进退两难"的李甲，才难免会听信孙富的谗言，出卖了杜十娘，可见秘密携带百宝箱，就是"中道见弃"的一个重要原因；当李甲的叛卖行为成为不可逆转的定局以后，杜十娘终于"抱持宝匣"，"愤怒投江"，这里的百宝箱又是她忠贞不渝的爱情的象征，更标志着其爱情与肉体的彻底毁灭；后来柳遇春在渡口捞到百宝箱，又是杜十娘信义昭彰、"恩仇相报"的侠义性格的一个有力见证。就这样，冯梦龙运用匠心独运的生花妙笔，游刃有余地运用百宝箱把这五个场面巧妙而得体地串联起来。在谋篇布局当中，百宝箱是一条时隐时现的线索，宛如神龙在宇宙间飞腾，变幻自如，神秘莫测，使作品显示出不朽的艺术魅力。

第四，精心构思"巧合"。话本、拟话本讲究故事性，提出安排情节的新标准——"无巧不成书"，在作品中设计各种"巧合"，提高了艺术性。所谓"巧"，就是巧合，就是偶然性。偶然性是由必然性决定的，作品中的"巧合"来源于社会生活，又经过提炼加工，就是既在意料之外，又在情理之中；既反映生活真实，体现客观规律，又富有艺术魅力。《错斩崔宁》的"巧"值得一提，作者安排情节，处处抓住一个"错"，在"错"的背后又处处强调一个"巧"。刘贵戏言，二姐出走是"巧"，静山大王杀刘贵是"巧"，崔宁与二姐清早结伴同行是"巧"，刘贵与崔宁的财物正好都是十五贯更是"巧"。表面看来，这些"巧"是偶然的；而在"巧"的背后，是封建礼教和司法制度两把杀人的刀子。这里的"巧"表现了社会的本质和客观规律。试想，如果不是社会上普遍存在买卖妻妾的现象，刘贵怎能如此戏言？陈二姐又怎么会轻易信以为真？如果没有"男女同行，非奸即盗"的社会舆论，崔宁和陈二姐又怎会被"错绑""错杀"？正因为《错斩崔宁》中的"巧"戳到了当时社会的要害，所以情节的发展既扣人心弦，又合情合理。听众和读者既因为始料不及而不断称奇，又因为总在情理之中而频频叹服。宋元话本以及"三言二拍"中，题目中出现"巧"的就有几十篇，都是作者精心构思的结果。还有，话本、拟话本经常出现的"错""误"等也是"巧"的不同表现形式。如《错认尸》《钱秀才错占凤凰俦》等，分明也是一种"巧合"。当然，还有另一种"巧合"，如《钱秀才错占凤凰俦》，成功关键就是"太湖"这一地理环境。如果家居西洞庭的高赞和平望府的颜俊之间没有太湖的阻隔，两地可以陆地交通，秀才钱青就不可能冒充颜俊去相亲，更不能代替颜俊去迎亲。如果没有太湖的阻隔，高赞绝不会不作调查，颜俊的骗局也绝对无法施展，钱青也不会弄假成真而"错占凤凰俦"。《金玉奴棒打薄情郎》成功的关键是对金老大及其女儿社会地位和具体身份的设计。作为丐户，金老大固然名声不好，但并非"贱流"。他昔日曾充当乞丐头目，如今已是富家巨室。金玉奴虽是"团头"的女儿，偏偏美玉无瑕，诗赋俱通，而且立志"要挣个出头"。这种说好非好、说差非差的地位和身份决定了小说的成功。金老大"家道富足"，"不比倡、优、隶、卒"，金玉奴又"才貌双全"，知书达"理"，惟其如此，贫苦的书生莫稽才始则慨然应允婚事，继而顺利取得功名。又正因为金氏"门风不好"，所以乞丐金癞子敢于聚众闹事；街坊小儿敢于肆无忌惮地指着"乌帽宫袍"的莫稽，称之为"金团头家女婿"。这一切恰恰触发了莫稽的"不端心术"，是薄情的出发点，勾起他的杀妻"恶念"。试想，《金玉奴棒打薄情郎》的全部情节，哪一处能离开对金老大及其女儿地位身份的设计？其他如李渔的《十二楼》中的《夏宜楼》，作者甚至连当时从外国进口的望远镜也没有放过，凭借这一新鲜的玩意儿敷衍了一篇格调不高而情节曲折离奇的拟话本。这也是一种巧妙的特殊构思，它是作品成功的关键。有学者称之为话本构思的"活眼"，也不无道理。这正是话本、拟话本小说超过前代小说的一方面，也是古代小说通向近现代小说的桥梁。

话本、拟话本的第四个特点是人物描写具有特殊性、细致性和多样性。

第一，话本、拟话本小说的人物描写的特殊性十分明显。明代的学者胡应麟曾经历数历代以"异"作书名的小说，如《神异经》《列异记》《述异记》《甄异录》《广异记》，等等。他一口气点了六十多部"异"书，最后饶有兴味地总结道：小说领域真是"百家异苑"。胡应麟讲的"异"，主要指情节，但也离不开人物。就情节和人物而言，魏晋南北朝小说的"奇怪"，主要指"张皇鬼神，称道灵异"；唐宋传奇则主要指"新奇""稀奇"和"出奇"。话本、拟话本的"奇"指什么呢？主要指人物描写的个性化。比如，封建统治阶级以为，正人君子必定恪守信义，勾栏妓女则无节操可言。有些话本、拟话本却透过"常理""常情"，看到了某些无德无行的"君子"和有情有义的"贱民"，于是写出了脍炙人口的名篇《杜十娘怒沉百宝箱》和《玉堂春落难逢故夫》。其他如富而吝啬、平居豪举、权贵落魄、假戏真做、以弱胜强、弄巧成拙等生活现象也为小说家所瞩目，据以撰写了《宋四公大闹禁魂张》《转运汉巧遇洞庭红》《拗相公饮恨半山堂》《女秀才移花接木》《钱秀才错占凤凰俦》等篇章。另外，有大量的话本、拟话本，并不在"常情""常理"上作翻案文章，而是围绕"做什么"和"怎么做"，将看似雷同的情节和人物写出不同的特点和新意来，即抓住社会环境和个人经历，着意刻画"这一个"。宋元话本《碾玉观音》中的璩秀秀、《闹樊楼多情周胜仙》中的周胜仙、《志诚张主管》中的小夫人，都出身于下层，属于被压迫的妇女，与封建统治阶级和封建礼教存在矛盾，为争取婚姻自主进行斗争，最后都丢掉了性命。这几个人物是宋元时代妇女争取爱情自由，反抗封建礼教的典型形象。但是这只是她们的社会本质意义，并不代表全部形象。本质与形象之间是一般与个别的关系，而任何一般都必须通过个别表现出来。由于这几个人物的社会环境与个人经历并不一样，小说话本中用来表现本质的行动、语言和心理活动等也就不同。《志诚张主管》中的小夫人，出身未必高贵，但毕竟得到王招宣的宠幸，深受封建统治思想的影响，她为人小妾，性格软弱，在追求幸福爱情的过程中，常乞灵于金钱。而面对"心坚似铁"的奴才张主管，她处处被动，直至死后变成鬼魂，也未能实现自己的理想。手艺人的女儿璩秀秀、曹门里商贾的女儿周胜仙就不同，她们经过风雨，见过世面，在追求幸福爱情的过程中，表现得颇为大胆机智，但又不免幼稚。璩秀秀刚刚离开韩郡王府，遇到意中人崔宁，就直截了当地提出了私奔的要求。周胜仙初遇范二郎，就机智又巧妙地报出了自己的姓名和住址。璩秀秀和周胜仙的个性也不相同，她们同中见异，璩秀秀是婢女、工奴，她比周胜仙更老练泼辣而富有心计，懂得生活。《碾玉观音》和《闹樊楼多情周胜仙》都有失火、潜逃、寻亲等情节，但璩秀秀和周胜仙的做法大不一样。璩秀秀早有准备，胸有成竹，从容地"提着一帕子金珠富贵"走出郡王府，遇到崔宁，先要求"避难"，接着装脚痛，装害怕，要酒喝，然后软硬兼施地说服崔宁，双双远走高飞，结成夫妻。周胜仙走出朱真家，就"不认得路"，东问西探，好不容易在酒店遇到范二郎，范二郎却怀疑她是鬼魂，她完全陷入被动，除了消极地辩解，毫无办法，接着被范二郎活活打死；更为窝囊的是，她死后还救出了因打死人而入狱的范二郎，显得痴情又幼稚。她们表现出不同的鲜明个性，都是"这一个"。话本、拟话本的"奇"，就是讲究常中见奇，注重人物描写的个性化。如杜十娘、莘瑶琴、玉堂春，三人都是色艺双绝的妓女，都向往自由，渴望爱情，有较多的相同点；但她们给读者留下了各自不同的风姿，表现出迥然不同的个性特征：杜十娘久在烟花，过于深沉老练；莘瑶琴是性情中人，比较质朴单纯；而玉堂春生平坎坷，显得机智泼辣。她们不同的人生轨迹和不同结局，是其不同的性格使然，显得真实可信，具有永久的艺术魅力。所以，话本、拟话本的"奇"，就是表现人物性格的个性化。每个人都是典型，但同时又是一定的单个人。应该说，话本、拟话本比之于前代小说，在塑造人物形象方面大大前进了一步。这是古代小说创作领域现实主义的胜利，也是话本、拟话本"奇异性"的主要内涵。

第二，话本、拟话本描写人物形象的细致性也十分明显。《刘小官雌雄兄弟》写小酒店掌柜刘公在风雪天救起一个六十多岁的老头，就用了4000多字；《苏小妹三难新郎》写秦少游与苏小妹进入洞房后的"三难"，就用了将近5000字的篇幅。《宋四公大闹禁魂张》为了说明张员外的悭吝，先用六句俗语概括他的特点：

> 虱子背上抽筋，鹭鸶腿上割股。
> 古佛脸上剥金，黑豆皮上刮漆。
> 痰唾留着点灯，抨松将来炒菜。

继写他平日发下的四条大愿：

> 一愿衣裳不破，二愿吃食不消，
> 三愿拾得物事，四愿夜梦鬼交。

接着又写他"是个一文不使的真苦人。他还地上拾得一文钱，把来磨做镜儿，焊做磬儿，掐做锯儿，叫声'我儿'，做个嘴儿，放入箧儿"。然后才从"白汤泡冷饭吃点心"等细节入手展开情节。如此细致传神的描写，可谓绘声绘色，淋漓尽致，在前人小说中从未出现。

第三，话本、拟话本描写人物形象方式的多样性也值得我们注意。例如，结合环境、人物身世等特点；利用矛盾冲突描写人物的行动；在矛盾冲突中展示人物心理活动；通过想象夸张塑造带有传奇色彩的理想形象，等等。在矛盾冲突中，《碾玉观音》善于描写人物行动；《错斩崔宁》着重抓住人物个性化的语言。后者中的陈二姐，与封建司法制度、伦理观念、社会舆论等都有着不可调和的矛盾，但这个小妾对于种种压迫和欺凌总是逆来顺受，不懂得反抗。为了突出这种性格特点，作者在展现矛盾冲突的过程中，把她讲的一段话反复强调了六次。刘贵酒后戏言，要卖掉陈二姐，陈二姐信以为真，向邻居说："丈夫今日无端卖我，我须先与爹娘说知。须你明日对他说一声，既有了主顾，可同我丈夫到爹娘家来讨个分晓，也须有个下落。"嗣后，在生怕招祸的邻居污蔑陈二姐时，在大娘子硬咬定陈二姐杀人时，在昏庸的府尹审问陈二姐时，作者通过陈二姐和其他人物多次重复了这段话。随着这种多次重复，陈二姐的性格特点也就步步深化。一直到陈二姐"被押赴市曹，行刑示众"，这个个性鲜明的人物也就深入人心了。再如，《风月瑞仙亭》中，在卓文君与司马相如"私奔"以后，其父卓王孙怒气冲天而又无可奈何，他咬牙切齿地骂司马相如为"禽兽"，骂卓文君是"私奔苟合"，但碍于家族声誉，决定秘而不宣。在封建社会里，决定剥削阶级内部人与人之间关系的要害是功名利禄。所以，当卓王孙得知司马相如被汉武帝征召的时刻，他的心理状态陡然发生了变化：昔日被称为"禽兽"的司马相如霎时变成了"才貌双全"的"乘龙快婿"；"私奔苟合"变成了"先见之明"；"不可外扬"的"家丑"变成了堂堂正正的"男婚女嫁"。这种对比式的心理描写，成功地表现了卓王孙这个封建卫道者残酷又虚伪的本性，暴露了他的肮脏灵魂。从这里，我们既看到了在矛盾冲突中揭示人物心理活动的重要作用，也看到了话本、拟话本描写人物形象时多种手法并用的技巧。

"说国贼怀奸纵佞，遣愚夫等辈生嗔，说忠臣负屈衔冤，铁心肠也须下泪。讲鬼怪令羽士心寒胆战，论闺怨遣佳人绿惨红愁。"罗烨《醉翁谈录·小说开辟》中的这段话，生动地描绘了"说话人"演讲"小说"的艺术技巧，形象地揭示了话本、拟话本在人物描写方面取得的成就。这种技巧和效果，标志着我国古代小说文体意义的概念内涵已经臻于完善：人物性格的刻画开始取代志怪记事而成为小说创作的主导内容。从此之后，以志怪记事见长的作品虽然屡见不鲜，时有创新，但逐渐失去了小说创作的正宗地位，而被人们视为故事体裁。只有那些按照塑造人物形象需要而设计情节，通过典型人物形象来体现主题思想的作品，才被当成最好的小说。这说明，话本、拟话本在我国小说史上，确确实实是"一大变迁"，承前启后，继往开来。

话本、拟话本小说的第五个特点是开创了用白话撰写小说的先例。"话须通达方传远，语必关风始动人。"由于听说书的都是文化不高的小市民，而话本、拟话木都反映市民本身的故事，又必须通过口头讲唱进行传播，所以话本、拟话本必须以白话作为表达工具。与"入于文心"的唐代传奇相比，这无疑是一大飞跃。在语言运用方面，话本、拟话本在"以俚语著书"的前提下，在用白话撰写小说的同时，也吸收了部分文言词语。这不仅因为不少"说话人"懂文言文，更主要的原因是文言文便于歌唱和适应环境描写、人物塑造的需要。比如，《金明池吴清逢爱爱》中，作者为了形象地描绘崔护口渴和娇女出场的情景，就应用了杜甫的绝句"两个黄鹂鸣翠柳，一行白鹭上青天"等诗句，既不是生搬硬套，也并非兼收并蓄；既是描写文人雅士形象的需要，又收到自然贴切、雅俗共赏的艺术效果。

话本、拟话本的语言，就其作用来划分，有"讲"和"论"两类。所谓"讲"，是指叙述语言和人物语言；所谓"论"，是指表达作者思想感情的评论语言。话本、拟话本作品的叙述语言粗犷明快，通俗流畅，用《梦粱录》和《青楼集》上的话来说，就是"如水之流"，"如丸走坂，如水建瓴"。

而话本、拟话本的人物语言也颇有特色，最主要的是个性化，就是每个人物各具个性。如《史弘肇龙虎君臣会》中媒婆给郭威提亲的一段：

> 王婆径过来酒店门口，揭那青布帘，入来见了他兄弟两个，道："大郎，你却吃得酒下，有场天来大喜事来投奔你，划地坐得牢里!"郭大郎道："你那婆子，你见我撰得些个银子，你便来要讨钱，我钱却没与你，要便请你喝碗酒。"王婆便道："老媳妇不来讨酒吃。"郭大郎道："你不来讨酒吃，要我一文钱也没。你会事时吃碗了去。"

寥寥几句对话，就把市井无赖的油滑狡诈和街坊媒婆的胁肩谄笑穷形尽相地表现出来了。

话本、拟话本具有较多评论语言。这种语言往往具有提示作用，所以必须简明扼要；又要调节勾栏瓦舍的气氛，所以要幽默诙谐。例如，《计押番金鳗产祸》中，当讲到计安招周三为女婿时，"说话人"突然跳出来，一本正经地说："说话的，当时不把女儿嫁于周三，只好休；也只被人笑得一场，两下赶开去，却没有后面许多说话。"这几句简单而又幽默的评论，既透露出下面的故事情节，又活跃了瓦舍里的气氛。观众一定先是会心一笑，然后便更加聚精会神地听故事了。

话本、拟话本中应用了大量的民间口语和谚语。这些语言充满了泥土气息，凝聚了劳动人民的智慧，从不同角度表现了他们的生活经验。比如，《志诚张主管》中，写到白发苍苍的张员外要娶年轻妻子时，媒婆笑道："偏你这几根白胡须是砂糖拌的。"水淋淋，活脱脱，分明是从街坊间巧言令色的马泊六嘴皮上摘来的，民间俗语的巧妙运用为媒婆形象增添了精彩的一笔，令人难以忘怀。至于"坐吃山空，立吃地陷"，"上山擒虎易，开口告人难"，"着意栽花花不发，无心插柳柳成荫"等谚语的使用，也都带了来意外的效果。

话本、拟话本的语言也有瑕疵。含混、脱榫、词不达意、语无伦次等现象时有出现，但只是极个别的现象。这是首创白话小说难以避免的。总之，话本、拟话本的艺术造诣，在小说史上是空前的，为后代确立了白话小说这一崭新的文体。

🗨 思考题

1. 为什么说宋元话本小说的出现是"小说史上的一大变迁"？
2. 话本小说与拟话本小说在体制上有何特点？
3. 宋元话本小说与明清拟话本小说的爱情篇章表现出哪些进步性？请举例说明。
4. 宋元话本小说与明清拟话本小说讲究艺术构思，表现在哪些方面？
5. 试比较杜十娘、玉堂春、莘瑶琴三个女性形象的异同。
6. 为何白话短篇小说至今仍然具有鲜活的生命力？
7. 宋元话本小说与明清拟话本小说中暴露黑暗的作品有何特色？

第五章 明代历史演义小说

教学目的

了解历史演义小说的一般特点；掌握《三国演义》的内容、艺术性、描写战争的特点、主要人物形象及其在小说史上的地位和影响。

中国是一个历史悠久的文明古国，史学极为发达，而史学著作多富有文学性。《左传》《史记》《汉书》都具有很高的文学价值，既是史学著作，又是文学著作。史学与文学虽各有其特点，但都讲究真实。史学讲究生活真实，文学追求艺术真实。两者的联系在于艺术真实必须以生活真实为基础。所以，史学与文学结下了不解之缘。早期，人们对文、史、哲等概念尚未明确区分，文史不分的现象特别明显。思想认识和时代、阶级的局限性又影响了历史著作反映社会生活规律的严肃性，使史学著作一开始就被打上了小说的烙印。史学著作其实是由传说向小说过渡的一座桥梁，为小说尤其为讲史和英雄传奇小说的发展奠定了基础。如《左传》富有特色的战争描写、《战国策》人物语言的雄辩色彩、《史记》的人物个性描写，等等。这些历史著作在创作素材与艺术手法上，对后代的讲史和英雄传奇小说产生了不可估量的影响。

大约从西汉末年起，历史著作与稗官小说之间开始出现合流的趋势。两汉魏晋南北朝产生了一些由历史向文学嬗变的作品。赵晔的《吴越春秋》，袁康的《越绝书》，无名氏的《燕丹子》，葛洪的《西京杂记》，以及托名班固的《汉武故事》《汉武帝内传》等作品均源于历史，但与历史著作已经能够分道扬镳，非现实的成分、因素日渐增多，细节描写逐渐加强，语言表达趋向自由，对后来的小说影响很大。

宋元时代的说话空前繁荣，流派众多，以小说、说经、讲史最为著名。而其中又以小说和讲史最受欢迎。正是在说书艺人口中和下层文人笔下，产生了中国小说史上第一批讲史小说，如《大宋宣和遗事》《全相平话五种》等。说话内容由简单到复杂，篇幅也由短到长，直接影响到后代的长篇小说，尤其是讲史和英雄传奇小说。说书艺人演唱的小说无非历史和现实的人物和故事，长篇历史故事后来多被敷衍成历史演义小说，以人物为主的故事则演变为后代的英雄传奇小说。历史演义小说《三国演义》一般被认为是中国第一部长篇小说。它的问世标志着中国古代小说发展进入一个崭新的阶段。

长篇小说的诞生，标志着中国古代小说发展到了一个全新的历史时期。《三国演义》与其后的《水浒传》《西游记》《金瓶梅》被并称为明代"四大奇书"。明代"四大奇书"的出现，标志着古代小说的高峰。"四大奇书"这一说法是由明代通俗文学大师冯梦龙首倡，由清初文化巨人李渔加以首肯的。李渔于康熙十九年（1680 年）题于吴山层园的《三国演义序》云："尝闻吴郡冯子犹赏称宇内四大奇书，曰《三国》、《水浒》、《西游》、《金瓶梅》四种，余亦喜其赏称为近是。"明代"四大奇书"包括历史演义小说《三国演义》、英雄传奇小说《水浒传》、神魔小说《西游记》、人情小说《金瓶梅》。

第一节　《三国演义》的成书过程、作者和版本

《三国演义》原名《三国志通俗演义》。什么是"演义"？"演义"就是敷衍义理。《后汉书·周党传》云："党等文不能演义，武不能死君。"由此可见，"演义"，就是敷衍历史书的大意。

一、《三国演义》的成书过程

第一，《三国演义》敷衍历史而并不是史书。

《三国演义》最早的版本——明嘉靖元年（1522 年）壬午刻本题署为"晋平阳侯陈寿史传，后学罗本贯中编次"。粗粗一看，《三国演义》仿佛也是史书。中国古代小说有纪实的传统，因此有人将《三国演义》作为史书，还用史书标准来要求《三国演义》，有人称之为"浮妄失实，妖言广篇，讥谤之书"。而清代章学诚的《丙辰杂记》云："凡演义之书，如《列国志》《东西汉》《说唐》及《南北宋》，多纪实事；《西游记》《金瓶梅》之类，全凭虚构，皆无伤也。唯《三国演义》则七分实事，三分虚构，以致观者往往为所惑乱，如桃园等事，士大夫有作故事用者矣。故演义之属，虽无当于著述之论，然流俗耳目渐染，实有益于劝惩。但须实则概从其实，虚则明著寓言，不可错杂如《三国》之淆人耳。"对于《三国演义》的内容，章学诚谓之"七实三虚"，可以理解为《三国演义》的内容大部分是历史事实，而杂有少量艺术虚构，这正是历史演义小说的基本特征。

《三国演义》主要是依据史书《三国志》及其各种注解，并参考了各种野史，也包含一定的虚构成分。《三国演义》的虚构情况大致有几种：

其一，本有其事。《三国演义》所描写的事件，历史本来有这方面的一些记载。而对于某些考证涉及的材料，如《三国志》裴松之注等，作者作了精心选择，为塑造人物形象服务。小说第四回，曹操误杀吕伯奢全家，其起因为何？《魏书》的记载是吕伯奢的子侄想邀功请赏，曹操被迫自卫；《世说新语》的记载是曹操疑神疑鬼，杀了吕伯奢全家；《杂记》的记载是曹操受到款待，听到食器声，误以为兴兵，所以拔刀杀了吕伯奢全家。为了塑造曹

操这个奸雄形象，作者选择了第三种。因为曹操的人生信条是"宁使我负天下人，休教天下人负我"。作者正是依据这一点来选择材料的。

其二，移花接木。为了描写相关的人物形象，把正史记载的某人所做的事情张冠李戴，移作他人所为。这种情况在《三国演义》中比比皆是。如小说第九十五回到第九十六回写到"失街亭"，攻克街亭的将领是司马懿；而据《三国志·曹真传》载，攻克街亭的是曹真，其主将则是张郃。再如"空城计"，《三国演义》为了刻画诸葛亮形象，让他来巧施空城计。而据《资治通鉴》载，"空城退魏兵"的不是诸葛亮，而是刘宋时洮南太守萧承之，而且这里的"魏"不是"曹魏"的"魏"，而是"北魏"。又如小说第二回，"怒鞭督邮"的是张飞，而《三国志·先主传》载，把督邮捆起来痛打二百杖的是刘备："先主除安喜尉……督邮以公事到县，先主求谒不通，直入缚督邮，杖二百，解绶系其颈，弃官亡命。"作者把"怒鞭督邮"的事移植到张飞身上，更符合张飞的性格特征；此事发生在刘备身上，倒不符合其宽厚仁义的性格。

其三，着意渲染。把历史事实用放大镜来看，虚构若干细节，写成脍炙人口的篇章，以增强可读性。如刘备"三顾茅庐"的情节在《三国志》里很简单，只有一句话："由是先主遂诣亮，凡三往，乃见。"而《三国演义》中着意渲染，写成洋洋洒洒的三回文字：第三十六回，写徐庶到卧龙岗见孔明，推荐其辅助刘备，遭到拒绝，羞惭而退，去许昌见母。第三十七回，叙司马徽见刘备，盛赞孔明之才。次日，刘备、关羽、张飞进隆中，适逢孔明外出，路遇崔州平，问治乱之略，回新野。过数日，二顾茅庐，途中逢石广元、孟公威。孔明又外出，刘备留书而别，归途遇黄承彦。第三十八回，三顾茅庐，孔明昼寝，刘备等拱立阶下，等孔明醒来，方隆中对策。这样层层蓄势，处处铺垫，主要人物千呼万唤始出来。既为主要人物诸葛亮的出场作渲染，同时又表现了刘备谦恭敬贤的本色。其他如赤壁之战，历史记载十分简略，只有一两句。《三国志·周瑜传》云："时风威猛，悉延烧岸上营落，顷之，烟炎张天。"《江表传》云："火烈风猛，往船如箭。"作者罗贯中也许受到唐诗"东风不与周郎便，铜雀春深锁二乔"（杜牧《赤壁》）的影响，在东风上大做文章，借题发挥，点铁成金，写成十几回惊心动魄的火烧赤壁的文字。

其四，无中生有。小说中有一些纯属虚构的情节、人物和事件，例如，诸葛亮舌战群儒、智激周瑜、借东风等，都没有正史的依据；关羽的过五关斩六将、华容道义释曹操，也于史无征；史书写关羽诛颜良："刺良于万众之中"，显然其所用兵器并不是《三国演义》所写的青龙偃月刀，而是矛、戟、枪，等等；小说第一回的"桃园结义"也是虚构的。当然，这些虚构的人物、情节、事件都是塑造人物形象不可或缺的笔墨。凡此种种，都是历史演义小说塑造人物形象的重要手法，也反映了《三国演义》处理史实与虚构二者关系的准则。这些准则可以概括为两点：一是有利于小说情节的引人入胜和突出人物性格；二是有利于表现小说拥刘反曹的倾向。这成为后世历史演义小说处理史实与虚构关系的典范。这种处理方法之所以具有典范性，并不是在实与虚的"数量"的比例安排上，而是在于总体把握。即《三国演义》总体上的构思，包括情节线索的安排、人物的命运归宿，是符合汉末三国时期历史事实本身的，而在这总的线索中又出现了无数曲折，这些曲折大多是虚构的。这样虚实相生，形成了历史真实与艺术真实的有机统一。这种处理方法由《三国演义》首创，为后代演义派小说家所仿效。

第二，《三国演义》是民间创作与文人创作相结合的产物。

《三国演义》在成书过程中还广泛吸收了民间艺术的养分。隋唐以前，三国故事主要在历史领域流传，在《三国志》之前就有记载三国故事的著作，如王沈的《魏书》、韦昭的《吴书》，私撰的有鱼豢的《魏略》、陈寿的《益都耆旧传》等。陈寿的《三国志》则是关于三国历史的集大成之作，为后来有关三国故事的文学作品提供了丰富的史料。东晋习凿齿的《汉晋春秋》改变了三国故事的倾向，以蜀汉为正统，影响深远。南朝刘宋时代的裴松之广搜公私著作，为《三国志》作注，引书多达 210 种，字数超过原著三倍，为《三国演义》的成书准备了材料。

唐代以后，三国故事主要在文艺领域流传，可分为小说系统和戏曲系统。小说方面，唐代就有说三国故事的记载，刘知几《史通》卷五《采撰》说三国故事"得之于行路，传之于众口"，李商隐《骄儿诗》"或谑张飞胡，或笑邓艾吃"，说明三国故事家喻户晓、妇孺皆知。苏轼《东坡志林》载："王彭尝云：涂巷中小儿薄劣，其家所厌苦，辄与钱，令聚坐听说古话，至说三国事，闻刘玄德败，频蹙眉，有出涕者；闻曹操败，即喜唱快。"拥刘反曹，妇孺皆知。《东京梦华录》卷五《京瓦伎艺》提到"说三分"的专家霍四究。元代至治年间（1321—1323 年）出现了建安虞氏刻本《三国志平话》，是元代关于三国故事传闻、说话的集大成之作。全书 88000 字，分上、中、下三卷，每卷 23 个题目。前 33 个题目基本以张飞为主角，后 36 个题目基本以诸葛亮为主角，魏、吴两国人物只是配角。《三国志平话》有三个特点：一是按历史顺序叙述三国故事；二是拥刘反曹倾向明显；三是具有粗犷的民间气息。

戏曲方面，杜宝《大业拾遗录》第十五卷《水经图饰》记载了"曹瞒沿谯水，击水蛟"等五种戏曲技艺表演。南戏《错立身》中提及南戏中有三国戏《单刀会》《刘先主跳檀溪》等。据陶宗仪《辍耕录》记载，金院本中有《赤壁鏖兵》《襄阳会》《大刘备》《骂吕布》等三国戏。各类戏曲中，对《三国演义》成书影响最大的还是元杂剧。据《录鬼簿》《录鬼簿续编》《太和正音谱》《曲录》等书的记载统计，有关三国故事的元杂剧约 60 种，现存 21 种。其内容分为四方面：一是写汉末群雄兼并，多与董卓、吕布有关，如《三战吕布》《连环计》；二是写曹操与汉臣的矛盾，如《千里独行》《勘吉平》；三是描述魏、蜀、吴之间的矛盾，如《单刀会》《博望烧屯》；四是反映知识分子的苦恼，如《王粲登楼》等。从艺术上看，人物性格鲜明突出，情节多夸饰而少荒诞，重视细节刻画，语言质朴晓畅。另外，高承《物事纪原》、张耒《明道杂志》、姜夔《观灯口号》中分别有关于用皮影戏、傀儡戏、走马灯演三国故事的记载，但其影响远不及元杂剧。

唐代以来在小说、戏曲等文艺领域出现的这些有关三国题材的作品，对《三国演义》的成书也产生了一定的影响。

第三，成书过程中，三国故事的思想倾向发生了转变。

《三国演义》在成书过程中还吸收了当时人们敷衍三国故事的思想倾向——"拥刘反曹"。三国故事在流传过程当中，思想倾向发生过明显的转变，由"拥曹反刘"转变为"拥刘反曹"。陈寿的《三国志》拥曹反刘，以刘为主，称曹为帝；在人物褒贬上，以曹魏为正统。虽然东晋习凿齿的《汉晋春秋》就曾出现过以蜀汉为正统的现象，但是一直到唐代，朝廷和民间对曹操的印象还比较好，唐太宗自称"神武同魏武"，杜甫《赠曹将军》诗开篇云"将军魏武之子孙"，称赞曹将军是曹操的后裔，说明当时人们对曹操是赞许的。不过，这种倾向到宋代大致改变了。南宋的王十朋在四川夔州做官，重修昭烈庙，祭武侯祠，写了《诣昭烈庙文》《诣武侯庙文》，把曹操看作非正统："我虽有酒，不祀曹魏。"称许诸葛亮："旁有关张，一龙二虎，安得斯人，以御外侮。""外侮"就是指的曹操。元代的三国戏中，将曹魏比为猛虎，而称中原为汉家。

三国故事倾向性演变的原因是什么？主要有两点：一是与封建正统思想的加强有关。统治者宣扬君权神授，帝王世袭，家天下，父子相传。刘备是汉朝皇帝的后代，他做皇帝天经地义；曹操"挟天子而令诸侯"则大逆不道。二是与北宋以后的民族矛盾加剧有关。中原地区长期以来受到北方少数民族的侵略。北宋以来，北方少数民族不断入侵，挑起战争，汉族统治者力量薄弱，苟安江南，经济中心转移到长江流域。于是时人就把北方统治者当成少数民族统治者，因为曹操是北方人，人们就将曹操作为北方少数民族侵略者的代表，刘备就成了受压迫的汉族统治者，于是，倾向性便有了根本转变。当然，民间下层知识分子有自己的评判标准，曹操、刘备都是统治者，无所谓好坏，完全可以各抒己见，随意褒贬。

二、《三国演义》的作者

关于《三国演义》的作者，明代嘉靖元年（1522 年）壬午刻本《三国演义》署"晋平阳侯陈寿史传，后学罗本贯中编次"。这清楚地告诉我们，根据陈寿的《三国志》以及其他资料创作《三国演义》的是罗贯中。罗贯中的生平事迹仅见于明朝贾仲名的《录鬼簿续编》：

> 罗贯中，太原人，号湖海散人。与人寡合。乐府、隐语，极为清新。与余为忘年交，遭时多故，天各一方。至正甲辰复会，别来又六十余年，竟不知其所终。

这一著录与明清的有关记载相符，是可信的。因而可以大致推测有关罗贯中的生平事迹如下：罗贯中，名本（一说名贯），字贯中，号湖海散人。他是山东东平人，后迁居浙江钱塘，故又作钱塘人。大致生活于元末明初，入明不久去世，活到八十多岁。他曾参加过元末张士诚领导的农民起义，"有志图王"，是一个有政治抱负的知识分子。元亡后隐居著书，兼擅小说、戏曲，著有历史小说《三国志通俗演义》《隋唐志传》《残唐五代史演义》《三遂平妖传》，以及戏曲《宋太祖龙虎风云会》等。他想通过叙写历史来总结经验教训，给统治阶级提供借鉴和依据。他同情农民，又反对农民起义，《三遂平妖传》记叙北宋末年，诸葛遂、李遂、马遂在文彦博的领导下，镇压贝州王则、胡永儿夫妇农民起义的经过。作者深挖了农民起义的根源，显然是同情劳动人民的；但又骂农民起义军是贼，是妖，这种矛盾现象在古代进步作家中普遍存在。他具有民本思想和王道仁政思想，把民心的向背作为图王称霸的关键，特别赞美圣君贤相，强调贤明政治，精心塑造了刘备、宋太祖、诸葛亮、赵普等圣君贤相的形象，反复强调"天下唯有德者居之"。《三国演义》中曾六次写到此论，被毛宗岗删除殆尽，仅余一次，即在第六十六回《关云长单刀赴会》中，借周仓之口说出："天下土地，唯有德者居之。岂独是汝东吴当有耶？"对于罗贯中生活年代和籍贯，学术界颇有一些争议，主要由于引用资料不同和分析运用的差异。

三、《三国演义》的版本

《三国演义》最早刻本是明代嘉靖元年（1522年）壬午刻本，简称嘉靖本，书名《三国志通俗演义》。全书24卷，240则，70余万字。李卓吾评本将其并为120回，清初，毛纶、毛宗岗父子依据李卓吾评本对《三国演义》作了加工润色，使之成为清初以来最流行的本子。今天所阅读的《三国演义》版本一般就是"毛本"。

第二节　《三国演义》的思想内容

关于中国古代长篇小说的主题，一般都有争议。《三国演义》的主题是什么？学术界也长期存在争议。目前除了认为《三国演义》"无主题"或"主题模糊"之外，还有十多种不同意见。如"讴歌封建贤才说"、"悲剧说"、"总结夺取政权的经验说"、"天下归一说"（又称"分合说"）、"拥刘反曹说"（又称"正统说"）、"向往统一，歌颂忠义说"、"明君仁政的理想，忠义智勇的颂歌说"、"仁德说"、"皇权欲"及"总体说"，等等。我们认为，如果各从一个特定的角度看，上述各家的观点也许分别尚能自圆其说，但综合起来看都不太全面。《三国演义》的思想内容比较复杂，我们认真阅读文本，经过反复思考，综合各方面意见，大致同意"总体说"。我们认为，《三国演义》以艺术形象描绘了三国时期的历史进程；描写了三国时期阶级对立的状况，表现了社会矛盾；暴露了种种黑暗现象，揭露了封建统治阶级的反动本质；表达了劳动人民渴望安定统一的理想。

第一，小说勾勒了三国时期的历史发展进程。《三国演义》艺术地描绘了从东汉末期的汉灵帝中平元年到晋武帝太康元年（184—280年）凡97年间魏、蜀、吴三国的兴衰过程。120回小说，计75万字，可以分为四个情节阶段：

第一回至第三十三回为第一阶段，写四海纷乱，逐鹿中原。先写东汉末年太监专权，"十常侍"把持朝政，朝政日非，人心思乱，终于爆发了黄巾起义，由此引起英雄纷争，着重记叙了刘备、关羽、张飞的出场。又写军阀混战，相互争斗。由于董卓专权，十八路诸侯联合讨伐董卓，逐鹿中原。其中突出了曹操、刘备和孙权。曹操挟天子以令诸侯，占有"天时"；孙权偏安江南，以长江天堑为屏障，占有"地利"；刘备施行仁政王道，占有"人和"。三者各有侧重。其中，第十五回到第三十三回描写了曹操与袁绍的斗争，以官渡之战为高潮。曹操以7万人打败袁绍70万人，统一了北方。前后大约写了23年（184—207年）间的历史。其中，青梅煮酒论英雄、祢衡击鼓骂曹、关羽挂印封金、过五关斩六将、千里走单骑、古城会等片段脍炙人口。

第三十四回至第五十回为第二阶段，写赤壁之战，三足鼎立。前七回写刘备投荆州，三顾茅庐，诸葛亮出山，刘备成为独立的政治势力。后十回着力描写了赤壁之战的来龙去脉，诸葛亮是中心人物，他舌战群儒，智激周瑜，促使孙权决心联盟，制定火攻策略，草船借箭，巧借东风，功成身退等。赤壁大捷奠定了魏、蜀、吴三国鼎立的局面。一共写了两三年间（207—209年）发生的事情。

第五十一回至第一百一十五回为第三阶段，写文治武功，兴衰变迁。重点写蜀汉集团，以刘备、诸葛亮、姜维为中心，主要情节有借荆州、得西川、占汉中、失荆州、战彝陵、七擒孟获、六出祁山、九进中原。荆州失守是蜀汉衰败的开始，彝陵之战则是蜀汉衰败的标志。诸葛亮的六出祁山、姜维的九进中原是力求自保的措施。前后写了54年（209—262年）的事情。

第一百一十六回至第一百二十回的最后五回为第四阶段，写分久必合，三国归晋。简要介绍司马氏统一魏、蜀、吴的过程。晋兵攻蜀，刘禅投降，蜀汉灭亡；晋兵灭吴，三国归晋。描写了最后18年（262—280年）的事情。由于作者对司马氏统一中原有看法，所以写得非常简略，草草收场。

小说着重描写了蜀汉集团，四个阶段则可以依次分别概括为：转战南北，艰苦创业；联吴抗曹，割地称雄；文治武功，兴衰变迁；强弩之末，二世而斩。小说前三阶段写了三大战役：官渡之战、赤壁之战、彝陵之战。

第二，小说描写了三国时期阶级对立的状况，表现了社会矛盾。作为一个现实主义作家，其笔触必然会涉及地主和农民的阶级对立状况，从而揭示社会本质。阶级对立是当时社会的普遍现象，战乱年代劳动人民的命运如何？其一是充当炮灰。官渡之战结束，曹操追杀袁绍溃军，"所杀八万余人，血流成沟，溺水死者不计其数"。这些被杀死、淹死的全是下层劳动人民。赤壁之战，曹操带领百万人马渡江，人数肯定有夸张成分，大概实有25万之众，最后跟随曹操从华容道逃命的只有27人，生还的人数仅占万分之一。其二是无辜受戮。小说第四回记叙，董卓将赶集市的所有老百姓杀死，扬言破了黄巾起义军，大战凯旋。其三是饥寒交迫，在死亡线上挣扎。第十九回，刘备逃难，往村庄求食，其堂弟猎户刘安，穷得无法招待客人，竟杀妻饷刘。农民易子而食，析骨而炊。而统治阶级情况却迥然不同，第八回写董卓到长安，积聚了二十余年的粮草，拥有数百名美女，金玉、彩帛、珍珠不计其数。曹操的铜雀台"千门万户，金碧辉煌"。虽然着笔不多，但阶级对立的情状一目了然。

第三，小说暴露了社会黑暗，揭示了封建统治者的反动本质。小说对于统治阶级集团内部的斗争尤其是人与人之间的关系描写得非常充分。军阀之间各怀异志，尔虞我诈，相互利用，相互吞并。其他，如君臣之间：曹操"挟天子以令诸侯"，把皇帝作为招牌和傀儡；而孙坚抢到玉玺，秘而不宣，想做皇帝；如兄弟之间：第七十九回，曹操的儿子曹丕争得王位，逼令其弟曹植七步成诗，曹植遂被迫吟出"本是同根生，相煎何太急？"的诗句；如兄妹之间：孙权为了强迫刘备返还荆州，竟设下美人计，用十六七岁的妹妹孙尚香作为诱饵，去勾引48岁的刘备，结果赔了夫人又折兵；如父子之间：董卓与吕布名为父子，为了一个美女貂蝉，兵戈相见。即便是作者赞扬的好皇帝刘备，也做出借了荆州不肯奉还的事，并不值得肯定。这几方面的事例都十分典型。

统治阶级的本质在曹操身上得到充分体现。他是"乱世之奸雄，治世之能臣"。作为奸雄，他的人生信条是"宁可我负天下人，不可天下人负我"，为人极端自私。他残暴，为报父仇，疯狂屠杀徐州全城；因为多猜疑而误杀吕伯奢全家；由于忌才杀杨修；还假他人之手杀许攸；等等。他奸诈，割发代首，割须弃袍；以小斗放粮，又借头息事，移祸粮官王垕；等等。作为能臣，他不称帝。孙权、刘备都做了皇帝，他虽然置汉皇帝于股掌之上，自己却没有做皇帝，头脑清醒，避免了四面树敌。他会打仗，官渡之战，以少胜多，以7万人打败了袁绍70万人，统一了北方。他识英雄，善用人，关羽作为马弓手而温酒斩华雄，就是曹操慧眼识英雄，力排众议，善于起用新人的结果。总之，曹操既是奸雄，又是英雄，集二者于一身，水乳交融，表现出一定的复杂性、丰富性。

总体看来，曹操应该是反面人物。在人物关系处理上，曹操被放在一号正面人物刘备的对立面上，曹、刘针锋相对。从小说的感情色彩看，作者多次在回目上骂曹操是"贼"。从作者所流露的倾向看，让曹操打了胜仗亦出洋相，如第四十二回《张翼德大闹长坂桥》，张飞站在长坂桥上大吼一声，曹操回马而走，"弃枪落盔者不计其数，人如潮涌，马似山崩，自相践踏"；打了败仗更不用说，第十二回，曹操被吕布打得大败，胡子烧掉，焦头烂额，以手掩面，埋头指路，狼狈不堪。从作者深层的寓意看，曹操请神医华佗治头痛病，华佗说："用利斧砍开脑袋，取出风涎，方可除根。"其实一语双关，寄托了作者的感情态度。

值得注意的是，小说对统治阶级本质的揭露，在正面人物身上也有客观表现。第四十二回，写到赵云在百万军中夺得阿斗，双手递给刘备。"玄德接过，掷之于地曰：'为汝这孺子，几损我一员大将。'赵云忙向地下抱起阿斗，泣拜曰：'云虽肝脑涂地，不能报也。'"作者引用后人诗句曰"无由抚慰忠臣意，故把亲儿掷马前"，曲折地表现出对刘备故作姿态、收买人心的批判态度。第八十五回，刘备白帝城托孤，对孔明说："君才十倍曹丕，必能安邦定国，若嗣子可辅，则辅之；如其不才，君可自为成都之主。"这实际是在试探诸葛亮，生怕诸葛亮废刘禅而自立。难怪"孔明听毕，汗流遍体，手足失措，泣拜于地曰：'臣安敢不竭股肱之力，尽忠贞之节，继之以死乎？'言讫，磕头流血。"这里也委婉地批判了刘备的虚伪。

第四，小说曲折表现了劳动人民的理想，包括渴望安定统一、希望好皇帝统一中国以及出现圣君贤相的理想。

其一，渴望统一安定的理想。《三国演义》成书之前，中国有四百多年不安定的历史，长期处于分裂和战争状态，老百姓深受其害。所以，渴望安定统一，不仅是作者的理想，也代表了劳动人民的理想。作者努力挖掘造成分裂动乱局面的不安定因素，对于破坏安定统一的人和事一律加以批判，不仅对那些作为反面典型的董卓、曹操等唯恐天下不乱的野心家、阴谋家制造动乱的所作所为进行无情的抨击，对正面人物刘备破坏孙刘联盟的行为也同样谴责。作者是将刘备放在诸葛亮的对立面上进行描写的，刘备意气用事，不听忠告，为了替关羽报仇，倾城出动，杀气腾腾，剑指东吴，结果彝陵一战，被火烧连营七百里，全军溃败，灰飞烟灭。失败的根本原因是他的举动违背了人民的意愿，破坏了安定统一。显然，作者对好皇帝刘备的错误也不肯宽容。更为难能可贵的是，作者对于统一事业的有功之臣一概加以肯定。如肯定孙权的善于用人，敢于决策；肯定曹操在官渡之战后的出兵辽东，消灭袁绍残部等。敢于对反面人物有利于安定统一的善举加以热情肯定，是作品思想价值的体现。

其二，渴望有好皇帝统一中国以及出现圣君贤相的理想。小说对好皇帝刘备的仁政爱民描写得淋漓酣畅。"新野牧，刘皇叔，自到此，民丰足"的民谣是总体描写。第四十一回的携民渡江，就是别出心裁的爱民行动的具体描绘。"两县之民，齐声大呼曰：'我等虽死，亦愿随使君。'即日号泣而行，扶老携幼，将男带女，滚滚渡河，两岸哭声不绝。"此事于史无征，其实是对刘备爱民形象的政治图解。三顾茅庐时，他不辞劳苦，一顾不成再顾，再顾不成三顾，表现出礼贤下士、谦恭待人的优秀品质和虚怀若谷的气度。刘备的尚义不仅表现在对关羽、张飞结义兄弟的手足之情，还表现为对臣僚的真情。徐庶去许昌投曹操，有人劝刘备杀了徐庶，他不仅不杀，还送了一程又一程；徐庶深受感动，于是走马荐诸葛，使刘备集团进入快速发展时期。作者侧重描写了刘备的爱民、敬贤、尚义三方面，这包含了劳动人民对于好皇帝的理解，以及渴望有好皇帝来统一和治理国家的理想。诸葛亮的形象也表现了劳动人民的愿望，他是"忠臣的样板，智慧的化身"。作为忠臣的样板，他恪尽职守，尽忠报国，食少事繁，竭忠尽智，廉洁奉公，鞠躬尽瘁，死而后已；作为智慧的化身，他未出茅庐即三分天下，舌战群儒，智激周瑜，草船借箭，借东风，施空城计，等等。诸葛亮的智慧包含了人谋（如空城计等）、神机（如借东风等）和妖术（如借寿等）三部分，寄托了人民的理想。四川成都武侯祠有一副对联概括了诸葛亮的一生：

> 收两川，摆八阵，七擒六出，五丈原设四十九盏明灯，一心只为思三顾；
> 取西蜀，征南蛮，东和北拒，中军帐按金木土爻之卦，水面偏能用火攻。

该对联巧妙地用一二三四五六七八九十，对金木水火土、东西南北中，堪称绝对。

诸葛亮性格单一，人物形象刻画并不算成功，但对后世影响极大，原因在于诸葛亮形象具有丰厚的文化意蕴，他具有隐士、忠臣、政治家、军事家、外交家、文学家、科学家、发明家等不同身份的文化内涵，能引起各类人士的广泛共鸣；他又具有独特的人格魅力，他是历史上著名的清官——清廉，清正，清明，成为后代为民做主的清官的典范，表现了人民的理想，所以受到千秋万代的景仰。

第五，作品思想内容也存在局限性。其一，宣扬封建正统观念，拥刘反曹，美化刘备，贬抑曹操，影响了人物形象塑造。其二，鼓吹唯心史观，反复强调"分久必合，合久必分"的历史循环论；有时流露出"谋事在人，成事在天"的天命观。其三，重点写帝王将相，把帝王将相看成决定天下兴亡的主要因素；歪曲劳动人民形象，蔑视农民起义，称黄巾军为"贼"，将镇压农民起义的军阀美化为"英雄"。其四，宣传"忠""义"等封建伦理道德，刘安杀妻招待刘备、华容道关羽放曹操就是典型事例。

第三节　《三国演义》的战争描写

动乱年代免不了战争，《三国演义》要艺术地描绘三国时期的历史进程，真实地反映社会现实，就离不开战争描写。小说用三分之一的篇幅描写了大小战役四十余次，重点描写了最为著名的三大战役：官渡之战、赤壁之战、彝陵之战。其中以赤壁之战的描写最为精彩，写了十几回，成为古代战争描写的典范。小说前三个情节阶段，每阶段描写一次大的战役，作者以战役为中心结构全书，又以大的战役统帅小的战事。从战争描写的时空类型看，季节上：春、夏、秋、冬四季；时间上：白天、晚上、夜间；地点上：平原、山地、水上；性质：攻击、防御、自卫、偷袭、伏击，等等，无奇不有；手法上，除了弓箭、刀枪、剑戟等冷兵器交锋外，还用火攻、水攻；规模上，几十人到几百、几千、几万乃至几十万人。中国文学史上写军事斗争的小说不下百部，无一可与之媲美。其描写战争的艺术经验值得总结研究和借鉴。

第一，《三国演义》描写战争不仅写斗勇，而且写斗智，侧重写斗智。小说没有把主将作为决定战争胜负的主要因素，而是把智谋之士作为决定战争胜负的主要因素。没有单纯写武艺高下，而首先写主帅的决策、战略、战术；至于动刀动枪的场面，则简而言之，赤壁之战只有一回写到刀光剑影的交锋。在战略上则抓住孙权内部和与战的矛盾，抓住孙刘联盟问题，大做文章。这两方面相辅相成：鲁肃吊丧、诸葛亮舌战群儒、智激周瑜、孙权决策、采用火攻战术、群英会蒋干中计、庞统献连环计、黄盖用苦肉计、孔明借东风、周瑜谋害诸葛亮等，波澜迭起，险象环生，扣人心弦。这与"一将出马，两阵对圆"的战争描写绝不相类。

第二，《三国演义》并不是孤立地描写军事战争，而是结合政治、外交、经济斗争来描写军事斗争。这比单纯描写军事斗争更精彩。荆州是刘备集团的立足点，是其得失成败的关键。围绕荆州的归属问题——借荆州、保荆州、失荆州，不仅写了赤壁之战、彝陵之战以及许多大大小小的军事斗争，还写了刘备东吴招亲、三气周瑜、诸葛亮吊丧等外交、政治斗争。这样就把军事斗争与外交、政治、经济斗争交织在一起，更具有故事性、趣味性，从而更有可读性。

第三，《三国演义》描写战争善于抓住每次战争的特殊性。《三国演义》描写大大小小的战争，善于从每次战争的时间、空间、战略、战术等方面，把握不同特征，写出其个性。《三国演义》中四十多次战争描写，绝不雷同。就三次大的战争而言，官渡之战采用集中优势兵力，各个击破的战略；赤壁之战采取抓住将领过错的策略；彝陵之战则采取后发制人的策略。三大战役在战略上各见特色，刀光剑影，扣人心弦。在战争地点上，又各有安排，官渡之战是平原逐鹿；赤壁之战是水上交兵；彝陵之战是山地用武。战争的背景、地点有别。三大战役同样用火攻，一个烧粮，一个烧船，一个烧营；放火的时间都在夜间，季节却分别在秋天、冬天、夏天，无一雷同。这样的手法形成了"同树异枝，同枝异叶，同叶异花，同花异果"的艺术效果。其他大大小小的战争描写俱可以作如是观。

第四，《三国演义》的战争描写腾挪跌宕，富有戏剧性，最值得称道。彝陵之战，刘备亲率75万大军，杀气腾腾，势如破竹，东吴节节败退，朝不保夕。不料一夜之间，形势发生陡转，东吴大将陆逊火烧连营，蜀兵75万人马灰飞烟灭，最后仅有百余人随刘备进入白帝城。这段描写既充满了辩证法，又富有戏剧性。又如第五十回，写到赤壁之战，曹操在全军覆没、只带了几十人狼狈逃跑的过程中，竟然出现了"三笑"的场面。第一次，地点在乌林以西、宜都之北，他"于马上大笑不止"，"单笑周瑜无谋，诸葛亮少智"，话音未落，赵云一彪军马杀出；第二次，行至葫芦口，"操坐于疏林之下，仰面大笑"，"笑诸葛亮、周瑜毕竟智谋不足"，正说话间，张飞横矛立马，挡住去路；第三次，到华容道，"操在马上扬鞭大笑"，曰"人皆言周瑜、诸葛亮足智多谋，以吾观之，到底是无能之辈"，言未毕，关羽提青龙刀，跨赤兔马，截住去路。"三笑"的描写并不雷同，这既表现了曹操的顽强自负，又突出了诸葛亮的神机妙算，也增加了文章的戏剧性、可读性，成为小说中最精彩的片段之一。其他，如街亭一仗，诸葛亮巧用空城计勉强保全性命，获胜的司马懿反而发出了"吾不如孔明也"的喟叹，胜利者与失败者竟然颠倒了位置。作品竟有如此巧夺天地造化之工的艺术魅力，令人称奇。

第五，《三国演义》在战争描写中还穿插出奇的计谋描写。《三国演义》写战争，在写斗勇之外主要写斗智。斗智就离不开运用计谋，战争主要是智慧和计谋的较量，计谋往往是决定战争胜负的关键，所以，计谋描写是战争描写的有机组成部分。《三国演义》中写到数十种计谋，绝大多数与战争有关。如调虎离山计、连环计、空城计、激将法、骄兵计、疑兵计、缓兵计、苦肉计、诈降计、围魏救赵、声东击西、暗度陈仓、减兵添灶、驱虎吞狼、掘坑待虎、计中计、美人计、将计就计，等等，应有尽有。计谋在战争中起不同作用，有的是为了传递错误信息，麻痹对方，破坏其作战部署和计划；有的是在敌人内部制造矛盾；有的是派人潜伏到敌人阵营卧底，见机行事；有的计谋贯穿战争始终，如果计谋的各个步骤顺利实施，那么，战争的胜利也就水到渠成了。赤壁之战就是串联一系列计谋而写成的，真刀真枪的战争反而退居次要地位。诸葛亮智激孙权；周瑜用激将计，群英会蒋干中计是计中计；黄盖受刑是苦肉计；阚泽献书是诈降计；庞统巧授连环计；利用诈降的蔡和、蔡中传递假情报是将计就计。一个计谋接着一个计谋，无形的较量比刀光剑影的战斗描写更加精彩。出奇的计谋描写使战争描写更加富有个性、更加曲折生动，所以，《三国演义》堪称描写战争的百科全书。

第四节 《三国演义》的艺术性

《三国演义》构思严密精致，结构宏伟庞大。情节曲折生动，扣人心弦。小说时间跨度长，前后将近百年；人物数量多，共计描写了1200多个人物；事件纷繁复杂，涉及大小战争四十余起。小说以时间为经，以三国之间的斗争为纬，纵横交织，形成了庞大的结构系统，敷衍成绚丽多姿的历史彩卷，形象生动，丰富多彩，反映了三国时期错综复杂的政治、经济、军事、外交的矛盾和斗争。中国古代长篇小说可以归纳为五种结构模式：单线顺叙式、递进式、网络式、链条式和板块式，《三国演义》则是板块式结构的开山之作。小说可以分为五大板块：

第一回至第三十三回，为第一板块，写群雄逐鹿中原，曹操统一北方。以逐鹿中原为主线，以曹操为主角，以官渡之战为中心。

第三十四回到第五十回为第二板块，写诸葛亮出山，孙刘联盟，大破曹兵。以诸葛亮、周瑜、孙权、曹操为主角，以赤壁之战为中心。

第五十一回到第八十五回为第三板块，写三足鼎立及相互间的争斗。孙刘从吴蜀联盟到反目成仇，以双方关系的变化为主线，主角有诸葛亮、周瑜、关羽、曹操、刘备、陆逊，以彝陵之战为重点。

第八十六回到第一百一十五回为第四板块，写诸葛亮的南征、北伐，直至以身殉国，以诸葛亮为主角，以蜀汉命运为主线。

第一百一十六回到第一百二十回为第五板块，写司马氏统一全国。

《三国演义》为广大读者喜爱的重要原因之一是善于编制情节，组织情节单元，集中铺写重大事件，构成全书的主干。小说中的董卓之乱、联合讨董、三让徐州、过五关斩六将、官渡之战、三顾茅庐、赤壁大战、三气周瑜、关羽之死、夷陵之战、七擒孟获、六出祁山、九进中原、三国归晋等情节单元，既虚实结合，曲折多变，又前后相承，波澜起伏，具有故事性。其中的怒鞭督邮、曹操献刀、温酒斩华雄、煮酒论英雄、单骑救阿斗、威震长坂桥、舌战群儒、蒋干中计、草船借箭、借东风、火烧赤壁、华容道、割须弃袍、义释严颜、单刀赴会、刮骨疗毒、失街亭、空城计、斩马谡、秋风五丈原等，都是脍炙人口的片段。这些情节单元之间相对独立，又相互联系，形成结构上的板块。读来满目珠玑，情趣盎然。

《三国演义》讲究情节艺术，这里试以第五回"温酒斩华雄"为例，加以分析说明。华雄本是董卓部下的一员猛将，已杀掉袁术部下的俞涉、潘凤，当时袁绍帐下的大将颜良、文丑未至，阵前后继无人。此时关羽请求出战，二袁以其居职马弓手而恐被敌人耻笑，百般阻拦；而曹操则力主关羽上阵：

操教酾热酒一杯，与关公饮了上马，关公曰："酒且斟下，某去便来。"出帐提刀，飞身上马。众诸侯听得关外鼓声大振，喊声大举，如天摧地塌，岳撼山崩，众皆失惊。正欲探听，鸾铃响处，马到中军。云长提华雄之头，掷于地上，——其酒尚温。

这短短百余字的描写，首先精心设置了"一杯酒"作为道具和线索，使之三次出现，表现了关羽的自信、神勇和武艺高强，曹操的善于用人；其次，巧妙地运用了对比、映衬的情节描写艺术，俞涉、潘凤映衬了华雄的勇武，又与关羽形成对比，二袁与曹操形成对比；再次，运用虚实相生，以虚带实的情节艺术，用"鼓声大振，喊声大举，如天摧地塌，岳撼山崩，众皆失惊"调动人的听觉、视觉、表情来侧面烘托惊险残酷的战斗场面；最后，情节设置通盘流转，照应全书，用心良苦。这次未及赶来参战的袁绍帐下的大将颜良、文丑，后来也死于关羽刀下，说明他们即使来了，也不是华雄对手，必死无疑。同时，关羽心高气傲、目空一切的性格也初露端倪。小说中如此精彩的描写段落大大小小，难以胜数。这是《三国演义》为读者所喜闻乐见的主要原因。

《三国演义》塑造了众多艺术形象。《三国演义》最大的成就在于描写了1200多个人物形象，其中个性鲜明的不下几十个，有的甚至成了家喻户晓、妇孺皆知的典型。形象塑造既要注意到历史的真实性，又要考虑其艺术魅力。作者运用的基本方法，一是通过不同情节，抓住人物性格的基本特征，反复进行渲染。如《三国演义》中的"三绝"："智绝"诸葛亮、"义绝"关羽、"奸绝"曹操就是这样塑造出来的。他们的一举一动，无不打上了其基本性格特征的烙印。曹操误杀吕伯奢全家，本来是逃难途中草木皆兵的疑忌之举，似情有可原，但明显表现出奸雄本色。关羽在华容道放走曹操，本属敌我不分，事关成败，但又凸显出他的"义"。同样，失街亭、空城计、斩马谡，从不同侧面表现了诸葛亮的"智"。二是在复杂激烈的矛盾冲突中，运用典型情节或细节刻画人物形象。例如，关羽温酒斩华雄，曹操迎许攸，刘备三顾茅庐，曹刘煮酒论英雄，等等。三是一定程度上注意刻画人物性格的复杂性。既注重人物的基本性格特征，又不使人物过于简单化，努力保持人物性格侧面的多元性，也尝试描写人物性格的发展变化。张飞的基本性格是粗豪爽直，疾恶如仇，但也粗中有细，有所发展变化。如对诸葛亮态度的前后不同，以及智胜张任、义释严颜等，这足以说明，张飞是小说中较为成功的形象之一。四是运用夸张、对比、烘托、渲染等手法。例如，张飞在长坂桥大吼一声，喝退曹兵数十万，是夸张；曹操的奸诈与刘备的仁义相互映照，是对比；对徐庶、石广元、崔州平、司马徽等人的相关描写，是对诸葛亮的烘托。

《三国演义》的语言特点是文白相间，雅俗共赏。它吸收了传记文学的语言成就，并适当加以通俗化，以白话为主，时见浅显的文言。"文不甚深，言不甚俗"（蒋大器《三国志通俗演义序》），既精练，又通俗。用来描写三国时期的历史事件和人物，这种语言比较适宜。小说的叙述语言简明整洁，议论则高度概括精当。在第二十一回《曹操煮酒论英雄》中，曹操的语言则多用骈偶，杂以形象化的比喻，精练概括，文雅有余：

夫英雄者，胸怀大志，腹有良谋，有包藏宇宙之机，吞吐天地之志者也。

> 龙能大能小，能升能隐：大则兴云吐雾，小则隐介藏形；升则飞腾于宇宙之间，隐则潜伏于波涛之内。方今春深，龙乘时变化，犹人之得志而纵横四海。

表现出三国时期一代奸雄曹操指点江山、激扬文字的政治家情怀和诗人气质，十分生动形象。有些人物语言也达到一定程度的个性化，如张飞的快人快语、关羽的心高气傲、曹操的奸诈豪爽、孔明的从容雅致，等等。

《三国演义》艺术上还存在不足，一是人物性格缺少发展变化，多数是类型化人物。鲁迅在《中国小说史略》中评价《三国演义》："至于写人，亦颇有失，以致欲显刘备之长厚而似伪；状诸葛之多智而近妖。"一针见血地指出了人物描写概念化、脸谱化的缺失。除张飞等个别形象外，人物性格基本一成不变，在小说史上属于类型化的人物形象。二是全书艺术描写水平不太平衡，后二十余回艺术锤炼不够，姜维九进中原，描写千篇一律，尾大不掉。

第五节　明代其他历史演义小说

《三国演义》影响非常深远，体现在诸多方面。

首先，对农民起义具有深刻影响。明末农民起义军领袖张献忠"日使人说《三国》《水浒》诸书，凡埋伏攻袭皆效之"（刘銮《五石瓠》）。太平天国"采稗官野史中军情仿之，行之往往有效。遂宝为不传之秘诀，其截取《三国演义》《水浒传》为尤多"（张德坚《贼情汇纂》）。而就军事思想和战争描写而言，《三国演义》大大超过《水浒传》。其次，解放了文言，提炼了口语，创造了文白相间的小说语言，促进了讲史小说的大量涌现，并为小说逐步过渡到用纯粹口语创作打下了基础。更为重要的是，《三国演义》的艺术成就成了后代作家仿效的典范，促进了讲史小说和英雄传奇小说的大量涌现。其卓越成就开辟了一条新的创作道路，后来仿作蜂起，汇成我国小说的一个重要分支。

在《三国演义》的影响下，出现了不少历史演义小说，这里介绍较有影响的几部。

《残唐五代史演义》，60 回，罗贯中作。现存较早较好的版本是题为李卓吾评点的版本。五代史的故事是说话人青睐的题材，北宋时有专说五代史的专家尹常卖，南宋有专说五代史的专家刘敏。南宋后期产生了一本汇集五代史故事的平话《新编五代史平话》。此书经元人增删后刊行，概述梁、唐、晋、汉、周的兴衰历史，但是荒诞离奇，结构松散，人物苍白，语言简陋。元杂剧中，有不少以五代史为题材的作品，如关汉卿的《邓夫人哭存孝》、白朴的《李克用箭射双雕》及大量无名氏的作品。罗贯中在这些作品的基础上进行了增删和润色。《残唐五代史演义》对封建社会人民的生活有一定的反映，也部分揭示了官逼民反的道理。如第三回《赤墙村黄巢出身》写道："时朝廷昏乱，奸臣当道，有钱重任，无钱不用。因此，曹州反了王仙芝，璞州反了尚君长。"小说鞭挞了昏君奸臣，但也宣扬天命纲常。艺术上不太成功，行文粗陋，夸张失据。情节、人物平均用力，给人印象不深。

《新列国志》，作者冯梦龙（1574—1646 年），字犹龙，别署龙子犹、墨憨斋主人、词奴等，江苏长洲（今江苏吴县）人。他是我国明代著名的通俗文学家，编撰有《挂枝儿》《山歌》《太霞新奏》《喻世明言》《警世通言》《醒世恒言》《三遂平妖传》《新列国志》等。《新列国志》是一部著名的历史演义小说。春秋战国史事是讲史的热门话题，《醉翁谈录》中有"论机谋有孙庞斗志"的记载。元代出现了《七国春秋平话》《秦并六国平话》，但极为简略。明代嘉靖、隆庆年间，余邵鱼编写的《春秋列国志传》，保留了平话中的生动情节，也摒弃了不少离奇的关目，但其水平有限，创作态度也不认真。冯梦龙在此基础上，参照正史，对余邵鱼的《春秋列国志传》进行了脱胎换骨的改造，增添史实，剔除荒谬，使人物、语言焕然一新。回目由《春秋列国志传》的 226 则并为 108 回，字数由 28 万增加到 76 万。吴门可观道人在其序中评价说："本诸《左》《史》，旁及诸书，考核甚详，搜罗颇富，虽敷衍不无增添，形容不无润色，而大要不敢尽违其实。"

作者从公正的史家角度出发，对"君权神授""君为臣纲"等封建社会的核心伦理观念进行大胆否定。如晋灵公被杀，作者写道："百姓怨苦日久，反以晋侯之死为快，绝无一人归罪于赵穿。"对腐朽残暴的君王，如周幽王、晋灵公、陈灵公等，作了无情的揭露和抨击；对贤能的君臣则给予热情的赞扬，如楚王起用吴起、齐桓公任用管仲、秦孝公擢拔商鞅，以及西门豹、尹铎的吏治等；对于处在水深火热中的人民也予以较多的同情。

《新列国志》具有一定的艺术性，结构匀称，叙述从容，人物形象较为鲜明，语言文雅流畅。清代的蔡元放对《新列国志》略作润色并加以评点，易名为《东周列国志》，成为数百年来最为流行的版本。

《隋史遗文》，系明代袁于令根据旧本改编而成的，共 12 卷，60 回，刊刻于崇祯六年（1633 年）。《隋史遗文》着力刻画秦琼、程咬金、单雄信等英雄形象，在很大程度上脱离了正史的束缚，而加进了许多民间传说和神话描写，接近英雄传奇，语言较为流畅。清代褚人获在《隋史遗文》《隋唐志传》《隋炀帝艳史》的基础上，作了较大的加工润色，改为《隋唐演义》100 回，较为成熟圆润，但多忠孝节义等伦理说教。

后来无名氏的《说唐全传》则是这类小说中最为成功的一部。

📖 思考题

1. 《三国演义》敷衍历史而不是史书，为什么？
2. 三国故事倾向是如何转变的？其主要原因是什么？
3. 《三国演义》描写战争有何特点？
4. 分析《三国演义》中曹操的形象。
5. 简析张飞形象的发展变化。
6. 诸葛亮形象的刻画并不太成功，为何能够深入人心？
7. 《三国演义》的语言有何特点？

第六章　明代英雄传奇小说

教学目的

了解《水浒传》的版本、内容、主要人物形象；掌握小说刻画人物形象的艺术成就及其在小说史上的地位和影响。

在《三国演义》稍后，出现了以《水浒传》为代表的着重描写英雄人物的传奇小说。这类小说一般以历史上的真人真事为原型，常常根据人民群众的愿望和作家自己的理解进行大幅度的加工，虚构成分较多，学术界称之为英雄传奇小说。《三国演义》"七实三虚"，史实多于虚构；《水浒传》正好相反，只有一点史实依据，绝大部分是虚构。英雄传奇小说与演义小说的区别正在于此。

第一节　《水浒传》的成书过程、作者和版本

一、《水浒传》的成书过程

《水浒传》故事最早的题材来源是北宋末年发生在我国北方的以宋江为首的一次农民起义。《宋史》卷二十二《徽宗本纪》载：

> 淮南盗宋江等犯淮阳军，遣将讨捕，又犯京东、江北，入楚海州界，命知州张叔夜招降之。

《宋史》卷三百五十一《侯蒙传》云：

> 宋江寇京东，蒙上书言："江以三十六人横行齐魏，官军数万，无敢抗者，其才必过人。今清溪盗起，不若赦江，使讨方腊以自赎。"

正史《宋史》中的《张叔夜传》和野史《东都事略》《三朝北盟会编》等均有类似的

记载。宋江实有其人，大约在宣和二年（1120 年）率众在山东一带起义。起义规模不小，一度攻城略地，声势浩大，搞得宋王朝统治者惶惶不可终日。后来在朝廷的招抚、镇压之下，起义很快失败。结局究竟是被招安还是被镇压，史载不一。据《宋史》卷二十二《徽宗本纪》记载，宋江被招安的时间是宣和三年（1121 年）二月。但宋江可能降而复叛。宋代范圭《宋故武功大夫河东第二将折公墓志铭》云："方腊之叛，用第四将从军，诸人藉才，互以推公，公遂兼率三将兵。奋然先登，士皆用命，腊贼就擒，迁武节大夫。班师过国门，奉御笔捕草寇宋江。不愈月，继获，迁武功大夫。"这段记载中关于折可存征讨宋江的记载当属可信。根据史书记载，折可存班师的时间在宣和四年（1122 年）三月下旬，"捕草寇宋江"的时间必然在宣和四年三月以后。而宋江早在宣和三年二月已接受了招安，而历史上一般不会同时出现两个宋江，所以，宋江极有可能降而复叛，最后遭到镇压的可能性较大。

宋江为首的农民起义影响深远，具有一定的传奇色彩。南宋时期，外族入侵，统治阶级希望招抚部分农民起义军来对付其他起义军，抗击入侵之敌。宋江起义的故事在民间很快流传。龚开《宋江三十六人画赞并序》云："宋江事见于街谈巷语，不足采著。"可见，宋江起义的故事有一个口头流传的过程。

水浒故事进入文艺领域，首先见于宋代的说话。《醉翁谈录》卷一甲集"朴刀类"中有"青面兽杨志"，"杆棒类"有"花和尚鲁智深""行者武松"等说话目录，具体内容已不可考。南宋人龚开《宋江三十六人画赞并序》第一次完整地记载了"三十六人"的姓名和绰号，大抵与后来《水浒传》中的相同，在姓名和绰号两方面为《水浒传》的成书奠定了基础。而且有些赞语交代了后面的情节，如燕青的赞语有"平康巷陌，岂知汝名"，张顺的赞语有"雪浪如山，汝能白跳。愿随忠魂，来驾怒涛"，与《水浒传》第八十一回、第九十四回的相关情节有联系，说明水浒故事在流传初期就有宋江受招安和征方腊的描写。另外，其赞扬宋江心存忠义，不反皇帝，"不假称王，而呼保义。岂若狂卓，专犯忌讳"，基本奠定了《水浒传》的主导思想和宋江性格的基调。

元代无名氏的《大宋宣和遗事》是一本七拼八凑的讲史书，从尧舜一直讲到宋高宗定都临安，简陋而没有系统。值得注意的是，其中有一段三千多字的水浒故事，主要记叙了杨志卖刀、晁盖等劫取生辰纲、宋江杀阎婆惜三个故事。虽然艺术上比较幼稚粗糙，思想性不强，《水浒传》中"官逼民反"的思想也没有体现出来，例如，在五批上山的好汉中，晁盖、吴加亮是因为劫取了生辰纲避罪，说不上是官逼民反，其余四批的动机更不明确，但是，《大宋宣和遗事》推动了水浒故事的广泛传播。"智取生辰纲"一段为《水浒传》的相关描写打下了较好的基础。此外，《大宋宣和遗事》已经有了宋江被招安、征方腊两大情节，奠定了《水浒传》的结构基础。

傅惜华的《元代杂剧全目》著录了 33 种元代水浒戏，现存 6 本水浒戏，即康进之的《李逵负荆》、高文秀的《双献功》、李文蔚的《燕青博鱼》、李致远的《还牢末》、无名氏的《三虎下山》和《黄花峪》。这些水浒戏的作用在于：一是扩大了描写对象，除了话本和

《大宋宣和遗事》中出现的人物杨志、武松、鲁智深、宋江、晁盖之外，还将花荣、李逵、燕青、卢俊义、王英等作为剧本的主角，尤其是着力塑造了李逵这一形象；二是人物的姓名、绰号比《宋江三十六人画赞并序》更接近后来的小说《水浒传》；三是巩固了一些尚未成型的说法和描写，如"聚三十六大伙，七十二小伙"，"寨名水浒，泊号梁山"，晁盖中箭身亡，等等。当然，元代水浒戏的描写范围仍然狭窄，人物、情节、语言往往雷同，妇女观很落后，6本戏中有4本描写了残忍自私的淫妇，这对《水浒传》有不良影响。总之，元代水浒戏把街谈巷语、简单粗糙的说话艺术加工提高成较为复杂的书面文学和舞台艺术，扩大了描写的领域。这些对于扩大水浒故事的影响，丰富水浒故事的情节，提高水浒故事的艺术性，以及《水浒传》的创作和成书起了积极的推动作用。到元末明初，《水浒传》终于由文人创作成功。

二、《水浒传》的作者

《水浒传》作者是谁，多有争议。我们先看历代的题署和著录。现存最早的明代嘉靖十三年（1533年）郭勋刻本题署为"施耐庵集撰，罗贯中纂修"。万历十七年（1589年）的天都外臣序刻本，万历年间的容与堂刻本、袁无涯刻本题署相同。明代高儒的《百川书志》著录为"忠义水浒传，钱塘施耐庵的本，罗贯中编次"。郎瑛《七修类稿》卷二十三记载："《宋江》又曰钱塘施耐庵的本。"胡应麟《少室山房笔丛》卷四十一云："元人施某所编《水浒传》，特为盛行。"金圣叹删定的《水浒传》，作者署"施耐庵"。所以，《水浒传》的主要作者当为施耐庵。现在教材一般将《水浒传》的作者署名为施耐庵，是有依据的。

不过，《水浒传》的作者施耐庵是何许人，存在很大的争议。目前学术界主要有四种观点：胡适、刘世德的"不可考说"，鲁迅、吴梅的"郭勋托名说"，黄霖的"《靖康稗史》编者说"，章培恒、刘冬的"白驹施彦端说"。其中的"白驹施彦端说"目前影响最大。

1952年，在江苏兴化发现了明代淮安人王道生撰写的《施耐庵墓志》：

> 公讳子安，字耐庵，生于元贞丙申岁，为至顺辛未进士……曾官钱塘二载。……没于明洪武庚戌岁，享年七十有五。先生家淮安，与余墙壁见，惜余生太晚未亲教益，每引为恨事。

该墓志见于《兴化县志》。《兴化县续志·文苑传》有"施耐庵"条。有学者据此勾勒了施耐庵的详细生平。学术界也有学者认为，该墓志存在不少疑点：其一是该墓志与一般墓志的体例不合，墓志应有死者生卒年月、祖先名讳、家世履历、配偶子女及生平大事，该墓志均付阙如；其二是该墓志关于科举考试的记载与史书记载不合，经查验，"至顺辛未"没有进士科考试；其三是该墓志称谓不合，明人称本朝应称"大明"，而不会说"明洪武庚戌岁"，明显是后人口气；其四是该墓志记载与常情不符，作者与施耐庵仅一墙之隔，却未曾见面，不太可能；其五是该墓志内容不当，所书内容既空又碎，笼统宽泛，言之不详，缺少真实的细节，显然不是明人口气，而有可能是后人看到小说著录后伪造的。学术研究如果以该墓志作为考定施耐庵生平的资料，应当谨慎。

1980年，在兴化、大丰又发现与施耐庵相关的出土文物、文献：《故处士施公廷佐墓志铭》《国贻堂施氏家簿谱》《施让地照》。《故处士施公廷佐墓志铭》出土于兴化施家桥村，埋于地下2米处，离1943年树立的"大文学家施耐庵之墓"碑仅30米。正面墓志，反面铭文。墓志19行，400多字，今可见150余字：

> 施公讳某某，字廷佐，曾祖彦端，会元季起兵，播浙，遂家之。及世平，怀故居兴化，还白驹，生祖以谦。

《国贻堂施氏家簿谱》是手抄本。据记载，施让是施彦端之子，字以谦。这与王道生的《施耐庵墓志》完全吻合，具有资料价值，可以进一步证明王道生的《施耐庵墓志》是清代人伪造的；还可以证明施彦端确有其人；也可以据此推测施彦端是否就是施耐庵。

学术界对此出土文物、文献有肯定和否定两种截然不同的意见。1982年4月，江苏省社会科学院邀请国内文史、古代小说研究方面的知名专家16人到兴化、大丰进行实地专题考察。大家一致签名，肯定施彦端就是施耐庵。最后到北京开鉴定会时则分歧很大，有知名专家极力反对上述观点，未能形成统一意见。

可以肯定的是，施彦端实有其人，生活于元代末年，卒于洪武初年。元末张士诚领导农民起义时迁徙到浙江，就在浙江安家。有两点值得注意：其一，《国贻堂施氏家簿谱》中"字耐庵"三字不在正文中间，而是写在旁边的行间，有可能是后来补写，添上去的；后经江苏省公安厅鉴定，认定为同一人书写。其二，"至顺辛未进士"是王道生《施耐庵墓志》中的话，值得深究。

还有一点要说明的是，在江苏的江阴、兴化、大丰、张家港、淮安，浙江青田等地，有不少关于施耐庵的传说。例如，施耐庵曾经将《水浒传》书稿给女儿作为陪嫁。刘基到兴化白驹请施耐庵出山，曾赋诗一首："闻说江南一老牛，诏书征下已三秋。主人有甚相亏处？几度加鞭不转头。"施耐庵答曰："老牛力竭已多年，项破皮穿只爱眠。犁耙已休春雨足，主人何必再加鞭？"刘基遂以施耐庵的诗篇回朝复命。盐城发现施耐庵的佚诗《题赠鲁渊刘亮》："相思相见总是愁，况是河桥欲去舟。如此垂杨如此别，销魂未必是扬州。"苏州博物馆发现清人顾丹午的笔记抄本，其中有关于施耐庵的条目，记载了刘基曾经将施耐庵荐于朱元璋云云。民间传说不完全可靠，更不是信史，不足采信；但相对集中于某地的大量民间传说也绝不会无中生有，学术界应予重视。

现在，学术界一致认为，施耐庵实有其人，大约生活于元明之交，他创作了《水浒传》。可以基本肯定，他就是兴化的施彦端。施耐庵的生平可以大致加以勾勒如下：他可能是一个出生于兴化，而久寓钱塘的文士。元末，参加过张士诚农民起义军。明初，返回故乡兴化，创作了《水浒传》，并终老于此。

三、《水浒传》的版本

《水浒传》版本有两大系统，即繁本系统和简本系统，小说有繁简之别。

繁本是"文繁事简"的省称，即文字描写细致，但事件较少，没有征田虎、王庆的描写。由于简本文字比较粗糙，所以繁本流传广泛。繁本最主要的有百回本，题作《忠义水浒传》：有郭勋刻本、《百川书志》著录本、天都外臣序本、李卓吾评本；另有一百二十回本，多题《忠义水浒全传》，有杨定见序本；还有七十回本，即金圣叹批点本，或称《第五才子书》，或题《水浒传》。后两种不是严格意义上的繁本，《忠义水浒全传》是繁本加上征田虎、王庆描写部分；金圣叹的《第五才子书》则删去了繁本中的征辽、征方腊描写。

简本是"文简事繁"的省称，即文字描写简略，事件却繁多，有征田虎、王庆的描写。主要有五种版本：一百零二回本、一百十回本、一百一十五回本、一百二十四回本、三十卷不分回本。

简本与繁本的区别在于：一是回数不同，繁本为一百回，简本均超过一百回；二是文字繁简不同；三是回目不同，如第五回回目，一百一十五回本是"史大郎走华阴县　鲁提辖打镇关西"，而一百二十回本为"史大郎夜走华阴县　鲁提辖拳打镇关西"；四是情节不同，简本有征田虎、王庆的描写，繁本没有征田虎、王庆的描写；五是英雄名号不同，如时迁，一百一十五回本为"地贼星"，百回本为"地偷星"，朱贵的绰号，繁本作"旱地忽律"，简本作"旱地葱"；六是文辞不同，简本回前有诗、词，繁本将词变成诗，诗变成赋、格言，而繁本的"道"，简本则为"曰"。

简本与繁本的成书时间孰前孰后？一般认为，繁本在前，简本在后，简本是根据繁本增删而成的。也有人认为，简本在前，繁本在后，繁本是在简本的基础上加工润色而成的。这一问题还需要深入研究。

第二节　百回本《水浒传》的思想内容

百回本《水浒传》的思想内容极为矛盾复杂。按照宋江农民起义故事的发展过程，可以划分为三个情节阶段。第一回至第七十回为第一阶段；第七十一回至第八十二回为第二阶段；第八十三回到第一百回为第三阶段。

前七十回为第一阶段，主要写了两方面的内容：一方面，抨击统治阶级的腐朽残忍，描绘劳动人民的苦难，揭示农民起义的社会根源；另一方面，全面描述和热情歌颂高举反抗大旗的农民起义英雄。

小说首先出场的是后来成为全书统治阶级代表人物的高俅。他本是一个臭名昭著的浮浪破落户子弟，京城各处不能容身，只是踢得一脚好球，因一个偶然机会被"贵人"看中，又因善于逢迎拍马，不到半年，官至殿帅府太尉。于是，昏君奸臣，沆瀣一气。这样的开头揭示了小说官逼民反，"乱自上作"（《第五才子书》第一回批语）的主题。高俅作为统治阶级代表，充分表现出残忍、奸诈、腐朽的本质。王进母子夜奔，林冲夫妇死别，杨志怀才流浪，都是由于他的迫害。更为可怕的是，朝廷上下，以高俅为核心，形成了一个复杂庞大的相互勾结庇护、荣损与共的封建统治关系网：高衙内是他的螟蛉之子，高唐州知州高廉是他的堂兄弟，蔡京、童贯是他狼狈为奸的死党，江州知府蔡德章是蔡京之子，北京留守梁世杰是蔡京的女婿，华州贺太守是蔡京的门人……正是在这批人的纵容庇护之下，各地的恶霸、流氓、地痞兴风作浪，为所欲为：西门庆毒死武大郎，镇关西强骗金翠莲，毛太公反咬"二解"，等等。小说虽然没有正面描写劳动人民的苦难，但零星的笔墨如电光石火，令人一目了然。阮氏兄弟不能进泊打鱼，衣食无着，阮小二却说："我虽然不得打大鱼，也省了若干科差。"可见繁重的苛捐杂税搞得民不聊生。

作者用大量篇幅从正面描写并歌颂了农民起义英雄。小说精心构思，章法严明，循序渐进，一丝不苟。农民起义经过了由小到大、由弱到强的发展过程：一是从个人反抗发展到集体反抗。鲁达拳打镇关西，林冲火烧草料场，属于个人反抗行为；而智取生辰纲，江州劫法场，则是集体反抗行动。二是由消极抗争发展到主动进攻。前面的自我防卫，属于消极抗争；后来的智取无为军等，就是主动进击。三是由攻打地主武装发展到正面抗击朝廷大军。三打祝家庄是攻击地主武装，大破连环马就是粉碎朝廷武装。四是由战术防御发展到战略进攻。早期的战事多为防御性质，后期的攻占大名府等就是起义军的战略进攻。最后，梁山义军大张旗鼓地招兵买马，屯粮造船，使星星之火终于发展到燎原之势。农民起义的熊熊烈火，足以埋葬封建王朝。这样的现实主义描写，客观上助长了农民起义军的志气，扑灭了封建统治者的威风，使劳动人民对统治阶级长期宣扬的"君权神授"观点产生怀疑，也使读者对大义凛然的农民起义英雄肃然起敬。值得一提的是，作者让宋徽宗也赞扬农民起义军："此辈好汉，真英雄也。"（第八十二回）这些描写不一定真实，农民起义军的反抗也不完全坚决彻底，但作者敢于对他们给予正面描绘，加以赞颂，确实难能可贵。这样的思想内容，奠定了《水浒传》在中国小说史和中国文学史上的独特地位。

第七十一回至第八十二回为第二阶段，描写梁山起义军接受招安的过程。其中可细分为酝酿招安、征辽、征方腊等几个小段落。小说以时间为顺序，先写宋江领导的起义军两赢童贯、三败高俅，继而就可以联合其他起义军一举推翻摇摇欲坠的宋王朝。但就在梁山事业的辉煌顶点上，起义军反而接受了朝廷招安，这是由梁山领袖宋江"只反贪官，不反皇帝"的一贯思想所决定的。次写起义军又接受朝廷的指派，出兵征辽，抵御外敌。后写起义军再次被朝廷利用，宋江率部征讨农民起义军方腊，此时宋江领导的梁山农民起义军实际上已经彻底改变了农民起义的性质。

第八十三回到第一百回是第三阶段，写起义军的瓦解覆灭。人们对《水浒传》思想内容的分歧主要集中于这一部分。总体看来，作者对农民起义英雄是肯定的、同情的，甚至是拥护的；对昏君奸臣是不满的，甚至是痛恨的。但作者有一个底线，就是起义军不能推翻封建皇权统治。也就是说，作者是赞同起义军接受招安的，但对起义军最后被利用、被消灭又深感遗憾。换言之，作者既不能容忍封建政权被农民起义军所取代，又不愿看到起义军被利用、被消灭的下场。作者客观上写出了封建统治者的昏庸、腐朽、虚伪，写出了农民军的淳朴信义、光明正大。他不愿意朝廷与起义军连年互相攻杀，但又清醒地认识到起义军投降也不是出路。作者思想上陷入矛盾和两难境地。所以他安排了公孙胜归山、鲁智深坐化、燕青辞主、李俊诈疯等情节。燕青辞别卢俊义时说："小乙此去，正有结果，只恐主人此去，无结果耳。"作者找不到任何解决矛盾的办法，也不可能给起义军指出一条超越他们自身本性和特征的出路。作品只得在"千古蓼洼埋玉地，落花啼鸟总关情"的哀怨声中落下帷幕，表现出鲜明而又深刻的现实主义创作特点。

招安以后的描写，读来沉闷凄凉，艺术上也不太成功，但其思想内容相当深刻。它不仅符合历史上宋江起义的真实结局，而且反映了封建社会农民起义的一般规律。招安以后的描写实际上寄托了作者深沉的感慨和对历史的深刻思索。他指出了统治者与被统治者、忠与奸矛盾的不可调和性，揭示了农民起义的一般归宿，指出了农民阶级的局限性。

第三节　《水浒传》的艺术性

《水浒传》在小说艺术上取得长足的进步，主要表现在人物形象塑造和语言运用两方面。

一、《水浒传》的人物形象塑造

塑造人物形象是小说的重要使命，也是衡量小说艺术水准的主要尺度。《三国演义》人物形象是类型化的，表现为绝大多数人物可以用一个词汇来概括其性格特征。《水浒传》的成就在于，塑造了一批性格比较复杂且有所发展变化，具有鲜明个性的人物形象。同为粗豪型的英雄，武松、李逵、鲁智深的粗豪程度不同，性格有别；同为武艺高强且地位较高的武官，王进、林冲、杨志也各具风采，别有个性。诚如金圣叹所评："别一部书，看过一遍即休；独有《水浒传》，只是看不厌，无非为他把一百零八人性格都写出来。"（《第五才子书读法》）

可以说，《水浒传》塑造了一批恩格斯所说的"典型环境中的典型人物"，写出了人物活动环境的变迁以及性格的相应变化，即写出了人物性格的演变史。现在以宋江为例加以说明。宋江是山东郓城县押司，虽为小吏，身份还是庶人。他尽管混迹于官场，但并不如意，总觉得怀才不遇，大志难成。这就使他很容易认清统治阶级的本质，也容易产生背离思想。由于他与"江湖社会"的关系密切，受传统的江湖义气的影响，并且赞同反抗者本身行动的正义性，于是，他担着"血海也似的干系"，为晁盖等人送信，并暗中保持往来。但他毕竟不是一贫如洗的"三阮"，当然不可能拍拍屁股就投奔梁山。小说没有直接说明他的经济地位，但江湖上称他为"及时雨"，说明他既有慷慨仗义、及时帮助别人的品德，也具有随时解囊、扶危济困的能力。实际上宋江是个大地主，既有钱，又有一定的社会地位。他放走晁盖是出于江湖义气，怒杀阎婆惜是怕走漏消息，断送了前程。他"杀惜"之后浪迹江湖，对自己的社会地位和黑暗社会现实感到不满，但不满并不一定意味着想反抗。他和花荣共同抵御青州统制秦明，攻打清风寨，与统治阶级刀枪相对，这是他思想发展的重要转折。这时他显然还在犹豫彷徨，打个人的小算盘。大家以为这次宋江公开对抗朝廷，该下决心和大伙一起上梁山了。谁知在浩浩荡荡奔赴梁山的路上，一封假的家书就让他撇下众位兄弟，独自回家"奔丧"去了。宋江是老谋深算的押司，思想复杂的刀笔吏，不可能像舞刀弄枪的一介武夫林冲那样两次受辱后就义无反顾地上了梁山。宋江被发配途中，刘唐要救他，他说这是要陷他于"不忠不孝"之地；晁盖邀请他上山，他说这样做"上逆天理，下违父教"。因为宋江明白，服刑期满后还有东山再起的希望，起码可以回乡当财主；而一旦反上梁山，不仅"不忠不孝"，还有丢脑袋的危险。两相权衡，还是以不上梁山为宜。他在浔阳楼吟了反诗，被人告发，证据确凿，已经身临绝境，但还企图蒙混过关，"把尿屎泼在地上，就倒在里面，诈作疯魔"。直到法场被救，死里逃生，无路可退的宋江才出于求生的本能，又感于朋友们的义气，还带着日后可能接受招安的期望，水到渠成地反上了梁山。作者目光深邃，手法娴熟，恰到好处地把握了人物性格的发展脉络，值得称道。

根据《大宋宣和遗事》及元代水浒戏的描写，宋江是"杀惜"后立即投奔梁山的，而小说却增加了许多波澜。这并非为了故意卖关子，也不仅仅是为了让他联络诸位英雄，主要为了描写促进宋江性格变化的社会环境和现实因素，充分表现那个时代阶级矛盾和社会关系的复杂性，证明宋江的反抗并不是偶然的冲动，而是环境逼迫的结果。可以说，《水浒传》"官逼民反"这一主题，在宋江这一人物身上得到最充分、最完美的体现。

关于宋江接受招安的描写，也是比较客观的。接受招安，是因为宋江身上存在期望接受招安的个人因素，如根深蒂固的忠孝观念，封妻荫子、青史留名的人生追求目标。此外还有两方面更为重要的原因，即农民阶级固有的思想局限性和梁山泊起义军内部存在的接受招安的某些因素。起义军首领绝大多数只反贪官，不反皇帝，"赤贫代表"阮小五唱的调了就是"忠心报答赵官家"，阮小七唱的是"京师献与赵君王"。一百单八将中，只有李逵动不动要"杀上东京，夺了鸟位"。但在小说中，李逵的话成了插科打诨的噱头。像林冲、李逵这样愿意一反到底的英雄毕竟是极少数，连吴用、公孙胜、刘唐等首领对于接受招安的态度也是无可无不可，更不用说占多数的来自朝廷方面的降官降将了。此外，水浒故事流传加工是在宋元之际，《水浒传》成书在元明之交，当时异族入侵对中原汉民族构成极大威胁，朝廷和起义军愿意合作以共同抵御外侮，所以宋江接受招安后的第一件事就是征辽。显然，在宋江性格形成和发展过程中，渗透了元明之交广大人民群众的思想意识，也体现了元明之交的时代特色。这样看来，宋江接受招安的描写是真实可信的。

同样，小说描写了东京八十万禁军教头林冲从逆来顺受，忍辱退让，一忍再忍，发展到怒发冲冠，手刃仇人，铤而走险，逼上梁山的经过，塑造了林冲这样一个"典型环境中的典型人物"。其他如杨志、武松、鲁智深等，人物性格的演变史均清晰可见。

二、《水浒传》的语言艺术

《水浒传》的语言成就达到了相当的高度。

首先，人物语言个性化。如柴进见宋江时说"大慰平生之念"，不失贵族身份；鲁达第一次见宋江时说"多闻阿哥大名"，显得豪迈诚恳；李逵则说"我那爷，你何不早说这些个，也教铁牛欢喜欢喜"，格外天真、憨直。再如第七十一回，写众英雄反对招安，李逵语言鲁莽，武松语言诚恳，鲁智深语言沉痛，这是他们的个性、修养、遭遇等因素决定的。其他如柴进语言的温文尔雅、吴用语言的犀利多智、阎婆惜语言的刁钻古怪、王婆语言的老练圆滑，均给读者留下了深刻印象。

其次，人物语言口语化。《水浒传》受宋元话本、元杂剧影响较大，语言口语化特色明显。王婆说风情，李逵见宋江，都是很典型的例子。《水浒传》和《三国演义》分别代表了两种不同的语言风格。《水浒传》在一定程度上代表了下层民众特别是无文化群体的通俗语言风格，而《三国演义》则代表了下层文人的语言特点。

再次，叙述语言生动形象，准确明快，这是提炼净化群众口语的结果。如第三回的"鲁提辖拳打镇关西"、第十回的"林教头风雪山神庙"，等等，就是脍炙人口的篇章。

> 扑的只一拳，正打在鼻子上，打的鲜血迸流，鼻子歪在半边，却便似开了个油酱铺，咸的、辣的、酸的一发都滚出来。
>
> 提起拳头来就眼眶际眉梢只一拳，打得眼棱缝裂，乌珠迸出，也似开了个彩帛铺，红的、黑的、绛的，都绽将出来；
>
> 又一只拳，太阳上正着，却似做了个全堂水陆的道场，磬儿、钹儿、铙儿一齐响。

这里分别从味觉、视觉、听觉三个不同感知角度，形象地展示出三拳的威力，塑造了鲁智深的英雄形象。

《水浒传》艺术上的局限性很明显，主要表现在前后水平的不平衡。七十回以后，艺术水平大不如前。后三十回人物形象再没有发展变化，完全淹没在一般的战争描写之中。而不少战争描写也显得单调乏味。小说的结构有其特色，但不如《三国演义》严密宏伟。此外，有学者指出，小说中有些情节过度夸张，经不起推敲，细节描写前后矛盾，货币信息也存在问题①。

《水浒传》对后世文学产生了巨大的影响，它不仅为英雄传奇小说树立了丰碑，还为后代的戏曲、小说创作提供了丰富的题材。

---

① 杨大忠．从货币信息看《水浒传》研究中的问题．明清小说研究，2016（1）：89－102．

第四节　关于《水浒传》主题和宋江评价及其争论

一、历代对《水浒传》主题的评价

封建时代（明清两代），对《水浒传》有两种截然不同的评价。第一种认为《水浒传》的主题是"诲盗倡乱"，如梁恭辰《劝戒录》称之为"邪书之最可恨者"；俞万春的《荡寇志》则通过创作实践，把一百零八位梁山英雄斩尽杀绝，从而对《水浒传》加以否定。第二种认为《水浒传》是"弭盗之书，忠义之书"，李卓吾、大涤余人等持此说。另有一种说法介于两者之间，张凤翼《处实堂续集》卷六十四："兹传也，将为海盗也，将为弭盗也。"封建统治者对《水浒传》时禁时放。明代嘉靖年间朝廷支持刻印《水浒传》，郭勋刻本就是官方刻本；清初把《水浒传》编入《承平乐部》，演出水浒戏，如《忠义璇图》是入时的官场娱乐活动。而明末李自成农民起义时则严禁《水浒传》。

旧民主主义革命时期，从社会革命的角度评价《水浒传》，认为《水浒传》是倡导资产阶级革命的小说。

从 1949 年新中国成立到"文化大革命"时期，主要有四种观点：其一，英雄史诗说，认为《水浒传》描写农民起义，是英雄的史诗，农民战争的史诗；其二，反映地主阶级典型的进步知识分子的思想；其三，反映了大多数中间状态的农民思想；其四，"文化大革命"前认为其是宣扬投降主义的反面教材。

二、历代对宋江的评价

历代对《水浒传》主题的评价迥然不同，因而，对宋江的评价也有很大差别。从小说问世到"文化大革命"时期，主要有五种观点：其一，宋江是农民起义的领袖，是梁山起义的一面镜子。其二，宋江有两面性，即革命反抗性和软弱妥协性。其三，宋江受招安是胜利者的姿态，是积极的行动，尽忠报国，是从整个国家和人民利益出发的。其四，《水浒传》把宋江由"勇悍狂侠"变成庸才，篡改了历史。其五，宋江假仁假义，搞孔孟之道。

三、近年来对《水浒传》和宋江的评价

"文化大革命"后，文学评论进入新阶段，对《水浒传》和宋江的评价主要有六种观点：

其一，忠奸斗争说，认为《水浒传》主要写朝廷内部忠臣与高俅、蔡京等奸臣的斗争。

其二，革保斗争说，认为《水浒传》主要写革命派和保守派的斗争。

其三，为市井细民写心说，认为《水浒传》主要描写江湖社会的市井细民。

其四，英雄史诗和革命悲剧说，认为《水浒传》既是英雄史诗，又是革命悲剧。

其五，丢宋江保《水浒》说，不评价宋江的复杂性，只评论《水浒传》本身。

其六，两部《水浒》（嘉靖本和七十一回本）两个宋江说，认为两种版本的《水浒传》思想内容有很大差别，两个宋江形象也完全不同。

四、结论

关于《水浒传》的评论，主要围绕题材和描写重点进行分析。

第一，《水浒传》的题材是农民战争题材。作者站在同情、赞扬农民起义，颂扬起义领袖的立场上，站在被压迫阶级的立场上，反映官逼民反、乱自上作的现实，创造了人民英雄的群像，肯定了农民武装斗争的正义性，表现了人民群众的理想。

小说揭示了被压迫群众与统治阶级的矛盾即农民与贪官污吏、奸臣的矛盾，以及统治阶级内部忠臣与奸臣的矛盾。两种矛盾相互牵制，最后阶级矛盾降为次要矛盾，忠奸矛盾成为主要矛盾。

统治阶级与被压迫群众两大阵营壁垒森严，界限分明，分别是以高俅为核心的统治阶级和以宋江为首的梁山英雄。统治阶级的其他代表人物是太师蔡京，其女婿梁中书、儿子蔡德章、妹夫贺太守，枢密使童贯，高俅的堂弟高廉、儿子高衙内以及高廉妻弟殷天锡，太傅杨戬，皇戚慕容达等，这些中高级官员是人民群众斗争的主要对象。统治阶级的基础主要是地主及其爪牙，如毛太公、曹太公、史文恭、张都监、西门庆等。被压迫群众的反抗力量主要来自江湖社会，包括三部分，一是反上梁山的英雄，如李逵、吴用、"三阮"等中坚力量；二是被逼上梁山的英雄，如宋江、林冲、花荣、柴进等领袖和骨干；三是被拉上梁山的英雄，如关胜、呼延灼、徐宁、张清等武装力量；其他有医生、建筑师、管理人才，如萧让等，即技术力量；还有乡绅，如卢俊义等，有威望，有家财，可以帮助义军提高社会地位。小说还写到中间力量，沟通梁山义军与皇帝的关系，如清官陈文昭、忠臣张叔夜、妓女李师师等。

作者不以财富、权势来区分好人和坏人，而以江湖社会公认的标准来划分。作者肯定的是仗义疏财、礼贤下士、忠厚正直、忠孝节义、平等待人等江湖社会认同的良好品质；批判的是仗势欺人、虐害忠良、荒淫无度、贪赃枉法、妒贤嫉能、不忠不孝等恶劣行径。作品反映人民的积怨、积愤，表达人民不平的心声。人民靠自己的斗争改变命运，对现存秩序表示怀疑，对自己的力量予以肯定。鼓吹复仇，肯定复仇的合理性、正义性，宣扬农民反抗是"逼"出来的。

第二，小说重点写"逼"。逼者，压制之极也。写社会环境的压力，因为走投无路，必须丢掉幻想，才能杀出一条血路。鼓吹靠武装复仇，靠集体复仇。因为水浒英雄主要发展壮大梁山事业，只有靠集体才能复仇。忠奸斗争是小说描写的重点，作者有浓厚的忠君思想，对封建皇权有揭露批判，但不敢直接否定，而是千方百计为其开脱。通过一些语言、情节表达"只反贪官，不反皇帝"的观点，主张"清君侧"而反对"取而代之"。作者企图把反抗斗争纳入忠奸斗争，把宋江写成"权时避难，暂驻水泊"。七十回以后，忠奸斗争成为主线，最终结果是忠臣失败。这与农民斗争既有联系又有变化，是忠奸斗争在新形势下的表现。农民斗争力量，开始是忠奸斗争中忠臣的同盟军，最后成为忠奸斗争的牺牲品。

关于百回本《水浒传》宋江形象的评价观点众多，主要结论如下：

第一，百回本《水浒传》叙述了梁山农民起义的开端、发展、高潮和结局的全过程。从起义队伍内部因素看，失败是必然结局，是小说主要人物性格合乎逻辑发展的必然结果。因此，百回本《水浒传》是现实主义的作品。宋江是小说的主角，是贯穿全书的中心人物。没有宋江，就没有梁山事业，也就没有《水浒传》。

第二，宋江是作者肯定的人物，是众望所归的领袖。作者千方百计地想把他塑造成完人，但也有矛盾现象。"孝义黑三郎"，是就宋江的品质下的定义。"孝义"是江湖社会所肯定的为人基本品质。"义"，是江湖义气，为朋友两肋插刀的信义；"孝"有多层次的意义。另外，宋江为人真诚，不虚伪。小说故意把宋江与柴进对武松的态度进行了对比：第二十三回，柴进听庄客搬弄，对武松逐渐冷淡，称呼由"客官"变为"大汉"；宋江却与武松做衣服，一处安歇，临别时赠送银两，并义结金兰，送了一程又一程，站在酒店门口，一直到望不见了。这是为了突出宋江的"义"。宋江是有远见的战略家，对梁山事业起了决定作用。他广泛搜罗人才，有"片长寸艺，无不留心"。宋江能为山寨之主，主要在于会用人。有的慕名而来，有的直接投奔，"一百单七人，如七十子服仲尼也"（金圣叹语）。他善于拉拢团结一切可以团结的人，尽管有时手段比较残酷，甚至不择手段，如逼卢俊义、呼延灼入伙，但这有一定的时代背景：在动乱时代，所谓英雄视孩子、妻子为拖累，认为要干事业就必须放弃家庭。总而言之，梁山事业的发展、兴旺离不开宋江。

宋江的思想有局限性。作者用自己的观点来塑造宋江，使之具有忠孝节义、王权思想。他地位低下，与官府有矛盾，对现实不满，既有江湖社会的义气，又有忠君思想、正统观念。其性格深处有小吏的特征。他认为朝廷有合理性，封建法制天然合理，他的每一正义行动都处于矛盾之中，他反贪官，不反皇帝，所以最后拜倒在高俅脚下。

仔细分析，宋江性格具有二重性：一是反抗；一是接受招安。对其反抗性要充分肯定，他是农民起义领袖，李逵、"三阮"紧紧跟着他走。宋江在思想上并没有与朝廷决裂，随着起义军力量的壮大，他反而滋长了妥协思想，最后葬送了起义军，所谓"成也宋江，败也宋江"。这并不奇怪，因为农民斗争常常是反复的，反抗，投降，再反抗；况且，人的一生也是不断变化的，是复杂的。宋江最后率梁山义军打方腊，征义军，成了朝廷的御用工具。显而易见，他性格的两方面是互为消长的，因此形成了性格的双重性。

第五节　明代其他英雄传奇小说

《水浒传》为后世的英雄传奇小说树立了丰碑，《说岳全传》《说唐全传》等小说在思想内容、人物塑造、情节安排、语言运用等方面直接受其影响。从焦赞、孟良、程咬金、牛皋等小说人物形象不难看到李逵的影子。

《水浒传》还为后世的小说、戏曲创作提供了丰富的题材。小说《金瓶梅》《水浒后传》《荡寇志》等和戏曲《宝剑记》《义侠记》《偷甲记》等都借鉴了其部分题材。《水浒传》对后代的另一重要影响，就是以其精湛的艺术成就启迪了一部分知识分子，推动了小说、戏曲创作及其批评的发展。李卓吾把《水浒传》与《史记》、杜诗、苏轼文等列为"宇内五大部文章"。金圣叹更把它作为三千多年来第一部才子书加以评点，从而大大推进了小说批评的发展。在这一点上，《水浒传》远远超过了《三国演义》。

同时代出现了一些其他英雄传奇小说。

《杨家府世代忠勇演义志传》，现多简称为《杨家府演义》或《杨家将演义》，描写北宋初年杨家几代人抵御契丹族入侵的故事。现存最早的版本是万历三十四年（1606年）版，题"秦淮墨客校阅，烟波钓叟参订"，秦淮墨客即纪振伦。杨家将几代人奋不顾身，浴血奋战，历来为人民所景仰与崇拜。南宋话本中有《杨令公》《五郎为僧》，金院本有《打王枢密》，元杂剧有反映杨家抗战的《昊天塔孟良盗骨》《八大王开诏救忠臣》《杨六郎私下三关》《杨六郎调兵破天阵》《焦光赞活拿萧天佑》等。《杨家府演义》主要歌颂了杨业、杨延昭父子及杨家女将英勇抗敌的业绩。老将杨业忠心耿耿，智勇双全，威震辽邦。陈家谷口一役，只因潘仁美坐视不救，杨业身陷重围，力战不克，撞碑殉国。其子六郎杨延昭继承父业，屡败辽兵，巩固了边防。众女将中以穆桂英最为出色。她武艺出众，计谋超群，在大破青龙阵的战役中起了重要作用。这个人物的塑造对于男尊女卑的封建礼教具有冲击作用。小说宣扬了忠君思想，而对于宋真宗的愚昧，潘仁美、王钦等的奸诈阴险，又均有一定的揭露。该书在艺术上并不出色，情节多荒诞，尤其后一部分多描写妖术神魔，语言较浅薄。

《英烈传》，又名《皇明开运英武传》。日本内阁文库所藏明万历十九年（1591年）重刊本为今存最早的刊本。作者或曰郭勋，或曰徐渭，均无确证。全书80回，写朱元璋转战南北，建立明王朝的经过。从元顺帝骄奢写起，到沐英平定云南结束。小说不完全依照正史，但离奇荒诞情节不多；描写不如《新列国志》细致，但也不像《隋史遗文》那样粗疏。

其他英雄传奇小说还有高亮的《于少保萃忠全传》等。

此外，值得一提的是，《水浒传》在清代出现了两部颇有影响的续书：《水浒后传》和《荡寇志》。

《水浒后传》，40回，作者陈忱，字遐心，号雁荡山樵，浙江吴兴人，明遗民，生卒年不详，曾与顾炎武、归庄等人组织惊隐诗社。《水浒后传》为其入清后所作。小说继宋江征方腊后写起，描述梁山未死将领及英雄后代在李俊的带领下，继续抗金以及到海外建功立业的故事。其主题略同于《水浒传》，如谴责宋徽宗、钦宗、高宗的昏庸愚昧，揭露蔡京门生巴山蛇、走狗张干办及吕太守、王朝恩的强横不法。在金兵入侵时，呼延灼、关胜等带领义军浴血奋战，终因得不到朝廷支持，或战死沙场，或命丧黄泉，剩下的多随李俊到海外继续反抗去了。这一结局或许寄予着作者对郑成功反清复明的厚望。其思想内容未能超出《水浒传》，而忠君思想更浓，人物形象缺少血肉，后面部分落入神话及才子佳人小说的俗套，其成就远不及《水浒传》。

《荡寇志》，一名《结水浒传》，70 回，有结子一回。作者俞万春（1794—1849 年），字仲华，号忽来道人，浙江山阴（今绍兴）人。出身于官宦家庭，曾参与镇压农民起义。作者衷心维护封建统治，认为起义军造反十恶不赦，不容招安，只配斩尽杀绝。因而花 20 年时间撰写了《荡寇志》，此书于 1851 年由其子俞龙光刊印行世。《荡寇志》以陈希真、陈丽卿父女为主要人物，将张叔夜、陈希真、云天彪等三十六人写成雷神下凡，辅佐皇帝"荡妖灭寇"。这些人忠孝双全，文武兼通。相形之下，梁山英雄形同槁木，吴用愁眉苦脸，宋江流涕呼号，公孙胜法术失灵，花荣射箭不准。最后一百单八将或战死，或被擒，或疯癫呕血而死，无一善终。宋江竟死于贾（假）忠、贾（假）义之手。该书将梁山英雄斩尽杀绝，内容反动；但艺术上比较成功，其一，与前传的衔接天衣无缝，情节安排比较巧妙；其二，人物性格发展比较自然，也基本合理；其三，语言精练流畅，表现力强。鲁迅认为，此书为《水浒传》续书之佼佼者。其艺术性值得研究。

思考题

1. 《水浒传》的繁本与简本有何区别？

2. 如何评价《水浒传》关于宋江接受招安的描写？

3. 分析宋江思想性格的二重性。

4. 英雄传奇小说与历史演义小说的区别是什么？

5. 以林冲为例，分析《水浒传》人物性格的发展历程。

6. 如何正确评价《水浒传》的续书《荡寇志》和《水浒后传》？

第七章　明代神魔小说

📑 教学目的

了解《西游记》的成书过程和内容；掌握孙悟空等人物形象以及神魔小说的一般特点；注意《西游记》主题的争论和小说的影响。

明代中叶以后，出现了一批以《西游记》为代表的，写神仙斗法、妖魔逞强的中长篇小说，鲁迅名之为神魔小说，亦称为神话小说。从古代神话到志怪、传奇，述异志怪蔚然成风，作品多如牛毛，神仙鬼怪一直作为代表劳动人民理想的神奇力量被加以描绘，但这类作品大多篇幅较短，文字平实，描写缺少婉曲之笔。明代中期，描写神怪的小说突破短篇体制，在思想艺术性上有了飞跃。代表作为《西游记》，堪称为神魔小说的典范之作。

第一节　《西游记》的作者、成书过程和版本

《西游记》100 回，描写唐僧取经的故事，是在真人真事的基础上发展起来的。取经故事从唐代开始流传，经过九百多年的漫长岁月，由下层文人根据自己的生活经验不断进行润色改造，最后，大概由明代的吴承恩整理写定。

一、《西游记》的作者

《西游记》作者问题，目前尚有争议，一般认为是吴承恩。吴承恩（约 1510—约 1582 年），字汝忠，号射阳山人，明代淮安山阳（今江苏淮安）人。他出身于一个由小官僚沦落为商人的家庭。其曾祖父和祖父曾相继为学官，父亲则是卖"彩缕文縠"的商人。吴承恩"性敏而多慧，博极群书，为诗文下笔立成。清雅流丽，有秦少游之风。复善谐谑，所著杂记几种，名震一时"（《天启淮安府志》）。他在科举道路上步履维艰，屡困场屋，直到嘉靖二十三年（1544 年），三十多岁时才补为岁贡生。后因母老家贫，做过短期的浙江长兴县丞，但终因"耻折腰，遂拂袖而归"。长期卖文自给，生活清苦，这既消磨了他的锐气和壮

志，也激发了他的狂傲和愤慨。他自幼喜欢稗官野史，熟悉神话传说和民间志怪故事。他曾创作过一部志怪小说《禹鼎志》，在自序中说："虽然吾书名为志怪，盖不专明鬼，时纪人间变异，亦微有鉴戒寓焉。"（《射阳先生存稿》卷二）晚年，他纵情诗酒，发愤著述。《西游记》大概是他借助文艺形象揭露社会黑暗，曲折表现劳动人民和自己社会理想的杰作。他的著作很多，不少作品散佚。现存《射阳先生存稿》，系后人辑录而成，1949 年新中国成立后重印时改名为《吴承恩诗文集》。

二、《西游记》的成书过程

《西游记》是在民间长期流传的基础上，由文人加工创作而成的神魔小说。其成书过程经过几个阶段：

第一，历史阶段。唐僧取经是一个真实的历史事件。僧人陈祎在唐太宗贞观元年（627年）到天竺（印度）留学取经。他历尽千辛万苦，费时 17 年，历经 24 个国家，来往行程数万里，终于在贞观十九年（645 年），取得 657 部梵文（古印度文字）真经回到长安。他口述西行见闻，由其门徒辩机写成《大唐西域记》，介绍西域诸国的佛教遗迹及土地物产、风俗人情等。后来，其门徒慧立、颜悰又撰写了传记文学名著《大唐大慈恩寺三藏法师传》。两书均富神异色彩。由于唐僧在交通、生活、语言等极其困难的情况下，孤身西行，远涉异域，取得真经，极富传奇色彩，唐僧取经故事便广泛流传于民间，并逐渐脱离史实，增加了神异内容。

第二，神话阶段。宋代的说话人把唐僧取经故事作为说话题材。现存《大唐三藏取经诗话》便是南宋说话人说话的底本。话本记叙了猴行者变为白衣秀士，保护唐僧，降妖伏怪西行取经的故事，富有神异色彩。主角由唐僧转化为猴行者，书中的猴行者和深沙神就是《西游记》中的孙悟空和沙和尚形象的雏形。猪八戒的形象还没有出现。

第三，平话阶段。元代至明初，出现了更为成熟的《西游记》话本。在《永乐大典》里有一段题为"梦斩泾河龙"的文字，大约 1200 字，标明出自《西游记》。这段文字相当于现存世德堂本《西游记》第九回和第十回的前小半部分。另外，朝鲜古代的汉语教科书《朴通事谚解》曾多次引用一部名为《唐三藏西游记》的平话。该平话写了大闹天宫、车迟国斗圣，以及黄风怪、蜘蛛精、红孩儿、火焰山、女人国等故事。

第四，戏曲阶段。西游取经故事很早就被搬上舞台进行表演。金院本中有《唐三藏》，元杂剧中出现了吴昌龄的《唐三藏西天取经》，均已失传。元末明初杨景贤的杂剧《西游记》中有唐僧出世故事，其中孙悟空虽是主角，但神通不大，整个形象与百回本小说《西游记》所塑造的形象有本质区别。

第五，小说阶段。明代中期，《西游记》传播进入小说阶段，出现了各种不同的版本。

三、《西游记》的版本

《西游记》的版本系统比较复杂，主要有四种：

其一，明代杨致和的《西游记传》，简称杨本。余象斗编刻。4 卷，40 节，基本内容同百回本《西游记》。

其二，明代朱鼎臣编的《西游释厄传》，简称朱本，上图下文，1930 年在日本村口书店被发现。

其三，明代的百回本《西游记》，未署作者。有金陵世德堂本，书名《新刻绣像官版大字西游记》，简称世本，20 卷，100 回，是最早的百回本版本；有闽书林杨闽斋梓《鼎锲京本全像西游记》，100 回，该本又有清白堂梓本，简称清白堂本；还有华阳洞天主人校、陈元之序《唐僧西游记》100 回，简称陈元之序本；有《李卓吾批评西游记》100 回，简称李评本，每回有回评、夹评，计 1 万多字，有 100 幅图。李评本最早在日本被发现，1981 年在苏州出现，可能是叶昼伪托之作。

其四，清代汪象旭《西游证道书》，有元人虞集序《长春真人西游记序》。长春真人是丘处机，后有人遂以为此书是丘处机所作。清代学者纪昀《阅微草堂笔记》考证其中官制为明制，可以肯定不是元人作品；后经胡适考证，吴承恩为百回本《西游记》作者。该版本简称吴本。

《西游记》的版本很复杂，祖本为何？至今没有定论。鲁迅认为，《西游记》的祖本是杨致和本；郑振铎提出，祖本是永乐大典本；陈新认为，杨致和本是吴本的祖本；澳大利亚学者柳存仁认为，先有朱鼎臣本，后有吴本，杨致和本抄朱鼎臣本，吴本又抄杨致和本、朱鼎臣本。有学者推测，可能在永乐大典本、《朴通事谚解》本之后有一个版本，在其影响下才产生杨本、朱本、吴本。其祖本问题至今仍有争议。

第二节　《西游记》的思想内容和人物形象

一、《西游记》的思想内容

百回本《西游记》，可分为三大部分。

第一回至第七回为第一部分，写孙悟空出世、学艺、闯龙宫、斗地府、闹天宫的故事。其中以"大闹天宫"最为精彩。小说开头着力描写孙悟空"石破天惊"的诞生过程以及"目运两道金光，射冲斗牛"的惊人气概。接着写他为了取得武器，大闹龙宫；为了打破冥司的约束，强令阎王把生死簿上全部猴属的名字勾掉。后来玉皇大帝软硬兼施，三次兴师讨伐，两次设计招安。面对天兵神将的围攻，孙悟空一往无前，所向披靡。十万天兵被杀得人仰马翻，玉帝宝座摇摇欲坠。他被骗面见玉帝，既不"朝礼"，也不"谢恩"，只是"唱个大喏"。戳穿骗局以后，他干脆竖起了"齐天大圣"的旗号。后来又偷仙桃，盗御酒，窃金丹，败天兵，再次将天庭打得落花流水。最后，玉帝借助佛、道的势力，向孙悟空撒下天罗地网。这更激起孙悟空的愤怒和反抗，他蹬翻八卦炉，摔倒太上老君，向法力无边的如来佛喊出"皇帝轮流做，明年到我家"的呼声。孙悟空闹"三界"的种种叛逆行为，反映了历史上被压迫者长期被压抑的反抗愿望，也体现劳动人民渴望砸碎枷锁，争取自由的理想。

第八回至第十二回为第二部分，交代唐僧的身世和取经的缘起，在情节上起过渡作用。如来佛见天下四大部州中的南赡部州人民"贪淫乐祸，多杀多争"，为了使他们弃恶从善，派观音到东土寻找取经人，让取经人备尝艰辛后到西天求取如来佛的三藏真经，带回唐朝劝化众生。观音找到了取经人玄奘，沿途劝化三个妖魔即沙和尚、猪八戒、孙悟空，做玄奘的徒弟，又搭救了一条即将遭诛杀的玉龙，使之做玄奘的坐骑，这样，预先为唐僧组织了一支取经队伍。

第十三回至第一百回为第三部分，写取经过程，这是小说的主体部分。唐僧受唐太宗之遣，赴西天取经。经过宝象国、乌鸡国、车迟国、西梁女国、祭赛国、朱紫国、比丘国、灭法国、天竺国九个国度，历经九九八十一难，终于取得三藏真经。唐僧师徒四人在西行取经途中与各种妖魔进行了激烈的斗争。

二、《西游记》的人物形象

小说着力塑造了孙悟空的形象。虽然取经路上的孙悟空已经由叛逆者变成保护唐僧取经的佛门弟子，形象似乎前后矛盾，但实际上其主导方面是统一的。取经故事流行较早，在流传过程中早已定型，作者虽然在取经故事基础上，在作品开头增加了"闹三界"的情节，但毕竟不能取代和改变既成的取经故事，因而不得不虚构孙悟空皈依佛门的内容。但小说写取经，着力描写的不是取经本身的价值和意义，而是通过克服九九八十一难的幻想情节继续表现孙悟空敢于斗争、所向无敌的战斗精神，寄托劳动人民除暴安良的理想。如果说，前七回中的孙悟空是天上最高统治阶级的叛逆者，那么，取经途中的孙悟空则是下层恶势力的铲除者。这就是前后两部分孙悟空形象的内在联系；正义性和斗争性则是前后联系的红线和纽带。

孙悟空的形象具有典型意义。

首先，孙悟空具有疾恶如仇、除恶务尽的精神。他镇妖除怪的动力在很大程度上来源于对人间百姓的爱护，并不仅仅因为妖精要吃唐僧肉，必然耽搁了取经的进程。例如，他在比丘国降伏鹿神，分明是因为要拯救1111个小孩的生命。他在隐雾山打死豹子精，为的是让贫苦的樵夫免于死难。他上天入地，三调芭蕉扇，扑灭了火焰山熊熊烈火，其目的之一就是让当地的老百姓能够"布种收割"，用"五谷养生"。虽然他降妖伏怪在客观上为取经道路扫除了障碍，而为民除害的目的却表现得非常突出。他听说有妖怪，就摩拳擦掌，跃跃欲试，先斩为快，生动地体现出"要扫除一切害人虫，全无敌"（毛泽东《满江红·和郭沫若同志》）的战斗精神。

其次，孙悟空具有坚韧不拔、顽强乐观的精神。面对取经路上的种种困难，孙悟空既不同于唐僧的浑身发软，两泪交流，甚至"坐不稳雕鞍，翻身跌下马来"，也不同于猪八戒的动不动就要"散伙""分行李"。为了消灭白骨精，他虽然吃尽了"紧箍咒"的苦头，仍坚持斗争，百折不挠，直到将其打死。狮驼山上，他误入"阴阳二气瓶"，差点送了性命，依旧"咬着牙忍着痛"，继续顽强战斗。在小雷音寺，他被妖精合在金铙中，几乎闷死，却既没有灰心，也没有动摇，而是查访妖精来历，改变斗争方式，设法讨来救兵，争取外援，克敌制胜。孙悟空一生只哭过两次，一次是被唐僧驱逐，一次是误信唐僧已被妖精杀害，此外，总是斗志昂扬，乐此不疲地拿妖捉怪。有了孙悟空，取经路上就充满笑声，取经胜利就有了保证。

第三，孙悟空具有机智灵活、善于斗争的精神。他有一双火眼金睛，善于识别妖魔鬼怪。无论妖怪如何伪装，他总能一眼看穿。如白骨精先后变成女子、老妪、老翁，三戏唐三藏，都被孙悟空一一识破。他不仅善于识别妖魔，而且擅长变化，能随机应变、灵活地与妖魔斗争。他讲究战术，常常变成蜜蜂、鹡鸰、小蝇、蚊子、促织、蝙蝠等，钻进敌人内部去摸情况，找软肋，盗法宝。对付最凶恶的敌人，又经常运用钻进对方肚子的绝招儿，在里面打秋千、竖蜻蜓、翻跟斗，迫使顽固的敌人低头求饶，从而转弱为强，反败为胜。他百战百胜，最后成了"斗战胜佛"。正是在尖锐复杂的斗争中，在与猪八戒、唐僧的比较中，孙悟空的形象才焕发出夺目的光彩。

小说中的唐僧，虔诚苦行，孜孜不倦地追求心目中的真理，不为富贵、美色所动，同时又具有封建儒士的迂腐、软弱、是非不分的缺点。猪八戒是孙悟空的陪衬人物，粗鲁憨直，能劳动又极懒惰，贪财，好色，自私，取经路上意志最不坚定。他是那种缺点很多又不乏可爱之处的人物形象。

三、《西游记》的思想性

《西游记》不仅闪耀着理想的光辉，而且显露出批判的锋芒。小说借助神话的形式，曲折地反映了当时的社会现实。其中的天庭，正是人间最高统治集团在天上的投影；昏庸残暴的玉帝，恰似明代中期的某些皇帝；作恶多端的妖魔，酷似当时的宦官、权臣、外藩、胥吏和地主豪绅；神佛与妖魔的关系，犹如上下勾结、官官相护的封建统治集团。至于地府判官私改生死簿，西天"尊者"勒索传经"小费"，分明是明代社会贪赃索贿、徇私枉法等腐败现象的艺术剪影。车迟国国王尊道灭僧，凭借"快手""缉事"迫害和尚的情况，又曲折揭露了明代嘉靖年间道士、特务横行肆虐的现实。小说为了批判现实社会的黑暗，不仅虚构了亦真亦幻的神话世界，对之进行了生动的勾勒，而且别开生面地在取经途中安排了九个人间国度，形象地描绘了他们"文也不贤，武也不良，国王也不是有道"的情况。比丘国的道士向国王进献女色，就被封为"国丈"；车迟国国王为了获取延年益寿的秘方，竟要杀一千多名儿童以取其心肝；乌鸡国全真道士夺了王位；灭法国国君要杀一万个和尚，等等。这些无不入木三分地嘲讽了明代某些帝王好色、炼丹、设醮、崇道等丑行。

作者的世界观有落后的一面，因而，《西游记》也存在一些糟粕。小说对封建社会的黑暗丑恶进行了批判，但并没有从根本上怀疑封建制度。作者幻想通过推行王道来建立一个理想的封建王国。如小说第八十八回极力歌颂的玉华县仿佛就是极乐世界。作者还通过孙悟空跳不出如来佛手掌心，反被压在五指山下，象征封建统治制度不可能被冲破。此外，作者把希望寄托在封建王朝最高统治者皇帝身上，希望以"贤君"代替"昏君"。小说抨击佛教和道教，又主张儒、佛、道三教合一，津津乐道地鼓吹生死轮回、因果报应思想；歌颂了造反英雄，但又宣扬忠孝节义等封建伦理道德。

第三节 《西游记》的艺术性

《西游记》是一部积极浪漫主义小说，富有浓郁的浪漫主义气息，具有很高的艺术成就，是神魔小说的高峰作品，为明代"四大奇书"之一。

首先，小说以现实为基础，以取经故事为基本线索，又充满了浪漫主义的幻想色彩。小说中的人物、事件，不是对现实生活的一般描摹和概括，而是现实生活的理想化。作者发挥了丰富的艺术想象力，创造了许多光怪陆离的神话故事，塑造了孙悟空、猪八戒等鲜明生动的艺术形象。孙悟空有七十二般变化，一个筋斗十万八千里，有一根能大能小、能粗能细、伸缩自如的金箍棒，还有降妖除怪、征服自然的无比威力。其他如神、佛、鬼、怪及虚无缥缈的天庭、地府、龙宫、魔窟等，都是作者按照古代社会的生活方式，根据人民的愿望创造出来的神话世界。因而，透过绚烂多彩的奇特幻想，可以看到纷纭复杂的现实生活。

其次，小说在塑造人物形象时，注意人物性格与动物属性的巧妙结合，使两者和谐统一，汇成一个有机整体。孙悟空本是一只石猴，既有机灵、好动、淘气、急躁等猴子的性格，又具有勇于反抗、善于斗争、不受拘束、热爱自由等特征，两者水乳交融。猪八戒原是天上的天蓬元帅，被贬下界，错投在母猪胎里，所以猪头人身。他既有好吃、贪睡、笨拙、懒惰等猪的特征，又具有自私、好色、憨直等人类的特点。孙悟空腾挪变化，随物赋形，惟妙惟肖，显得机灵精巧；猪八戒只能变粗笨的大象、骆驼、胖大汉，却变不了玲珑的女孩，这不仅由于本领高低不同，而且缘自个性的差异。对于妖魔，作者常常从其作为动物的生理特点中引申出法术手段。如蜘蛛精会从脐孔中射出丝绳，织网罩人；蜈蚣精又名百眼魔君，两肋下有1000只眼能放金光，照得人晕头转向；月宫中的玉兔精跑得特别快，以捣药杵为武器伤人，等等。这些动物的外表与人的性格虚实相映，真假参半，饶有趣味。

再次，小说通过复杂尖锐的矛盾与连锁曲折的情节，表现人物性格。小说将取经途中的九九八十一难组成四十多个自成一体的情节生动的小故事，既相对独立，富有故事韵味，又相互联系，前后照应。比如"三打白骨精""三调芭蕉扇""智斗二郎神"等，都侧重描写孙悟空机智顽强、变幻莫测的斗争精神的不同侧面。例如，"三调芭蕉扇"中写到孙悟空与牛魔王原为结拜兄弟，复有"害子"之仇，所以孙悟空采取先礼后兵的策略，先去借扇；遭到拒绝后，变成䗛蟭虫钻进罗刹公主腹中，迫使其交出芭蕉扇；后又变为牛魔王骗芭蕉扇；最后在众神的协助之下，才如愿以偿。

最后，小说语言诙谐风趣，幽默自然，通俗简练，既吸取了苏北方言的精华，又加以适当提炼，具有浓郁的生活气息，可读性很强。如二十六回，猪八戒会见福、禄、寿三星的一段，颇为出色：

> 那八戒见了寿星，近前扯住，笑道："你这肉头老儿，许久不见，还是这般脱洒。帽儿也不带个来。"遂把自家一个僧帽，扑的套在他头上，拍着手呵呵大笑道："好，好，好，真是'加官进禄'也。"那寿星将帽子掼了，骂道："你这个夯货，老大不识高低。"八戒道："我不是夯货，你等真是奴才。"福星道："你倒是个夯货，反敢骂人是奴才？"八戒又笑道："既不是人家奴才，好道叫作'添寿''添福''添禄'？"

猪八戒和福、禄、寿三星互相调侃，对话机趣幽默，又具有浓烈的生活气息，可读性很强。

第四节　关于《西游记》作者与主题的争议

一、关于《西游记》作者的争议

《西游记》在明代时未署作者名称，清代的《西游证道书》标为丘处机所作，与百回本不同。据张天翼所知，清代就开始有人对《西游记》作者提出怀疑。经纪昀《阅微草堂笔记》考证，其中官制为明制，故论断其不是元人所作。明代天启《淮安府志》在《人物志》中写到吴承恩有"杂记数种"。因为唐代刘知几《史通》把小说放在"杂记"中，而《淮安府志·艺文志》记载，吴承恩是射阳籍，所以，编撰者就在《人物志》吴承恩的著作中标上《西游记》。清代康熙年间的《淮安府志》重复了上述内容。清代吴玉搢《山阳志遗》认为天启《淮安府志》有根据，但又说吴承恩可能借丘处机本敷衍成百回本。他以为《西游记》中多淮安方言，当为淮人所作。清代阮葵生《茶余客话》云："观其中方言俚语，皆淮上之乡音街谈，巷弄市井妇孺皆解，他方人读之不尽然，是出淮人之手无疑。"清代同治年间修《淮安府志》，没有涉及《西游记》的材料。

日本学者首先提出质疑，复旦大学章培恒先生也提出《西游记》非吴承恩所作，证据有四：其一，明代天启《淮安府志》没有说《西游记》是百回本；其二，黄虞稷《千顷堂书目》在《史部舆地》类著录了"吴承恩西游记"，说明吴承恩所作为地理书；其三，《西游记》中吴方言多，淮安方言少；其四，"二郎神"在小说中名为"昭惠灵显真君"，而在吴承恩的《二郎搜山图歌》中则为"清原妙道真君"，两者提法不同，肯定不是出于同一人之手。此后，李安纲又补充指出，从《射阳先生文稿》看来，吴承恩不懂佛学、道学，他肯定与《西游记》无关。当然，也有不少学者，尤其是淮安籍学者，努力维护吴氏著作权，其心情可以理解，但尚未发现强有力的证据可以否定质疑者的观点，目前只好存疑。

二、关于《西游记》主题的争议

《西游记》的主题众说纷纭，争议颇大，主要有寓言说、游戏说、政治说、讽刺说、神话说等。其实，一部优秀的小说作品，可能有三个主题：一是作者的主题，即作家的主观命意。二是作品的主题，即小说的客观意蕴，小说的客观意蕴未必完全符合作者的主观命意，因为作品一旦问世，作者就对它无能为力了。三是读者的主题，即读者见仁见智的理解。读者的学养、阅历、环境、心情等都影响其对作品的认知和评判。这是优秀的小说主题争议较多的最主要的原因。

在封建社会，对《西游记》主题的认识经过三个阶段：

第一，明代李卓吾评本中，记孙悟空学艺时看到"灵台方寸山，斜月三星洞"，批云："灵台方寸山，一部《西游》的主旨。""斜月三星洞，心也，言学仙不必在远，而在心。"即"心生种种魔生，心灭种种魔灭"。这里提出"仙"和"心"两个主题。"心"代表了思想和哲学两方面。

第二，到了清代，主要讲"仙"，认为《西游记》是"古今丹经中第一部奇书"（刘一明）、"古今修道者第一部奇书"（夏福恒）。刘一明《西游宗旨》云："悟之者，在儒可以成神，在释可以成佛，在道可以成仙。"

鲁迅在《中国小说的历史的变迁》中提出："大旨是'盖亦求放心之喻'。""学问之道无它，求其放心而已矣。""求放心"就是把失去的良心找回来。

第三，1949 年新中国成立后，人们对《西游记》主题的理解被打上了时代的印记。张天翼的《西游记杂记》把神魔斗争归纳为封建地主阶级与农民的斗争，孙悟空先造反后投降，跟唐僧去西天取经，最后自己成佛，和宋江是一类人。此观点被称为"投降说"，认为主题是矛盾的，孙悟空造反，是歌颂农民起义；但后来孙悟空又投降了。其后，有人提出"市民说"，认为孙悟空是穿着神话外衣的市民英雄，作品主题是新兴市民的颂歌，大闹天宫表现市民的斗争性，取经表现市民的保守性，主题是统一的。后来，有人运用阶级分析的方法，提出"反动说"，认为《西游记》的主题是反动的，孙悟空是叛徒，小说歌颂叛徒，鼓吹投降。在这些观点中，孙悟空从造反英雄变成统治阶级的帮凶，从魔到神。取经与反取经是争论的焦点。

有学者提出，讨论《西游记》的主题，先要考虑其是双重主题还是单一主题，是政治主题还是哲学主题，是积极主题还是反动主题。这一观点是有利于学术研究的深入的。20世纪 80 年代以后，除了重申前人的观点之外，还有"宗教批判与政治批判说""正统与正义说""歌颂孙悟空说""富有哲理意味的理想之歌说"和"人才观说",等等。也有学者提出,《西游记》从宏观表层分析是浪漫主义的,从宏观深层分析是象征主义的。从总体上讲,西游取经是对真理和理想的追求,八十一难象征伟大事业必须经过千难万险;磨难描写象征着成大事业者不仅要战胜来自自然和人类社会的种种艰难险阻,还必须战胜自己的弱点。《西游记》从微观细节分析是现实主义的,批判了各种社会丑态。①

第五节 明代其他神魔小说

《西游记》流传很广,影响颇大,各种续书异彩纷呈,互竞文采。《后西游记》《续西游记》《西游补》都自创格局,不乏惊人之笔。其中唯《西游补》成就较高。受《西游记》影响,其他神魔小说如《封神演义》《三遂平妖传》《三宝太监西洋记》《四游记》等均有一定特色。

一、《封神演义》

《封神演义》,现存明代舒载阳刊本,题为"钟山逸叟许仲林编辑"。据考,此书为明代陆西星所作。该书名为《封神演义》,就表明它是一部在敷衍历史的幌子下鼓吹神仙妖怪的神魔小说。早在秦汉时代,武王伐纣的故事就广为流传。元代的说书艺人汇集各种传说,编了讲史话本《武王伐纣平话》。明代万历年间,文人余邵鱼又按照历史记载对《武王伐纣平话》进行了加工,把改写的内容编进《列国志传》。不久,《封神演义》问世,它保存了《武王伐纣平话》的基本情节,又增添大量鼓吹宗教迷信和神魔斗法的内容。鲁迅指出,该书内容多为虚构,实际是借商周之争自写幻想。②

《封神演义》,100回,以"武王伐纣"的故事为主要线索,分为五个部分。小说第一回为序幕,以开卷的一首古风概括了全书内容。第二回到第三十回,详细揭露商纣王的暴虐。第三十一回到第六十六回,具体交代讨伐西周的三十六路兵马失败的情况。第六十七回到第九十七回,着重描写武王兴师、诸侯会盟和商朝覆灭的过程。第九十八回到第一百回以武王分封诸侯作结。小说围绕"武王伐纣"这条线索,具体揭示了以纣王为代表的暴政与以武王为代表的仁政之间的尖锐矛盾,同时深刻揭露了纣王的残暴专横、倒行逆施,热情赞颂了周武王的仁义德政。

小说的揭露笔墨集中在两方面:其一,鞭挞昏君纣王和他周围的奸佞小人。小说开篇就描写纣王亵渎女娲神像,揭露他的荒淫好色。接着又写纣王炮烙重臣、杀妻弃子、挖蠆盆、

---

① 徐子方.《西游记》艺术层次论.明清小说研究,1999(1):159-165
② 鲁迅.中国小说史略.北京:人民文学出版社,1973.

修鹿台、任意杀戮谏臣、侮辱臣妻、设置酒池肉林、断胫取髓、剖腹验胎等情节，深刻揭露了纣王刚愎自用、专横残暴的种种罪行。其二，抨击某些封建伦理道德。作品反复阐述"天下者非一人之天下，乃天下人之天下"的道理，浓墨重彩地描写了周武王和天下八百镇诸侯反商的过程，刻画了背商投周的黄飞虎、邓九公等形象，提出了"君不正，臣投外国"的主张，批判了"君君臣臣""臣事君以忠"的封建伦理。因为纣王弃子，父不像父，小说提出"父不慈，子必参商"的思想，描绘了殷郊兄弟叛离朝歌，准备杀父，哪吒下山复仇，穷追李靖，黄飞虎不遵父训，纵容部将大战黄滚等场面，批判了"父慈子孝""长幼有序"等封建伦理道德观念。

歌颂方面，作品宣扬了"仁政"思想和"王权"观念。小说把西岐美化为"不肆干戈，不行杀戮"，"夜不闭户、路不拾遗"，"市井安闲"，"画地为牢"的王道乐土；礼赞文王、武王：他们爱民如子，为无力婚嫁的百姓筹办婚事，给孤寒无依的小民发放口粮，让死囚回家料理亲长的丧事。"王权"思想的要害是维护帝王的正统地位和绝对权威，作品极力美化姬昌、姬发等仁君，但他们只是商王朝的大臣，纣王虽然暴虐，还是君王。因此，姬昌无辜被囚七年，不仅毫无怨言，反认为咎由自取；姬发在姜子牙出师之前，不赞成出兵伐商，因为"纣王无道，君也；孤若伐之，谓之不忠"；阻挡武王伐纣、宁死不食周粟的伯夷、叔齐，以及逆时代潮流为纣王卖命的闻仲、张奎、殷破败、鲁仁杰之流，无不被作者称为"忠烈之士"。

《封神演义》的揭露部分比较深刻，但歌颂部分带有很大的虚伪性和欺骗性。它抹杀了奴隶与奴隶主之间的矛盾，维护了封建王朝的统治。正因为作者所鼓吹的儒家"仁政"思想具有虚伪性，所以小说中歌颂与揭露两方面显得十分矛盾，肯定与否定的界限也非常模糊。例如，它既全力歌颂武王伐纣，又让武王自称"不忠"。这固然与演义小说的诸多复杂因素有关，但关键原因是作者世界观的复杂性和多元性。

《封神演义》存在糟粕，宿命论观念贯穿全书，表现的是"成汤气数已尽，周室当兴"的主题，宣扬"三教合一"的思想。作品描写的阐教与截教的斗争本是正义与邪恶的斗争，双方壁垒分明，但那些为正义献身的人与神，以及倒行逆施的纣王、申公豹最后都进了"封神台"，形成皆大欢喜的结局。这就调和了矛盾，混淆了是非。还有，妲己的妖媚、险毒被作者刻画成左右纣王的关键，"女人祸水论"的封建观点削弱了作品反映社会斗争的积极意义。

在艺术方面，小说以"武王伐纣"为基本线索，充分发挥想象，在现实基础上设计了一系列神魔斗争的场面，富有浪漫主义色彩。塑造了几个富有个性的人物，例如，哪吒纯朴并富于反抗性；杨戬勇敢且有机谋；妲己狡黠而残忍；申公豹挑拨离间、倒行逆施；等等。但作者从宿命论出发，所以，大多数人物被概念化，缺乏鲜明性格；故事情节也有漏洞，许多场面程式化，显得千篇一律；语言平板拖沓，不够活泼。总之，《封神演义》的艺术水准不高。但《封神演义》有一定影响，其中许多故事为后代的文艺样式所吸收，有些甚至流传至今。

二、《三遂平妖传》

《三遂平妖传》，又名《平妖传》，原本 20 回，系元末明初罗贯中著。明末冯梦龙于万历四十八年（1620 年）增补改编为 40 回，文字增加了一倍。小说写北宋年间李遂、马遂、诸葛遂镇压王则领导的农民起义的故事。作品通过大量荒诞离奇的情节，竭力诽谤农民起义。但艺术上比较成功，人物富有社会性和人情味，栩栩如生；小说语言提炼了市井口语，既朴素流畅又泼辣幽默，有较强的表现力。

三、《西游记》续书与仿作

《西游补》，16 回。作者董说（1620—1686 年），字若雨，号俟庵、月函、漏霜，浙江乌程（今湖州）人。38 岁出家为僧，法号南潜，字宝云。他有很多诗文杂著和历史考据著作。《西游补》大约成书于明亡前夕。主要写唐僧师徒过了火焰山之后，孙悟空化斋，进入鲭鱼气中，被鲭鱼气所迷，欲借秦始皇"驱山铎"使用；在青青世界万镜楼中见到了古今之事，当了半日阎罗天子；最后在虚空主人的呼唤下醒过来，寻着师父，化斋而去。作者写作目的并不在补《西游记》，而是借孙悟空的行事见闻指摘社会弊端，抒发自己的思想感情。该书艺术上比较成功，超过了当时其他神魔小说，结构完整，以神喻人，借古讽今，嬉笑怒骂，以风趣、尖刻的笔调讥讽了明末腐朽的政治、堕落轻浮的世风以及投降叛卖行为，是一部愤世嫉俗的优秀小说。

《四游记》，是由四部神魔小说汇集而成的。其中，《西游记》为杨致和所编，4 卷，41 回，全书情节与世传吴承恩百回本《西游记》相似而较简略。《东游记》，2 卷，56 回，题"兰江吴元泰著"，记铁拐李等八仙与龙王争斗的故事。《南游记》，亦名《五显灵官大帝华光天王传》，4 卷，18 回，题"三台山人仰止余象斗编"，写华光救母的故事。华光为了救母，闹天宫，闹人间，闹地狱，最后皈依佛门。此书写华光有种种变化，降妖伏怪，构想丰富，文字生动多彩。《北游记》，亦余象斗所编。《四游记》旨在弘扬佛道，鼓吹三教同源，反映了明末统治阶级的思想意识，在一定程度上也反映了当时的社会生活及人民的观点。小说情节曲折，颇有吸引力，在民间流传较广。

其他神魔小说还有不题撰人的《后西游记》、罗懋登的《三宝太监西洋记》、明人撰的《钟馗全传》（清初刘璋据此编著《斩鬼传》）等。

📖 思考题

1. 简述《西游记》成书的几个阶段。

2. 分析《西游记》中孙悟空的形象。

3. 《西游记》是如何通过神话描写隐射社会现实的？

4. 《西游记》是如何将形象的人的特征与动物性有机结合起来的？

5. 《西游补》有何特色？为何值得肯定？

6. 《封神演义》揭露黑暗的描写有何特色？

第八章　明代世情小说

🔲 教学目的

了解《金瓶梅》的版本特征、主要内容及现实主义的创作方法；掌握世情小说通过家庭生活反映社会风貌的特征；分析潘金莲等主要人物形象；认识《金瓶梅》在中国小说史上的地位和影响。

明代末年，出现了以《金瓶梅》为代表，以家庭盛衰、婚姻爱情及各种社会世态为描写对象的中长篇小说。这类小说被称为世情小说，也叫人情小说、世情书，还有人称之为言情小说、风情小说，艳情小说等。这类小说既不写神化的人——帝王将相、英雄豪杰，也不写人化的神——神仙、妖魔、鬼怪；而是贴近普通人的日常生活，写平常人的悲欢离合，升降沉浮。其所塑造的人物形象由理想化转为写实，为小说表现社会生活开辟了一条崭新的道路，也大大推进了小说的发展。描写人情世态的小说源远流长，魏晋志人小说中就有片段的人情世态描写，唐代传奇及宋元话本中也不乏精彩篇章，元代杂剧多涉及世态人情描绘，明初长篇小说《三国演义》中有少量描写人情的笔墨，《水浒传》刻画小人物更有不少成功的片段。它们虽然与现实生活仍有一定距离，但是都为世情小说的出现准备了条件。

第一节　《金瓶梅》的成书时代、作者和版本

一、《金瓶梅》的成书时代

《金瓶梅》，100回，近百万字，是明代最值得重视的世情小说。其创作时代有嘉靖、万历两说。

明代沈德符《万历野获编》云："闻此为嘉靖间大名士手笔。"明谢肇制在《小草斋集》的《金瓶梅跋》中说："《金瓶梅》一书，不著作者名代。相传永陵中，有金吾戚里，凭怙奢汰，淫纵无度，而其门客病之，采摭日逐行事，汇以成编，而托之西门庆也。"永陵，即嘉靖陵墓，指代嘉靖。《金瓶梅》的万历刻本所附廿公跋云："《金瓶梅传》为世庙时

一钜公寓言，盖有所刺也。"世庙，即世宗，是嘉靖的庙号。以上三家，俱言此书为嘉靖时作，且早在万历时即有此说。

20世纪30年代，著名历史学家吴晗在《金瓶梅的著作时代及其社会背景》中提出新见，他据小说中所写的皇帝向太仆寺借马价银等事来考察小说的成书年代。因这些现象主要发生在嘉靖及其后的时期，故断言《金瓶梅》应是万历时的作品，最早写于万历前的隆庆时代，而不可能成书于嘉靖朝。此说在很长时间内为大家所接受，后来有人提出商榷意见：皇帝向太仆寺借马价银事，嘉靖朝就有，只是不及万历时的频繁、普遍。现在嘉靖、万历两说并存，可以肯定《金瓶梅》成书不在万历以后。

二、《金瓶梅》的作者

《金瓶梅》作者的真实身份至今未详。明万历刻本有欣欣子的序，称小说作者为"兰陵笑笑生"。兰陵为地名，笑笑生是化名。稍加推究可知，兰陵为山东峄县的古地名，而东晋南迁时曾在常州设兰陵郡。因此，兰陵作为别称，有峄县、常州两种可能。沈德符《万历野获编》卷二十五谓《金瓶梅》作者为"嘉靖间大名士"。经过海内外专家的考证研究，关于这个化名的候选人，至今有五十多种猜测，涉及具体人名的有王世贞、李渔、卢楠、薛应旂、赵南星、李贽、徐渭、李开先、冯惟敏、沈自邠、沈德符（沈自邠之子）、贾梦龙、贾三近（贾梦龙之子）、屠隆、刘九、王稚登、谢臻等。其中五种说法似乎有一定道理：

其一，李开先说。徐朔方提出，《金瓶梅》与《水浒传》等小说相同，是在民间流传的基础上创作而成的，最后由李开先写定。其最重要的理由是，小说引用了李开先《宝剑记》传奇第五十出【正宫·端正好】套曲。《宝剑记》并非古代名家作品，引用的曲词本身并不见佳。所以，写定者是李开先，或李开先的崇信者。那么，这个崇信者是谁？仍是个未解之谜。

其二，王世贞说。宋起风《稗说》卷三，直指《金瓶梅》作者姓名："世知《四部稿》为弇州先生平生著作，而不知《金瓶梅》一书亦先生中年笔也。……弇州痛父为严嵩父子所排陷……乃成此书。"《稗说》出版于康熙十二年（1673年），此书最早具体指明《金瓶梅》作者人名。王世贞（1526—1590年），太仓人，官至南京刑部尚书，文坛领袖，著名作家，主要活动于嘉靖、万历时代，又是大名士。且谢肇淛《小草斋集》卷二十四称："此书向无镂版，抄写流传，参差散失，唯弇州家藏者最为完好。"弇州就是王世贞，是当时唯一一家藏《金瓶梅》小说全本的人。这也可算是作者一证。但谢肇淛同时又说是"金吾戚里门客"作，无法否定，还有待证实。

其三，屠隆说。黄霖《〈金瓶梅〉作者屠隆考》提出，《金瓶梅》作者为屠隆。明末刻印的《山中一笑》，其卷一题"卓吾先生编次，笑笑先生增订，哈哈道士校阅"；卷三题"卓吾先生编次，一衲道人屠隆阅"；另一卷只题"一衲道人屠隆阅"。该书收有《哀头巾诗》《祭头巾文》，标明为屠隆所作。这一诗一文均见于《金瓶梅》。因此，屠隆就是哈哈道士、笑笑先生，就是笑笑生。① 屠隆具备写作条件，但笑笑先生和笑笑生，毕竟还差一个字；又有研究者认为哈哈道士是清代人。作为《金瓶梅》作者，还需要证据。

其四，贾三近说。张远芬《金瓶梅新证》提出此说。② 山东峄县的贾三近（1534—1592年）的生活年代、地位、经历、教养、文化素质也都符合条件；据考，《金瓶梅》中有山东峄县方言。但他无法否定其他观点。

其五，王穉登说。由鲁歌、马征提出③，此说提出时间较晚，但有一定优势。王穉登是武进（南兰陵）人，又是嘉靖间大名士，曾为王世贞门客，又曾拥有并传播过《金瓶梅》。同样，此说也无法否定其他观点。

上述五家之论都有一定道理，但证据尚嫌不足，均未成定论。现在仍然有人乐此不疲，在考证、推测《金瓶梅》的作者。问题在于，虽然他们经过努力，都可以自立一说，但却难以推翻别人的不同观点，就是只能立，不能破。于是，《金瓶梅》作者越考证越多，这并不是好现象。此问题最终能否解决，还是未知数，但前景不容乐观。

三、《金瓶梅》的版本

《金瓶梅》的版本主要有词话本、绣像本两大系统。

词话本，书名为《金瓶梅词话》，刻于明代万历四十五年（1617年），有东吴弄珠客序、欣欣子序、廿公跋，又称万历本、说唱本。

绣像本，书名《新刻绣像金瓶梅》，明代崇祯年间刻于杭州，保留了东吴弄珠客的序，加绣像200幅，对词话本的回目进行了整修，对诗词进行了改写，说唱本改写成说散本，故又称崇祯本、说散本。绣像本是据词话本改写而成的，两者是母子关系，词话本当更接近该书原貌。

清初张竹坡评本《第一奇书》基本依据绣像本加批，改动甚少。

第二节　《金瓶梅》的内容和人物形象

《金瓶梅》的书名是分别采撷小说中三个主要人物潘金莲、李瓶儿、春梅的姓名中的一个字组成的。东吴弄珠客《金瓶梅序》云："《金瓶梅》，秽书也。如诸妇多矣，而独以潘金莲、李瓶儿、庞春梅命名者，盖金莲以奸死，瓶儿以孽死，春梅以淫死，较诸妇为更惨耳。"或许符合作者创作的本来意图。

---

① 黄霖.《金瓶梅》作者屠隆考续. 复旦学报：社会科学版，1984（4）：70 - 76.
② 张远芬. 金瓶梅新证. 济南：齐鲁书社，1984.
③ 鲁歌，马征. 金瓶梅作者王穉登考. 社会科学研究，1988（4）：93 - 103.

一、《金瓶梅》的内容

小说以西门庆家庭的兴衰及其妻妾的生活为主干，内容主要分为三部分。

第一回至第十九回为第一部分，是故事开端。作品描写了西门庆由破落户财主逐渐发迹，娶清河左卫吴千户之女吴月娘为填房；再娶了勾栏里的李娇儿为第二房；第三房小妾卓丢儿亡过，又娶了富孀孟玉楼为第三房；把已故前妻陈氏的陪嫁丫鬟孙雪娥立为第四房；与武大郎妻子潘金莲通奸，害死武大，设计娶回潘金莲做了第五房，并淫占了潘金莲的丫鬟春梅；最后又把与自己结拜为十兄弟之一的花子虚的老婆李瓶儿勾引上手，气死了花子虚，娶李瓶儿做了第六房。这样，形成一妻五妾的家庭格局。其中的西门庆、潘金莲故事，多抄袭《水浒传》第二十三至二十五回，略有改动。

第二十回至第七十九回为第二部分。写西门庆经商、升官、为非作歹、纵欲亡身的全过程，是全书的主体。这部分对西门庆的家庭生活充分展开描写。西门庆节节高升，过着花天酒地、荒淫奢侈的生活，最后纵欲暴卒。其中比较重要的事件有：吴月娘与西门庆因潘金莲挑拨失和，又重归于好；西门庆和妓女李桂姐闹翻后又和好；西门庆勾搭奴仆来旺儿的妻子宋惠莲，受潘金莲调唆迫害来旺儿，以致宋惠莲上吊寻死，西门庆又逼死其父宋仁；西门庆的女婿陈敬济与潘金莲发生私情；西门庆派人给蔡京送重礼行贿，蔡京赏给西门庆山东提刑所理刑副千户之职；西门庆交接大僚，经商日益繁荣；李瓶儿生子，得到西门庆的重视，引起潘金莲的妒忌和迫害，最终李瓶儿母子双亡；西门庆为李瓶儿大办丧事；西门庆贪赃枉法，反而官升正千户；西门庆寻花问柳，荒淫无度；潘金莲力媚西门庆，西门庆饮春药过量，纵欲身亡。其中大量穿插叙述西门庆的所作所为，及其家庭内部妻妾、仆人、帮闲等各色人等的矛盾、口角和纠纷。

第八十回到第一百回，为第三部分，写西门庆家庭的急剧败落和主要人物的种种归宿。西门庆死后，二房李娇儿盗银回归妓院，被西门庆的接任官张二官以二百两银子买去做了二房；三房孟玉楼也不愿守寡，找机会嫁了李知县公子李衙内，做夫人去了；四房孙雪娥与来旺儿携物逃跑，事发被卖，先做仆妇，后又被卖往妓院，终因不堪折磨，自缢而死。后二十一回用笔最多的是春梅与陈敬济。西门庆死后，潘金莲与女婿陈敬济打得火热，并与春梅演出三人连床的丑剧，被吴月娘抓住把柄，吴月娘卖出潘金莲与春梅，赶走女婿陈敬济。潘金莲被遇赦回乡的武松所杀。春梅被卖给周守备为妾，其妻亡后，春梅生下一子，便被扶为正室。被逐出的陈敬济沉迷于声色，不善经营，沦为乞丐、道士，乃至入狱，被守备夫人春梅救了，后认为表弟，留在守备府中，又与春梅淫乱，生事被杀。春梅亦纵欲身亡。只有吴月娘恪守封建道德，从一而终，艰难度日，支撑门户，最后被和尚普静点化，将遗腹子孝哥儿（书中写成西门庆转世）舍于普静为徒。月娘把家奴玳安收为义子，年七十而善终。

《金瓶梅》具有相当丰富的内容，以真实的笔触广泛地展示了它所属的那个时代的社会风貌，相当忠实地描摹了明代社会的种种黑暗和罪恶；客观详尽地描写了西门庆一家的生活原貌，对晚明的婚姻制度、家庭伦理、奴婢制度作了典型的反映；通过西门庆的种种活动，以及他与社会的各种联系，写尽了那个时代的虚伪、放纵、狡诈和贪欲的世情。作者的态度基本是客观、冷静、细致的，因此，描写特别真实。

二、《金瓶梅》的人物形象

《金瓶梅》中的西门庆、潘金莲是刻画得最为成功的人物形象。

西门庆集官僚、恶霸、富商、流氓于一身，是小说的中心人物。其主要特点是自私、狠毒、贪婪、好色。他害死武大郎，偷娶潘金莲，强占李瓶儿，害死花子虚，打死蒋竹山，吞并朋友财产，陷害奴仆来旺儿，奸占其妻宋惠莲。他勾结官府和地方势力，收贿赂，放高利贷，鱼肉乡里，无恶不作。他以钱财铺路，做了蔡京的干儿子，当上了理刑千户。他不断升官发财，显示出社会的黑暗腐败、是非颠倒。财和色是他人生追求的两大目标，两者又相辅相成。财富和女色互为因果，他娶孟玉楼，勾搭李瓶儿，都得到一笔可观的财富。有了财，可以买官；有了财与权，更利于猎取女色，这样就形成了恶性循环的态势。他除了正妻之外，妾有李娇儿、卓丢儿、孟玉楼、潘金莲、李瓶儿、孙雪娥；淫占的丫头有春梅、迎春、绣春、兰香等；淫占的仆妇有宋惠莲、王六儿、如意儿、贲四嫂、惠元等；外遇有林太太；包占妓女李桂姐、吴银儿、郑月儿。他沾染的女人据不完全统计有二十余人。自私、狠毒、贪婪、好色，是他的性格主流，但不是性格的全部。他常常周济清客帮闲应伯爵、常时节等。常时节买房子要三十两银子，他却给了五十两，剩下的让他开个铺子。常时节称他"仗义疏财，救人贫难"（第六十回）。应伯爵小妾生产，他送了五十两银子。可见，在处理朋友关系上，他可以置花子虚于死地，占妻霸产，使其家破人亡；有时又慷慨大方，很够朋友义气，性格显得矛盾复杂。他很多时候表现得狠毒无情，但对李瓶儿确实是有感情的，他哭李瓶儿是"有仁义、好性儿的姐姐"，恰好说明他体验到李瓶儿的痴情，是其真情实感的流露。这些成为西门庆身上罕见的亮色。因而他的形象也是丰满的。

潘金莲是作品的主要人物，也是小说刻画最成功的形象。淫、妒、善骂，是她性格的主要特征，也是她生活的全部内容。三者以淫为主，刻骨的妒忌、恶毒的咒骂，与她的淫心淫行结合在一起。她是一个妖冶的女子，有永无休止的性冲动、永不满足的强烈淫欲。她勾引武松，嫁给西门庆后与琴童私通，又与女婿乱伦奸淫；离开西门家后，又与王婆的儿子王潮儿有奸情；她几天不见西门庆就吵闹哭骂，一个劲儿地追求性欲的满足。她过着赤裸裸的色情生活，却不以为耻，因此后来"潘金莲"成了"淫妇""色情狂"的代名词。妒忌导致她的残忍、灭绝人性，她"驯猫"害死李瓶儿的儿子就是例证。但她外貌姣好，聪明伶俐，口才不错，讲话风趣。总之，潘金莲是集中国旧式妇女所有恶德于一身的反面典型。

潘金莲是个有争议的人物形象，不少人对她表示同情和理解。她出身于贫穷的裁缝家庭，无以为生，9岁被卖到王招宣府。她聪明伶俐，不到15岁就会描鸾刺绣，品竹弹丝，又会弹琵琶，且知书识字，长得美丽标致。在封建社会，聪明美丽是一个女人的资本，也是一个少女改变身份地位的唯一资本：要改变低下的地位，就必须以自己的身体作为条件去做交易。她对改变身份地位的要求，没能在王招宣府上实现，王招宣还没有来得及注意到她就身亡了。她被变卖到土财主张大户家，六十多岁的张大户趁主家婆到邻家赴宴的机会占有了她，因此添了病症。主家婆将怨气发泄到无辜的、身不由己的潘金莲身上，将她送给了又矮又丑的武大郎。潘金莲想通过张大户改变命运的愿望又落空了。武大郎又丑，又穷，又没有志气，潘金莲既不能得到物质享受，又不能得到精神慰藉。正当潘金莲感到精神空虚的时刻，打虎英雄武松从天而降。武松身材高大，体魄强健，是闻名遐迩的打虎英雄，又做了都头，正是潘金莲心目中的白马王子形象。潘金莲对其产生了爱情，是完全可以理解的，但她采取了极其原始的挑逗对方情欲的方式，遭到武松的拒绝。在潘金莲眼里，兄弟二人，有天壤之别，相比之下，她更憎恨武大郎。正当她追求武松落空而失望之际，西门庆闯进了她的生活。这个貌若潘安、华贵倜傥的后生，在潘金莲看来是再合适不过的"意中人"，于是两人经过王婆的牵线，一拍即合。她庸俗的欲望和人生目的得到了满足，灵魂被扭曲了，人性异化了，生活变得畸形了，她也就陷入了堕落的泥坑，一步步走上毁灭的道路，一条自取灭亡的不归路。

潘金莲在西门庆家是第五房小妾。她为了站稳脚跟，首先去拉拢正妻吴月娘，帮她做针黹鞋脚，凡事不拿强拿，不动强动，赶着吴月娘一口一个"大娘"地叫，喜得吴月娘没法形容，她的地位从而得到巩固。其次，她又挑拨吴月娘与西门庆的关系，挑拨李瓶儿与吴月娘的关系，而大家却都认为潘金莲是好人。这是她工于心计的出色表演。接着，她恃宠而骄，难耐寂寞，主动进攻孙雪娥，调唆西门庆打了孙雪娥一顿，显示出她在西门庆心目中的地位。西门庆像动物似的纵欲，家中众多的妻妾婢女仍不能满足他的欲望。他梳拢李桂姐，半月不归。潘金莲"欲"令智昏，暗修请柬，诉说凄凉。她在努力失败后，与琴童私通，以致挨了一顿马鞭子。在李桂姐的要挟之下，西门庆命令潘金莲剪下一大把黑油油的头发，让李桂姐系在鞋底下，每日践踏，这说明潘金莲已经彻底败在李桂姐的手下。后来，潘金莲除掉了宋惠莲，害死官哥儿、李瓶儿。至此，她已完全异化为没有人性人情的凶残动物。她性格的演变是合理的、自然的。最后，她还要扫除吴月娘这个绊脚石。她利用一次偶然的机会收买了吴月娘的小丫头玉箫，两人矛盾激化。尽管西门庆与潘金莲的关系进一步密切，潘金莲似乎达到得宠的地位，但是吴月娘毕竟是正妻，而西门庆与潘金莲只是性爱关系。况且，西门庆又"风里杨花，滚上滚下"，还没有等到潘金莲得宠的地位有所巩固，西门庆就纵欲身亡。于是，潘金莲的命运急转直下，她与女婿陈敬济的不正当关系被丫头秋菊告发，吴月娘采取果断措施，变卖了潘金莲和春梅。潘金莲企图与陈敬济做长久夫妻，却阴差阳错被武松抢先买去，成了武松为兄报仇的牺牲品。如果说她早期有值得同情之处，那么，她嫁给西门庆之后的所作所为，其狠毒、残忍、荒淫、畸形的精神追求，是应受到严厉谴责和批判的。

其他人物形象，个性也颇为鲜明。乾隆刊本张竹坡《四大奇书第四种读法》云："西门庆是混账恶人，吴月娘是奸险好人，玉楼是乖人，金莲不是人，瓶儿是痴人，春梅是狂人，敬济是浮浪小人，娇儿是死人，雪娥是蠢人，宋惠莲是不识高低的人，如意儿是顶缺之人，若王六儿与林太太等直与李桂姐辈一流，总是不得叫人。"张竹坡对小说中的吴月娘存有偏见，故对其评价不适当，其余差可，可资参考。

第三节　《金瓶梅》的艺术性

《金瓶梅》对中国小说史的贡献是巨大的，其影响远远超过了明代"四大奇书"中的《三国演义》《水浒传》和《西游记》。

首先，《金瓶梅》开辟了一条长篇白话小说描写日常生活、深入人物内心世界的崭新的创作道路。在《金瓶梅》之前的长篇小说，主要写英雄人物、神仙妖魔，或者敷衍历史，所刻画的人物在时间或空间上与读者有很大距离，因此，既易于得到读者的认同，但难以创造出一流的典型。古人云，画鬼容易画人难。《三国演义》《水浒传》《西游记》就是描写神化的人和人化的神，相对要容易得多；《金瓶梅》尝试写真实的人，描绘日常生活中的普通人物，相当困难，无疑是具有挑战性的。李渔在《闲情偶寄》中指出："凡说人情物理者，千古相传；凡涉荒唐怪异者，当日即朽。"①《金瓶梅》把笔触深入人物的内心世界，对其作了淋漓尽致的描绘，取得了成功。小说不太着意于情节，而是注重细腻地展现生活的原貌，对精彩的场面和人物的语言行动甚至一颦一笑都进行工笔细描，揭示各种人物不同的内心世界。比如第二十一回，西门庆与吴月娘夫妻失和以后又言归于好的一段，并没有用简单几句话就草草交代完毕，而是不紧不慢地描写两人的内心活动，西门庆先是自我反省，接着，又是"双关抱住"，又是"深深作揖"，又是"折跌腿，装矮子，跪在地上，杀鸡扯脖，口里姐姐长姐姐短"，又是"跪下央及"；吴月娘则是冷嘲热讽，正话反说，不理不睬，半推半就，最终歪打正着，言归于好。小说用将近 800 字的篇幅，耐心细致地写出了全过程。仿佛就是人们亲眼看见的家常夫妻纠纷，富有韵味，特别耐读。这样的构思和手法，前人未尝试笔，当属《金瓶梅》首创。

其次，《金瓶梅》创立了一种揭露、反映社会黑暗面的全新方式。全书没有一个重要人物是正面人物，反面角色成了小说的主体。西门庆、潘金莲、应伯爵、陈敬济、庞春梅等，各自依照自己的行动轨迹去做坏事。小说根据他们的足迹，顺势展开对那种暗无天日的社会的各个角落和层次的描写。西门庆暴虐无度，一个劲儿地干坏事，别人却奈何他不得；应伯爵下流无耻，但活得很自在；而宋惠莲、孙雪娥良心未泯，却下场甚惨；潘金莲、春梅阴毒纵欲，而一直春风得意。如果他们不是自取灭亡，还会得意地过下去。他们肆无忌惮地做坏事，基本上不受正面人物的惩罚。这不是人们常说的邪不压正，而是正不压邪。这样的写法虽然让人感到压抑，看不到光明和希望，但不能不说是一种暴露社会黑暗面的全新方式。

---

① 李渔. 闲情偶寄. 杭州：浙江古籍出版社，1985：13.

再次,《金瓶梅》的反面角色描写出色,为古代小说提供了一个反面人物形象系列,构成了一个反面人物画廊。小说描写反面角色有其特点,一是人数众多,位置重要。小说写了几百个人物,几乎没有什么好人,凡重要角色都是否定性人物,无一例外。二是形象丰满。《金瓶梅》所塑造的反面角色,不是简单地能一眼看穿的脸谱化的坏人,也不是漫画式的、粗线条勾勒的形象,他们血肉丰满,各有个性。西门庆、潘金莲、应伯爵、陈敬济、庞春梅等各有特色,成为反面角色的经典形象。《金瓶梅》刻画反面人物成功的原因在于绝不流于简单化,而是精雕细刻,写坏人多方面的特点,包括某些优点。坏人不会一无是处,有时也会做一些好事。《金瓶梅》写出了坏人做的好事,就显得真实可信。西门庆作恶多端,但对李瓶儿还有一些真实感情,有时还能主动接济他的帮闲清客。潘金莲心地歹毒,但外貌姣好,讲话风趣。应伯爵有时同情穷朋友,助人一臂之力。这样的坏人比较真实,是活生生的坏人,符合生活实际。

潘金莲是小说刻画最成功的形象,其性格的主要特征就是淫、妒、善骂。她过着赤裸裸的色情生活,是"淫妇""色情狂"的代名词。妒忌导致她的残忍,灭绝人性,如"驯猫"害死官哥儿。但她美貌聪明,口才不差。总之,她是一个中国旧社会妇女的反面典型。她也有值得同情的一面。她出身卑微,标致伶俐,会描鸾刺绣,品竹弹丝,工琵琶,又知书识字,却不能选择自己的婚姻生活。她被六十多岁的张大户占有,又被送给又矮又丑的武大郎,所以她勾引武松,私通西门庆,其行为也有符合情理之处。后来她灵魂扭曲,人性异化,除了她本人的原因外,那个社会环境也有很大责任。西门庆是小说的中心人物,他集官僚、恶霸、富商、流氓角色于一身,主要特点是自私、狠毒、冷酷、贪婪、好色。他奸占妇女,致死人命,侵吞朋友财产,勾结官府,收受贿赂,放高利贷,无恶不作。以钱财铺路便于升官发财,显示了社会的黑暗腐败。财色是他人生的两大目标。但他有时慷慨大方,很够朋友,乐于周济帮闲,对李瓶儿有感情。性格比较复杂,形象丰满。

最后,《金瓶梅》的语言通俗化、口语化、性格化,善于运用方言、俗语、成语、谚语、歇后语。潘金莲的语言很有特色。例如她在帮助西门庆处理宋惠莲事件时,说:"剪草不除根,萌芽依旧生;剪草若除根,萌芽不再生。"既富有哲理,又工于心计。她看见别人算命打卦,摇头道:"我是不卜他,常言,算得着命,算不着行。想着前口道士打看,说我短命哩,怎的哩说的人心里影影的。随他,明日街死街埋,路死路埋,倒在阳沟里就是棺材。"表现了破罐子破摔,不信天命的态度。她还说:"你也忒不长俊,要这命做什么?活一百岁杀肉吃?他若不依,我拚着这命,摈兑在他手里,也不差什么。"多么形象的人生观!这些完全是活在人民群众口头上的新鲜口语,能由言语看出人物性格来。又如,第一回,清客应伯爵一大早来到西门庆家蹭早饭,两人有一段精彩的对话:

> 西门庆问:"你吃了饭不曾?"伯爵不好说不曾吃,因说道:"哥,你试猜。"西门庆道:"你敢是吃了。"伯爵掩口道:"这等猜不着。"

这段文字全用白描,把一个恶棍无赖和一个帮闲清客的声口神情逼肖地表现出来了,算得上是第一流的好文字。

《金瓶梅》的缺陷不容忽视。其一，因果报应的宿命论思想十分明显，整体上用佛家的因果观念图解全书的人事。第九十五回，叙述春梅的春风得意时有一首诗说："得失荣枯命里该，皆因年月日时栽。胸中有志应须至，囊里无财莫论才。"这样的说教不止一次。算命、打卦、魇胜、解释等情节描写充斥整部小说，挥之不去，而且作者对其笃信不疑，并作为规律来写，将之置于全书的支配地位。其二，芜杂、拖沓，主要是创作思想的芜杂。全书对西门庆的种种恶行一般持批判态度，有时又对这一总立场有所背离；佛学思想很浓，又有与此对立的对色情的渲染。创作风格亦如是，第九十三回写陈敬济与任道士的冲突，其冷嘲热讽的笔调与全书整体写实的冷静笔调相抵牾。情节的芜杂更为常见，第九十八回写陈敬济与韩爱姐的情事完全袭用《古今小说》中的《新市桥韩五卖春情》。至于拖沓冗长之病，触目皆是。例如，西门庆的外遇都是一个模式；应伯爵的谐谑再三重复；引用小曲毫无选择，一律【山坡羊】。这些与《金瓶梅》的成书时代及过程有关。

这部小说根本的缺陷在于作者审美情趣低下，对生活的注意力十分有限，对女性的描写多从体态、欲念、妒忌等方面着手，显得猥琐、卑俗、单调。色情文字较多，副作用较大。读者必须具备正确的理念和健康的心态。但不宜简单地将小说片面定性为色情小说，因为百万字的长篇小说，色情文字只占百分之一二（人民文学出版社 1991 年出版的《金瓶梅词话》删去 19161 字，齐鲁出版社 1989 年出版的《金瓶梅》删去 10385 字）。如果全面地加以分析，就不能不承认，《金瓶梅》应该是世情小说。

第四节　明代其他世情小说

《金瓶梅》在中国小说史及文学史乃至文化史上有很高的地位。它是中国小说史上第一部文人独创的长篇小说。从成书过程看来，《三国演义》《水浒传》《西游记》都是民间创作与文人创作相结合的产物，作家写作时有所依傍，小说素材丰富，主要是最后经过作家的加工整理。尽管《金瓶梅》的内容可能也经过民间流传，但作家个人创作的成分占了绝大部分。它是明代"四大奇书"中唯一由文人独创的长篇小说，也是中国文学史上第一部文人独创的长篇小说。

《金瓶梅》之后还出现了一批《金瓶梅》式小说，即从小说主要人物名字中各取一字作为书名，如《吴江雪》《平山冷燕》《玉娇梨》《林兰香》等，计二十余部，构成了一道独特的小说景观。这些小说大多不涉淫秽描写，鲁迅称之为"金瓶梅式异流"小说。

《金瓶梅》开创了以个人、家庭及两者联系反映人情世故的小说创作的新局面。一方面，它为世情小说的高峰之作奠定了基础。《红楼梦》独树高标，即受《金瓶梅》影响甚大。明代其他世情小说还有蘸香草堂的《吴江雪》、金木散人的《鼓掌绝尘》、名教中人的《好逑传》等。另一方面，《金瓶梅》又影响到后代淫秽小说的泛滥。其续书就有好几部，主要有三种：其一，《玉娇梨》。故事紧接《金瓶梅》，写武大后世成为淫棍；潘金莲为河间妇，终以极刑；西门庆为一呆憨男子，坐视妻妾外遇，以见轮回不爽。其二，《续金瓶梅》，六十四回，成书于清初。题紫阳道人编，作者丁耀亢。写西门庆转世为金哥；李瓶儿后身为常姐，改名银瓶；春梅转世为梅玉；孙雪娥转世为金哈木儿的大妇。潘金莲转世为山东黎指挥女，名金桂；其丈夫刘瘸子，前生为陈敬济，体貌不全。金桂怨愤，因招妖蛊，又因受凉，终成痼疾。其三，《隔帘花影》，世人以为是《金瓶梅》后本，实乃改易《续金瓶梅》人名、回目，删略而成。其他变本加厉描写色情的小说有《绣榻野史》《痴婆子传》《肉蒲团》等，其负面影响不容低估。

📖 思考题

1. 《金瓶梅》的两大版本系统有何区别？
2. 试分析潘金莲和西门庆的形象。
3. 《金瓶梅》暴露社会黑暗有何新的特色？
4. 简述《金瓶梅》在小说史上的地位。
5. 有人认为《金瓶梅》是色情小说。请谈谈你的看法。
6. 何谓《金瓶梅》式小说？如何看待《金瓶梅》式的小说？

第九章　清代文言小说

🔲 **教学目的**

了解《聊斋志异》的作者和版本；掌握小说描写爱情和揭露科举制度等方面的内容，以及现实主义与浪漫主义相结合的方法；熟悉《聊斋志异》对后代文言小说的影响。

清代是封建社会的最后时代，也是小说成就最高的时代。王国维说过："凡一代有一代之文学，楚之骚、汉之赋、六代之骈语、唐之诗、宋之词、元之曲，皆所谓一代之文学，后世莫能继焉者也。"（《宋元戏曲史》）毋庸置疑，清代的代表文学样式是小说。可以说，清代前期，在明代"四大奇书"的基础上，进一步铸造了中国古代小说的辉煌。清代前期和明代一起，构建了中国古代小说的高峰，《红楼梦》成为巅峰之作。这具体主要表现在三个方面：一是小说流派众多。除了历史演义、英雄传奇、神魔、人情等重要流派之外，又出现了才子佳人小说、讽刺小说并酝酿了谴责小说、侠义公案小说等许多流派。二是出现了高峰性小说作品。文言小说和白话小说均出现了巅峰之作，《聊斋志异》是古代文言小说的集大成之作，《儒林外史》则是空前绝后的讽刺小说，《红楼梦》不仅是世情小说的高峰，而且是中国古代小说的高峰之作。三是小说理论有了飞跃发展。金圣叹批评《水浒传》，张竹坡批点《金瓶梅》，脂砚斋评点《红楼梦》，积累了丰富的经验，以独特的方式繁荣了小说理论。

《聊斋志异》属于文言小说。文言小说是古代小说的一个重要分支，长期以来，与发源于民间讲故事的白话小说双峰并峙，二水分流。文言小说与白话小说二者之间有雅俗之分，但因为种种原因，二者发展的不平衡性是客观存在的。时起时伏，此消彼长。文言小说长期为统治阶级所垄断，民间白话小说则代表下层文化，总是受到压制。魏晋笔记小说梗概粗陈，简朴尚实；由于政治、文化等方面的原因，与笔记小说有血缘关系的唐传奇在思想观念、艺术形式和创作技巧等多方面均有所突破，标志着古代小说的成熟。但到了市民阶层崛起，白话小说大行其道的宋元时代，文言小说一蹶不振，每况愈下。明代文言小说的数量、质量均不理想，比较有影响的只有瞿佑的《剪灯新话》，以及模仿此书的李昌祺的《剪灯余话》、邵景瞻的《觅灯因话》，简称为"剪灯三种"。一直到清代，小说观念有了较大突破，愈来愈多的小说评论家充分认识到，以"三言二拍"为代表的拟话本已经成为小说的主流，代表了小说发展的必然趋势。在文言小说领域，只有生活于清初的蒲松龄独辟蹊径，吸取了魏晋笔记小说语言精练、唐传奇风格旖旎、拟话本情节曲折的优点，从而创作出文言小说史上的集大成之作——《聊斋志异》。

第一节　《聊斋志异》的作者和版本

一、《聊斋志异》的作者

《聊斋志异》，作者蒲松龄（1640—1715 年），字留仙，一字剑臣，别号柳泉居士，山东淄川（今属淄博）人。他出身于一个世代书香的地主家庭，但家道中落。他的父亲因家境窘迫和连试不售，便弃儒经商，曾积累了一些家业。但蒲松龄成人时，已经入不敷出，分家后更加贫困。在时代风气和家庭环境的影响下，他自然走上科举道路。蒲松龄从小聪明过人，19 岁"初应童子试，即以县、府、道三第一补博士弟子员，文名籍籍诸生间"（张元《柳泉蒲先生墓表》）。然而，其命途多舛，屡试不第，为了生计，大半时间在缙绅人家坐馆，生活的主要内容是教书、读书、写书，是一位地道的贫寒书生。其间，他 31 岁时曾为江苏宝应县知县孙蕙做过一年时间的幕僚，因不习惯于应酬，次年便辞幕回乡。迫于家计，只能一面准备应试，一面设馆授徒，直到 70 岁仍是一名穷秀才。次年援例入贡，四年后死去。他撰写的一副对联说："有志者，事竟成，破釜沉舟，百二秦关终属楚；苦心人，天不负，卧薪尝胆，三千越甲可吞吴。"这副对联是他一生执着于科举功名的动力与写照；也饱含哲理，劝人进取。但他拼搏一生，仍然名落孙山。可怜他至死也没有明白，他失败的根本原因在于，他所处的封建社会末期，黑白颠倒，贤愚异位。他的悲剧是社会和时代所决定的，是不可避免的。

蒲松龄的思想比较复杂，他数十年拼搏科场，屡困场屋，怀才不遇。科场遭遇的辛酸使他对科举制度的弊端看得格外清楚，但他并不反对科举制度本身；他长期混迹于普通群众之间，对劳动人民的疾苦了解透彻；多年的设帐坐馆和短期的幕僚生涯，使他能接触到下层官吏，揭露封建统治阶级的腐朽黑暗，锋芒毕露，字字见血，"写鬼写妖，高人一等；刺贪刺虐，入骨三分"（郭沫若书于山东淄博蒲松龄纪念馆）。但他又宣扬封建伦理纲常、因果报应、迷信宿命等腐朽思想。因此，其作品的思想内容具有一定的复杂性。《聊斋志异》的内容基本上是现实主义的，又被披上了神话志怪的外衣，以独特的面貌呈现在读者面前。

蒲松龄多才多艺，他的诗、词、戏曲、俚曲、小说等都有一定成就。许多作品的内容与风格可以与《聊斋志异》相互印证。他有部分俚曲语言生动通俗，表现出与《聊斋志异》迥然相异的艺术风格，代表了其创作风格的另一面。胡适经过考证，认为《醒世姻缘传》的作者西周生就是蒲松龄，主要理由是其中悍妇的形象与《聊斋志异》所写的悍妇有相似之处。今天看来，这种证据显得苍白无力，不足为信。目前这一观点基本被否定。《醒世姻缘传》的作者西周生到底是谁？有学者在研究，至今尚未取得一致意见。蒲松龄的这些作品均收录在路大荒编辑的《蒲松龄集》中，今人盛伟编辑有《蒲松龄全集》。

二、《聊斋志异》的版本

《聊斋志异》的抄本和刻本较多，比较重要的有手稿本、铸雪斋抄本、青柯亭刻本和三会本。

手稿本系蒲松龄晚年手订，手稿本明确提及所记故事发生最晚的时间是《夏雪》和《化男》，均发生于康熙四十六年（1707 年），作者时年 67 岁。可惜手稿本仅存半部，不分卷，共 237 篇（其中《猪婆龙》篇重复，《木雕美人》有文无目）。手稿本大致按时间先后排列，有助于读者了解作者的艺术构思以及数十年创作历程的变化演进，有很高的版本价值。

铸雪斋抄本是现存较早、较完整的抄本，是历城张希杰于乾隆十六年（1751 年）根据济南朱氏抄本（现已佚）过录的，基本忠实于手稿本。全书分十二卷，收文 474 篇（其中 14 篇有目无文），具有较高的版本价值。

青柯亭刻本是现存最早的刻本。山东莱阳人赵起杲刻于乾隆三十一年（1766 年），分 16 卷，共收文 425 篇。篇目虽不完备，但《聊斋志异》的重要篇目基本网罗在内。文字与手稿本基本相同，后来的所有选本、评注本皆以此为据。该刻本对于《聊斋志异》的传播起了很大作用。

三会本即会校会注会评本，今人张友鹤编辑，分为 12 卷，收文 491 篇，附录 6 篇。凡《聊斋志异》中比较重要的版本异文、注释、评语大都汇集于此本内，这是迄今为止最完备的本子，当然是阅读、研究的最佳版本。

第二节　《聊斋志异》的思想内容

《聊斋志异》是一部文言短篇小说集，取材广泛，内容涉及一个下层文人所能接收到的各种信息，包括当时自然界和社会生活各方面，思想内容比较庞杂。蒲松龄性格内向，古钝清高，内心世界极为丰富，爱看书，会看书，平时细心观察，广搜异闻。他在《聊斋自志》中云："才非干宝，雅爱搜神；情类黄州，喜人谈鬼。闻则命笔，遂以成篇。久之，四方同人又以邮筒相寄。"他自云："集腋成裘，妄续《幽冥》之录；浮白载笔，仅成孤愤之书。寄托如此，亦足悲矣。"邹弢《三借庐笔谈》称其路设烟茶，"见行者过，必强与语，搜奇说异，随人所知"（《聊斋自志》），从正面说明作者有所寄托。王士禛诗云："姑妄言之姑听之，豆棚瓜架雨如丝。料应厌作人间语，爱听秋坟鬼唱诗。"《题〈聊斋〉》则从反面说明其寄托之深。

《聊斋志异》中数量最多、艺术魅力最大的是关于青年男女爱情的颂歌。难能可贵的是，作品提出了崭新的爱情观，既不讲究门当户对，也不要求郎才女貌、富贵荣华。作者反复强调，男女双方真诚相爱才是爱情最坚实的基础。这包含作者的亲身体验和深刻思考，具有前瞻性，在三百多年后的今天仍然适用，甚至可能成为永恒的哲理。例如，《连城》中的乔生与连城倾心相恋，乔生明知最终与连城不能结为连理，二人相爱没有结果，但仍然愿意割肉为她疗病。连城的父亲欲酬以千金，乔生坚辞不收，说："士为知己者死，不以色也。……但得真知我，不谐何害？"《瑞云》中的瑞云，是杭城名妓，不嫌贺生清寒，待之以诚；贺生也视之为知己，终因家道艰难，不能与瑞云结合。不久，瑞云因偶然事故，变得相貌奇丑，就在被万人不齿的时刻，贺生毅然将之赎回娶为妻子。他说："人生所重者知己。"乔生、贺生的形象中，显然有作者的影子，寄托了作者的爱情理想。又如《鸦头》中的鸦头，身为妓女，却有自己的择偶标准。诸客酬以千金，她未肯俯就，一旦看中了诚实厚道的王文，便毅然与其私奔。夫妇经营酒店，辛勤劳作。后被其母强行带走，日遭痛挞，誓不改嫁。虽被囚幽室，度日如年，仍思念王生。最后历尽千辛万苦，两人才得以团聚。《细侯》中的细侯，是一位痴情刚烈的妓女，最后竟然杀子私奔，传达了自己与吃人礼教决裂的决心和对爱情的坚强信念。作品中的男女都不再以才、貌、身份、地位衡量对方，而倾向于两情相悦，基本接近现代的爱情观。其他，还有《婴宁》《小翠》《狐谐》等，都表达了较为进步的爱情观，讴歌了妇女对封建礼教的反抗。

抨击科举制度的黑暗腐朽，是《聊斋志异》的又一重要内容。蒲松龄在科举考场上摸爬滚打了半个世纪，屡战屡败，屡败屡战，饱尝其中况味。他满腹牢骚化为批判科举弊端的血泪文字，如匕首投枪，字字见血。《叶生》中的叶生"文章词赋，冠绝当时"，却屡试不中，抑郁而终。死后魂随丁公，教诲其子，连捷高中，"使天下人知，半生沦落，非战之罪也"。显然，叶生就是作者的化身，其批判的矛头直指不学无术的考官。《贾奉雉》中的贾生才高八斗，而屡试不中。其后听从内行劝告，尽选落卷中的拉杂芜蔓文字，拼凑成篇，"又阅旧稿，一读一汗，读竟，至衣尽湿，自言曰：'此文一出，何以见天下士矣！'"然而，就凭这几篇文章，他竟然高中。《司文郎》中的王平子、余杭生一起请瞽僧鉴定文章。此僧为前朝名家之鬼，以鼻代目，万无一失。王生先焚文章，瞽僧称："君初法大家，虽未逼真，亦近似矣。"余生文章尚未焚完，瞽僧便"嗅其余灰，咳逆数声"，曰："勿再投矣，格格而不能下。强受之以膈，再焚，则作恶矣。"数日后放榜，王生落第而余生高中。瞽僧叹曰："仆虽盲于目，而不盲于鼻。帘中人并鼻盲矣。"《考弊司》中，外表森严、执法不苟的鬼王，面对"孝弟忠信""礼义廉耻"的石碑，却要每个秀才从身上割一块肉给他，怕痛者则要向他行贿。作品不仅抨击了试官的昏庸贪婪，也嘲讽了科举制度毒害下的举子。《雨钱》中的秀才品行不端，想做贼行窃，遭到捉弄。《续黄粱》中的曾孝廉，梦中为相，私恩必酬，睚眦必报，排斥异己，鬻爵索贿，无恶不作。《嘉平公子》中的举子，作文错别字连篇，"恨"写成"浪"，"花椒"写成"花菽"，"生姜"写成"生江"，与他相好的妓女愤而作打油诗云："何事可浪，花菽生江。有婿如此，不如为娼。"举子们胸无点墨，可见一斑。

《聊斋志异》中有许多反映阶级矛盾和民族矛盾的作品。在《公孙九娘》中反映民族矛盾最为深沉："于七一案，连坐被诛者，莱阳、栖霞两县最多。一日俘数百人，尽戮于演武场中。碧血满地，白骨撑天，上官慈悲，捐给棺木，济城工肆，材木一空。"仅用54字，就描绘了一幅清军镇压汉族人民反抗的血腥的屠城画卷。主人公公孙九娘母子被掳，九娘自刭，在阴间生活凄惨，悲歌一曲："白杨风雨绕孤坟，谁想阳台更作云？忽启镂金箱里看，血腥犹染旧罗裙。"莱阳生本答应为之迁骸骨，终因无法辨认，致使九娘抱恨九泉。还有《林四娘》《乱离》等也反映了民族矛盾。反映阶级矛盾的篇章更多。例如，《席方平》中的席廉与富室羊姓有隙，羊死后，贿嘱冥使，痛打席廉致死。其子席方平赴冥府告状，因羊某内外贿通，城隍、郡司、冥王均袒护羊某，对席方平用尽酷刑。小说对于官吏的昏庸贪暴，揭露得入木三分。诚如二郎神判词所云："金光盖地，因使阎摩殿上尽是阴霾；铜臭熏天，遂教枉死城中全无日月。"《潞令》中的宋国英"贪暴不仁，催科尤酷，毙杖下者狼藉于庭。"他得意扬扬地说："官虽小，莅位百日，诛五十八人矣。"《商三官》中，商士禹被邑豪令家奴打死，两个儿子上告无门，其女商三官女扮男装，终于手刃仇人。难能可贵的是，作者从最高统治者皇帝骂起（《续黄粱》《促织》），再到诸侯王（《罗刹海市》《王成》《八大王》《聂政》），再到下层官吏，全面深刻地抨击了各阶层的统治者。

《聊斋志异》有不少折狱、寓言故事。折狱公案故事有《胭脂》《诗谳》《折狱》等。其内容赞扬注重调查研究的清官施闰章等人，批判了草菅人命的昏官，揭露了封建社会司法腐败的现实。寓言故事《画皮》则说明对于任何人或事物，不能只看外表；《崂山道士》则告诫人们学艺切忌浅尝辄止；《武技》的启示是"满招损，谦受益"。作者的笔触深入社会的各个角落，描绘了各类人物的生活、思想、言行。除了社会公众人物如官宦、士子、妓女、烈妇、仙狐鬼怪等外，还有悍妇（《江城》）、猎户（《田七郎》）、强盗（《念秧》）、骗子（《局诈》）、民间艺人（《口技》）、农夫（《农人》）、屠户（《狼三则》）、牧民（《牧竖》）、画匠（《吴门画工》）、侠客（《宫梦弼》）、商贾（《黄英》）等。还有反映外国入侵（《红毛毡》）、海外交往（《西僧》）、讽刺卖国求荣（《三朝元老》）的篇章，等等。还有不少篇章记载奇闻轶事，如《山市》《地震》《海大鱼》《查牙山洞》《义犬》《古瓶》，等等。

《聊斋志异》也有其局限性。作者一生足迹基本未离山东，见闻有限，交游不广。书中对于社会矛盾的揭露内容，感性多于理性，罗列多于分析。他批判科举制度的种种弊端，但始终没有怀疑其本质。作者宣扬封建伦理纲常，因果报应，宣扬迷信，还艳羡一夫多妻制，描写好色之徒，污蔑农民起义，等等。

第三节　《聊斋志异》的艺术性

作为我国古代文言小说的巅峰之作，《聊斋志异》在艺术上取得了卓越的成就。

　　首先，现实主义与浪漫主义相结合。鲁迅云："花妖狐魅，多具人情，和易可亲，忘为异类，而又偶见骨突，知复非人。"① 作品让花妖狐魅介入现实生活，使其人格化，形成幽明相间、人狐交织的世界，常常借助超现实的力量来实现理想，惩罚坏人。作品中的花妖狐魅一般都具有二重性，既具有当时现实生活中的某一类人的特征，同时又带有浓郁的理想色彩。一方面，作者试图通过披上狐妖外衣的形象，曲折反映现实生活，这样可以有效地规避清初盛行的文字狱。从这一意义上说，所有花妖狐魅都有现实生活的原型，因而作品应该是现实主义的。另一方面，这些花妖狐魅又具有不同程度和方式的超现实的力量，作者的动机是借助这些超现实的力量来实现当时社会生活中不可能实现的理想。从这一意义上说，作品又是浪漫主义的。比如，《席方平》写诚朴的席廉因得罪了富豪羊某，在羊某死后被其贿嘱阴司榜掠而死；席廉死后，羊某又嘱冥间狱吏凌掠席廉，席廉托梦给其子席方平。席方平魂赴阴府告状，但上自冥王下到狱吏都被羊某买通，致使席方平备受酷刑，负屈衔冤。但他百折不挠，大义凛然，最终洗冤雪恨。故事虽然写的是阴司鬼蜮，其实作者是借阴曹地府曲折反映阳间人世。作品写到的鬼魅，从狱吏、郡司、城隍到冥王，都是现实生活中自下而上的司法官员的化身，他们官绅勾结，贪污纳贿，上下串通，官官相护，使席方平父亲的冤案难以昭雪，典型地反映了封建社会的黑暗、司法制度的腐败和劳动人民敢于斗争的反抗精神。而为民申冤、惩处贪官的二郎神则象征了极个别良心未泯、尚能主持正义的某些上层官吏。其实，这样的官吏在现实当中未必存在，可能只是作者一厢情愿、画饼充饥的想象罢了。但其思想意义并不能低估，因为它毕竟是广大劳动人民的理想寄托，让处于水生火热的劳苦大众看到了一丝光明。作者在《聊斋自志》中说的"寄托如此，亦足悲矣"，正是此意。其他类似的作品均可以作如是观。

　　其次，人物形象鲜明，富有个性。《聊斋志异》作为文言短篇小说，自然以刻画人物形象为旨归。但是要在短小的篇幅里刻画鲜明的人物性格，颇有难度，需要相当高的技巧。在《聊斋志异》全书490多篇故事中，绝大多数篇章有一个或几个人物形象，而这些形象并不雷同，并不给人千人一面的感觉。这主要得力于作者的写作技巧。

　　《聊斋志异》善于抓住人物不寻常的出奇举动，描写人物的个性特征，塑造独特的艺术形象。比如写反对封建礼教传统的年轻女性，就各有奇招。《婴宁》中的婴宁无忧无虑，天真烂漫，笑不绝口，蔑视封建礼教，连举行婚礼时也笑得前仰后合，令人掩卷难忘。《连城》中的连城，体弱多病，心有所属，面对反复无常的家长，她静观其变，终于找到了生死知己。《小翠》中的小翠喜欢游戏，爱开玩笑，疯疯癫癫，毫无顾忌。她竟敢用旧袍败絮做了一套皇帝的服装让丈夫穿上，视大逆不道的灭族举动如儿戏，将权臣小人玩弄于股掌之上，而能稳坐钓鱼台。《青凤》中的青凤感情缠绵，拘于家长的严训而小心谨慎，斤斤自守。《林四娘》中的林四娘爱诗善歌，谈吐风雅，却心境凄苦。《小谢》中的小谢，不谙世事，顽皮憨厚，乐不知愁。《侠女》中的侠女艳若桃李，冷若冰霜，以为父复仇为使命，从

---

①　鲁迅. 中国小说史略. 北京：人民文学出版社，1973：179.

不考虑自己的感情归宿。《狐谐》中的狐娘子，不避男女之大防，诸男友"数日必一来，索狐笑骂"；而聪颖异常的狐女，常常弄得诸客非常难堪。他们之间表现出来的是一种人与人之间的真挚友谊，是健康、有益、自然的正常交际，滑稽中见端庄，真诚而有趣味。这在男女授受不亲的封建社会，无疑显得石破天惊。同样写妓女渴望正常的爱情生活的篇章也面目各异。《鸦头》中的鸦头身为妓女，却有自己的择偶标准，看中了一个诚实厚道的人便决然与之私奔。夫妇经营酒店，辛勤劳作。《细侯》中的细侯是一位痴情刚烈的妓女。她为了爱情，竟然破釜沉舟，杀子私奔。《瑞云》中的瑞云是杭城名妓，她不嫌贺生贫穷寒酸，待之以诚，视为知己。不久，瑞云因故变得奇丑，"蓬首厨下，丑状类鬼"，贺生却将她赎为妻子。这些做法当然不全值得肯定，如"杀子私奔"就不可取，因为"私奔"不一定以"杀子"为前提；但还是生动形象地说明了"人所重者知己"的道理，在当时具有明显的反封建礼教的意义。此外，写复仇女性也形态各殊。《商三官》中商三官鉴于两位哥哥的无能，精心筹划，以演戏为掩护，手刃仇家，终于为父报仇；《侠女》中的无名侠女为了报仇雪恨，隐姓埋名，远走他乡，忍辱负重，四处查访，往来无踪，矢志复仇，终于如愿以偿。

《聊斋志异》还善于通过描写芸芸众生的特殊癖好来塑造人物形象。如《书痴》写书呆子，《酒狂》写酒徒，《石清虚》写石迷，《阿宝》写情痴，《鸰鸽》写鸟迷，《黄英》写菊花癖，等等，典型地反映了封建社会末期形形色色的人物和五彩斑斓的社会生活。

在古代长篇白话章回小说中，能写出人物性格复杂性的只有《水浒传》《金瓶梅》《儒林外史》《红楼梦》等寥寥几部。能在文言短篇中写出人物性格的复杂性，更加不易。《聊斋志异》在这方面给我们提供了典范。有些篇章在一定程度上刻画出了人物形象的丰富性、复杂性。《侠女》中的侠女，英姿豪爽，工于心计，有侠客往来无迹、快意恩仇、行侠仗义的一面；其对顾母柔顺孝敬，对顾生曲意爱恋，又显示出旧时女性温柔善良等本色的一面，血肉丰满，真实感人。《黄英》中的黄英，美貌聪明，端庄大方，具有高超的艺菊本领；但又不脱商人本性，她所卖之菊虽漂亮而不能移植，过一年就变种，"问之去年买花者，留其根，次年尽变而劣，乃复购于陶"，其所作所为表现出几分商人的奸诈。

再次，《聊斋志异》善于运用矛盾冲突、精于细节描写，擅长营造曲折离奇的生动情节，故事腾挪跌宕，引人入胜。《促织》写由于皇帝爱好斗蟋蟀，地方官吏献媚取宠，借机勒索，"每责一头，则倾数家之产"。成名因为买不起应征的蟋蟀，屡受官府杖责，奄奄待毙。后历尽艰辛捕得一头，先是一喜；但天有不测风云，蟋蟀不幸被儿子弄死，情节陡转，又是一悲：

> 儿惧，啼告母。母闻之，面色灰死，大骂曰："业根，死期至矣。而翁归，自与汝复算耳。"儿涕而出。未几成归，闻妻言，如被冰雪。怒索儿，儿渺然不知所往。既得其尸于井，因而化怒为悲，抢呼欲绝。夫妻向隅，茅舍无烟，相对默然，不复聊赖。

儿子弄死蟋蟀，害怕，告诉母亲，遭大骂；又惧怕父亲严责，投井而死，悲上加悲。为了一只蟋蟀，搭上儿子一条性命。对于一般家庭，这无异于灭顶之灾，全家人已失去生活的勇气。作品对于"天子偶用一物"造成的悲剧，在不动声色的描写中揭露得痛快淋漓。这时峰回路转，先是成名的儿子复活，一喜；接着，孩子的灵魂化为一只轻捷善斗的蟋蟀，挽救了全家濒临毁灭的命运，二喜；这只蟋蟀被献入宫廷，得到皇帝的欢心，府臣、县宰获得封赏，三喜。其实成名一家惊魂未定，心有余悸，笑不出来，但作者几度狂喜、几度悲伤的情节安排是巧妙的，对封建统治阶级罪行的揭露是深刻的。其中，"夫妻向隅，茅舍无烟，相对默然"的细节描摹富于生活气息，非常真实感人。

《王桂庵》写王桂庵在江上初逢芸娘，后沿江寻访，苦于不见。不料偶入一江村，意外地再次见到芸娘，却又由于一句戏言，致使芸娘投江。经年后自河南返家，途中又蓦然见芸娘并未死亡，犹然在世，遂大喜过望。好事多磨，节外生枝，几起几落，妙趣横生。真有山穷水尽，柳暗花明之趣。而王桂庵与芸娘初次见面的几个细节很传神，起初是王桂庵故意高声朗诵诗歌，挑逗芸娘，芸娘"似解其为己者，略举首以斜视之"；接着，王桂庵投以金锭，芸娘"拾弃之"；嗣后，王桂庵再投以金镯，芸娘"操业不顾"，正在此时，其父归来，她"从容以双钩覆蔽之"，文字洗练，景象如绘，芸娘多情、持重、机灵的性格栩栩如生。

《西湖主》写陈弼教在洞庭湖遇风翻船落水，浮水登崖，误入湖君妃子的禁苑、殿阁，本有犯驾当死之虞；后其在花丛中私窥公主，不禁着了迷；又捡到公主失落的红巾，胆大包天，在红巾上题诗一首，复被公主派来寻觅红巾的女子发现。陈弼教简直到了行将被逮，必死无疑的境地：

> 女子大惊曰："汝死无所矣！此公主所常御，涂鸦若此，何能为地？"生失色，哀求脱免。女曰："窃窥宫仪，罪已不赦。念汝儒冠蕴借，欲以私意相全；今辱乃自作，将何为计！"遂皇皇持巾去。

至此，读者暗暗为陈生捏了一把汗。但当该女子第二次出来时，却报告了"公主看巾三四遍，辗然无怒容"的消息。过了一会儿，该女子又来送酒食，读者松了口气。但"公主不言杀，亦不言放"。正当令人茫然之际，又传言有多言者泄其事于王妃。王妃见巾大怒，祸不可测。接着是"持索数人，汹汹入户"，陈生命在旦夕。然而，此时又出现了意外：

> 内一婢熟视曰："将谓何人，陈郎耶？"遂止持索者，曰："且勿且勿，待白王妃来。"返身急去，少间来，曰："王妃请陈郎入。"

却又陡然化险为夷，转凶为吉。最终陈生成为湖君的乘龙快婿。原来陈生曾在洞庭湖放生过一只被捕的猪婆龙，猪婆龙即王妃，婢即衔猪婆龙尾同时遇难的小鱼，故有此报。情节变幻莫测，步步扣人心弦。其中龙女看巾的几个细节描绘，值得称道。

最后，《聊斋志异》词汇丰富，语言精练。作者创造性地运用古代文学语言，又适当吸收、提炼当时的口语，俗语、方言的运用颇见特色。在单行奇句中，间用骈语俪句，典雅工丽，而又生动活泼，富有形象性和表现力。文言小说能熟练、自如、协调地运用俗语、方言，体现了作者驾驭语言的能力和语言运用的成就。请看《翩翩》中翩翩与花城娘子的一段对话：

一日，有少妇笑入，曰："翩翩小鬼头快活死！薛姑子好梦，几时做得？"女迎笑曰："花城娘子，贵趾久弗涉，今日西南风紧，吹送来也！小哥子抱得未？"曰："又一小婢子。"女笑曰："花娘子瓦窑哉！那弗将来？"曰："方鸣之，睡却矣。"……花城笑曰："而家小郎子，大不端好！若弗是醋葫芦娘子，恐跳迹入云霄去。"女亦哂曰："薄幸儿，便直得寒冻杀。"相与鼓掌。花城离席曰："小婢醒，恐啼肠断矣。"女亦起曰："贪引他家男儿，不忆得小江城啼绝矣。"

其他，在《邵女》《仙人岛》《口技》《阎王》《婴宁》等篇中，均有出彩的人物对话。但是，作者有时在"异史氏曰"的"论赞"和一些骈文，如《席方平》一文的判词中，逞才使气，大量用典，影响了语言的鲜明生动，破坏了文章的和谐统一。

第四节　清代其他文言小说

《聊斋志异》问世之后，作品中的某些细节被广泛借鉴。受其滋润，文言小说大量涌现。其中最著名的是袁枚《子不语》和纪昀《阅微草堂笔记》，它们堪与《聊斋志异》鼎足而三。

一、袁枚《子不语》

袁枚（1716—1798年），字子才，号简斋，晚号随园老人。浙江钱塘（今杭州）人。24岁中进士，入翰林。做过溧水、沭阳、江宁等地的知县。33岁后，退职定居于南京小仓山，致力于教学和创作。其创作以诗文为主，创"性灵"一派，为"乾隆三大家"之一。他也创作文言小说，有《子不语》及《续子不语》。

《子不语》书名出自《论语·述而》"子不语怪力乱神"。后作者见元代小说中已有用《子不语》作书名的，便将此书名改为《新齐谐》，取自《庄子·逍遥游》"齐谐者，志怪者也"，注明此书性质是记奇诡神怪之事。《子不语》全书24卷，《续子不语》10卷。

《子不语》内容广泛，涉及社会各个层面。如揭露贪官污吏，讽刺世俗浅薄。卷十五《鬼宝塔》，写邱老因天热坐户外算账，月色朦胧，见人影晃动，注目视之，连见十二影，皆美妇；转眼间，这些美妇皆变成狰狞鬼。邱老笑曰："美则过于美，恶则过于恶，情形反复，极象目下人情世态。"其他如批判程朱理学和八股文，尖刻嘲弄郑康成、孔颖达注经的穿凿附会，抨击程朱理学的空疏；对女性女色的观点具有进步性，等等。《续子不语》卷二《沙弥思老虎》值得一读：

五台山某禅师收一沙弥，年甫三岁。五台山最高，师徒在山顶修行，从不一下山。后十余年，禅师同弟子下山。沙弥见牛马鸡犬，皆不识也。师因指而告之曰："此牛

也，可以耕田。此马也，可以骑。此鸡、犬也，可以报晓，可以守门。"沙弥唯唯。少
顷，一少年女子走过，沙弥惊问："此又是何物？"师虑其动心，正色告之曰："此名老
虎，人近之则必遭咬死，尸骨无存。"沙弥唯唯。晚间上山，师问："汝今日在山下所
见之物，可有心上思想他的否？"曰："一切物我都不想，只想那吃人的老虎，心上总
觉舍他不得。"

说明好色乃人之本性，只能因势利导。

还有不少不怕鬼的故事。如卷十九《观音作别》、卷二十《成神不必贤人》等，又如卷
十七《射天箭》中写一人平素喜欢对空射箭，有一次竟射中太阳神的屁股。作者用笔轻灵，
叙事通畅。娓娓道来，毫不费力。其缺点是时见松散油滑，过于率意。

二、纪昀《阅微草堂笔记》

纪昀（1724—1805 年），字晓岚，又字春帆，自号观弈道人，直隶献县（今河北献县）
人。少即博闻强识，颖悟过人。31 岁中进士，由编修官至侍读学士，总纂《四库全书》，有
《四库全书总目提要》《四库全书简明目录》（并非出于一人之手）等著作。《四库全书总目
提要》抉隐发微，指瑕摘疵，多中肯綮，对于我国学术文化贡献巨大，在文学批评史上有
重要地位。纪昀其他著作不多，《阅微草堂笔记》是其晚年著作，自乾隆五十四年到嘉庆三
年（1789—1798 年）陆续写成，包括《滦阳消夏录》《如是我闻》《槐西杂志》《姑妄听
之》《滦阳续录》5 种，24 卷。嘉庆五年（1800 年），其门人盛时彦将其合刊，名为《阅微
草堂笔记》。纪昀批评《聊斋志异》"一书而兼二体"，指摘其传奇式的志怪，当为的评。纪
昀是大学问家，阅历丰富，才华横溢，其《阅微草堂笔记》有意与《聊斋志异》对立，向
笔记杂录靠拢，记叙见闻，结撰故事，辩证讹误，发表议论。虽然思想保守，记载神鬼怪
异，常寓纲常礼教，但时有可观之处。鲁迅说，此书隽思妙语，时足解颐，间杂考证，亦有
灼见，但远不足与《聊斋志异》相颉颃。[①]

《阅微草堂笔记》有些作品反映了人民疾苦。如《滦阳消夏录》卷二记载崇祯末年河
南、山东大旱，竟至以人为食，"如女幼孩，反接鬻丁市，谓之菜人。屠者买去，如刲羊
豕"。又如《如是我闻》卷二，也有人吃人的记载，令人不忍卒读。有些作品则揭露吏治的
腐败、官僚的贪赃枉法。如《滦阳消夏录》中说："其最为民害者，一曰吏，一曰役，一曰
官之亲属，一曰官之仆隶。"针对清官，他提出"无功即有罪"的观点，令人耳目一新。其
中也有描述嘲弄世俗风尚的笔墨，如《姑妄听之》卷一，记一扶乩大师，为前朝围棋高手，
却不敢与今人对弈，旨在讽刺当今风气日薄，人心日巧。还有的作品抨击程朱理学和虚伪道
学，如《姑妄听之》卷二，记一老儒，对学生极严，负端方之名，而帐内暗藏一名妓女。
《阅微草堂笔记》还间杂考证，《如是我闻》卷三证明《西游记》中有明制，故非元代丘处

---

① 鲁迅. 中国小说史略. 北京：人民文学出版社，1973.

机所作。书中还描绘了西域风光、习俗,《滦阳续录》中描写塞外风光,文笔优美,自有特色。

《阅微草堂笔记》中糟粕亦不少,如不遗余力地宣扬封建伦理道德纲常,蔑视白话小说,等等。艺术上,人物苍白,情节单薄,有的篇章既无人物,也无情节,有的通篇议论,不足称为小说。

清代其他文言小说还有乐钧的《耳食录》,沈起凤的《谐铎》,和邦额的《夜谭随录》,长白浩歌子的《荧窗异草》,宣鼎的《夜雨秋灯录》,俞樾的《右台仙馆笔记》《耳邮》,王韬的《淞隐漫录》,等等。

◌ 思考题

1. 《聊斋志异》中的爱情描写表现出怎么样的爱情观? 举例说明。

2. 《聊斋志异》暴露了封建科举制度哪些方面的弊端?

3. 《聊斋志异》是如何刻画人物性格的复杂性的?

4. 你认为《聊斋志异》最出色的女性形象是谁? 请加以分析。

5. 《聊斋志异》有何思想局限性?

6. 袁枚《续子不语》卷二《沙弥思老虎》的进步意义表现在哪里? 请写一篇读后感。

第十章　清代讽刺小说

教学目的

　　了解讽刺小说的特征、《儒林外史》的内容；掌握小说提供的讽刺艺术经验以及结构手法；熟悉《儒林外史》对"四大谴责小说"的影响。

　　鲁迅在《中国小说史略》中说："迨吴敬梓《儒林外史》出，乃秉持公心，指责时弊，机锋所向，尤在士林；其文又戚而能谐，婉而多讽，于是说部中乃始有足称讽刺之书。"[①] 讽刺小说就是以《儒林外史》为代表的，内容能"秉持公心，指责时弊"，文字"戚而能谐，婉而多讽"的长篇白话小说。在《儒林外史》之前，讽刺性文字并不少见。魏晋笔记杂录小说中的笑话解颐类作品就有许多令人捧腹、带有讽刺意味的段子，唐代作品中也不乏其例。明代的讽刺文字更多。如《钟馗传》中仔细鬼请龌龊鬼吃烧饼的故事就十分精彩，龌龊鬼想办法吃桌缝里的芝麻的描写给人印象尤深。但这类描写比较零碎，没有形成专著；内容多为人身攻击，缺少典型意义；感情直露，缺少婉曲之笔，讽刺意味不浓。直到清代，才出现了古代小说史上真正意义上的讽刺小说——吴敬梓的《儒林外史》。

第一节　《儒林外史》的作者和版本

一、《儒林外史》的作者

　　吴敬梓（1701—1754 年），字敏轩，号粒民，又称秦淮寓客、文木老人，安徽全椒人。他出身于"科第仕宦多显者"（程晋芳《文木先生传》）的官僚家庭。远祖在明代永乐年间曾封骁骑尉爵，受邑江苏六合。曾祖辈兄弟五人，有四人考中进士；祖父辈以科举荣身者也不乏其人；而其祖父吴旦只是个监生，做过州同知；父亲吴霖起仅为拔贡，做过几年江苏赣榆县教谕。他生平经历了三个阶段：

---

　　① 鲁迅. 中国小说史略. 北京：人民文学出版社，1973.

23 岁之前是其"公子"生活阶段。他 13 岁丧母，14 岁随父到江苏赣榆县教谕任所读书，生活上养尊处优，受到良好的教育，一直到 23 岁父亲去世。

23 岁到 33 岁是其"败子"生活阶段。父亲去世后，他继承家业，由于他不善经营，"性耽挥霍"，祖业难以据守，又有家族遗产之争，宗族、长辈、兄弟趁机侵夺其家产。未过几年，奴仆逃散，田地卖光，乡里豪绅"传为子弟戒"（吴敬梓《文木山房集·减字木兰花》），亲友、故交或将其拒之门外，或避于路途。

33 岁到 54 岁是其"浪子"生活阶段。他 33 岁移家南京大中桥附近的秦淮河畔，经济拮据，生活更加贫困凄凉。为了祭泰伯祠，吴敬梓回乡卖掉了老屋。回到南京后，他有时卖书换米，有时"闭门种菜，偕佣保杂作"（顾云《钵山志》卷四）。严冬夜晚，邀集朋友绕城步行几十里，谓之"暖足"（程晋芳《文木先生传》）。晚年生活更为窘困，到了"囊无一钱守，腹作乾雷鸣"，"近闻典衣尽，灶突无烟青"（程晋芳《寄怀严东有》）的境地。54 岁那年，吴敬梓猝然客死于扬州小船上。

吴敬梓的科举道路不同寻常。早年他希望走科举道路。18 岁考中秀才，29 岁到滁州科考，大出洋相：他喜欢杂学旁收，不善八股文，于是跪下来乞求考官给好成绩，考官骂他"文章大好人大怪"。乾隆元年（1736 年），吴敬梓 36 岁，安徽巡抚赵国麟推荐他去应试博学鸿词科，他装病没有赴试。一说，吴敬梓去参加考试了，但真的生病，未能应试。总之，36 岁是他人生的转折点。他从此看破富贵功名，抛弃科举考试，脱诸生籍，不受约束，致力于小说创作。

吴敬梓的思想矛盾复杂。首先，他既尊儒，熟读儒家经典，又反对程朱理学。他称程朱理学是"俗学"。其次，他对封建礼教既信奉，又有反抗依违；既讲究家庭孝悌，又称儿子为"良友"，且自己背井离乡，是为不孝。难能可贵的是，他还具有初步的民主思想，如尊重出逃的女性等。再次，他对封建科举考试态度矛盾，他推崇宿儒，而蔑视新贵；赞美祖先的科第，自己却背弃科举；早年对科举功名不择手段，羡慕科举；晚年对科举的态度十分清高，拒绝参加博学鸿词科试。

吴敬梓有《文木山房集》12 卷、《尚书私学序》1 篇、《金陵景物图诗》23 首等传世。《儒林外史》是其晚年的作品。有学者从作者的经历、思想、构思和作品的内容、形式等诸方面进行了考证，经过深入研究，考证出作于 1736 年 2 月的《闲斋老人序》的作者即吴敬梓本人。闲斋老人是吴敬梓的别号。小说着笔于 1735 年秋后，他从移家南京开始创作，1750 年前大致完成，1754 年他去世前不久才最终完稿，前后经历了 19 年的时间。其创作的具体时间为：从第一回到第二十五回，写于乾隆元年（1736 年）二月之前；第二十六回到第三十五回写于乾隆元年到乾隆四年（1736—1739 年）之间；第三十六回之后陆续完成于其逝世以前。[①] 作品创作分为三个阶段，分别有三个重要人物：王冕、杜少卿、虞育德。其中，王冕、虞育德是作者理想的标尺，杜少卿则是作品前后两部分的过渡人物。

---

① 谈凤梁. 《儒林外史》创作时间、过程新探. 江海学刊，1984（1）：78－85.

二、《儒林外史》的版本

《儒林外史》起初以抄本流传。最早的版本是刻于清代嘉庆八年（1803 年）的卧闲草堂本，有闲斋老人序。

《儒林外史》原书究竟多少回？历来有 50 回、55 回、56 回等不同说法。吴敬梓友人程晋芳的《文木先生传》称全书 50 卷；金和的《儒林外史跋》称全书 55 卷；今人章培恒先生认为《儒林外史》全书应为 50 卷；谈凤梁先生通过版本、主题、风格以及时间、冥封、用典等特殊标志，考证出《儒林外史》全书当为 56 回。[①] 后一说基本得到学术界的认同。

第二节 《儒林外史》的思想内容

鲁迅在《叶紫作〈丰收〉序》中说过："留学生铺天盖地以来，《儒林外史》好像不伟大了。其实，吴敬梓手段何尝在罗贯中之下，伟大也要有人懂。"鲁迅此论至少说明三点：其一，《儒林外史》是伟大的，其成就不在《三国演义》之下；其二，《儒林外史》的伟大之处不易看懂，小说内容比较隐晦复杂；其三，近现代以来，《儒林外史》遭到误解和曲解。鲁迅的话提示我们，读《儒林外史》绝不能简单化，表面化。

《儒林外史》除"楔子"以外，叙写了从明代成化二十三年到万历四十四年（1487—1616 年）的事件，前后涉及 130 年时间。时间跨度长，描写的人物多，思想内容比较复杂。《闲斋老人序》云："功名富贵为一篇之骨。"按照这一思路，围绕小说中人物对功名富贵的态度，可以发现：第一回到三十回，主要是对反面人物和中间人物的描写，重在揭露批判；第三十一回以后，正面人物陆续登场，重在赞扬。从描写顺序看，先写"心艳功名富贵而媚人下人者"，次写"倚仗功名富贵而骄人傲人者"，再写"假托无意功名富贵以自为高，被人看破而耻笑者"，最后写完全"弃绝功名富贵者"。对前三类人主要是讽刺，对后一类人是赞颂。因此，其内容可以主要分为批判假儒，暴露黑暗和歌颂真儒，表现理想两大方面。

一、批判假儒，暴露黑暗

批判科举制度，这是全书的核心内容。《儒林外史》对科举制度的批判是深刻而全面的。

其一，作者对八股科举考试的内容提出了异议。在小说第一回"楔子"中，作者借理

---

① 谈凤梁. 《儒林外史》五十六回当属原作. 明清小说研究，1984（2）：231.

想人物王冕之口，明确指出，用八股文取士，"这个法却定的不好"。触及了科举制度的本质，从根本上否定了科举考试八股取士的合理性。《儒林外史》批判科举制度，不仅涉及现象，而且触及本质，这是其他小说无法相比的。小说反复声明，科举考试不能"泥定了朱注"。小说还多次运用细节描写，如学政范进不知道苏轼为何许人，八股选家马纯上不知道李清照，匡超人不知道"先儒"的内涵，等等，说明八股文写得好的人并没有学问，有的只是愚蠢无知。

其二，揭露了科举考试的弊端。有的人成天揣摩八股文作法，有的死抱住朱熹的《四书集注》做文章，有的在猜题和舞弊上下工夫。如"一字不识"的金耀，多方钻营，花五百两银子，雇了一个"枪手"代考。那些主考官如何？范进的文章本来不通，再考十次也不得中。主考官周进见他五十多岁，花白胡子，特别是与自己当年的遭遇惊人相似，这才立刻引起共鸣，继而同病相怜，突然觉得他的文章花团锦簇，于是顿时改变了主意，当面取为第一。转眼之间，一念之差，庸才变成了天才。范进到山东去充当主考官，满脑子盘旋的是恩师周进的嘱托，要"提拔"其旧日的门生荀玫，可以说是煞费心机，将朝廷的选才重任放在脑后。庐州主考大人则更加明目张胆，明码标价，以三百两银子的价格，公开拍卖秀才的资格。当时的考场上情况如何呢？真是一派乌烟瘴气！向鼎主考安庆府童生时，考场上"也有代笔的，也有传递的，大家丢纸头，掠砖头，挤眉弄眼，无所不为"。有的竟假装"出恭"，在土墙上挖个洞，"伸手到外头去接文章"。种种丑态，举不胜举。封建王朝传统而神圣的抢才大典遭到亵渎。

其三，揭露封建统治者用功名利禄腐蚀知识分子，毒化社会风气。在功名利禄的引诱下，儒生们醉心举业，荒谬地认为"读书毕竟中进士是个了局"。惟其如此，名落孙山的周进痛哭流涕，头撞号板，丑态百出；范进本无学问，考了几十年，年年败北，自在情理之中，而一旦遇到糊涂考官，侥幸中举，竟然承受不了如此的意外，精神反常，喜极发疯；胡屠户把能否中举作为臧否人物的唯一标准，对女婿范进前倨后恭，出尽洋相，先骂他是"癞蛤蟆"，后称之为"文曲星"；鲁小姐满腹诗书，不能参加科举考试，只好寄希望于儿子，每天抱着四岁的儿子讲"四书"，读八股，通宵达旦，夜以继日。可见科举的流毒害人不浅。

其四，批判封建礼教。那些追求名利的儒生个个言清行浊。居丧尽礼的范进在守孝期间竟然外出打秋风；他赴宴时装腔作势，不肯用镶银筷子、象牙筷子，却又迫不及待地"在燕窝碗里拣了个大虾元子送在嘴里"。刚中进士的荀玫，适逢母丧，在朝廷命官周司业、范通政等的支持下，竟然匿丧不报。作恶多端的严贡生"从省里科举了回来"，明知弟弟死了，却偏等弟媳送过二百两银子才"带孝"过去，在灵柩前"干号了几声"，同时心里盘算着如何夺取弟媳的家产。娄氏兄弟结交的"名士"，多是骗子、无赖、流氓。杨执中欺世盗名，居然把元人的诗据为己有，招摇过市。权勿用奉行"你的就是我的"骗人哲学。张俊民用猪头冒充人头，诈骗了五百两银子。娄氏两公子"半世豪举，落得一场扫兴"。这些描写显然是对封建礼教虚伪性的绝妙暴露。王玉辉劝女殉夫，则暴露了封建礼教吃人、骗人的本质。作者还塑造了正面形象批判礼教。杜少卿放荡不羁，亵渎礼教，带着妻子上酒馆、游清凉山，把抗婚出逃来南京的扬州女子沈琼枝请到家里，公开表示支持。沈琼枝先是遵父命嫁给俗商，又不甘心接受命运的安排，大胆出逃，来到南京卖诗文为生，自食其力，违背了三从四德。这些都是对礼教的批判。

其五，批判社会世态，广泛地描写了儒生们的社会活动，揭露了封建末世某些黑暗现象。从批判科举出身的官僚入手，小说批判的笔锋刺进官场。封建末世，吏治特别腐败。"三年清知府，十万雪花银""钱到公事办，火到猪头烂""有了钱，就是官"等官场谚语成了至理名言。清官向鼎升了道台之后也说："我做府道的人不穷在这一千两银子。"贪酷成性的王惠竟被誉为"江西第一能员"。而在青枫城立功的肖云仙、野羊塘凯奏的汤镇台却遭到弹劾与贬斥。庄绍光虽应召入京，但因拒绝太保公"欲收之门墙"的要求而未被任用。向鼎被委任前往宁国府摘印，但消息传来，惊慌失措，以为祸及自身。这些文字曲折反映了统治集团内部朋党林立、互相倾轧的现实。封建科举制度造就了一批土豪劣绅，并赋予他们压迫、剥削的特权。严致中补了廪，出了贡，就胡作非为，公然拦猪，讹钱，抢夺财产，白赖船资，从来没有受到惩罚。五河县方家中了进士，就威风八面，下乡收租，要住户备案迎接，对欠了银子的就要打板子，等等。

小说还通过塑造匡超人、牛浦郎等形象，说明科举制度对纯洁青年的心灵戕害。通过莺脰湖雅集、西湖宴席、莫愁湖高会等三次名士聚会，勾勒了他们欺世盗名、钻头觅缝的丑恶嘴脸。小说批判不仅针对黑暗的社会现象，而且触及其本质，真可谓入木三分。

二、歌颂真儒，表现理想

《儒林外史》在第三十回以后，侧重塑造正面人物。吴敬梓塑造的正面人物形象有两类：知识分子和市民。作者主要通过王冕、杜少卿、虞育德和"四大奇人"等形象表现自己的政治理想。首先，作品塑造了虞育德、杜少卿、迟衡山、庄绍光等知识分子的形象，借以表现自己的道德规范和政治信念。其次，以自食其力，不慕名利，具有独立人格的"四大奇人"事迹作为小说的结尾，余韵悠长，正表达了作者的理想寄托。

"文行出处"是作者心目中的道德规范。"文"一般指经书上的学问。从作品实际看，作者不仅重视经书上的学问，也注重画画（王冕、盖宽）、写字（季遐年）、下棋（王太）、弹琴（荆元）、出对、修乐器（倪霜峰）、堪舆（虞育德）等实际学问。这违背了几千年的封建传统，具有不容低估的进步性。但是应该看到，作者反对八股文其实并不彻底，虞育德、向鼎等正面典型人物也是靠写八股文考中进士的。不过，作者又以为这不是唯一的学问，显然表现出矛盾的态度。

"行"指品行，主要分两类：一类指忠孝观念，尤其强调孝道。古人奉行"百行孝为先"，这要一分为二地理解，孝，也不能一概否定，有其正确的一面。比如，匡超人孝敬父母，跪在地上帮助父亲出恭，表现出人性美，是古代人民的传统美德。郭孝子是王惠的儿子，王惠犯法，做了和尚，郭孝子千里寻亲，两次遇险，均化险为夷，说明孝子之心感动天地。不过吴敬梓笔下的孝也有其局限性，杜少卿喜欢别人称赞他的祖宗，给祖父养过狗的人他也照应，这分明是愚孝。另一类是初步的民主思想描写。杜少卿具有朦胧的民主思想。他主动去探望抗婚出逃的沈琼枝。对于自己携妻游清凉山，他说：“夫妻同游，并非淫乱。”对于王冕、虞育德、“四大奇人”能自食其力，作者加以热情肯定。有些描写表现了“真儒”的美德，比如，虞育德在山东做幕僚，康大人也是常熟人，学生劝他去攀同乡关系，去应征辟，被他拒绝了。他不装腔作势，积德很多而从不声张。他说积德如耳鸣，只有自己知道；如果别人知道，就不为阴德。

“出”指出仕做官，治国平天下。做官就要像清官向鼎一样，至少做到实事求是，爱民如子。小说第二十四回写向鼎断案，集中描写了三个案件：和尚骗牛，牛浦郎冒充牛布衣，诬告医生。从审理这些案件的过程中可以看出，向鼎做官的依据不外乎两方面：一是维护封建统治；二是爱护人民群众，维护人民利益，实事求是。这是清官最起码的准则。

“处”指退居乡野，不做官。古人崇尚“穷则独善其身”，小说强调安分守己，布衣蔬食，心中淡然，不用不正当的手段谋取功名利禄，这具有合理因素。其局限性在于讲究封建的等级名分。比如鲍文卿认为唱戏的不能做秀才；他救了向鼎，却不以恩人自居，在向鼎面前不敢叙礼，不肯坐下来讲话；他认为朝廷的体统是天经地义的，不能违背。这显然是消极的。

“礼乐兵农”是作者的政治信念。“礼乐”指用古礼、古乐挽回没落的世道人心。小说第三十七回，对于大批儒生庄严隆重地祭泰伯祠的描写，笔墨酣畅，淋漓尽致。用古礼古乐祭祀前贤，是封建思想的表现。用古礼、古乐挽回没落的世道，是儒家思想的表现。被祭祀的对象是泰伯，即周太王的长子，他有弟弟仲雍和季历。王位不传长子而传季历，所以泰伯、仲雍逃到常熟。作者宣扬的让位之德与儒家正统思想并不相容。“兵农”，是旧社会政治的核心，“无农不稳，无兵不安”。小说第三十九回，则通过对肖云仙凯奏青枫城的描写，对他平定番子叛乱，兴修水利，开垦农田，植树，办学校，劝农桑进行了形象表述。肖云仙在实践过程中加进了与封建统治不相容的内容，值得肯定。

小说最后写到名贤真儒大浪淘沙，渐渐消磨，于是惨淡经营，把探寻理想的目光投向社会底层，以市井之间的平常百姓“四大奇人”结尾。季遐年以写字为生，亦以写字自娱；卖火纸筒的小贩王太，是围棋高手；开茶馆的画家盖宽，不肯攀附权贵；裁缝荆元，弹得一手好琴，借以消遣自娱。“四大奇人”是知识分子高雅生活方式“琴、棋、书、画”的化身，他们均以一艺名世，自食其力，安贫乐道，高雅脱俗，过着“又不贪图人的富贵，又不伺候人的颜色，天不收，地不管”的自由自然的文人化生活，寄寓了作者业已看破功名富贵，希望过上平凡生活的理想，也体现了作者对完美人格的追求，包含了对封建制度下知识分子命运的深刻思考和探索。卒章显志，概括了整个小说的主题。

小说表现理想的内容写得比较简单，并不系统全面，只是吉光片羽，如电光石火。这说明作者的理想也是初步的、含混的、朦胧的，并不十分清晰，有些只可意会不能言传，因此不可能说得非常明白。如此而已。

第三节　《儒林外史》的艺术性

《儒林外史》提供了塑造讽刺艺术形象的完整经验。

其一，讽刺艺术十分讲究真实。鲁迅指出，讽刺的生命是真实，不必是曾有的实事，而必须是会有的实情。[①]《儒林外史》的讽刺艺术形象取材于现实生活，反映了生活真实。小说中所写到的人和事，是封建社会末期极为常见，也是客观存在的。小说中的主要人物形象大多以生活中的真人为原型。据何泽翰《儒林外史人物本事考略》的考证，杜少卿为作者自况；牛布衣原型为朱草衣；向鼎的原型为商盘；马纯上的原型为冯粹中；虞育德的原型为吴蒙泉，等等。那个中举后喜极发疯的范进，其生活原型为高邮某举子。刘廷献《广阳杂记》卷四记其中举后神经兴奋，大笑不止。神医袁体庵诊断为"心窍开张，令其忧愁抑郁，则心窍闭"，遂令其急归，至镇江，求何氏诊治，则已愈。

其二，讽刺的矛头只能对准反面的东西，对准"不合理、可笑、可鄙，甚至于可恶"的世情，如欺世盗名、贪赃枉法等现象是司空见惯的，迂腐、吝啬、吹牛、讹诈更是普遍存在的真实。绝对不能对正面的人和事加以讽刺。谴责小说之所以不能成为讽刺小说，就在于其对不该讽刺的对象进行了讽刺。作者正是抓住这些具有普遍意义的现象，不直接评说，仅仅运用客观的言行对照，就使得人物情伪毕露，达到讽刺效果。

其三，塑造讽刺艺术形象，要运用特殊的技巧和方法，既要求精练，又要运用夸张、对比和对照，还要注意婉曲。所谓精练，就是不拖泥带水。优秀的讽刺，是闪光，不是大火；是剪影，不是连环画；要一气呵成，立竿见影，而不是细水长流，旷日持久。优秀的讽刺作品，要求篇幅文字极其精练；要求处理好环境与人物以及各种人物之间的关系，使每个人物都有作用；刻画人物要抓住最能表现人物性格的一刹那，就是捕捉最为适当的时机。如严监生去世时，妻死子亡，他听到钱，眼睛睁得大大的，为了"两根灯草"而竖着两只手指，不肯咽气，爱财如命。这一细节就是刻画悭吝人形象的绝笔。具体的讽刺技巧和方法有夸张、对比、对照、婉曲等。

一者，运用夸张。就是要抓住事件的本质，用放大镜、显微镜把可笑的事件推到读者面前。揭示其本质必须夸张，夸张要符合逻辑。夸张的笔墨，要与极其真实的描写交错进行；一味夸张，就成了说谎，没有讽刺效果。不夸张的地方就要十分讲究真实。范进中举，胡屠户虽然骂女婿，但毕竟送来一副大肠和一瓶酒——既感到脸上有光又不满足；张静斋来访时，他躲到女儿房里，不敢亮相，就显得极其真实。范进中举前后，周围群众的态度迥然不同，有看热闹的、送米的、捉老母鸡的，非常富有生活气息。

---

① 鲁迅. 且介亭杂文二集. 北京：人民文学出版社，2005.

再者，对比和对照。抓住矛盾的某一事物的两个侧面，作为同一形象加以描绘，可以取得很好的讽刺效果。对比和对照可以多层次进行。比如同一对象前后对照、表里对照、言行对照，让不同形象相互对照，等等。范进中举前后，胡屠户前倨后恭，判若两人。范进中举前，他骂范进应试是"癞蛤蟆想吃天鹅肉"，其中举后，称范进是天上的"文曲星""贤婿老爷"；范进跌在泥坑里，滚皱了衣服，他跟在后面帮助整理衣襟，低着头悄悄扯了几十回。不需要任何评论，一个势利小人的形象呼之欲出。不同形象的相互对比、对照在小说中非常普遍。《儒林外史》刻画了许多兄弟形象，把兄弟二人进行对比，是作者设置人物的主要动机。比如严贡生与严监生就构成鲜明对比。严监生胆小怕事，家有十万两银子，生病舍不得吃药，临终为了"两根灯草"死不瞑目，却愿意出钱帮乃兄了结官司；严贡生勾结官府横行霸道，坑骗百姓，无恶不作，讹船家的船钱，关邻居家的猪，吞并亡弟的财产；家里没有钱，每天端花梨木椅子换肉包子吃。两人虽出于同胞，其性格不啻有天壤之别。严贡生是一个刻画得相当成功的反面小人物，他是披着科举功名外衣的乡绅，却是难得的优秀的讽刺艺术形象。新科举人范进和张静斋到高要县打秋风，严贡生自称与县官关系好，说自己在乡间"从不晓得占人家一丝一粟"，话未落音，家中小厮就来报告，早上关的人家的猪，邻居过来讨要了。这就使同一个人的言行形成了微妙的对照。

三者，讲究婉曲。就是讽刺要含蓄，藏而不露。小说作者不轻易流露自己的思想观点，绝不发表议论，而让事实本身说话，由读者自己去领会。如果作者情不自禁地跳出来议论，就达不到讽刺效果。秀才梅玖当年调侃周进："呆，秀才，吃长斋，胡子满腮，经书不打开，明年不请我自来。"后来周进考中进士，梅玖对周进的态度来了一个180°的转弯，他自称是周进的门生，家里供起了周进的长生牌位，还把周进当年写的对联揭下来，裱糊了张挂在家里。小说全靠客观描写，不必作者说一个字，这个势利小人的嘴脸就清清楚楚地呈现出来。狄德罗说过，小说家不应该在小说中露面，就好像上帝不应该在自然界露面一样。看来，作家吴敬梓深谙个中道理。

《儒林外史》的结构特点是"全书无主干，仅驱使各种人物行列而来，事与其来俱起，亦与其去俱迄，虽云长篇，颇同短制"①。小说没有贯穿始终的人物和事件，而是围绕主题思想，把不同的人物和故事连缀成篇。如小说开头几回，围绕科举制度的毒害，集中描写了周进和范进，刻画老儒们的人生悲喜剧；接着由张静斋带新科举人范进打秋风，转换时空，由山东转到广东，继而描写张静斋、严贡生等科举出身的土豪劣绅专横霸道的无耻嘴脸；然后用几回写王惠的兴衰起落，写科举选拔的官僚是残害百姓的刽子手。作者常用一两个人物的活动，把前后两个短篇故事勾连起来。有的人物带出新的人物来，就完成了自己的使命，便销声匿迹了。如，王惠由周进带出，严贡生则由范进带出。前面出现过的人物结局，则在后面的适当场合补充交代，比如，第十八回，补充交代严贡生霸占弟媳家产的事情；第三十八回，交代王惠的下落：因朝廷通缉，他亡命到西蜀，在古庙里做了和尚，后来其子郭孝子

---

① 鲁迅. 中国小说史略. 上海：上海古籍出版社，2006.

千里赴蜀寻亲；第五十四回，交代权勿用被公人突然带走，是由于学里的秀才诬赖他，最后官事得到昭雪。凡此种种，人物进退场井然有序，讲究艺术性。这与以前的其他小说不同，对于古代长篇小说创作的结构艺术，是一种新的尝试，也是一种创造。

第四节　清代其他讽刺类小说

从严格意义上说，《儒林外史》是中国古代唯一的讽刺小说，其影响很大。其人物形象极富典型性，妇孺皆知，深入人心。封建社会儒林中各色人物从《儒林外史》中都可以看到自己的部分影子，惺园退士《儒林外史序》云："慎勿读《儒林外史》，读之乃觉身世酬应之间无往而非《儒林外史》。"它为世情小说的发展开辟了新的道路。清朝末期仿效《儒林外史》的作品很多，但无一能得其神韵。所以，现代文化巨匠，研究古代小说的先驱鲁迅，深有感慨地说："伟大也要有人懂。"晚清四大谴责小说李伯元《官场现形记》、吴趼人《二十年目睹之怪现状》、刘鹗《老残游记》、曾朴《孽海花》直接受其影响，总体构思和情节结构明显脱胎于《儒林外史》。遗憾的是，这些小说虽旨在"揭发伏藏，显其弊恶，而于时政，严加纠弹，或更扩充，并及风格。虽令意在匡世，似与讽刺小说同论"，但因为"词气浮露，笔无藏锋，甚且过甚其辞"[1]，又不能全部"秉持公心"，达不到讽刺小说的高度，只能被称为谴责小说。它们不能与《儒林外史》相提并论，只是其末流而已。

"四大谴责小说"的作者均出身于东南沿海。

吴趼人（1866—1910 年），名沃尧，广东南海佛山人，别号我佛山人，出身于没落的官宦家庭。18 岁到上海谋生，供职于上海制造局。光绪二十三年到二十八年（1897—1902年），主持上海小报笔政，此后致力于小说创作。光绪三十二年（1906 年）任《月月小报》总撰述。其作品主要有：《二十年目睹之怪现状》《痛史》《电术奇谈》《九命奇冤》《瞎编奇闻》《新石头记》《糊涂世界》《恨海》《两晋演义》《上海游骖录》《劫余灰》《发财秘诀》《近十年之怪现状》《情变》及短篇小说《黑籍冤魂》等。

《二十年目睹之怪现状》署我佛山人传。原载 1903 年至 1905 年《新小说》，至第四十五回止。后由上海广智书局出版分册单行本，于 1906 年至 1910 年陆续出齐。

《二十年目睹之怪现状》，108 回，是一部带有自传色彩的作品。全书从主人公九死一生为父奔丧开始，至其经商失败结束。卷首九死一生自云，他出来应世的 20 年间，遇到的只有"蛇虫鼠蚁""豺狼虎豹""魑魅魍魉"，小说就展示了这种怪现状，笔锋触及相当广泛的社会生活面。上自部堂督抚，下至三教九流，举凡贪官污吏、讼棍劣绅、奸商钱房、洋奴买办、江湖术士、洋场才子、娼妓娈童、流氓骗子，等等，乱哄哄，你方唱罢我登场，显示了日益殖民地化的中国封建社会机体的溃烂不堪。

---

① 鲁迅．中国小说史略．北京：人民文学出版社，1973：254．

　　李伯元（1867—1906年），名宝嘉，别号南亭亭长，江苏武进人。早年依堂伯父李翼清宦游山东，对官场风习了解甚多。光绪二十二年（1896年）迁居上海，开始笔墨生涯，先后创办《指南报》《游戏报》《世界繁华报》。光绪二十九年（1903年）应商务印书馆之请，主编《绣像小说》半月刊。其主要著作有：《官场现形记》《文明小史》《活地狱》《中国现在记》《庚子国变弹词》等。

　　《官场现形记》，60回，署南亭亭长著，起初，大约于1903年4月至1905年6月，由《世界繁华报》排版，逐日连载。在发表过程中，又由《世界繁华报》馆陆续分册刊印。1906年，《世界繁华报》馆刊印《官场现形记》原本。

　　《官场现形记》首开近代小说批判社会现实的风气。它是一部专门暴露官场社会黑暗的力作，对于中国社会崩溃时期的官僚政治进行了总体解剖。上自军机大臣，下至佐杂胥吏，尽收笔底。书中故事、人物，多以真人真事为蓝本。如周中堂隐射翁同龢，华中堂隐射荣禄，黑大叔隐射李莲英，等等。至于冒得官、曲奉人趋奉人、贾筱芝假孝子、时筱仁实小人、刁迈彭刁卖朋、施步彤实不通等，其行径形之于文字，皆让人感到似曾相识。小说以其强烈的纪实性风靡于世，蔚为大观。小说采用了若干相对独立的短篇故事蝉联而成的结构方式，鲁迅《中国小说史略》第二十八篇《清末之谴责小说》谈及《官场现形记》的结构说："头绪既繁，角色复夥，其记事遂与一人俱起，亦即与其人俱迄，若断若续，与《儒林外史》略同。"①

　　刘鹗（1857—1909年），字铁云，江苏丹徒今镇江人。出身于官僚家庭，聪颖过人，放荡不羁，注重经世致用之学。曾师从太谷学派传人李龙川，受其影响，形成"以养天下为己任"的人生观，致力于实业救国。先后在山东、河南参与治理黄河，倡言修筑铁路与引进外资开采矿藏。庚子之变，他携资北上办义赈。他目光远大，具有超前意识，是一个想按照资本主义模式实行变革的人物，但不为世人所理解，结果为仇家所陷害，于光绪三十四年（1908年）被流放新疆，次年卒于戍所。其《老残游记》初刊于1903年《绣像小说》，后因编者擅自删改原作而中止，仅刊至第十三回。其后重刊登于《天津日日新闻》，逐日连载，共20回。此即嗣后流传的《老残游记》祖本，或称《老残游记初集》。《老残游记二集》，9回，于1907年在《天津日日新闻》连载。此外尚有《老残游记外编》残稿15页，系未刊稿，收入1962年出版的《老残游记资料》。

　　《老残游记》，20回。作者《自叙》云："棋局已残，吾人将老，欲不哭泣也得乎？"刘鹗在事业屡挫，饱尝忧患之余，撰写此小说。这是他的"无韵之《离骚》"。第一回，在洪波巨浪中行将沉没的大船，便是中国的象征。作者横亘心头的是"中国向何处去"的困惑。正是在这样的社会历史背景下，作者对中国封建社会的官僚政治和文化心态进行了相当深刻的透视和反思。小说以一个摇串铃的走方郎中老残为主人公，记叙他在北方大地游历的所见、所闻、所思、所感。小说所触及的社会生活面虽不太广阔，但开掘相当深刻。他首先揭

---

　　① 鲁迅. 中国小说史略. 北京：人民文学出版社，1973：254.

示"清官"之罪恶，成功塑造了玉贤、刚弼两个"清廉得格登登的"酷吏典型。小说的艺术品位甚高，由说书人叙述改为作家叙事，小说叙事视角，由传统的全知视角改为第三人称限知视角。心理分析手法的运用十分娴熟。而王小玉说书的音乐描写，成为可与白居易《琵琶行》媲美的优秀片段，具有很高的审美价值。

曾朴（1872—1935 年），字孟朴，江苏常熟人。曾受业于李慈铭、吴大澂，20 岁中举，次年进京会试，未中。入赀为内阁中书，光绪二十一年（1895 年），入总理衙门所设同文馆学习法文。翌年回沪，结识精通法国文学的陈季同，从而接受西方文化启蒙。光绪三十年（1904 年），与丁芝孙、徐念慈在上海创办《小说林》社。光绪三十三年（1907 年），创办《小说林》月刊。光绪三十四年（1908 年），《小说林》停刊，曾朴重返政界。1927 年，曾朴在上海与其长子虚白创办真善美书店；同年刊行《真善美》杂志，至 1931 年停刊，返回常熟养病。除创作《孽海花》之外，曾朴还有自传体小说《鲁男子》，并翻译了许多外国文学作品。《孽海花》最初的构思者是金松岑，金氏撰写了第一回、第二回，发表在 1903 年10 月东京出版的中国留日学生刊物《江苏》第八期上。1904 年，金松岑将已写成的六回移交给曾朴。曾朴一边修改，一边续写，成 20 回。1905 年，由《小说林》社分两集出版。1907 年，曾朴续撰第二十一回至第二十五回，发表于《小说林》第一期、第二期、第四期，署名"爱自由者（金松岑笔名）发起，东亚病夫（曾朴笔名）编述"。《小说林》本，25回，奠定了《孽海花》在近代文学史上的地位。民国时期，曾朴又对《孽海花》进行修改和续写。自 1927 年陆续在《真善美》杂志发表修改过的第二十一回至第二十五回和新撰的第二十六回至第三十五回。同时，真善美书店于 1928 年又出版修订过的单行本。至 1931年，共出三集，每集十回。重版时将三集合为一册，即后来通行的《孽海花》三十回真善美本，发表在杂志上的最后五回第三十一回至第三十五回不在其中，1962 年中华书局出版《孽海花》增订本，将最后五回作为"附录"收入。

《孽海花》成书于资产阶级革命逐渐高涨的年代，其高昂的爱国精神和激进的革命倾向振聋发聩。首回"恶风潮陆沉奴隶国"体现了作家深切的危机意识。作家批判的锋芒集中指向封建专制政体，并借书中人物之口，阐扬了石破天惊的革命主张："从前的革命，扑了专制政府，又添了一个专制政府；现在的革命，要组织我黄帝子孙民族共和的政府。"（第四回）小说还勾勒了英气逼人的革命党人孙汶、陈千秋等人物形象，其思想之激进超过了晚清其他谴责小说。值得注意的是，作家着眼于 19 世纪后半期中国"文化的推移""政治的变动"，小说融注了多重意蕴，既具有历史小说的厚重内涵，又善于以杰出的讽刺笔法挖掘日常琐事背后的荒唐、畸形、古怪的喜剧因素。小说着重表现的是中国文化心态的冲突与嬗变。作家选择金雯青为小说主角，就是以之作为中国旧文化的代表，他的沉沦，意味着一个时代的终结。小说还精心塑造了以红极一时的名妓赛金花为原型的傅彩云的形象。

四大谴责小说的作者分别出身于广东，江苏的武进、丹徒和常熟。谴责小说产生的年代，正是清王朝没落的时代。为了挽救江河日下的残局，地主阶级内部出现不同的主张。吴趼人和李伯元站在资产阶级维新派立场上，曾朴则主张君主立宪，刘鹗属于洋务派，他们的共同特点就是鼓吹改良主义，不触动封建制度的基础。他们与顽固派相比，具有不同程度的进步意义；但较之革命派，又显得保守、落后甚至反动。这四部小说以19世纪最后三十多年的社会生活为素材，其中以中法战争和中日战争时期的官场为重点。主要内容有四方面：

第一，谴责腐败的官场。在作者笔下，整个封建末期的官场，就像乌烟瘴气的"赌场"、攫取钱财的"商场"和草菅人命的"屠场"。说它是赌场，因为当时官员的铨选、考察、浮沉、褒贬，全无准则，全靠金钱，全凭运气。《孽海花》里目不识丁的丁余敏，摸准了慈禧太后的后门，当上了东边道；鱼阳伯花十八万两银子买动了"帝党"的贵妃，登上了上海道的宝座。后来光绪皇帝撤了丁余敏的职，慈禧太后也借故把鱼阳伯赶下台。官员的浮沉、倾轧，完全是争权夺利的结果。朝廷如此，下面更加黑暗，抢美差，争肥缺，钩心斗角，尔虞我诈。《二十年目睹之怪现状》中，卜士仁开导其孙子说："至于官，是拿钱捐来的。钱多，官就大点；钱少，官就小点。"做官"第一个秘诀是巴结，你千万记着，'不怕难为情'五个字的秘诀，做官是一定得法的。"该书主人公九死一生说："这个官竟然不是人做的，头一件先要学会卑污苟贱，才可以求得差使。又要把良心放在一边，放出那条杀人不见血的手段，才弄得着钱。"金钱如赌注，官僚如同赌棍，官场就成了赌场。晚清的官场又像商场，当时的官僚大多把"千里做官只为钱"，"遍天底下买卖，只有做官的利钱最好"奉为信条。买官靠钱，上下勾结靠钱，巩固权势也靠钱。朝廷个个卖官鬻爵，官吏人人贪赃枉法。《官场现形记》写道，江苏总督竟把全省的县名编成手折，明码标价，以七八千到二三万不等的价格到处拍卖，美其名曰"点戏"。军机大臣华中堂暗示下属给他送古董，既风雅，又值钱。四大谴责小说中还有对吞吃赈款、克扣军饷、贩卖人口、官商勾结等现象的描写，充分揭示晚清官场形同商场。晚清官场又是残害百姓的屠场，《官场现形记》交代，胡统领以剿匪为名，在严州焚烧民房，劫掠民财，杀戮良民。《老残游记》则揭露了名为"清官"，实为"酷吏"的种种暴行。曹州知府玉贤，"清廉得格登登的"；县官刚弼，因为急于做大官，便干出许多伤天害理的事情。"杀民如杀贼，太守是元戎。"作者嘲讽玉贤的诗句，一针见血地概括了晚清官场酷吏害民的黑暗现实。

第二，批判虚伪的礼教。四大谴责小说用生动的艺术形象告诉读者，清末统治者道德上的堕落已经到了无可救药的地步。历来被封建士大夫奉为高雅的琴、棋、书、画，已经被烟、酒、嫖、赌所替代。官僚豪绅个个沉溺于卑鄙下流、荒淫猥亵的生活之中。他们赤裸裸的贪欲撕破了礼教的虚伪面纱。《官场现形记》中被保举进京的贾少爷，既嫖妓，又嫖相公，还玩弄尼姑。冠冕堂皇的贾臬台，即便在审堂的"严肃"时刻，也被长相标致的"奸妇"撩得"魂不守舍"。他兽性发作，又是"拉膀子"，又是屏退差役，恳求"奸妇"先"交代"通奸的龌龊细节，等等。晚清的官僚豪绅个个言清行浊，有的出妻献女，卖友叛国；有的自己酒醉饭饱，却让祖父沿街托钵；有的侵吞孤侄寡婶财产，逼死胞弟，霸占并倒卖弟媳。这一切充分说明，封建道德已经失去维系世道人心的作用，封建宗法制度和伦理纲常已经彻底崩溃。

第三，抨击侵略和卖国的罪行。对于帝国主义的侵华罪行，四大谴责小说作了一些揭露。首先，封建官僚面对帝国主义的侵略，胆小如鼠，媚态十足。《官场现形记》中的"制台见洋人"就是精辟的一个例证。湖南文总督平日进餐时，不会客。有一次洋人来访，巡捕刚报了"有客来拜"，就挨了他一记嘴巴、一阵臭骂和一顿脚踢。可是当巡捕说清楚来客是洋人时，总督的态度顿时变了：

> 那制台一听"洋人"二字，不知为何，顿时气焰矮了大半截，怔在那里半天。后首想了一想，蓦地起来，拍挞一声响，举起手来，又打了巡捕一个耳刮子。接着骂道："混帐王八蛋，我当是谁？原来是洋人。洋人来了，为什么不早回，叫他在外头等了这半天？"……举起腿来又是一脚。

惧怕洋人，讨好洋人，是晚清官僚的通病。他们对于洋人的无理要求也照办。《二十年目睹之怪现状》中，有个洋人想用四十银元的价格买庐山牯牛岭，总理衙门的大臣竟写信给江西总督："区区一座牯牛岭，值得什么，将就送了他吧。况且争回来，又不是你的产业，何苦呢？"这是何等荒唐的卖国逻辑，又是何等丑恶的卖国嘴脸。四大谴责小说中关于中法战争和中日战争的描写，揭露了晚清官吏临阵脱逃、通敌乞怜的种种丑态。《孽海花》中写到，正当抗法将领冯子材镇南关大捷的时候，朝廷重臣威毅伯却"人不知鬼不觉依然把越南"送给了敌人。《官场现形记》中有个姓劳的主事说："无论这江南地方属哪一国，那一国的人做了皇帝，他百姓总是要的。还怕他们不要咱们？"这些厚颜无耻的卖国谰言，正是封建官僚们的共同心声。

第四，描绘社会政治和知识分子营垒日趋变化的现象。四大谴责小说从政治道德和外交等方面揭露了封建社会崩溃的情况，而且通过"洋场"势力左右官场和知识分子精神生活变化等描写，零星地揭示了半封建半殖民地社会的演变历程。《二十年目睹之怪现状》较为集中地描写了商场、洋场和官场的关系。商场和洋场的出现，是半封建半殖民地社会的一个明显标志。官商勾结，以商敛财，经商入官，则又勾勒了官僚资本主义的雏形。作者还描写了兴隆金子店掌柜徐二滑子代办贿赂银钱，控制官场买卖；京师钱铺老板恽洞仙，在为周中堂卖官鬻爵的过程中支配周中堂，等等，客观上反映了当时中国社会的"资本"逐渐控制"政治"的萌芽现象。同时，随着社会政治的演变，知识分子营垒也在日益分化。《孽海花》用艺术形象告诉读者，1864年，太平天国革命被镇压以后，以进学、中举、点状元为正途的知识阶层开始出现分裂；陆奉如之流仍然醉心举业，热衷功名利禄；金昀等人虽然同样迷恋科举，但已经接受了一点"富国强兵""巩固天朝"的"洋务"思想；到1894年中日甲午战争前夜，洋务派知识分子中又分化出潘八瀛、闻韵高等主张"变法维新"的资产阶级知识分子；中日战争以后，资产阶级知识分子内部进而又产生了孙汶、陈千秋、陆浩东等力主推翻清廷的革命派。围绕知识分子的剧烈分化，《孽海花》还描写了各类知识分子的政治、经济、精神和文化生活。这些描写就像剪影一样，从一个侧面表现了晚清的社会风貌。

四大谴责小说作者痛恨晚清官场，但并不反对吏治，更不想推翻封建帝王的统治。《官场现形记》作者的创作动机只是"教导"和"陶熔"官吏，"叫他们读了知过必改"。《孽海花》固然揭露了清王朝政治、经济、文化、外交等方面的弊病，但作者向往的政治局面是君主立宪。四大谴责小说抨击了衣冠禽兽的伪君子，却又维护地主阶级的政教风俗，宣扬明哲保身的市侩哲学；对百姓的苦难有所同情，但又蔑视劳动人民，反对他们的造反行动。《官场现形记》称太平天国起义军和义和团为"洪逆"和"长毛"。《二十年目睹之怪现状》则说："最销魂红羊（谐音洪、杨）劫尽，但余一座孤城。"《老残游记》咒骂"北拳南革"为"乱党""妖魔"。四大谴责小说揭露了封建官僚畏敌叛卖行为，却并未揭示帝国主义的反动本质，甚至对帝国主义充满了幻想。《官场现形记》和《二十年目睹之怪现状》在描写官府与百姓的矛盾时，往往让"洋人""领事"出面来保护百姓。《二十年目睹之怪现状》中就写到驻重庆的外国领事主动为民请命。总之，四大谴责小说无疑具有阻碍资产阶级革命的落后和反动的方面。

思考题

1. 为何说《儒林外史》是我国古代唯一的讽刺小说？
2. 《儒林外史》在揭露科举制度方面与《聊斋志异》有何异同？
3. 《儒林外史》的政治理想和道德规范是什么？
4. 简述《儒林外史》的讽刺艺术经验。
5. 《儒林外史》在结构上有何特点？
6. "四大谴责小说"有何成就和特色？

第十一章　清代世情小说

📖 教学目的

了解《红楼梦》的版本、思想内容和主要艺术成就；掌握小说人物性格的丰富性、复杂性，分析几个主要人物形象；赏析一些著名的片段；熟悉《红楼梦》在中国小说史和文学史上的崇高地位及其深远影响。

世情小说是中国古代小说中作品最多、成就最高的一个流派。清代前期的《红楼梦》独树高标，成为古代小说最亮丽的风景。有人说，中国可以没有万里长城，但不可以没有《红楼梦》。

《红楼梦》，120 回，又名《石头记》《金陵十二钗》《风月宝鉴》《情僧录》《金玉缘》，是世情小说的高峰，也是古代小说的高峰。《红楼梦》最伟大，最复杂。它写得最好，文备众体，文笔优美，人物形象最为丰富复杂，语言含蓄隽永，饶有诗意。《红楼梦》影响最大，它流传以后，不仅出现了专门学问——"红学"，而且其续书、仿作、译著种类最多，所以堪称中国最伟大的小说。《红楼梦》非常复杂，其作者、版本、思想内涵，艺术特点、人物形象，等等，争议亦最多，大到主题，小到一字一句，不同的读者理解各异。几乎小说中每个人物，读者都会产生不同看法；钗黛优劣之争更是一直没有停止。人们无可奈何地叹息："说不完的《红楼梦》。"故而它又是最复杂的小说。

第一节　《红楼梦》的作者和版本

一、《红楼梦》的作者

关于《红楼梦》的作者争议很多，目前学界一般认为前八十回是曹雪芹所作。曹雪芹（约 1715—1763 或 1764 年），名霑，字梦阮，号芹圃，又号雪芹、芹溪。其祖先原是汉人，家住东北辽阳，明代后期投降清朝统治者，被编入正白旗，身份是"包衣"（奴仆）；后来随清朝统治者入关，几代人在专为宫廷服务的内务府当差服役。从曹雪芹的曾祖父曹玺开始，到祖父曹寅，父辈曹颙、曹頫，三代四人，当了近六十年的江宁织造，深得康熙宠幸。江宁织造除了主管织造业务，还有特殊使命，就是监察东南地区官员和知识分子的言行，直接向皇帝报告。曹家与康熙皇帝颇有渊源，关系至为密切，曹玺的妻子孙氏是康熙皇帝的奶母，抚养其长大成人；曹寅自幼陪伴康熙读书，朝夕相处，情同手足；成年后做康熙皇帝的御前侍卫。曹寅出任江宁织造后，康熙皇帝六次南巡，其中有四次以江宁织造府为行宫，由曹寅亲自接驾，可见康熙对曹家的信任程度之深。其中康熙三十八年（1699 年）南巡时，曹寅 68 岁的母亲孙氏晋谒皇上，康熙高兴地拉着孙氏的手说"此吾家老人也"，并亲笔书写"萱瑞堂"匾额赐给孙氏。后来，康熙曾亲自指婚，将曹寅的两个女儿嫁到王室，成为王妃。其中大女儿嫁给了努尔哈赤次子代善的六代孙纳尔苏。康熙五十一年（1712 年）七月，江宁织造曹寅奉命到扬州办理刻印《佩文韵府》事宜，染上疟疾，病情严重。康熙闻奏，立刻派人用快马从北京日夜兼程，限九日将金鸡纳霜（奎宁）送到扬州，并作了长达 150 字的朱批，详细指点服药方法，最后连用四次"万嘱"，可见其对曹寅的关切。曹寅可能有其他并发症，终至不治，康熙甚为悼惜，命妥为照顾遗属，并让其子曹颙接任江宁织造。曹颙任职三年后病逝，康熙又命将年仅 16 岁的曹宣之子曹頫过继给曹寅，接任江宁织造。康熙对曹家的关照已经登峰造极，无以复加。由于曹寅在江宁织造任上四次接驾，亏空甚多，康熙曾指派曹寅与苏州织造李煦轮流担任两淮盐政，以得到部分额外收入，填补巨额亏空。但由于亏空太多，到曹寅去世时尚未能还清，又受封建统治集团内部矛盾、倾轧的牵连，到康熙死后的雍正年间，曹頫被革职抄家。举家返回北京以后，曹雪芹曾一度在北京右翼宗学任职，与在学读书的敦诚、敦敏兄弟结识。在乾隆年间，曹家又遭到一次更大的祸变，迁居北京西郊，从此一蹶不振。曹雪芹悲歌燕市，卖画度日，过着"举家食粥酒常赊"的生活。在此期间，他整理修订了《红楼梦》。

曹雪芹一生大致可以分为三个阶段：第一阶段，从出生到雍正五年（1727 年）曹家被抄家前的幼年时期，曹雪芹生活于南京大行宫利济巷江宁织造府中，是一个尚未懂事的小孩。第二阶段，抄家后迁居北京时期，他主要居住在北京城内，曾经一度在北京右翼宗学任职。第三阶段，曹家再次遭受打击，彻底衰落，迁居西郊，到乾隆二十八年（1763 年）去世，曹雪芹一直居住在北京城西郊。

根据现存资料，曹雪芹是诗人、画家，多才多艺，无所不通。但诗文散佚。从其友人张宜泉题为《和曹雪芹西郊信步憩废寺原韵》的诗，可知，曹雪芹有《西郊信步憩废寺》诗，有目无文。另据敦诚《鹪鹩庵杂志》云："余昔为白香山《琵琶行传奇》一折，诸君题跋不下数十家。曹雪芹诗末云'白傅诗灵应喜甚，定教蛮素鬼排场'，亦新奇可诵。曹平生为诗大类如此，竟坎坷以终。"在其友人敦诚眼里，曹雪芹是诗人，且诗作不少。其他所传关于曹雪芹作《废艺斋集稿》问题，学术界尚未取得一致意见，暂时存疑。

《红楼梦》后四十回的作者，学界一般认为是高鹗。高鹗（约 1738—约 1815 年），字兰墅，别署红楼外史，隶汉军镶黄旗。祖籍辽宁铁岭，其先世随清军入关，长期居住在北京。家世生平不详，可能与《红楼梦》原作者有一定的相似之处，这是他苦心孤诣补全《红楼梦》的根本原因。乾隆五十三年（1788 年），应顺天乡试中举；乾隆六十年（1795 年）考中进士。历任内阁中书、内阁侍读、江南道御史、刑科给事中等，曾在嘉庆六年（1801 年）担任顺天乡试同考官。高鹗是清代诗人张问陶的妹夫。张问陶《赠高兰墅同年》诗有"侠气君能空紫塞，艳情人自说红楼"句，自注云："《红楼梦》八十回以后俱兰墅所补。"张问陶是高鹗的举人同年，而 1791 年程刻本在苏州问世。由此可知，高鹗续补《红楼梦》的时间在 1788 年到 1791 年之间。由于他酷爱《红楼梦》，故号"红楼外史"。有诗、词、文著作《兰墅文存》《兰墅诗钞》《砚香词》传世。

自从新红学派代表人物胡适考订出《红楼梦》原作者是曹雪芹之后，学术界基本一致接受这一观点。但也有学者提出质疑，根据现有资料，以曹雪芹的年龄、生平和经历看，他出生在曹寅身后，没有亲历过曹家接驾，童年时就离开南京，年龄尚小，对南京和江宁织造府没有记忆，也就不可能写出《红楼梦》这样伟大而复杂的文学巨著。据其友人的记载，曹雪芹应该是诗人和画师，他只是小说《红楼梦》的修订者、评批者，以及部分回前诗的作者，对此目前已经发现了比较有力的证据。当然，对于《红楼梦》原作者的最后论定，是一项极其艰巨的工程，尚需不少时日。

二、《红楼梦》的版本

《红楼梦》版本有脂评本和程刻本两大系统。

脂评本简称脂本，均为手抄本，80 回，书名为《脂砚斋重评石头记》，附有大量的脂砚斋评语。脂砚斋是一个集体笔名，给《红楼梦》写评语的不止脂砚斋一人，计 10 个名字：脂砚斋、畸笏叟、常（棠）村、梅溪、松斋、立松轩、玉蓝坡、绮园、左绵痴道人、鉴堂。其中以脂砚斋批语最多，亦最重要；畸笏叟次之。"脂评本"是一个笼统的称谓，目前发现的有甲戌本、庚辰本等 12 种手抄本，不一定都有脂评，但其底本都是脂评本。脂评本大体又可以分为三类：第一类是原本手抄本，即过录时原本未经篡改，保存了原文和批语，有甲戌本、己卯本、庚辰本、列藏本；第二类是对原本进行加工整理后的抄本，保留了正文和批语，但脂砚斋的署名和纪年被删，书名改为《石头记》，有有正本、南京图书馆藏本、蒙古王府本、靖应鲲藏本；第三类是原本被篡改的抄本，原文被改动，脂砚斋批语被删，甚至没有批语，书名改为《红楼梦》，有甲辰本、科学院藏本、己酉本、郑振铎藏本。

程刻本简称程本，是由程伟元、高鹗将原作的 80 回抄本，根据残留资料，续写后 40 回，补足 120 回，于 1791 年在苏州用木活字排版印行的刻本，名为《红楼梦》，没有脂砚斋评语。程刻本又可分为程甲本（1791 年刻印）、程乙本（1792 年刻印）等，程乙本是对程甲本修改润色两万多字后的版本，两个版本出书时间前后相距仅 70 天时间。

学术界一般认为，脂评本在前，程刻本在后。

第二节　《红楼梦》的思想内容

《红楼梦》思想内容非常复杂，历来见仁见智，聚讼纷纭。关于小说《红楼梦》的主题，至少有十多种不同意见。大致有自传说、爱情说、历史说、政治说、哲理说、伦理说、阶级斗争说、百科全书说、演绎《易经》说，等等。各家的观点从某一特定角度看，多能自圆其说，有一定道理；但综合起来看，都不够全面。

我们认为，《红楼梦》以贾宝玉的爱情、婚姻悲剧为线索，写贾宝玉的人生道路；以贾宝玉的人生道路为重点，写贾府子孙不肖，后继无人；以贾府的子孙不肖、后继无人为中心写贾府的衰败；以贾府的衰败为典型，写封建贵族统治阶级的衰败。简而言之，《红楼梦》以贾宝玉与林黛玉的爱情悲剧、与薛宝钗的婚姻悲剧这两个悲剧为线索，全面展现了封建社会末期的社会生活画卷，揭示了封建统治阶级灭亡的必然性。

小说写到了贾、史、王、薛四大家族，其中史、王、薛三家仅仅作为陪衬，没有正面描写，而着重对贾府进行了观照和透视。显然，小说是把贾府作为封建社会末期封建贵族的典型来剖析的。小说着重写到贾府一百余年的历史，涉及"水""代""文""玉""草"五代人，反映的是18世纪四五十年代即乾隆初期的生活。

《红楼梦》第一回至第五回堪称小说的序幕，其时主要人物贾宝玉为8岁。《红楼梦》的第一回至第五回与正文内容具有联系，甄士隐、贾雨村两个人物后来又都出现过。所以它不是楔子，而是序幕。其作用大致有四方面：

第一，以甄士隐、贾雨村荣枯沉浮的故事作为前奏，概括揭示了小说的主题。甄士隐与贾雨村在《红楼梦》中不仅仅是提携全书的线索人物。一部《红楼梦》以甄士隐、贾雨村开端，又以甄士隐、贾雨村终结，暗寓"将真事隐去"，"用假语存焉"。这两人又是具有独立审美价值的人物形象。甄士隐是一个由荣到枯的典型，他经历了天灾人祸，骨肉分离，家道中落，后半世历经坎坷艰辛而终于醒悟出世。他可能寄托了作者的身世之感。《红楼梦》由盛而衰，最后必然败落的主题，首先从甄士隐的经历中预示出来。甄士隐的大彻大悟也预示着小说主人公贾宝玉未来有相似的结局。

第二，通过甄士隐、贾雨村的牵引，介绍了小说中的重要人物。作者采用由远及近，由外及内，由抽象到具体的介绍方法。先叙贾雨村被革职，担风袖月，游览胜迹，游至扬州，听到林如海任盐政的信息。由林如海说到他命中无子，"今只有嫡妻贾氏，生得一女，乳名黛玉，年方五岁"，引出了《红楼梦》中最重要的核心人物林黛玉。再由冷子兴演说荣国府，交代了贾府的谱系血脉：一支由宁国公贾演到贾代化到贾敬，再到贾珍，最后到贾蓉；另一支由荣国公贾源到贾代善、贾母到贾赦、贾政，再到贾珠、贾元春、贾宝玉。这样，推出了小说中又一核心人物贾宝玉。接着，通过介绍贾府元春、迎春、探春、惜春四姐妹的命名，联系到上辈的贾赦、贾政、贾敏，点出贾敏已经亡故，揭示贾、林两家之关系。其后，说到贾琏与王熙凤。有板有眼，一丝不乱。接着，再通过林黛玉进贾府，对贾府主要人物作了全面的扫描，巧妙地进行了具体描写。

第三，通过甄士隐、贾雨村把天上的爱情故事搬到人间。第一回交代神瑛侍者与绛珠仙草的情鬼前缘。第二回，正面描写林黛玉幼年丧母的不幸遭遇，为其投奔贾府埋下伏笔。第三回，由贾雨村尾随同行，林黛玉进入贾府，开始了与贾宝玉的木石前盟。第四回薛宝钗投奔贾府，是金玉良缘的发端。第五回，写贾宝玉神游太虚幻境的见闻，交代了情鬼们的性格、经历和结局。

第四，交代了特殊的艺术手法。小说第一回开宗明义。借小说人物"甄士隐去""贾雨村言"，用谐音的方法交代小说运用的"将真事隐去""用假语存焉"的艺术手法。"将真事隐去"，"用假语存焉"，主要指一种特殊的艺术虚构的方法。

《红楼梦》第六回至第二十二回是贾府的回光返照阶段。其时间有三年左右，贾宝玉9岁至12岁。人物活动地点在荣宁二府。小说叙写贾府的回光返照，注意突出重点，着重写了两件大事：一是第十三回至第十五回的秦可卿之死；二是第十八回前后的元春省亲。

先说，秦可卿之死。

秦可卿之死是贾府回光返照时期的第一件大事，是丧事。秦可卿本是宁国府贾珍之媳，贾蓉之妻。第五回警幻仙姑介绍："吾妹一人，乳名兼美，字可卿。"甲戌本朱笔旁批："妙，盖指薛、林而言也。"据此可知，秦可卿之美貌当在宝钗、黛玉之上。可卿病死，本来用不着铺张、浪费。其原因有四：一是她辈分最低，是贾府的第五代"草"字辈的媳妇，是贾母的重孙媳妇。二是身份卑贱。她本是寒门养女，"他父亲秦业，因当年无儿女，便向养生堂抱了一个儿子并一个女儿。谁知儿子又死了，只剩女儿，小名唤可儿"。三是未及中寿。封建社会认为长寿者有福，受到尊敬。而秦氏年不满二十而卒，乃短命之人，丧事本来可以从简。四是没有子息。封建社会母以子贵的情况非常普遍。秦氏没有生育，后事可以随意操办。族长贾珍却拍手说道："不过尽我所有罢了。"实际上，秦可卿的丧事操办得过于隆重，不合常理。我们从以下几方面来分析：

第一，棺木。秦可卿的棺材用的是樯木："出在潢海铁网山上，作了棺材，万年不坏。""原系义忠亲王老千岁要的，因他坏了事，就不曾拿去。现在还封在店内，也没有人出价敢买。""帮底皆厚八寸，纹若槟榔，味若檀麝，以手扣之，玎珰如金玉。""拿一千两银子来，只怕也没处买去。"而一般平民的杉木棺材只要二三两银子。

第二，买官。因贾蓉只是个黉门监生，灵幡经榜上写时不好看，执事也不多。为了丧礼上风光些，便求老内相戴权，花一千二百两银子，捐了个五品龙禁尉的官。当时明码标价一千五百两，但银子送到戴权家里只要一千二百两。这是清初卖官鬻爵的一个缩影。

第三，作好事。"择准停灵七七四十九日，三日后开丧送讣闻。这四十九日，单请一百单八众禅僧在大厅上拜大悲忏，超度前亡后化诸魂，以免亡者之罪；另设一坛于天香楼上，是九十九位全真道士，打四十九日解冤洗业醮。然后停灵于会芳园中，灵前另外五十众高僧、五十众高道，对坛按七作好事。"稍加统计可知，有僧人158人，道士149人，念经49

天，折合为 15 043 人·天。如果让一个人念经需要 41 年又 78 天。以一个僧、道念一天经花费 1 两银子计算，应花 15 043 两白银。

第四，办丧事动用的家人。20 个人单管倒茶；20 个人单管亲戚茶饭；40 个人单管灵前上香添油，挂幔守灵，供饭供茶，随时举哀；4 个人单管杯碟茶器；4 个人单管酒饭器皿；8 个人单管监收祭礼；8 个人单管各处灯油、蜡烛、纸札；30 个人单管各处上夜，照看门户，监察火烛，打扫地方。共计动用 134 位家人。可见丧事的规模大得惊人。

第五，吊丧。"这四十九日，宁国府街上一条白漫漫人来人往，花簇簇官去官来。"前来吊唁的有大明宫掌宫内相戴权、忠靖侯史鼎的夫人、锦乡侯、川宁侯、寿山伯，等等，吊唁人员都身份显赫，非同寻常。

第六，送殡。"只见宁府大殡浩浩荡荡，压地银山一般从北而至。"参加送葬的官员有镇国公牛清之孙牛继宗、理国公柳彪之孙柳芳、齐国公陈翼之孙陈瑞文、治国公马魁之孙马尚、修国公侯晓明之孙侯孝康。京城"八公"，除贾府本身荣宁二公之外，其余的几乎都来了。还有南安郡王之孙、西宁郡王之孙、忠靖侯史鼎、平原侯之孙、定城侯之孙、襄城侯之孙、景田侯之孙、锦乡伯公子、神武将军公子，等等，真是高官显爵，数不胜数。

作者对秦可卿之死是浓墨重彩、精心刻画的。先后安排了治病、托梦、买官、治丧、路祭、出殡等场面。这样的着力描写与后来的贾敬、林黛玉、王熙凤、贾母等人的丧事描写，构成了鲜明对照，有力地表现了小说衰败的主题。

甲戌本第十三回回后朱笔脂批云："'秦可卿淫丧天香楼'，作者用史笔也。老朽因有'魂托凤姐''贾家后事'二件……其言其意则令人悲切感服，姑赦之。因命芹溪删去。"由此可知，小说第十三回回目原本是"秦可卿淫丧天香楼"，因秦氏托梦有功，脂砚斋命令曹雪芹删去，改为"秦可卿死封龙禁尉"。从小说中一些未删尽的文字看，是说可信。

再说，元妃省亲。

元妃省亲是回光返照阶段的另一件大事，是千载难逢的天大喜事。元妃省亲的生活原型，一般认为是康熙南巡，曹家接驾。贾府准备接待元妃，首先要筹建省亲别院，占地三里半，工程浩大，费时一年多。主要建筑物有怡红院、潇湘馆、蘅芜院、秋爽斋、稻香村、大观楼、含芳阁、缀锦阁、藕香榭、蓼风轩、暖香坞等十余所轩馆，主要风景点有紫菱洲、花溆、荇叶渚、芦雪菴、沁芳亭、凹晶馆、凸碧堂等七八处。这些建筑无不设计精巧，美轮美奂，富丽堂皇，花的银子无法计算，像"淌海水似的"。仅下姑苏聘请教习，采买女孩子，置办乐器行头，就支出三万两；置办花烛彩灯，各色帘枕帐幔，支出二万两。经过紧张有序的准备，定于次年正月十五日归省。届时园中香烟缭绕，五彩缤纷，灯光映照，细乐声喧，说不尽的太平气象，富贵风流。

省亲是大喜事，元春贵为皇妃，皇帝恩准回家省亲，本来应该春风得意，欢天喜地，畅叙荣耀。她却以泪洗面，泣不成声。小说十多次写到她流泪，如"满眼垂泪""呜咽对泣""忍悲强笑""哽咽起来""含泪""泪如雨下""哭泣一番""满眼又滚下泪来"，等等，其实这样的描写大有深意。元春称皇宫是"不得见人的去处"，自己身居皇宫是"骨肉分离，终无意趣"，这些文字流露了元春丰富的感情世界，表现了元春对自由生活、天伦之乐的向往，也曲折表现出对封建皇权的批判。省亲过程中还通过所点之戏，即《一捧雪》《长生殿》《邯郸梦》《离魂》，暗示了贾府及其主要人物的结局。省亲活动分为观光、团聚、宴会、赐名、试才、看戏、行赏、话别等环节，头绪纷繁，但章法严谨，一丝不乱，尤其是省亲仪仗队的活动场面，描写非常真实，庚辰本有脂批云"难得他写得出，是经过之人也"。曹雪芹没有经历过康熙南巡，曹家接驾，故不可能是原作者。

秦可卿之死和元妃省亲，一丧一喜，真实地再现了贾府盛极一时的光景，是贾府辉煌的顶点。但两件大事挥霍无度，开销巨大，使贾府大伤元气，是后来经济亏空的直接原因。丧事全面展示了贾府错综复杂的社会关系，喜事说明贾府又找到新的靠山。但小说旁敲侧击，暗示靠山并不可靠。"登高必然跌重"，"树倒猢狲散"，"乐极生悲"，预示贾府衰败的开始。经济上巨额亏空，元妃省亲悲剧气氛格外浓重，各路亲戚投奔贾府，种种迹象表明，贾府衰败已成定局。尤其是贾府上下面临危机却浑然不觉，仍肆意铺张，表现出衰败的必然性。

《红楼梦》第二十三回至第八十回是贾府的死而不僵阶段。其时间有两年光景，贾宝玉13岁至15岁。人物活动地点在大观园内。这一阶段是贾府败落最关键的时期，小说主要从经济、政治两方面写贾府的衰败。

其一，经济上，寅吃卯粮，后手不接。作者通过一系列日常事务，饮食起居的描写，具体分析贾府的衣、食、住、行等支出情况。

一是食。贾母的大厨房里，将天下所有的菜用水牌写了，天天转着吃。宝玉喝的汤是用精巧的银模子加上几只鸡，另外添了东西，才做出来的。宝玉还喝供奉皇上的"玫瑰清露""木樨清露"。贾府吃一顿螃蟹要二十多两银子，够乡下人过一年。贾府还能把平常的茄子加上许多配料，运用复杂的流程做成"茄鲞"，连刘姥姥也吃不出来（第四十一回）。贾府治病有一个秘方，就是"只要清清净净饿两顿就好了"（第四十二回），说明他们平时吃得太好了。

二是衣。贾府的主子都穿绫罗绸缎，连丫鬟也穿着光鲜。贾宝玉穿的孔雀裘，是俄罗斯进口的，是用孔雀脸上的毛捻成线织成的。林黛玉的窗纱用的是软烟罗，俗名蝉翼纱，刘姥姥说："我们想他做衣裳也不能。"其服饰之开销巨大，于此可见一斑。

二是住。贾府的主子每人一个院子，美轮美奂，雕梁画栋，富丽堂皇，内部则根据各人的性格爱好做了不同风格的装潢。有人专门值班打扫，养花种草，端茶倒水。怡红院就有16个女孩在服侍贾宝玉，宝玉居然不认识丫鬟小红。

四是行。贾母上山散步，两个儿子在前引导，两个婆子掌灯，鸳鸯、琥珀、尤氏等贴身搀扶，邢夫人等尾随。宝玉出门，带6个成人、4个小厮，还要加上马夫，共计一二十人。

此外，贾府还有许多不合理的开支，四时八节迎来送往不算，单是贾赦买小妾，一个就是八百两银子。还有太监经常来"借"银子，其实就是打秋风，有的张口就是一千两，答应慢了还不自在。

　　再对照其收入，贾府的收入日渐萎缩。贾府成员不好好做官，贾赦整天和小老婆喝酒，因此不可能升迁加薪。其主要收入就是地租，而由于连年水旱灾害，收成不好，地租逐年减少，小说第五十三回，通过"乌进孝交租"，用具体数据做了说明。不难看出贾府确实入不敷出，长此以往，必然坐吃山空。尽管贾府也注意兴利除弊，开源节流，如小说第五十五回到第五十七回，探春理家，大观园承包给奴才经营，加上节省开销，每年有四百多两银子，但这对于偌大的贾府只是杯水车薪，无济于事。贾府经济衰落的情况主要通过细节加以表现，第七十五回，贾母吃的红米稀饭"如今都可着头做帽子了"。第七十七回，王熙凤要二两上等人参配药，找了半天没有合适的。"红米""人参"这些细节说明贾府已经"精穷了"，"内囊"已经尽上来了。

　　其二，政治上，处处生事，防不胜防。其中主要写了三件大事。

　　一是宝玉挨打。第三十三回前后的宝玉挨打，是贾府内外各种矛盾激化的结果。其根本原因是封建正统与叛逆两条道路的矛盾，表现为贾政与宝玉父子之间的希望儿子读书做官与不肯读书的矛盾。远因是丫鬟金钏因与宝玉玩笑而要被王夫人撵出大观园、跳井自杀的主奴矛盾。忠顺亲王府的长府官来贾府讨要戏子，这是两个护官符集团之间的矛盾，是宝玉挨打的关键原因。贾环告状，是封建家庭嫡庶之间的矛盾，则是宝玉挨打的催化剂。宝玉挨打的描写，突出了一个"巧"字，他当时恰好身边没有人报信，仅有一个老太婆，又是聋子。宝玉挨打在贾府引起轩然大波，各类人物纷纷亮相，表明态度，贾政、贾母、王夫人、宝钗、黛玉、袭人等分别流露出各自内心的隐曲，耐人寻味。其实，打，只是教育的手段，目的是要他改。但事与愿违，由于贾母介入，家庭教育半途而废。宝玉不仅没有改，反而在叛逆道路上越走越远。他索性长期养病，不仅不去上学读书，而且闲则生非，闲则生情，他别出心裁地派晴雯送给黛玉两方旧手帕。黛玉心有灵犀，题诗三首，抒情明志。题帕定情便标志着宝玉与黛玉之间的爱情经过许多摩擦，已经达成默契，从此二人紧密结合，坚定不移地联手走上叛逆道路，而且越走越远。这说明贾府统治者没有能抓住主要矛盾，通过打来教育子女，收到相反的效果。

　　二是红楼二尤事件。尤二姐、尤三姐是宁国府贾珍妻子尤氏的两个异父异母妹妹，生得美貌异常，是一对尤物（所以姓尤），结果红颜薄命。尤三姐自有主见，选中了心目中的理想情人柳湘莲。在贾琏的热心撮合之下，湘莲以鸳鸯剑为聘礼订婚。后来柳湘莲听说宁国府中除了两个石头狮子，连猫儿、狗儿都不干净，悔恨之余，决意辞婚，尤三姐闻讯服剑自刎。尤二姐被贾琏偷娶为妾，后被王熙凤骗进大观园。最后已经怀孕的尤二姐经不起凤姐的精神摧残，吞金自杀。尤氏姐妹性格、遭遇不同而结局相似，不仅表现了年轻女性共同的悲剧命运，而且反映了贾府男性主子的糜烂和女性主子的毒辣，以及他们空虚、庸俗、卑劣的灵魂和腐朽的生活方式，这正是《红楼梦》表现衰败主题的重要内容。

　　三是抄检大观园。这是小说一个引人注目的情节高潮。贾府内抄是外抄的预演，是贾府内部各种矛盾尖锐激化以后的总爆发。这里有邢夫人与王夫人妯娌之间的矛盾，也有王夫人与晴雯等丫鬟之间的主奴矛盾，还有王善保家的与晴雯等奴仆之间的矛盾。抄检事件由绣春囊引起，自然被打上了桃色印记。抄检行动由王熙凤带队，邢夫人的陪房王善保家的与王夫人的陪房周瑞家的具体执行，以相互牵制监督。其结果是丫鬟们遭到迫害：晴雯被逐，入画遭撵，司棋自杀。而作为主子的探春，则公开反对抄检，她说："可知这样大族人家，若从外头杀来，一时是杀不死的，这是古人曾说的：'百足之虫，死而不僵。'必须是从家里自杀自灭起来，才能够一败涂地呢。"其见解不凡，深含哲理，不仅表现出探春清醒的头脑和远见卓识，也预示了贾府被查抄已为时不远。司棋的自由恋爱被视为洪水猛兽，与贾府内部的男盗女娼形成了鲜明对照，封建礼教的虚伪、腐朽显而易见。司棋坚强、冷静，自杀殉情，用生命对封建婚姻制度进行了最后的反抗，可歌可泣，令人赞叹。"晴有林风，袭乃钗副"（甲戌本第八回脂批），晴雯的"夭风流"大有深意，预示黛玉即将魂归离恨天。宝玉在晴雯死后，充分发挥才情，模仿《离骚》撰写了《芙蓉女儿诔》，直抒胸臆，对晴雯的思想品质和精神风貌进行了赞美和哀悼。《芙蓉女儿诔》是一曲叛逆者的颂歌，其批判锋芒直指封建恶势力，说明宝玉的叛逆性格有了新的发展和升华。宝玉在叛逆道路上越走越远，表现了贾府后继无人、必然败落的小说主题。

此外，政治方面，还用零碎笔墨穿插写了王熙凤放高利贷，贾赦通过贾雨村讹诈石呆子的古扇等几件事，都为下文埋下伏笔，成为后来抄家的理由，颇有深意。

《红楼梦》第八十一回至第一百二十回是贾府的火灭烟消阶段。小说人物搬出大观园。其间有三年光景，宝玉 16 岁至 19 岁。

高鹗续写的后四十回是所有三十多部续书中最成功的一种，因为它大致完成了悲剧结尾。首先，写到了一系列重要人物的死亡。第九十五回，元春薨逝，意味着贾府后台的倒坍。第九十七回，林黛玉焚稿断痴情，是小说主要人物的夭折。第一百一十回，贾母归天。作为贾府的最高统治者，她的死亡说明封建宗法偶像失灵。第一百一十四回，王熙凤病死。当家人、管家婆的死亡，代表贾府这所封建大厦顶梁柱的折断。这些人物的亡故从一个侧面表现了贾府的破败。其次，写到了贾府被抄家，这是符合原作者构思的。第一百零五回，写查抄宁国府。贾府被抄是贾府破败的重要标志。再次，写到了奴隶的逃跑反抗。贾母病逝时，荣国府的花名册上，统共只有男仆 21 人，女仆 19 人，合计 40 人；而当年为秦可卿办丧事、元春省亲之时，奴仆有 100 余人。此时，奴仆们大抵非死即逃，有的还走上了反抗之路。最后，写到贾宝玉出家。贾宝玉是贾府儿孙中唯一略可望成的人物，他悬崖撒手，遁入空门，便意味着贾府子孙不肖、后继无人的结局。这也是贾府彻底败落的根本标志。

鉴于上述几点原因，我们应该充分肯定高鹗的续书。当然，其中肯定有部分小说原稿。比如，小说一百零五回对抄家的描写非常真实，等闲之辈写不出来，非亲身经历者难以凭空杜撰，显然高鹗是在部分原稿的基础上写成后四十回的。

不过，高鹗续书又有不少违背作者原意的地方。一是写到"家道复初，兰桂齐芳"，贾府抄没的家产又被发还，革去的世职又得到恢复，贾赦、贾珍等被逮的罪犯又被赦还，贾珠之子贾兰与宝玉之子贾桂均飞黄腾达。二是写到贾宝玉中举。宝玉平素最讨厌仕途经济，写他中举有违人物性格逻辑，这只能是高鹗本人中举的反映。三是有些人物的结局描写不符合作者原意。最突出的是王熙凤。其判词云："凡鸟偏从末世来，都知爱慕此生才。一从二令三人木，哭向金陵事更哀。"尽管学术界对"一从二令三人木"有三十余种不同解释，但绝大多数人同意王熙凤肯定因种种原因，先是被休弃回金陵，然后抑郁成疾，大病不起，最后走向生命的终点。还有小说主要人物林黛玉，她在早期的《石头记》版本里名"代玉"，后来因评点传抄而变成"黛玉"。代者，替也，表示其在小说中的角色地位将要被别人取代。她雅号潇湘妃子，又住在潇湘馆，这样的设计不无深意。潇湘妃子本是尧女舜妃娥皇、女英，后因寻夫，双双死于潇湘之水。种种迹象表明，林黛玉的死与水有关，应是因爱情婚姻无人做主，前途无望，加之长期生病，难以回天，最后投水自尽，其死亡时间在"二宝"成婚之前。她与宝玉只有爱情，而没有婚姻；她下凡的目的只是还泪。如此安排，贾母作为黛玉的外婆，宝玉作为黛玉的至爱，宝钗作为知书达理的大家闺秀，其性格发展才符合生活逻辑和事理逻辑，人物形象才真实可信。此外，还有一些描写也值得推敲。

《红楼梦》重点描写爱情婚姻，这是因为婚姻爱情是带有普遍性的社会问题，任何人遇到阻碍都会表现出叛逆性，不因为阶级不同而有所区别；败落家庭的纨绔子弟精神空虚，两性关系必然成为生活的主要内容；而对于败落的家庭而言，婚姻爱情又是关系到能否重振家业、起死回生的大问题，封建家长往往希望通过攀龙附凤来达到家族中兴。《红楼梦》以贾府为典型，写封建贵族阶级的衰败，所以要重点描写爱情婚姻。

《红楼梦》的爱情婚姻描写至少有三方面的作用：一是直接表现了反封建的主题；二是烘托了封建贵族家庭衰败的情况；三是用爱情描写巧妙地掩盖了某些政治斗争描写，比如贾宝玉将北静王赠与的鹡鸰香串转赠给林黛玉，意外地遭到她的严词拒绝："什么臭男人拿过的？我不要这东西。"仔细研究，就有弦外之音。

第三节　《红楼梦》的艺术性

德国诗人歌德说过，优秀的作品，无论谁怎样去探测它，都是探不到底的。《红楼梦》是一座博大精深的艺术宫殿，任何人都无法穷尽，而只能探其冰山一角。这里仅从《红楼梦》的艺术虚构、人物描写、语言运用等几方面略作分析。

一、"真事隐去，假语存焉"的特殊手法

"真事隐去，假语存焉"主要是通过谐音方法，完成了艺术虚构。古代小说早在唐传奇中就出现了虚构。宋元话本、明清拟话本运用虚构更为娴熟。事实证明，虚构的效果比写实好。清代文字狱盛行，《红楼梦》选择了"真事隐去，假语存焉"的特殊手法是明智的。虚构有两种，一种是以一个原型为主，另一种是"杂取种种人"，合而为一。《红楼梦》两种虚构手法并用，各得其所。小说的主干是写贾府的败落，以江宁织造曹家为原型；而具体背

景、人物、矛盾设置则用杂取手法。大观园就杂取了北京的什刹海、醇王府、明国公府、恭王府，南京的随园、芥子园，苏州拙政园，杭州南园等园林的特征。比如，大观园中的垂杨柳借鉴了恭王府；进门的一带翠嶂明显有拙政园的影子；蘅芜院内密密的石笋，又令人联想起芥子园；稻香村的鸡鸣狗叫则源于南园。大观园是一个杂取的典型，这正是许多学者对大观园原型有不同看法的根本原因所在。

小说中贾府的人物有的可与其原型曹家的人物相对应，如贾母与孙氏，贾政与曹寅，宝玉和原作者，贾兰和曹雪芹，等等。但大多数人物是虚构出来的，从其命名即可知道。贾府"四春"谐"原应叹惜"，其丫鬟谐"琴棋书画"，其他还有甄士隐（真事隐）、贾雨村（假语存）、英莲（应怜）、冯渊（逢冤）、娇杏（侥幸）、霍启（祸起）、詹光（沾光）、单聘仁（善骗人）、卜固修（不顾羞）、卜世仁（不是人），等等。用谐音的办法给人物起名，有点简单化，但在生活中并不少见。总之，这些人物分明不是生活中的真实人物。

值得注意的是，作者在运用两种虚构方法时，其方式具有特殊性。当以一个原型为主时，就竭力将原型隐蔽起来，故意拉开生活真实与艺术真实的距离，不让人知道原型是谁；当他采取杂取手法时，又故意交代点明，唯恐读者不知道。元妃省亲以康熙南巡，曹家接驾为原型，甲戌本第十六回回前脂批云："借省亲事写南巡，出脱心中多少忆今感昔。"作者故意拉开距离，把原型藏得很深，使一般读者看不出来。小说中只有王熙凤与赵嬷嬷的议论："只预备接驾一次，把银子都花的淌海水似的"，"独他家接驾四次，若不是我们亲眼看见，告诉谁谁也不信的"。以此提醒读者，作者是借省亲写南巡。当采用杂取手法时又故意交代点明，把生活真实与艺术真实焊接起来。如大观园中的女子以探春为首结成海棠诗社，逢每月的初一、十六开社作诗。殊不知，每月的初一、十六，是旧社会课士的日子，这里明显是通过女子的文采风流来反衬或影射贾府男性的愚昧无知，不求上进；而海棠花又名断肠花，点明其命名用意。这样若即若离，似离似合，加强了艺术性。正是"假作真时真亦假，无为有处有还无"，也就是"真事隐去，假语存焉"。

从内容与形式的关系看，"真事隐去，假语存焉"是表现特殊内容的特殊艺术手法。小说在书名上做了文章。《红楼梦》又名《石头记》《风月宝鉴》《金陵十二钗》《金玉缘》《情僧录》《大观琐记》等。小说最早名《石头记》，其实是用了女娲补天和《左传·召公八年》"国王作事不时，怨讟动于民。……石言，不亦宜乎？"的典故。作者无才补天的遗恨和发泄满腹牢骚的创作动机，可以由此窥豹一斑。"风月宝鉴"，在小说中曾出现，其正面象征死亡破败，要求读者不能看正面的表象，而要看反面，显然话中有话。"金陵十二钗"似乎指为小说中的贵族女子立传，其实掩盖了小说其他的深刻内容。"金玉缘"，故意说明小说描写宝玉和宝钗的姻缘，目的是转移读者的视线。"情僧录"，指写有情僧人的琐事，有情人出家，出家人多情，只是宝玉的部分经历，题目别有用意。"大观琐记"更加淡化了内容，企图掩人耳目。"红楼梦"三个字，首见于唐人蔡京的诗《咏子规》"凝成紫塞风前泪，惊破红楼梦里心"，喻富室大家的梦幻破灭，必然衰败，是最为合适得体的书名，所以得到更多的认同。

　　小说在背景描写上也用了特殊手法，既千方百计地掩盖某些信息，又千方百计地透露其背景。"一念唯恐人易知，一念又恐人不知。"关于小说所写的朝代，一边说"时代年纪，失落无考"，在《芙蓉女儿诔》中别出心裁地用了"太平不易之元，蓉桂竞芳之月，无可奈何之日"这些莫名其妙的概念；一边又交代发生在明朝的林四娘故事是"旌表前朝功臣节妇"，透露出小说叙写的是清代贵族大家的故事。小说发生的地点，仿佛在南京，又仿佛在北京。《冷子兴演说荣国府》中贾雨村说道："去岁我到金陵地界，因欲游览六朝古迹，那日进了石头城，从他老宅门前经过，街东是宁国府，街西是荣国府。"似乎贾府就在南京。而元妃省亲，当天晚上请旨，获恩准后，乘銮舆回家，接着亲人见面，看戏，赏赐，告别，并又回到皇宫，分明贾府又在京城。忽南忽北，既真又假。至于小说的创作时间，第五回说"吾家自国朝定鼎以来，功名奕世，富贵流传，虽历百年"，说明创作时间在清朝建国百余年后的 18 世纪中叶的雍正乾隆时代。小说写到的风俗、衣着，是满人的做派，如穿着不忌白色、小孩的发式等。有学者发现，小说写到袭人请湘云代宝玉做鞋，湘云误以为是袭人自己的（第三十二回），这透露出宝玉和袭人的脚差不多大，说明女子不必缠足，这显然是满人的习俗。

　　在小说结构处理上，也采取特殊手法，详略交错，对某些重大事件与次要事件进行特殊结构。围绕贾府抄家，对其直接原因只作简要交代，对那些关系不大的次要原因却大写特写；在手法上运用了场面描写，穿插交代、画龙点睛。贾府抄家的三条理由，是草菅人命、交通外官和贪污纳贿。小说对交通外官基本没有写到，只在第六十六回提到贾赦派贾琏到平安州去，到底去干什么？则没有一个字的交代，留下了悬念。对于人命案，也没有细写，只在第四十八回借平儿之口若无其事地略略穿插交代。这种举重若轻的写法，《红楼梦》是第一次尝试，其他小说没有用过。其实，贾府被抄家的关键原因是另一护官符集团的告发，忠顺亲王府就是最大的威胁。小说只在第三十三回写到忠顺亲王府派长府官来贾府找贾宝玉讨要戏子蒋玉菡，长府官对贾政冷笑了四声，贾政毛骨悚然，又怕又怒，诚惶诚恐，这成为宝玉挨打的关键原因。这样刻意藏头露尾，是一种特殊手法。小说还故意用一些反语、反笔进行描写，把坏的说成好的。比如，小说赞美贾府"是慈善积德之家，从不作贱下人"，事实情况又如何呢？贾府涉及很多人命。例如第十五回，张金哥与未婚夫因王熙凤干预，婚姻被拆散，双双自杀；第三十二回，大丫鬟金钏因将被王夫人无故赶出大观园而投井自杀；第六十九回，尤二姐被王熙凤设计迫害，吞金自杀；第七十七回，大丫鬟晴雯被捏造罪名赶回家，含冤而死；第九十二回，司棋为追求婚姻自由，被封建势力迫害，自刎而死；第九十七回，林黛玉被封建礼教迫害致死；第一百零七回，石呆子因古扇被贾赦霸占，被迫自杀；第一百一十一回，丫鬟鸳鸯被迫嫁给老色鬼贾赦为妾，不从，上吊而死；奴才何三因聚众抢劫贾府被活活打死……贾府双手沾满了奴才、丫鬟们的鲜血，还可称为"慈善积德之家"吗？这种用标语口号式的语言来掩盖作者的倾向就是特殊的手法。再如，小说写贾政"酷好读书""治家有方"等也是反语。此外小说有时采取神龙见首不见尾的写法，耐人寻味。如，宝钗进京的原因是"进城待选"，后来一直未提起，不是作者忘却了，而是其真实目的不过是与贾府联姻，"进城待选"只是托词罢了。再如，元妃省亲之前，宫中赏赐礼物，宝黛二人相同，省亲之后却二宝一样，其实在巧妙地暗示元春对宝玉择偶的态度。这是不写之写，需要读者想象、联想，才能领悟。小说第八十三回，元春染恙，贾母携王夫人等亲人进宫探视，元春自然询问了家里的一些事务；第八十四回的回目赫然是"试文字宝玉始提亲"，它暗示读者，宝玉提亲的事，完全是元春的旨意，只是没有明写罢了。这说明，过去全家上下一致看好的宝黛爱情已经被彻底否决。这样似断似续、忽隐忽现的写法，比明明白白说出来要高明得多。欲言又止，余味不尽，正是其艺术魅力所在。

通过爱情来描写政治是《红楼梦》的重要特色，主要借助了"真事隐去"的特殊手法。例如，用"抓周"来掩盖宝玉叛逆思想产生的根源；以"内闱厮混""风流痴病"掩盖其叛逆思想的发展。贾府败家的主要原因是子孙不肖、后继无人，偏偏说成"秉风情，擅月貌，便是败家的根本"。宝玉挨打，明明是正统卫道者与叛逆者的短兵相接，却特意给宝玉安上了"逼淫母婢""流荡优伶"的罪名，打上桃色印记。抄检大观园是统治者对叛逆者的一次镇压，却由一只小小的传情信物"绣春囊"引起，令人以为是青年男女的偷情幽会引起主子的查抄。贾宝玉将北静王赏给自己的鹡鸰香串小心翼翼地送给林黛玉，黛玉说："什么臭男人拿过的？我不要这东西。"遂掷还不取。这里不仅骂了北静王，而且将鹡鸰香串的原主人——当今皇帝，也骂到了。鸳鸯拒绝嫁给贾赦做小妾，袭人让她就说已经许给宝玉了，鸳鸯说："别说宝玉、宝金、宝银、宝天王、宝皇帝，我横竖不嫁人就完了。""宝皇帝"就是指当时的乾隆皇帝。凡此种种，巧妙地利用风月笔墨、爱情纠葛来抨击政治，也是"真事隐去"的特殊虚构手法。

二、人物性格的丰富性、复杂性

这是《红楼梦》高出其他小说的最大成就。具体说，小说既刻画了人物性格的多个侧面，表现其矛盾统一的特点，又描写了人物性格发展变化的历程。所以，鲁迅说："至于说到《红楼梦》的价值，可是在中国小说中实在是不多见的。其要点在敢于如实描写，并无讳饰。和以前的小说写好人完全是好，坏人完全是坏的，大不相同，所以其中所写的人物都是真的人物。总之，自有《红楼梦》出来以后，传统的思想和写法都打破了。"[1] 我们主要以林黛玉为例来加以分析。

首先，小说刻画了人物矛盾统一的不同性格侧面，表现其丰富性、复杂性。

其一，既高度自尊，又尊重别人。林黛玉是一个父母双亡、寄人篱下的孤女。内心深处特别自卑，唯恐遭到别人的歧视，所以外表显得格外自尊，处处刻意维护自己的人格尊严。第七回周瑞家的送宫花，恰好把最后两支给她。她觉得受到歧视，感到屈辱，大发雷霆："我就知道，不是别人挑剩下的也不会给我。"第二十六回写到，一天晚上，她到怡红院敲

---

① 鲁迅. 中国小说史略. 北京：人民文学出版社，1973：306.

门，遭到拒绝，她气怔门外，并且迁怒于宝玉，导致第二十七回"埋香冢飞燕泣残红"，唱出催人泪下的《葬花吟》。但她对紫鹃、香菱都以姊妹相待，推心置腹。第三十回，紫鹃批评她"耍歪派，太浮躁"，"宝玉三分不是，姑娘七分不是"，她都默认了。她不以地位论人，保持人格尊严，要求人人平等。虽然寄人篱下，但决不仰人鼻息。高度自尊有时往往出于生活中的误会，与尊重别人是统一的。

其二，既多疑，又笃实。林黛玉冰雪聪明，万事敏感，近于多疑。她怀疑宝钗，妒忌湘云。第十九回，她对宝玉说："你有玉，人家就有金来配你；人家有'冷香'，你就没有'暖香'去配?"第二十九回，说到金麒麟，她心里很不自在。她害怕宝玉见异思迁，"见了姐姐，忘了妹妹"，每每见机行事，暗暗察访，被人看成小性儿。但她本性笃实，在第三十四回题帕定情之后，她主动向宝钗交心，第四十五回《金兰契互剖金兰语》中，她说："你素日待人固然是极好的，然我最是个多心的人，只当你有心藏奸——往日竟是我错了，实在误到如今。"她对宝钗的批评心悦诚服，由衷感激，进而认薛姨妈为娘。她的多疑与她寄人篱下的处境有关。她常常体察世态炎凉，看到眉高眼低，这容易引起非议；笃实则使她不附和世俗，能洁身自持，也易于受骗上当。

其三，既尖刻，又宽厚。她灵心慧舌，锋芒毕露，常常喜欢道破事情真相，三言两语，痛快淋漓。第三十七回，她叫袭人"嫂子"，指出了人人心中有数、个个口中不言的宝玉和袭人的暧昧关系。第二十九回，她一针见血地说宝钗"在别的上还有限，唯有这些人带的东西上才留心呢"，使宝钗很难堪。其实她率直纯真，貌似心地狭窄，其实襟怀坦白，胸无芥蒂。湘云拿她与戏子相比，她当时生过气，事后就烟消云散，和睦如初。第三十六回，宝钗只身傍着宝玉赶蚊子，她见了付之一笑，并没有抓住把柄去教训人。除了爱情之外，她从不猜忌别人。宝琴来到贾府，得到贾母的殊遇，连宝钗也深怀妒意，她却热情地认宝琴为妹妹。她要求宝玉专一的爱情，并不反对宝玉与晴雯等女孩打闹嬉笑。所以，黛玉心地似窄实宽，性情似薄实厚。

其四，既孤傲，又谦和。黛玉爱菊花傲立风霜，喜竹枝宁折不弯，从不曲意逢迎、邀怜取宠。她蔑视功名利禄，鄙薄世俗人情。显得孤标傲世，遭到"孤高自许，目无下尘"的非议。其实她对人谦和，随遇而安。她教香菱作诗，常和女友们放风筝、做针线、打闹玩笑。第六十二回，她居然喝宝钗喝剩下的茶而不以为然，完全不见贵族气，实为难能可贵。她佩服湘云的才思，推崇妙玉的佳作。这些都反映了她的叛逆思想和人生态度。

其五，既脆弱，又坚强。觉醒后找不到出路的苦恼，婚姻上无人做主的焦虑和离丧寄居的酸苦悲哀，造成黛玉感情脆弱，多愁善感，好哭爱叹。其《葬花吟》《秋窗风雨夕》充满了感伤色彩。但她反封建的意志是坚强的，她作《五美吟·红拂》云"美人巨眼识穷途"，作《螃蟹咏》云"铁甲长戈死未忘"，以红拂自喻，斗争精神至死不变。她始终把人生追求建筑在现实基础上。在续书中，统治者设奇谋，瞒消息；她像一片落花，飘在生活的风暴中，但生命的火把遭到致命的打击，没有黯然熄灭，而是熊熊燃烧。叛逆的力量使她一反常态，不要人搀扶，飞奔回家。以回光返照的力量与封建势力进行了最后的斗争，以死亡向旧社会提出强烈的抗议。这与原作中黛玉的归宿不一定吻合，但是显然把握住了人物的性格逻辑，显得格外真实可信。

黛玉的性格表现为矛盾统一的两方面。前者为现象，后者才是本质，二者有机统一。惟其如此，黛玉的形象在小说中才最为成功，最有光彩。

其次，《红楼梦》在人物塑造上善于对比、衬托，同中写异。《红楼梦》对黛玉的描写很多都是通过对比完成的。脂砚斋批语说的"晴有林风，袭乃钗副"，就概括了对比、衬托手法。这种对比分为三个层次。一是与性格迥异的人物进行对比。例如，黛玉与宝钗同样咏柳絮，一个低吟"嫁与东风春不管，凭尔去，忍淹留"，一个高唱"好风凭借力，送我上青云"。二人不同的身世感慨与理想愿望，完全寄托于柳絮，一目了然。宝玉挨打之后，林黛玉说"你如今可都改了吧"；袭人说"你但凡听我一句话，也不得到这步地位"；宝钗说"早听人一句话，也不至今日"。三人声口不同，想法各异，相互对比、衬托。二是与性格相似的女性对比。黛玉和晴雯不仅体态相似，而且都有叛逆性格，心高气傲，口角锋利，争胜要强，疾恶如仇，光明磊落，等等；但由于出身教养、环境、地位不同，晴雯野性不驯，像火红的山茶；黛玉善愁多病，像暮春的落花。黛玉不如晴雯坦率无私，感情外露，反抗泼辣。此外，湘云有黛玉的风流洒脱，却念念不忘仕途经济；妙玉与黛玉同样孤标傲世，又过于冷僻古怪；尤三姐与黛玉有相同的爱情观，却缺少诗人气质。大观园中的众女儿相互映衬，相得益彰，自具风姿，各呈异彩，血肉丰腴，肌理分明。黛玉的形象也更为典雅清丽，光彩照人。三是曲折对比，发人深省。将看上去不相干的人物、事件有意无意进行对比，足以说明作家构思的高明。第三十四回，宝玉派晴雯送旧手帕给黛玉，先支走袭人，这四个人之间的微妙关系昭然若揭。香菱向黛玉学诗，则看出她近黛玉而远宝钗。贾母带头集资为宝钗做十五岁生日，正说明贾府没有给黛玉做生日，这是不写之写。黛玉行酒令不在意说出《牡丹亭》中的"良辰美景奈何天"，宝钗一本正经教训黛玉，恰说明她也早就读过《牡丹亭》，只是城府较深而已。由于作家寄托颇深，所以读《红楼梦》要用心去领会，要反复阅读。

最后，《红楼梦》还注意在情节的有序发展中描写人物性格的演进。黛玉是封建礼教和制度的叛逆者。正是共同的叛逆思想把她与宝玉引向爱情之路，而日益发展的爱情又促使他们进一步走向叛逆。随着时间的推移、年龄的增长、阅历的丰富，爱情得到不断发展。两人从相识、相恋、热恋，到定情、默契，再到毁灭，她的叛逆思想也由萌芽、发展到成熟，最后以死抗争。从第三回进贾府到第三十四回题帕定情，是初恋、热恋阶段。小说侧重写其外在的特点，缠绵漫长的爱情纠葛，察言观色，旁敲侧击，轻嗔薄恼。叛逆思想从萌芽到发展，开始对传统封建观念进行冲击。《西厢记》《牡丹亭》中的叛逆思想照亮了她的前进道路，爱情的火把熊熊燃烧，她用爱情来填补生命的寂寞和空白，浇灌了反封建思想的幼苗。爱情受到禁锢引起感伤情绪，她逐渐认识到封建制度的黑暗腐朽，叛逆思想趋于成熟。从第三十五回定情到第七十六回联诗悲寂寞，是爱情的巩固时期，宝黛由相互猜忌到达成默契。宝玉挨打，更坚定了他们的反叛决心。反封建的锋芒转向内在，叛逆思想进一步深化，主要通过吟诗结社，抒情咏志来表述。他们希望爱情得到形式上的肯定，因为无人做主，感伤的情调越来越重。她对本阶级既有清醒的认识，但又藕断丝连，这就酝酿成为新的更惨烈的悲剧。从第七十七回到泪尽而逝，宝黛爱情遭到扼杀。中秋联诗"冷月葬花魂"是幻想破灭的预兆，晴雯的"夭风流"是黛玉魂归离恨天的先声。黛玉最后泪尽而亡，以死抗争，与本阶级诀别。黛玉像一颗瑰丽的明珠，经过与社会现实的不断摩擦，抹去了尘埃污垢，精光四射，光彩夺目，划破了茫无边际的冥冥夜空，使人看见了黑暗世界的一线光明。"美，寓于运动之中"，生活本身瞬息万变，生活中人的性格也依着生活逻辑与性格逻辑不断变化。作家写出了黛玉性格的变化历程，更加真实生动，更具感染力。

《红楼梦》中几乎所有大大小小的人物性格都是丰富复杂的。比如王熙凤，她包揽官司，克扣家人月钱，放高利贷，违禁取利，见其自私贪婪；她毒设相思局，置贾瑞于死地，见其狠毒；她设计害死尤二姐，见其残忍、工于心计；她与贾蓉、贾蔷关系暧昧，见其淫荡。但王熙凤协理宁国府，见其杀伐决断、雷厉风行的管理才能；她能够善待林黛玉、邢岫烟、刘姥姥等弱势女性，并热情支持吟诗结社，见其善；她对丈夫贾琏一片深情，见其真；她的语言幽默风趣，见其智；等等。她不仅性格丰富复杂，而且随着贾府的败落，她的贪欲有所抑制，锋芒渐渐内敛，性格有明显的发展变化。又如晴雯，她既美丽聪敏，争胜要强，口角锋利，不畏权势，没有城府，表现出强烈的反抗性，又有封建等级观念，如体罚小丫鬟坠儿，性格具有一定的丰富性。再如刘姥姥，既勤劳善良、知恩图报，又趋附逢迎、甘当玩物，显得特别真实。

三、语言的魅力

小说第四十回，刘姥姥二进荣国府，带了乡下的枣儿、倭瓜、野菜来到贾府，目的是联络感情，期待贾府主子一高兴，信手甩出几十两银子，回家就能过一年了。刘姥姥善于装疯卖傻，大家也乐于把她作为活玩具，于是，由凤姐与鸳鸯当导演，一场喜剧拉开了帷幕。情节并不复杂，凤姐让姥姥吃了一个鸽子蛋，然后，刘姥姥站起身来，高声说道"老刘老刘，食量大如牛。吃个老母猪不抬头"，鼓着腮帮不语。小说写道：

> 众人先是发怔，后来一听，上上下下都哈哈的大笑起来。史湘云撑不住，一口饭都喷了出来；林黛玉笑岔了气，伏着桌子嗳哟；宝玉早滚到贾母怀里，贾母笑的搂着宝玉叫"心肝"；王夫人笑着用手指着凤姐儿，只说不出话来；薛姨妈也撑不住，口里茶喷了探春一裙子；探春手里的茶碗都合到迎春身上；惜春离了座位，拉着她奶母叫揉一揉肠子。地下的无一个不弯腰屈背，也有躲出去蹲着笑去的，也有忍着笑上来替他姊妹换衣裳的，独有凤姐、鸳鸯二人撑着，还只管让刘姥姥。

这里写了十几个人不同的笑态，却别具匠心。第一个写的是湘云，说明她最天真、敏感，反应最快，所以与众不同，"一口饭都喷了出来"。第二个是林黛玉，她"笑岔了气，伏着桌子嗳哟”，她的天真、敏感本来不让湘云，但身体病弱，所以慢了半拍。第三是宝玉，他也十分敏感，“早滚到贾母怀里”，笑得向祖母撒娇。第四是贾母，她虽年岁大了，但反应并不慢，笑得搂着宝玉叫“心肝”，怕笑坏了宝玉，连笑的那一刻也不忘呵护孙子。第五是王夫人，“笑着用手指着凤姐儿，只说不出话来”，她明白是凤姐在搞恶作剧。第六是薛姨妈，“口里茶喷了探春一裙子”，五十多岁的女性如此失态，作者主观上多少有点贬义。第七是探春，“手里的茶碗都合到迎春身上”，反应虽慢了一些，但笑的幅度最大，表现了她的潇洒、男儿气。第八是惜春，她最小，所以要“拉着她奶母叫揉一揉肠子”。第九是谁呢？应该是迎春。她没有笑出来，大概是反应慢些了吧？凤姐、鸳鸯也没有笑，“二人撑着，还只管让刘姥姥”，她们是出色的导演。奴才们如何呢？“地下的无一个不弯腰屈背，也有躲出去蹲着笑去的，也有忍着笑上来替他姊妹换衣裳的。”原来贾府的笑也有规矩，奴才不能当着主子的面大笑，须“躲出去蹲着笑”；奴才笑的时刻还有任务在身，“忍着笑上来替他姊妹换衣裳”。通过笑，写出了十多人不同的性格特征。这种方法可以称为“借一月以照万川”。这样的大手笔，只有在《红楼梦》里才可以见到。

《红楼梦》语言的另一种表现方法，就是以只言片语，乃至一个字，就可以写出人物性格修养的差异。第三十四回，宝玉挨打之后，他的贴身丫鬟（内定的小妾）袭人咬着牙说道：“你但凡听我一句话，也不得到这步地位。幸而没动筋骨，倘或打出过残疾来，可叫人怎么样呢？”粗粗一看，她说的似乎没有什么不妥，但仔细一想，她虽被内定为小妾，但其身份还是奴才，没有资格让主子听她的话，“你但凡听我一句话”，就有一点过分了，表现出不可告人的暧昧关系。再比较一下宝钗探视宝玉时说的“早听人一句话，也不至今日”，讲话就艺术多了。她说的“人”，其实就是“我”；但她的身份、修养，使她将自己深深隐藏起来，不轻易露出庐山真面目。一“人”一“我”，一字之差，两人的身份教养就大不相同，简直有天壤之别了。当然，宝钗极理智，但她也是凡人，也有露出真性情的时刻。她接下来说的是：“别说老太太、太太心疼，就是我们看着，心里也——”她下意识地将自己放在“老太太”“太太”之后，在贾宝玉未婚妻的位置上。难怪她“刚说了半句，自悔说的话急了，不觉红了脸，低下头来”。这一笔写出了人性、人情，是第一流的好文字。再看林黛玉是如何说的，她是最晚来探视宝玉的一个，“两个眼睛肿的桃儿一般”，她“半日方抽抽咽咽地”对宝玉说：“你从此可都改了吧。”她表达的是什么意思呢？这取决于这句话后面用的标点符号。但创作小说的清朝乾隆年间写作并没有使用标点符号啊，那么应该怎么理解这句话呢？原来，黛玉的话包含了多层含义，可以用句号、问号、感叹号、省略号、破折号，等等，分别代表几种不同的思想感情。所以，宝玉心有灵犀，长叹一声道：“你放心，别说这样话。我便为这些人死了，也是值得的。”他虽然挨了毒打，但仍然决定不改。这反过来说明，黛玉的话包含了丰富、复杂的思想内容。如此文字在小说里比比皆是，这大概可以证明，《红楼梦》语言确实具有惊人的表现力。

《红楼梦》语言还有一种表现方法，就是不写之写。第四十回刘姥姥表演了一出喜剧，主仆上下，开怀大笑，姿态各异，蔚为大观，值得称道。其实在场没有笑出来的人，除了两位导演之外，至少还有迎春、宝钗，她俩也没有笑，这并不是作者的疏漏，显然是暗写迎春的反应迟钝、冷漠麻木；宝钗的矜持世故、城府极深，这就属于不写之写。这样的笔墨在小说中还有不少。比如，写香菱去潇湘馆向林黛玉学习写诗，暗示身为一家人的薛宝钗没有热情教亲嫂子写诗，两者对比鲜明；贾母带头集资，为宝钗做十五岁生日，暗示贾府没有给黛玉做十五岁生日，暗示黛玉在贾府的地位每况愈下，等等。这应该是最高明的语言表达，真可谓不着一字，尽得风流。

第四节　林黛玉和贾宝玉的人物形象

一、林黛玉

林黛玉是小说作者热情赞美的一号女性人物，是第一流的艺术典型，是美的化身。她是中国古典诗词陶冶出来的，散发着美人芳草香味，操着一口吴侬软语，具有诗人气质的少女。脂砚斋称她"足见其以兰为心，以玉为骨，以莲为舌，以冰为神，真绝倒天下之裙钗矣"（甲戌本第八回脂批）。她具有丰厚的文化艺术修养，琴棋书画，无一不精；她懂得诗歌理论，认为写诗第一是立意，主张写实，又不要拘泥于生活真实，可以进行艺术概括，主张写诗不要受格律束缚。她以大量的诗词创作表达了反封建的理想。例如，《葬花吟》"一年三百六十日，风刀霜剑严相逼"，揭露了封建社会的残酷；"愿侬此日生双翼，随花飞到天尽头"，寄托了朦胧的乌托邦理想；"质本洁来还洁去，不教污淖陷渠沟"，表达了洁身自持的高尚情操。借以夺魁的咏菊诗从内容到形式都有创新，是她自己人生哲学和思想的写照；那寄情秋雨的《秋窗风雨夕》，道出了备受煎熬的凄凉心情，哀婉动人；中秋联诗"冷月葬花魂"，则唱出了悲凄的人生归宿。但她的诗词总体上感伤色彩太浓，"色健茂金萱"则有颂圣之嫌。

她与封建正统思想进行了不妥协的斗争，大胆背叛封建礼教，敢于铤而走险。她蔑视功名利禄，从不劝宝玉读四书五经，从来不说"混帐话"，虽然高鹗在续书中扭曲了她的形象，但仍然可以看到她的主流思想。她反对封建卫道者的管教，宝玉挨打以后，她意味深长地说："你如今可都改了吧。"委婉地表明了支持、同情的态度。她杂学旁收，读《西厢记》《牡丹亭》，如痴如醉，余香满口。她鄙薄权贵，不愿会见来访的贾雨村。她从不乞求统治者的恩赐，最后用年轻的生命进行了坚决的抗争。但她有时也为贾府打算，甚至担心其后手不接。

她初步具有民主思想指导下的平等观念。她寄人篱下，却不仰人鼻息，从不会邀怜取宠，阿谀奉承。贾母来到潇湘馆，她只是礼节性地倒茶让座。她待人不卑不亢，要求人人平等，互相尊重。她孜孜以求的是自己的人格尊严，别人把她比为戏子，她大发雷霆；但她对紫鹃、香菱等丫鬟，则情同姊妹。她诲人不倦，教香菱学诗。连最遭人讨厌的赵姨娘来看她，她也以礼相待，赔笑，让座，倒茶。她的处世原则是从不歧视别人，也不容别人歧视，具有朴素的民主思想。但她还存有剥削阶级偏见，不能体谅别人的苦衷，称刘姥姥为"母蝗虫"，并不足取。

她追求叛逆爱情基础上的婚姻，不以经济地位论人，而以感情的和谐、思想的一致为前提，以实现新的人生理想为目的。她的爱情力量显得单薄，带有贵族气息、封建印记，爱得深沉又软弱，儿女情多，风云气少，无力正面作战，因而，泪尽而亡既是反抗又是失败。支持其叛逆的仅仅是爱情的力量，对整个封建制度没有怀疑，必然造成悲剧结局。

黛玉性格丰富复杂，是美的化身，表现出一种病态的美。叛逆思想是她的主流。她是悲剧形象的典型，特点是"情情"，又是具有民主思想的新人形象。作为一个旧时代的新型的女性知识分子，她是世界文学人物画廊中第一流的艺术典型。

二、贾宝玉

贾宝玉是小说的主要人物。四大家族的主子只有宝玉略可望成，可以走读书做官之路，偏偏他又走了叛逆道路；在读书后，他考中举人，本来有希望继承家业，却又出家了。宝玉有两个绰号，一个是"富贵闲人"。第三十七回宝钗道："还得我送你个号罢。有最俗的一个号，却于你最当。天下难得的是富贵，又难得的是闲散，这两样再不能兼有，不想你兼有了，就叫你'富贵闲人'也罢了。"宝玉笑："当不起，当不起，倒是随你们混叫去罢。"宝玉在经济上、礼教上都离不开家族，否则一天也活不下去。富贵家庭十分讲究礼节。他尊敬四个人——祖母、父亲、母亲、黛玉，其中有三个人都在他的对立面，只有黛玉才是知己。富贵的生活条件与严格的礼教束缚是分不开的。封建社会很多才子佳人为了爱情而叛逆，以私奔为结局，但宝玉不敢，显然他受礼教束缚很深。另一个绰号是"混世魔王"。第三回王夫人说："我有一个孽根祸胎，是家里的'混世魔王'。""混世魔王"带有贬义，有不务正业、不服管束的内涵，在一定程度上概括了贾宝玉性格叛逆的特征。

其一，他反对封建礼教，对封建礼教有所反抗批判。他不尊重自己的地位，专在"内帏厮混"，是对礼教的违拗和亵渎。他最终的出家是对孝道的背叛。《芙蓉女儿诔》矛头直指迫害晴雯至死的封建家长。《姽婳词》写恒王教练女兵，姽婳将军闺中习武，恒王出剿"流冠"而英勇战死，林四娘奋起出击，最终全军覆没。诗篇最后写道："天子惊慌恨失守，此时文武皆垂首。何事文武立朝纲，不及闺中林四娘。我为四娘长太息，歌成余意尚彷徨。"揭露和讽刺了"天子"和"文武"官员们的昏庸无能，作出了须眉浊物不及闺中裙钗的结论，这显然表现出强烈的叛逆色彩。有论者认为，《姽婳词》在《红楼梦》悲剧结构中具有重要地位，《姽婳词》应是贾府被抄没、宝玉坐牢的主要原因。此论是有一定道理的。

其二，他反对仕途经济。宝玉把谈讲仕途经济的学问称为"混帐话"。第三十二回，史湘云劝他常会会为官做宰之人，谈讲些仕途经济，以使将来应酬世务。宝玉大觉逆耳，说道："姑娘请别的姊妹屋里坐坐，我这里仔细污了你知经济学问的。"并且说，林姑娘从来不说这些"混帐话","若他也说过这些'混帐话',我早和他生分了"。显然,不说"混帐话",反对仕途经济是宝黛爱情的基础。应该指出的是,后四十回中的贾宝玉读书应举,热心仕途经济,是高鹗人生观的反映,并不符合作者的原意。宝玉反对仕途经济的性格渊源有自。小说第二回冷子兴演说荣国府时曾说:"那年周岁时,政老爹便要试他将来的志向,便将那世上所有之物摆了无数,与他抓取。谁知他一概不取,伸手只把些脂粉钗环抓来。政老爹便大怒了,说:'将来酒色之徒耳!'"这似乎概括了他叛逆性格产生的根源。他生性不喜读书,指斥八股文为"饵名钓禄之阶",视热衷功名者为"禄蠹""国贼",不愿交接士大夫。他认为除"明明德"外无书,贬斥程朱理学。他进家塾则大闹学堂,平时好读闲书,杂学旁收。挨打以后,索性以养伤为名,将书本置之脑后,与林黛玉形成默契,在叛逆道路上越走越远。

其三,他反对封建婚姻制度。面对"金玉良缘"与"木石前盟"的选择,宝玉始终坚持自己的价值取向,而不向封建家长屈服。在贾府的回光返照阶段,"木石前盟"在贾府得到较多的认同。第二十五回王熙凤说:"你既吃了我们家的茶,怎么还不给我们家作媳妇?""你瞧瞧,人物儿、门第配不上,根基配不上,家私配不上?那一点还玷辱了谁呢?"王熙凤非寻常等闲之辈,是参与重大决策的人员,她的话是有一定的权威性的。应该说,林黛玉起初是贾府上下公认的宝二奶奶的候选人。但随着时间的推移,她孤高自许、目无下尘的个性,或者说她的叛逆性,便越来越多地显露出来。她的地位也就发生了微妙的变化。第二十二回,宝钗生日看戏,大家看出一个戏子活像林黛玉,但都不肯说出口,后来心直口快的史湘云说了出来:"倒像林妹妹的模样儿。"众人听了留神细看,都笑起来了。为此林黛玉觉得委屈,因为当时戏子地位最低,所以她不愿意被人比为戏子取笑。小说翻到第七十四回,王夫人对凤姐说:"上次我们跟了老太太进园逛去,有一个水蛇腰、削肩膀、眉眼又有些像你林妹妹的,正在那里骂小丫头。我的心里很看不上那狂样子,因同老太太走,我不曾说得。后来要问是谁,又偏忘了。今日对了坎儿,这丫头想必就是他了。"将那个模样标致、能说会道、掐尖要强、话不投机就要骂人的晴雯与林黛玉相比,显然,王夫人简单地将两人视为同一类型的轻薄女子,可见此时黛玉的地位已经一落千丈了。

当然,王夫人不是贾府的主要决策人。贾宝玉的婚姻问题要听命于贵为皇妃的元春。元妃虽独处深宫,但对贾府起着神秘莫测的遥控作用。她与贾府虽然"路远山高",但对大观园的风吹草动都了如指掌。她在省亲时曾问起薛姨妈、宝钗的情况,甲戌本第十八回脂批云:"谅前信息皆知,故有此问。"值得注意的是,元妃归省时赏赐物品,"宝钗、黛玉诸姊妹等,每人新书一部,宝砚一方,新样格式金银锞二对。宝玉亦同此"。而到第二十八回,端午节元春赏赐节礼,却是宝玉与宝钗一样,林黛玉与迎、探、惜三春一样。难怪宝玉说:"这是怎么个原故?怎么林姑娘的倒不同我的一样,倒是宝姐姐的同我一样!别是传错了罢?"这么一个微妙的变化表现了元春对宝玉择偶的态度。后来贾府便是秉承了元春的懿旨为宝玉定亲的。在这个问题上,后四十回是与前八十回一脉相承的。第八十三回元妃染疾,贾母等进宫探视,元春问:"宝玉近来若何?"紧接着第八十四回回目"试文字宝玉始提亲"，赫然在目。贾母提出定亲标准："也别论远近亲戚，什么穷啊富的，只要深知那姑娘的脾性儿好、模样儿周正的就好。"论亲戚关系，黛玉与宝玉系姑舅表兄妹，自然更亲一层；但"脾性儿好、模样儿周正的"当属宝钗了。同一回中，贾母与薛姨妈说："我看宝丫头性格儿温厚和平，虽然年轻，比大人还强几倍……都像宝丫头那样心胸儿脾气儿，真是百里挑一的。不是我说句冒失话，那给人家作了媳妇儿，怎么叫公婆不疼，家里上上下下的不宾服呢！"老祖宗的意向不是一清二楚吗？再说，第五十四回贾母听了女先儿说书，发了一通议论："这些书都是一个套子，左不过是些佳人才子，最没趣儿。把人家女儿说的那样坏，还说是佳人，编的连影儿也没有了。开口都是书香门第，父亲不是尚书就是宰相，生一个小姐必是爱如珍宝。这小姐必是通文知礼，无所不晓，竟是个绝代佳人。只一见了一个清俊的男人，不管是亲是友，便想起终身大事来，父母也忘了，书礼也忘了，鬼不成鬼，贼不成贼，那一点儿是佳人？"这里从批评才子佳人小说的千篇一律，到痛斥青年男女自由恋爱，暗示了她对宝黛爱情的态度，也预示了"木石前盟"最终将被扼杀的命运。封建家长的态度是明朗的，宝玉自然有所觉察，然而他一意孤行，我行我素。第三十四回题帕定情之后，他更加坚定执着了。第三十六回，宝玉在睡梦中喊道："和尚道士的话如何信得？什么是金玉姻缘，我偏说是木石姻缘！"坐在旁边做针线边赶蚊蝇的薛宝钗听了这话，不觉一怔。作者这样安排，显然是为了突出宝玉反对封建婚姻制度的性格特征。他在爱情婚姻上面有三点局限：泛爱、意淫、移情。如果意淫的核心是感情，值得肯定的话，那么，泛爱和移情应予批判。

综合起来看，宝玉的叛逆并不彻底，更多停留在言论上，行动不很多，有极大的妥协性。这与他在生活、礼教方面对家庭的依赖性有关。他们的爱情远远超过了《西厢记》和《牡丹亭》中主人公的爱情。宝黛爱情不仅仅是爱情的叛逆，而且是叛逆的爱情。

第五节　《红楼梦》研究史

脂砚斋评点就是最早对《红楼梦》的研究。研究《红楼梦》的学问称为"红学"。《红楼梦》研究分为旧红学阶段、新红学阶段和"文化大革命"后三个研究阶段。

一、旧红学阶段的研究

从清朝乾隆时代脂砚斋评点《红楼梦》开始，到1919年五四运动以前，这一百多年间的《红楼梦》研究为旧红学阶段。旧红学约有两百家，大多不是专门研究，而是在著作中发表议论，其基本观点可参阅一粟《古典文学研究资料汇编·红楼梦卷》。最有影响的主要有评点派、索隐派、评论派三派。

其一，评点派。评点派最早为脂砚斋（集体笔名），其他还有王希廉、姚燮、张新之、涂瀛、诸联、王瀣等。脂砚斋评点提供了作者的生活、身世、思想资料；提供了作者创作红楼梦的情况；提供了前八十回以后的部分情节发展和作者构思；概括了一些小说创作经验。姚燮评本对《红楼梦》材料进行综合，为研究提供了方便；看到各种人物的个性不同；比较注意小说中的风流韵事，如黛玉葬花、宝钗扑蝶、湘云眠石、晴雯补裘、香菱学诗等，有助于研究。王瀣从1914年到1938年，花了24年时间进行评点，用朱、黄、绿、墨、紫五色写了12 387条评语。虽然时间已经进入新红学阶段，但其还算评点派。其观点比较进步，提供了较多的背景材料，对典故作了笺注，在艺术鉴赏方面有其独到之处。

其二，索隐派。索隐就是探索小说中可能隐喻暗指的史实。其主要方法就是把《红楼梦》中的故事硬说成隐喻历史上的真事。代表作是王梦阮、沈瓶庵的《红楼梦索隐》蔡元培的《石头记索隐》。影响较大的有"明珠家事说""董小宛与顺治的爱情说"和"反满说"。索隐的研究方法不足取，其结果也不言而喻，不必进行考辨。

其三，评论派。代表作是王国维的《红楼梦评论》。王国维用尼采的悲剧理论来评价《红楼梦》，认为生活的本质就是欲望，就是痛苦和厌倦，文艺的任务就是"描写人生之痛苦与其解脱之道"；《红楼梦》的主题在于"解脱"和"出世"；人们解脱的最好方法就是出世；《红楼梦》描写的悲剧是"普通之人物，普通之境遇"中必然存在的，因此是"悲剧中的悲剧"。

二、新红学阶段的研究

新红学阶段是指从1919年五四运动到"文化大革命"时期，代表人物是胡适、俞平伯。

其一，胡适的《红楼梦考证》。批判索隐派，提出"《红楼梦》是曹雪芹的自叙传"，曹雪芹是小说中的"甄、贾两个宝玉"，"甄、贾两府即是当日曹家的影子"；《红楼梦》的旨意是"记述当日的闺友闺情，并非怨世骂时之书"；《红楼梦》只是老老实实地描写这一个"坐吃山空""树倒猢狲散"的趋势，所以《红楼梦》是一部自然主义（现实主义）的杰作。

其二，俞平伯的《红楼梦研究》。在考证方面，客观上指出了某些旧红学家的谬误，提供了一些"曹作高续"和《红楼梦》前八十回以后还有部分原稿的线索；宣扬"自传说"，并从"感叹身世""忏悔情孽"和"为十二钗作传"三方面加以论证；认为《红楼梦》主要观念是"色即是空，空即是色"；认同"钗黛合一论"，认为作者对笔下的人物是一视同仁的，"书中钗黛每每并提，若两峰并峙，双水分流，各极其妙，莫能相下"；认为《红楼梦》"在中国文坛上，你越研究，便越觉胡涂"；《红楼梦》的风格是"温柔敦厚，怨而不怒"；《红楼梦》是"实录其事"的自然主义作品。

其他，还有周汝昌的《红楼梦新证》、吴恩裕的《曹雪芹丛考》、吴世昌的《红楼梦探源》、蒋和森的《红楼梦论稿》等。

三、"文化大革命"后的红学研究

"文化大革命"后西方文艺理论和美学思想涌入中国，《红楼梦》研究焕发青春，刊物、论文数量很多，其中《红楼梦学刊》是红学研究的权威刊物。考证派继往开来，成绩喜人；评论派借鉴西方理论，中西结合，进行多层次、全方位的研究，硕果累累；评点派也敢于发表一家之言，多有建树。

关于"红学"研究的研究方兴未艾，一是关于《红楼梦》研究的史料搜集和整理，如一粟的《古典文学研究资料汇编·红楼梦卷》，朱一玄的《红楼梦资料汇编》，吕启祥、林东海的《红楼梦研究稀见资料汇编》等；二是关于"红学"史的研究，如郭豫适的《红楼梦研究小史稿》、韩进廉的《红学史稿》、刘梦溪的《红楼梦与百年中国》等。

《红楼梦》续书有30多部，仿作有20余部，外文译本有几十种文字，数十个版本，关于《红楼梦》的研究成果是任何一部小说不能相比的。《红楼梦》对中国文学和文化的影响极为深远。

第六节　清代其他世情小说

一、《海上花列传》

作者韩帮庆（1856—1894年），字子云，别号太仙，清代松江（今属上海市）人。自幼随父居北京。后南归参加科举考试，中秀才后屡试不第，一度在河南做幕僚。长期居上海，常为《申报》撰稿；他自己编辑的文艺半月刊《海上奇书》即由《申报》代售。《海上花列传》出版不久即病逝，年仅39岁。

《海上花列传》，共64回，主要写妓院生活。所有故事多发生在官人（妓女）与客人（嫖客）之间，或是跳槽争风，或是敲诈勒索，或是情场缱绻，或是始合终弃，或是设局坑人。还附带描写了鸨母、鸨头、姨娘、佣仆等人，把烟花青楼的种种情状描写得须眉毕现，各色妓女形象塑造尤为成功，堪称青楼大观。《海上花列传》属于狭邪小说，仿效《儒林外史》笔法，写妓院日常生活，如实地细致白描，安排井井有条，穿插过渡适当，人物个性描写成功。人物语言也相当出色。全用吴方言叙写，富有神韵，既是其特色，也是其弱点。鲁迅称之为"清代世情小说的压卷之作"。

二、《歧路灯》

作者李海观（1707—1790年），字孔堂，号绿园，河南宝丰人。他一生只做过一任知县，是失意文人。小说描写旧家子弟谭绍闻，由于母亲溺爱，管教无方，以致被社会上的坏人勾引，聚赌宿娼，误入歧途。后来经亲友挽救，加上自身遭遇折磨，终于浪子回头，埋头读书，走上正道。作品立意于训诫，故人物形象塑造不很成功。但小说描写了旧社会的方方面面，举凡赌徒光棍、妓女媒婆、衙役乡绅、塾师幕僚、江湖术士、牙行经济、五行八作，等等，皆有涉及，具有认识价值；对世态的揭露也比较深刻，值得一读。

三、《醒世姻缘传》

原名《恶姻缘》，现存最早的同治庚午（1870年）刻本题为"西周生辑著"。西周生为谁？至今尚无定说。《醒世姻缘传》是继《金瓶梅》之后的又一部以一个家庭为描写中心的长篇白话小说。全书100回，长达百万字。主要描写一个冤仇相报的两世姻缘故事。时代背景从明英宗正统年间写到成化以后。第一回至第二十二回写前世因缘。武城县官僚地主之子晁源射死一只仙狐，娶娼妓珍哥为妾，纵妾虐妻，以致嫡妻计氏投缳而死。第二十三回以后，写今世姻缘。地点移至绣江县明水镇，晁源托生为狄希陈，仙狐托生为其妻薛素姐，计氏托生为其妾童寄姐，珍哥托生为其妾婢珍珠。珍珠终为童寄姐逼死，狄希陈备受薛素姐、童寄姐的虐待。而薛素姐的虐待方式特为异常，她对狄希陈施以囚禁、针刺、棒打、火烧，无所不用其极。后经高僧点明因果，狄希陈诵万遍《金刚经》，方才解除宿孽。小说反映了封建婚姻制度，特别是一夫多妻制度的罪恶，暴露了现实政治的黑暗，客观上表现出封建社会末期特定的风貌。小说用山东方言写成，具有地方特色，语言流畅，人物口吻毕肖，诙谐幽默；全书围绕主线，描写了社会各阶层人物群像，反映了广阔的社会生活画面；结构缜密，前后照应周到，艺术成就较高。

四、《镜花缘》

作者李汝珍（约1763—约1830年），直隶大兴（今属北京市）人。少小颖异，才思敏捷，厌恶八股文。随兄至江苏海州任所，长期居留，受教于凌廷堪，曾任河南县丞，终身不达。学问渊博，精通音韵，旁及杂艺。著有《李氏音鉴》等。《镜花缘》是他晚年的作品，原拟创作200回，结果只完成了100回。小说写唐代女皇武则天令百花冬天开放。众花神不敢违旨，开花后遭到天谴，被谪为百名女子。花神领袖百花仙托生为唐敖之女小山。唐敖科举落第，心情郁闷，随妻弟林之洋泛海出游，以舵工多九公为向导，历观海外诸国异人、异事后，入小蓬莱求仙不返。小山出海寻父，却又意外在小蓬莱泣红亭内录得一卷"天书"。回国后恰逢女试，录取百女，实则令被谪花神在人间汇聚。众女及第后，拜谒宗师，连日饮宴，赋诗游戏，尽欢而散。小山重入仙山。中宗复辟，尊则天为大圣皇帝，而则天又下新诏，宣布明年重开女科。

清代以降，大开洋禁，南洋诸国互市，人们眼界开始扩大，要求打破封闭局面。小说第八回至第四十回，安排了许多海外国度，奇闻异事，比比皆是，一来暗与现实对照，具有讽刺意味；二来寄托理想。如君子国好让不争，宁可损己，不能损人；大人国民风淳厚，宽厚待人，等等。反对男尊女卑，主张妇女解放，要求提高妇女地位，也是作品的主题之一。《镜花缘》中的女性，不以爱情故事的主角出现，而是社会活动的参与者，拓展了小说的创作题材。清代中期，考据风盛行，作者乃饱学之士，致使许多生活细节也洋溢着学术气味，因而鲁迅将之归为"以小说见才学者"，即炫才小说。确切地说，作者虽然在小说中寄托希望解放女性的理想，但并不彻底，及第的才女只是陪伴皇帝的雅客。而且，作者并不反对父母包办婚姻、男女授受不亲等封建习俗。认真研究小说内容，可以断言《镜花缘》应该归类为世情小说。

此外，李百川的《绿野仙踪》融历史、神魔、人情为一体，俞达的《青楼梦》仿《红楼梦》而作，魏秀仁的《花月痕》寄托了作者的感受，均有可观之处。还有陈森的《品花宝鉴》、张春帆的《九尾龟》、孙家振的《海上繁华梦》等，从不同角度反映了社会生活。大批才子佳人小说，如《玉娇梨》、《平山冷燕》、《好逑传》、《宛如约》等，也时有可观。其中有不少模仿《金瓶梅》，用小说几个主要人物的名字来命名小说，如上述《平山冷燕》《宛如约》及《吴江雪》《春柳莺》等，但不涉淫秽。鲁迅称之为"《金瓶梅》式异流小说"。

五、余论

除了上述世情小说之外，清朝中后期侠义公案小说风靡一时，成为小说的一大流派。侠义公案小说从本质上看，也属于世情小说。被视为侠义公案小说代表作的《儿女英雄传》本身就是《红楼梦》的翻案之作，是由才子佳人小说进化而来的。由于这类小说有其自身的特征和魅力，作品较多，后来就逐渐从世情小说中独立出来，自成一派。其中，成书于乾隆、嘉庆年间的《三侠五义》写得比较成功，可以作为代表作。还有《儿女英雄传》流传较广，值得注意。

《三侠五义》主要写包公故事。有关包公断案的故事早在南宋时就有流传。元杂剧中包公戏有17本之多。明代既有汇编包公故事的杂记《包公案》，又有专唱包公故事的八本传奇戏，还有《三现身包龙图断冤》等白话短篇小说。清代说书艺人石玉昆在此基础上编了一部可以按段抄卖的唱本《包公案》（又称《龙图公案》）。有人记录了石玉昆的唱本，编成章回小说《龙图耳录》。稍后的问竹主人和入迷道人对《龙图耳录》进行了加工整理，改写成120回的《三侠五义》（原称《忠烈侠义传》）。后来俞樾又对之进行删改润色，将书名改为《七侠五义》。

《三侠五义》描写包拯以及被他感化的"三侠五义"除暴安良和珍灭奸邪的故事，既暴露了封建社会的某些黑暗现象，又美化了地主阶级的专制统治。作品以"狸猫换太子"为引子，交代"圣君"宋仁宗的由来。随后用20回的篇幅描写贤臣包拯的事迹：从历尽磨难，立业成家，到仕途浮沉，断案折狱，继而刀铡皇亲，平反宫冤，最后以大义灭亲，惩治李保作结。第二十八回到第六十八回，以展昭和白玉堂的"猫鼠争斗"为线索，交代卢方等"五鼠"归附包拯的过程，描写包拯和侠客们保护、举拔范仲禹、颜查散、邓九如、倪继祖等年轻清官，弹劾并惩处奸臣庞吉的爪牙孙珍、廖天成、庞光等人的故事。从第六十九回直到结束，围绕颜查散巡按襄阳这一中心事件，由"五义"引出欧阳春、智化、丁兆兰、丁兆蕙、沈仲元、艾虎等侠客。这些侠客并力剪除马强、邬泽、钟雄等襄阳王的党羽，打探叛逆者赵珏的种种阴谋，并抵御他们对颜查散的屡次迫害。最后以"三探铜网阵""众侠定军山"作结，既渲染了平叛的困难，又预示了讨逆的希望，同时也给读者留下了无穷的悬念。

　　需要说明的是，《三侠五义》在描写清官与侠客形象的过程中，强调的是调查研究和分析推理，重视人证、物证。但清官与侠客形象具有复杂性，清官一般与贪官相对举，指清正廉洁的官吏；侠客指行侠使气、见义勇为的武士，常常是清官的辅助力量。《三侠五义》中的清官与侠客形象都被烙上了鲜明的地主阶级印记。清官包拯"一心为国"，忠于皇帝，按王法办事，并无独立的灵魂和思想可言。侠客的言行，并不违背统治阶级利益，更讲究"义"，路见不平，拔刀相助，义结金兰，相互援引，甚至相互包庇，不讲原则，其中有合理因素，但局限性十分明显。

　　《三侠五义》具有惊险、曲折、离奇的情节，有关范仲禹、颜查散、倪继祖、施俊等人的经历描写跌宕起伏，其中许多曲折故事既符合生活逻辑，又紧扣了人物性格的发展。如第九十四回，《小人得志断义绝情》中，蒋平原想暗地里营救幕僚李平山，谁知在同舟共赴湘阴途中，李平山刚遇到旧主子，就对蒋平翻脸无情。随后，蒋平发现李平山与旧主子的小老婆通奸。于是杀机顿起，先让水盗杀死李平山，然后又把水盗消灭干净。这些出乎意料的情节，联系帮闲文人的势利性格和侠客义士的机变心理来分析，是合情合理的。

　　小说塑造了许多人物形象，绝大多数具有鲜明的个性。"三侠"与"五义"同样"忠君"和"行侠"，做法却有千差万别。就侠客的"忠君"而言，展昭十分主动，他在耀武楼演技，听到宋仁宗赞其为"朕的御猫"，就立刻磕头谢恩，表现出一副媚态；白玉堂通过"戏君"表现出待价而沽的思想，甚至"寄柬留刀"，私进内苑，宫墙题诗，盗取"三宝"；欧阳春景仰君王却无意功名，心存魏阙而又浪迹江湖；智化为了保江山、倒权奸，故意欺君栽赃；沈仲元忍辱负重，在襄阳王窝内"卧底"。同样是"行侠"，白玉堂阴毒残忍，锋芒毕露；蒋泽长心计深细，一着不让；欧阳春藏而不露，古朴豪放；展昭殚精竭虑，谨小慎微；艾虎粗中有细，憨直可爱；等等。

　　《三侠五义》绘声状物，有平话习气①，其语言有三个特点：一是人物语言符合各自的身份。如第三十五回长相丑陋的冯君衡与颜查散争风吃醋，冯君衡自惭形秽，对着衣镜大声叫道："冯君衡呀，冯君衡，你瞧瞧人家是怎样长来着，你是怎样长来着。我也不怨别的，

---

　　① 鲁迅. 中国小说史略. 北京：人民文学出版社，1973.

怨只怨我那爹娘,既要好儿子,如何不下上点好工夫呢?"这样的声口,把纨绔子弟虚荣、下流、恬不知耻的性格特点和盘托出。二是叙述和描写语言明白流畅,细致生动。如第九十一回写绿鸭滩渔民庆贺张立夫妇认领女儿的一节文字,简直是一幅活脱脱的渔村风俗画:

> 大家不论亲疏,以齿为序。我拿凳子,你拿家伙。彼此嘻嘻哈哈,团团围住,真是爽快。霎时杯盘狼藉。虽非嘉肴美味,却是鲜鱼活虾,荤素俱有,左添右换,以多为盛。大家先前慢饮,后来有些酒意,便呼幺喝六,豁起拳来。

这一句句,一行行,如丸走坂,似水奔流,渲染出生动真切的"渔家乐"气氛。三是作者的插话与评论概括了当时的生活哲理。如"衙门的钱,下水的船","老年惜子,百般珍爱","庄户人家以勤俭为本",等等,言简意赅,耐人寻味。

《儿女英雄传》,又名《日下新书》《金玉缘》《正法眼藏五十三参》,是清代长篇小说中并不很成功但流传较广、影响较大的一部作品。作者燕北闲人,真名文康,字铁仙,一字悔庵,氏费莫,满族人,隶镶红旗,是大学士勒保的次孙。生于乾隆末嘉庆初,同治年间卒于家中。他年轻时养尊处优,晚年穷困潦倒。《儿女英雄传》是他晚年聊以"自遣"的作品。

现行《儿女英雄传》,40回,加缘起1回,共41回。正文分五部分。第一回至第十二回,记叙安骥赴淮安救父途中遇险,侠女十三妹即何玉凤奋勇搭救,并撮合安骥与落难女子张金凤结为夫妻。第十三回至第二十回,写安氏父子寻找十三妹,结识了邓九公。第二十一回至第二十八回,写十三妹本欲出家,后为封建天理人情所感悟,由邓九公介绍,也嫁给安骥,形成"一龙二凤"的格局。第二十九回至第三十六回,"二凤"激励丈夫读书,安骥科举连捷,探花及第。第三十七回至第四十回,安骥由国子监祭酒简放乌里雅苏台参赞大臣,不久,改为山东学政。

侠女十三妹是小说的主要人物,作者自认为前二十几回是为十三妹作传。小说最为精彩之处在前半部的"悦来店"和"能仁寺"两段。悦来店中十三妹与安骥相遇的描写颇富戏剧性。落落大方、英姿飒爽的侠女,在手无缚鸡之力、幼稚懦弱的公子哥儿安骥眼中,显得可疑,亦复可畏,避之犹恐不及。而十三妹浑身侠骨,一腔热肠,故意要了解安骥的情况,于是产生了引人入胜的戏剧性场面。"能仁寺"一段更加传神,安骥陷入虎穴,被绑在柱子上,就在尖刀伸向胸膛的危急关头,突然弓响弹飞,凶僧应声而倒,十三妹从天而降。绘声绘色的描写使十三妹英武智勇的侠女形象跃然纸上。其他,如十三妹征服海马周三的描写也颇为精彩。

《儿女英雄传》是一部"侠义"与"才子佳人"杂糅的小说。鲁迅说:"欲使英雄儿女之概备于一身,遂至性格失常,言动绝异,娇柔之态,触目皆是矣。"[1] 作者写十三妹义胆侠肠,大智大勇,豪爽潇洒,疾恶如仇,比较成功。但作者为了宣扬"儿女无非天性,英雄不外人情",即"天理人情""忠孝节义"的封建教义,一心要把侠义英雄与儿女情长合

---

① 鲁迅. 中国小说史略. 北京:人民文学出版社,1973:241

而为一，打造出一个"英雄儿女，儿女英雄，一身兼备"的模式，这必然会损害该形象的美学价值。

《儿女英雄传》从艺术构思、人物设置到具体描写，不少地方模仿《红楼梦》，但两部作品从作者的主观命意到作品的客观意蕴都大相径庭。鲁迅认为这两部小说"成就迥异"，不可同日而语。为什么《儿女英雄传》从思想到艺术都不算成功，却能产生较大影响呢？首先，关于十三妹行侠救人的描写确实细致生动，情节曲折，引人入胜；加上伏线呼应，细针密线，颇为精彩，为人们所喜闻乐见，也易于为戏曲所表现。其次，小说用流畅的北京口语叙述，生动活泼，富有特色。再次，小说宣扬的"天理人情""忠孝节义"，迎合了统治阶级的需要，亦为封建文人所欣赏。实际上，《儿女英雄传》大概可算是侠义公案小说与才子佳人小说的合流，这一文学现象可以进一步探讨。

《儿女英雄传》的主题与人物形象（以十三妹为主）颇有争议，已经引起学术界的关注。

清代的侠义公案小说还有《小五义》《续小五义》《绿牡丹全传》《施公案》《彭公案》《永庆升平》《圣朝鼎盛万年青》等。

清代中期以降，特别是到了晚清，古代小说渐渐呈现出高潮过后急剧衰落的气象。其表现为：一是小说流派增多，一些新的流派随着封建末世的到来而悄然诞生，如狭邪派小说、黑幕小说、鸳鸯蝴蝶派小说等。二是模仿之作和续书陡增，创新的小说作品愈来愈少，其中模仿《儒林外史》和《红楼梦》的小说最多。这些是小说家思想保守、不思开拓进取，乐于因循守旧的表现。三是大多数作品急功近利，成书仓促粗率，精品不多，质量良莠不齐。如此种种，中国古代小说开始走向衰微。到五四新文化运动，古代小说完成了历史使命，不可避免地为现代小说所取代。

✿ 思考题

1. 简述《红楼梦》的两大版本系统。
2. 你认为《红楼梦》的主题应该如何归纳？
3. 为什么《红楼梦》重点写爱情和婚姻？
4. 分析贾宝玉、林黛玉、王熙凤人物形象的复杂性。
5. 《红楼梦》是如何进行艺术虚构的？举例说明。
6. 略举数例，说明《红楼梦》语言的惊人表现力。
7. 试简析《儿女英雄传》中十三妹的形象。
8. 试比较《红楼梦》与《儿女英雄传》的异同。
9. 以《三侠五义》为例，分析晚清侠义公案小说的特点。
10. 你认为《镜花缘》属于哪一类小说？
11. 古代小说的衰落表现在哪些方面？

下编　古代戏曲

第一章　戏曲的起源

教学目的

了解中国古代戏曲的起源，弄清"起源"与"来源"的区别，掌握古代戏曲两大流派的发展过程和特征。

研究古代戏曲，首先就会遇到一个难题，那就是古代戏曲的起源问题。之所以称其为难题，首先，由于年代久远，资料匮乏，没有任何直接的材料可以利用来考证戏曲的起源；其次，由于戏曲本身综合性很强，涉及多种戏曲元素，如果以各种戏曲元素来推测戏曲起源，必然歧见纷出。但是，作为研究小说、戏曲的理论教材，戏曲起源问题又无法回避，故在此仅陈一孔之见，聊作一家之言。

第一节　起源与来源

长期以来，关于戏曲起源问题的争议很多，影响较大的观点有十多种。为何会出现如此现象？经过仔细研究分析，就可以发现，关键在于研究者有意或无意地混淆了"起源"与"来源"两个概念的内涵。这两个概念确实比较接近，在某些特定场合甚至可以互相置换。但其差异也十分明显，《四角号码新词典》解释"起源"为"开始发生"，主要指事物形式方面的根本变化；"来源"则主要指内容方面的渊源关系，比如，马克思主义理论有三大来源——费尔巴哈哲学、黑格尔的辩证法、空想社会主义，这三者与马克思主义理论之间有内容方面的联系。目前，学术界研究戏曲起源问题的歌舞说、巫觋说、俳优说、傀儡戏说等，其实都可视为戏曲中某种元素的"来源"之一，都属于内容因素，而与形式无关，即与"起源"无关。

与诗、文、小说等其他文学样式一样，戏曲也起源于劳动，起源于对劳动过程的模仿。中国古代文学作品按照文本的文化品位和审美主体的文化层次划分，大致可以分为雅文学和俗文学。雅文学以诗歌、散文为宗，俗文学以戏曲、小说为主。诗歌是古代最早产生的文学样式，起源于劳动人民劳动时彼此唱和的歌声、有节奏的号子声。这已成为学术界的共识。散文的产生时间晚于诗歌，在文字产生之后，这也是不争的事实。

　　然而，作为俗文学的戏曲与小说，其起源却众说纷纭，具有极大的相似性，主要由于戏曲与小说都是综合性强、构成元素较多的文学样式。比如戏曲由音乐、舞蹈、宾白、表演、情节等许多元素构成，而小说则由人物、情节、虚构、说唱等诸因素组合而成。各种艺术要素在文学作品中的地位、作用既不相同，其各自产生的时间也有差异，而且，研究者对各个因素作用的认识也不尽相同，于是关于戏曲、小说的起源的观点，便有了见仁见智的区别。

　　何谓起源？《四角号码新词典》释之为"开始发生"。《辞海》《中文大辞典》等大型辞书不收此词目。笔者以为，"起源"可以理解为：最早体现事物根本特征的雏形。比如，人类起源于猴属、类人猿，可以理解为，类人猿最早体现了人的根本特征：双目、二足、直立行走、简单思维等。

　　问题的关键在于，小说、戏曲的起源与人类的起源有所不同，而与长江、黄河的起源倒颇为相似。长江有成百上千条河流汇注其中，最上游的所谓几条支流都可以称为长江的源头。而目前世界公认以最长的一条支流作为源头，以增加长江的总长度，于是便有以沱沱河为长江源头的说法。然而，地理和文学是两回事。以流程最长的支流作为长江、黄河的源头，已得到公认，自有其合理性。而研究文学作品的起源则不能如此简单化。对于过去简单化的研究方法及其结论，应该重新审视。

　　晚清大学者王国维的《宋元戏曲史》堪称中国戏曲史研究的开山之作。从王国维著述行世的晚清以后，研究戏曲起源者代不乏人。关于戏曲的起源主要有下列几种观点：

　　其一，巫觋说。代表人物是清末民初的王国维。《宋元戏曲史》云："后世戏剧当自巫优二者出。"① 巫古代指女巫，觋指男巫。巫、觋均是以歌舞娱神的职业，常扮演鬼神，后渐变为优，即演员。"巫以乐神，优以乐人"，后代的戏曲就是由巫、觋发展起来的。有人称之为宗教祭祀说。此说出现既早，认同者亦多。仔细分析可以发现，此说侧重于戏曲中的表演因素。

　　其二，歌舞说。张庚、郭汉城《中国戏曲通史》正文开篇即说中国戏曲的起源可以上溯到原始时代的歌舞。② 论者认为，人们在战事、畋猎等实践活动之后，为了宣泄感情，常常再现实践的过程，表演歌舞。其中有些片段具有叙事性质，可视为后代戏曲的前驱。而歌舞也是后代戏曲表演的主要因素之一。此说也是侧重于戏曲中的歌舞元素和表演因素。

　　其三，优孟说。日本学者青木正儿主此说。他在《中国近世戏曲史》中，认为"优孟衣冠"故事可以看作滑稽剧发展的源头。③ "优"指优伶，即古代从事表演的艺人；"孟"是古代一艺人的名字。据传，春秋时楚国的国相孙叔敖死后，其子穷困不堪，求助于优孟。优孟心生一计，便穿上昔日孙叔敖的服装，模仿他的神态去见楚王。楚王大惊。以为孙叔敖复活，想任其为相。优孟因势讽谏，请楚王推封其子。是为"优孟衣冠"故事。此说侧重

①　王国维. 王国维戏曲论文集. 北京：中国戏剧出版社，1984：6.
②　张庚，郭汉成. 中国戏曲通史. 北京：中国戏剧出版社，1992.
③　青木正儿. 中国近世戏曲史. 王古鲁，译. 北京：作家出版社，1958.

于戏曲中的情节因素和代言特点。

其四，俳优说（或称倡优说）。论者认为中国戏曲起源于"俳优"（专司谐谑表演的艺人）或"倡优"（专习歌舞表演的艺人）扮演人物而表演故事，进而结合其他艺术因素，构成综合的发展，这样逐渐形成后世的杂剧式南戏。而这些"俳优"或"倡优"所演的剧目存在于百戏散乐之中。汉代角抵戏《东海黄公》是中国戏曲的第一个剧目。中国著名的戏曲史专家周贻白主此说。其《中国戏剧的形成和发展》对这一观点作了详细阐述。周贻白的戏曲源于百戏的说法出现较晚，但着眼于综合性，所以很多人附和这一说，故影响较大。

其五，傀儡戏说。中国古代小说研究专家孙楷第在《傀儡戏考源》中主此说。是说或持之有据，但同意者较少，影响不大。

其六，印度梵剧说。许地山在《梵剧体例及其在汉剧上底点点滴滴》中首倡此说。是说不谓无据，但认同者寥寥，影响甚微。

其七，讲唱文学说。有论者认为，戏曲艺术是由多门类艺术综合而成的，其中最重要的决定因素是文学。小说、讲唱文学及戏曲都有叙事成分，其区别在于，小说、讲唱文学用第三人称叙事，而戏曲则以第一人称代言。在实际演出中，讲唱艺人常常由第三人称叙事转变为第一人称代言。于是，讲唱文学就演变成戏曲。这一说影响虽不大，但从戏曲与小说比较的角度来看，是有其研究价值的。

上述诸种起源说从戏曲的某一因素来看，还是有一定道理的。但论者出于急于成功的良好目的，难免有意无意地对戏曲中的某一因素或元素作了或多或少的夸大或缩小。有的甚至将"来源"视为"起源"，明显混淆了两个不同概念。这样来考察整个戏曲的起源，就难免失之偏颇。值得注意的是，"来源"主要针对内容元素方面而言，而"起源"则主要指形式方面的根本转变。

作为综合性很强的戏曲艺术，是由多种艺术因素融会整合而成的。诸因素在戏曲中的作用并不是同一的，大致可以分为本质因素与非本质因素。戏曲的本质因素有三：一是戏剧冲突，即故事情节；二是表演因素，即舞台性，包括演员与观众两方面；三是代言体，用第一人称，由演员担任生活中的某一角色。其他因素如歌舞、音乐、说白、技艺等皆为非本质因素。这应该不难理解，比如舞剧，可以理解为用舞蹈语言、肢体语言表达思想，如此而已。

我们既不能把非本质因素过度夸大，并以之作为戏曲起源的主要视点来研究；也不能简单地用某一本质因素取代整体加以研究；构成戏曲的诸要素最初是独立存在并不断发展的。戏曲形式构成的多元性规定了戏曲起源研究的复杂性。我们大致可以从两个层面上来讨论戏曲起源问题。第一，分清"来源"与"起源"这两个有联系而又截然不同的概念，考察戏曲各构成因素的来源。王齐洲认为，来源并不等于起源，正如我们不能把马克思主义的三个来源当作它的三个起源一样，因为这里有着本质的区别：起源标志着某一事物的诞生，而来源却只表明构成这一事物的某种因素，这种因素完全可以来自不同性质的另一事物。[①] 比

---

① 王齐洲. 中国小说起源探迹. 文学遗产, 1985（1）：12 – 23.

如，歌舞因素来源于歌舞，表演因素来源于巫觋，情节因素来源于优孟，等等，均不能视为戏曲的"起源"。第二，着眼于综合性，即讨论三个本质因素综合形成同一整体的特征和时间。两个层次的缠杂不清必然会干扰研究的进程。"起源"的概念本身并没有歧义，而研究对象内涵的含混却不利于问题的解决。研究综合艺术的起源，只有首先界定其内涵，才能有的放矢。

通过对戏曲、小说两种文体起源的比较，我们受到了很大的启发。再经过深入的思考，我们可以解决文学史上的某些遗留问题。

第一，我们认为，戏曲的起源可以通过小说、诗歌的起源来推理，既然小说起源于劳动时讲故事，诗歌起源于劳动时前呼后应的号子，那么可以断言，戏曲也完全应该起源于劳动。戏曲起源于劳动之后对劳动过程的模仿。总之，文学艺术作为意识形态、上层建筑，肯定起源于生产劳动。这与马克思主义关于"劳动创造一切"的理论是一致的。

这一结论是否牵强武断呢？否。戏曲作为模仿劳动过程的一种文学样式，起源稍晚于诗歌，与诗歌应该是基本同步的。远古时代的《弹歌》"断竹，续竹，飞土，逐肉"，是一首猎歌。从其短促的节奏和内容的动作性，基本可以推知，它与动作联系在一起，显示了记叙劳动的完整过程。"昔葛天氏之乐，三人操牛尾，投足以歌八阕"（《吕氏春秋·古乐》），这种操牛尾的投足歌唱，实际上便是载歌载舞。

第二，既然戏曲起源于劳动，"原始人的文学艺术活动，本是一种生产行为的重演，或者说是劳动过程的回忆，也可以说是生产意识的延续和生活欲望的扩大"[1]。那么，重新审视前贤对于戏曲起源的研究，我们便可以发现，所谓歌舞说、巫觋说、优孟说、俳优说、傀儡戏说，等等，其实都不是戏曲的源，而是流；不是起源，而是来源之一。这些观点之所以相持不下，就在于他们各执一端，自以为是，在理解戏曲起源的"起源"含义上发生了偏差。不仅以流为源，以来源为起源，而且把自己的观点视为正宗。平心而论，诗歌、小说都起源于劳动，戏曲难道可以起源于歌舞、巫觋、优孟、俳优等吗？这是绝对不可能的。这些只能是"源"的发展形式而已。如果按照古代戏曲曾经分为文人派系与民间派系的理论来分析这些五花八门的起源说，那么，任何一种起源说都可以归入文人派系或民间派系。其中，歌舞说显然可以归入文人派系，其余诸说多可归入民间派系。如此看来，戏曲起源于劳动的说法及两个派系的理论，不仅可以自圆其说，而且可以解释戏曲史研究中的各种现象，使聚讼纷纭的观点归于统一，那么，这不仅说明了戏曲起源于劳动说的合理性，而且说明文人派系与民间派系的观点也是完全可以成立的。

第三，综合性较强的文学样式，如小说、戏曲，其起源问题有特殊性，这带来了研究的复杂性。研究者在考察其起源时，总是强调综合性中的某一因素，力求单方面取得突破，于是再煞费苦心地寻求证据，往往工夫不负有心人，他们总能如愿以偿。戏曲的不同起源说大抵是这样产生的。古代小说的起源也众说纷纭，有的学者在口头上也不反对鲁迅的小说起源

---

[1]　游国恩，等. 中国文学史：第 1 册. 北京：人民文学出版社，1963：19.

于劳动说，但在具体论述时，又认为古代小说产生在神话传说、寓言、史传文学之后，究其原因，还是论者混淆了"起源"和"来源"概念——神话传说、寓言、史传文学是古代小说的来源，有意无意地强调了小说的情节因素、叙事手法、虚构特点，而忽视了小说其实还具有口头传播和文字传播等不同的形态。

长期以来，学术界存在一种引人注目的现象：一些有争议的学术问题，其答案越争越多，例如，关于《金瓶梅》的作者，目前已有50余种说法，可能还有一些新说正在酝酿之中。造成这一现象的根本原因是，提出新说的研究者即便没有否定别人的论点，也有可能得到学术界的部分认同。我们认为，一种新的观点要取代别人的观点，其首要条件是必须彻底否定所有的与自己不同的观点。这是杜绝《金瓶梅》作者越争越多等现象的唯一有效途径。如果这一论点能得到学术界首肯，那么，我们研究小说、戏曲的起源便能走上正轨。这虽然会给研究者带来很大的困难，但新的研究成果将具有强大的生命力。在迄今为止的关于小说、戏曲起源的研究中，只有起源于劳动说能合理地解释其他各种不同的观点，所以，这一说是有其存在的理由的。

第四，古代小说和戏曲都具有不同的形态。小说大约在汉代才从言论阶段飞跃到文字阶段，它有口头传播和书面传播两种形态。戏曲也有舞台传播和书面传播的不同形态。我们研究小说、戏曲起源，只能是其最初的形态。从这一意义上说，小说的言论阶段、戏曲的舞台阶段才是研究起源所应考察的对象。换言之，文字形态的小说、戏曲不是我们研究起源的考察目标。从前人研究的情况来看，那种以为古代小说产生于古代神话、寓言及史传文之后的观点，无疑是以书面小说为研究对象的。而众说纷纭的戏曲起源说中，也不乏以戏曲剧本为研究主体的。比如，有学者认为中国戏曲起源于印度梵剧，其论据便是"梵剧体例"对于汉剧的影响，这明显是着眼于戏曲文本的。如果我们能统一认识，在研究文学作品起源时，抓住"开始发生"这一基本意义，着眼于最初的形态，就可以避免不必要的曲折。这肯定对学术研究大有裨益。古代小说的起源问题，不无争议，其实，对于言论阶段的小说起源于劳动休息时讲故事，是没有反对意见的。持不同意见者，是立足于文字小说的起源。既然言论阶段肯定在文字阶段之前，那么讨论起源问题则不必与文字小说纠缠。那也就减少了无端的争论。

第五，比较研究的方法具有广阔的应用前景。学术研究有时也像打仗一样，解决一个学术问题好比赢得了一场战争的胜利。要克敌制胜，既可以正面进攻，也可以迂回包抄。正面进攻是针锋相对，以刚克刚；而迂回包抄则是避实击虚，以柔克刚。直接引用资料证明自己的观点，是正面进攻，以刚克刚；而通过比较，间接地证明某一观点，则是迂回包抄，以柔克刚。对于某些没有直接资料的学术研究，比较法不失为一个明智的研究手段。例如，关于戏曲的起源问题，只有通过比较研究，才能得出一个能为绝大多数人所接受的结论。因为对于这一课题，固然没有直接的资料，而要提出一个新观点比登天还难。我们通过与小说、诗歌的比较，成功地证明了戏曲起源于劳动说。这种研究方法可以推广到学术研究的各个领域。可以预言，这种比较研究的方法将为攻克学术研究中的某些重要课题做出应有的贡献。

中国古代文学的各种文体都是原本起源于民间的，经过一段时间的发展，形成一定规模，然后往往被统治阶级所利用。《汉书·食货志》云："行人振木铎徇于路以采诗，献之太师，比其音律，以闻于天子。故曰：王者不窥牖户而知天下。"这里虽然说的是诗歌由民间走向宫廷的过程，但其他文体也大致如此。各种文体都是由御用文人收集、加工、整理，用来为统治阶级服务的。值得注意的是，民间作品在被整理、加工，不断文学化的过程中逐渐贵族化，这实际上也是雅化的过程。久而久之，于是文学便出现了分流，形成民间流派和文人流派。戏曲也是如此。众所周知，统治阶级往往耽于享乐，"行人"采集的诗歌必须配上音律才能唱给他们听。欣赏歌曲当然比听口头陈述听着舒服悦耳，但时间长了，又觉厌倦，怎么办呢？大臣们想方设法，再配上舞蹈，轻歌曼舞，更加宜于观赏。这绝非揣测之词。《毛诗序》云："言之不足故嗟叹之，嗟叹之不足故咏歌之，咏歌之不足，不知手之舞之，足之蹈之也。"这是不同于民间戏曲的文人戏的开端。其主要特征是以歌舞为主，淡化情节因素，故事性不强。后来的宫廷歌舞便由此而来。李斯在《谏逐客书》中，对秦始皇谏云：

> 夫击瓮叩缶，弹筝搏髀，而歌呼呜呜快耳目者，真秦之声也。《郑》《卫》《桑间》《韶虞》《武象》者，异国之乐也。今弃击瓮叩缶而就《郑》《卫》，退弹筝而取《韶虞》，若是者何也？快意当前，适观而已矣。（司马迁《史记·李斯列传》）

这里的《郑》《卫》泛指郑、卫一带的乐曲；《桑间》即《桑中》，是《诗经·鄘风》的一篇；《韶虞》相传为舜乐；《武象》是周武王时的歌舞名，其乐曲称"武"，舞蹈称"象"。由此可见，东周已有宫廷歌舞，并为战国时期秦国所借鉴。屈原的《九歌》原本是楚怀王为祭祀鬼神而将民间巫舞的歌词改作而成的。汉代角抵戏进入宫廷的同时，歌舞戏也很繁荣。张衡《西京赋》云："女娥坐而长歌，声清扬而委蛇，洪崖立而指麾，被毛羽之纤丽。度曲未终，云起雪飞，初若飘飘，后遂霏霏。"分明是描写歌舞的情景。1956 年四川彭县太平乡出土的汉代槃舞百戏画像砖（四川博物院藏）就是汉代歌舞繁盛的证明。南朝陈后主所制，供宠姬张丽华演唱舞蹈，后来被称为亡国之音的【玉树后庭花】便是当时的一支著名的乐曲。《陈书》载："后主每引宾客对贵妃等游宴，则使诸贵人及女学士与狎客共赋新诗，互相赠答。采其尤艳丽者，以为曲词，被以新声。选宫人有容色者以千百数，习而歌之，分部迭进，持以相乐。其曲有【玉树后庭花】【临春乐】等，大指皆美张贵妃、孔贵嫔之容色也。"北朝杨衒之《洛阳伽蓝记》卷一记景乐寺云："至于大斋，常设女乐。歌声绕梁，舞袖徐转，丝管廖亮，谐妙入神。"其时，西凉、鼙舞、清乐、龟兹等夷乐传入中国，歌舞自此而盛。《隋书·音乐志》载北魏时："周宣帝广召杂伎，增修百戏。鱼龙曼衍之技，陈于殿前。累日继夜，不知休息。好令城市少年有容貌者，妇人服而歌舞，相随引入后庭，与宫人观听。戏乐过度，游幸无节焉。"[①] 男扮女装的梨园旦色或始于此。隋唐时代，歌舞蔚为壮观。隋炀帝时，"每岁正月，万国来朝，留至十五日，于端门外建国门内，绵亘八

---

① 唐文标．中国古代戏剧史．北京：中国戏剧出版社，1985：53．

里，列为戏场。百官起棚夹路，从昏达旦，以纵观之，至晦而罢。伎人皆衣锦绣缯彩。其歌舞者，多为妇人服，鸣环佩，饰以花者，殆三万人"（《隋书·音乐志》）。敦煌莫高窟第一百七十二窟唐《西方净土变》有《乐舞图》，《新唐书》云："河西节度使杨敬忠献【霓裳羽衣曲】十二遍，凡曲终必遽。……玄宗既知音律，又酷爱【法曲】，选坐部伎子弟三百，教于梨园，声有误者，帝必觉而正之。"《太真外传》载："太真妃多曲艺，最善击磬。拊搏之音玲玲然，多新声。虽太常梨园之能人，莫能加也。"《明皇杂录》云："唐开元中，乐工李龟年、彭年、鹤年兄弟三人，皆有才学盛名。彭年能舞，鹤年、龟年能歌，尤妙制【渭川】。"五代时，后唐庄宗既好俳优，又知音能度曲，"自其为王至于为天子，常身与俳优杂戏于庭，伶人由此用事，遂至于亡"（《五代史》）。南唐顾闳中《韩熙载夜宴图》就描绘了舞伎王屋山表演六幺舞的场面。

这种歌舞还不是严格意义上的戏曲，不算真正的戏曲，主要因为这些歌舞虽然可以通过一些艺术手段表现一定的社会内容，其中却缺乏或没有"戏"的因素，也就是只有"曲"而没有"戏"。狩猎舞、战争舞、乐舞等，都是模仿打猎、打仗、劳动等社会活动，用简练明了的歌词配以简单的舞蹈动作。后来的各种歌舞虽然吸取了许多营养，逐渐臻于完善，但仍然以曲为本，基本没有情节，缺少故事性，表现生活比较抽象。这些歌舞追求曲词的华美、音律的和谐、演唱的悦耳动听、舞姿的优雅，讲究艺术品位，一般适宜达官贵人和有文化群体观赏，所以属于高雅艺术。但这种歌舞戏对于中国古代戏曲的成熟产生了重要影响。王国维认为，戏曲就是用歌舞演故事，也就是说，歌舞戏成熟以后，只要配上宾白，添上情节因素，即成为真正意义上的戏曲。这一过程主要是通过以戏为主的民间戏曲与以曲为主的文人戏曲的相互渗透，相互吸收，以至合流而完成的，完成时间在宋末元初。

第二节　民间流派和文人流派

任何事物发展到一定阶段就会产生群体或流派。种种迹象表明，中国古代戏曲在发展过程中产生了两大流派。一是民间流派，其特点是浅易通俗，以动作表演为主，轻曲而重戏，在民间下层演出和流传。历代的角抵戏、参军戏、滑稽戏、杂剧等属于此类。二是文人流派，特点是典雅华丽，以歌唱、舞蹈为主，重曲而轻戏，主要在宫廷和社会上层演出流传。历代的各种舞蹈、歌舞戏均属此类。元杂剧的表演由曲词、宾白、科范组成，其实是吸收了民间流派的宾白、科范与文人流派的歌唱、舞蹈，是这两大流派戏曲合流的产物。

对劳动过程的模仿形式是五花八门、多种多样的，主要分两类：一类是把简单的动作串联成完整的劳动过程，如"断竹，续竹，飞土，逐肉"，便叙述了取竹制箭、射击禽兽的全过程。另一类是抒情诗歌，如投足操牛尾便是简单的舞蹈动作。这两类简单表演便逐渐演变成戏曲发展中的两个派系，即通俗的民间派系和高雅的文人派系。

这两个派系的戏曲各有其自身的发展轨迹。民间派系以戏为主，从模仿射猎的《弹歌》，到"优孟衣冠"、角抵戏，再到《踏摇娘》、滑稽戏、参军戏，都是以表演故事为主的杂戏，歌舞因素不多，常在劳动人民中间流行。文人派系以歌舞为主，从原始时代的狩猎舞、战争舞，演唱《诗经》《楚辞》，再到汉代的大型乐府，逐渐形成了以歌舞演故事的传统。其后，南朝的【上云乐】、陈后主制作的【玉树后庭花】，都是以歌舞为主的戏曲。至唐代的《霓裳羽衣舞》，殆为极致。这两个派系在发展过程中相兼相容，相互渗透，基本形成了歌舞与情节并重的综合性戏曲。

民间流派本来是中国戏曲的主流，但由于民间老百姓没有文化，所以关于民间戏曲活动的记载极少。《史记》中的"优孟衣冠"大概是最早的记录。汉代的角抵戏，如《东海黄公》，主要描写人与虎的搏斗，就是西汉京城长安附近地区的民间艺术。从北齐的【踏摇娘】、参军戏，到唐代的杂戏，宋代的百戏、滑稽戏，主要在于滑稽调笑讽刺，只有说白表演，一般是不歌不舞的。其发展的轨迹一目了然。

有记载表明，早在宋代就已经出现了民间戏曲演出活动。周密《武林旧事》卷三，记南宋时期的戏曲活动云："二月八日为桐川张王生辰，霍山行宫朝拜极盛。百戏竞集，如绯绿社（杂剧）……"南宋诗人歌咏戏曲演出的妙句很多：

> 太平处处是优场，社日儿童喜欲狂。且看参军唤苍鹘，京都新禁舞斋郎。（陆游《春社》）
>
> 先生醉后骑黄犊，北陌东阡看戏场。（陆游《初夏》）
>
> 空巷看竞渡，倒社观戏场。（陆游《稽山行》）
>
> 陌头侠少行歌呼，方演东晋谈西都。（刘克庄《欢社行》）

演出的地点或借庙宇，或在乡间广场，不拘一格。清代李斗《扬州画舫录》记载：

> （扬州）天宁寺本官商士民祝釐之地。殿上敬设经坛，殿前盖松棚为戏台，演《仙佛》《麟凤》《太平击壤》之剧，谓之"大戏"。事峻拆卸。迨重宁寺构大戏台，遂移大戏于此。（李斗《扬州画舫录》）

从山西洪洞县明应王庙中壁画的横额"大行散乐忠都秀在此作场，泰定元年四月日"可知，在元代泰定元年（1324 年），当时著名艺人忠都秀曾在此庙中演出，盛况空前，故有人作画纪念。古代庙宇是群众聚集的场所，人们以戏娱神，其实也是自娱，所以庙宇成为演戏的首选地点。陆游《书喜》诗云："酒坊饮客朝成市，佛庙村伶夜作场。"又云："北陌东阡看戏场。"可见从宋代到清代，既有借庙宇演戏，娱神兼自娱；也有在路边场头，主要娱人的。唐文标在《中国古代戏剧史》中说：

> 演出地方，当为庙宇前广场或民间打谷场的改装。近年田野考古发掘出来的，如侯马董氏墓舞台模型，临汾县魏村西牛王庙舞台，临汾县东阳村东岳庙舞台，石楼县张家

河村殿山寺元至正重修舞台等遗址，大都如现代三面面对着观众的舞台形式。①

有资料表明，在江南乡村，还有将戏台搭在水边船上的。《消夏闲记摘钞》与《涵芬楼秘笈》均有苏群曾在苏州虎丘山塘卷梢大船头上演戏的记载。船头为戏台，船中为戏房，船尾备酒菜。清初曲家李渔白话短篇小说集《无声戏》（一名《连城璧》）第一回《谭楚玉戏里传情·刘藐姑曲终死节》有一节描写：

> 那座神庙，原是对着大溪的戏台，就搭在庙门之外。后半截还在岸上，前半截竟在水里。藐姑抱了石块，也不向左，也不向右，正正的对着台前，唱完了曲子，就狠命一跳，恰好跳在水中。果然合着前言，做出一本真戏。

这个戏台，一半在水上，一半在岸上，煞是有趣。这是江南水乡因地制宜的文化活动特色。

宋元时代民间演出的剧目已难以索考，从前人的诗文、笔记中可以窥见一鳞半爪。陆游诗云："斜阳古柳赵家庄，负鼓盲翁正作场。死后是非谁管得，满村听说蔡中郎。"（《小舟游近村舍舟步归》）又云："且看参军唤苍鹘，京都新禁舞斋郎。"（《春社》）诗中，人们观看的戏曲是《赵贞女》和《鲁斋郎》。明代王稚登《吴社》篇记民间迎神赛社的杂剧演出情况云："凡神所栖舍，具威仪箫鼓杂剧迎之，曰会。优伶伎乐，粉墨绮缟，角抵鱼龙之属，缤纷陆离，靡不果陈。……杂剧则《虎牢关》《曲江池》《楚霸王》《单刀会》《游赤壁》《刘知远》《水晶宫》《劝农丞》《采桑娘》《三顾草庐》《八仙庆寿》。"这些剧目便是当时民间经常演出，人人耳熟能详的戏曲。

民间演出的目的除了迎神祭祀之外，还有庆贺丰收、节令、生辰，等等。宋代庄季裕《鸡肋》编记载："成都自上元至四月十八日，游赏几无虚辰。使宅后圃名西园，春时纵人行乐。……自旦至暮，唯杂戏一色。坐于演武场，环庭皆府宅看棚，棚外始作高凳，庶民男左女右，立于其上如山。"由此可见，成都上元节民间戏曲演出活动的精彩纷呈，盛况空前。

民间戏曲演出的特点有以下几方面：第一，演员人数不多。陆游诗云："负鼓盲翁正作场。"开场演员似为"盲翁"一人。宋代杂剧演员大多为参军和苍鹘二角色；山西洪洞县明应王庙中的元代壁画显示，画面共十人，大概是全体剧组人员，其中有七人为化过妆的演员，其余三人，一司鼓，一吹笛，一拍板。常有一人担任两个角色的现象。忠都秀可能是剧团中名气最大的艺人，或是剧团的领班。其他演员多是其子弟、门徒。也有的剧班纯粹由一家人组成，如清初李渔就曾组建过家庭剧班，演员由其小妾乔复生、王再来等担任，他自任导演。

第二，每场演出时间较短。下乡演出，冲州撞府，演员精力有限，一般每场演出约两小时。再说观众都是来自四面八方的老百姓，他们往返需要一定的时间；而且，如果演出时间过长，观众会感到疲劳，则影响演出效果。

---

① 唐文标. 中国古代戏剧史. 北京：中国戏剧出版社，1985：172.

第三，剧情简单。现存元代杂剧一般一本四折一楔子，一人独唱，使用的曲调不多，宾白很少，又比较随意，可以自由添加。

第四，剧本不规范。现存的《元刊本杂剧三十种》一般被认为是粗糙的元代坊间刻本，其刻字模糊、粗陋，并不美观，宾白极少。王骥德《曲律》云："元人诸剧，为曲皆佳，而白则猥鄙俚亵，不似文人口吻，盖由当时皆教坊乐工，先撰成间架说白……凡乐工所为，士流耻为更改，故事多悖理，辞句多不通。"臧晋叔《元曲选序》云："元取士有填词科……主司所定题目外，止曲名及韵耳，其宾白则演剧时伶人自为之，故多鄙俚蹈袭之语。"现存元代《水浒》戏共有六本，即《双献功》《三虎下山》《黄花峪》《燕青博鱼》《李逵负荆》《还牢末》，各本中都出现了宋江，他出场时的开场白是："曾为郓城县把笔司吏，因带酒杀了阎婆惜，迭配江州牢城，遇晁盖哥哥救某上山，后来哥哥三打祝家庄身亡，众兄弟推某为头领。"这六部戏曲的开场白完全一样，说明有一个共同的底本；其间相互借鉴、因袭，是必然的现象。周贻白在《中国戏剧史长编史》中说，元剧中有许多习用语及互相挪用的陈套，或为便于搬演计，故相沿袭。这一现象主要源于宋代书会老郎编写剧本，书会先生所写的可能仅是曲词部分，然后对演员介绍戏文内容大要，由伶人自己发挥创造。曲词虽然大都新写，宾白只要无损故事进行，全由伶人自为，插科打诨，调笑过场，原不在故事之中。[①]这也是戏曲来自民间的一条佐证。不仅在元刊本中常有"科白同前"的现象，有些剧目根本没有完整的剧本，周贻白甚至认为："排演一本新戏，来不及写新剧本，只用一个提纲，大家来跑梁子。"可能这些新戏的内容并不陌生，演员们都耳熟能详；另外，也说明当时还没有严格意义上的剧本。这是民间戏曲活动的一大特色。

有学者认为，戏曲的脚本出现比较晚。《永乐大典戏文三种》原来只有抄本，没有刻本。最早的南戏刻本是高明的《琵琶记》。剧本的有无，抄写还是刻印，恰恰是民间戏曲与文人戏曲的一个重要区别。剧本在未刻印之前，往往凭口耳相传。明代何良俊《四友斋丛说》云：

> 祖宗开国，尊崇儒术，士大夫耻留心词曲、杂剧与旧戏文，皆不传。世人不得尽见，虽教坊有能搬演者，然古调既不谐于俗耳，南人又不知北音。听音既不喜，则习者亦渐少。旧戏本虽无刻本，然每见于词家之书。余家小鬟记五十余曲，而散套不过四五段。其余皆金、元人杂剧词也。南京教坊人所不能知。……乐府辞，使人传习，皆不晓文义，中间固有刻本原差，因而承谬者；亦有刻本原不差，而文义稍深，使人不解，擅自改易者。

这里有两点值得注意，一是许多戏曲没有刻本，全凭教坊伶工口授；二是擅自改易的现象较多。这些民间戏曲的情节比较曲折，表现生活非常直观，有较强的故事性，动作表演多，唱词少，说白通俗易懂，适合市井细民、无文化群体观看。一般在乡村流行，是名副其实的通

---

① 周贻白 . 中国戏曲史长编 . 北京：人民文学出版社，1960.

俗文学。

民间流派的通俗戏曲以戏为本，文人流派的戏曲则以高雅的歌曲为主。但这并不绝对，民间戏曲也可以包含少量的演唱；文人歌舞也可以穿插一点对白。这两个流派的戏曲在各自发展的过程中，发现对方的长处，也发觉了自身的不足：文人戏曲阳春白雪，曲高和寡；民间戏曲下里巴人，又难登大雅之堂。因此，两者合流既是日益壮大的市民阶层文化消费需求不断提高的必然要求，也是文艺作品之间互相取长补短以达到自我完善的需要。众所周知，宋元时期，在中国文化史上出现了通俗文学全面中兴的局面。宋末元初是一个转折点，这是以通俗小说和元杂剧的繁荣为标志的。同时，雅文学也悄然失去了优势，不仅过去主宰文坛的地位已经风光不再，而且有每况愈下的趋势。因而，作为高雅艺术的歌舞戏为了求得生存和发展，争取更多的观众，便主动放下身段，向过去不屑一顾的姐妹艺术——民间戏曲暗送秋波了。从客观上看，轻歌曼舞固然以悦耳的歌声、优美的舞姿吸引观众，但缺少故事性也是一大遗憾，极大地削弱了审美主体的接受兴趣，特别是富有中华民族传统的重情节、重过程的下层观众的接受兴趣。美妙动人的歌舞用完整而曲折的故事情节串联起来，自然是如虎添翼，雅俗共赏，更具魅力。

民间戏曲与文人戏曲的合流具有一定的规律性。第一，合流是双向的。平心而论，民间戏曲多以讽刺、滑稽因素针砭现实，以打斗、杂技等手段吸引观众，俗则俗矣，但也有缺憾。随着市民阶层整体文化素质的提高，部分文化素养较高的市民群体要求提升审美品位，而在民间戏曲中穿插部分歌舞，减缓戏曲节奏，增加抒情成分，可以收到刚柔相济的艺术效果。这样，民间戏曲便逐渐雅化。第二，合流是渐变的。有资料显示："唐代的参军戏是以滑稽表演为主的，宋杂剧这种以曲子来叙事的演唱，在原来的参军戏中是没有的。陆参军的主角曾经以【罗贡曲】唱过《望夫歌》，这种歌虽不是叙事的，却开辟了参军戏中唱曲子的先例。"[①] 宋代的诸宫调就是唱白相间，集合若干不同宫调的不同曲子咏一件事。如南宋时代的古南戏《张协状元》前面就有一段说唱结合的诸宫调。这为元杂剧曲词与宾白相结合的体制奠定了基础。第三，合流是局部的。应该看到，在部分民间戏曲与歌舞融合的同时，仍然有许多民间戏曲与文人歌舞照旧各行其道，保持着旺盛的生命力。明清时代，依然有不少歌舞戏与民间滑稽戏演出的记录。明末清初的李渔虽然在戏曲创作中标举"结构第一"，提出以戏为本、曲白并重的戏曲观，但他带领家庭戏班，周游各地，演出的剧目仍以歌舞居多。这或许与李渔以戏会友的对象多是文化人有关。最后，合流是不平衡的。元杂剧在体制上确立了曲词、宾白、科范三结合原则，但在创作、演出的实践中，重曲轻白的现象仍十分严重，呈现出以曲为本的倾向。这一现象一直延续到近代。要之，中国古代戏曲在其发展过程中分为两大流派，雅俗判然，民间戏曲被视为通俗文学，而歌舞戏则被视为高雅文学，这无疑是正常的。以戏为本、曲白并重的戏曲，因为雅俗共赏，为有文化群体和无文化群体所喜闻乐见，属于人民大众的文学，被视为通俗文学，本在情理之中。加之宋元以降，通俗文

---

① 张庚，郭汉城. 中国戏曲通史. 北京：中国戏剧出版社，1992：50.

学成为文学创作的主流，戏曲为了争取观众，求得生存和发展，在创作上面向大众，追求通俗；而戏曲与作为通俗文学主力军的古代白话小说又有较多的共同点，常被羼入小说。于是，戏曲也就成了通俗文学。

关于戏曲的发展过程，本书作如下描述：

先秦，戏曲的发轫时期，戏和曲各有其特点。

汉代至唐前，戏曲的萌芽时期，民间流派与人文流派二水分流。

宋、金，戏曲的发展时期，民间流派与人文流派开始合流。

元代，戏曲的定型、成熟时期，以元杂剧为代表。

明代，戏曲的繁荣时期，传奇、杂剧分别以《牡丹亭》和《四声猿》为代表。

清代前期，戏曲的高峰时期，各类戏曲分别以《长生殿》《桃花扇》《清忠谱》《风筝误》为代表。

晚清，嬗变时期，花雅争锋，花部擅场。民间流派与文人流派合流，戏曲演进为戏剧。

思考题

1. "起源"与"来源"有何异同？
2. 谈谈你对古代戏曲起源的认识。
3. 为什么继承诗歌传统的古代戏曲被视为通俗文学？
4. 试述古代戏曲文人流派和民间流派这两大流派的特点。
5. 简述民间戏曲与文人歌舞合流的特点。
6. 谈谈你对古代戏曲的发展过程的认识。

第二章　古代戏曲的特征

教学目的

了解古代戏曲的基本特征、元杂剧繁荣的原因；掌握戏与曲在戏曲中的不同作用；掌握雅与俗两种戏曲风格的相互影响与交融的情况；掌握元曲的概念、分类、体制及其代表作家作品。

戏曲，是以歌唱、舞蹈为主要表演手段来反映社会生活的艺术形式。它以演员表演为中心，是文学、音乐、舞蹈、杂技、美术等众体皆备的综合艺术。"戏曲"一词，目前已知最早见于宋元间人刘埙《水云村稿》之《词人吴用章传》：

> 用章殁，词盛行于时，不惟伶工歌妓以为首唱，士大夫风流文雅者酒酣兴发辄歌之。由是与姜尧章之"暗香疏影"、李汉老之"汉宫春"、刘行简之"夜行船"并喧竞丽者殆百十年。至咸淳，永嘉戏曲出，泼少年化之，而后淫哇盛、正音歇，然州里遗老犹歌用章词不置也。其苦心盖无负矣。

这里的"戏曲"指当时出现的表演艺术，或即后来的南戏。最早的"戏曲"概念的内涵，是一种与"词"并列的表演艺术门类。元末之际，夏庭芝在《青楼集》"龙楼景·丹墀秀"条中云：

> 皆金门高之女也，俱有姿色，专工南戏。龙则梁尘暗簌，丹则骊珠宛转。后有芙蓉秀者，婺州人，戏曲、小令，不在二美之下，且能杂剧，尤为出类拔萃云。

这里将"戏曲"与"小令"并列，而与"杂剧"对举，显然"戏曲"和"杂剧"并不属于同一类艺术，两者肯定有所区别。

戏曲与戏剧是两个不同的概念，其内涵与外延并不相同。戏剧是一种由演员通过说、唱、歌舞等手段当众表演故事的艺术形式，是文学、音乐、舞蹈、美术等方面的综合艺术，包括戏曲、歌剧、话剧、舞剧等表演门类。戏剧的概念比戏曲大，中国古代的戏曲只是戏剧的一个门类。中国戏曲的起源很早，但一直到金元时期，才有了完整的戏曲形式，就是元杂剧。

第一节　戏 与 曲

戏曲的两大基本元素就是戏与曲。戏，指故事情节，包括人物关系、宾白、科范等；曲，指演员演唱的曲词以及配套的舞蹈。那么，戏与曲这两者到底以何为主？这个问题颇有争议。

一般认为，在中国古代戏曲的发展过程中，活跃于下层社会的民间流派重戏轻曲，只说不唱或少唱，显得通俗。而在宫廷或上流社会演出的文人流派重曲轻戏，有曲无白，以歌舞为主，观众的文化层次较高，具有高雅的特点。这两个流派争奇斗艳，相互渗透，相互影响，形成合流。这便带来了古代戏曲体制的定型，导致戏曲的成熟。

晚清曲学大师王国维在《戏曲考原》中说："戏曲者，谓以歌舞演故事也。"这一定义言简意赅，深入浅出，具有经典性。他还说："古乐府中，如《焦仲卿妻》诗、《木兰辞》、《长恨歌》等，虽咏故事，而不被之歌舞，非戏曲也。《柘枝》、《菩萨蛮》之队，虽合歌舞，而不演故事，亦非戏曲也。"[①] 这里不仅指出古乐府中包含戏曲因素，而且说明戏曲包括歌舞和故事两大要素。其实，戏就是故事，曲就是舞台演出中的歌舞。照王国维的本意，歌舞是戏曲的表现手段，故事才是戏曲表演的目的。因而戏曲以故事为主，歌舞则是第二位的、次要的。换言之，戏曲的两大要素中，第一是戏，第二是曲。这一观点应该能够被普遍接受，也经得起来自四面八方的挑战。事实上，王国维的观点得到了学术界的认同。

王国维的观点风行了一个世纪。到了 21 世纪，有学者提出了不同意见，如钱久元认为，戏曲是曲与杂戏的有机结合。换用现代的话来说，那就是，戏曲是歌唱与其他多种艺术成分的有机综合。歌舞，尤其是歌舞中的曲才是戏曲艺术的主导，才最深刻地体现为其他因素的目的，更多地把其他因素作为自己的艺术手段。言戏曲为"以故事串演歌舞"的说法，其正确程度应当更高。就历史的总体状况来看，歌舞因素始终居于主要地位。而在歌舞当中，又以歌为最重，它在舞台上表现为曲的演唱，在文学中则体现为曲词的创作。曲乃是戏曲艺术核心之核心，是我国古典戏曲最深层的本质。[②] 两种观点针锋相对，似乎水火不容。一个说戏曲以戏（故事）为主，一个说戏曲以曲为主。究竟孰是孰非？这个问题不好轻易回答。其实，两种意见都有一定道理。王国维的观点代表中国古代戏曲在理论层面上的概念，是学术界对古代戏曲内涵的一致意见。戏曲作为叙事体的文学艺术，理应叙述一个完整的故事，其中的歌舞则是叙事、抒情的艺术手段，即在戏曲中，戏是主要的，曲只是为演戏服务的。那么，戏曲总体上是通俗文学。这一观点肯定没有错。另一种观点如何呢？也没有错。它所阐释的是中国古代戏曲实际的内涵。虽然戏曲在理论上应该以戏为主，但在戏曲发展史上，在戏曲创作、演出、评论当中，却出现了偏颇，曲成了戏曲艺术的核心。这样，戏曲应该属于

---

① 王国维. 戏曲考原//王国维. 王国维戏曲论文集. 北京：中国戏剧出版社，1984：163.
② 钱久元. 中国戏曲本体论质疑. 艺术百家. 1999（3）：39-47.

雅文学。也就是说，这两种观点是由于站在两个不同的角度而造成的。一个从理论上解释，主观上认为戏曲应该以戏为本；一个从实践中概括，得出客观上戏曲中的曲占了实际优势的结论，于是便产生了不同的看法。对于同一个事物，分别从理论和实践两个角度去诠释其内涵，势必会产生观点差异，这很正常。但像对于古代戏曲的内涵这样，产生两种截然不同的观点的现象并不多见。那么，中国古代戏曲发展的实际情况又如何呢？

王国维的《宋元戏曲考》是中国第一部戏曲史。其中的许多论断业已成为戏曲理论的基础，为学术界所服膺。王国维经过系统考订和梳理，对古代戏曲的起源和发展轨迹作了客观的描绘。他注意到古代戏曲在发展过程中，戏和曲两大要素的不同渊源及其由分到合的演变情况。在戏曲起源问题上，他力主"巫优说"，云："要之，巫与优之别：巫以乐神，而优以乐人；巫以歌舞为主，而优以调谑为主；巫以女为之，而优以男为之。"① 他认为早期的戏曲就分为歌舞与戏谑两类，男优以戏娱人，女巫以歌舞娱神。这便分别是戏与曲的起源。由此可见，戏与曲原本是两种不同的娱乐方式，各自独立存在，互不相干，后来才逐渐走向融合。"古之俳优，但以歌舞及戏谑为事。自汉以后则间演故事；而合歌舞以演一事者实始于北齐。顾其事至简，与其谓之戏，不若谓之舞之为当也。然后世戏剧之源，实自此始。"② 真正以歌舞演故事的戏曲产生于北齐，但当时戏曲中戏的因素十分微弱，主要的还是歌舞。【兰陵王】和【踏摇娘】皆有歌有舞，以演一事。而此前虽有歌舞，但未用来演故事；虽演故事，未尝合以歌舞。故以歌舞演故事是俳优戏的首创。王国维"以歌舞演故事"的戏曲定义便是从北齐【兰陵王】和【踏摇娘】的表演实践中总结出来的。"顾唐代歌舞戏之发达，虽止于此，而滑稽戏则殊进步。此种戏剧，优人恒随时地而自由为之；虽不必有故事，而恒托为故事之形；唯不容合以歌舞，故与前者稍异耳。"③ 这里明确指出，唐代的戏曲有歌舞戏与滑稽戏两种。滑稽戏不合歌舞，表演的往往是假托的故事。王国维在《宋元戏曲考》中说：

> 要之，唐、五代戏剧，或以歌舞为主，而失其自由；或演一事，而不能被以歌舞。其视南宋，金、元之戏剧，尚未可同日而语也。④

这里说得清清楚楚，明明白白：唐五代时，戏曲仍是两种倾向，两个派系。王国维在分析唐代滑稽戏与歌舞戏之异同时又说：

> 此种滑稽戏，始于开元，而盛于晚唐。以此与歌舞戏相比较，则一以歌舞为主，一以言语为主；一则演故事，一则讽时事；一为应节之舞蹈，一为随意之动作；一可永久演之，一则除一时一地外，不容施于他处；此其相异者也。⑤

---

① 王国维. 王国维戏曲论文集. 北京：中国戏剧出版社，1984：6.
② 王国维. 王国维戏曲论文集. 北京：中国戏剧出版社，1984：8.
③ 王国维. 王国维戏曲论文集. 北京：中国戏剧出版社，1984：12.
④ 王国维. 宋元戏曲考·上古至五代之戏剧//王国维. 王国维戏曲论文集. 北京：中国戏剧出版社，1984：14.
⑤ 王国维. 宋元戏曲考·上古至五代之戏剧//王国维. 王国维戏曲论文集. 北京：中国戏剧出版社，1984：14.

这里指出歌舞戏与滑稽戏的区别，从两种戏曲表演的主要内容、目的、形态、环境条件四方面进行了分析。王国维的观点是有见地的。而许之衡的《戏曲史》则将早期雏形戏曲分为歌舞戏、滑稽戏、杂戏三大类①。其实，"滑稽戏"与"杂戏"完全可以合并成一类，两者都具有故事性。这种"三分法"与王国维的"两分法"是相通的。这说明早期雏形戏曲在成熟之前，确实存在不同类型的情况。那么，将之分为两个派系亦未尝不可。

王国维还认为唐代仅有歌舞剧及滑稽剧。唐代的戏曲，或重歌舞，或尚滑稽，还不是真正意义上的戏曲，真正意义上的戏曲应该产生于宋代。"唐代仅有歌舞剧及滑稽剧，至宋金二代而始有纯粹演故事之剧；故虽谓真正之戏剧，起于宋代，无不可也。"② 虽然从理论上可以说，以歌舞演故事的戏曲产生于宋代，但宋元两朝的戏曲仍然重曲轻白，明人臧晋叔《元曲选序》云："或谓元取士有进士科，主司所定题目外，止曲名及韵耳。其宾白，则演剧时伶人自为之，故多鄙俚蹈袭之语。"王国维也从亲眼所见的元代杂剧刊本上发现了这一问题。"至《元刊杂剧三十种》，则有曲无白者诚多。"③ "元剧关目之拙，固不待言。此由当日未尝重视此事，故往往互相蹈袭，或草草为之。"④ 关目，指剧本的结构、关键情节的安排和构思。不重视关目，便是淡化故事情节，戏份不足，曲仍然占优势。"我国戏剧，汉魏以来。与百戏合，至唐而分为歌舞戏及滑稽戏二种；宋时滑稽戏尤盛，又渐借歌舞以缘饰故事；于是向之歌舞戏，不以歌舞为主，而以故事为主，至元杂剧出而体制遂定。"⑤ 他认为，元杂剧才名副其实地以歌舞演故事，是真正的戏曲。这一观点极富见地，得到学术界的一致公认。

王国维认为，中国古代戏曲中的戏与曲两大要素原本是独立的，由于两者都是娱乐形式，戏曲形成过程中便形成互相融合、互相渗透的趋势。以歌舞为主的"曲"不断吸取"戏"中的故事性，而以故事为主的"戏"也注意吸取"曲"中的歌舞因素。有学者在这方面进行过研究。张庚、郭汉城《中国戏曲通史》云：

> 在戏曲方面，最重要的就是他们的歌舞和汉族民间的歌舞、角抵的结合，而且循着《东海黄公》这个以角抵演故事的路子，发展出【踏谣娘】、【兰陵王】、【拨头】等等带故事的歌舞来。这些歌舞产生的时代较晚，多在北齐、北周到隋末之世。……这些节目的特点是：综合了歌舞、角抵等技艺，并以一个故事贯穿起来，虽然仍不是以演故事为主，而是以歌舞、角抵为主，但这较之纯粹技艺表演和各种歌唱舞蹈的独立表演，即向着综合发展为戏曲艺术有了根本性的变化。⑥

该书"宋杂剧和金院本"一节还说：

---

① 许之衡. 中国音乐小史. 长春：时代文艺出版社，2009.
② 王国维. 王国维戏曲论文集. 北京：中国戏剧出版社，1984：55.
③ 王国维. 王国维戏曲论文集. 北京：中国戏剧出版社，1984：82.
④ 王国维. 王国维戏曲论文集. 北京：中国戏剧出版社，1984：82.
⑤ 王国维. 王国维戏曲论文集. 北京：中国戏剧出版社，1984：108.
⑥ 张庚，郭汉城. 中国戏曲通史. 北京：中国戏剧出版社，1992：20.

宋杂剧就是继承着唐代参军戏这个传统，又广泛地吸收了许多表演、歌唱的技艺，并把它们进一步综合起来而形成的。[①]

这里既指出了歌舞吸收故事因素的情况，又指出了杂剧吸收歌舞等表演艺术因素的事实。这说明以戏为主的民间流派戏曲与以曲为主的文人流派戏曲相互取长补短的现象是客观存在的。这一过程是相当漫长的。一直到唐代，还是滑稽戏与歌舞剧并存。宋代以降，以歌舞演故事初露端倪。但到宋末元初，戏曲仍然以歌舞为主。元杂剧才标志着真正意义上的戏曲的诞生。

综上所述，古代戏曲一直存在两个流派：一个是以戏为主的滑稽戏，一个是以曲为主的歌舞戏。这两派是分别以戏曲艺术的两大要素戏和曲为核心的。从中国古代戏曲发展的实际情况来看，这两个戏曲流派从古代戏曲起源伊始便产生了，而且一直存在于整个戏曲史中。其实，这两个流派可以简单地划分为通俗的民间流派和尚雅的文人流派。民间流派以戏为本，多讽刺滑稽因素，以质朴本色著称，为下层人民尤为无文化群体所喜闻乐见；文人流派以曲为本，多歌曲舞蹈，以文采风流见长，在贵族阶级及其文人即有文化群体中流行。

第二节 俗与雅

中国古代戏曲有一个耐人寻味的特点，就是其文化品位在雅俗之间。元代杂剧和明清传奇分别是中国古代戏曲的成熟和繁荣阶段。一方面，在文学史上，元明清戏曲与小说是被作为通俗文学对待的，因而遭到封建统治阶级及其文人的歧视和冷落。1949 年新中国成立前，高等院校的文科专业一般不讲授元明清文学，学术界也不整理元明清文学史料；古代小说、戏曲更是研究乏人，大片的处女地无人开发。这样的情况一直延续到 1949 年新中国成立才得到改变。另一方面，古代戏曲到明清阶段，仍然是以曲为本位的，具体表现为戏曲的宾白不受重视，情节因素被忽略，戏的成分被有意无意地削弱。戏曲其实以曲为主，而曲则属于诗文的范畴，那么，戏曲理应是雅文学。这一矛盾现象给古代戏曲的教学和研究带来了困惑，因而有必要对古代戏曲的雅俗问题进行研究。

金代大诗人元好问《论诗绝句》云："曲学虚荒小说欺，俳谐怒骂岂诗宜？今人合笑古人拙，除却雅言都不知。"他较早地发现文学有雅俗之分，小说是俗文学，而曲与诗则是雅文学。清初文学家周亮工《因树屋书影》卷一评元曲的妙处云："其曲分视之则小令，合视之则大套，插入宾白则成剧，离宾白亦成雅曲。不似今人全赖宾白为敷演也。"指出元杂剧是由雅曲与宾白组成的。其言外之意是，宾白属于戏曲因素的主体，是通俗的。清代著名曲论家李渔在其《闲情偶寄》中说："自来作传奇者，止重填词，视宾白为末着。……元以填词擅长，名人所作，北曲多而南曲少。北曲之介白者，每折不过数言，即抹去宾白而止阅填

[①] 张庚，郭汉城. 中国戏曲通史. 北京：中国戏剧出版社，1992：46.

词，亦皆一气呵成，无有断续，似并此数言亦可略而不备者。由是观之，则初时止有填词，其介白之文，未必不系后来添设。"① 直接指出元曲存在重曲轻白的倾向。晚清曲学大师吴梅在《中国戏曲概论》中也说："乾隆以上，有戏有曲；嘉道之际，有曲无戏；咸同以后，实无戏无曲。"② 他把戏和曲作为戏曲艺术中两个不同的审美对象加以评论，在他看来，清代戏曲在乾隆时达到全盛，嘉道以降，重曲轻戏，便每况愈下了。其如此评价未必准确，但他认为戏与曲必须两者并重的观点是不错的。许之衡将王国维所论的早期雏形戏曲分为歌舞戏、滑稽戏、杂戏三大类。③ 任半塘《唐戏弄》中说唐戏不仅以歌舞为主，而兼由音乐、歌唱、舞蹈、说白、表演五种技艺，自由发展，共同演出一故事，实为真正之戏曲。④ 而唐文标则认为，唐代歌舞戏，则不少兼有故事者，大抵用歌舞来表演代言体之戏曲，间中或有歌唱，但绝无科白，内容亦极单调。⑤ 参阅其他资料，我们认为，唐代歌舞戏"绝无科白"的说法比较可信，因此唐代歌舞戏还不能称为"真正的戏曲"。任半塘的观点值得商榷。真正的戏曲应产生于宋元之交，元杂剧才基本称得上是有戏有曲。人们称元代关汉卿等曲家为"本色派"，王实甫、马致远等为"文采派"。明代徐复祚《三家村老委谈》云：

> 《琵琶》《拜月》极严，本色当而下，《荆钗》以情节关目胜，然纯是倭巷俚语，粗鄙巳极，而用韵行，时离时合。《香囊》以诗语作曲，处处如烟花风柳，如花边柳边，黄昏古驿，残星破暝，红入仙桃等大套，丽语藻曲，刺眼夺魄，然愈藻丽愈远本色。

这里通过对比，区别了明代传奇中的文采派和本色派。临川派与吴江派的"汤沈"（汤显祖、沈璟）之争实际上就是文采派和本色派之争。吴江派代表人物沈璟的戏曲理论主张之一就是强调戏曲语言必须本色；而临川派代表人物汤显祖则主张："凡文以意趣神色为主，四者到时，或有丽词俊句可用。"（《答吕姜山》）当代著名学者徐朔方说，汤显祖和沈璟被人看作明代万历年间两大戏曲流派的创始者。这就是所谓临川派和吴江派，或文采派和本色派。迄今止所有文学史、戏曲史论著对此并无异议。⑥ 俞为民认为，南戏到了明清时期，也发生了一些变化，即出现了分流，分化为民间南戏（传奇）与文人南戏（传奇）两大类。民间南戏（传奇）与文人南戏（传奇）在情节内容、语言风格、演唱形式、文本形式等方面都存在着差异。⑦ 清代的花雅之争实际上是雅俗之争。李斗《扬州画舫录》卷五《新城北录下》载：

> 两淮盐务例蓄花雅两部以备大戏，雅部即昆山腔，花部为京腔、秦腔、弋阳腔、梆

① 李渔. 闲情偶寄. 杭州：浙江古籍出版社，1985：40.
② 吴梅. 顾曲麈谈：中国戏曲概论. 上海：上海古籍出版社，2000.
③ 许之衡. 中国音乐小史. 长春：时代文艺出版社，2009.
④ 任半塘. 唐戏弄. 上海：上海古籍出版社，2006.
⑤ 唐文标. 中国古代戏剧史. 北京：中国戏剧出版社，1985.
⑥ 徐朔方. 汤显祖评传. 南京：南京大学出版社，1993.
⑦ 俞为民. 南戏流变考述：兼谈南戏与传奇的界限. 艺术百家. 2002（1）：44-53.

子腔、罗罗腔、二黄调，统谓之乱弹。

"乱弹"诸腔，即民间地方戏曲剧种。"花"，是粗俗、杂乱的意思。戏曲中的花部，就是野调俗腔的地方戏，即民间戏曲；雅部是以昆山腔为主的雅乐正声，即文人戏曲。从李斗《扬州画舫录》可知，清代乾隆年间，两淮盐务已将花、雅两部戏班并列，以备供奉皇帝。这说明民间的花部戏已经具有相当规模，足以与雅部戏分庭抗礼，成为剧坛的主体，显示出强劲的发展势头；而雅部戏作为传统戏曲已经开始走下坡路，中国古代戏曲已经发展到一个新的阶段。综上所述，中国古代戏曲发展史上确实自始至终存在雅、俗两个流派，即文人流派和民间流派。

要之，由于封建社会客观存在的等级制度，人们掌握文化的程度有别，艺术观点、审美情趣不同，决定了戏曲发展到一定阶段必然会产生不同流派。文人流派面向上层，趋于高雅；民间流派通向人民大众，必然浅俗。雅与俗两种风格流派的相互影响和交融，贯穿古代戏曲发展的始终。

第三节　元曲概说

元曲是一种文体，产生于金元之交，在元代取得重大成就，所以元代是戏曲的黄金时代。近代大学者王国维在《宋元戏曲史》中云："凡一代有一代之文学，楚之骚、汉之赋、六代之骈语、唐之诗、宋之词、元之曲，皆所谓一代之文学，后世莫能继焉者也。"他高瞻远瞩，把元曲与楚骚、汉赋、唐诗、宋词并称为"一代之文学"，这一观点得到学术界普遍的认同。

曲，是一种文体。有人解释为曲折离奇，此说学术界一般不取。曲，本来指可以歌唱的乐谱，这是广义的概念。曲具体是指金元时期产生的一种文体，又称"词""乐府""词余"。唐代人讲的"曲"就是后人说的"词"；元人说的"曲"则是指前人的"词"。马致远的散曲集名《东篱乐府》，可见"曲"又称为"乐府"；周德清《中原音韵》的"作词十法"，将"曲"称为"词"；故有的人把"作曲"称为"填词"，如清初的李渔《闲情偶寄》卷一《词曲部》中讲的"填词"，就是指作曲、戏曲创作。此外，曲学大师吴梅有《词余讲义》，可见"曲"又称为"词余"，这是由"词"为"诗余"推衍而来的，说明诗、词、曲同出一源，一脉相承，具有血缘关系。

一、元曲的分类

元曲按体制划分，主要分两类：散曲和杂剧。

（一）散曲

散曲，是金元时期吸收民间曲词和女真、蒙古等少数民族乐曲，逐渐形成的一种新的诗歌形式，主要流传在北方。散曲是针对杂剧而言的。元杂剧是由一组的曲子组成，散曲则是零碎分散的，故又称散曲。散曲演唱时不用乐器伴奏，又称清曲。散曲包括小令、套数和带过曲。

小令，又称叶儿，是独立的一支曲子。在文学上是一首词，或类似一首词。词和曲都源于诗歌，但词与曲更为接近，两者互有异同。其相同点有三：一是词曲都是长短句；二是都配乐，可以演唱；三是都讲究平仄声韵。其不同点有四：一是音乐不完全一样。词有词牌，曲有曲牌，词牌和曲牌只有小部分相同，如【忆秦娥】【点绛唇】【念奴娇】等，既是词牌，又是曲牌；有的名同实异，词牌、曲牌名称相同，唱法却不一样，如【满庭芳】【卖花声】等；而大量的则完全不同。二是曲有衬字，而词没有衬字。在曲牌规定的正字之外用来调整音节，使曲调更加亲切、生动的字，叫衬字。衬字多用在句首或句中两个词组之间，句中的多是虚字；句首的用法多样，也可以是实字。正字和衬字配合，可以既保持曲调的腔格，又使语言生动，表达自由。如王实甫《西厢记》四本三折《长亭送别》【叨叨令】："现安排着车儿马儿，不由人熬熬煎煎的气，有什么心情花儿靥儿，打扮得娇娇滴滴的媚。"其中的正字只有"车儿""马儿""熬煎""气""花儿""靥儿""娇滴""媚"，其余都是衬字。三是用韵不同。曲用韵加密，要求句句押韵，一韵到底；押韵可以出现重复，平上去三声互叶。而词押韵位置因调而异，不需一韵到底，可以换韵，但押韵不能重复，平上去三声不能互叶。四是曲没有双调、三迭、四迭，而词有双调、三迭、四迭。

套数，又叫散套，由两首以上同一宫调的曲子相连而成的组曲，也就是许多曲牌连贯成套，构成一组来表演歌唱。其音韵与小令完全相同。套数有如下特点：其一，套数一般有尾声；其二，套数要求一韵到底；其三，套数的曲调只能在同一宫调中选用；其四，套数的调数可多可少，由三四个到几十个不等；其五，有的套数还可以任意增加句数。

带过曲，介于小令和套数之间，由两首曲子组成。

（二）杂剧

杂剧，是在金院本和诸宫调的直接影响下，吸收了其他多种表演形式，综合而成的一种比较完整的戏曲形式。同时产生了韵文、散文相结合的完整的文学剧本。杂剧是综合艺术，包括文学、音乐、舞蹈、绘画、雕塑、建筑六方面因素，人称"第七艺术"，即指综合了前面六项艺术。

杂剧也是一个不断演变的概念，不同时代有其不同的内涵。唐代指各种各样的戏曲表演（李德裕《李文饶文集》卷十二）；宋代指滑稽戏（杂剧全用故事，务在滑稽）；元代指北方的歌剧（南方有南戏）；明清指戏曲之短者（黄文旸《曲海总目提要》），与传奇相对举。

二、元杂剧作家作品

古人谓"词山曲海"。朱权《太和正音谱》著录元杂剧 535 种，有 200 家之多。今人则谓元杂剧数量有六七百种。这是因为研究者所掌握、运用的资料不同，记载有差异，所以结论不同。明人臧晋叔《元曲选》收录杂剧 100 种，今人隋树森《元曲选外编》收录杂剧 60种。学术界一般将元杂剧分为前、后两期，以元成宗大德年代（1297—1307 年）为界。

前期的六七十年（1234—1300 年）是元杂剧的鼎盛时期，作家都是北方人，杂剧创作演出主要活跃于大都、平阳、东平等地。著名剧作家有关汉卿、王实甫、白朴、马致远等。现存元杂剧有约 80 种是前期作品。著名作品，尤其是悲剧名作，都产生于前期。前期作品具有强烈的时代气息，真实地反映了当时的时代现实，塑造了一系列勇于反抗的活生生的人物形象。元杂剧语言以北方和中原地区的口语为基础，吸收了民间讲唱艺术的营养，具有质朴自然、生动泼辣的特点。杂剧同舞台演出结合十分紧密，充分显示出舞台艺术的生命力。元杂剧以当行本色，极负盛名。当行，就是内行，指精通某一行业务；本色，就是曲文质朴自然，贴近生活语言而少用典故、少骈俪语言的风格。王国维说："元剧佳处何在？一言以蔽之，曰：自然而已矣。"[1] 王季思则发挥了王国维的观点，称元剧长处在犷悍，在恣肆，在朴野，在带蒜酪气[2]，概括形象、准确、生动，非常符合实际。

元杂剧后期（1300—1368 年）创作中心转移到杭州，重要作家多是从北方流寓南方的文人，如郑光祖、宫天挺、乔吉、秦简夫等。作家的南移，是杂剧创作渐趋衰微的原因之一。后期杂剧作品大都缺乏前期杂剧的现实性，爱情剧、神仙道化剧和文人事迹剧有所发展。同时，艺术上偏向于追求工丽华美，情节上更趋于离奇曲折，失去了前期杂剧的那种浑朴、犷悍和平易、亲切的韵味。作家南移以后，杂剧创作脱离了赖以产生和发展的土壤，杂剧在与南戏的并存和角逐中，逐渐发生了变化，杂剧这一形式不可避免地走向衰微。

流派的产生是文学繁荣的标志，当然也是元杂剧繁荣的标志。元杂剧前期，形成了以关汉卿为代表的本色派和以马致远、王实甫为代表的文采派。本色派剧作内容反映社会现实，语言朴素本色，以关汉卿的《窦娥冤》为代表；文采派多写婚姻爱情，语言华丽，文采斐然，以王实甫的《西厢记》为代表。

"元曲四大家"为元杂剧的代表作家，关于其人选和排列次序颇多争议。兼顾元杂剧的前后期以及不同流派的特点，目前学术界比较一致的意见是，"元曲四大家"为关汉卿、白朴、马致远、郑光祖。关汉卿的《窦娥冤》《单刀会》《救风尘》，白朴的《墙头马上》《梧桐雨》，马致远的《汉宫秋》，郑光祖的《倩女离魂》等都是元杂剧中的经典作品。

关于元杂剧的分类，前人早有尝试，朱权《太和正音谱》把元杂剧分为 12 类，过于烦

---

① 王国维．王国维戏曲论文集．北京：中国戏剧出版社，1984：85.
② 王季思．玉轮轩曲论．北京：中华书局，1980.

琐，难以把握。我们不采取他的分类法，而把元杂剧按其内容分为三类：一是历史剧，演绎历史故事。如纪君祥的《赵氏孤儿》、关汉卿的《单刀会》等；二是故事剧。如王实甫的《西厢记》，根据《莺莺传》创作而成，其主要人物有历史依据，作者借以概括青年男女反抗封建礼教、争取爱情自由的斗争。三是现代剧，完全反映当时的现实生活和斗争。如关汉卿的《窦娥冤》，并没有借鉴历史，基本是社会现实生活的写照。总体来看，故事剧与历史剧反映过去的社会生活，现代剧反映当代的社会现实。

三、元杂剧兴盛的原因

文艺是意识形态，属于上层建筑范畴，它决定于经济基础。元杂剧作为一种文艺形式，其兴盛的原因可以分为社会原因和文艺内部原因两大方面。

从社会原因看，任何文艺都应该服务于现实生活，元杂剧兴盛主要是由于元代社会生活和斗争的需要。元代是蒙古族统治天下，民族矛盾十分尖锐，元代统治阶级把全国人民分为四等：蒙古人、色目人、汉人、南人。汉人不准点灯、关门、养马、打猎；蒙古人打死汉人只要出钱烧埋；汉人打死蒙古人，则要判死刑。"不平则鸣"，文艺是反抗斗争的有力武器。社会出现了不平现象，人民群众就会通过各种文艺形式反映出来。元杂剧则成为当时下层民众的首选。

元代知识分子地位低下，很多文人参加了元曲的编写和演出，与优伶一起粉墨登场。据资料记载，当时人分十等：一官，二吏，三僧，四道，五医，六工，七盗，八娼（一说：七猎，八民），九儒，十丐。知识分子排在第九位，甚至在强盗、娼妓之后，后代知识分子的"臭老九"名称便本源于此。元代科举考试中断了几十年，知识分子无路可走，许多文人沦落于下层社会，与民间艺人组成"书会"，在民间得到现实生活题材和创作技巧两方面的营养，于是，大批书会才人毕生从事杂剧创作，这样就促进了杂剧的繁荣。

城市经济的较快发展，宋元时代市民阶层的崛起，为杂剧成熟创造了条件。不少大城市出现了集中演出的"勾栏瓦舍"，大都成为全国杂剧创作演出的文化中心，农村赛神社的演出也相当普遍。同时，在金元社会变乱中，一部分文化素质较高的妇女因为种种原因沦为民间艺人，使杂剧表演水平有了较大提高，提升了杂剧演出的质量，也从一方面推进了元杂剧的繁荣。

元代疆域扩大，北逾阴山，西极流沙，东尽辽左，南越海表，交通发达，各民族间的文化交流广泛。北方少数民族乐曲的传播促进了戏曲的兴旺。当时儒、释、道三教并存，且出现合流的倾向，各教派互相牵制，使人们思想得到解放，空前活跃。蒙古族是一个能歌善舞的民族，他们认为会说话就能唱歌，能走路就会跳舞。元代统治者自然也崇尚歌舞，所以，对杂剧的演出传播采取了比较放任的态度。他们较为尊重民间艺人，统治阶级出行常带戏班子，甚至教坊的头目也可以做官。于是，元杂剧得到充分的发展。

从文艺内部的原因看，戏曲起源之后，开始从简单的模仿发展到逐渐加进现实的内容，反映现实生活，表现一定的时代主题。后来，根据统治阶级和劳动人民不同的需求和文化背景，逐渐形成两个流派。文人流派重曲尚雅，以歌舞和演唱为主，如南北朝的上云乐，唐代的歌舞戏等；民间流派重戏通俗，以说白表演为主，如秦汉时代的角抵戏、百戏，南北朝的代面、踏摇娘、参军戏，宋代的滑稽戏、杂戏等。两个流派时分时合，互相影响，互相渗透。发展到元代，已经趋于成熟，走向合流，形成约定俗成的表演模式，并有了韵文和散文相间而有机结合的文学剧本。

值得注意的是，宋元时代随着商业繁荣，市民阶层崛起，市民阶层需要在文艺领域得到表现，作为通俗文学的宋元话本空前繁荣，成就斐然。而说话和杂剧演出两者之间具有千丝万缕的联系，相互影响，相得益彰。这样，元杂剧就迎来了千载难逢的辉煌时代。

第四节　元杂剧的体制

戏曲具有代言体、故事性、表演性三大基本特征。所谓代言体，就是指戏曲演员的舞台身份是自己所扮演的角色，他在舞台上完全是代自己所扮演的角色立言；表演性指戏曲是舞台艺术，演员必须面对观众，连续表演故事发生的全过程；故事性则指戏曲必须表演一个以人物为中心的相对完整的故事，这是杂剧区别于散曲的根本特点。这三大特点决定了杂剧独特的形式和体制。

一、杂剧的剧本要素

曲词、宾白和科范，称为剧本的三要素。

（一）曲词

说到曲词，就离不开曲调、宫调、曲牌、唱词、唱法等诸方面。

其一，曲调。古代戏曲演唱的曲调分为两类：以清代嘉庆、道光为界，嘉庆、道光以前演唱的叫曲联；嘉庆、道光以后演唱的叫板腔。曲联，就是许多曲牌的连接。一个剧本，由很多曲牌连接而成。板腔，指按照一定的板式唱某种腔调，如京剧的西皮、二黄。板腔体的戏曲又叫花部戏。花部，与雅部相对，称为"乱弹"；雅部则主要指用昆山腔演出的戏曲。

其二，宫调，是旧乐曲音调的总称。宫和调，都是音调的名称。宫相当于调，一个调有7个音符，古代有12宫72调。元曲一般只用5宫4调，即【正宫】【南吕宫】【仙吕宫】【中吕宫】【黄钟宫】【商调】【越调】【双调】【大石调】。据元代燕南芝庵先生《唱论》所载，每个调所表达的感情不一样，【仙吕宫】清新绵邈；【南吕宫】感叹悲伤；【中吕宫】高下闪赚；【黄钟宫】富贵缠绵；【正宫】雄壮惆怅；【大石调】风流蕴藉；【双调】健捷激袅；【商调】凄怆怨慕；【越调】陶写冷笑。[①] 作者根据曲情变化的不同感情，选用不同曲

---

① 中国戏曲研究院. 中国古典戏曲论著集成. 北京：中国戏剧出版社，1959.

调。第一折的开端常用【仙吕宫】；第三折高潮，各种矛盾纠结，常用【中吕宫】。当然未必尽然，也有例外。有些作家善于变通，灵活运用，反而能出奇制胜。诸宫调则是宋金时代民间讲唱文艺中的一种体制，以唱词和说白相间，配以音乐，演唱一个完整的故事。它就是串联若干宫调，演绎故事。诸宫调与杂剧的不同在于，它以一个人用第三人称来叙述故事，没有表演。

其三，曲牌。元杂剧共有曲牌500多个，常用230多个，分别属于不同宫调。一折戏往往用一个宫调中的一套曲子，由3～26支曲子组成。关汉卿常在一个曲牌中间杂上另一曲牌的曲子，以此来表达感情；戏曲的高潮不用【中吕宫】的曲子，而用【正宫】，这是大手笔，也是一种艺术创新。

其四，唱词。元曲唱词是长短句，每一曲就是一首小令，要求一韵到底，平上去三声互叶，没有入声，句句押韵，用大量的俗字、衬字。

其五，唱法。由旦、末两个角色唱，其他人没有资格唱。旦唱的剧本为旦本戏，末唱的剧本为末本戏。如果在同一剧本中，一人扮演两个角色，可以扮到哪里，唱到哪里。杂剧的楔子里，除旦、末之外，其他人也可以唱。

（二）宾白

宾白是戏曲专门名词。姜南《抱璞简记》云："两人相说曰宾，一人自说曰白。"徐渭《南词叙录》则解释，杂剧中以唱为主，以白为宾。这一解释比较合理，为学人所普遍接受。元杂剧的道白称宾白，宾白主要有韵白和散白。韵白包括诗词、歌曲、对句和韵文等形式。散白主要有定场白、冲场白、背白。定场白是角色上场后的自我介绍，一般先念两句或四句诗，再自报家门；冲场白是角色第二次、第三次上场时的说白；背白是背着台上其他角色，对观众的说白。其他还有对白、旁白，独白，带白、插白、内白，等等。元杂剧中，"白"写成"云"，"唱"写成"开""放"。

（三）科范

科范就是剧本规定的主要动作、表情和舞台效果，是杂剧剧本的演出提示，简称"科"、"介"。如"出门科"、"把盏科"，就是提示演员做"出门""把盏"的动作、表情，由演员个人发挥。这一记载最早见于陶宗仪的《辍耕录》。科范包括声、眼、手、步法，即行、坐、插科打诨、舞蹈、哭笑、惊喜等各种动作表情。

二、元杂剧的结构

元杂剧基本上是一本四折，加楔子。元杂剧分"折"。折，是音乐组织的单元，也是故事情节发展的自然段落。不受时间、地点的限制，可以超越时空。一折一般只唱一个套数，每折限用同一宫调的曲子。有人考证，古代演员没有剧本，只有提纲，写在折子上，一幕写一面，可以折叠，故称一折。这也是后来演员演出时手里常拿一把扇子的由来。元杂剧通常一本四折，分别是故事的开端、发展、高潮、结局。不过也有变例，纪君祥的《赵氏孤儿》，一本五折；王实甫的《西厢记》，五本二十一折。元杂剧每本末尾有两句或四句概括中心内容的题目、正名，前面的一句或两句为题目，后面的一句或两句为正名。比如关汉卿的《窦娥冤》，题目是"秉鉴持衡廉访法"，正名是"感天动地窦娥冤"。

楔子，据《说文解字》解释，本指小木片，起填平钉紧的作用。元杂剧中的楔子是一场戏，篇幅短小，位置不固定。或在开头，或在中间，起开场或过场作用。开头的楔子相当于序幕，介绍故事背景、人物、情节、线索等；中间的楔子起穿插、过场作用，可以加强折与折之间的联系。

三、元杂剧的角色

元杂剧的角色，主要有旦、末、净；还有根据剧情需要临时充当的角色，称杂。故而元杂剧角色共有四类：旦、末、净、杂。

旦，女演员。演戏开场一般由女演员挑着足以显示剧班气派、特征的担子绕场一周，故曰旦；一说男装旦色；一说指妇女。旦又分正旦、副旦、贴旦、外旦、小旦、大旦、花旦、老旦、色旦、搽旦等，扮演各色女性。

末，男演员，指开场始事。末，即副末，元杂剧以末与旦为正角，仍以末开场，其角色位置重要，至今凡剧中副末为各色之首。平剧、皮黄等剧种将末角并于生角，有生而无末，末也就是生。一说，"末"就是"末泥"，《梦粱录》谓："杂剧中末泥为长。""末泥"是戏头、舞头。一说，"末"为谦称。末又分正末、副末、冲末、外末、小末等。正末一般扮演正派男人。

净，"参军"二字的合音，舞台上的花脸，一般扮演反派男人或威武雄壮的角色，又分副净、中净（冲净）等。

杂，临时角色。如丑，扮演滑稽角色。视剧情需要，还有孤（官员）、卜儿（老太）、孛老（老头）、酸（书生）、驾（皇帝）、兵勇、帮老、贼等。

正旦、正末为剧本的主要角色。

元杂剧形式上也有缺陷，如一本四折，每折限主要演员独唱。这些缺点在明清传奇中得到改进，其优点也被南戏所吸收。

关于元曲的研究，出现了不少专著。元末明初，燕南芝庵的《唱论》，对歌曲唱法作了简要说明。钟嗣成（约1279—约1360年）《录鬼簿》记录了元代北曲作家150余人的传记和著作目录，收录作品400余种，同时具有戏曲史性质，是研究宋元戏曲的第一手资料。元末夏庭芝的《青楼集》记述元代110多个妓女（多为戏曲、曲艺演员）和30多个男演员以及戏曲家50余人的事迹，颇有资料价值。元末明初贾仲明《续录鬼簿》增补了80余首【凌波仙】吊词，记录元末明初曲家78位，并在书后附列无名氏剧目，是《录鬼簿》的一个重要的增订本，是研究元曲不可或缺的著作。

☐ 思考题

1. 谈谈你对古代戏曲中戏与曲的关系的认识。
2. 元杂剧繁荣的原因是什么？
3. 元杂剧分为哪几类？
4. 简说"元曲四大家"及其代表作。
5. 元杂剧在体制上有何特点？

第三章　关汉卿

教学目的

　　了解关汉卿的创作、艺术成就及其在中国戏曲史上的地位；掌握《窦娥冤》中窦娥的形象及其典型意义，正确认识作品中的清官鬼魂形象。

第一节　关汉卿的生平和创作

　　关汉卿，号己斋，生卒年不详，元大都（今北京市）人。关汉卿曾任太医院尹，据朱经《青楼集序》云："我皇元初平海宇，而金之遗民若杜散人、白兰谷、关己斋辈，皆不屑仕进。"他是玉京书会的代表人物，贾仲名《书〈录鬼簿〉后》说钟嗣成"载其前辈玉京书会燕赵才人，自金之解元董先生，并元初己斋叟以下，前后凡百五十一人"。

　　关汉卿多才多艺，放荡不羁。熊自得《析津志》称关汉卿："生而倜傥，博学能文，滑稽多智，风流蕴藉，为一时之冠。"关汉卿的套曲【南吕·一枝花】云："我是个蒸不烂、煮不熟、捶不扁、炒不爆，响当当一粒铜豌豆。……我玩的是梁园月，饮的是东京酒，赏的是洛阳花，攀的是章台柳。我也会围棋，会蹴鞠，会打围，会插科，会歌舞，会吹弹，会嚥作，会吟诗，会双陆。你便落了我牙，歪了我嘴，瘸了我腿，折了我手。天赐予我这几般儿歹症候，尚兀自不肯休，则除是阎王亲自唤，神鬼自来勾，三魂归地府，七魄丧冥幽。天哪，那其间才不向烟花路儿上走！"这是他的自画像，表现出顽强、乐观、幽默的性格。他同勾栏妓女关系密切，说明他鄙弃功名利禄，不做帮闲文人，甘愿浪迹江湖，乐于与下层人民一起生活的高尚志节。他及时行乐的苦闷情绪中寄托了对黑暗现实的抗议。

　　关汉卿的杂剧作品，据吴晓铃《关汉卿杂剧全目》收集整理共有 67 种，大约流传下 18 种，其中有 2～5 种不全。剧作内容主要分三类：一是公案剧，取材于现实生活，揭露社会黑暗和统治者的罪恶，反映广大人民的苦难生活。代表作为《窦娥冤》。二是爱情戏，描写男女青年的爱情、婚姻，反映下层妇女的生活。这类作品比较成功，作品数量也多，在关汉卿的剧作中占有重要位置，如《救风尘》《拜月亭》《谢天香》《金线池》等。三是历史剧，取材于历史事件，有所寄托。如《单刀会》《西蜀梦》《哭存孝》等。

关汉卿是元杂剧的奠基人，贾仲名称他"驱梨园领袖，总编修帅首，捻杂剧班头"。他既是元初杂剧创作的帅首，又是梨园演出的领袖人物，并且可以粉墨登场，亲自参加演出，因而享有盛誉，名闻四海。与他同时及后来的人取名时竞相仿效，北方元杂剧作家高文秀擅长水浒戏、三国戏，人称"小汉卿"；南方杂剧作家沈和甫，是杭州人，被称为"蛮子汉卿"。与关汉卿同时的杂剧作家杨显之，曾帮助关汉卿修订剧本，私人交谊甚好，世称"杨补丁"。古代也有人对关汉卿评价不高，朱权《太和正音谱》把关汉卿放在第十位，称"观其词语，可上可下之才"，而被放在第一位的是马致远。1949 年新中国成立后，学术界对关汉卿的评价达到最高峰，陈毅曾在《戏剧报》1958 年第 2 期撰文称他为"现实主义艺术家，民主主义、人道主义的思想家，元杂剧的奠基人"。

关汉卿是伟大的戏曲家，中国古典戏曲的奠基人。

第二节 《窦娥冤》

《窦娥冤》，全名《感天动地窦娥冤》，一本四折，是关汉卿的代表作，也是元杂剧中悲剧的典范。写楚州秀才窦天章借了蔡婆 20 两银子，因无力偿还高利贷，为了进京赶考，将 3 岁就亡母的女儿端云抵押给蔡婆做童养媳。端云 7 岁离父，来到蔡家，改名窦娥。17 岁结婚，婚后不久，丈夫病死，窦娥与蔡婆相依为命。赛卢医借了蔡婆 10 两银子，企图勒死蔡婆，蔡婆被张驴儿父子所救。张驴儿父子想趁机霸占蔡婆和窦娥，遭到窦娥的反对。张驴儿想毒死蔡婆，不料误毒其父，于是诬告窦娥下毒，并贿赂官府。在贪官梼杌太守的严刑拷打之下，窦娥替婆婆认了杀人罪，被判处死刑。在法场上，窦娥发下三桩无头誓愿：血溅白练，六月飞雪，亢旱三年。窦娥的冤屈感天动地，誓言一一应验。三年后，提刑肃政廉访使窦天章奉命核查楚州案件，窦娥的鬼魂反复向父亲申诉冤屈。窦天章捕获真凶，窦娥冤情得以昭雪。

全剧的情节结构分析如下：

楔子，卖身。写平民百姓与高利贷的矛盾（窦娥与蔡婆），全剧的引子。

第一折，逼嫁。写孤儿寡母与社会恶势力的矛盾（窦娥、蔡婆与张驴儿父子），故事的开端。

第二折，告状。写平民百姓与贪官污吏的矛盾（窦娥与梼杌太守），故事的发展。

第三折，屈死。写平民百姓与封建司法制度的矛盾，故事的高潮。

第四折，雪冤。借助清官鬼魂平反冤狱，表现理想。故事的结局。

《窦娥冤》通过窦娥被诬告、错杀及死后雪冤的记叙，揭露了封建社会的黑暗腐朽，抨击了草菅人命的封建官吏和司法制度，歌颂了窦娥宁死不屈的反抗斗争精神，表现了劳动人民的理想。

窦娥是中国漫长的封建社会陶冶出来的被压迫妇女的典型，她承受了现实社会强加给她的一切苦难。窦娥既善良，又倔强、正直，敢于斗争。这两方面相辅相成。她逆来顺受，嫁给生病的男人，年轻守寡之后还怀念亡夫；婆婆生病，她耐心侍候；她在公堂上主动替罪，在法场上为婆婆担忧，临终劝慰婆婆，乃至于屈死后的鬼魂还嘱托父亲照顾婆婆。这些表现了她的善良美德。她挖苦婆婆嫁人，"女大不中留"；她坚持要官休，反击张驴儿；她骂官府，骂天地；她抗婚，拒供，发誓，复仇，谴责父亲。这些则表现了她的倔强、正直、敢于斗争的性格。

难能可贵的是窦娥的性格不是一成不变的。从起初的安分守己、逆来顺受到后来的敢于抗争，骂官府，骂天地，她的性格有了飞跃发展。她性格的主导方面是刚烈，其发展经历了三个阶段：第一阶段，刚正不阿；第二阶段，强烈反抗；第三阶段，矢志复仇。窦娥本来没有抗争精神。她3岁丧母，7岁离父，当童养媳，嫁给生病的丈夫，17岁守寡。其间，窦娥只是消极地责怪命运，服从命运，逆来顺受。随着矛盾的加剧，她的性格逐渐有了发展。她敢于到公堂去说理，但她还是相信清官，把希望寄托在清官身上。后来，贪官的严刑拷打打破了她的幻想，也打出了她的觉悟。窦娥终于敢于把斗争矛头对准贪官污吏，骂天地，骂王法，在法场上发下三桩无头誓愿，并且一一应验。她的鬼魂不断申诉，经过坚持不懈的斗争，终于洗雪了冤情。

关于窦娥的斗争动力问题，学术界一直有争论。有人认为，窦娥之所以敢于斗争，是出于她的"节""孝"观念。我们认为，窦娥的确有一定程度的"节""孝"观念，但其主流不是这些。有论者说的"节"，是指窦娥不肯改嫁。这其实是因为她对死去的丈夫有感情，"催人泪的是锦烂漫花枝横绣闼，断人肠的是别团圆月色挂妆楼"，窦娥的思念之情跃然纸上。她反对婆婆再嫁，也不是出于"贞节"观念，而是因为家道殷实，有足以生活的家财，婆婆年纪已逾花甲，不需要靠再嫁来维持生计。尤其值得注意的，这是不正常的逼嫁。张驴儿是"好色荒淫的漏面贼"，她不肯嫁给流氓泼皮，不一定就是"贞节"的观念在起作用。关于"孝"，窦娥身上固然有孝的因素，但她代婆婆招供则要具体分析，这主要不是"孝"的观念指使，"孝"有其独特的内容、表现形式和目的，其要害是在亲长面前不讲是非，对亲长的问题不加揭发批判，对亲长的决定不敢违拗，这些必然表现为极大的虚伪性。而窦娥不是百依百顺、无所抗争的。婆婆再嫁，她不同意，冷嘲热讽；她责备父亲"你个窦天章直恁的威风大"，义正词严，不留情面。窦娥自然坦率，不带一点虚伪性，更没有凭孝去做非分之事。可以说，她有孝的观念，但不是主导方面和主要因素，在严酷的现实面前更变得很次要。综上所述，可以发现，封建社会被压迫、被剥削人民自发的反抗精神，才是窦娥斗争的动力。

《窦娥冤》是元代黑暗社会的典型概括和生动写照。剧本涉及三种社会问题，一是高利贷剥削。高利贷剥削在元代十分猖獗，元好问《遗山先生文集》卷二十六载："放高利贷如羊出羔，今年而二，明年而四，又明年而八，十年则累而千。"二是地方恶势力。《通判条格》卷二十八讲到元代地方恶势力鱼肉人民的情况。当时在乡间作威作福的有三种人：一种是曾经做过地方官的；一种是衙丁军役；一种是泼皮凶顽。他们以强凌弱，以众害寡，骗人钱财，奸人妻女，杀人放火，"交接官府，如同一家"。三是贪官污吏贪赃枉法。《元史·成宗本纪》载，元大德七年（1303 年），一年查处贪官污吏 18 743 人，贪污钱财 45 865 锭银子，冤狱 5 176 件。梼杌就是其中之一，他的治事法典就是"但来告状的，就是我的衣食父母"，"人是贱虫，不打不招"。作家对人物的命名颇见匠心：杌，是无枝之树，大棍子；梼杌，原是神话中的凶兽，在这里就是指严刑拷打，就是吃人。窦娥的典型意义在于，她是元代人民敢于反抗和顽强斗争的典型。

剧本的矛盾冲突涉及三种矛盾：剥削与被剥削的矛盾（债主与债户的矛盾），孤儿寡妇与地方恶势力之间的矛盾，贪官污吏与劳动人民的矛盾。具体表现为三组人物，三个事件。矛盾的一方是主要人物窦娥，另一方分别是蔡婆、张驴儿、太守梼杌。表现矛盾的事件分别是卖身、逼嫁、错杀。剧作中的地方恶势力与贪官融为一体，所以就是剥削者与被剥削者，压迫者与被压迫者的矛盾。蔡婆是剥削者，既有值得否定的方面，又是被压迫的对象，具有两重性，综合起来看，她应该是正面人物。作品的主要矛盾是压迫者与被压迫者的矛盾。也有论者认为剥削者与被剥削者的矛盾是万恶之源，剧作者认为事实并非如此。首先，从人物和主题的关系看，作品人物的归宿是决定人物命运、表现主题的主要因素。窦娥被杀是贪官污吏贪赃枉法的结果，是腐败的司法制度造成的。其次，从人物关系处理上看，蔡婆主导方面是受害者，是正面人物。她虽然也是剥削者，但她主要是与窦娥相依为命的被压迫者，而被剥削者赛卢医则是反面人物，所以，剥削者与被剥削者的矛盾不是主要矛盾。最后，关汉卿不是阶级论者，不可能认识到剥削的罪恶，相反，他认为剥削是合理的、天经地义的。窦娥对蔡公创家业给予礼赞："撞府冲州，挣揣得铜斗儿家缘百事有。"说明作家不可能对剥削有正确认识。所以说，这本戏的主要矛盾是压迫者与被压迫者的矛盾，以太守梼杌为代表的贪官污吏与窦娥的矛盾。地痞流氓张驴儿代表地方恶势力，与梼杌遥相呼应，一个在野，一个在朝，成为封建社会压迫者的典型。

《窦娥冤》代表了关汉卿杂剧的艺术成就。

第一，《窦娥冤》采用了现实主义与浪漫主义相结合的创作手法，形成了现实主义与浪漫主义相结合的艺术风格。剧作在揭露现实社会的黑暗，描写人物性格的变迁时，采取严格的现实主义方法。如窦天章借高利贷，让女儿当童养媳；窦娥嫁鸡随鸡，嫁狗随狗，安分守己，过小日子；蔡婆讨债，遭到人身伤害；张驴儿想毒死蔡婆，霸占窦娥，结果误杀其父，嫁祸于人，等等，都是当时日常生活中司空见惯的事件，其细节描写特别真实，具有高度的现实性。而作品结尾，明显通过三桩誓愿应验、鬼魂诉冤、平反昭雪等情节寄托了劳动人民的理想，带有浓郁的浪漫主义色彩。这种"两结合"的创作方法和艺术风格，影响了后代许多戏曲和小说作品。

第二，结构安排上别具手眼，高人一筹。这突出表现在第三折的艺术创新。从这一折的情节看，窦娥含冤赴刑，刀起头落，几乎没有什么情节，也没有文章可做，通常写不出一折戏。作家热情讴歌劳动人民的反抗精神，在表现劳动人民反抗精神方面下了很大工夫，写了非常精彩的一折戏。写窦娥在赴刑场途中骂天地王法，求情避路，刑场诀别，发无头誓愿并应验，等等。这是一种创造，可以看出作家的思想高度。其高明之处就在于，借助于情节的安排抒发劳动人民强烈的斗争精神，同时又有效地展开了情节，显得匠心独造，别开生面。第四折是第三折的必然发展。天地听从人的呼唤，是人民的斗争精神感动了天地。通过三个誓愿的陆续应验，斗争精神就演化出来了。这本戏正名为"感天动地窦娥冤"，本源于此。另外，作品精心设计了起串联情节作用的人物赛卢医，通过赛卢医这个人物将零散的情节串起来。他上场三次，每次出场都有其特殊使命，勒蔡婆，卖鼠药，做人证，步步推动情节发展，起了扭结串联作用。显然，赛卢医这个人物的设计也是创新。

第三，语言本色。王国维《宋元戏曲史》云："关汉卿一空依傍，自铸伟词，而其言曲尽人情，字字本色，当为元人第一。"① 人称关汉卿的戏曲语言如三垒瀑布之奔注，又如雨打芭蕉，爽快无比。先看人物语言，梼杌的语言："我做官胜别人，来告状的要金银"，"但来告状的，就是我的衣食父母"。一副昏庸贪酷的腔调。张驴儿说："帽儿光光，今日做个新郎；帽儿窄窄，今日做个娇客"，"你叫窦娥随顺了我，叫我三声的的亲亲的丈夫，我就饶了她"。一副流氓无赖的声口。再看叙述语言"一杖下，一道血，一层皮"，短短九个字，贪官的严威酷刑便跃然纸上。

值得注意的问题是，剧作的结尾可以研究。解决窦娥与贪官污吏的矛盾，靠的是清官、鬼魂，这应该如何评价？唯物主义者认为，鬼是不存在的。文学作品反映生活有两个原则：一个是现实主义，一个是浪漫主义。浪漫主义可以写生活中没有的，所以可以写鬼魂，主要看鬼魂象征的具体内涵是什么。浪漫主义有积极、消极之分，一种积极向上，一种消极落后。《窦娥冤》中的鬼魂象征了斗争、反抗精神，具有积极意义，就未尝不可以写，不能一概否定。文学史上有些作品是有神论者写鬼神的，无神论者可以借鉴，从中吸取营养。曹丕《列异传》有一篇《宋定伯捉鬼》就值得借鉴。在《窦娥冤》中，窦娥的鬼魂斗争是窦娥生前斗争的继续，鬼魂是窦娥至死不屈的反抗精神的升华。另外，清官是相对于贪官而言的按封建王法办事、执行封建王法的官吏。他们为封建统治阶级服务，是否应该全盘否定？统治阶级要维护统治，就要给人民好处，让人民可以生活下去。所以可能否认清官比贪官要好。也有人认为，窦天章与梼杌一样，同是封建卫道者，只是一个贪酷，一个迂腐。窦娥的鬼魂一连三次把卷宗翻过来，窦天章却因"头一案与老夫同姓"，认为不祥，压了下去。后来见到鬼魂是自己女儿，因药死公公犯罪，说："我窦家三辈无犯法之男，五世无离婚之女。辱没祖宗世德，又连累我的清名。"直到他听了窦娥鬼魂的详细叙述，知道其为屈死之后，才答应"到来朝与你做主"。最后冤案的平反昭雪，其实是窦娥坚持斗争的结果。

关汉卿的一些爱情戏《救风尘》《望江亭》等也值得我们关注。《救风尘》原名《赵盼儿风月救风尘》，写汴京妓女赵盼儿与宋引章结义为风月姊妹；引章为纨绔子弟周舍的花言巧语所蒙蔽，欲委身于他以出苦海；赵盼儿深知周舍不可靠，劝引章不要上当；引章不听，执意要嫁，随周舍到了郑州。周舍果然对引章百般虐待，引章求救于盼儿；盼儿赶到郑州设

① 王国维．王国维戏曲论文集．北京：中国戏剧出版社，1984：90.

计赚周舍，并成全了引章与秀才安秀实的婚姻。剧作构思奇巧，"风月救风尘"，就是抓住对方的心理特征，以风月为手段去解救风月姊妹，以其人之道，还治其人之身。《救风尘》结构严谨，曲词本色，思想性与艺术性均为上乘。体制虽然属于喜剧，但不乏悲剧况味。《望江亭》塑造了一个美丽聪明、胆识过人、机智果断、巧设圈套、惩治恶人的女中英豪谭记儿的形象。其他爱情戏如《谢天香》《金线池》是富于喜剧色彩的剧作，更多的是表现底层女性对自身处境的不满，曲折反映了封建社会女性地位低下的现实。《拜月亭》则是一部比较特殊的爱情戏。剧本主要描写王瑞兰与蒋世隆的爱情故事，歌颂了大家闺秀王瑞兰对爱情的忠贞，批判了阻碍婚姻自主的封建家长制，客观上反映了战争动乱给人民带来的灾难。关汉卿的杂剧《拜月亭》直接影响到南戏《拜月亭》，二者各有千秋。

历史戏《单刀会》也是关汉卿杂剧的优秀代表。《单刀会》原名《关大王独赴单刀会》，是著名的三国戏，是关汉卿历史剧的代表作。杂剧写鲁肃要索回荆州，约关羽过江赴会，席间暗设埋伏，欲加害关羽。其计遭到司马徽、乔国老等人反对。鲁肃不听劝告，一意孤行。关羽明知有诈，却毅然冒险赴会。宴会上他义正词严，怒斥鲁肃，并巧妙地采取对策，最后全身而退。身处乱世的作者歌颂关羽的英雄气概，期盼时局的安宁，呼唤扭转乾坤、保境安民的英豪。关汉卿的其他历史戏，如三国戏《西蜀梦》、五代戏《哭存孝》也都非常出色。

要之，关汉卿戏曲创作的主题主要是关注人的命运。无论是爱情剧中的众多被侮辱被损害的女性如王瑞兰，还是公案剧中的弱势群体如窦娥、蔡婆，乃至历史剧中的英雄人物如关羽，等等，都是作家作品关注的重点。这标志着一种可贵的人文觉醒、人文关怀。从关汉卿开始，文学创作由歌颂德政、暴露黑暗，转向关注人的命运，这在文艺创作领域是一种了不起的转折。文人创作由"载道文学"转向"人的文学"，显示出一种划时代的新的趋势，对后代文艺创作产生了深远影响。唯此，关汉卿被称为中国文学史上伟大的戏曲作家。

思考题

1. 简述关汉卿的戏曲艺术成就和在中国戏曲史上的地位。
2. 分析《窦娥冤》中窦娥的形象。
3. 如何正确看待《窦娥冤》中的清官和鬼魂？
4. 《窦娥冤》的语言有何特色？

第四章　王实甫《西厢记》

教学目的

了解《西厢记》故事题材的演变；掌握《西厢记》思想内容的进步意义和局限性、莺莺等人物形象以及心理描写的特色。

第一节　《西厢记》的作者和故事演变

一、《西厢记》的作者

王实甫，名德信，生卒年不详，元初大都（北京）人。王实甫是一位仕途失意的文人，是熟悉勾栏生活的剧作家。他是元杂剧文采派的代表作家，贾仲名【凌波仙】词称他："作词章，风韵美，士林中等辈伏低。新杂剧，旧传奇，《西厢记》天下夺魁。"朱权《太和正音谱》称："王实甫之词，如花间美人，铺叙委婉，深得骚人之趣。极有佳句，如玉环之出浴华清，绿珠之采莲洛浦。"王实甫著杂剧 13 种，今传《西厢记》《破窑记》《丽春堂》3 种，还有部分残折《芙蓉亭》《贩茶船》（各一折曲文），成就不高。《西厢记》是他的代表作，极负盛名。

关于《西厢记》的作者问题，有五种不同看法：一是王实甫作；二是关汉卿作；三是王作关续，即前四本王实甫作，后一本为关汉卿续，这一说法在明代最为流行；四是关作王续，即前四本关汉卿作，后一本王实甫作；五是集体创作，"王西厢"是集体修订的产物。我们认为，由于《西厢记》的语言风格与关汉卿的语言风格相去甚远，因此《西厢记》绝不可能出自关汉卿之手，于是可排除第二、第四两说；且《西厢记》前后艺术风格、语言习惯基本一致，因此，可以排除第五种说法。所以，其中第一、第三两说影响较大。《西厢记》第四本【络丝娘煞尾】提示下本内容："都只为一官半职，阻隔得千山万水。"【鸳鸯煞】批语云："'除纸笔代喉舌，千种相思对谁说？'为下文寄书作过渡。前人谓《西厢》至此已完，后为续尾，殊不可信。"可见，前贤已经注意并解决了这一问题，《西厢记》是一气呵成的，肯定是一个人的作品，故当断定为王实甫所作。

二、《西厢记》的故事演变

《西厢记》的故事题材源于唐代传奇元稹的《莺莺传》（《会真记》）。关于元稹的《莺莺传》，一说是虚构故事；一说是真人真事，张珙就是唐代诗人张籍，或说是元稹本人。原来的情节是这样的：书生张珙赴京途中，在山西普救寺见到一对流落的母女——郑夫人与莺莺。贼人包围寺院抢亲，张生设法解救，夫人逼迫莺莺面见谢恩。张生见到莺莺后神魂颠倒，遂借助红娘，与莺莺私订终身。后来张生考中了状元，抛弃了莺莺。张生认为女人是"尤物""妖孽"，"不妖其身，必妖于人"，而自己是"善补过者"。传奇的结局是始乱终弃。有人认为这是写爱情与婚姻的矛盾，表现婚姻不是爱情的必然结果；实际上，这是写爱情、婚姻与封建礼教的矛盾。

到宋代，《莺莺传》广泛流传。罗烨《醉翁谈录》记载《莺莺传》改编成为话本；周密《武林旧事》记载《莺莺传》被搬上了舞台，宋杂剧中有《莺莺六幺》杂剧；王国维考证"六幺"就是"绿腰"，是曲牌名。宋代诗词中多用《莺莺传》典故，其中苏东坡用得最多。也有人把"红娘"作为曲牌名称，《永乐大典戏文三种》之《张协状元》中有【赛红娘】【添字赛红娘】两种曲牌名。金院本有《红娘子》，宋代南戏有《张珙西厢记》，都写同一故事。在流传过程中，故事的倾向性有了转变。《莺莺传》歌颂"始乱终弃"，是一种错误倾向。宋代秦观、毛滂【调笑转踏】（【调笑令】重复，先念一首七言八句的诗，然后唱一段【调笑令】），没有写始乱终弃，略去最后"抛弃"的一节。赵德麟【商调·蝶恋花】认为不应让崔莺莺和张生分手："最是多才情太浅，等闲不念离人愁。""离人"指莺莺，说明作者同情莺莺，主题有了变化。到金代，故事则发生了根本变化。金代戏曲家董解元《诸宫调西厢记》是宋金时期唯一完整的讲唱文学作品，写了一个完整的故事，把崔莺莺、张生作为正面人物，写到他们团圆为止，倾向性有了彻底改变。本来矛盾只限于崔张男女双方之间，而"董西厢"把老夫人放在崔张的对立面上，这样矛盾既有内部的，又有外部的。"董西厢"的人物也有了变化。《莺莺传》中红娘无足轻重，"董西厢"则加重了红娘的分量，使其形象丰满了。但"董西厢"也有不足之处，如孙飞虎抢亲一节花了约六分之一篇幅，显得啰唆芜蔓；张生猴急，莺莺私奔，有庸俗低级的一面。总之，"董西厢"为王实甫创作《西厢记》奠定了基础。

第二节　《西厢记》的人物形象与主题

王实甫《西厢记》又称"王西厢""北西厢"，全名《崔莺莺待月西厢记》，是一部爱情轻喜剧，是一部以多本连演一个故事的杂剧，共五本二十折。因为第二本中的楔子安排在一折之后，且其说唱为一套曲（楔子一般不用套曲，只唱一支或两支曲子），所以有人以为第二本为五折，无楔子，其他各本均为四折一楔子（楔子均在一折之前），这样，全曲为五本二十一折。

一本《闹道场》，包括楔子、一折《惊艳》、二折《借厢》、三折《连吟》、四折《闹斋》；

二本《夜听琴》，包括一折《寺警》、二折（或为楔子）、三折《请宴》（或为二折）、四折《赖婚》（或为三折）、五折《听琴》（或为四折）；

三本《害相思》，包括楔子、一折《前候》、二折《闹简》、三折《赖简》、四折《后候》；

四本《梦莺莺》，包括楔子、一折《私会》、二折《拷红》、三折《别宴》、四折《惊梦》；

五本《庆团圆》，包括楔子、一折《捷报》、二折《寄愁》、三折《争婚》、四折《团圆》。

其中一本是故事的开端；二本、三本是故事的发展；四本一折、二折、三折是故事的高潮；五本是故事的结局。

一、《西厢记》的人物形象

《西厢记》中的崔莺莺美丽、聪明，深沉、谨慎、幽静，深锁闺中，早年许给花花公子郑恒，无法驱遣青春的苦闷。她本能地追求幸福的爱情，遇到张生后，一见钟情，爱情开始萌芽滋长。她希望主动接近张生。张生月下吟诗，她酬和联吟，处处留情。她既不满于老夫人的约束，又迁怒于红娘的跟随。她对张生的爱情纯洁透明，没有杂质，并一步步走上反抗封建礼教的道路。老夫人食言以后，她内心反抗，又惧怕老夫人的威严，心里十分矛盾。她心系张生，求红娘去问病，先送简，又赖简，忸怩作态，优柔寡断，矜持中表现出郁闷、彷徨的心情。莺莺的家庭教养、贵族身份都恰到好处地表现出来。她追求爱情幸福，对自己的行为又有所怀疑和顾虑，对红娘有所顾忌，所以处处小心，步步设防，只能采取隐蔽曲折的方式来达到目的。其性格显得热情而冷静，聪明而狡黠，表现为少见的矜持、深沉、谨慎，富于喜剧色彩。她始终把情放在第一位。当张生被迫进京赶考时，她认为功名只是"蜗角虚名，蝇头微利"，希望"但得一个并头莲，强如状元及第"，把爱情看得比状元及第还要珍贵，具有强烈的反封建意义，这表现了她对爱情的大胆赤诚追求。她希望张生不要再沾惹"异乡花草"，要求爱情专一，可见她始终把情放在首要地位，同时也担心可能被遗弃的命运。这说明她是一个清醒、细心、富有远见、因爱情而走向叛逆的贵族千金。

张生是一个才华出众、风流潇洒的志诚种。他对于爱情执着、专一、大胆，没有在功名利禄面前的庸俗，以及在封建家长面前的怯懦，表现得文采风流、豪爽飘逸。初见莺莺，他就神魂颠倒，显得轻狂冒失。"赖婚"一场，他起先憨态可掬；老夫人变卦后，他目瞪口呆，手足无措，气急败坏。莺莺赋诗约会，他居然将诗理解错了，引发了一场误会，加强了喜剧色调。同时，他又有软弱气馁、轻狂气盛的一面。面对封建礼教的重重阻碍，他曾经想到上吊自尽，缺少斗争胜利的信心和反抗到底的勇气。与莺莺成亲以后，他被迫上京应试，没有莺莺那种燕尔新婚又忍痛分离的伤心之感。长亭送别时豪言"白夺一个状元"，"凭着胸中之才，视官如拾草芥"，表现出少年书生狂妄自大的共性。他痴得可爱，又迂得可爱。

红娘作为婢女，自有其受压迫者的是非标准。老夫人让她服侍莺莺，"行监坐守"，她却从心底不满封建礼教对年轻人的束缚。当她觉察到莺莺与张生的情意后，便有意玉成其事。她具有正义感，聪明，勇敢，机警，老练，乐观，爽朗，泼辣，最具有冲击力。她乐此不疲，巧妙地周旋于小姐与张生之间，察言观色，拿捏准确，恰到好处，经常制造出喜剧因素，引人发笑，十分可爱。她对老夫人的拷问义正词严，用"人不能无信"的封建大道理回应老夫人，以维护家族利益和封建纲常的姿态，抓住其弱点，击中其要害，赢得了胜利。她对莺莺慷慨相助，其行为常常是小姐内心的外化。作为婢女，主子的归宿往往同时就是自己的归宿，她的行为也包含为自己的命运考虑的成分。

老夫人是封建礼教和封建势力的代表。她起初为了保全性命，轻率地将莺莺许嫁张生，事后又想变卦，表现出阴险、虚伪、狡猾的性格。她对女儿严加管教与防范，安插红娘实施监督，竭力维护封建礼教和家庭声誉。这一点反而弄巧成拙，恰好被为了爱情而义无反顾的叛逆者所利用，最后，她不得不认可莺莺与张生的婚事。她强迫张生进京应试，是为了挽回最后一点尊严，得到一丝安慰，达到心理平衡，显得十分可怜。她是封建家长的典型，充分体现了封建礼教的虚伪性和残酷性。

二、《西厢记》的主题

《西厢记》主要表现了爱情与婚姻的矛盾，自由恋爱与封建礼教的矛盾。封建社会婚姻观念包括三点：一是父母之命，媒妁之言；二是门当户对；三是男尊女卑。作者有意从两方面表现矛盾，第一，崔张与老夫人的矛盾，即自由爱情与父母之命、门当户对的矛盾。其实，父母之命是表面现象，门当户对才是要害、实质，父母之命与门当户对是现象与本质的关系。第二，莺莺与张生的矛盾，即自由爱情与男尊女卑的矛盾，这也是封建礼教的一方面。莺莺与张生既站在同一战线上，两人内部又充满矛盾。前者是主要矛盾，后者是次要矛盾，相互穿插。第四本第三折《长亭送别》中，两个矛盾都达到了高潮。作者用妥协的办法来解决矛盾，对父母之命用私会的形式进行冲击；对于门当户对，作者没有突破，有妥协的一面，这是作者的局限性所在。张生被迫赶考，莺莺公开流露出反对科举制度的情绪。她说："不慕豪杰，不羡骄奢，只愿生则同衾，死则同穴。"表现出强烈的爱情叛逆情绪，但没有付诸行动，根本上还是采取妥协的办法。

另外，有的曲词中也存在精华与糟粕混杂的现象，如第四本第三折【上小楼】：

> 年少啊轻远别，情薄啊易弃掷。全不想腿儿相挨，脸儿相偎，手儿相携。你与俺崔相国做女婿，妻荣夫贵，但得一个并头莲，煞强如状元及第。

"但得一个并头莲，强似状元及第"，表现出将爱情看得高于功名、高于一切的思想境界，在当时的时代环境里，具有强烈的反封建意义。而"你与俺崔相国做女婿，妻荣夫贵"，又在不经意间流露出门当户对的腐朽思想。"腿儿相挨，脸儿相偎，手儿相携"的描写则稍显庸俗。读者在阅读时不能兼收并蓄，应该注意严格区分取舍的地方。

总之，《西厢记》描写了崔张爱情的曲折历程，揭露和嘲讽了封建礼教的不合理性，肯定和歌颂了青年男女为反对封建礼教束缚，追求爱情自由、婚姻自主所进行的斗争，表达了"愿天下有情的都成了眷属"的进步思想。《西厢记》在中国文学史上爱情主题的演变中具有里程碑式的意义。

第三节　《西厢记》的艺术性

《西厢记》是元代艺术成就最高的杂剧之一，这主要表现为：精彩的喜剧冲突、成功的心理描写和雅俗共赏的语言。

一、精彩的喜剧冲突

《西厢记》是一部杰出的爱情喜剧，喜剧冲突是重要关目。作者惨淡经营，诸如对老夫人负义背盟、郑恒造谣欺骗的合理夸张，又如对张生痴情风魔、莺莺矜持作态及红娘热心快肠所造成的种种误会的细腻描写。二者绾结纠葛，又以后者为主，生动地揭示出他们心曲中的隐微之处，喜剧效果十分强烈。例如，老夫人事前许婚，事后又食言；莺莺先送简，又赖简；等等。喜剧是"把无价值的东西撕破给人看"[①]，封建礼教的虚伪和残忍暴露无遗；贵族少女对于自由爱情的畏首畏尾、患得患失的心理也和盘托出，令人解颐。

二、成功的心理描写

《西厢记》成功地塑造了莺莺、张生、红娘、老夫人等形象，准确地表现出各个不同身份的人物所具有的不同性格特征。作者善于开掘人物的内心世界，描写人物的心理活动十分出色。这在古代戏曲、小说中比较突出，对于刻画人物起了重要作用。

其一，景物描写烘托人物心理，如【正宫·端正好】："碧云天，黄花地，西风紧，北雁南飞。晓来谁染霜林醉？总是离人泪。"以秋天的碧空飞雁、西风黄花烘托离人之愁。

其二，通过对客观事物的感应来描写心理，如【快活三】："将来的酒共食，尝着似土和泥。"玉液琼浆、美味佳肴，味如泥土，这是伤心人的心理特征。

---

① 鲁迅．坟．北京：人民文学出版社，1973：159.

其三，运用夸张、对比手法描写心理，如【小梁州】"意似痴，心如醉，昨宵今日，清减了小腰围"，是夸张；【二煞】"昨日个绣衾香暖留春住，今夜个翠被生寒有梦知"，是对比手法。

其四，借鉴古代文学艺术传统方法刻画人物心理，如【收尾】"遍人间烦恼填胸臆，量这些大小车儿如何载得起?"明显化用了宋代婉约派词人李清照的词"只恐双溪舴艋舟，载不动许多愁"，运用了通感的修辞手法。

三、雅俗共赏的语言

《西厢记》文辞华美，富有诗情画意，表现出鲜明的花间美人风格。一方面，善于将古典诗词熔铸入曲词，化腐朽为神奇，既华丽又自然，如"碧云天，黄花地。西风紧，北雁南飞。晓来谁染霜林醉? 总是离人泪"，以及"淋漓襟袖啼红泪""伯劳东去燕西飞"等名句。其中第一句分别借鉴了宋词人范仲淹的【苏幕遮】"碧云天，黄叶地"，以及苏轼的【水龙吟】"不是杨花，点点是离人泪"。第二句引用魏晋时期王嘉《拾遗记》"薛灵芸选入宫时，别父母，以玉唾壶承泪，壶即红色"的典故。第三句则是成语"劳燕分飞"的出处。因此，千百年来传诵不衰。另一方面，又善于吸收群众口语。如"你休忧文齐福不齐，我只怕你停妻再娶妻"，"笑吟吟一处来，哭啼啼独自归"等全是口语。这样，就形成了雅俗共赏的语言风格。

《西厢记》风格委婉曲折，感情缠绵悱恻，如花间美人，在本色派和文采派之外别树一帜。体制上也有创新，打破了一本四折、一个角色独唱到底的通例，采用了五本二十一折的宏伟结构，主要角色都有演唱，全本如此，最富艺术魅力。

思考题

1. 简述《西厢记》故事题材的演变过程。
2. 分析《西厢记》中莺莺的人物形象。
3. 以《长亭送别》为例，分析《西厢记》心理描写的特色。
4. 试分析《西厢记》的戏曲冲突。
5. 指出《西厢记》思想内容的局限性。

第五章 其他元杂剧作家

🗂 **教学目的**

了解白朴、马致远、郑光祖等元曲大家的创作，掌握《梧桐雨》《墙头马上》《汉宫秋》《倩女离魂》的思想内容、艺术成就和人物形象。

第一节 白 朴

白朴（1226—约 1306 年），字仁甫，后改字太素，号兰谷先生。生于金哀宗正大三年（1226 年），隩州（今山西河曲）人。其父白华做过金哀宗的枢密院判官。在元代杂剧作家中，他是为数不多的出身于地主阶级的曲家。白朴七岁时，蒙古兵攻下金朝首都汴京（今开封），其父随金哀宗出奔，母亲死于劫难，致使一家离散。白朴心灵饱受创伤，目睹山河破碎，心情沉重。他被其父好友、著名诗人元好问带到山东避难，并在其教导下读书。在元好问的教育下，他掌握了丰富的文化知识。金亡后，其父又带他定居真定（今河北正定）。真定是元代戏曲活动中心之一，演出活动频繁，白朴受到戏曲的熏陶。在大都时他曾和关汉卿一起参加玉京书会，并游览过汴梁、杭州等戏曲演出活动较多的地方。中统年间，投降元朝、爬上中书右丞相高位的史天泽推荐白朴做官，白朴婉言拒绝。以后，他"徙家金陵，从诸老放情山水间，以忘天下"，对元代统治者采取不合作的态度，与诗酒词曲相伴，在南方度过了余生。

钟嗣成《录鬼簿》记录白朴杂剧 17 种，现仅存《梧桐雨》《墙头马上》2 种。从两剧创作风格看，《梧桐雨》清丽缠绵，《墙头马上》泼辣尖新，足见作家戏路广阔，风格多样。此外，白朴的词和散曲写得很好，"词语遒严，情寄高远"。他存有散曲 40 多首，著有《天籁集》2 卷。

一、《墙头马上》

《墙头马上》，原名《裴少俊墙头马上》，源于白居易诗《井底引银瓶》："姜弄青梅凭短墙，君骑白马傍白杨。"白居易的《井底引银瓶》记叙了一个婚姻悲剧故事：一个女子爱上了一个男子，与之同居了五六年，但因男方家长认为"聘则为妻奔则妾"，被逐出家门。在始乱终弃的社会风气里，诗人对这个不幸的女子给予了同情，并对世人提出"寄言痴小人家女，慎勿将身轻许人"的告诫。《井底引银瓶》的素材，在白朴之前早已得到民间艺人的重视。南宋周密《武林旧事》载，宋官本杂剧有《裴少俊伊州》一本；元陶宗仪《辍耕录》载，金院本有《鸳鸯简》及《墙头马（上）》各一本。徐渭《南词叙录》记载，南戏有《裴少俊墙头马上》；而南宋话本《西山一窟鬼》有"如撺青梅窥小俊，似骑红杏出墙头"（"小俊"当为"少俊"）两句插话。可见这则故事一直得到艺人的青睐，为白朴的再创作准备了条件。白朴《墙头马上》虽然以传统故事为框架，但所表现的思想倾向与白居易原诗迥异，描绘了女子大胆追求爱情，勇敢地向封建家长挑战的故事，谱写了一曲歌唱婚姻自由的颂歌。剧本写尚书裴行俭的儿子裴少俊骑马出行，与总管李世隆之女李千金隔墙相遇，一个倚马柳旁，一个拈花墙下。两人一见钟情。经过传书递简，李千金勇敢地与裴少俊私奔。裴少俊将她藏在府中后花园的书房里，并生下一男一女。七年以后，李千金的踪迹被发现。裴尚书怒斥李千金为娼妓，要休掉她，并用石上磨金簪、井底引银瓶来迫使她就范，结果簪断瓶坠，她被赶回娘家。后来裴少俊中第得官，求她重返裴府，裴尚书也来相劝，李千金坚决不肯，还把家翁老爷讥讽奚落了一番。最终，为了一双儿女，她才勉强重归于好。

李千金是一个勇于反抗封建礼教的妇女形象。她是宦家小姐，深通文墨，容颜出众，志量过人，大胆坚决地争取婚姻自主，毫不妥协地与封建势力抗争。渴望爱情是她最鲜明的特征。她直言不讳："我若还招得个风流女婿，怎肯教功夫学画远山眉，宁可见银高照，锦帐低垂，菡萏花开鸳并笑，梧桐枝隐凤双栖。"她敢于无媒自聘，邀裴少俊跳墙相会；被撞破以后，她也毫不畏惧，"我待舍残生，还却鸳鸯债，也谋成不谋败"，义无反顾地弃家私奔。她为了爱情不顾一切，具有强烈的反封建的时代意义。她不同于相国千金崔莺莺的瞻前顾后、优柔寡断；而是果断刚烈、敢作敢当，"既待要偷期，咱先有意，爱别人可舍了自己"。在沉重的封建礼教压力面前，她不低头，不让步，敢于据理力争，无情反击。在狠毒的裴尚书和软弱的丈夫面前，她表现得十分坚强。裴尚书骂她"败坏风俗"，"女嫁三夫"，她说"我只裴少俊一个"，"姻缘天赐"，一句一句顶了回去，毫不示弱。裴尚书用石上磨金簪、井底引银瓶来胁迫她，她勇敢尝试；希望落空后，不委曲求全，决然离去。她谴责裴少俊写休书的软弱。少俊得官以后求她重做夫妻，她断然拒绝，斗争精神非常强烈。但她也流露出封建门第观念，一再声称自己并非出身倡优之家："妾是官宦之家，不是下贱之人。"最后的团聚，并不表明叛逆者的妥协退让，而是出于元杂剧"愿普天下姻眷皆完聚"的大团圆结局的需要。

李千金虽出身于官宦家庭，但作者有意刻画一个不同于贵族千金的市民女性形象，更多地赋予她市井女性的特征。她并不是藏在深闺，而是勇于冲风冒雨，表现出泼辣大胆、果断刚烈、敢作敢当、反封建思想意识强烈的市民妇女的性格特征。在元杂剧舞台上，她与相国千金崔莺莺形成鲜明对照。在市民阶层崛起的元代，市民妇女李千金的形象有其独特的美学价值。

二、《梧桐雨》

《梧桐雨》，原名《唐明皇秋夜梧桐雨》，题目出自白居易《长恨歌》"春风桃李花开日，秋雨梧桐叶落时"。题材本于唐代陈鸿的传奇《长恨歌传》和白居易的感伤诗《长恨歌》，主要通过李隆基和杨贵妃的爱情故事，寄托故国之思、兴亡之感。其影响深远，清代洪昇的传奇《长生殿》即本于此。

《梧桐雨》写李隆基在位日久，太平无事，宠幸杨贵妃，朝歌暮宴，岁无虚日，导致安史之乱。唐明皇携杨贵妃西行幸蜀，走到马嵬坡，六军不发，要求处死罪魁祸首杨国忠和杨贵妃。唐明皇无奈，只得赐死杨贵妃。安史之乱平定后，李隆基返回京师，退居西宫。梦见杨贵妃在长生殿设宴，请他赴席，梨园子弟正准备演出。忽然被窗外一阵阵梧桐叶上的雨声惊醒，想起正是昔日的欢会带来今日的凄凉。

剧本卒章显志，揭示了杂剧的创作动机是总结教训，以警戒后人。唐玄宗在位四十多年，号称"五十年太平天子"。晚年朝欢暮宴，不理朝政，以致爆发了安史之乱，几乎断送了盛极一时的大唐帝国。《梧桐雨》揭露了唐明皇昏庸腐朽、耽于酒色的罪恶，反映了封建地主阶级政权由盛而衰的过程。剧中的哀婉悲歌可以说在一定程度上寄托了作者的兴亡之感，表现了作者的故国之思。但作品的倾向比较复杂，或者说不够鲜明，作者在揭露唐玄宗的纵情酒色、荒淫误国、昏庸腐朽的同时，又把他写成多情的天子，对李杨爱情悲剧的结局表示深刻的同情。这基本与白居易《长恨歌》相似，削弱了批判力量。

《梧桐雨》是一部抒情诗剧。作家的主观情绪浓厚，剧中洋溢着迷惘悲凉的情调。白朴善于借景抒情，以情景描写揭示人物的内心活动和精神状态。他把李杨爱情的悲欢离合与梧桐巧妙地联系起来，这是其构思的得意之笔，也是本剧成功的关键所在。李隆基对着梧桐深情回忆："当时妃子舞翠盘时，在此树下；寡人与妃子密誓时亦对此树；今日梦境相寻又被它惊觉了。"点明了梧桐的艺术构思作用。梧桐意象的本身就暗示着孤独、寂寞、伤心；而梧桐叶上的雨声则更加揪人心肺，凄楚动人。剧作中，淅淅沥沥、缠绵凄凉的秋夜梧桐雨，正寄托了唐玄宗对杨贵妃无尽的思念和悲戚痛楚的心境。其他，如李隆基逃蜀途中看到的隐隐天涯、剩水残山、坏垣破屋、雾树昏花、灞桥衰柳，以及"黄埃散漫悲风飒，碧云暗淡斜阳下"的景色，也表现出作者对唐王朝末日到来的哀婉和无可奈何，委婉含蓄，抒情味很浓。《梧桐雨》文采丰赡，清词丽句中不乏活泼自然之语。这也是《梧桐雨》高超艺术成就的重要表现。

第二节　马致远

马致远（约 1250—约 1321 至 1324 年间），号东篱，元代大都（今北京）人。他的生平资料很少，根据现有材料可知，他少年时曾追求功名，未能得志。曾混迹于大都，参加过元贞书会，与李时中、花李郎、红字李二合写过《黄粱梦》杂剧。明初贾仲名为他写的【凌波仙】词说他"战文场，曲状元，万花丛中马神仙"。"神仙"就是道士，这里指当时流行于北方的全真教教徒。中年时期，他一度担任浙江省务提举，与散曲作家卢挚、张可久等有唱和。晚年退隐田园，正是"红尘不向门前惹，青山正补墙头缺"，过着"酒中仙、尘外客、林间友"的生活。他是元杂剧文采派代表作家，在元代剧坛占有相当重要的地位。周德清《中原音韵》将他与关汉卿、郑光祖、白朴并列为"元曲四大家"。朱权《太和正音谱》将他放在元曲作家第一位，称："马东篱之词，如朝阳鸣凤，其词清丽典雅，又若神凤飞鸣于九霄，岂可与凡鸟共语哉？"

马致远创作小令115支、套数16套、残套7套；杂剧15种，现存《汉宫秋》《荐福碑》《岳阳楼》《任风子》《陈抟高卧》《青衫泪》《黄粱梦》7种。其代表作为《汉宫秋》。

《汉宫秋》原名《破幽梦孤雁汉宫秋》，主要写王昭君与汉元帝的爱情，以及昭君和番的故事。关于王昭君故事的最早记载，见于《汉书·元帝纪》《汉书·匈奴传》《后汉书·南匈奴传》。王昭君自请和番，嫁给了呼韩邪单于，生了一子二女。后来由于时代变迁、历史兴亡，文学创作开始脱离史实。西晋石崇《王明君词序》、孔衍的《琴操》写王昭君18岁进宫，和番后饮药而死，结成青冢之恨。东晋时葛洪《西京杂记》写王昭君自恃美貌，不肯贿赂画工毛延寿，涉及忠奸斗争。唐宋诗作吟咏昭君故事的有600多首。由于民族矛盾激化，王昭君故事演变成悲剧。王安石《明妃曲》中的"汉恩自浅胡自深"，"人生失意无南北"，借王昭君事迹寄托诗人自己的失意之感。敦煌变文中有《王昭君变文》残本，主题是厌胡思汉，写昭君思念故国，忧郁成疾。

马致远《汉宫秋》继承了从西晋到唐宋的材料，为了表现主题，又有目的地进行了选择，具体表现为如下几点：其一，王昭君从良家子变成庄户人家子女；其二，毛延寿由画工变成朝中大臣，是贪官奸臣，后惧祸逃到匈奴，变成卖国贼；其三，由王昭君未得见汉元帝变成两人相遇并情感甚笃，分离的悲剧意义加强了；其四，由汉强敌弱改为汉弱敌强，凸显朝臣昏庸无能；其五，由昭君自请和番改为出于爱国思想，为保全国家而牺牲自己；其六，昭君由和番后生育过子女，改为和番途中到黑龙江（应为黑江）边就自杀殉国，表现出爱国精神；其七，安排呼韩邪单于的思想转变，他追宄毛延寿的责任，将其遣送到汉朝，处以死刑，强调民族友好。

学术界对《汉宫秋》的争论，主要是关于主题及王昭君形象的争议，主要有三次：

第一次，20世纪50年代，讨论《汉宫秋》的主题，有一派认为写民族感情；另一派认为写爱情。

第二次，20世纪60年代，有一位历史学家把《汉宫秋》贬得一文不值，说王昭君是封建专制主义的奴才，而马致远将汉元帝写成了情种，民族矛盾特别尖锐。学术界有人予以反击，认为不应从历史角度去理解《汉宫秋》，文学创作不能等同于历史，文学的形象可以适当虚构和艺术创造。

　　第三次，20世纪80年代，曹禺的剧本《王昭君》继承了60年代的传统，拔高了王昭君的形象，塑造了一个高高兴兴的王昭君。学术界却认为，文学创作不能够简单化，人为拔高的王昭君形象不符合艺术真实，没有说服力。

　　《汉宫秋》主要叙写汉元帝与王昭君的爱情，又赞扬了王昭君的爱国情操，批判了昏庸无能的皇帝和文武百官。贪官污吏、奸佞小人兴风作浪，这是乱世的表征。毛延寿"雕心雁爪，做事欺大压小"，他百般巧诈，一味诡谀，教唆皇帝少近儒臣、多近女色，敲诈勒索，中饱私囊。王昭君就是因不肯行贿，遭其暗算，结果被发配永巷，长居冷宫。毛延寿后来还勾结匈奴，背叛朝廷，致使朝中君臣一片恐慌，整个国家陷入困境。汉朝的文武官员都是"干请了皇家俸"，而不能"安社稷，定戈矛"的废料。他们只会"山呼万岁，扬尘舞蹈"，一旦出事，就相互推诿。文恬武嬉必然导致朝政的衰败。外族侵凌，皇帝竟然不得不让宠妃去和亲。这从一个独特的侧面揭示了文武官员的腐败无能。汉室奸佞当道，阻塞贤路；外族入侵，危机四伏。而汉元帝却被蒙蔽，自以为天下太平，高枕无忧，以"后宫寂寞"为念，四处搜寻美女。在巡视后宫时，他意外地见到才貌出众而长居冷宫的王昭君，从王昭君的琵琶声中听到哀怨之情，心生爱怜之意。他宠爱昭君，更多是出于感情的共鸣。他声称与王昭君的姻缘是"五百载该拨下的配偶"（第二折【梁州第七】）。他对昭君爱得如痴如醉，是一个怜香惜玉的多情才子。汉元帝身为天子，许多事情身不由己，一直受人摆布。他本要处置毛延寿的欺君之罪，却招致毛延寿献美人图，呼韩邪单于索要昭君。满朝文武竟别无良策，劝他献出美人以换取和平。他绝望地呼喊"中原四百州，只待要割鸿沟"，道出了无可奈何的情怀。在送别昭君时，他要多留片刻，却遭到尚书的干预，连多看一眼的自由也没有。值得注意的是，现存《汉宫秋》的多种版本，题目正名都有"汉元帝不自由"一句，汉元帝在送别时唱道"谁似这做天子的官差不自由"。正如李商隐《马嵬》诗云："如何四纪为天子，不如卢家有莫愁。"对于元帝，作者既批判他的沉溺酒色，荒淫误国，招致外族的侵凌，又同情他的遭遇，可见作家塑造汉元帝形象的苦心孤诣。王昭君徒有才情和美貌，事事总不如意。皇宫选美，她离乡背井；毛延寿弄权，她被打入冷宫；侥幸得到恩宠，但好景不长，被迫和番；身处异邦，又思念汉朝，义不受辱，投江自尽，最后成为一个国力衰微的时代和文臣武将无能的社会的牺牲品。

　　作品主要叙写汉元帝与王昭君的爱情，又赞扬了王昭君的爱国情操，批判了昏庸无能的文武百官。中心人物是汉元帝，作者既批判他的沉溺酒色，荒淫误国，招致外族的侵凌；又同情他的遭遇——不得不把宠爱的妃子献给匈奴。通过王昭君、汉元帝的形象，作者抒写了自己刻骨铭心的人生感悟；通过戏曲冲突，作者曲折表现了人生其实无法自己主宰命运，只能任由命运摆弄的无奈和悲哀。

　　王昭君是一个具有民族气节、热爱自己国家、坚贞不屈的妇女形象，最后投江而死，结成青冢之恨。过去的相关作品，或哀其不遇，或怜其远别，或赞其美貌，或嘉其胆识。而此剧本由抒写个人的不幸命运，变为描绘整个民族的屈辱苦难，成为富有时代特征的悲剧画卷；揭示了民族衰败的原因，总结了经验教训。汉族统治集团成员，在其位不谋其政，国难当头，或卖国求荣，或诿过卸责。剧本概括了金宋两代灭亡的教训，表达了命运戏弄人生的况味。

《汉宫秋》是抒情悲剧，有浓厚的抒情意味。作者马致远具有抒情诗人气质，尤其擅长悲剧性的抒情。因此，《汉宫秋》不以情节取胜，而以悲情感人。作品情调忧伤悲愤，流露出对民族命运的关切和深沉的感伤情绪。《汉宫秋》以秋天的意境作为全剧的背景，着意突出秋天的肃杀悲凉，使整个剧情笼罩在灰暗萧瑟的氛围中，表现出作者对时代的体验和感悟。作品善于把外界景物描绘同人物内心感情抒发融为一体，因景生情，以情化景，具有感人的艺术魅力。如渭城衰柳，灞桥流水，孤雁南飞，"一声声绕汉宫，一声声寄渭城"，等等。这些景物描写都属于感情的外化，令人浮想联翩。

《汉宫秋》的语言准确凝练，文采斐然。第三折作为全剧的逻辑高潮，叙写灞桥送别和昭君投江。曲词不仅化用了唐宋诗人王维、欧阳修、苏轼等人的诗句，而且多用重叠、顶针、回环等修辞手法，特别是唱词【梅花酒】：

> 他、他、他，伤心辞汉主，我、我、我，携手上河梁。他部从入穷荒，我銮舆返咸阳。返咸阳，过宫墙；过宫墙，绕回廊；绕回廊，近椒房；近椒房，月昏黄；月昏黄，夜生凉；夜生凉，泣寒螀；泣寒螀，绿纱窗；绿纱窗，不思量！

曲词首尾相接，回环相生，音哀节促，凄楚动人，既准确地表现出汉元帝无尽的痛苦、惆怅、无奈，又把读者的感情渐渐引向高潮。

第三节　郑光祖

郑光祖，字德辉，生卒年不详，山西平阳（今临汾）人，元代后期最著名的剧作家。钟嗣成《录鬼簿》说他"名闻天下，声彻闺阁"，曾"以儒补杭州路吏"，在江浙一带做过小官。他为人正直，待友情厚，不妄与人交。后卒于杭州，火葬于西湖之滨的灵芝寺。郑光祖的杂剧作品有目可考者18种，现存《倩女离魂》《王粲登楼》《梅香》《周公摄政》《三战吕布》5种；《月夜闻筝》仅存词曲残篇。另有《老君堂》《伊尹耕莘》《智勇定齐》3种，一说亦为他所作。其杂剧有写名士怀才不遇的，有写青年婚姻的，有以历史传统为题材的；有些专写文臣，有些专写武将。可见他戏路很广。其代表作为《倩女离魂》。

《倩女离魂》故事题材最早见于唐代陈玄祐的传奇小说《离魂记》，郑光祖在此基础上，创作了脍炙人口的浪漫主义剧作《倩女离魂》。剧本写张倩女和王文举自幼定亲，张母嫌王生没有功名，以"俺家三代不招白衣女婿"为理由，让倩女与王生以兄妹相称，待王生考上科举再行结婚。王生启程赴京。倩女思念不已，魂魄离开了躯体，追上了正在途中的王生，与之结为夫妻；躯体在家恹恹成疾，在床上愁思绵绵。王生到京，一举成名，中了状元，带倩女衣锦荣归。到家后，倩女的魂魄与躯体才合二为一。当时的女青年在爱情婚姻问题上，第一担忧父母作梗；第二担忧男子负心。倩女的魂魄、躯体，代表了人物性格的两个不同方面。作品运用浪漫主义手法，成功地塑造了一个追求婚姻自由的妇女形象，展示了封建礼教束缚下，少女沉重的精神负担，以及她们对自由美好的爱情生活的向往和追求。

张倩女的形象是本剧成功的关键。首先，在自己的婚姻问题上，父母作梗，她忧心如焚，抑郁成病，奄奄一息，卧病在床，以消极的方式反抗父母之命，追求婚姻自主。其次，她担心中举后的男子负心，另娶高门，故决意要跟着进京。所以她得知王文举启程赴京后，便灵魂出窍，连夜追赶。她不仅考虑周全，而且勇敢果断，执着坚定。面对王生的软弱、迂腐、不敢收留，她义无反顾，执意不回，并且声明，即使王生落第，她也甘愿终生荆钗布裙，淡茶粗饭，爱他一辈子，表现出专诚忠贞的爱情观。为此，明人孟称舜的《柳枝集》把《倩女离魂》第二折作为压卷之作。

《倩女离魂》在艺术上首先是运用了浪漫主义手法，精心设计了离魂的情节，既表现了人物的反抗性格，又借以推开故事的情节。离魂的情节虽有所本，却也有创新之处。作品先以灵与肉的分离，形象地说明封建社会女子在爱情婚姻问题上的两重担忧；最后又以灵与肉的统一作为结局，说明敢于反抗就会胜利，展示了黑暗王国的一线光明和胜利的希望。郑光祖的《倩女离魂》中的灵与肉分离的艺术处理手法对于明代汤显祖的传奇《牡丹亭》有重要影响。其次，作家的诗人气质决定了剧作富有浓厚的抒情意味，作品曲词清丽俊美，刻画人物细致入微，耐人寻味。王国维评说："此种词如弹丸脱手，后人无能为役。"（《宋元戏曲史·元剧之文章》）这正是该剧深得读者喜爱的原因所在。

郑光祖的《王粲登楼》，根据王粲《登楼赋》虚构而成，通过王粲落魄荆州、登楼作赋的场面，抒发游子飘零、怀才不遇的感情，流露出漂流异乡的深沉感慨。可以说，王粲就是长期漂泊南方的作者郑光祖的自况。作品寄托了作家本人的身世之感，也曲折反映了元代下层知识分子的心态。

第四节　其他作家作品

康进之，棣州（今山东惠民）人，一说姓陈。生平事迹不详。所作元杂剧今知有2种：《黑旋风》已佚，唯传《李逵负荆》。元人水浒戏现存20余种，《李逵负荆》是其中最优秀的杰作。杂剧写李逵清明节下山游玩，来到梁山泊附近的王林酒店饮酒，见王林啼哭不止。原来王林之女满堂娇被宋江、鲁智深抢走。李逵回到梁山大闹忠义堂，要砍倒杏黄旗。宋江、鲁智深不知就里，李逵以头为赌，勒下军令状，逼他俩下山与王林对证。宋江、鲁智深来到酒店，王林确认抢人的不是他们。李逵自觉理亏，只好负荆请罪。宋江佯装不饶。此时王林上山报信，抢女儿的贼又来了。宋江即派遣李逵下山捉拿，以功折罪。李逵捉得冒充梁山英雄抢劫百姓的两贼宋刚、鲁智恩，当场枭首示众。作品成功运用了误会这一传统手法，集中塑造了李逵的形象：朴实粗率而富有正义感，同情被压迫人民，忠于梁山事业，勇于改过，而又易于激动，轻信人言。李逵的形象真实可信，既可笑，又可爱。

纪君祥，一作纪天祥，大都（今北京市）人，与郑廷玉、李寿卿同时。作杂剧6种，仅存《赵氏孤儿》一种，另《松梦阴》（一作《松荫记》）仅存词曲一折。《赵氏孤儿》是元代著名悲剧，题材取自《史记·赵世家》，写赵盾与屠岸贾两个家族围绕赵氏孤儿命运展开的一系列斗争。春秋时期，晋灵公昏聩，武将屠岸贾擅权，将大臣赵盾全家满门抄斩。赵盾子驸马赵朔亦被迫自杀。赵朔妻生下赵氏孤儿，被门客程婴偷送出宫。屠岸贾下令屠杀天下所有婴儿。韩厥放过程婴与孤儿，自刎而死；程婴则以己子代孤儿送给公孙杵臼，又检举公孙杵臼私藏孤儿，公孙杵臼为收藏孤儿献出生命。程婴被屠岸贾收为门客，孤儿被屠岸贾认为义子。20年后，孤儿长大，最后报仇雪恨。杂剧的主题是忠奸斗争，鼓吹复仇。18世纪，《赵氏孤儿》传到欧洲，是我国最早传到西方的元代杂剧。1733年，此剧传到法国；次年，法国《水星杂志》发表了法译片段；1735年，巴黎《中华帝国全志》刊登法文节译本。《赵氏孤儿》曾被译成英、俄、德、意等国文字，法国大作家伏尔泰将其改编为悲剧《中国孤儿》，德国诗人歌德据其改编的《埃尔佩诺》尚有1783年版残本。

杨显之，生卒年不详，大都（今北京市）人。元钟嗣成《录鬼簿》载他与关汉卿为莫逆之交，常帮助关汉卿修改剧本，人称"杨补丁"。杨显之也是一位熟悉勾栏生活，与下层艺人关系密切的作家。杨显之撰杂剧8种，今存《临江驿潇湘秋夜雨》《郑孔目风雪酷寒亭》。《临江驿潇湘秋夜雨》，简称《潇湘雨》，是一部以男子负心为题材的作品。叙写儒士崔通先娶张翠鸾为妻，曾信誓旦旦，永不变心。一旦高中状元，便嫌贫爱富，抛弃发妻，另娶试官之女，以为攀附之阶。当翠鸾历经艰辛找到他时，他不仅不认翠鸾，反诬翠鸾是逃婢，将之发配沙门岛，并嘱解差在途中将她害死。内容情节似《秦香莲》，结局似《金玉奴》。作品以犀利的笔锋，将一个趋炎附势、人格低下的无行文人的丑恶灵魂充分揭露出来，客观上也说明封建社会女子的命运决定于父辈的地位以及男子一方的不合理性。

尚仲贤，生卒年不详，真定（今河北正定）人。曾任浙江省务提举，后弃官而去。所作杂剧11种，今存3种，以《柳毅传书》最为著名。《柳毅传书》本于唐代李朝威的传奇小说《柳毅传》，写洞庭君之女三娘婚后备受丈夫泾河小龙的虐待，被罚往水边牧羊。落第书生柳毅经过此处，对龙女的遭遇深表同情，遂为她传书报信。她的叔父钱塘火龙闻讯大怒，率领水军打败泾河小龙，救回三娘。后柳毅与三娘结为夫妻。柳毅是一个见义勇为、不辞劳苦、救助无辜妇女的书生形象，体现了中国人民富有同情心、助人为乐的传统美德。他与三娘人神结合的爱情，符合广大人民的愿望，具有浪漫色彩。

郑廷玉，彰德（今河南安阳）人，作杂剧23种，仅存《看钱奴》《后庭花》《忍字记》《楚昭公》《金凤钗》5种。作品多取材于下层穷苦人民生活，或谋财奸杀等公案故事，以讽刺喜剧《看钱奴》为代表作。《看钱奴》取材于干宝《搜神记》中的"张车子"故事，叙写秀才周荣祖进京应试，将家财埋在地下。穷汉贾仁在佛前祈福，因周荣祖的父亲曾对佛不敬，故神灵遂将周家财富借与贾仁20年。贾仁到周家掘得宝藏，变为大财主；周荣祖沦为穷人，饥寒交迫，无奈将儿子卖给贾仁。贾仁悭吝成性，做了20年看钱奴，死后财产仍归周家。作品宣扬荣枯轮转、贫富天定、因果报应等消极思想；但其中用漫画手法淋漓尽致地刻画了土财主的悭吝、贪婪、狠毒，伪善、狡诈，堪称入木三分。作品讽刺笔法娴熟。批判性强。其中的看钱奴不仅可与讽刺小说《儒林外史》中的悭吝人严监生形象媲美，而且更加穷形尽相。

此外，无名氏《陈州粜米》是现有元代包公戏中成就最高的一本戏。曹栋亭刻《录鬼簿》收有陆仲良《开仓粜米》，或即《陈州粜米》。剧本写宋朝陈州连年饥荒，朝廷派官吏前去赈灾。刘衙内举荐了儿子小衙内和女婿杨金吾去放粮，他们带有御赐紫金锤，可以先斩后奏。二人与刘衙内商妥，到陈州私加粮价，降斗提秤，压榨人民。受灾人张撇古去粜米，见事情不公，骂了贪官，被小衙内用紫金锤打死。其子小撇古到京城找包公申冤。包公微服私访，查清了事情原委，立即处决杨金吾，命小撇古用紫金锤打死了小衙内，报了杀父之仇。接着皇帝发下赦书，赦活不赦死，正好赦了小撇古。这本戏一方面暴露了封建统治的黑暗，人民的苦难；一方面写出人民的愿望，希望有一个清官来为民申冤。张撇古是被压迫者的形象，具有坚忍不拔、至死不屈的反抗性格和强烈的报仇愿望。包公为被压迫人民报仇除害，铁面无私，机智沉着，寄托了人民理想。

其他如李好古的《张生煮海》以及后期剧作家宫天挺的《范张鸡黍》、乔吉的《扬州梦》、秦简夫的《东堂老》等，也都是元杂剧中比较优秀的作品。

元成宗大德年间至元末（1300—1368 年）是元杂剧发展的后期阶段，元杂剧创作逐渐走下坡路。其衰微的标志是杂剧创作活动中心南移到杭州。元杂剧衰微的原因，一是元朝统治者对杂剧由干预变成禁锢，杂剧已经变成封建统治者的御用工具，失去了早期战斗的光彩；二是由于杂剧作家的南移以及元代统治的相对稳定，元杂剧创作早期的现实主义土壤已不复存在；三是从文艺形式内部看，元杂剧体例上的局限，如一本四折、一人独唱等，严重阻碍了杂剧的发展。杂剧日渐走向衰微，必然为南戏所取代。

📑 思考题

1. 试分析《墙头马上》戏曲中李千金的人物形象。
2. 《梧桐雨》是如何寄托作者的兴亡之感的？
3. 《汉宫秋》的抒情色彩是如何表现的？
4. 《倩女离魂》中灵与肉分离的描写有何时代意义？

第六章　宋元南戏

🔲 教学目的

了解南戏发生、发展的概况，掌握南戏与北杂剧体制上的区别，熟悉"荆、刘、拜、杀"和《琵琶记》的内容梗概、人物形象。

第一节　南戏概说

南戏是南曲戏文的简称，也称戏文。南戏是在宋代杂剧基础上，结合南方地方曲调而发展起来的一种新型的戏曲形式。

一、南戏的渊源

南戏产生的时间比北杂剧要早。有资料表明，在南北宋交替之际，南戏就在南方的浙江一带流行，称永嘉杂剧、温州杂剧。徐渭《南词叙录》云："南戏始于光宗朝，永嘉人所作，《赵贞女》《王魁》二种实首之。或云宣和间已滥觞，其盛行只自南渡，号曰永嘉杂剧。"光宗朝（1190—1194 年），是南宋赵惇统治的时代；宣和（1119—1125 年），是北宋徽宗的年号。祝允明《猥谈》称："南戏出于宣和之后，南渡之际，谓之温州杂剧。余见旧牒，其时有赵弘夫榜禁，颇述名目。如《赵贞女》《蔡二郎》等，亦不甚多。"综合这两条材料，可以说明，南戏起源于北宋，盛行于南宋。

南戏发源早，但发展较慢。南戏比较富于战斗精神，能反映老百姓的不平之事。从最早的南戏剧目看来，《赵贞女》《王魁》都是民间谴责男子负心的作品，所以"乃撰为戏文，以广其事"，"民众不平，唯恐其漏网"（周密《癸辛杂识》）。据载，南宋大儒朱熹在福建漳州做官时，曾多次下禁令，不许演戏文。南戏在形式上也有很多局限，《南词叙录》载："其曲则宋人词，而益以里巷歌谣，不叶宫调，故士大夫罕有留意者。"最初的南戏，就是在宋词里加上民间小曲、里巷歌谣，在音乐和表演上均带有随意性。早期的南戏出自民间，在格律上不讲究，在宫调组织上也不严密，必然不协宫调。嗣后的剧作家竞相仿效，遂习以为常。如高明的《琵琶记》作为南戏与传奇之间承前启后的作品，就声称"不寻宫数调"。此外，有些曲牌来自民间，缺少加工，如【赵皮鞋】【关小四】【麻婆子】，仅从这几个曲牌名称就可以看出它们没有经过加工，显得相当粗糙，所以被人称为"乱弹"。统治阶级的反对、禁止，严重阻碍了南戏的发展。南戏在形式上的局限使得士大夫、官僚对戏文不屑一顾，这也阻碍了南戏的发展。到了元末，由于种种原因，元杂剧日渐衰落，而南戏反而得到中兴，逐渐繁荣起来。

二、南戏的声腔

南戏音乐形成发展的过程，与北方的杂剧大不相同。杂剧的音乐是直接在以诸宫调为主的各种艺术传统的基础上形成的，因此能系统地继承传统音乐的历史成果。主要表现为，杂剧刚一诞生就有比较完整的形式，而南戏则是在民间歌舞、小戏的基础上发展起来的。杂剧的音乐最初取材于当地的民歌，于是就有两大特点：一是比较粗糙，不够成熟；二是富于地方色彩，各地民歌带有不同的地域特征。南戏的音乐则不够统一，更形不成系统。徐渭《南词叙录》云：

> "永嘉杂剧"兴，则又即村坊小曲而为之，本无宫调，亦罕节奏，徒取其畸农、市女顺口可歌而已，谚所谓随心令者，即其技与？

这里点出了南戏音乐的基本特征：村坊小曲，里巷歌谣，顺口可歌，不协宫调。南戏声腔最初起源于东南沿海一带的民间歌曲。具体而言，最初只是温州一带的一种地方声腔。此外还吸收了词体歌曲的营养，在发展中又创造出南北合套的新形式，就是打破南曲与北曲的界限，南曲的曲牌与北曲的曲牌混合连成一套。据钟嗣成《录鬼簿》记载，南北曲合套始自元代的沈和甫。从明初到嘉靖年间，南戏得到进一步发展，各种声腔剧种在民间纷纷兴起，后来形成四大声腔。据祝允明《猥谈》记载：

> 自国初以来，公私尚用优伶供事，数十年来，所谓南戏盛行。……今遍满四方，辗转改益，又不如旧……愚人蠢工，徇意更变，妄言余姚腔、海盐腔、弋阳腔、昆山腔之类。

徐渭的《南词叙录》也有记载：

> 今唱家称弋阳腔，则出于江西，两京、湖南、闽、广用之；称余姚腔者，出于会稽，常、润、池、太、扬、徐用之；称海盐腔者，嘉、湖、温、台用之；唯昆山腔止行于吴中，流丽悠远，出乎三腔之上。

昆山腔，产生于元末明初的江苏昆山一带。在南曲与当地语音和民间音乐结合而发生演变的过程中，元末的昆山作家兼歌唱家顾坚对南曲流派的形成曾作出贡献。昆山腔起初影响并不大，嘉靖年间仍以清曲小唱为主。在明代嘉靖、隆庆年间，音乐家魏良辅等集南北曲之大成，对昆山腔进行了一次改革，集中表现了南曲轻柔婉转的优点，同时保存了北曲部分激昂慷慨的声腔，伴奏乐器兼用箫管和琵琶、月琴。作家梁辰鱼专门编演昆曲传奇《浣纱记》，使昆山腔在戏曲舞台上很快兴盛起来。至万历时期，昆山腔处于优势地位，压倒了海盐诸腔。昆山腔是明代中叶到清代中叶影响最大的声腔剧种。

海盐腔，产生于元代，据元代姚桐寿《乐郊私语》记载："海盐州少年，多善乐府。其传多出于澉州杨氏。"这是由于杨梓一家与擅长乐府的贯云石、鲜于去矜交往，得到这些歌唱家、曲作家的指点、帮助，"以故杨氏家童千指，无有不善南北歌调者，由是州（海盐）人往往得其家法，以能歌有名于浙右云"。贯云石是著名散曲家，鲜于去矜是北曲名家，他们对海盐腔进行加工创造，使海盐腔得到北曲的滋润而得以提高和发展，成为明初戏曲艺术的主要声腔剧种之一。

余姚腔，最初诞生于浙江余姚。据徐渭《南词叙录》记载，明代中后期已由浙江流传到江苏、安徽南部一带，也成为盛行于大江南北的大剧种了。

弋阳腔，最初流行于赣北、皖南等腹地，"自徽州、江西、福建俱作弋阳腔，永乐间云、贵二省皆作之"（魏良辅《南词引证》）。再对照上述徐渭《南词叙录》的记载，则弋阳腔的分布地区有江西、安徽、福建、广东、湖南、云南、贵州以及北京、南京，是一个足迹遍及南北，流传地域最广的大剧种，主要以锣鼓等打击乐器伴奏，有滚唱和帮腔，适于广场演出，粗犷而富有民间气息。

三、南戏的体制

南戏体制与北方杂剧比较，具有如下特点：

其一，南戏的演出单位是"齣"[①]。一本戏通常40~50出，最多的有100多出。南戏演出分场，以人物上场、下场为界限，把剧本分为若干段落，每一段落就是一场。一场戏称为一出。南戏不用楔子，第一出开场戏，先由副末开场，报告演唱宗旨和全剧大意，称开场白。从第二出开始，生、旦等重要角色相继出场亮相。

其二，南戏重要人物上场先唱引子，继以一段自我介绍的长白，称定场白；每出有下场诗。南戏的剧本没有固定的出数，根据剧情内容需要，有话则长，无话则短，可以写几十出。

其三，南戏曲调也不限于同一宫调的曲牌，不限通押尾韵一韵，也不必一韵到底。一般用13宫调，5个音符。

其四，南戏曲词的组织：一般有引子、过曲和尾声。

其五，南戏角色分为生、旦、净、丑等色。不必一人独唱到底，可以接唱、分唱、合唱等。

---

① 通"齣"，也就是"出"。

四、宋元南戏作品

宋元南戏存目 238 种，大约只有 10% 流传下来。现存宋元南戏剧本有《永乐大典戏文三种》，即《张协状元》《宦门子弟错立身》《小孙屠》。

《张协状元》，现存最早的南戏作品，是南宋时期温州九山书会的才人创作的，其故事移植于诸宫调，是唯一完整保存下来的南宋戏文；一说为元代作品，只是编演者保留了更多的南宋时期的戏文面貌①。《张协状元》写书生张协应试途中遇盗落难，得到王贫女的救助，与之结为夫妻，后来赴京考中状元，忘恩负义。贫女寻亲至京，张协不肯相认，反以剑伤贫女，欲将其杀害。幸好贫女仅伤一臂，被宰相王德用收养，最后与张协破镜重圆。故事主题是始乱终弃，谴责负心行为。其大团圆结局首开元代团圆戏曲的先河。

《宦门子弟错立身》，古杭才人编，写金国河南府同知的儿子完颜寿马与江湖艺人王金榜的爱情故事。完颜寿马违背父命，鄙弃功名，离家出走，跟随戏班游荡江湖，最终迫使父亲同意婚事。矛盾冲突的实质是封建礼教、门第观念与反礼教的斗争，是封建正统思想与市民阶层民主思想的斗争。该戏文可能据同名杂剧改编而成。

《小孙屠》，古杭才人编，据同名杂剧改编而成。这是一部公案戏，写官府的糊涂和胥吏的不法，最后由包公昭雪冤案。戏中出现"南北合套"的体制，曲调中一支南曲夹一支北曲，突破了传统写法，值得研究。说明南戏注意吸收北杂剧的曲调，以取长补短。

宋元南戏的代表作品还有"荆、刘、拜、杀"和《琵琶记》，后文将详细论述。

五、传奇

传奇，最早用以称南戏。可以说，传奇是由南戏发展起来的戏曲形式。不过，传奇是一个不断发展变化的概念，在不同时代有不同内涵。王国维先生在《宋元戏曲史》中云："传奇之名，实始于唐，唐裴铏作《传奇》六卷，本小说家言；至宋则以诸宫调为传奇；元人则以元杂剧为传奇；至明则以戏曲之长者为传奇，以与北杂剧相别。乾隆间黄文旸编《曲海目》，遂分戏曲为杂剧、传奇二种，盖传奇之名，至明凡四变矣。"② 这是关于"传奇"概念的权威解释。可以概括为：传奇在唐代，指文言小说；宋代，指诸宫调；元代，指杂剧；明清，指戏曲之长者。当然，这也不尽然，也有特殊情况和例外：传奇在宋代有时也指戏文、南戏。

---

① 李修生 . 元杂剧史 . 南京：江苏古籍出版社，1996.
② 王国维 . 王国维戏曲论文集 . 北京：中国戏剧出版社，1984：11.

第二节　"荆、刘、拜、杀"

南戏《荆钗记》《白兔记》《拜月亭》《杀狗记》，合称"荆、刘、拜、杀"，为元末明初四大传奇，代表了元末明初南戏的思想内容和艺术水平。

《荆钗记》，古本题《王十朋荆钗记》，48 出。作者目前尚无定论。清人高奕、黄文旸都认为是元人柯丹丘所作，王国维则认为是明宁献王所作，宁献王道号丹丘先生。

《荆钗记》写温州人王十朋以荆钗为聘礼，与钱玉莲结成贫贱夫妻。此后王十朋应试，状元及第。丞相万俟欲招赘其为婿，被拒绝，王十朋遂被委派远任广东潮阳金判。王十朋托人捎信告知玉莲，不幸被图谋夺占玉莲的富豪孙汝权买通带信人，窃改了书信，谓已入赘万俟府中。家中见信大惊，孙汝权乘机谋娶玉莲，其继母也逼她改嫁，玉莲誓死不从。夜间，玉莲自投瓯江，被温州太守钱载和所救，并认其为义女。王十朋母进京寻子，并随子辗转来到吉安太守任。玉莲与十朋同处一地，一天同到玄妙观，各自为亡夫、亡妻祈求冥福，正巧相遇，玉莲以荆钗为证，遂得团圆。这本戏主要歌颂了王十朋、钱玉莲的坚贞爱情，和他们那种贫贱不能移、富贵不能淫、威武不能屈的可贵精神。

《白兔记》全名《刘知远白兔记》，32 出，作者不详。叙写五代时汉高祖刘知远和他的妻子李三娘的故事。故事最早见于金人所作《刘知远诸宫调》和元朝刊刻的《五代史平话》，还有元人刘唐卿的《李三娘麻地捧印》杂剧，今不传。《白兔记》就是由该题材发展而来。刘知远家境贫困，受雇于李文奎为仆。李文奎见其相貌不凡，便将女儿李三娘嫁给他。李文奎死后，其子李洪一对待刘知远和三娘极为暴虐。刘知远被迫投军，因武艺高绝被岳节度使招赘为婿。三娘在家备受兄嫂凌辱，虽怀有身孕，还要推磨挑水。后在磨坊产子，以牙咬脐，儿子名咬脐郎。嫂嫂想害此子，邻居将之救出，送与刘知远。16 年后，咬脐郎外出打猎，追射一只白兔，至井边看见三娘。咬脐郎见三娘悲戚之状可悯，问她的身世，才知为自己生母，全家遂得团圆。剧中李三娘善良、勤劳，受尽压迫而不改嫁，忠于刘知远；刘知远贪图富贵，背恩弃义；李洪一凶狠贪婪。剧本揭露了封建家庭内部矛盾及其本质。此外，剧本写刘知远是真命天子，神化了皇帝，宣扬了封建迷信思想。

《拜月亭》，40 出，作者目前尚无定论。据明代王世贞、何元朗、王伯良说，《拜月亭》为元人施惠所作，但《录鬼簿》未见著录，不一定可靠。《拜月亭》是四大传奇中成就最高的一部。这个剧目最早见于《南词叙录》中宋元旧篇的《蒋世隆拜月亭》。王实甫的《才子佳人拜月亭》已亡佚，关汉卿的《闺怨佳人拜月亭》尚存。南戏《拜月亭》当是在关汉卿的剧作基础上再创作而成的。《拜月亭》记叙王尚书女儿王瑞兰和母亲因避兵乱，逃难而失散。瑞兰遇蒋世隆，结为兄妹，相携而行，后在旅店中结为夫妻。王尚书由此经过，巧遇瑞兰，责其不守贞节，逼令回家。瑞兰回家后，思念世隆，庭中拜月，祈求再得相会。世隆应考，状元及第，被王尚书招赘为婿，团圆结局。其中还穿插了陀满兴福与蒋瑞莲的婚姻故事。剧作表现了青年男女追求婚姻自主的反封建精神。作品突出了王瑞兰与蒋世隆同甘苦、共患难的真挚爱情，批判了王尚书嫌贫爱富的封建等级观念、包办婚姻制度以及封建伦理的冷酷无情，反映了战争给人民带来的灾难。剧本情节曲折，语言生动活泼，为观众所喜闻乐见。

《杀狗记》，36 出，作者目前尚存争议。朱彝尊《静志居诗话》说该剧是明初人徐畛作。吴梅认为，该剧本曲词鄙劣，不可能出自颇有才华的徐畛之手。该剧据元人萧德祥《杨氏女杀狗劝夫》杂剧再创作而成。《杀狗记》叙孙华、孙荣兄弟二人生活，孙华终日与酒肉朋友柳龙卿、胡子传等交往，听其挑拨，兄弟不和。孙华将孙荣驱逐出门，使之住破窑中，并屡加陷害。孙华妻杨月贞苦劝不听，设计杀狗，伪装死人。孙华大惊，怕蒙受杀人嫌疑。妻杨氏让他去找柳、胡二人帮忙。柳、胡避之犹恐不及。孙华无奈之下去找弟弟孙荣。孙荣代哥哥将尸体拖到野外埋掉。孙华深受感动，兄弟重归于好。剧作宣扬了"亲睦为本""孝友为先""妻贤夫祸少"等封建道德信条，说教气息较浓；但也暴露了私有制度下家庭生活的矛盾，即封建统治阶级所提倡的孝友与奸诈罪恶的现实之间的矛盾；同时批判了利则相攘、祸则相倾的酒肉朋友关系。语言生动朴实，但糟粕多于精华，成就不高。

第三节 《琵琶记》

《琵琶记》影响颇大，被誉为"南戏中兴之祖"。作者是元末明初的剧作家高明。高明（1301—1371 年），字则成，号菜根道人，温州瑞安（今属浙江）人。他出身于一个富有文化教养的家庭，祖父、伯父都是诗人。他自己也能诗工书，曾从元代理学家黄溍读书，思想受其影响很深。元至正五年（1345 年）中进士，任过录事推官等职，做了一些维护人民利益和打击豪强的事。后因性格耿直，不肯迎合别人，与上司意见不合，便慷慨求去。他对官场的黑暗与统治阶级的腐朽都有认识，断绝了科举功名的念头。晚年隐居宁波，以词曲自娱。朱元璋即位，派人邀请，他佯狂不出。《琵琶记》当作于此时。他的封建伦理思想极浓，反对神仙幽怪、才子佳人等娱情遣兴之作，认为戏曲创作要有益于社会风尚，有益于封建道德教育。《琵琶记》开场白云"不关风化体，纵好亦枉然"，这是高明创作《琵琶记》的指导思想，也是其艺术主张。

《琵琶记》共 42 出，根据南戏《赵贞女》改写而成，把原剧蔡伯喈"弃亲背妇，被雷击死"改为"有贞有烈赵贞女，全忠全孝蔡伯喈"。剧作写陈留郡的蔡伯喈，娶妻赵五娘，二人极重孝道，奉养父母。婚后两月，蔡伯喈入京应试，考中状元后，被牛相国强招为女婿，过着富贵豪华的生活。赵五娘在家恰逢荒年，变卖钗环，奉养公婆，自己却吞糠咽菜。公婆死后，她弹琵琶，沿途乞食到京城寻夫。在牛相府与蔡伯喈相见，蔡伯喈获悉父母双亡，极为悲痛，要回家祭坟。牛氏甘居妾位，并愿与他俩一起回家，躬尽孝道。剧本表彰子孝妻贤的传统美德，朱元璋说："《琵琶记》如珍馐百味，富贵家岂可缺耶？"

　　《琵琶记》借用了东汉历史学家蔡伯喈的名字。剧中的蔡伯喈是一个复杂人物，一方面，他有浓厚的忠孝观念，时刻宣扬封建礼教；另一方面，他又为封建礼教所束缚，为仕途所羁累而痛苦。他对于功名利禄有时热衷，有时冷漠；有时欢悦，有时愤慨。他实际上只是一个软弱、动摇、怯懦的知识分子形象。剧本通过"三不从"的关目，即辞试而父母不从，辞婚而丞相不从，辞官而皇帝不从，表现了一个文人的痛苦，概括了当时特定阶层知识分子的风貌。作者对他寄予的是同情，而不是批判。这正是作者的思想局限性所在。

　　剧中的赵五娘是封建社会受苦受难的妇女典型。她善良、勤劳、淳朴、勇于承担一切艰难困苦。她奉养公婆，自己吞糠；公婆死后，她卖发营葬。她根据封建传统道德去做事，她的行为体现了那个时代的道德规范。她有顽强不屈的意志。由于生活的逼迫，她看不到苦难的尽头，经常想到自杀。但一想到公婆无人赡养，便又顽强地生活下去。这个人物形象概括了封建家族制度下妇女的悲惨遭遇，也概括了她们在极端艰苦的环境里自我牺牲、舍己为人的可贵精神和善良、勤劳、质朴、坚韧、尽责的美好品质。

　　《琵琶记》是南戏中艺术成就很高的一部作品，这主要表现在：

　　第一，善于运用对比手法。蔡家的贫困凄凉生活与牛府的豪华优雅享受形成对比，统治阶级与被统治阶级形成鲜明对比。在关目安排上，作者让五娘一家的凄苦生活场景与蔡伯喈在牛府的豪华生活交叉出现，一边是赵五娘临妆感叹，一边是蔡伯喈杏园春宴；一边是五娘背着公婆吃糟糠，一边是蔡伯喈与牛氏赏月饮酒。这种安排不仅突出了戏曲冲突，而且加强了悲剧气氛，客观上揭示了封建社会的贫富两极分化及相互之间的因果关系，深化了作品主题。值得注意的是，作家未必想暴露社会的不平等，但现实主义的创作手法让他在客观上揭示了社会本质。

　　第二，人物内心活动刻画细致。例如，第二十一出《糟糠自咽》中有赵五娘的一段自白：

　　　　（白）奴家早上安排些饭与公婆，非不欲买些鲑菜，争奈无钱可买。不想婆婆抵死埋怨，只道奴家背地里吃了甚么。不知奴家吃的却是细米皮糠，吃时不敢教他知道，只得回避，便埋怨杀了，也不敢分说。苦！真实这糠怎的吃得。（吃介）

寥寥几句，就将赵五娘的矛盾、无奈、被误解而又不能辩解的心理描写得十分传神。

　　第三，曲白语言接近口语，本色而生动。《琵琶记》保留了较多的民间戏曲的优点，语言质朴本色，赵五娘吞糠时的唱曲《孝顺歌》就是历来传诵的名作：

　　　　呕得我肝肠痛，珠泪垂，喉咙尚兀自牢嗄住。糠，遭砻被舂杵，筛你簸扬你，吃尽控持。俏似奴家身狼狈，千辛万苦皆经历。苦人吃着苦味，两苦相逢，可知道欲吞不去。

　　《琵琶记》还善于运用巧妙的比喻，信手拈来，形象生动，富于文采。如"糠和米，本是两倚依。谁人簸扬你作两处飞？一贱与一贵，好似奴家与夫婿，终无见期"，糠和米分别比喻贵夫贱妻，看似粗俗，却非常贴切。糠和米本为一体，比喻夫妻情深，又表现出强烈的思夫之情。

第四，由于《琵琶记》是高明沿用历史题材《赵贞女》改编的，不是简单改变原著的结局，而是从主题思想出发，重新安排情节和人物，所以留下较多无法弥补的漏洞。对此，清初李渔等曲作家早有指正。比如，蔡伯喈是个孝子，他做官后本来可以送信回家，或资助赡养双亲和妻子，却让父母双双饿死，这就十分不合情理，更不真实，严重影响了剧作的艺术性。

《琵琶记》强调了戏曲的教化作用，在明初就得到明太祖的赏识，以之与四书五经并论，后来的《五伦全备记》《易鞋记》等都继承了高明的创作倾向。《琵琶记》中部分现实主义描绘以及排场、曲白等多方面的艺术成就，也为后代戏曲家所借鉴。其中的部分关目，如以子女向父母祝寿开场，以一夫二妇和好团圆结局等，为明初以降许多戏曲家所袭用。《琵琶记》流行以后，还出现了题材相似而倾向不同的作品，如明代弋阳腔的《珍珠记》和清代花部的《赛琵琶》，它们或惩处了窃威弄权的温太师，或处斩了忘恩负义的陈驸马，多少抵消了《琵琶记》一点思想影响。

明代中叶以后，《琵琶记》成了戏剧论坛上争议最多的戏曲，也说明其内容的复杂和影响的深远。《琵琶记》也是 1949 年新中国成立以来古代戏曲评论中最为复杂的一部，涉及剧本主题、矛盾冲突、人物形象等多方面。

关于《琵琶记》主题思想的说法很多：其一，反封建说。力主此说的专家有俞平伯、戴不凡、程千帆、王季思、李长之、董每戡、丁力等，人数较多，具体认为它抨击或反对封建科举制度，突出了蔡伯喈、赵五娘反抗科举制度的胜利。其二，封建说教说。徐朔方、周贻白等持此说。他们认为《琵琶记》以教忠教孝为主旨，主要依据是开场白说的"不关风化体，纵好亦枉然"，以及朱元璋所说的"《琵琶记》如珍馐百味，富贵家岂可缺耶？"其三，两面性说。何其芳、浦江清、金宁芬等持此说。他们认为《琵琶记》既有宣扬封建道德的一面，又在某些方面暴露了封建道德。其四，伦理悲剧说，曲六乙、赵越、谢宗衡等持此说。他们认为《琵琶记》通过蔡家的悲惨遭遇，通过蔡家与牛府的强烈对比，描写了元代人民的悲惨生活，具有历史真实性，是一部具有社会意义和艺术价值的重要的古典伦理悲剧。

关于《琵琶记》戏曲矛盾冲突的性质的说法有：其一，忠与孝的矛盾。忠孝不能两全，用孝来反对忠。其二，伦理与生活的矛盾。认为《琵琶记》以蔡伯喈为主要线索，反映了封建社会伦理道德与现实生活的矛盾。其三，"三不从"的矛盾。其四，阶级矛盾和民族矛盾。认为牛丞相影射了元朝统治者，表现了作者不与蒙古贵族和汉族大地主等统治阶级合作的志趣。也有人认为这是附会，在作品中根本找不到民族矛盾。

关于蔡伯喈形象的典型意义的说法有：其一，封建典型说，"全忠全孝"的标准封建典型。其二，动摇典型说，认为蔡伯喈既善良又软弱，是书生本色，是软弱动摇的知识分子。其三，忧闷不堪的典型说，认为蔡伯喈是一个具有"性笃孝"，"闲居玩古，不交当世"的思想情趣，却被迫身陷名利场而忧闷不堪的封建士大夫的典型形象。其四，市民意识典型说，认为蔡伯喈具有新都市的市民意识。其五，背叛平民的典型说，认为蔡伯喈具有一种背叛平民阶层的反面人物的先天性缺陷，比之王魁、陈世美仅缺少狠毒的一面。其六，多重性格典型说，认为蔡伯喈性格矛盾复杂，有别于王魁、张协、陈世美。其七，悲剧人物典型说，认为蔡伯喈是一个官做不得而又非做不可，欲归不能，事与愿违的悲剧人物典型。

关于赵五娘性格特征的说法有：其一，民间妇女的性格。此说认为赵五娘是中世纪千百万中国妇女最深刻的典型，她勇于承担苦难，具有自我牺牲的人道主义精神，纯洁朴实，是贫女的典型。其二，艰苦斗争的性格。此说认为赵五娘像风吹雨打不低头的牡丹、迎霜开放的菊花、蓝天初升的旭日、奔腾万里的黄河、耸入云霄的泰山，令人油然地感到一股强大的鼓舞力量。其三，双重性格。此说认为赵五娘一方面体现了中国人民克己待人、勤苦自立的传统美德和坚韧不拔、自我牺牲的精神，另一方面不可避免时代的印记：奴隶式的驯服，"一鞍一马，不嫁二夫"的贞操观念。

本书基本同意主题思想的"两面性说"，戏曲矛盾冲突的"忠与孝的矛盾"，蔡伯喈形象的"动摇的典型说"，赵五娘的"双重性格"。读者可以见仁见智，择善而从。

思考题

1. 简说南戏四大声腔。
2. 比较南戏与北杂剧体制的异同。
3. 说出《永乐大典戏文三种》的三部南戏。
4. 《荆钗记》至今流传不衰的原因是什么？
5. 谈谈你对《琵琶记》主题和赵五娘形象的认识。

第七章　汤显祖

教学目的

了解汤沈之争的原因、焦点及其影响，掌握《牡丹亭》的思想内容的时代特征以及艺术成就，分析杜丽娘的人物形象。

明代嘉靖年间，传奇迎来全面繁荣的大好形势。传奇为什么在此时会出现繁荣的局面呢？首先，明代内忧外患不断，明神宗荒淫无度，二十余年不上朝，倭寇屡次突破海上防线，入侵东南沿海地区，所以，统治阶级的禁令如《大明律》之《禁止搬做杂剧律令》被冲破。其次，明代中期，南方经济稳定，商业繁荣，交通发达，资本主义萌芽迅速成长，市民思想空前活跃，促进了传奇的发展。再次，传奇在形式上有所改进。魏良辅在四大声腔的基础上，以昆山腔为主体，吸收了其他腔调的特点，经过二十余年的潜心研究，重制了昆腔，称为水磨调，具有轻柔、婉转、曲折、缠绵的长处。因此，到嘉靖年间，南戏繁荣起来。

流派的形成是文艺繁荣的标志，明代中期以后，戏曲领域出现了吴江派、临川派和昆山派。其中，吴江派和临川派的论争，对于剧作家进一步把握好曲词与音律的关系、内容与形式的关系具有积极意义，从一方面促进了戏曲创作的繁荣。传奇创作的繁荣期在明代万历时期，其代表作是汤显祖的《临川四梦》。

第一节　汤显祖生平

汤显祖（1550—1616年），字义仍，号海若，又号若士，49岁时自署清远道人，晚年号茧翁，江西临川人。汤显祖出身于书香门第，祖父好道，父亲好儒，他从小得到良好的教育。

汤显祖的一生可以分为三个阶段：

34岁以前，是汤显祖的求学仕进阶段。汤显祖少有文名，11岁时诗作可观，13岁中秀才；20多岁考中江西举人，名列第八。但由于得罪了丞相张居正，科举道路不顺；直到张居正死后次年，才考中进士。

35 岁到 49 岁，是汤显祖的仕宦时期。他曾任广东徐闻县典史、浙江遂昌县知县、太常博士等职。在任职期间，汤显祖能关心人民疾苦，兴办学校，打击豪门，驱除虎患，为民除害。其所作所为得到百姓拥戴，但为上司所不满，故 49 岁弃官还乡，三年后正式免职。

50 岁到 67 岁，是汤显祖隐居家乡创作戏曲时期。其传奇"临川四梦"就作于这一时期。汤显祖家有书房玉茗堂，故"临川四梦"又称"玉茗堂四梦"。

汤显祖为官清正，具有人道主义精神。他抨击朝政，压制豪强，心系民生，兴利除弊，允许囚犯出牢看花灯，所以遭到官场的排挤。在政治上他受东林党的影响，思想上得到王学左派的熏陶，他的老师罗汝芳是王学左派王艮的再传弟子。文艺上，汤显祖受反复古主义的公安派的影响，提倡性灵。宗教方面，汤显祖喜欢佛道两家之书，受佛学影响很深，晚年更产生了消极出世的思想，这从其创作的戏曲《邯郸记》《南柯记》及诗文中可以清晰地表现出来。汤显祖在戏曲创作上反对死守格律，主张戏曲"以意趣神色为主"。著有《玉茗堂诗文集》。

"临川四梦"是古代戏曲创作高峰的标志，包括《紫钗记》、《还魂记》（又作《牡丹亭》）、《邯郸记》、《南柯记》。四剧都写神灵感梦，写做梦，借助人物做梦来敷衍情节。明末清初文学家王思任评点《牡丹亭》，其序云："临川四梦立言神旨，《邯郸》，仙也；《南柯》，佛也；《牡丹》，情也；《紫钗》，侠也。"

《紫钗记》取材于唐代蒋防的传奇《霍小玉传》。汤显祖原与朋友合作《紫箫记》，以剧中人物霍小玉在观灯时拾得紫箫而得名。剧本改变了唐传奇小说《霍小玉传》的主题，主要表现贵族子弟的风流生活，最后以大团圆结局。《紫箫记》关目平板，曲白艳丽，不太成熟。汤显祖后来又将其加工为《紫钗记》，以霍小玉所喜欢的紫钗为线索。剧本的不足之处是把矛盾的解决寄托在一个与宫廷有联系的黄衫客身上，男女主人公仍表现得很被动。《紫钗记》语言绮丽，案头可读，非当行本色之曲。

《南柯记》本于唐代李公佐的传奇《南柯太守传》，曲折反映了当时统治阶级内部的矛盾，表现了作者从"仁政"出发的政治理想，也流露出消极思想。《邯郸记》取材于唐代沈既济的传奇《枕中记》，描写封建官僚政治上的倾轧、生活上的荒淫腐化，消极出世思想比较浓。《南柯记》《邯郸记》是作者弃官回乡后的作品，表现出宦海沉浮的感慨和人生无常的思想。

"临川四梦"中最出色的是《还魂记》，汤显祖说："一生四梦，得意处唯在《牡丹》。"

第二节   《牡丹亭》

《牡丹亭》是汤显祖的代表作，55 出，属于爱情悲喜剧。汤显祖在《牡丹亭题词》中自称《牡丹亭》一剧"传杜太守事者，仿佛晋武都守李仲文、广州守冯孝将儿女事，予稍为更而演之"。这种说法不为无据。但是，《牡丹亭》真正而直接的蓝本是话本《杜丽娘慕色还魂》，明末刊本《重刻增补燕居笔记》收录此话本。话本原来是两个太守的一双儿女门当户对、终结连理的喜剧。汤显祖点石成金，站在时代思想的制高点上，针对程朱理学的迂腐和虚伪，高扬批判大旗，为杜丽娘故事注入以"情"胜"理"的新的时代内容，使"还魂"的古老命题获得了新的生命。

剧作描写唐代诗人杜甫、柳宗元的后代杜丽娘和柳梦梅的爱情故事。南宋时南安太守杜宝有女丽娘，聪敏美丽。杜宝聘请迂腐的陈最良教其古诗文。丽娘在丫鬟春香的诱导下游园赏景，青春觉醒，梦中与一青年在牡丹亭畔相见，醒后相思成疾，终致死亡。三年后，广州书生柳梦梅赴临安应试，路过南安，拾得丽娘画像，悦其美貌，终日把玩。丽娘幽魂出现，一见之下，知是当日梦中所见之青年，遂令其掘坟而再生。丽娘复活后，与梦梅同往淮安求其父母许婚。杜宝见而大怒，诬梦梅私掘女坟，不认"鬼女贼婿"，并上书奏明皇帝。梦梅考中状元，上书自辩；丽娘登朝申述，得到皇帝承认，最终夫妻团聚。

《牡丹亭》的戏曲情节，除了一出《标目》、二出《言怀》为"家门""冲场"之外，可以分为四个部分：

第三出（《训女》）至第十二出（《寻梦》），有女怀春。故事的开端。

第十四出（《写真》）至第二十出（《闹殇》），相思毙命，（生可以死）写阳世，反映现实。故事的发展。

第二十二出（《旅寄》）至第三十五出（《回生》），情思不灭，（死可以生）写阴间，表现理想。故事的高潮。

第三十六出（《婚走》）至第五十五出（《圆驾》），还魂团聚。再回到现实，展示团圆。故事的结局。

本剧精华是强调"情"。汤显祖《牡丹亭题词》云："天下女子有情，宁有如杜丽娘者乎？梦其人即病，病即弥连。至手画形容，传于世而后死。死三年矣，复能溟莫中求得其所梦者而生。如丽娘者，乃可谓之有情人耳。情不知所起，一往而深，生者可以死，死可以生。生而不可与死，死而不可复生者，皆非情之至也。"汤显祖认为，情的力量是巨大的，可以使人出生入死，感动鬼神，是不可比拟的。这在当时有着巨大的时代意义。由于"存天理，灭人欲"思想的禁锢，当时妇女受害尤深。剧作把父亲和女儿放在矛盾的对立面上，是一种大胆的构思。父女两人的矛盾逾越了婚姻的界限，是天理与人情的矛盾。理的代表人物是杜宝、陈最良，杜宝代表顽固的封建统治阶级和封建家长，陈最良则代表了陈腐迂阔的封建教化系统；情的代表人物是杜丽娘、春香，一个是藏在深闺的贵族千金，一个是经风雨见世面的丫鬟，两者互相补充，相得益彰。

作品表现出初步民主思想，带有个性解放的色彩。元杂剧《西厢记》的结尾完成了"愿天下有情的都成了眷属"的主题，但并没有个性解放色彩；《牡丹亭》则不仅写有情人成了眷属，而且已经有了个性解放色彩。杜丽娘午睡，迟到，讲书摹字，爱玩，游园，钟情，"一切由着性子办"，表现了爱自由，爱自然，爱青春的思想。以人为本，尊重个性，这是《西厢记》没有提供的，也是《牡丹亭》高出《西厢记》之处。杜丽娘的形象具有强烈的个性解放的时代特色。杜丽娘本来是个淑静温顺的女孩子，才貌两兼，聪慧过人，能一一记诵"四书"，临摹卫夫人书法几乎乱真，女红针线也精巧过人，还有独立的分析能力和过人的见识。她在衣裙上绣上成双结对的花鸟，在《诗经》的《关雎》篇中读出了弦外之音。她孝敬父母，尊敬老师。但她生活单调，青春苦闷，游园时饱览生机盎然的美好春光，促发了青春的觉醒。她一面执着追求自由幸福，憧憬自己的爱情理想；另一方面，却苦于找不到出路，竟以身殉情，表现了坚贞不屈的叛逆性格，带有要求个性解放、追求个性自由的时代特征。杜丽娘的"梦而死"，不是现实生命的结束，而是在新的境界里获得重生，犹如凤凰涅槃；她的"死而生"也不是简单的生命延续，而是获得爱情幸福、个性自由之后崭新的生命历程。此外，柳梦梅敢于反抗封建礼教的形象也带有明代后期市民阶层追求个性解放、个性自由的时代特征。《牡丹亭》表现了封建社会青年男女争取自由幸福爱情的艰苦性，以及为了情，"生者可以死，死可以生"的时代主题。可惜，作品的结尾还是采取了妥协的办法，反封建的激流最后被封建礼教的汪洋大海所吞噬。

作为明代戏曲的奇葩，《牡丹亭》的艺术成就超越前人，达到了传奇创作的高峰。浓郁的浪漫主义色彩是《牡丹亭》的重要特点。作者通过离奇的构思，安排了"梦而死""死而生"的幻想情节，表现了理想与现实之间的矛盾。剧本通过梦想、魂游、还魂、冥判等情节，将梦幻的世界与现实的世界对照描写；把阳世与阴间对比描写；把人和鬼联系起来描写。梦幻的世界是现实世界的延伸和理想化，人和鬼则是人生追求的不同阶段。在梦幻、魂游的世界里，杜丽娘可以摆脱封建礼教的束缚，与心目中的白马王子相见，"千种爱惜，万种温存"；在阴间地府，她可以向判官诉说自己感梦而亡的全部经过，还被允许去寻找自己的梦中情人。剧本凭借出生入死的梦幻情节，营造了迷离奇幻的浪漫氛围。

《牡丹亭》还用写诗的手法写戏。作者具有诗人的情怀和气质，又精通传统文学和文化。他善于用抒情诗描写人物内心隐秘复杂的情感波澜，尤其是《游园》《惊梦》《寻梦》《闹殇》等折，诗情洋溢，文采斐然。如《惊梦》的【绕池游】：

> 梦回莺啭，乱煞年光遍，人立小庭深院。炷尽沉烟，抛残绣线，恁今春关情似去年。

曲词展示了少女的情怀，春意缭乱，春情难遣，直抒胸臆。再如【步步娇】：

> 袅晴丝吹来闲庭院，摇漾春如线。停半晌，整花钿，没揣菱花，偷人半面，迤逗的彩云偏。步香闺怎便把全身现。

情景交融，刻画细腻，一个初出香闺的少女娇羞而矜持的神态跃然纸上。其中很多曲词与唐诗、宋词一样长期流传在读者口头，"良辰美景奈何天，赏心乐事谁家院""一生爱好是天然"等名句更是脍炙人口，具有强大的生命力。

《牡丹亭》的人物性格鲜明突出，前人概括为"杜丽娘之妖，柳梦梅之痴，老夫人之软，杜宝之古执，陈最良之雾，春香之贼牢"。剧本着墨最多、刻画最为成功的人物形象是杜丽娘，"妖"不仅形容其艳丽，也显示其智慧以及出生入死追求爱情自由的执着。她除了具有封建社会贵族千金的共性之外，最大的特点就是对情的主动而执着的追求。在生机勃勃、春意融融的后花园中，她领悟到青春的美妙，于是在梦幻中经过花神指点，得到书生柳梦梅的抚爱，尝到爱情的甜蜜，于是，性格有了飞跃，由官宦千金发展为敢于决裂、勇于献身的深情女郎。现实与梦境的巨大反差，使她不得不用生命的代价去追求爱情。她不仅为情而死，而且留下自画像以备后用，又能在阴府向阎王据理力争，表现出她的聪明才智和一往情深。最终历尽艰辛，为情而复生。面对父亲的淫威，她在朝堂之上，慷慨陈词，把一部为情而死、为情而生的传奇演讲得无比动人，甚至感动了皇上，终得"敕赐团圆"。她爱自由，爱自然，爱青春，她执着至情，义无反顾，成为中国古代戏曲舞台上最光辉的女性形象之一。

作为丫鬟，春香活泼可爱，调皮直率，她其实是杜丽娘性格的外化。她闹学，发现后花园，带领小姐游园，成为小姐的引导、陪衬和补充，是她推动了杜丽娘走上出生入死的追求爱情之路。她机智狡黠，表现出下层市民的特点，这就是"贼牢"。

柳梦梅具有狂傲不羁、志诚多情的性格特征，他敢于与杜宝当面对质，据理力争，不畏权贵，铁骨铮铮，其真诚和独立人格使他赢得了爱情。其感情基调是痴情、钟情和纯情。他捡到美女画像就想入非非，对着图像唤出真身，谓之痴情；他在梦中与素昧平生的杜丽娘欢会，谓之钟情；他旅居中与女鬼幽会，于丽娘起死回生后又深爱不变，忠贞不贰，谓之纯情。

杜宝是封建礼教的维护者和体现者，他之"古执"是古板固执，刚愎自用；陈最良之"雾"是形容其思想僵化，陈腐迂阔，浑浑噩噩；老夫人之"软"则是称其有慈母情怀，心肠柔软，又毫无主张。

剧中人物都有其鲜明个性，而且包含作者不同的褒贬之情，有赞美，有批判，也有讽刺，这比之于元杂剧中的人物，可以说是大大前进了一步。

《牡丹亭》曲词优美，才情横溢，婉转精丽而又泼辣动荡，兼北曲与南戏之长。生旦倾诉情怀多用南词；而描写战争或鬼怪，如《虏谍》《冥判》等出则用北曲。请看《惊梦》中的【皂罗袍】和【好姐姐】：

> 原来姹紫嫣红开遍，似这般都付与断井颓垣。良辰美景奈何天，赏心乐事谁家院……朝飞暮卷，云霞翠轩，雨丝风片，烟波画船——锦屏人忒看的这韶光贱。
>
> 遍青山啼红了杜鹃，荼蘼外烟丝醉软。牡丹虽好，他春归怎占的先。闲凝眄，生生燕语明如翦，呖呖莺歌溜的圆。

情景交融，景物描写中抒发伤春之情，其中有比喻，有寄托。"一生爱好是天然""不到园林，怎知春色如许"等名句，富有哲理，发人深省。《牡丹亭》是才情横溢的案头剧，难称本色当行，演出较难。

《牡丹亭》问世之后，产生了巨大的影响。沈德潜《顾曲杂言》载："《牡丹亭》家弦户诵，几令《西厢》减价。"《衡曲塵谈》云："杜丽娘一剧，上薄风骚，下夺屈宋，可与《西厢》交胜。"另传，娄江女子余二娘读了《牡丹亭》，与杜丽娘产生共鸣，断肠而死。扬州金凤钿读了《牡丹亭》，给汤显祖写信求爱。汤显祖千里迢迢赶到扬州，金小姐已死，汤显祖乃为之守孝。而吴江派虽与临川派戏曲主张针锋相对，但还是非常佩服汤显祖的才气的，并曾改编《牡丹亭》。晚清以降，有无聊文人蛊惑人心，说地狱中只有两人不准投胎，一个是王实甫，一个是汤显祖。这一传说虽荒诞不经，但恰从反面说明了《牡丹亭》影响之大。

第三节　汤沈之争

明代中叶，以汤显祖为代表的文采派讲究文辞，与以沈璟为代表的本色派讲究音律，针锋相对，互不相让，形成"汤文沈律"双峰并峙的局面。汤沈之争，就是这两大戏曲流派之间的论争。

吴江派以沈璟为代表，因沈璟是吴江人，故称。沈璟（1553—1610年），字伯英，号宁庵，吴江（今属江苏）人。万历二年（1574年）进士，做过官，后被科场舞弊案牵连，37岁时告病还乡。后半生以"词隐生"自命，进行了长达二十余年的戏曲创作和研究。一共改编创作戏曲19种，合称为"属玉堂传奇"。其中流传后世的7种，即《红蕖记》《埋剑记》《双鱼记》《义侠记》《桃符记》《坠钗记》《博笑记》。除创作之外，沈璟还对曲论进行了系统研究，编有《南词韵选》《论词六则》《唱曲当知》《遵制正吴编》等，皆已失传；另有《南九宫十三谱》，整理编辑了可以演唱的昆曲曲牌700余种，成为当时词家的填词法则。

沈璟是名噪一时的曲学大师，与汤显祖并驾齐驱。他高擎旗帜，汇集了一批曲学人才，形成吴江派曲学家群。吴江派的成员主要集中在江浙一带，主要是沈璟的子侄、门生和朋友，有顾大典、吕天成、沈自晋、王骥德、冯梦龙、袁于令、卜世臣、叶宪祖、范文若等。吴江派的曲学主张，首先是"命意皆主风世"，就是戏曲要能影响社会道德风尚，改变世俗，宣扬封建伦理和因果宿命，这是吴江派曲论主张的出发点；其次是"本色论"，所谓"鄙意癖好本色"（王骥德《新校注古本西厢记》卷六《词隐先生手札二通》），强调语言的通俗自然；第三是"声律论"，这是吴江派曲论中影响最大的方面。《词隐先生论曲》云："欲度新声休走样，名为乐府，须教合律依腔。宁使时人不欣赏，无使人挠喉捩嗓。说不得才长，越有才越当着意斟量。"甚至号称"宁协律而词不工，读之不成句，而讴之始协，乃曲中之工巧"（吕天成《曲品》）。吴江派特别注重戏曲形式，讲究音律，这本来是不错的，但过分强调音律，势必影响到内容的表达。今天看来，音律只是表现形式，形式必须为内容服务，而损害内容的形式显然并不可取。

再说临川派，由汤显祖掌门，曲家吴炳、孟称舜、阮大铖等为其张帜。戏曲主张与吴江派针锋相对，称为文采派。临川派把内容放在第一位，只讲文采，而不讲音律。其出发点是汤显祖的戏曲主张"凡文以意趣神色为主"。他声称："余意所至，不妨拗折天下人嗓子。"他主张自由抒发才情，重视内容，但用典过多，晦涩难懂，不宜演出。平心而论，讲究文采，抒发才情，重视内容，都是对的，内容决定形式；但不能只顾内容，不管形式。戏曲是舞台艺术，主要靠舞台表演进行传播，就必须兼顾音律，充分考虑到戏曲的舞台表演性特征。戏曲必须经得起舞台检验，不能演出的戏曲不能算是优秀的作品。

汤沈之争起源于一次戏曲改编。沈璟、吕玉绳曾将汤显祖的《牡丹亭》改为《同梦记》，改编免不了字句增损，这引起了汤显祖的极度不满，他声称："《牡丹亭》要依我原本，吕家改的，切不可从。虽是增减一二字，以便俗唱，却与我原作的意趣大不相同了。"（《汤显祖集》卷四十九《答宜伶罗章二》）汤沈之争原本是作品的版权之争，却引申出不同戏曲主张的激烈争论。于是，汤沈之间文采与音律之争便不期而至。王骥德说："临川之与吴江，故自冰炭。"（《曲律》）两派的戏曲主张针锋相对，是当时戏曲家的共识。汤沈之争是戏曲史上的大事，也是一件好事。通过争论，曲家、观众对形式与内容的关系有了更清晰的认识，这对戏曲创作和观众的戏曲评论、审美活动都起了积极作用。

吴江派、临川派之外，还有昆山派。昆山派以梁辰鱼为代表，讲究文字华美典雅，用昆腔演唱传奇作品。其影响不及吴江派、临川派，因而，不少文学史和戏曲史略而不论。

李开先《宝剑记》、梁辰鱼《浣纱记》、无名氏《鸣凤记》被称为明代中叶三大传奇。这三部作品内容都写及忠奸斗争，显然与明代中叶忠奸斗争十分尖锐的时代背景有关。

李开先（1502—1568年），字伯华，号中麓，山东章丘人。嘉靖八年（1529年）进士，"嘉靖八才子"之一，是《宝剑记》的最后写定者。另作有院本《园林午梦》，编有《词谑》，著有诗文集《闲居集》等。《宝剑记》共52出，题材出自《水浒传》，写林冲与高俅的忠奸斗争，以及林冲被逼上梁山的故事。剧作写北宋禁军教头林冲上书弹劾奸臣高俅、童贯，被高俅以看宝剑为名设计陷害，逼上梁山，最后梁山义军仍接受招安，林冲与被高衙内迫害的妻子张贞娘团圆的经过。与《水浒传》小说中林冲的逆来顺受不同，剧作中的林冲是一位主动出击的英雄。他自觉地与高俅、童贯进行斗争，一再上本参奏童贯、高俅的祸国殃民的罪行，数落童贯在外交上毁祖宗之盟的罪过，又强调"宦官不许封王"的原则，结果落得"毁谤大臣之罪"，被降职处理。他再度上本揭露高俅等奸党的腐败行为，遭到高俅、童贯的报复。但林冲不怕死，不惧奸，怀着救四海苍生于水火的急切心肠，请求面奏君王。知其不可为而为之，表现出林冲威武不屈的浩然正气。剧本将权奸的陷害和高衙内调戏林冲妻子的情节安排在他上书之后，强化了忠奸斗争的力度，突出了林冲疾恶如仇、刚毅正直的人格力量。《宝剑记》充满战斗豪情的舞台场面令人耳目一新，其中的《夜奔》至今仍活跃在戏曲舞台上，表现出强大的生命力。

梁辰鱼（约1519—约1591年），字伯龙，号少伯、仇池外史，昆山（今属江苏）人。平生慷慨任侠，善度曲，足迹遍吴楚，而科名不得意。著有传奇《浣纱记》、杂剧《红线女》，有散曲集《江东白苎》等。《浣纱记》是一部爱情悲剧，也是一部政治悲剧，以范蠡、西施悲欢离合的爱情故事演绎吴越两国的兴亡，是一部以爱情笔墨描写政治事件的典型剧作。由于范蠡、西施二人爱情纪念物为一缕纱，故名。作品歌颂了为国家利益而牺牲个人利益的范蠡、西施，他们将国家利益摆在爱情之上。作品还赞扬了越国君臣团结奋斗、艰苦复国的毅力，批判了吴国君臣的骄横腐化。作品以范蠡功成身退，与西施泛舟五湖为结局，表现出范蠡、西施热爱祖国，对统治阶级始终保持清醒头脑，重视具有共同理想的爱情而摆脱片面的贞操观念。在倭寇屡次入侵东南沿海地区，国家形势岌岌可危的明代中期，《浣纱记》有其重要的现实意义。《浣纱记》是第一部用昆腔演唱的传奇作品，对昆腔的传播起了很大作用。

无名氏《鸣凤记》，写夏言、杨继盛等忠臣与严嵩父子的忠奸斗争，塑造了夏言、杨继盛等一系列忠臣形象，同时揭露了当时专制政治制度的腐朽和残酷。剧作揭发严嵩原有的内任奸党，外用军财，北致河套沦陷，东招倭寇侵袭等罪行，并揭示其对11位忠臣义士的血腥镇压等新的罪行。被严嵩陷害致死的有老首辅夏言、兵部尚书曾铣、兵部员外郎杨继盛及其妻子，还有翰林学士郭希颜；被削职发配流放的官员更多。朗朗乾坤之中，浩然正气遭到血腥镇压。经过许多忠臣志士抛头颅、洒热血，前赴后继的斗争，这个专权二十多年的奸相终于被钉在历史的耻辱柱上。《鸣凤记》张扬正气，伸张正义，歌颂忠臣，鞭挞奸佞，问世之后，盛演不衰，直到明末。侯方域的散文《马伶传》记叙了行商金陵的新安商贾招集兴化部与华林部两剧班同场并演《鸣凤记》的盛况。有学者推测，王世贞的父亲王忬曾被严嵩父子迫害致死，所以，《鸣凤记》的作者可能是王世贞及其门人。

🗂 思考题

1. 《牡丹亭》是如何反映时代特征的？
2. 分析《牡丹亭》中杜丽娘的人物形象。
3. 比较《牡丹亭》中的春香和《西厢记》中的红娘两个人物形象的异同。
4. 《牡丹亭》在艺术上有何特色？
5. 汤沈之争的原因和焦点是什么？这场争论对于后代的戏曲创作有何重要影响？

第八章　明代杂剧

📖 教学目的

了解明代杂剧前、后期创作的大致情况；掌握徐渭杂剧创作的成就以及其深远影响。

明代的戏曲由传奇与杂剧两大部分组成。在明代传奇争奇斗艳、异军突起，显示出巨大的生命力的同时，短小精悍的杂剧并没有完全消歇。从文艺作品内容与形式的关系看，千姿百态的现实生活也必须以相应的形式加以表现。传奇与杂剧的两种不同的戏曲形式和体制，对于表现林林总总的现实生活，各有所长。凡是存在的就是合理的，所以，任何时代，任何一种文艺样式都不会绝迹，只是成就大小有所不同。但明代杂剧总体成就显然不如元代，也大大逊色于明代传奇。

明代杂剧作家共有 100 多人，剧目 500 多种，现存剧本 180 余种。大约有四分之一是鬼神故事，历史剧、爱情剧、风月剧各占一定数量，以现实社会生活为题材，反映人民呼声，暴露社会黑暗的剧作非常少。

明代杂剧分为前后两期，自洪武建国起，到弘治、正德年间（1368—1521 年），为前期；嘉靖至明末（1522—1644 年）为后期。明代杂剧体制基本沿袭元代，后期有所改变，折数有八折、五折，既有一折演一个独立故事，几折合成一本的；也有全剧仅一折的单折戏；还有一折当中只有宾白而无唱词的。脚色主唱方面，有上场各种脚色分唱、接唱、合唱、同唱。曲调兼用南曲，采用南北合套。题目、正名也有变化：有的放在第一折之前，剧末用一首诗收场；有的径用南戏形式，由副末开场，念一首词或绝句；也有不用题目、正名的。

第一节　明代前期的杂剧

明代初年到中叶为明代杂剧发展的前期。前期的杂剧继承了元杂剧的余绪，杂剧作家主要是皇室贵族和宫廷文人，作品数量不少，但质量不高。比较典型的作家是朱有燉。

朱有燉（1379—1439 年），号诚斋，又号锦窠老人、全阳翁、老狂生等，明太祖之孙，袭封周王，谥宪，史称周宪王。一生养尊处优，而博学好古，工书法，通音律，尤善词曲，所作杂剧、散曲甚丰，为朱氏诸王中成就最高的作家。著有杂剧 31 种，总名《诚斋乐府》，内容分 6 类，主要是释道剧、庆贺剧、妓女剧、节义剧、牡丹剧和水浒剧，多为点缀升平、歌功颂德之作，内容基本无取。一般认为其水浒戏写得稍好，如《黑旋风仗义疏财》写起义军见义勇为、勇敢机智的斗争精神，尚属生动。但作者出于贵族立场，对人物性格有所歪曲和污蔑。他通晓音律，剧作适合演唱，流行较广。他在杂剧创作上打破了元杂剧一本四折，生或旦独唱的惯例，创造了合唱、对唱、轮唱、南北合套的新唱法，为南杂剧和短杂剧的创作开辟了道路。剧中的对白也独具特色，改变了元杂剧轻视宾白的倾向，为杂剧形式的发展作出了贡献。

明代前期，比较有价值的杂剧有杨景贤《西游记》、贾仲名《萧淑兰》、刘东生《娇红记》等。

一、杨景贤《西游记》

杨景贤，生卒年不详，元末明初蒙古族戏曲家。原名暹，又名讷，字景贤（一作景言），号汝斋，居钱塘（今浙江杭州），由元入明。因长期跟从姐夫杨镇抚，人以杨姓称之。善琵琶，好戏谑，尤工乐府隐语，所制戏曲高人一筹。明成祖在燕京时，杨景贤与贾仲名、汤舜民同受宠遇。永乐初，思想禁锢甚严，仍被召入值宫中，以备顾问。后卒于金陵。创作杂剧 18 种，现存《马丹阳度脱刘行首》《西游记》2 种。其中，杂剧《西游记》结构比较粗糙，人物性格不够完整，但孙悟空见义勇为、诙谐风趣的性格已经相当突出，《太和正音谱》评其"如雨中之花"，对明代神魔小说《西游记》的成书有明显影响。

二、贾仲名《萧淑兰》

贾仲名（1343—约1422 年），元末明初戏曲家，一作贾仲明，号云水散人，淄川（今山东淄博）人，后徙居兰陵（今山东枣庄）。丰神秀拔，衣冠济楚，量度汪洋，天下名士大夫，咸与之相交。性聪慧，博览群书，善吟咏，尤精乐府隐语。所作乐府、杂剧极多，骈俪工巧，人不能及。著有《云水遗音》散曲集；杂剧 17 种，现存《玉梳记》《玉壶春》《金安寿》《升仙梦》《萧淑兰》5 种。一说《裴度还带》亦出其手。贾仲名的《录鬼簿续编》最为人所称道，补元末明初剧作家 71 人，作品 80 种，另附无名氏作品 78 种，为戏曲研究提供了史料，是一部有价值的参考书。

其杂剧《萧淑兰》，全名《萧淑兰情寄菩萨蛮》，写萧山少女萧淑兰见到哥哥萧公让的朋友温州张世英俊雅而有才藻，主动到书房表示爱情，遭拒绝后，作一首【菩萨蛮】情词，让嬷嬷送给张生，张生题壁留诗而去。萧公让修书请张生回来，萧淑兰又作一首【菩萨蛮】，暗放书信内。萧公让发现后，请官媒说合，招赘张生为妹婿，有情人终成眷属。萧淑兰大胆主动追求爱情的精神和痴迷明快的初恋感情，描写生动细腻，有可观之处。

三、刘东生《娇红记》

刘东生，名兑，浙江绍兴人。明初著名曲家，宣德乙卯年（1435 年）间尚在世。《太和正音谱》列为明初剧作家第二，评为"如海峤之霞"，"熔意铸词，无纤翳尘俗气，迥出人一头地，可与王实甫辈并驱。"著有杂剧《月下老定世间配偶》《金童玉女娇红记》2 种，仅存《金童玉女娇红记》。《全明散曲》辑其小令 5 首，套数 4 篇。仅存曲文见于《词林摘艳》《康熙乐府》。

《娇红记》二本八折，该剧题材原本为宋代宣和年间实事。元代宋梅洞曾以小说《娇红记》加以敷衍，刘东生据此加以戏剧化加工和创作。该剧写申纯与王娇娘二人相互爱慕，因种种间阻，经历曲折，始得成婚。最后又点明二人是金童玉女下凡，同归天府。原本是悲剧，作者改为喜剧，且加重了仙道成分，是才子佳人与神仙道化剧合流的产物。其大团圆结局，在一定程度上表现了人民的愿望；反对封建包办婚姻，追求自由爱情，则表现民主思想。全剧比较细腻婉转地描写了申纯与娇娘的恋爱心曲。轻吟浅唱，春意盎然，丽语佳句，随处可见，为传奇《娇红记》的再创作打下基础。

值得注意的还有朱权的《太和正音谱》，朱权（1378—1448 年），明太祖第十七子，封大宁，谥献，史称宁献王。明戏曲理论家，剧作家。永乐初改封南昌。自号大明奇士、臞仙、涵虚子、丹丘先生。通音乐，工乐府。著作数十种，其中关于音乐、戏曲方面的有《琴阮启蒙》1 卷、《神奇秘谱》3 卷、《太和正音谱》2 卷，著称曲坛。《太和正音谱》成书于洪武三十一年（1398），内容包括戏曲理论、史料，戏曲曲谱、戏曲体制、流派、制曲方法、杂剧分科、脚色源流等。既著录了元以及明初杂剧名目，又品评作家、作品，是研究北曲的要籍，是很有价值的戏曲史料著作。所作杂剧 12 种，仅存《冲漠子独步大罗天》《卓文君私奔相如》2 种，前者为度脱剧，后者因袭前人，缺乏创造性。

第二节 明代后期的杂剧

明代中叶至明末为明代杂剧的后期，出现了许多优秀杂剧作家和作品。

康海（1475—1540 年），字德涵，号对山，别号沜东渔父，陕西武功人。弘治十五年（1502 年）状元，授翰林院修撰。为救李梦阳，往交宦官刘瑾。刘瑾被杀后，坐瑾党被削职为民，李梦阳复官，不加营救，反进谗言。康海遂放浪形骸，于文不复精思，诗尤颓纵，唯与王九思日以度曲饮酒为乐。他为明代"前七子"之一，与王九思并为曲坛领袖。其诗文主张复古，有诗文集《对山集》10 卷；作杂剧《中山狼》（一作《东郭先生误救中山狼》）1 种，系改编其师马中锡散文《中山狼传》而成，是当时较为优秀的杂剧。《中山狼》写东郭先生冒着极大风险搭救了被赵简子人马紧紧追杀的中山狼，不料事后，这条忘恩负义的饿狼竟要吃掉东郭先生。这正是对官场中尔虞我诈、弱肉强食、好心反遭恶报的现实的变形描摹，揭露了中山狼的吃人本性，相传为影射李梦阳的忘恩负义。《对山集》有《读中山狼传》诗一首："平生爱物未筹量，那计当年救此狼。笑我救狼狼噬我，物情人意各无妨。"或有所指。杂剧也是对人心不古、道德沦丧的上流社会现状的精辟概括和辛辣讽刺。杂剧生动传神，结构严谨，首尾连贯，以白描为主，剧中中山狼的阴险残暴与东郭先生的迂腐形成鲜明对照，富有教育意义：对中山狼一样的坏人不能施以仁慈。

王九思（1468—1551 年），字敬夫，号渼陂，别号紫阁山人，鄠县（今陕西户县）人。弘治九年（1496 年）进士。选翰林院庶吉士，受检讨，后调吏部郎中。交宦官刘瑾，得遽升高位。刘瑾事败，坐瑾党被降为寿州同知。文学上为明代"前七子"之一，其诗文主张复古。王九思与康海并为曲坛领袖，先后凡五十余年。其杂剧《杜甫游春》，一名《沽酒游春》《曲江春》，流传一时。写杜甫沽酒游曲江，四顾萧然，因而触景生情，痛感权奸李林甫误国，感伤时事，典衣沽酒之后，遂拒绝朝廷的加官翰林学士的入朝诏令，情愿渡海隐遁而去。剧中的杜甫实为作者自况，分明是借老杜之酒杯，浇自己胸中之块垒；骂当道之黑暗，感个人之不遇。杂剧《杜甫游春》以唐代宰相李林甫影射时相李东阳。据传王九思由于受李东阳迫害，有感而发，遂作此剧，对朝政有所讥刺和影射。杂剧文笔沉郁，慷慨激昂，为世人所喜爱。

徐复祚（1560—约 1630 年），原名笃儒，字阳初，改字讷川，号蓍竹，别署三家村老、破悭道人，常熟（今属江苏）人。博学能文，尤工词曲，其小令为同里钱谦益所激赏，比之高则诚。有传奇《霄光记》（一作《霄光剑》）、《红梨记》、《投梭记》、《题塔记》4 种，后一种亡佚。其中《红梨记》较为流行，名重一时，惜有秽亵之笔。杂剧 2 种，仅存《一文钱》，成就最高，署名破悭道人，写贪婪悭吝的土财主卢至爱钱如命，拾得一文钱，竟不知所措，最后决定买芝麻，又怕人家看见，竟然躲在密林里吃的故事。作品具有讽刺意义，卢至这一形象与元杂剧《看钱奴》一脉相承，在中国古代悭吝人形象的刻画中有重要价值。王季思认为，《一文钱》的土财主卢至与《儒林外史》中的严监生都是中国古代吝啬鬼形象，都有独到之处，但仍不及《看钱奴》描写淋漓尽致。[①] 徐复祚另有笔记《三家村老委谈》，是研究戏曲的重要资料。

叶宪祖（1566—1641 年），字美度、相攸，号六桐、槲园居士、槲园外史、紫金道人等，浙江余姚人。万历四十七年（1619 年）进士，曾任大理寺评事、工部主事等职。魏忠贤建生祠，令其督工，宪祖不肯，被罢官。崇祯时复起，为南刑部员外郎，出守顺庆，又升湖广副使，皆未到任。与同邑孙矿，以古文词相期许，尤工词曲。作杂剧 24 种，传奇 7 种。今存杂剧《夭桃纨扇》《碧莲绣符》《丹桂钿盒》《素梅玉蟾》（合称《四艳记》）和《易水寒》《使酒骂座》等 8 种。《易水寒》文笔生动，但附会颇多；《使酒骂座》（一作《骂座

---

① 王季思. 玉轮轩曲论. 北京：中华书局，1980.

记》）内容艺术俱有可观，有一定影响。

孟称舜，字子若、子适（一作子塞），山阴（今浙江绍兴）人，一说乌程（今浙江湖州）人。作传奇 5 种，存《二胥记》《贞文记》《娇红记》3 种；杂剧 6 种，存《桃花人面》《英雄成败》《死里逃生》《花前一笑》《眼儿媚》5 种。《桃花人面》最为有名，系据唐代孟棨《本事诗》所载崔护《游城南》诗和宋元戏曲话本改编。"去年今日此门中，人面桃花相映红。人面不知何处去，桃花依旧笑春风。"文辞华艳，诗情画意中洋溢着儿女浓情，以花喻人，富于深意。

王衡（1561—1609 年），字辰玉，号缑山，明代中期内阁辅臣王锡爵之子。他于万历十六年（1588 年）乡试第二，遭到诽谤。王衡为避嫌放弃会试，直到王锡爵罢相后的万历二十九年（1601 年）才举会试，廷试第二。其杂剧《郁轮袍》写无耻文痞王推冒充大诗人王维，在岐王处礼拜，于九公主前献媚，竟然将真王维的状元头衔挤掉，自己骗得真状元。在这个真假莫辨、关系网盘根错节的黑暗社会里，王维最终看破现实，拒绝再度送来的状元桂冠，飘然归隐而去。杂剧寄托了作家自己的身世之感和人生启悟，讽刺委婉含蓄。另一杂剧《真傀儡》，叙丞相杜衍微服来到傀儡戏场，看够了暴发户们前倨后恭的嘴脸。而后在仓促慌乱之中，丞相亦借傀儡戏服去迎接圣旨。作品描摹了世态的炎凉、人情的冷暖，又将官场与戏场联系起来，弦外之音是做官如做戏，讽刺意味极强，又不着痕迹，妙趣横生。

冯惟敏（1511—约 1580 年），字汝行，号海浮，山东临朐人。嘉靖十六年（1537 年）举人。曾任涞水知县、镇江教授、保定通判等小官，后辞官归隐。与兄惟健、惟重，弟惟讷，俱有才名。诗文雅丽，尤善乐府。著有散曲集《海浮山堂词稿》4 卷及《山堂辑稿》。他的杂剧《僧尼共犯》写一对和尚、尼姑从佛殿相会发展到还俗成亲，其间被人捉奸见官的曲折故事。州官的同情与成全使得这对年轻人如愿以偿。这不仅揭示了佛门教义与人性、人情的矛盾，而且说明自由婚姻需要社会的理解和支持。

第三节　徐渭和《四声猿》

徐渭（1521—1593 年），初字文清，改字文长，号天池山人，晚号青藤道士、田水月等，山阴（今浙江绍兴）人。他是明代成就最高的杂剧作家。他是一代怪才，狂放不羁，天才超拔，善书画，工诗文，精戏曲，自称"书第一，诗二，文三，画四"。他年二十为诸生。科场失意，困于场屋，屡试不中。以诸生居总督胡宗宪幕府，以草献《白鹿表》而负盛名。他知兵法，参与抗倭兵谋，常出奇制胜，屡次帮助胡宗宪立奇功。后宗宪事败下狱，徐渭或惧祸，一度发狂，自戕未死。后精神失常，因杀妻下狱，系狱七年，因张元忭力救得免。晚年以诗文书画自娱，富于节操，官吏求一字一画而不予。纵情山水，遍游齐鲁燕赵之地。著有《徐文长文集》30 卷、《徐文长佚稿》24 卷、《徐文长佚草》10 卷、《路史》2 卷。另著有戏曲史料集《南词叙录》。

　　徐渭杂剧《四声猿》取郦道元《水经注·三峡》"巴东三峡巫峡长，猿鸣三声泪沾裳"之意，"猿鸣三声"尚不足哀，故名《四声猿》，历来被誉为"明曲第一"。由四个独立的短剧《狂鼓史渔阳三弄》（一名《狂鼓史》《渔阳弄》）、《玉禅师翠乡一梦》（又名《玉禅师》《翠乡梦》）、《雌木兰替父从军》（一名《雌木兰》）、《女状元辞凰得凤》（一名《女状元》）组成。

　　《狂鼓史渔阳三弄》一折，写三国时期祢衡击鼓骂曹的故事；最能体现作者疾恶如仇、嬉笑怒骂皆成文章的风格，成就最高。作者在《哀沈参军青霞》、《与诸士友祭沈君文》等诗文中，将奸相严嵩比为曹操，把忠臣沈练比为祢衡。严嵩在位时杀人无数，沈练毫不畏惧，还上书声讨严氏十大罪状。当年曹操假刘表、黄祖之手杀害祢衡，而如今严嵩假杨顺、路楷之手害死忠臣沈练。作者有感于历史与现实的惊人相似，借《狂鼓史》表达了对现实政治的强烈不满。该剧将邪恶的权奸曹操打入地狱，让正直的祢衡升为天使。在地狱审判中，让判官权作导演，请祢衡将当年击鼓骂曹的精彩片段再现场表演一遍。面对曹操的鬼魂，祢衡劈头大骂：

　　　　俺这骂一句句锋芒飞剑戟，俺这鼓一声声霹雳卷风沙。曹操，这皮是你身儿上躯壳，这槌是你肘儿下肋巴。这钉孔儿是你心窝里毛窍，这板仗儿是你嘴儿上獠牙，两头蒙总打得你泼皮穿，一时间也酹不尽你亏心大。

祢衡历数曹操的桩桩罪证，揭露其狠毒虚伪、借刀杀人、沉迷酒色、至死不悟，步步递进；而阵阵鼓点如暴风骤雨，摧枯拉朽，实是对权奸的严正声讨。这些曲子诚如前贤所云"如怒龙挟雨，腾跃霄汉间"，读来令人激情奔涌，回肠荡气。《狂鼓史》当为《四声猿》之冠。

　　《玉禅师翠乡一梦》二折，写红莲、翠柳的故事，起源于官佛斗法。临安府尹柳宣教只因玉通和尚拒不参拜，便设美人计报复他。妓女红莲受命前去，以腹痛为由，要玉通代为抚腹，破了玉通的色戒，玉通羞愧自杀。为报此仇，玉通死后投胎为柳府尹女儿柳翠，先是沦为娼妓，使柳府尹蒙羞，后为前世同门的月明和尚度为尼姑。此剧既暴露了政权与佛权之间的钩心斗角、尔虞我诈，又写出了佛门子弟的生理欲望与佛门戒律的尖锐冲突。其局限性在于表现出一定程度的轮回果报思想。

　　《雌木兰替父从军》二折，写女扮男装的花木兰替父从军，为国立功，凯旋回乡后还其女儿本色，嫁于王郎。此剧赞扬了女性的才能，对重男轻女的封建社会提出了挑战，同时，也在一定程度上反映了作者进退自如的政治理想。

　　《女状元辞凰得凤》三折，写女扮男装的黄崇嘏考中状元，在审理案件时表现出惊人的才能，本可以获取官职，但她向意欲招婿的周丞相说出自己是女儿身的真相后，便只好弃官为人儿媳，埋没了满腹才情。"世间好事属何人，不在男儿在女子。"这不仅是对女性的赞歌，也是对重男轻女封建思想的批判，以及对人才遭到埋没的惋惜与哀叹。

　　《四声猿》的内容表现出作者狂放不羁的性格和愤世嫉俗的叛逆精神。"嘻笑之骂怒于裂眦，长歌之哀甚于痛哭"，是徐渭杂剧的风格特征。他的作品流露出对黑暗社会的强烈不满，歌颂了历史上巾帼英雄的文韬武略，表彰了她们的卓绝才华，表达了进步的妇女观。作品形式自由，情节简单，结构紧凑；折数较少，南北曲并用，相互取长补短，各得其所；曲词铿锵遒劲，激昂慷慨。其浪漫主义精神直接影响到汤显祖。汤显祖曾说："《四声猿》乃词坛飞将，辄为之演唱数通，安得生致文长，自拔其舌？"（王思任《批点玉茗堂〈牡丹亭〉叙》）《四声猿》对明清两代剧坛产生了广泛而深远的影响。其门人王骥德《曲律》评云："吾师徐天池先生所为《四声猿》，高华爽俊，秾丽奇伟，无所不有，称词人极则，追躅无人。"

另外，杂剧《歌代啸》一说为徐渭所作。《歌代啸》是一本四出的市井讽刺喜剧，每出故事相对独立。第一出戏，写李和尚药倒张和尚等人，偷去菜园的冬瓜和张和尚的僧帽。第二出，写李和尚与姘妇设局，说要为丈母娘治牙痛，须灸女婿的足底。女婿王辑迪畏惧出逃，带走了李和尚所遗的张和尚的僧帽。第三出，王辑迪以僧帽为证，到州衙告妻子与张和尚通奸。州官在与李和尚等人的串通之下，将无辜的张和尚发配。第四出，州官好色而惧内，只许夫人放火，不许百姓点灯救灾。这是一本具有严肃内容的闹剧，它通过荒诞不经的情节、漫画化的人物形象和风趣的语言，突出是非颠倒、黑白不分的社会众生相，特别是揭露了佛门的肮脏与官场的黑暗。全剧充满了冷嘲热讽的市井情味，对上下其手、坑蒙拐骗的勾当充满鄙夷；对直接制造冤假错案的糊涂官吏大加嘲笑鞭挞。嬉笑怒骂皆成文章，鄙谈猥事尽皆入戏，不避油滑庸俗之笔，愤世嫉俗之情流淌于字里行间。其风格比较接近《狂鼓史》。

徐渭的剧作在明代剧坛上具有深远影响，其创作风格汪洋恣肆，活泼畅快，富于不避人间烟火的市井气息，在一定意义上显示出相对进步的市民精神，带有浓厚的民间文学色彩，敢于嘲弄鞭挞封建正统和赫赫权威，开辟了讽刺杂剧的新路数。他精通声律，《女状元》杂剧全用南曲，运作娴熟自如，恰到好处，具有开创意义。徐渭在明代剧坛独树一帜，澄道人的《四声猿引》称徐渭杂剧"为明曲之第一"。徐渭的杂剧和汤显祖的传奇分别是明代两种戏曲的代表，这是学术界的共识。而且，他的《南词叙录》论述了宋元南戏的源流发展、风格特色、声律，并评价作家作品，对南戏中常用的术语，脚色、方言等作了简要考释，著录了早期的南戏剧目（"宋元旧篇"65本、"本朝"48本），保存了南戏和明初传奇的资料，是一部研究宋元南戏和明初戏文的专著，也是明代研究南戏最早的著作，具有很高的学术价值。今人考订南戏发轫的时间、南戏的源流和特点、最早的剧目，等等，都必须参考《南词叙录》。徐渭善于提携后进，越中的徐门入室弟子就有史磐、王淡、王骥德、陈汝元等30多人。在文化艺术史上，徐渭以书画影响最大。其大写意画和草书滋润后代，影响深远。清代著名书画大家郑板桥曾治印一方曰"青藤（徐渭）门下牛马走郑燮"；当代书画家齐白石也曾赋诗曰："青藤雪个（八大山人）远凡胎，老缶（吴昌硕）暮年别有才。我欲九原为走狗，三家门下转轮来。"

🗐 思考题

1. 试比较明代前后期杂剧创作的异同点。
2. 为何明代后期杂剧中多有影射现实政治斗争的作品？
3. 分析徐渭杂剧创作的艺术成就和影响。
4. 徐渭《四声猿》写女性的武艺和才华，有何深意？

第九章 《长生殿》

了解《长生殿》的内容和艺术性，以及在中国戏曲史上的地位；熟悉杨贵妃、李隆基的形象，能全面把握《长生殿》的主题思想。

清朝初期，戏曲理论趋于成熟，戏曲文体的内涵得到进一步规范和完善，戏曲文体的高峰性作品——《长生殿》和《桃花扇》的出现，以及嗣后出现的戏曲形式的嬗变，标志着古代戏曲的辉煌。

《长生殿》和《桃花扇》是清代戏曲的两部高峰性作品，其作者洪昇和孔尚任因分别居住于南北两地而被称为"南洪北孔"。

第一节 洪昇生平

洪昇（1645—1704 年），字昉思，号稗畦，又号稗村、南屏樵者，浙江钱塘（今杭州）人。他于顺治二年（1645 年）出生于"累叶清华"的仕宦之家。极喜读书，家富藏书，有"学海"之称。洪昇幼年经历了明清换代的动乱，在襁褓之中就与母亲避兵山中，饱尝离乱的痛苦，心中留下不可磨灭的印象。

他的生平可以分为四个阶段：

24 岁以前，家乡读书阶段。洪昇出生于明清换代之际，入清以后，他物质生活优裕，从小受到良好的文化教育，加之学习刻苦，15 岁便鸣笔为诗。其妻是大学士黄机的孙女，亦通词曲。夫妻唱和，乐趣无穷。

24 ~ 29 岁，求取功名阶段。为了求取功名，他 24 岁离开家乡，到北京国子监进学。但愿望没能实现，次年秋天，他回到家乡。由于别人的离间，他与父母关系恶化，最终分居，发生"家难"，生活上失去保障，"负郭田畴无二顷，贫居妻子实三迁"（洪昇《至日楼望答吴琛符》）。29 岁冬天，他被迫离开家乡，再到北京谋求生计。

30 ~ 46 岁，旅食北京阶段。这一阶段，他除了几度返杭省亲和隐居武康数月之外，基本上都住在北京。"旅食者"的身份，生活拮据，备受艰辛，使他对社会现实有了深刻的认识和感受。

47～60 岁，创作、出游阶段。康熙二十七年（1688 年），他经过十余年努力，三易其稿，写成《长生殿》，轰动一时。《长生殿》成为当时上演最频繁的剧目，但剧本内容为康熙皇帝与统治集团中的北党所不满。第二年秋天，因在佟皇后丧期内演唱此剧，洪昇遭御史弹劾获罪，被革去监生资格，削籍回乡。他的朋友侍读学士朱典、赞善赵执信等也被革职。他携家眷离开北京，回到杭州。康熙四十三年（1704 年），洪昇出游南京，归来时，经浙江吴兴乌镇，夜间醉酒落水而死，时年 60 岁。当年六月初一，《长生殿》刊刻甫成，王士禛、金埴、徐逢吉等皆有哀挽之作。

洪昇是当时地主阶级知识阶层中对现实不满、很不得志的知识分子。一方面，他的师友中很多是明朝遗民，其亲友在清廷高压政策下死亡、流亡者不一其人，所以，他的诗篇常常流露出兴亡之感。另一方面，其父入清出仕，家庭社会关系中有清廷官员，他年轻时曾求取功名，常为自己不能出仕而感慨悲叹，只能把希望寄托在儿子身上。总之，他是一个既不满于现实政治，又维护清王朝统治的地主阶级知识分子。

洪昇很早便表现出文学才能，其师毛先舒对制曲颇有研究，善填词，通音律，他受影响颇多；后又在京师向施润章、王士禛等学诗，积累了艺术经验，为戏曲创作准备了条件。他的创作包括戏曲和诗文两类。他创作戏曲 9 种，现存《长生殿》、《四婵娟》2 种；其余《回文锦》《回龙院》《锦绣阁》《闹高唐》《节孝坊》《天涯泪》《青衫湿》7 种已佚。《四婵娟》是四个单折：第一折《咏雪》，写才女谢道蕴和叔父谢安咏雪连吟的故事；第二折《簪花》，写书法家卫茂漪（卫夫人）向王羲之传授簪花格书法的故事；第三折《斗茗》，写宋代女词人李清照与其丈夫赵明诚斗茗，评论古来夫妇的故事；第四折《画竹》，写管仲姬与其丈夫赵子昂泛舟画竹的故事。其体制模仿徐渭的《四声猿》，分别取材于历史上才女的佳话，以抒情的笔调描绘了古代几位著名才女的才华和爱情，表现出进步的妇女观，具有民主色彩，也流露出作者不满于现实、淡泊名利的思想。洪昇又是一位富有才华的诗人，早年即以诗闻名，流传至今的诗集有《稗畦集》《稗畦续集》《啸月楼集》等。他的诗作在内容上多感叹自己的失意落魄之情，调子凄凉，偶有同情百姓疾苦、感叹兴亡的诗篇。感情真实，但思想不深。

第二节 《长生殿》的思想内容与人物形象

《长生殿》，50 出，其题目出于白居易《长恨歌》："七月七日长生殿，夜半无人私语时。在天愿为比翼鸟，在地愿为连理枝。"《长生殿》是综合了历代关于唐代天宝时期的史、传、传奇、戏曲撰写而成的，其故事题材经历了长期的沿革变迁，涉及如下具体篇什：唐代白居易的《长恨歌》、陈鸿的《长恨歌传》——这也是最早反映李杨爱情的文艺作品，宋代乐史《杨太真外传》，元代白朴的《梧桐雨》、王伯成的《李太白贬夜郎》，明代屠隆的《彩毫记》、吴世美的《惊鸿记》，等等。

《长生殿》传奇的第一出到第三十九出所敷衍的故事情节来自于白居易《长恨歌》；第四十出到第五十出则根据传说、凭借想象撰写而成。其思想内容包含爱情和兴亡两方面，分五个部分：

第一出至第五出，故事的发端。其中第二出、第四出，写爱情：叙李杨爱情；第三出、第五出，写兴亡：叙安史之乱。

第六出至第二十二出，故事的发展。写爱情：叙杨妃专宠；写兴亡：叙安禄山叛唐。

第二十三出至第二十五出，故事的高潮，写爱情：叙杨妃身死；写兴亡：叙马嵬兵变。

第二十六出至第三十九出，故事的结局，写爱情：叙情海长恨；写兴亡：演说兴亡。

第四十出至第五十出，故事的余波，写爱情：叙重圆证盟；写兴亡：叙收复长安。

《长生殿》传奇的剧情：杨玉环被册封为贵妃以后，排挤梅妃，妒忌宫人，专幸夺宠。唐明皇荒淫无度，不理朝政，终日与贵妃游宴玩乐。他们情深意密，七月七日在长生殿，对着牵牛织女星发誓，愿世世代代为夫妻。安史之乱突然爆发，叛军直逼长安。明皇被迫入蜀，行至马嵬坡，六军不发，不得不杀了祸首杨国忠，并逼杨贵妃自杀。安史之乱平定以后，明皇重返长安，退居南宫，思念贵妃，派临邛道士觅魂，于蓬莱仙岛找到了杨贵妃。明皇与贵妃经过忏悔之后，八月十五被引进月宫，在月宫团圆。可以说《长生殿》既不是悲剧，也不是喜剧，写到团圆收煞，本身属于正剧。

"唱不尽兴亡变幻，弹不尽悲伤感叹，大古里凄凉满眼对江山。"这本戏通过唐明皇与杨贵妃的爱情描写，表现了唐代开元、天宝时期的社会生活，反映了一个时代的历史悲剧，流露出强烈的国破家亡之恨，批判了杨国忠的专权误国，对被压迫人民的苦难深表同情："我只待拨繁弦，传幽怨，翻别调，写愁烦，慢慢把天宝当年遗事弹。"《弹词》《私祭》两出集中表现国破家亡之恨：郭子仪击败安禄山的叛乱，重建唐朝社稷；雷海青手抱琵琶痛骂，殴击安禄山；杨国忠卖官鬻爵，纳贿弄权，先为安禄山精心掩盖，后又极力加以排挤，激其叛变。这些笔墨与李杨爱情描写关系不大或者根本无关。洪昇在《传概》一出云："借太真外传谱新词，情而已。"在《自序》中又说："然而乐极哀来，垂戒来世，意即寓焉。"作者创作动机的复杂性决定了作品思想的模糊性和多元性。

《长生殿》以杨玉环和李隆基为核心，对二人形象的描绘是剧本的重点。

杨玉环具有天然的美貌和丰富的才华，作者更多地美化她的制曲、截发感君等情事，以见其聪慧和才智；写她能歌善舞，是宫廷舞蹈家，表现其美人韵事。在突出其美丽、聪明、才智的同时，作者也极力表现杨玉环强烈的占有欲。为了得到专宠，她使出了浑身的解数，运用了女人所能使用的一切手段：美貌、温顺、眼泪、谱曲、献舞。她排挤梅妃，也妒忌自己的姐妹，这既是由爱情的排他性所决定的女性的妒忌，又是出于本能的自卫，要求爱情专一，表现出对爱情的忠贞，体现了作者进步的爱情观。与此相关，剧作写其兄杨国忠身居丞相之职，卖官鬻爵，专权纳贿，居心叵测，先为安禄山掩盖罪行，后又排挤安禄山，激其谋反，他"外凭右相之尊，内恃贵妃之宠"，是安史之乱的罪魁祸首。马嵬兵变，军队请求处死杨国忠，赐死杨贵妃，是维护国家利益的正义之举，杨贵妃的悲剧是咎由自取。可以看出，作者既赞扬其爱情，又批判其荒淫误国；对杨贵妃既有赞美、同情，也有严厉的批判。

李隆基荒淫而多情。他的腐化堕落给人民带来灾难。他宠幸杨贵妃，使杨氏一门鸡犬升天，杨国忠贵为右相，独揽朝政，倒行逆施，杨玉环三个姊妹被封为夫人；为了给贵妃送荔枝，讨其欢心，驿使快马踩坏庄稼，踩死百姓；他与虢国夫人的暧昧关系，表现其风流成性、用情不专的特征；他与杨玉环厮守，朝欢暮乐，不理朝政，确实是"占了情场，弛了朝纲"，导致安史之乱，给国家和人民带来了深重灾难。这完全符合"物极必反""乐极生悲"的辩证法，符合生活逻辑，也特别真实。他性格的另一面，作者又着力表现李隆基在杨贵妃的反复要求之下，爱情趋于专一，对杨贵妃确实情重恩深，刻骨相思。"七月七日长生殿，夜半无人私语时"，李杨爱情达到极致。可以说，李隆基是一个风流多情以致昏庸的皇帝。剧作对李隆基的荒淫误国给予严厉的批判。二人最后经过真诚的忏悔，终于得到玉帝和天孙的恩准，于月宫团圆，则表现出作者对李杨爱情的同情和赞颂。

除李、杨之外，郭子仪、雷海青也是重要的人物形象。郭子仪是济世安邦的理想人物，是爱国者的形象。他是武举出身，忧国忧民，有重振乾坤之志，在剿灭安禄山、收复长安的过程中立下汗马功劳。雷海青是一位乐工，坚贞不屈，大义凛然，正气磅礴。他骂贼，痛打安禄山，"掷琵琶，将贼臣碎首报开元"，与降贼的伪官形成鲜明对照。安禄山这个反面形象也值得一提，他是一个十分阴险、狡猾、贪婪、残暴、狂妄的反面人物。

第三节　新中国成立后关于《长生殿》主题的争议

对《长生殿》的研究是1949年新中国成立以后古代戏曲研究中争议最多、分歧最大的课题。争论的焦点是《长生殿》主题和对李杨爱情的评价，两个问题之间又有关联。关于《长生殿》主题，有三种意见，即政治主题说、爱情主题说、双重主题说。

一、政治主题说

此说认为作者借李杨爱情来表现自己的政治理想。其一，抒写亡国之痛说。袁世硕《试论洪昇创作〈长生殿〉》认为洪昇创作《长生殿》的动机，主要是借以抒发抑郁在胸中的亡国之痛，其有意识要表现一个王朝变乱的景象。[①] 左明《〈长生殿〉的人民性》认为作者远取唐代安史之乱的史实，借生旦恋爱排场敷衍一番，以寄家国兴亡之感。[②] 王永健《洪

---

① 袁世硕. 试论洪昇剧作《长生殿》的主题思想. 文史哲，1954（9）：14-20.
② 左明.《长生殿》的人民性. 新民晚报，1954-07-24.

昇和〈长生殿〉》认为《长生殿》虽有歌颂爱情理想的副主题，但其中心主题是表现作者的民族意识，以激发人民的兴亡之感和故国之思。①

其二，垂戒来世说。陈玉璞《弛了朝纲，占了情场——读〈长生殿〉杂记》认为《长生殿》写的是一个悲剧，一个弛了朝纲、占了情场的皇帝所招致的社会悲剧，而且，作为一个皇帝，在任何情况下都不能弛了朝纲，否则将会给社稷民族以及自身带来惨痛的悲剧。②。周明《情缘总归虚幻——重新认识〈长生殿〉的主题思想》认为《长生殿》的主体思想包含着互相关联的两个主要方面：一是通过李杨"逞侈心而穷人欲，祸败随之"这一乐极哀来的悲剧故事，总结治乱兴亡的教训，以垂戒来世；二是让李杨在历尽劫难，遍尝悲欢离合的人生况味后，大彻大悟，跳出爱河情海，以色空观念否定其情欲，宣布情缘总归虚幻。③。

其三，反映时代说。张庚、郭汉成《中国戏曲通史》认为尽管洪昇在例言中声明，他是专写"钗盒情缘"的，但剧中所演多有国家大事，兴亡之感，包含广阔的社会内容和政治含义。④ 董每戡《长生殿论》认为作者本意是要以李杨二人的私生活为线索来反映整个时代，没有想以爱情为主题。⑤

二、爱情主题说

此说认为爱情是剧中描写的重点，也是剧本的主题所在。

其一，关德栋《洪昇与〈长生殿〉》是 1949 年新中国成立以来第一篇评价《长生殿》的文章，认为全戏的主要情节就是杨玉环与李隆基相恋。⑥

其二，周来祥、徐文斗《〈长生殿〉的主题思想究竟是什么》认为李杨爱情是贯穿全剧的主要情节，统治阶级和人民的矛盾，民族之间的矛盾，统治阶级本身的矛盾只是全剧的少部分，是作为促成李杨爱情发展变化、生离死别的社会因素描写的。其主题是歌颂李杨的真挚爱情，特别是杨的痴情。⑦

其三，丁冬《〈长生殿〉的主题思想到底是什么》认为，从李杨事件和政治社会现象的辩证关系中，作品深刻地揭示出了造成李杨爱情悲剧的最根本的原因乃是统治阶级的客观地位和生活方式。这也是作品的主题。⑧

其四，黄天骥的《论洪昇的〈长生殿〉》认为，李杨爱情是绾结各种矛盾的纽带，作品

---

① 王永健. 洪昇和《长生殿》. 上海：上海古籍出版社，1982.
② 陈玉璞. 弛了朝纲，占了情场：读《长生殿》杂记. 天津师院学报. 1981（3）：50-56.
③ 周明. 情缘总归虚幻：重新认识《长生殿》的主题思想. 文学评论，1983（3）：124-130.
④ 张庚，郭汉成. 中国戏曲通史. 北京：中国戏剧出版社，1981.
⑤ 董每戡.《长生殿》论//董每戡. 五大名剧论. 北京：人民文学出版社，1984.
⑥ 关德栋. 洪昇与《长生殿》. 青岛日报，1954-02-23.
⑦ 周来祥，徐文斗.《长生殿》的主题思想究竟是什么. 文史哲，1987（2）.
⑧ 丁冬.《长生殿》的主题思想到底是什么. 光明日报，1957-04-07.

对二人既有谴责，也有同情。这是作者民主思想和民族情绪的体现。①

其五，俞为民《重评〈长生殿〉的主题》认为，长生殿自始至终表现的是李隆基和杨玉环的爱情故事，作者要表现和歌颂的是李杨坚贞专一的爱情，虽有所谴责和揭露，但是是从属于同情和歌颂李杨爱情这一主题的。②

三、双重主题说

此说认为包括爱情和政治（或同情与批判）两方面内容。各家说法不一，又可以归纳为矛盾说、主副说、统一说等观点。

其一，矛盾说。徐朔方《〈长生殿〉校注前言》认为爱情传说和历史主题两者都有杰出成就，然而在内容上，两者是矛盾的，即李杨爱情传说和真实的历史剧的矛盾。③ 游国恩等主编的《中国文学史》认为作者批判了他们的爱情生活所带来的政治后果，却又歌颂他们的爱情生活，同情他们的爱情悲剧，即作品在主题思想上存在无法解决的矛盾。④

其二，主副说。王永健《洪昇和〈长生殿〉》认为政治主题是中心主题，爱情主题是副主题，作者的主要目的是歌颂爱情，鼓励人间的夫妻辈冲破封建制度藩篱的生死相爱，而附带垂戒来世的寓意。⑤

其三，统一说。此说持论者较多。程千帆《论〈长生殿〉的思想性》认为，作者以李杨的爱情纠葛为贯穿线索，将其余两对矛盾紧紧纽结在这一从头到尾的线索上。而古典作家们为了唐明皇和杨贵妃危害祖国而谴责他们，又为女性的受牺牲而同情杨贵妃，为了祖国遭受侵犯而同情唐明皇。这就使得谴责和同情这两种似乎矛盾的感情，在爱国主义和民主思想的基础上获得了统一。⑥ 陈抱成《论〈长生殿〉主题思想的形成》认为，《长生殿》主题是歌颂真诚专一的爱情，也尖锐地批判了封建统治者因情误国所造成的社会灾难。⑦ 熊笃《〈长生殿〉新论》认为，长生殿的主题虽然既有同情歌颂，又有暴露批判，但二者并不自相矛盾，而是有机统一，并行不悖的。⑧

1987 年 6 月下旬，中山大学邀请国内研究《长生殿》专家学者四十余人，举行了一次为期五天的《长生殿》专题讨论会，进行了七次讨论。大家畅所欲言，各抒己见。王季思最后发言，表示同意双重主题说，一是家国兴亡之感，一是儿女离合之情。比之《桃花扇》，明显可以看出《长生殿》是以兴亡之感，写儿女之情。一面要写国家兴亡之感，一面

---

① 黄天骥. 论洪昇的《长生殿》. 文学评论, 1982 (2): 98-109.
② 俞为民. 重评《长生殿》的主题//古代戏曲论丛: 第 2 辑. 中山大学学报编辑部, 1985.
③ 徐朔方. 《长生殿》校注. 北京: 人民文学出版社, 1958.
④ 游国恩, 等. 中国文学史. 北京: 人民文学出版社, 1964.
⑤ 王永健. 洪昇和《长生殿》. 上海: 上海古籍出版社, 1982.
⑥ 程千帆. 论《长生殿》的思想性. 文艺月报, 1955 (4): 71-77.
⑦ 陈抱成. 论《长生殿》主题思想的形成. 郑州大学学报, 1961 (3): 9-21.
⑧ 熊笃. 《长生殿》新论//王季思, 等. 中国古代戏曲论集. 北京: 中国展望出版社, 1986.

要写儿女离合之情,这双重主题是有矛盾的。他不同意主题分裂的说法。①

第四节 《长生殿》的艺术性

作为清代戏曲的高峰性作品,《长生殿》达到了相当高的艺术水平。

第一,作品运用了现实主义与浪漫主义相结合的创作手法。《长生殿》前面几出主要写实,是现实主义的。其事件不仅见于《长恨歌》和《长恨歌传》,而且见于《旧唐书》《新唐书》,如《忤旨》《献发》《复召》《闻铃》《哭像》《改葬》等均见于史书;后面几出,主要是依据民间传说,借助浪漫主义想象,描写作者和部分人民的理想。杨贵妃被赐死之后,各种传说蜂起,有的传说杨贵妃根本没死,由宫女当替身自缢而死,而杨贵妃的真身逃到东海蓬莱,一说逃到了日本,故有后来的方士觅魂、月宫团圆的说法,这其实是人们出于对李杨爱情悲剧的同情而产生的一种良好愿望。显然,其虚构中也包含有现实主义的成分。这样剧作构思奇特,跌宕起伏,大起大落,情节完整,故事性强,收到引人入胜的艺术效果。

第二,为了铺展错综的戏曲冲突,《长生殿》以金钗和钿盒为线索来组织情节,贯穿始终,其他事件则围绕中心线索展开,纵横枝蔓,前后呼应,交织成篇。金钗和钿盒作为李杨的定情信物,既是戏曲演出常见的道具,又是全剧的情节线索,在全剧的演出中反复多次出现,每次出现都有其作用和深意。从李杨二人以金钗和钿盒定情,到杨贵妃以金钗和钿盒捉奸、要挟李隆基,再到七夕密誓,马嵬赐死,乃至最后月宫团圆,金钗和钿盒频频亮相,不断推动情节发展,展示出神奇的艺术魅力。而其他情节则围绕这条中心线索有条不紊地展开,将故事引向高潮。宛如红线串珠,珠随线合,线断珠散。金钗和钿盒的作用如此奇妙,体现出作者的良苦用心。

第三,《长生殿》具有浓厚的抒情色彩。前半部的豪华热闹与后半部的萧条悲凄形成鲜明对照,相互烘托,表现出作者的感情倾向和作品主题,抒情意味很浓。作者痛心李隆基荒淫误国,感伤李杨二人生离死别。《长生殿》既是爱情悲剧,又是政治悲剧。曲文也颇具抒情色彩,能声情兼备地表现出人物的内心感情和心理活动,例如,《献发》中,杨贵妃想以发感君的犹豫不定、忧苦伤心等复杂心情跃然纸上;《闻铃》《雨梦》等出写唐明皇失去杨贵妃的烦恼、怨恨、痛苦,颇为感人;《弹词》中,老乐工李龟年唱的【转调货郎儿】——"唱不尽兴亡梦幻,弹不尽悲伤感叹,大古里凄凉满眼对江山。我只待拨繁弦,传幽怨,翻别调,写愁烦,慢慢的把天宝当年遗事谈",追述往事,凄楚动人,成为当时广为传唱的名曲。

第四,《长生殿》曲词清丽,音律和谐。清人吴舒凫《长生殿》序云:"爱文者喜其词,

---

① 王季思,等. 中国古代戏曲论集. 北京:中国展望出版社,1986.

知音者赏其律，以是传闻益远。"洪昇具有良好的文学和音律修养，剧作吸取明代戏曲文采派和本色派的长处，又克服了双方的短处和缺陷。作品曲词优美，吸收了唐诗、元曲的特点，较多化用了唐诗、元曲的名句。《惊变》《雨梦》等出的曲文，基本由《梧桐雨》化出，融化巧妙，了无痕迹，如同自撰，富于文采，形成了清俊流畅的风格。此外，作品音律圆润，合律依腔。据金埴《巾箱说》记载："曹公（寅）素有诗才，明声律，乃集江南江北名士为高会，独让昉思居上座——每优人演一折，公与昉思雠对其本，以合节奏，凡三昼夜始阕。"时任江宁织造的曹寅请洪昇观看《长生殿》，目的是审查演员的演唱是否合律，可见《长生殿》音律要求之严格。这是《长生殿》能够成为古代戏曲高峰之作的主要原因之一。

思考题

1. 试分析杨贵妃的人物形象。
2. 《长生殿》的抒情色彩十分浓郁，请举例说明。
3. 作者是如何表现兴亡之感的？
4. 你对《长生殿》的主题有何认识？
5. 试比较传奇《长生殿》和元杂剧《梧桐雨》的异同。

第十章 《桃花扇》

教学目的

了解《桃花扇》的内容以及艺术性；掌握"桃花扇"的深刻含义，能够分析李香君的光辉形象以及《桃花扇》在戏曲史上的地位。

康熙年间，随着清朝统治逐步稳固，明朝覆亡的伤痛渐趋平息，文人们开始以一种理性而伤感的情绪来看待明清之际的朝代鼎革，反思南明小朝廷覆亡的真正原因，孔尚任的传奇《桃花扇》就是这样一部具有代表性的作品。

第一节 孔尚任生平

孔尚任（1648—1718 年），字聘之，又字季重，号东塘，又号岸堂，又称云亭山人，山东曲阜人。

孔尚任的一生可以分为三个阶段。

37 岁之前，身在山林，心在魏阙。孔尚任是孔子第六十四代孙，他的父亲没有做官，隐居石门山，以消极的方式抗清。他在家养亲、读书，21 岁进学，捐监，当了监生。31 岁时，他随父亲隐居曲阜城北的石门山，悉心研究礼、乐、兵、农，为做官做准备，同时草拟了《桃花扇》的轮廓。1684 年，他 37 岁，康熙南巡北归途中来曲阜祭孔，族人请他出山，孔尚任担任接待、导游，御前讲《论语》。康熙非常赏识，一天之中，三次问到他的年纪，他受宠若惊，感激涕零。"等君臣，如父子"，他随路感激，逢人称恩。康熙没有让他失望，破格赏给他一个七品的国子监博士衔，随即赴京就任。

38 岁至 53 岁，宦海浮沉，犬马图报。他 38 岁时兴冲冲地到京城做官，累迁户部主事，工部员外郎。然而，出乎意料的是，他做官不仅俸禄少、官位低，而且权力小。他整天坐冷板凳，领略了官场世态，对清王朝的不满开始萌芽。39 岁时，他奉命到苏北扬州、泰州里下河地区治水，历时四载，开始了解劳动人民的生活情况。孔尚任早年在石门山中曾从族兄孔方训处听到李香君血溅诗扇的故事，此时就利用空隙，漫游大江南北，到扬州拜谒史可法衣冠冢，到南京游燕子矶、明孝陵、明故宫，到栖霞山拜访道士张瑶星，结交明遗民冒辟疆、杜于皇、邓孝威、僧石涛等人，感受到他们的民族气节，掌握了一些材料，开始构思《桃花扇》。康熙三十八年（1699 年），经过十年的构思准备，三易其稿，《桃花扇》传奇创作成功。

53 岁到 71 岁，罢官归田，欲念未泯。《桃花扇》问世后，在京城流传，家家争抄，纸贵一时。康熙皇帝令孔尚任送剧本进宫，他连夜借了抄本送进皇宫。他 53 岁时的正月灯节，《桃花扇》在北京首次演出，盛况空前。孔尚任有诗赞云："箫管吹开月倍明，灯桥踏遍漏三更。今宵又见《桃花扇》，引起扬州杜牧情。"（《元夕前一日，踏月观剧》）当年夏秋之交，他被罢官。在京赋闲两年多，回乡隐居。他于 55 岁时的冬天离开北京，回到曲阜。罢官的原因与《桃花扇》有关，但根本原因不是《桃花扇》。其罢官后，京城照样演《桃花扇》，岁无虚日。孔尚任 65 岁时，气息奄奄，还不辞劳苦赶到山东莱州去做幕僚，可见他至死犹热心仕途，欲念不泯。

孔尚任的创作有戏曲和诗文两类。戏曲方面，除《桃花扇》之外，他还和顾彩合作传奇《小忽雷》，也是揭露权奸误国的戏文。诗文方面，他著有诗文集《湖海集》《岸堂文集》《长留集》。

第二节 《桃花扇》的思想内容和人物形象

《桃花扇》最早刻于康熙四十七年（1708 年）孔尚任 60 岁时，后有兰雪堂本、西园本、暖红室本、梁启超注本，以及新中国成立后的王季思、苏寰中、杨德华三人合注本。

一、《桃花扇》的内容

《桃花扇》，40 出，因为上本前有试一出（《先声》），后有闰二十出（《闲话》）；下本前有加二十一出（《孤吟》），末有续四十出（《余韵》），故一作 44 出。其中有 26 出故事发生的地点在南明小朝廷的都城南京，主旨是"借离合之情，写兴亡之感"，全剧由爱情和兴亡两条线索并行。剧情分为四个情节阶段：

第一出到第八出，写爱情：叙侯李合欢，风和日丽；写兴亡：叙併力攻阮，阴谋复出。

第九出到第十六出，写爱情：叙侯生被诬，忍痛分离；写兴亡：叙阻兵迎立，东山再起。

第十七出到第三十出，以李香君、侯方域两条线索分别进行描写：其一，写爱情：叙李香君拒媒骂筵，忠贞不渝；写兴亡：叙征歌选舞，弹冠相庆。其二，写爱情：叙侯方域转战南北，探亲被执；写兴亡：叙鸡争狗斗，捕杀异己。

第三十一出到第四十出，写爱情：叙由离而合，割舍情根；写兴亡：叙地覆天翻，栖真入道。

《桃花扇》故事发生在明朝末年的动乱年代，李自成农民起义军攻克首都北京，摧毁了明王朝的统治。复社文人陈贞慧、吴次尾、侯方域等在南京活动频繁。权臣马士英的党徒阮大铖也在南京钻营。他是阉党魏忠贤的干儿子，受到大家的攻伐。他于侯方域和秦淮名妓李香君定情结婚之际，请画家杨龙友送去妆奁，想笼络侯方域，遭到李香君的严词拒绝。此后，阮大铖怀恨在心。不久，福王朱由崧在南京建立南明小朝廷。马、阮之流不事抗清，反而在南京过着腐化生活。镇守武昌的左良玉因部下缺粮，想到南京求援，马、阮大为惊恐，散布左良玉要篡夺朝政的谣言。因左良玉是侯方域父亲的老部下，于是，侯方域以父亲的名义修书一封，差说书艺人柳敬亭送给左良玉，阻止他进兵。阮大铖趁机诬陷侯、左勾结，要逮捕他，侯方域只好逃到扬州史可法部避祸。李香君独守媚香楼，抚臣田仰想强娶香君，香君以死相拒，血溅定情宫扇。杨龙友将之妙手点染成一柄桃花扇，作为纪念。田仰不肯罢休，养母李贞丽李代桃僵，代香君出嫁。李香君托昆曲师父苏昆生寻找侯方域。侯方域回到南京，李香君已进宫应差而被阮逮捕下狱。此时清兵南下，明朝将帅各自为政，意气用事，互相残杀，清兵节节胜利。史可法兵败扬州，投江自杀。福王小朝廷土崩瓦解。侯方域趁乱出狱，在栖霞山白云庵与香君相遇，经道士张瑶星当头棒喝点化，双双出家，隐居山中。

《桃花扇》的主题是"借离合之情，写兴亡之感"，"桃花扇底送南朝"，即通过李香君和侯方域两个情侣的悲欢离合，反映南明一代的兴亡，批判权奸误国的罪恶，歌颂文武官员和在野文士的爱国热情，寄托了作者怀念明王朝的民族感情，揭示了南明王朝覆亡的历史教训。南明王朝是中国历史上最短命的王朝，仅仅只有一年零一个月的寿命就覆灭了。既拥有江南广袤的富庶地区，又掌握数十万精良武装的南明，为何如此短命呢？《桃花扇》用艺术形象，相当真实地反映了这段历史，比较深刻地回答了这一问题。皇帝征歌选舞，耽于享乐；权奸大臣不事抗清，剪除异己；朝廷将帅各自为政，互相残杀；市民阶层自谋生计，明哲保身；等等，在剧中得到了艺术的表现。

二、《桃花扇》的人物形象

李香君作为《桃花扇》的主要人物形象，其性格具有丰富性、复杂性的特征，是中国古代戏曲舞台上最为光辉的女性形象。李香君，名李香，秦淮名妓。"侠而慧，略知书。能辨别士大夫贤否"，受到东林、复社人物张天如、夏彝仲等的特别赏识，年幼时风韵格调即与众不同。13岁师从吴人周如松学"玉茗堂传奇"，尽其音节，尤工琵琶，然不轻发。遇侯生，一见钟情，自歌而偿之。她地位低下，但灵魂高洁，气性刚烈，凌驾于士大夫之上。她爱憎分明，富有正义感和爱国热情，敢于斗争，坚贞不屈，她在《却奁》中唱道："脱裙衫，穷不妨；布荆人，名自香。"她头脑清醒，轻财高义，不徇公废私。在《辞院》中，卷入政治斗争漩涡的李香君表现出她的明智果断，斥责侯方域："官人素以豪杰自命，而何学儿女子态？"经过《拒媒》《守楼》等复杂尖锐斗争的锻炼，其性格更加鲜明，她拒绝再嫁田仰，不仅是忠于爱情，而且是不肯与魏党同流合污。她说"奴是福薄人，不愿入朱门"，认为"阮田同是魏党"，不慕荣华富贵，宁守正义而仍为歌妓，并以死抗争，表现出不同于普通歌妓的高风亮节。她应征入宫，借机与马士英、阮大铖进行了面对面的斗争，当面指斥其祸国殃民的罪行。其强烈的正义感和高度的爱国热情化成无穷的力量，使她最终赢得了斗争的胜利。鲜明的政治态度和宁死不屈的斗争气概，使李香君形象更加高大，更加光彩照人。

李香君形象不仅复杂、丰富、立体化，而且，随着斗争的深入，一步步发展变化：《却奁》，表现出其头脑清醒，爱憎分明；《拒媒》《守楼》表现出其忠于爱情，也表现出其忠贞不屈、不与权奸同流合污的政治态度；《骂筵》一出，李香君性格进一步升华，她面对面地与马、阮等权奸进行斗争，将生死置之度外。她不仅是站在个人立场上诉身世之苦，而且代表广大底层劳动人民，泄民族恨，抒爱憎情，表现出过人的胆识和坚决的斗争精神。在戏曲冲突推进的过程中，人物形象趋于丰满，性格更加鲜明，代表了古代戏曲人物刻画的艺术高峰。这是《桃花扇》高出于其他戏曲作品（包括《牡丹亭》《长生殿》）之处，也使《桃花扇》成为当之无愧的中国古代戏曲的巅峰之作。

侯方域，字朝宗，商丘人。他年轻时，曾应试于南京，与张天如、陈贞慧等复社文人结交，后主盟复社，与魏党余孽阮大铖进行斗争，政治上倾向于进步。他有动摇的一面，在国破家亡的关键时刻，他出没于青楼楚馆，沉迷声色："暗思想，那些莺颠燕狂，关甚兴亡？"阮大铖赠金时，他差点丧失立场，被其收买，认为香君不应太激烈；后来受李香君感染，逐步坚定起来。作者多次讥诮侯方域，如《却奁》中讥诮他政治上态度不坚定；香君说："阮大铖廉耻丧尽，妇人女子无不唾骂。他人攻之，官人救之，官人自处于何地也？"《赚将》中讥诮他面对大事，意气用事，书生无用（但又赞其气度大量，心胸开阔，能代父修札）；《会狱》中讥诮他胆小怕事；《入道》中讥诮他在国破家亡之后还在谈情说爱。凡此种种，作者如此叙写的原因是因为侯方域晚节不保，他曾应清顺治八年（1651年）乡试，中副榜举人。从整体上看，他是一个政治上比较进步，富有正义感，善良淳厚，而又软弱动摇，不太坚定的知识分子形象。作者借兴亡之感来批判儿女之情，精心设置了这一人物。

在李香君、侯方域之外，作者还精心塑造了柳敬亭这一形象。柳敬亭，本姓曹，泰州人。因事避祸，指柳为姓，号称柳麻子，生平绝技是说书。张岱《陶庵梦忆》描写他说景阳冈武松打虎，富有神韵，令人难以忘怀。他在明末极负盛名，交游颇广，与东林诸君子相契。他侠骨义肠，爱憎分明，能言善辩，幽默诙谐，富有乐观主义精神。在政治倾向上，他与侯方域形成鲜明对照。他本是阮大铖门客，因其趋附权奸，拂袖而去。他乐于为人排难解纷。侯方域代父修书，要送给武昌的左良玉，他当仁不让，机智从容地完成了任务，不仅说服了左良玉，而且赢得左良玉的信赖。《草檄》中，他又舍生忘死到南京传檄，众人穿白衣冠送行，左良玉下跪奉酒，场面悲壮感人；他后来被逮捕，也毫不在乎。剧作刻画了一个荆轲般侠义的柳敬亭形象。

第三节 《桃花扇》的艺术性

《桃花扇》的艺术性可以与《长生殿》相颉颃,《桃花扇》同样是清代戏曲领域具有代表性而又能独辟蹊径的高峰之作。

第一,《桃花扇》采取了严格的现实主义创作方法,参考了许多文献资料,历史真实与艺术真实达到高度统一。作者在《桃花扇小引》中说:"朝政得失,文人聚散,皆确考时地,全无假借。至于儿女钟情,宾客解嘲,虽稍有点染,然亦非乌有子虚之比。"现实主义创作方法的成就具体表现为人物性格的丰富多彩,真实感人,如李香君爱憎分明,忠贞坚强,头脑清醒,敢于斗争,成为我国戏曲舞台上最光辉的女性形象。剧作描写出人物性格的丰富性、复杂性,是现实主义的重要特征。在《桃花扇》中,侯方域政治上进步,既有爱国热情,又有软弱动摇的一面,沉迷声色,儿女情长,血肉丰满;柳敬亭豪爽侠义,机智果敢,幽默诙谐,表现了民间艺人的本色;杨龙友正义善良,委曲求全,只重友谊才情,在政治上比较糊涂;李贞丽贪财自私,又能主动李代桃僵,保护香君;马士英、阮大铖弄权误国,苟且偷生,迫害忠良。这些人物形象概括了改朝换代的动乱时期现实社会的各种角色特点既源于生活,又高于生活。剧本的重大事件既忠实于历史,又在局部细节上作了某些艺术加工,如史可法的沉江殉国、侯方域的出家等,可以说,达到历史真实与艺术真实的高度统一。

第二,《桃花扇》具有卓绝精巧的艺术构思,以"一生一旦为全本纲领"(《媚座》总批),以桃花扇这一特定道具贯穿始终,以男女主角爱情的悲欢离合来反映一代兴亡的历史事件,将爱情进程与历史形势结合得非常紧密,突出了"借离合之情,写兴亡之感"的主题。以歌妓与文人的爱情来串联一代兴亡的历史不太容易,不像《长生殿》写皇帝与美人的爱情那么方便。《桃花扇》作者惨淡经营,匠心独造,在构思上下了大工夫,找到了门径,采取巧妙的方法,取得了成功。这是因为,侯方域是复社领袖人物,曾反对阉党,与权奸阮大铖进行斗争,又参加过史可法的幕府,不仅耳闻目睹,而且亲身经历了南明王朝的各种矛盾斗争。李香君是秦淮名妓,多结交复社文人,了解复社文人的进步思想和爱国热情。这样,李香君既了解复社文人的爱国热情,又以歌妓身份牵连进南明朝廷的歌舞声色,于是就可以侯李爱情串联起一代兴亡的历史。

第三,发挥以道具为线索的传统叙事方式,以桃花扇作为串联故事的线索。桃花扇在剧中多次出现,定情、拒嫁、寻人、合聚、归隐等场面均有桃花扇的见证。卷首云亭山人《桃花扇小识》云"桃花扇何奇乎?其不奇而奇者,扇面之桃花也;桃花者,美人之血痕也。"桃花扇作为道具,包含着复杂的内涵和深厚的意蕴:首先,象征侯李爱情。桃花扇是侯方域与李香君的定情信物,后来经李香君鲜血点染,其基本意义就是象征两人生死不渝的爱情。最终,这对情侣历尽艰辛,在栖霞山相遇,本想重温旧梦,被道士张瑶星当头棒喝,两人猛然醒悟，双双归隐。桃花扇完成了使命，被撕得粉碎，不复存在。作家的苦心孤诣，一目了然。其次，表达对妇女命运的同情。"桃花薄命，扇底飘零"，"轻薄桃花逐水流"，桃花比喻女性的薄命、不幸，这也是剧作的基本主题之一。再次，象征主要人物李香君的性格。李香君娇小可爱，绰号香扇坠。为拒嫁田仰，她毅然以死明志，以头撞墙，血溅扇面。在场的画家杨龙友将之描为艳丽的桃花，且添枝加叶，遂将一把单纯的定情诗扇加工成一把内涵丰富的桃花扇。桃花扇象征李香君的刚烈性格、坚贞的爱情与反抗斗争精神。最后，抒发家国兴亡之感。《桃花扇小识》云："人面耶？桃花耶？"唐诗人崔护诗云："去年今日此门中，人面桃花相映红。人面不知何处去，桃花依旧笑春风。"此诗流露出强烈的物是人非之感。作者借以抒发黍离之悲，家国兴亡之感。

此外，桃花、桃树还引申用来影射批判权奸。《桃花扇小识》云："问种桃道士，且不知归何处矣。"联系唐诗人刘禹锡《再游玄都观》诗云："百亩庭中半是苔，桃花开尽菜花开。种桃道士归何处，前度刘郎今又来。"毫无疑问，种桃道士，原指排挤打击诗人的得势小人。这里用桃树、桃花巧妙地影射剧作中的权奸马、阮之流。

最后，在语言上，《桃花扇》在运用精致清丽的戏曲语言的同时，又在人物语言的个性化层面上有所探索，达到相当的高度。例如，《却奁》中的一段曲词和对白：

> 【川拨棹】（生）平康巷，他能将名节讲，偏是咱学校朝堂，偏是咱学校朝堂，混贤奸不分青黄。（那些社友平日重俺侯生者，也只为这点义气，我若依附奸邪，那时群起来攻，自救不暇，焉能救人乎？）节和名，非泛常；重和轻，须审详。
>
> （末）圆老一段好意，也还不可激烈。
>
> （生）我虽至愚，亦不肯从井救人。
>
> （末）既然如此，小弟告辞了。
>
> （生）这些箱笼，原是阮家之物，香君不用，留之无益，还求取去吧。
>
> （末）正是"多情反被无情恼"，"乘兴而来兴尽返"。（下）
>
> （旦恼介）
>
> （生看旦介）俺看香君天姿国色，摘了几朵珠翠，脱去一套绮罗，十分容貌，又添十分，更觉可爱。
>
> （小旦）虽如此说，舍了许多东西，到底可惜。

侯生唱的曲词运用借代、对比等手法，以平康巷代表以李香君为典型的有正义感和爱国热情的下层市民，通过平康巷（青楼）与学校朝堂的对比，赞扬了香君的高风亮节，检讨自身的讲义气而混贤奸的失误。杨龙友是诗人画家，讲义气，重友情，政治上比较糊涂，他饱读诗书，满腹文章，谈吐雅致，书卷气浓，连用了苏轼的《蝶恋花》词句和《世说新语》典故。李贞丽作为妓院假母，重物轻人，爱财如命。通观全剧，不同人物的性格特征都栩栩如生地表现出来，李香君的头脑清醒、轻财高义、气性刚烈、爱憎分明，侯方域的书生意气、软弱动摇，杨龙友的政治糊涂，柳敬亭的侠义豪爽，等等，人物个性都能从其语言中表现出来。这在古代戏曲中并不多见。

金埴《桃花扇题词》曰："两家乐府胜康熙，进御曾叨天子知。纵使元人多院本，勾栏争唱孔洪词。"可见，《长生殿》与《桃花扇》超过了元杂剧的艺术魅力与社会影响。清初有"南洪北孔"之说，将《长生殿》的作者洪昇与《桃花扇》的作者孔尚任并称。这一评价大致符合实际，《长生殿》与《桃花扇》并列为清初两大传奇，代表了古代戏曲的最高成就。近代思想家梁启超云："窃谓孔云亭《桃花扇》，冠绝千古矣。"（任半塘《新曲苑·曲海扬波》）包世臣《艺舟双楫》云："近世传奇以《桃花扇》为最，其文词清丽，结构奇纵。"可见，《长生殿》与《桃花扇》两相比较，《桃花扇》又略胜一筹。所以，《桃花扇》不愧是中国古典戏曲的峰巅之作，可以与中国古代小说中的《红楼梦》比美。

第四节　关于《桃花扇》几个有争议的问题

一、关于孔尚任罢官的原因

孔尚任罢官，到底是什么原因？与《桃花扇》有没有关系？

有资料表明，康熙看过《桃花扇》传抄本后，孔尚任被升官了。他在53岁的三月升为五品官，为户部广东司员外郎；而且，孔尚任罢官以后，京城照样演出《桃花扇》，岁无虚日。再者，京城第一次演出《桃花扇》，是在孔尚任53岁正月灯节，由官僚李木庵主持；孔尚任罢官以后，李木庵未受牵连，反而升官了，照样召人观看《桃花扇》。众所周知，清初文字狱盛行，一个书生偶然吟诵"清风不识字，何得乱翻书？"就被怀疑是讽刺清朝统治者，竟被杀头灭族。如果孔尚任真的因为文字祸端，因《桃花扇》而罢官，绝对不会有如此好的下场。因此，我们可以认为，孔尚任罢官，直接原因肯定不是《桃花扇》。

有人认为孔尚任罢官是因"奉命宝泉局监铸"，有贪污嫌疑。但证据不太充分。

程荣华1993年在《徐州师院学报》发表《孔尚任罢官原因初步探明》，认为孔尚任罢官与顺天乡试舞弊案有关，其直接原因是孔尚任根据此案传闻创作了《通天榜》传奇，在京城传播，触怒了康熙皇帝。事在康熙三十八年（1669年），主考官为李蟠，副主考官为姜宸英。当时有"老姜全无辣味，小李大有甜头"，"中堂四五家尽列前茅，部院数十人悉居高第"等流言蜚语中伤官员，经过复查，不实。孔尚任却根据传闻创作了《通天榜》传奇，遭到斥逐。《徐州史话》有相应论说。此说言之凿凿，不为无据。但关键在于，迄今为止，尚没有充分证据可以证明《通天榜》传奇为孔尚任所作。

仔细深入分析，我们发现，孔尚任罢官的原因与《桃花扇》有些关系，又没有太大关系。《桃花扇》写南明王朝覆亡的历史，写南明王朝内部的权奸斗争，写权奸亡国，这一点清朝统治者能接受。孔尚任的写作目的是效忠清王朝，"赞圣道而辅王化，最近且切"，这是主导方面。但《桃花扇》毕竟是写南明之事，距当时太近；南明王朝又灭于清，不可能回避清朝统治者。况且，孔尚任还有微弱的民族意识，他曾以异代微臣的身份悼念朱元璋，称之旧君。《桃花扇》有些地方触犯了清廷统治者，如史可法选择自沉，但唱词没有触犯清廷；他骂徐达的子孙徐青君是"开国元勋留狗尾"，可以理解为讽刺明朝投降清朝的大臣。这非常刺目，难免导致清朝统治者心里不快。康熙皇帝比较宽宏大量，但其他官僚攻击孔尚任。过了两年，孔尚任被谗案没有了结，朝廷也不再追究。此外，当年康熙皇帝给孔尚任额外封官，本来是出于尊孔的考虑，是一种文化策略，其中包含一定程度的"作秀"成分，仅仅是笼络汉族知识分子的一种手段而已。时过境迁，孔尚任的利用价值已经不复存在，所以就找一个小理由，将其罢官。再则，从孔尚任及其友人的诗句中可以得到信息。孔尚任诗云："送我诗发温厚情，方外亦惧文字祸。"其友人刘中柱诗云："只知天下才无敌，谁料人间有祸藏。"孔传铎诗云："词坛声价与云齐，名满京华被谪宜。"显然，罢官之"祸"与"文字""词""才"密切相关，他和他的朋友都是这么看的。凡此种种，可以证明，孔尚任罢官内在的根本原因是《桃花扇》，但直接原因和借口并不是《桃花扇》，这是康熙皇帝的策略而已。

二、关于作品是否反映民族矛盾和明末清初的阶级矛盾

这个问题在"文化大革命"前就有争论。有人认为，《桃花扇》没有表现民族矛盾，没有对清王朝入侵的反面形象加以正面表现。也有人认为，《桃花扇》表现了与民族矛盾相关的南明王朝的忠奸斗争，作品是有价值的。还有人认为，作品表现了民族矛盾，如史可法自杀，左良玉自杀，张瑶星悼念崇祯皇帝，等等，只是不便将民族矛盾加以正面表现罢了。至于是否反映了明末清初的阶级矛盾，经过分析可以断言，《桃花扇》对于明末的阶级矛盾肯定有所反映，如李香君骂筵等；至于清初的阶级矛盾，如果设身处地地考虑，确实没有反映，也不可能去反映。

三、对权奸亡国的看法

《桃花扇》描写马士英、阮大铖为非作歹，宣扬权奸亡国论。而 种观点认为，一个国家的灭亡，关键是生产力与生产关系的矛盾，是阶级斗争的结果；权奸亡国论不可取。

也有人认为，《桃花扇》写权奸亡国，客观上揭露了南明王朝的黑暗统治，就应该给予肯定，分析问题没有必要千篇一律。

还有人认为，作者污蔑李自成农民起义军是"流寇"，思想倾向有问题。这确实是作者的思想局限所在，但今天看来，不应该苛求古代作家，根深蒂固的封建正统观念决定了他们对农民起义的敌视态度。

四、关于剧作的结尾

《桃花扇》结尾，张瑶星说："你看国在哪里？家在哪里？君在哪里？父在哪里？偏是这点花月情根割他不断么？"这当头棒喝，指出了侯方域的迷误。结果，侯方域、李香君双双出家。"文化大革命"时，有人认为《桃花扇》是叛徒戏。因为历史上的侯方域在清顺治八年（1651年）参加了科举考试，应乡试，中副榜举人。《桃花扇》修改了侯方域的结局，是美化了叛徒。问题在于，旧时代的知识分子到新社会任职能算是叛徒吗？关键要看这两个社会哪一个进步。马克思主义认为，凡是存在的就是合理的。新社会肯定比旧社会进步，那么，就不能说侯方域是叛徒。

五、关于杨龙友、左良玉、史可法等几个人物的评价

关于杨龙友的形象，学术界的分歧大一些。历史上的杨龙友是富有民族气节的人物，弘光朝巡抚常州、镇江二府，后抗清，兵败被杀。《桃花扇》中的杨龙友是一个有争议的复杂形象。他是画家、诗人，是马士英的妹夫，阮大铖的盟弟，又是李香君和侯方域的媒人。有人认为，杨龙友在作品中是正面人物。也有人认为，杨龙友在作品中是反面人物，是十分狡诈的政客，跟敌对营垒双方都有联系。有人认为他是八面玲珑、两面讨好的政治投机分子；又有的人认为他是助桀为虐的无行文人；有的人认为他是处事圆滑、祸心深藏的帮闲帮凶。还有人认为，杨龙友在作品中是不好不坏、亦好亦坏的人物，但作品暴露了他的许多问题。也有人认为，从创作角度看，杨龙友是穿线人物，是一个性格丰富多彩的复杂人物，这是现实主义的胜利。

刘燕的《正确评价桃花扇中的杨龙友》[①]介绍了学术界富有新意的观点[②]。笔者认为，其实杨龙友这一人物形象在这部"借离合之情，写兴亡之感"的历史剧里有其特殊作用。在导致南明灭亡的重大事件中，他在政治上没有与马、阮狼狈为奸，同流合污。在马、阮大兴党狱，逮捕复社文人的斗争中，他采取了不合作的态度，送信让侯方域逃跑，与马、阮保持了一定的距离。他对复社文人有一定的同情和帮助，是一个正直善良、有一定正义感的知识分子。在促成侯、李"离合"的活动中，他撮合二人，纯粹是从才子应配佳人的观点出发的，说明他不问政治是非，只重友谊才情，比较糊涂。他劝香君改嫁是为她的归宿考虑，与阮大铖威逼香君改嫁田仰以报复复社文人有着本质区别。《桃花扇》中的人物基本是按历史本来面目刻画的，据《明史》载，杨龙友是坚持抗清并以身殉国的志士。他与马、阮等弄权丧国、投降清朝的奸佞有天壤之别。总之，杨龙友是一个来往于两派之间，不肯昧着良

---

① 刘燕. 正确评价《桃花扇》中的杨龙友. 光明日报，1982－08－10.
② 孙应杰，沈新林. 论桃花扇中的杨龙友形象. 南京师范大学学报：社会科学版，1982（2）：62－72.

心干坏事，有一定正义感的人物。他性格复杂，值得肯定。

其他，史可法形象是否符合历史真实？剧作中的史可法是否过于胆怯懦弱？作品是把左良玉作为忠臣来描写的，但他带兵东移，攻打南京，应当如何评价？这些问题都值得研究。

思考题

1. 简析《桃花扇》中桃花扇的含义和作用。
2. 李香君是中国戏曲史上最光辉的妇女形象，对不对？为什么？
3. 《桃花扇》能不能算是中国古代戏曲的巅峰之作？为什么？
4. 《桃花扇》是如何"借离合之情，写兴亡之感"的？
5. 《桃花扇》概括南明覆亡的原因主要有哪些？举例说明。
6. 伟大的作品总是复杂的，《桃花扇》的复杂性表现在哪些地方？

第十一章　李渔的戏曲理论

教学目的

了解李渔戏曲观的主要内容及其重要影响；掌握李渔戏曲创作论和导演论的主要观点，以及在中国戏曲史上的地位和影响。

第一节　李渔生平

李渔（1611—1680 年），原名仙侣，字谪凡，号天徒；37 岁前后改名为李渔，字笠鸿，号笠翁，别署觉道人、觉世稗官、莫愁钓客，等等。祖籍浙江兰溪，出身于一个医药两兼的商人家庭，其父辈长期在苏北从事医药生意，李渔即出生于江苏文化古城如皋。他一生可以分为五个阶段。

23 岁前，如皋读书阶段。少年时代的李渔生活优裕，聪明好学，"襁褓识字，总角成篇"。他博览经史百家，希望读书做官，实现科举功名的理想。19 岁时，其父不幸逝世，家庭财源断绝。23 岁时，守孝三年期满，举家从苏北回到原籍兰溪，准备应试。

24 ~ 40 岁，应试求仕阶段。崇祯八年（1635 年），在婺州（今浙江金华）应童子试，深受考官赏识，被誉为"五经童子"，试卷被印为专帙。崇祯十二年（1639 年），乡试败北。三年后再次赴试，道路被阻，只能返回。此后明清易代，烽火连天，其科举之路遂告断绝。清初，他短期为人做幕僚。后在家乡兰溪买山归隐，改名李渔，易字笠鸿，号笠翁，以示绝意功名。

41 ~ 50 岁，卖赋糊口阶段。李渔隐居三年后远走杭州，开始"卖赋糊口"，从事文化产业。其居杭十年期间，创作小说《无声戏》（一集、二集）、《十二楼》，戏曲《怜香伴》《风筝误》《意中缘》《奈何天》《玉搔头》《蜃中楼》等多种。

51 ~ 66 岁，流寓金陵阶段。顺康之交，李渔移家金陵，全面从事文化产业。完成了《十种曲》的最后几种《慎鸾交》《比目鱼》《凰求凤》《巧团圆》及《论古》《笠翁诗韵》《闲情偶寄》等的写作；营构了蜚声中外的芥子园，创建了芥子园文化中心；经营芥子园书铺，出版名著；并组建家庭剧班。他自编自导，带领剧班到过江苏、浙江、北京、河北、陕西、甘肃、山西、广东、广西、湖北、福建、江西、安徽等地，游览观光，以戏会友，以戏为生，在巡回演出中总结艺术经验。在文学创作、理论研究、营构园林、编辑出版、戏曲活动、旅游观光等诸多领域硕果累累。

67~70岁，归老西湖阶段。康熙十六年（1677年），他落叶归根，举家从金陵迁居西湖。在西湖边吴山山麓营建层园，准备终老于此，其间曾短期出游。因贫病交加，康熙十九年（1680年）正月十三日病逝，葬于西湖九曜山之阳。

在中国文化史上，论总体文化成就之高，李渔是第一人。他在文学创作、理论研究、音韵声律、书画篆刻、编辑出版、园林建筑、种花养草、养生祛病、饮食烹饪、休闲文化、创造发明、文化产业等诸多领域都有卓绝的成就。在中国戏曲史上，李渔既是专事喜剧创作的大师，又是卓绝的戏曲理论家，此外，他还是杰出的戏曲活动家。总之，他是中国古代独树高标的文化巨匠。

第二节　李渔的戏曲创作论

《李笠翁曲话》是将李渔《闲情偶寄》中关于戏曲创作和戏曲导演的理论独立出来，整理而成的一部戏曲理论著作，包括《闲情偶寄》卷一《词曲部》、卷二《演习部》及卷三《声容部》的部分内容。这是我国古代戏曲理论的集大成之作，是第一部从创作到导演、表演，全面系统地总结中国古代戏曲特殊规律的理论著作，也是中国戏曲美学史上的杰出著作。第一次创造性地构成了一个富有民族特点的相当完整的戏曲理论体系。

李渔的戏曲创作论，主要在《闲情偶寄》卷一、卷二的《词曲部》。《词曲部》包括结构、词采、音律、宾白、科诨、格局六方面，是《李笠翁曲话》的主体，也是《闲情偶寄》中价值最高的部分，集中反映了李渔的戏曲观。

第一，李渔重视创作构思。他首先提出"结构第一"的观点，"填词首重音律，而予独先结构"①。李渔讲的"结构"，与今天创作学上的"结构"内涵有较大区别，而略同于"总体构思"。这是李渔以戏为本的戏曲观的重要内容，也是他对戏曲美学的重大贡献。他说："'结构'二字，则在引商刻羽之先，拈韵抽毫之始，如造物之赋形，当其精血初凝，胞胎未就，先为制定全形，使点血而具五官百骸之势。"② 这里的"全形"和"五官百骸"，比喻整体构思和架构。亚里士多德在《诗学》中指出，戏曲有六个基本成分，即布局、性格、文辞、思想、布景、歌曲，而六个成分里，最重要的是布局。狄德罗在《论戏剧艺术》中也认为，照理应该先有布局，再写各场。③ 布莱希特则强调布局是戏剧的灵魂，是一出戏

---

① 李渔．闲情偶寄．杭州：浙江古籍出版社，1985：14.
② 李渔．闲情偶寄．杭州：浙江古籍出版社，1985：4.
③ 狄德罗．狄德罗美学论文选．张冠尧，等，译．北京：人民文学出版社，1984.

的核心。① 他们的论述与李渔的观点惊人相似，说明古今中外的戏曲创作艺术规律是相通的。李渔首重构思的创作论，从理论上扭转了元明两代戏曲家普遍存在的重曲轻戏的倾向。戏曲创作应该首重整体构思布局，以戏为本，曲白并重，这是李渔戏曲观的核心，也是他对戏曲创作理论的新贡献。

第二，李渔注重戏曲真实。李渔提出戏曲真实的标准就是符合"人情""物理"，具有振聋发聩的意义。他说："凡作传奇只当求于耳目之前，不当索诸闻见之外。"② 他强调戏曲创作要反映"耳目之前"的现实，不能向壁虚构、闭门造车，而写"闻见之外"的人和事，他认为"凡说人情物理者千古相传，凡涉荒唐怪异者当日即朽"。检验戏曲真实的标准，就是视其是否符合人情物理。这是因为"世间奇事无多，常事为多，物理易尽，人情难尽。"③ "人情物理"既是戏曲创作取之不尽的源泉，又是检验其艺术真实性的准则。他讲究艺术真实，但并不排斥虚构，他认为："传奇无实，大半寓言耳。"④ 他强调，戏曲的本质特征就是用一个虚构或者真实的故事说明一个道理。在这里，他既充分认识到戏曲故事的虚构特征，又注意到故事虚构的合理性，可以说，李渔第一次全面论述了戏曲真实及艺术真实问题。

第三，关于戏曲审美，李渔提出"奇"的审美标准。他说："古人呼剧本为传奇者，因其事甚奇特，未经人见而传之，是以得名。可见非奇不传，新即奇之别名也。"⑤ 他别开生面，巧妙地借"传奇"说事，进而提出"新"就是"奇"的命题。前人说"奇"，无非"新奇""稀奇""出奇"，往往"新""奇"联用，"新"只作为"奇"的一类。李渔认为"新"就是"奇"的别名，"新"的全部内涵就是"奇"的整体内蕴，这是一种理论上的创新。"非奇不传"，他把"奇"视为戏曲的生命，提高到前所未有的理论高度。李渔一生求新求异，乐此不疲。他自称"不佞半世操觚，不攘他人一字"⑥。他的戏曲理论与创作实践是完全一致的。他特别强调文章的创新，尤其是戏曲的新奇，明确了戏曲艺术必须通过舞台表演而新人耳目的特殊性，是很有见地的。李渔能紧扣戏曲的舞台特征，戏曲必须在时间、空间的限制之下，集中凝练地创作完美的艺术整体，使观众能够在较短的时间里观察体会到人物完整的历史，而戏曲的审美活动涉及审美主体、审美对象和审美对象的创造者（作家、演员），而审美主体又大多是无文化群体，从而提出"立主脑""减头绪""密针线"等审美要求，是对中国古代戏曲美学的创造性发展。

第四，李渔对戏曲语言提出很高的要求。一是尖新，他说："白有尖新之文，文有尖新之句，句有尖新之字。尤物足以移人，尖新二字，即文中之尤物也。"⑦ 其实质是要求剧作家注意练字、炼句。二是浅显，通俗化，口语化，与"本色"比较接近。他认为"话则本

---

① 刘昱. 中西戏剧结构中的情节问题之比较. 大舞台，2010（10）：106 - 107.
② 李渔. 闲情偶寄. 杭州：浙江古籍出版社，1985：12.
③ 李渔. 闲情偶寄. 杭州：浙江古籍出版社，1985：13.
④ 李渔. 闲情偶寄. 杭州：浙江古籍出版社，1985：14.
⑤ 李渔. 闲情偶寄. 杭州：浙江古籍出版社，1985：9.
⑥ 李渔. 闲情偶寄. 凡例. 杭州：浙江古籍出版社，1985：8.
⑦ 李渔. 闲情偶寄. 杭州：浙江古籍出版社，1985：48.

之街谈巷议，事则取其直说明言"，"能于浅处见才，方是文章高手"①。戏曲语言要注意从现实生活中汲取营养，从口语、俗语中提炼戏曲语言；从古代典籍中汲取戏曲语言，做到深入浅出。三是机趣，强调戏曲语言的趣味性。"机"是指传奇之精神，"趣"是指传奇之风致，并提出"抑圣为狂，寓哭于笑"的喜剧原则。四是讲究音乐美，注意曲词、宾白的悦耳怡神，优美动听，使观众喜闻乐见。宾白是戏曲语言的有机组成部分，但从戏曲发展的历程看，历代戏曲家重曲轻白，不少戏曲有曲无白，任凭演员自由发挥。学术界称写戏为"填词"，就是最好的证明。长期以来，宾白一直处于曲词的附庸地位，李渔是戏曲史上第一个重视宾白的戏曲作家。他说："传奇中宾白之繁，实自予始。"② 针对"自来作传奇者，只重填词，视宾白为末着"的现状，他提出"宾白一道，当与曲文等视"③，主张曲白并重，具有拨乱反正的历史功绩。他第一次将词采、宾白和音律三者并列，科学合理地规范了古代戏曲的内涵，这在中国古代戏曲史上具有里程碑式的意义。

第五，注重戏曲音律。李渔生平有两大绝技，其一便是妙解音律。他"手则握笔，口却登场"，紧紧围绕戏曲演出的实际，提出"恪守词韵""凛遵曲谱""鱼模当分""廉监宜避""拗句难好""合韵易重""慎用上声""少填入韵""别解务头"等九条创作守则。这些都是他自己戏曲创作经验的总结，包含不少真知灼见。其中，对于"恪守词韵""凛遵曲谱"，要一分为二地看，因为前人约定俗成的词韵、曲谱也是历代戏曲创作的经验总结，有其存在的合理性，可以遵循；但也有其保守的一面，就是墨守成规，不敢突破格律限制，缺少创新精神。"鱼模当分""廉监宜避"措辞准确，带有建议性，从汉语音韵发展的角度看是有道理的。"拗句难好""慎用上声""少填入韵"是对初学者的忠告，金针度人，难能可贵。"合韵易重"，指明戏曲中"合前"写作的注意事项，其韵脚不能与前面重复，曲词又要符合人物性格和感情。"别解务头"，对"务头"提出新见，可备一说。由于李渔在音律方面创造了完备的理论体系，所以，他创作的戏曲本色当行，宜于舞台演出。可以说，李渔的曲话是戏曲创作理论的集大成者。

第三节　李渔的戏曲导演论

李渔的戏曲导演论，主要是《闲情偶寄》卷二《演习部》和卷三《声容部》的一部分。《李笠翁曲话》不仅是中国第一部导演学著作，而且堪称世界上第一部导演理论专著。其内容包括以下方面：

第一，选择剧本。剧本，为一剧之本。导演的第一要务就是善于选择好的剧本。李渔

---

① 李渔. 闲情偶寄. 杭州：浙江古籍出版社，1985：16.
② 李渔. 闲情偶寄. 杭州：浙江古籍出版社，1985：43.
③ 李渔. 闲情偶寄. 杭州：浙江古籍出版社，1985：40.

说："吾论演习之工而首重选剧者，诚恐剧本不佳，则主人之心血，歌者之精神皆施于无用之地。"① 巧妇难为无米之炊，没有好的剧本，无论多么优秀的演员都难以发挥演技，当然也不会有精彩的演出效果。剧本是纲领，是演员进行艺术创作的依据，也是演出成功的基础和必要条件。选择剧本的标准，其一是真实性，即故事内容符合人情物理；其二是实践性，即适宜于舞台演出。李渔提出"首重选剧"，即把选择剧本放在导演学的纲领地位，这是深谙戏曲表演规律的表现，具有戏曲活动家的战略眼光。这也是一个当行导演必备的修养和素质。后代的戏曲乃至戏剧导演无不受其启迪。

　　第二，导演构思，努力创新。李渔是一个不断创新的戏曲理论家，追求新意是他的终身课题。在戏曲导演方面，他主张"变古调为新调"，"变则新，不变则腐；变则活，不变则板"②。他说的"新"，有两层含义：一是前无古人的独创，别出心裁；二是变旧成新，"易以新词，透入世情三昧，虽观旧剧，如阅新篇"③。"透入世情三昧"，就是"旧瓶装新酒"，改编旧剧，加进新鲜的时代内容。这是一条改编旧剧的永恒法则，为后来的导演所遵循。李渔第一次将它提升到理论的高度进行阐述，这是他对戏曲理论的贡献。由于李渔注重创意，刻意求新，所以，他执导的戏曲总能令人耳目一新，赢得普遍的赞誉。

　　第三，物色演员，培养训练。在一切社会活动中，人是最活跃的因素，也是活动得失成败的关键。在演出活动中，演员是起决定作用的要素。李渔认为，选择演员的标准是："喉音清越而气长者，正生、小生之料也；喉音娇婉而气足者，正旦、贴旦之料也，稍次则充老旦；喉音清亮而稍带质朴者，外末之料也；喉音悲壮而略近嘁杀者，大净之料也。至于丑与副净，则不论喉音，只取性情之活泼、口齿之便捷而已。"④ 尽管李渔只是立足于演唱，从人尽其才、用其所长的角度谈物色演员，但透过现象，我们可以论断，选择合适的演员担任相应的角色是李渔导演学的重要内容。针对当时"男优之不易得者二旦，女优之不易得者净丑。不善配角色者，每以下选充之"的实际情况，他提出自己的主张。这表现出李渔导演学理论来源于演出实际，又反过来指导演出活动。

　　第四，口授身导，加强基本功训练。李渔十分重视演员的基本功训练。一个优秀的演员必须具备扎实的基本功，而演员的基本功是否扎实完全取决于导演的训练是否得法。"欲其声音婉转则必使之学歌……欲其体态轻盈则必使之学舞。"⑤ 他根据训练目的，采取独特的方法和途径来训练演员，取得了良好的效果。一个当行的导演，不仅要因材施教，而且要因势利导，从说、唱、舞、演等方面提高演员素质。李渔训练演员，首抓正音，"禁为乡土之音，使归《中原音韵》之正者"⑥。就正音训练，李渔提出了"正音之道，无论异同远近，

　　① 李渔．闲情偶寄．杭州：浙江古籍出版社，1985：61.
　　② 李渔．闲情偶寄．杭州：浙江古籍出版社，1985：63.
　　③ 李渔．闲情偶寄．杭州：浙江古籍出版社，1985：66.
　　④ 李渔．闲情偶寄．杭州：浙江古籍出版社，1985：139.
　　⑤ 李渔．闲情偶寄．杭州：浙江古籍出版社，1985：138.
　　⑥ 李渔．闲情偶寄．杭州：浙江古籍出版社，1985：142.

总当视易为难"，"正音改字切忌务多"①（《闲情偶寄》卷三《声容部·习技第四》）的主张，实为经验之谈。他论述的习态，即今人所说的设身处地，进入角色，"女优妆旦，妙在自然，切忌造作"，"只作家内想，勿作场上观"等主张，都是行之有效的。其他如"解明曲意""调熟字音""字忌模糊""曲严分合"，等等，则是针对各个具体的训练过程提出的方法和要求。

李渔的导演理论基本涵盖了戏曲导演学的全部内容。综观李渔的导演理论，有三个特点：一是实践性。他紧扣舞台中心和导演实际，以演员为主体，因而具有指导意义。二是系统性。导演是一个系统工程，除了演员之外，还有服装、灯光、布景、伴奏、音响、舞美设计等方面，必须综合起来，统一指挥，相互配合，才能产生良好的总体效果。三是创造性。他在导演实践中大胆探索，把司空见惯的调教演员的言传身教上升到导演理论的高度，加以概括总结，形成一定的导演理论体系，这在世界戏曲史上也极为罕见。"不独时贤罕与颉颃，即元明人亦所不及，宜其享重名也。"（杨恩寿《词余丛话》）当代戏曲理论家周贻白说："他于戏剧的认识及舞台的观察，以当时的情况而言，见解颇为高超。他不仅注意到登台扮演，而且注意到台下的观众，这些事，过去论曲者也约略提到过，而辟为专论条分缕析地辨及微芒，大可以说前无古人。"② 因此可以说，《李笠翁曲话》不仅是我国而且是世界上第一部戏曲导演学著作。

第四节　李渔的戏曲观

李渔的戏曲观可以概括为以戏为本、曲白并重、讲究当行本色三方面。主要通过其"曲话"的相关论述和《十种曲》的创作实践表现出来。

一、以戏为本

李渔认为，戏曲应以戏为本，一本戏曲要演绎一个完整的故事，"然传奇一事也，其中义理分为三项：曲也，白也，穿插联络之关目也。"③ 这就从理论上阐明，戏曲应包括曲、白和关目三个要素，缺一不可。这在中国戏曲史上第一次完整地论述了戏曲的概念，规范了戏曲创作的内涵。这对于元人来说是一大进步。他说元人只擅长作曲而白与关目皆为其所短，指出了元人重曲轻戏之弊，有一语中的之功。

李渔论戏曲创作，提出"首重结构"的观点，这是其戏曲观的重要组成部分。这里所

① 李渔. 声容部：习技第四//李渔. 闲情偶寄：第3卷. 杭州：浙江古籍出版社，1985.
② 周贻白. 中国戏曲史长编. 北京：人民文学出版社，1960：401.
③ 李渔. 闲情偶寄. 杭州：浙江古籍出版社，1985：11.

说的"结构"其实相当于总体构思。他说：

> 至于结构二字，则在引商刻羽之先，拈韵抽毫之始。如造物之赋形，当其精血初凝，胞胎未就，先为制定全形，使点血而具五官百骸之势。倘先无成局，而由顶及踵，逐段滋生，则人之一身，当有无数断续之痕，而血气为之中阻矣。工师之建宅亦然：基址初平，间架未立，先筹何处建厅，何方开户，栋需何木，梁用何材，必俟成局了解，始可挥斤运斧。……故作传奇者，不宜率急拈毫，袖手于前，始能疾书于后。有奇事，方有奇文，未有命题不佳，而能出其锦心，扬为绣口者也。尝读时髦所撰，惜其惨淡经营，用心良苦，而不得被管弦，副优孟者，非审音协律之难，而结构全部规模之未善也。①

这里的"全形""五官百骸""成局""一身"都喻指整体构思，而"奇事"则是构思的中心。有了新奇的题材，才能创作出杰出的作品，才能演出好戏。李渔不仅论述了总体构思的重要性及构思的内容，而且指出"时髦所撰"不便演出的缺憾，切中重曲轻戏的时弊。亚里士多德总结古希腊悲剧和喜剧的艺术经验时，在《诗学》第六章指出：戏曲有六个基本成分，即布局、性格、文词、思想、布景、歌曲，而"六个成分里，最重要的是布局"，"布局乃悲剧的首要成分，有似悲剧的灵魂"。狄德罗在《论戏剧艺术》第七节中也称，绝对不在布局尚未确定以前就把任何一个枝节的想法落笔。布莱希特更强调布局是戏剧的灵魂，布局是举足轻重的部分，它是一出戏的核心。他们的论述与李渔"结构第一"的观点惊人相似，说明后者正反映了戏曲创作的艺术规律。戏曲创作首重总体构思布局，这是李渔对戏曲创作理论的新贡献。

"立主脑"与"减头绪"也是李渔以戏为主的戏曲观的重要内容。李渔说："古人作文一篇，定有一篇之主脑，主脑非他，即作者立言之本意也。传奇亦然，一本戏中有无数人名，究竟俱属陪宾，原其初心，止对一人而设，即此一人之身，自始至终，离合悲欢，中具无限情由，无穷关目，究竟俱属衍文，原其初心，又止为一事而设；此一人一事，即作传奇之主脑也。"② 人与事，是叙事文学作品的两大要素，不可或缺。戏曲中没有人和事，便没有"戏"。可见，李渔提倡"立主脑"，意在突出戏曲中"戏"的成分。他又说："后人作传奇，但知为一人而作，不知为一事而作，尽此一人所行之事，逐节铺陈，有如散金碎玉，以作零出则可，谓之全书，则为断线之珠，无梁之屋，作者茫然无绪，观者寂然无声，无怪乎有识梨园望之而却走也。此语未经提破，故犯者恐多，而今而后，吾知鲜矣。"③ 这里是强调戏曲中事件的完整性，以提高戏曲的演出效果。戏曲的终极目的是通过事件的铺叙塑造人物形象，而李渔论曲没有突出人物形象塑造，这是其戏曲观的不足和局限性。

"减头绪"与"立主脑"是一个问题的两方面，是相辅相成、相得益彰的。只有减少头

---

① 李渔. 闲情偶寄. 杭州：浙江古籍出版社，1985：4.
② 李渔. 闲情偶寄. 杭州：浙江古籍出版社，1985：6.
③ 李渔. 闲情偶寄. 杭州：浙江古籍出版社，1985：6.

绪才能突出主脑，而要立主脑，则必须减头绪。"头绪繁多，传奇之大病也。"① 头绪不多，便于突出一人一事，有利于观众的领悟，这是由戏曲的审美特征所决定的。李渔提出"立主脑"与"减头绪"，充分强调了戏曲的叙事特征，这是其曲论中最有见地的论述，有力地矫正了戏曲创作中重曲轻戏的弊端。

李渔还提出了戏曲创作应细针密线的主张，这也是其以戏为主的戏曲观的内容之一。叙事文学注意针线细密、前呼后应，可以加强故事性，能有效地吸引观众，而戏曲则能更好地发挥其教育和愉悦作用。李渔在《闲情偶寄》卷一中云：

编戏有如缝衣，其初则以完全者剪碎，其后又以剪碎者凑成。剪碎易，凑成难，凑成之功全在针线紧密，一节偶疏，全篇之破绽出矣。每编一折，必须前顾数折，后顾数折，顾前者欲其照映，顾后者便于埋伏。照映埋伏，不止照映一人，埋伏一事，凡是此剧中有名之人、关涉之事，与前此后此所说之话，节节俱要想到，宁使想到而不用，勿使有用而忽之。②

要做到针线细密，便要注意埋伏照应，前顾后盼，避免破绽。这是提高戏曲创作质量的重要一环。李渔此论是富有针对性的，他指出："吾观今日之传奇，事事皆逊元人，独于埋伏照映处胜彼一筹，非今人之太工，以元人之所长全不在此也。若以针线论，元曲之最疏者莫过于《琵琶》。"③ 显然，这是他在总结元曲创作经验教训的基础上提出来的。元曲普遍存在重曲轻戏的倾向，所以不注意细针密线，在一定程度上影响了艺术质量。李渔提出"密针线"的主线，纠正了元曲创作的缺失，充实了戏曲中"戏"的内涵，丰富了古代戏曲创作理论。亚里士多德说，戏曲的情节要有紧密的联系，不能随意挪动和删削。④ 狄德罗也说应该把各个情节按照主题的重要性作适度的安排，并在他们之间造成一条几乎不可缺少的联系。⑤ 这些论述与李渔的戏曲观如出一辙。无须说明，中外戏曲理论是相通的。

卢冀野《中国戏剧概论》中说，我国古代身为大剧作家又兼剧论家的，只有李渔。以前的作家是偏重曲的，他却偏重戏字。⑥ 这一论断是极有见地的，揭示了李渔以戏为本的戏曲观。

二、曲白并重

戏曲中的宾白是串联情节的主要载体。李渔说："词曲一道，止能传声，不能传情，欲观者悉其颠末，洞其幽微，单靠宾白一着。"⑦ 他对宾白在戏曲中的重要作用有了充分的认识，而这一认识在戏曲发展史上具有里程碑式的意义。李渔在《闲情偶寄》中论戏曲创作，

---

① 李渔. 闲情偶寄. 杭州：浙江古籍出版社，1985：11.
② 李渔. 闲情偶寄. 杭州：浙江古籍出版社，1985：9.
③ 李渔. 闲情偶寄. 杭州：浙江古籍出版社，1985：10.
④ 亚里士多德，贺拉斯. 诗学诗艺. 郝久新，译. 北京：中国社会科学出版社，2009.
⑤ 狄德. 狄德罗美学论文选. 张冠尧，等，译，北京：人民文学出版社，1984.
⑥ 卢冀野. 中国戏剧概论. 上海：世界书局，1944.
⑦ 李渔. 闲情偶寄. 杭州：浙江古籍出版社，1985：44.

提出"结构第一","词采第二","音律第三","宾白第四","科诨第五","格局第六"，将宾白与词采、音律相提并论，这在古代戏曲发展史上是破天荒的第一次。因而，重视宾白，曲白对举，是李渔戏曲观的又一重要方面。

李渔有感于元曲忽视宾白的倾向，提出"宾白一道，当与曲文等视"，他说：

> 自来作传奇者，止重填词，视宾白为末着。……元以填词擅长，名人所作，北曲多而南曲少。北曲之介白者，每折不过数言，即抹去宾白而止阅填词，亦皆一气呵成，无有断续。似并此数言亦可略而不备者。由是观之，则初时止有填词，其介白之文未必不系后来添设。在元人，则以当时所重不在于此，是以轻之。后来之人，又谓元人尚在不重，我辈工此何为？遂不觉日轻一日，而竟置此道于不讲也。予则不然，尝谓曲之有白，就文字论之，则犹经文之于传注；就物理论之，则如栋梁之于榱桷；就人身论之，则如肢体之于血脉。非但不可相无，且觉稍有不称，即因此贱彼，竟作无用观者。故知宾白一道，当与曲文等视。有最得意之曲文，即当有最得意之宾白，但使笔酣墨饱，其势自能相生。①

古代戏曲自滥觞以来，受中国诗文化的陶冶，重曲轻白的倾向就十分明显，元代虽然是戏曲的黄金时代，但这一现象未有根本改观，宾白仍未得到应有的重视。明人因袭前人，这种现象一直延续到明清之际。李渔不仅批评了轻视宾白的现象，而且连用三个比喻，论述了曲白之间血肉相连的关系，在此基础上提出了曲白等视的主张。这是很有创见的。

李渔是中国戏曲史上首重宾白的作家。他身体力行，在戏曲创作中，一是加重宾白的分量，二是提高宾白的质量，三是注重宾白的舞台效果。他说："传奇中宾白之繁，实自予始。"考察他的《十种曲》，可以发现，其宾白分量之大，可谓独树一帜，无出其右。这里试以李渔戏曲作表作《风筝误》为例略作分析。该剧上下卷共有曲198支，每支曲以2行60字计算，约1200字；共有白文800行，每行以40字计算，约32000字；加上每出4句下场诗，白文将近曲文的3倍。再以其第二十九出《诧美》为例，用曲16支，约1000字，有白文75行，约3000字，曲白之比，约为1：3。这样的曲白之比并不多见。李渔的宾白除了仿效元曲，用独白作自我介绍，用旁白透露心理，用对白展开情节之外，还创造性地运用了杂白，即在曲词演唱过程中穿插宾白。这种穿插，不仅有独白，而且有对白。例如《风筝误》第二十九出《诧美》中【玉交枝】：

> （旦上，唱）呼声何骤？好教人惊疑费筹。
>
> （见小旦介，白）母亲为何这等恼？
>
> （小旦）你瞒了我做得好事！
>
> （旦惊介）孩儿不曾瞒母亲做甚么事。
>
> （小旦）去年风筝的事，你忘了？

---

① 李渔. 闲情偶寄. 杭州：浙江古籍出版社，1985：40.

　　（旦背想介）是了。去年风筝上的诗，拿了出去，或者韩郎看见，说我与戚公子唱和，疑我有什么私情，方才对母亲说了。

　　（对小旦介）去年风筝上的诗，是母亲教孩儿做的；后来戚家来取，又是母亲把还他的，干孩儿甚么事？

　　（小旦）我把他拿去，难道教你约他来相会的？

　　（旦大惊介）怎么？

　　（唱）我几时把人约黄昏后？向母亲求个分剖。

　　（小旦）（白）你还要赖！起先戚家风筝上的诗是韩郎做的；后来韩郎也放一个风筝进来，你教人约他相会，做出许多丑态，被他看破，他如今怎么肯要你！

　　（旦大惊，呆视介）这些话是哪里来的？莫非是他见了鬼！

　　（高声哭介）天哪！我和他有甚么冤仇？平空造这样的谤言来玷污我！

　　（唱）今生与伊无甚仇，为甚的擅开含血喷人口！

　　（小旦掩旦口介）你还要高声，不怕隔壁娘儿两个听见？今日喜得那老东西不曾过来，若过来看见，我今晚就要吊死！

　　（唱）我细思量，如何盖羞！细思量，如何盖羞！

　　这支曲只有八句唱词，中间却穿插了母女俩一段对话，曲白交融，相得益彰，恰到好处地表现了由风筝引起的误会，喜剧色彩十分浓郁。这种曲中杂白的写法在明代就有汤显祖等人尝试过，但多为独白，分量较少，变化不大。李渔将曲白结合起来，尽情挥洒，臻于化境。这是李渔的一大创造。

　　李渔还说："笠翁宾白当文章做，字字俱费推敲。"[1] 李渔这种认真创作宾白的态度是空前绝后的，他字斟句酌，惨淡经营，提出了"声务铿锵，语求肖似"，"词别繁简"，"字分南北"，"文贵洁净"，"意取尖新"，"少用方言"，"时防漏孔"等主张，对宾白的字、词、句、意、声等方面都提出了很高的要求，是经过千锤百炼，达到了炉火纯青的境界。如《风筝误》第十三出《惊丑》中詹爱娟冒充其妹淑娟与才子韩生私会，有一段妙趣横生的对白：

　　（生）小姐，小生后来一首拙作，可曾赐和么？

　　（丑）你那首拙作我已赐和过了。

　　（生惊介）这等小姐的佳篇，请念一念。

　　（丑）我的佳篇一时忘了。

　　（生又惊介）自己做的诗，只隔得半日，怎么就忘了？还求记一记。

　　（丑）一心想着你，把诗都忘了，待我想来。（想介）记着了。

　　（生）请教。

① 李渔. 闲情偶寄. 杭州：浙江古籍出版社，1985：44.

（丑）云淡风轻近午天，傍花随柳过前川。时人不识予心乐，将谓偷闲学少年。

（生大惊介）这是一首《千家诗》，怎么说是小姐做的？

（丑慌介）这、这、这果然是《千家诗》，我故意念来试你学问的。你毕竟记得。这等是个真才子了！

（生）小姐的真本，毕竟要请教。

（丑）这是一刻千金的时节，哪有工夫念诗？我和你且把正经事做完了，再念也未迟。

才子一本正经，矜持固执，丑女粗鄙好色，放荡轻薄，两种性格刻画得入木三分。对话简短，符合夜半私会的情境和人物身份，真称得上是一字不易。李渔创作的宾白大率如此。

李渔还主张，宾白应讲究舞台效果，接受舞台检验。他说："从来宾白只要纸上分明，不顾口中顺逆，常有观刻本极其透彻，奏之场上便觉糊涂者……因作者只顾挥毫，并未设身处地，既以口代优人，复以耳当听者，心口相维，询其好说不好说，中听不中听，此其所以判然之故也。"① 曲家必须设身处地，兼顾演员与听众，才能写出好的宾白。李渔是如何创作的呢？"笠翁手则握笔，口却登场，全以身代梨园，复以神魂四绕，考其关目，试其声音，好则直书，否则搁笔，此其所以观听咸宜也。"② 晚清曲学大师吴梅云："李笠翁渔十种曲，传播词场久矣，其科白排场之工，为当世词人所共认。"③ 这真是行家的评鉴。

值得注意的是，李渔认为"宾白之文，更宜调声协律"。他把"平仄仄平平仄仄，仄平平仄仄平平"二语作为千古作文之通诀，进而提出："如上句末一字用平，则下一句末一字定宜用仄，连用二平则声带喑哑，不能耸听；下句末一字用仄，则按此一句之上句，其末一字定宜用平，连用二仄则音类咆哮，不能悦耳。"④ 这不仅表现出他的声律修养，而且展示了其精湛的舞台艺术经验。他创作宾白还注意发挥灵活性，根据剧情的需要而协调平仄。"有时连用数平，或连用数仄，明知声欠铿锵，而限于情事，欲改平为仄，改仄为平，而决无平声仄声之字可代者。此则千古词人未穷其秘，予以探骊觅珠之苦，入万丈深潭者既久而后得之，以告同心。"⑤ 他经过思考和实践，发现了上声字的特殊功能："上之为声，虽与去入无异，而实可介于平仄之间，以其别有一种声音，较之于平则略高，比之去入则又略低。"于是，他创造性地运用上声字，提出："作宾白者，欲求声韵铿锵，而限于情事，求一可代之字而不得者，即当用此法济其穷。如两句三句皆平，或两句三句皆仄，求一可代之字而不得，即用一上声之字介乎其间，以之代平可，以之代去入亦可。如两句三句皆平，间一上声之字，则其声是仄，不必言矣；即两句三句皆去声入声，而间一上声之字，则其字明

① 李渔．闲情偶寄．杭州：浙江古籍出版社，1985：44.

② 李渔．闲情偶寄．杭州：浙江古籍出版社，1985：44.

③ 吴梅．中国戏曲概论．上海：上海古籍出版社，2000：117.

④ 李渔．闲情偶寄．杭州：浙江古籍出版社，1985：41.

⑤ 李渔．闲情偶寄．杭州：浙江古籍出版社，1985：41

明是仄而却似平，令人听之不知其为连用数仄者。"① 实践证明，这种巧用上声字的手法取得了极佳的效果，被后代奉为圭臬。这是李渔对戏曲宾白创作的重要贡献之一。

三、当行本色

李渔在《闲情偶寄》卷二《演习部》中云："填词之设，专为登场。"② 这表明李渔创作戏曲，时时刻刻，字字句句都考虑演出效果。因而，讲究当行本色是李渔戏曲观的又一重要方面。

所谓本色，就是要求用质朴无华的语言，准确真切地描绘事物的本来面目。所谓当行，则要求演员惟妙惟肖地刻画人物，"随所妆演，无不摹拟曲尽，宛若身当其处"。

李渔当行本色的戏曲观主要表现为如下几方面：

其一，舞台性。戏曲讲究舞台演出效果是当行本色的重要标志之一。李渔在《闲情偶寄》卷一《词曲部上》中说："尝读时髦所撰，惜其惨淡经营，用心良苦，而不得被管弦，副优孟者。"③ 批评了戏曲创作案头化的倾向。应该指出，当时确实有一些戏曲脱离了舞台实际，比如汤显祖的《牡丹亭》，曲词优美，脍炙人口，但难以全本搬上舞台。从严格意义上说，这便不是当行本色的戏曲。针对一些曲家把戏曲作为案头作品来欣赏，像论诗、论词那样论曲，只注重词采、音律，忽视舞台特点的现状，李渔大声疾呼，力矫时弊，称"填词之设，专为登场"，把戏曲的舞台特点提高到前所未有的重要程度，具有拨乱反正的意义。他是如何创作戏曲的呢？"笠翁手则握笔，口却登场，全以身代梨园，复以神魂四绕，考其关目，试其声音，好则直书，否则搁笔，此其所以观听咸宜也。"④ 他不仅精通戏曲创作，又能导能演，"手则握笔，口却登场"，以舞台作为创作构思的前提条件，这就决定了他的戏曲都有舞台性强的特点。李渔的《十种曲》不胫而走，"其刻本无地无之"，有的远传域外，恐怕都与其适合演出有关。

其二，综合性。戏曲是一门综合艺术，而且综合程度比较高。戏曲的当行本色则要求尽量完善各种表演形式和艺术要素。李渔不仅对戏曲创作进行了论述，在构思、词采、音律、宾白、科诨等方面提出了明确要求，而且对于戏曲表演方面也有其独到的见解。他说："词曲佳而搬演不得其人，歌童好而教率不得其法，皆是暴殄天物，此等罪过，与裂缯毁璧等也。……所可惜者，演剧之人美，而所演之剧难称尽美；崇雅之念真，而所崇之雅未必果真。"⑤ 尽管李渔仅仅着眼于选择剧本，但注意强调了戏曲综合性特征。戏曲各种艺术要素相辅相成，不可或缺；唱、白、念、做均应臻于完美，才能保证戏曲演出的成功。这就纠正

---

① 李渔．闲情偶寄．杭州：浙江古籍出版社，1985：42.
② 李渔．闲情偶寄．杭州：浙江古籍出版社，1985：60.
③ 李渔．闲情偶寄．杭州：浙江古籍出版社，1985：42.
④ 李渔．闲情偶寄．杭州：浙江古籍出版社，1985：44.
⑤ 李渔．闲情偶寄．杭州：浙江古籍出版社，1985：60.

了戏曲演出中重曲轻白以及其他厚此薄彼、有所偏废的倾向。李渔自己创作的戏曲就兼顾戏曲艺术的各方面。清代曲论家杨恩寿在《词余丛话》中虽然批评"《笠翁十种曲》鄙俚无文，直拙可笑"，但又肯定其"位置脚色之工，开合排场之妙，科白打诨之宛转入神，不独时贤罕与颉颃，即元、明人亦所不及，宜其享重名也"。而黄周星《制曲枝语》云："近日如李笠翁十种，情文俱妙，允称当行。"从综合性的角度评价了李渔戏曲的成就。

其三，趣味性。戏曲的两大功能之一是愉悦性，而发挥愉悦功能则离不开戏曲的趣味性。当行本色的戏曲应该是思想性与趣味性的有机结合。李渔则宣称："唯吾填词不卖愁，一夫不竿皋吾忧。"（《风筝误》三十出《尾声》）他十分重视戏曲的趣味性，在《闲情偶寄》卷一《词采第二》中专列《重机趣》一节，他说："机趣二字，填词家必不可少。机者传奇之精神，趣者传奇之风致。少此二物，则如泥人土马，有生形而无生气。"① 戏曲的趣味性除了愉悦观众之外，还有利于记忆。李渔特别钟情于戏曲中的科诨，他在《闲情偶寄·词曲部》中将"科诨"单列一章，置于"音律""宾白"之后。他说："插科打诨，填词之末技也。然欲雅俗共欢，智愚共赏，则当全在此处留神。文字佳，情节佳，而科诨不佳，非特俗人怕看，即雅人韵士，亦有瞌睡之时。作传奇者，全要善驱睡魔。"② 他甚至把科诨喻为"看戏之人参汤"，"养精益神，使人不倦，全在于此"。他对科诨提出了"戒淫亵""忌俗恶""重关系""贵自然"四条标准。"科诨之妙在于近俗，而所忌者又在于太俗"，"雅中带俗，又于俗中见雅；活处寓板，即于板处证活"，"于嘻笑诙谐之处，包含绝大文章"，"妙在水到渠成，天机自露"。③ 这一系列论述涉及科诨的内容、形式、审美特征等问题，是李渔在长期的戏曲活动实践中总结出来的艺术经验，也是其戏曲观的内容之一。

其四，通俗性。戏曲观众成分复杂，具有广泛的群众性，这决定了戏曲必须雅俗共赏，通俗易懂。李渔说："传奇不比文章，文章做与读书人看，故不怪其深；戏文做与读书人与不读书人同看，又与不读书之妇人小儿同看，故贵浅不贵深。"④ 他提出，词曲不同于诗文，"话则本之街谈巷议，事则取其直说明言"⑤。看戏不同于读书，审美活动的群体性、连续性决定其文词必须浅近，而不宜蕴藉。这种视文体特征、审美过程而决定语言表达形式的创作方法是科学合理的。李渔甚至指出："能于浅处见才，方是文章高手。"⑥ 将深入浅出作为文章高手的唯一标准。他把通俗性提高到前所未有的高度，作为衡量戏曲作品质量高低的准绳，是一大创见，也是其戏曲观的重要内容。谙熟戏曲特点的艺术家无不主张戏曲语言的通俗化、群众化。臧懋循主张："填词者必须人习其方言，事肖其本色，境无旁溢，语无外假。"西班牙的维迦强调剧曲语言要"明白了当，舒展自如"，要"采取人民的习惯说法，

---

①　李渔．闲情偶寄．杭州：浙江古籍出版社，1985：18.
②　李渔．闲情偶寄．杭州：浙江古籍出版社，1985：50.
③　李渔．闲情偶寄．杭州：浙江古籍出版社，1985：53.
④　李渔．闲情偶寄．杭州：浙江古籍出版社，1985：21.
⑤　李渔．闲情偶寄．杭州：浙江古籍出版社，1985：16.
⑥　李渔．闲情偶寄．杭州：浙江古籍出版社，1985：22.

不要引经据典，搜求怪僻，故作艰深"①。这些主张与李渔的戏曲观是一致的。

李渔主张的浅显不是浮浅、粗俗，而是浅处见深、词浅意深，即语言明白畅通，妇孺皆知，但内涵丰富，寓意深长，耐人寻味。既不可心口皆深，高深莫测，亦不可粗制滥造，词意皆浅。他创作的戏曲都有通俗易懂的特点，于源《灯窗琐话》称李渔词曲"庄谐互见，雅俗共赏"；杨恩寿《词余丛话》谓其"意在通俗，故命意遣词，力求浅显"；《清朝野史大观》作者说"笠翁运笔灵活，科白诙谐，逸趣横生，老妪皆解"。他们都堪称李渔的知音。

李渔的戏曲观是完整、系统而有创见的，是他继承前人而有所创造发明的结果。在中国戏曲批评史上，李渔无疑是一个里程碑式的人物。不过，他是站在巨人的肩膀上攀登的。他"结构第一"的思想，便是对中国古典戏曲美学的创造性的发展。李渔之前，凌濛初在《谭曲杂札》中指出"戏曲搭架，亦是要事"；祁彪佳在《远山堂曲品》中认为"作南传奇者，构局为难"；特别要提到的是，王骥德在《曲律》中云："作曲者，亦必先分段数，以何意起，何意接，何意作中段敷衍，何意作后段煞，整整在目，而后可施结撰。"他们都注意到戏曲的总体构思，但又都属于即兴式的评点，既不完整，亦不系统，理论价值不高。李渔借鉴前贤，创造发展，加以系统化，理论化，形成自己的体系，使之成为其戏曲观的主干内容。

李渔以戏为本，曲白并重，讲究当行本色的戏曲观，强调了中国古代戏曲的民族特色，促进了戏曲创作的繁荣。清代出现了以《长生殿》和《桃花扇》为代表的一批杰出作品，形成了戏曲创作的辉煌局面，而且在理论上形成了中国古典曲论的完整体系。流风余韵，延续到近现代。近代曲学大师吴梅的曲论大多继承自李渔，而吴梅被尊为21世纪初与王国维并重的戏曲学巨擘，其门墙桃李遍布海内，进而使李渔的戏曲理论影响了整个现代词曲学和戏剧学的研究。可以预言，认真研究李渔的戏曲观，对于推进当今的戏曲乃至戏剧革新，促进戏曲乃至戏剧创作的繁荣，具有重要的现实意义。

思考题

1. 分析李渔戏曲创作论的内容及其地位影响。
2. 李渔的戏曲导演论有何特点？有何重要影响？
3. 为何说李渔丰富、规范了中国古代戏曲的理论内涵？
4. 李渔对戏曲宾白的贡献有何重要意义？
5. 谈谈李渔在中国戏曲史上的地位和影响。

---

① 维迦. 当代写喜剧的新艺术//中国戏剧家协会研究室. 戏剧理论译文集：第9辑. 北京：中国戏剧出版社，1963：9.

第十二章 清代其他戏曲作家作品

教学目的

了解李玉、李渔戏曲创作的成就，古代戏曲嬗变的过程；掌握花雅之争的性质及其影响；熟悉《雷峰塔》中白娘子的形象。

第一节 李玉与苏州派作家

一、李玉

李玉，字玄玉，后以避康熙的讳改字元玉，号苏门啸侣、一笠庵主人（其书房名一笠庵），约生于明代万历十九年（1591年）前后，卒于清康熙二十年（1681年）左右，吴县（今属江苏人）。李玉出身卑微清苦，其父为明权相申时行家人。他自学勤奋，博览群书，"上穷典雅，下渔稗乘"（钱谦益《眉山秀》题词），耳濡目染，成为度曲的行家里手，是当时苏州剧坛的重要人物，得到吴伟业和钱谦益的交口赞誉。他曾于崇祯末年参加乡试，中副榜举人。焦循《剧说》云："元玉系申相国家人，为申公子所抑，不得应科试，因著传奇，以抒其愤。而'一、人、永、占'尤盛传于时。"吴伟业《北词广正谱序》云："李子玄玉，好奇学古之士也。其才足以上下千载，其学足以囊括艺林，而连厄于有司，晚几得之，乃中副车。甲申以后，绝意仕进。"明亡后，他不愿参加政治活动，专门从事戏曲创作和理论研究。他创造力旺盛，剧作极富，相传创作戏曲40余种，是中国戏曲史上创作最多的戏曲家，其艺术成就足以与关汉卿相媲美，与莎士比亚相颉颃。他的创作特点是作品多，质量高，当行本色，宜于演出。他的作品大多亡佚，整本流传于世的19种，以《清忠谱》和《一笠庵四种曲》为代表。

《一笠庵四种曲》又称"一人永占"，包含《一捧雪》《人兽关》《永团圆》《占花魁》四部传奇。

《一捧雪》，30出，写明代嘉靖年间，前宰相之子莫怀古受任左仆卿，便将儿子托付给塾师方毅庵，携带传家宝"一捧雪"玉杯，偕爱妾雪艳娘、忠仆莫诚及裱褙匠汤勤，离家进京投靠同年严世藩。途中偶遇好友戚继光转任蓟州总兵，得以畅叙旧情。严世藩请莫怀古鉴赏古董字画，称京中苦无裱褙能手。莫怀古便将汤勤推荐给严世藩。汤勤把莫怀古携带"一捧雪"玉杯事密告严世藩，严世藩遂命汤勤前往索取，莫怀古做了一只假杯应命。后来莫怀古醉后泄露了伪造假杯的秘密，汤勤密告严世藩。严世藩遂大怒，亲自捕得莫怀古，押赴戚继光军营处决。义仆莫诚以身代主，戚继光放走莫怀古。汤勤发现人头有假，又告发了戚继光。严世藩逮捕了戚继光和雪艳娘严加审问，汤勤陪审。汤勤以解脱戚继光为条件，要挟美貌的雪艳娘和他成婚。雪艳娘假意应允，汤勤遂承认人头是真，戚继光得以复官生还。在逼婚之夜，雪艳娘手刃仇人，自刎身死。戚继光厚葬莫诚和雪艳娘。不久严家势败，莫怀古全家团聚，儿子考中进士，戚继光将"一捧雪"奉还莫怀古。《一捧雪》揭露了明末吏治的腐败，其突出成就是塑造了一个忘恩负义、阴险毒辣、趋炎附势的小人汤勤的形象。"汤裱褙"成为奸险之徒的代名词，这是李玉的一大贡献。

《人兽关》，33 出，根据冯梦龙《警世通言》中《桂员外途穷忏悔》改编而成。剧本写苏州土财主桂薪家道中落，官府逼债。他卖妻鬻女，走投无路时跳虎丘剑池自杀，幸为苏州大财主施济所救。施济赠其三百两纹银，使其还清债务，赎回妻女；又赠予一处房舍让其安身。桂薪与妻尤氏将女儿贞奴送予施济为婢妾，施济许以为儿施还之媳，两家结为亲家。后来，桂薪在施家紫荆树下掘得祖藏银一万两。尤氏见利忘义，昧心据为己有，暗地里买田置产。不久，施家遭遇祸事，家势衰败。施济又惊又气，染上重症，危在旦夕。桂薪夫妻佯作不知，趁施家大变离开苏州，到外地独享富贵。施济死后，施还母子前往求助，桂薪夫妻翻脸不认，悔亲赖债；尤氏还唆使胞弟尤滑稽棒打施还。幸亏贞奴暗中馈赠，施还母子才得返回苏州。途中船遇风浪，施还母子为故人俞德搭救。俞德将女儿许给施还。在俞德资助下，施还考中探花，很快恢复了家业，并在账簿中发现紫荆树下藏银，便向桂薪索还。桂薪在京师买官，洋洋得意，丑态百出。尤氏因昧心贪财，死后变犬。桂薪悔悟，把女儿送予施还完婚。施还独娶二女，金榜题名，洞房花烛，双喜临门。剧作通过施、桂两家社会经济地位的戏剧性变化，生动形象地描绘了明代末年日益衰败、恶俗浇漓的世风。

《永团圆》，32 出，是一部取材于现实生活的讽刺喜剧。富豪江纳将大女儿兰芳许配给铨部官吏蔡良的独生子蔡文英。不久蔡良去世，家道衰微。势利的江纳请乡绅贾金密谋，邀蔡文英赴宴，逼其写退婚文书，逼蔡母画押。文英至应天府告状，府尹高谊假判江纳女儿退婚，但要交六百两银子，文英不解其意。不料兰芳誓不事二夫，投江自杀，被江西刘义救起，途中又被劫入山寨，落入黑店为婢。江纳将次女蕙芳冒充兰芳上堂，高谊见文英、蕙芳郎才女貌，令其完婚。江纳人财两空，悔恨不已。高谊任满朝京，误入黑店，多亏兰芳报信才得以脱身，遂收兰芳为义女。文英考中功名，任山东兖州宁阳县尹。江纳花六七百金，补东阿县主簿。高谊收其为巡捕，复将兰芳许于文英，使其永久团圆。《永团圆》歌颂了文英和兰芳对爱情的忠贞，精彩地描绘了当时的世态人情。

《占花魁》，28 出，是李玉早期颇负盛名的剧作。剧作取材于《醒世恒言》中的《卖油郎独占花魁》，参考了其他笔记、游记，如冯梦龙《情史》、田汝成《西湖游览志余》等，

"以王美娘称花魁娘子，而秦种得之，故名'占花魁'"（《曲海总目提要》卷十九）。作品写北宋末年，镇守荆门的统制官秦良奉旨兴师勤王，与儿子秦种分离。汴京太监莘善的侄女莘瑶琴逃难到扬州，被卜乔拐骗到临安，卖入妓院。鸨儿王九妈令其倚门卖笑，莘瑶琴宁死不从。王九妈请来说客刘四妈，发表了一通从良论，莘瑶琴开始青楼生涯。她色艺双绝，被封为花魁。此时，康王泥马渡江，在临安即位。秦种到临安寻父，卖油度日。一日到妓院卖油，见到花魁，痴情难遣。于是日聚月积，历时一年，积了十余两银子，去会花魁。花魁天天有约，秦种一直等了十多天。那天花魁大醉而归，秦种怜香惜玉，百般体贴温存，用衣袖接下其呕吐之物。花魁醒来，十分感动，回赠白银二十两。想到秦种忠厚老实，知情识趣，深感"易求无价宝，难得有情郎"。后米刀俟公子强迫花魁游西湖，对其百般凌辱。花魁投湖自尽，为秦种所救。花魁自行赎身，嫁给秦种。不久，南北议和，秦良升为殿前太尉，与莘善游西湖法相寺，与前来降香的秦种、莘瑶琴相遇。于是骨肉团聚，满门和乐。剧作成功塑造了忠厚、善良的小市民形象，具体生动地说明了市民阶层以"情"为基础的纯洁而真挚的爱情观。

李玉剧作还有《牛头山》《太平钱》《眉山秀》《两须眉》《千钟禄》《万里缘》《麒麟阁》《意中人》《风云会》《昊天塔》《七国记》《五高风》《连城璧》《一品爵》等。

李玉出身于昆剧中心苏州，社会地位低微，人生道路坎坷，阅历丰富，生活积累雄厚，剧作的题材范围比较广泛，多从现实生活汲取创作素材，在一定程度上表现了人民群众的思想感情。他也善于从话本、元杂剧、笔记、传说、说唱等民间艺术中汲取素材，以古喻今，曲折反映现实生活。李玉是"斫轮老手"（吴梅《顾曲麈谈》），填词如"康衢走马，操纵自如"（高奕《新传奇品》）。其剧作结构严谨周密，注意详略得当，跌宕起伏，埋伏照应，对照烘托，紧密结合舞台实际。他精通南北曲，出入南北，运用南北合套，佳词佳调，堪称双美；宾白本色自然，富有戏剧性，人物语言个性化，力求曲词、说白、科范三方面巧妙结合。他不仅善于把宏大的现实斗争场面搬上舞台，而且经常结合剧情插入串戏、民间百戏、武戏等，增强了表达效果。李玉是中国古代戏曲鼎盛时期的代表作家之一，其剧作舞台表演性强，传播广，生命力旺盛，对后来的花部戏产生了深远影响。

二、《清忠谱》

《清忠谱》，25 出，由李玉与苏州派剧作家朱素臣、毕万后、叶雉斐共同创作。这是我国戏曲史上第一部"事俱按实"（吴伟业《北词广正谱序》），以曲为史的历史剧。作品描写明天启六年（1626 年），魏忠贤派缇骑到苏州逮捕东林党人周顺昌以及由此引起的市民斗争，因"周顺昌最忠且清"，故名《清忠谱》。剧本写明朝末年，魏阉专权，大肆迫害东林党人。礼部文选司员外郎周顺昌给假回家，住在苏州衡门陋巷，过着一贫如洗的生活。状元文震孟因弹劾魏阉被削籍还乡，周顺昌登门造访，议论国是，痛骂魏党。押解东林党人魏大中的官船经过苏州，周顺昌毅然登船看望，并与魏家联姻。苏州巡抚毛一鹭和苏州织造李实为魏阉建造"普惠生祠"，落成之日，周顺昌前往骂像斥奸。毛一鹭上疏，魏阉大怒，遂将周顺昌打入周起元一案，矫旨逮捕。周顺昌意气扬扬，从容就逮。消息传出，激起颜佩伟、杨念如、马杰、沈扬、周文元五义士的义愤。他们动员全市百姓，闹诏示威。狡猾的毛一鹭见势不妙，掩起门来宣读逮捕诏书。颜佩伟等五义士带领群众冲击察院，殴杀校尉。其后，周顺昌被秘密解至京师，受尽严刑拷打，威武不屈，斥骂不止，被囊首身死。义士宋宪天帮助其长子周茂兰安葬其父。毛一鹭恼羞成怒，飞章入奏，请旨屠城。经银台徐如柯从中斡旋，只将为首五人正法。五义士为了保全苏州百姓，挺身而出，英勇就义。不久，新主登基，魏阉被正法戮尸，群奸论罪。苏州市民拆毁生祠，严惩魏阉爪牙，并将五义士重新安葬，募捐抚恤。状元文震孟三诏还京，临行前祭奠亡灵。周顺昌长子茂兰呈上血书，新君下诏，周顺昌三代荣封。

《清忠谱》从一个侧面描绘了明末统治集团内部一场尖锐激烈的政治斗争，热情歌颂了东林党人的斗争气概和牺牲精神，揭露鞭挞了魏阉的鲜廉寡耻、暴虐恣行、把持朝纲、草菅人命的罪行，生动地展现了明末市民运动的广阔画面，塑造了市民阶层的正面形象。这场斗争是统治阶级内部长期斗争的继续。主人公周顺昌是东林党人的优秀代表，是作家心目中的理想人物，具有典型意义。周顺昌清廉耿直，两袖清风，一身正气，刚正不阿，不畏权势，敢于斗争，无私无畏，视死如归，从容赴难，慷慨就义，集中了东林党人的优秀品质。市民斗争的场面非常悲壮，颜佩伟等五义士的悲剧形象十分感人。

《清忠谱》采取了严格的现实主义创作方法。戏曲人物从周顺昌到五义士、状元文震孟、东林党人魏大中、义士宋宪天、顺昌长子周茂兰、苏州巡抚毛一鹭、苏州织造李实等，戏曲冲突和主要事件从骂像、闹诏、毁祠到后来的五义士英勇就义、重葬，以及周顺昌三代荣封等，均有案可稽，班班可考。该剧的内容可以在《明史》中查证，也可以与张溥的纪实散文《五人墓碑记》对读。《清忠谱》特别注重细节的真实，这是现实主义创作手法的一个根本特征。如《毁祠》一出，群众合力拉倒石牌坊，冒火抢出魏忠贤雕像的头颅来祭周顺昌，以及周顺昌书写"小云栖"匾额，周茂兰刺血上书等细节，也于史有证。在塑造周顺昌的光辉形象时，对于东林党人迷信皇权、依赖皇权的愚忠思想也没有回避。当然，为了塑造典型艺术形象，也不排除某些适当的艺术虚构，这部分比重很小。剧作大胆描写气氛热烈的群众斗争和群众合唱的场面，气势恢弘。显然，这是一部标准的"事俱按实"的历史剧。

《清忠谱》塑造了市民英雄的群像，这是其最大的成就和特色。此前市民阶层的形象虽然在文学作品如"三言二拍"等话本、拟话本中有过不少表现，但《清忠谱》是市民英雄第一次以群像的方式在古代戏曲舞台上整体亮相。这为古代戏曲创作、演出开创了新的道路。其特点一是人数众多，二是集体亮相，三是参与政治斗争和国家大事，五义士和宋宪天等不仅具有淳朴忠厚、勤劳善良，乐于助人、侠胆义肠、义薄云天等传统美德，而且关注国家大事，富有正义感和至死不屈的斗争精神。这种新型市民形象，显然与元杂剧中以个体出现，为爱情操劳，为私事奔波的市民形象有着本质区别。尽管这些义士的共性非常感人而个性并不算鲜明，但作为新的尝试，作家是有眼光的，更是了不起的。这是古代戏曲创作的一大进步，一大创新。

《清忠谱》当行本色，主题鲜明，线索清晰，一线到底，不枝不蔓。全剧按照周顺昌与苏州市民反对魏党的斗争经过有序进行，没有多余的人物和情节，简洁凝练，前后照应，细针密线。其曲词本色，宾白通俗流畅，朗朗上口，具有戏剧性；科范得当，适宜舞台演出，是典型的场上剧。

三、苏州派剧作家

苏州派剧作家共20多人，主要有：

朱㿥，字素臣，以字行。江苏吴县人，卒于康熙四十年（1701年）以后。与李玉友善，曾帮助其校订《北词广正谱》，参与创作《清忠谱》。有传奇作品22种，仅存《十五贯》《秦楼月》《聚宝盆》《翡翠园》等8种。其中《十五贯》谴责了草菅人命，固执昏庸的官僚，赞扬平反冤狱的清官况钟，富有社会意义，最为著名，演出很多。《翡翠园》写明宁王府长史麻逢之为了霸占书生舒德溥的宅地建翡翠园，构陷舒生下狱的故事，揭露了王府爪牙麻逢之的贪婪凶狠，歌颂了善良的下层人民群众。

朱佐朝，字良卿，生卒年不详，江苏吴县人，是朱素臣兄弟，与李玉、朱素臣友善。作传奇23种（包括与他人合作），仅存《渔家乐》《朝阳凤》《夺秋魁》《艳云亭》《乾坤啸》等13种，《九连灯》《寿荣华》《吉庆阁》等有若干残折。其剧作大多取材于历史传说，词曲通俗，风格粗犷。《渔家乐》写东汉大将梁冀派人追杀清河王刘蒜，刘蒜被渔家女邬飞霞所救。后来飞霞混入梁府，用神针刺死梁冀。迫刘蒜称帝，乃立飞霞为后。剧本突出了下层社会的渔家女邬飞霞的智慧与勇敢，形象鲜明，比较著名。《朝阳凤》描写海瑞与张居正的斗争，情节有虚构，但能反映社会现实，表现出海瑞刚正的性格。

叶时章，字稚斐，一作雄斐，号牧拙，以字行。江苏吴县人，卒于康熙四十六年（1707年）前。与李玉、朱素臣友善。作传奇8种，仅存《琥珀匙》《英雄概》2种。《琥珀匙》写桃南洲一家悲欢离合的故事。南洲因与侠盗金髯翁买卖织锦，被官府逮捕。其女桃佛奴能诗善画，原许书生胥埙为妻，因为父亲落难，卖身相救，落入妓院。几经波折，父女夫妻始得团聚。剧作暴露了封建统治者的暴虐贪婪，歌颂了草莽英雄。据传说，此剧穿插了金髯翁惩办贪官污吏的情节，触怒了官府，作者因此曾遭逮捕，几死狱中。昆剧演出过其中的折子。川剧将之改编为《苦节传》，后又改名为《芙奴传》，流传至今。《英雄概》演唐末李克用与养子李存孝瓦解黄巢起义军的故事，却以较多篇幅描写李存孝与李克用之子李有信之间的钩心斗角，以及李存孝婚姻问题上遇到的波折，对农民起义亦多有歪曲。

张大复，一名彝宣，字心其，一字星期，江苏吴县人。寓居阊门外寒山寺，又自号寒山子，与冯梦龙、朱佐朝相友善。戏曲著作甚富，有《元词备考》《南词便览》《寒山堂曲话》等，编有《寒山堂曲谱》。所作杂剧、传奇30多种，仅存13种，多以小说、历史为题材。《如是观》（一名《倒精忠》）写民族英雄岳飞抗金的事迹，颇有意义。《醉菩提》、《海潮音》写与佛教有关的故事。《醉菩提》较为著名，其《当酒》《打坐》等折幽默风趣，深受欢迎，旧时常有演出。《吉祥兆》《金刚凤》《香山记》俱写爱情，情节曲折，波澜迭起，多以团圆结局。《天下乐》写钟馗嫁妹，饶有趣味，仅存一折。张大复的戏曲反映生活不深，但风格独特，遣词造句，符合音律，故《新传奇品》称其词如"去病用兵，暗合兵法"。

丘园（1617—1690 年），字屿雪，江苏常熟人，卒于康熙二十八年（1689 年）以后。清代戏曲家、画家。一生未出仕，隐居坞丘山，从事戏曲创作和绘画。创作传奇 9 种，现存《御袍恩》《幻缘箱》《党人碑》3 种及《虎囊弹》的《山门》一出。后三种较为著名，有元剧风格。

苏州派作家群的作家都生活于苏州地区，都是社会地位低微的布衣之士、下层文人；他们功名无望，怀才不遇，牢骚满腹，借戏曲发泄愤恨，遂与戏曲结下不解之缘。他们大多是以编剧为主的专业曲家，也有的参加过导演、演出。他们创造力旺盛，作品繁多且宜于演出。彼此间有一定交往，经常互相切磋，也有合作。他们有比较一致的思想倾向和共同的艺术趣味，从而形成苏州戏曲流派。李玉为苏州派作家群的杰出代表，也是核心人物，处于领袖地位。其中，与李玉关系最密切的是朱㿥、朱佐朝、毕魏、叶时章、张大复等。苏州通俗文学家冯梦龙、吴江派曲家沈自晋等与李玉相友善，江左大诗人常熟钱谦益、太仓吴伟业也与李玉有过文字交往。

第二节　清初三大曲家及其他

清初三大曲家指吴伟业、李渔和尤侗。

一、吴伟业

吴伟业（1609—1672 年），字骏公，号梅村，太仓（今属江苏）人。曾师事张溥，参加过复社。明崇祯四年（1631 年）进士，为翰林编修，充东宫讲读官，迁左庶子。弘光朝为少詹事，官至庶吉士，因与马士英、阮大铖不合，乞假归。明亡，被迫出仕，屈节事清，官国子监祭酒。一年后，以母病辞归，后病殁于家。他学问渊博，经史疑义、朝章典故无不洞悉原委，诗、词、曲、书、画皆工。著有《梅村家藏稿》，戏曲有传奇《秣陵春》一种，杂剧有《临春阁》《通天台》两种。

《秣陵春》又名《双影记》，写徐适和黄展娘的爱情故事，借爱情故事寄托故国之思。剧本写南唐亡国后，徐适游金陵，和李后主宠妃黄保仪之侄女黄展娘相遇，并在南唐遗物宝镜和玉杯中见到影子，从而相爱。后来在天堂山由已登仙的李后主、黄保仪牵合，结为连理。徐适返回人间，遭人诬陷被捕，友人上书为之辩冤。宋朝皇帝令其当堂作赋，取为状元，赐其与黄展娘结为夫妻。最后以徐适夫妇参拜李后主庙，乐工演唱李后主遗事作结。

《临春阁》杂剧牵合洗夫人、陈后主、张丽华的故事，叙写洗夫人有武功，张丽华有文才。陈亡后张丽华自尽，洗夫人入山修道。剧情与史实不甚相符，其中包含了对女人亡国论的不满。

《通天台》杂剧演梁朝沈炯于亡国后流寓长安，抑郁寡欢。一日登汉武帝通天台，上表陈述心事，梦汉武帝爱其才，欲授以官，沈炯力辞，说："国破家亡，蒙恩不死，为幸多矣，陛下怜而爵我，我独不愧于心与？"这显然代表了作者本人的心声。

二、李渔

李渔的戏曲作品有《十种曲》，包括《怜香伴》《风筝误》《蜃中楼》《意中缘》《凰求凤》《奈何天》《比目鱼》《玉搔头》《巧团圆》《慎鸾交》，其中多为喜剧，以《风筝误》为代表。

《风筝误》内容起源于风筝引起的一场误会，故名。"好事从来由错误"为其深层主旨，批判社会世风的江河日下。作品以风筝为线索，综合运用各种巧合误会，引人入胜，讽刺意义极强，是中国古代喜剧的杰作，也是李渔戏曲的代表作。李渔是唯一专门从事喜剧创作的古代剧作家，《风筝误》体现了李渔的喜剧美学追求。

《风筝误》叙写清明时节，纨绔子弟戚友先要放风筝，请清贫书生韩世勋画风筝，韩世勋题《偶感》一律于其上。不料风筝线断，落于詹家大院。詹烈侯家有柳、梅二妾，一向不和，分居两院。风筝落于柳氏院中，柳氏女淑娟和诗一首。戚友先书童索回风筝，因主人午睡，交与韩生，这是一误。韩生见和诗，对才女思慕不已，另做一个风筝，题求婚诗一首。这次风筝误落梅院。梅女爱娟奇丑无比，见风筝而思知趣郎，约韩生相会，这是二误。见面之后，韩生再求和诗，爱娟不能，言谈粗俗不堪。乳母以烛相照，丑貌惊人。于是产生新的误会：爱娟以为韩生即戚生，韩生以为爱娟即淑娟。戚补臣给詹家下聘，以己子友先先娶爱娟，以养子韩生再娶淑娟。新婚之夜，戚生见到爱娟丑陋，雅兴扫尽，爱娟又露出私会马脚，戚生大闹洞房。韩生京城赴试，考中状元，授翰林编修。派往蜀边督师，恰在詹烈侯军中。詹请人作伐，将次女淑娟配韩生。韩生以为是丑女，不敢领教。成婚之夜，韩生心事重重，如临深渊。僵持到天亮，经柳氏劝说，方才揭开头巾，原是美貌佳人。误会消弭，惊喜万分。他高唱："良宵空把长更守，被一个作孽的风筝误到头。"卒章显志，点题结穴。

《风筝误》作品取材于贵族家庭日常生活琐事，从一个侧面描写了贵族家庭生活以及世风日下、道德沦丧的社会现实，也赞扬了韩生和淑娟对于幸福爱情的执着追求，反映了作者的爱情婚姻观。开场白的"好事从来由错误"包含着一个严肃的主题。在当时的社会风气之下，做对的全是坏事，只有偶然做错了的才是好事，这就入木三分地揭示了黑白颠倒的现实社会的本质。

《风筝误》构思精巧，充分发挥风筝的道具和线索作用，以风筝牵合两对青年迥然不同的爱情婚姻故事，恰合古人所云的"千里姻缘一线牵"，富有喜剧意味；剧作结构谨严，不枝不蔓，无一多余人，无一多余事，照应埋伏，细针密线，处处引人入胜。作品善于制造误会，巧合，发掘喜剧因素，多用夸张、对比。美与丑，真和假，正派与堕落，对比鲜明，褒贬自寓，令人解颐。该剧典型地体现了李渔的喜剧艺术风格，为后代喜剧艺术创作积累了宝贵经验。《风筝误》为中国十大古典喜剧之一。

《比目鱼》写男女青年谈情说爱，以演戏为掩护，假戏真做，遇到障碍，双双投水殉情，化为比目之鱼。《玉搔头》写皇帝与妓女的爱情，巧妙地反映现实，抨击时政。《巧团圆》直接描写战争动乱给人民带来的家破人亡、妻离子散的灾难等，也多有可观。《比目鱼》《巧团圆》《奈何天》等几种均由李渔的白话短篇小说改编而成，表现出李渔"稗官为传奇蓝本"的戏曲创作观。

李渔的戏曲影响极大，日本青木正儿在《中国近世戏曲史》中说，德川时代的人，只要言及中国戏曲，没有不立即谈到李渔的。① 说明在清乾隆时期，李渔的戏曲在日本已经家喻户晓。李渔的戏曲在西方也引起了轰动效应，美国作家埃立克·亨利把李渔与世界戏曲文化巨人阿里斯托芬、乔叟和莫里哀相提并论。中国近代戏曲大师吴梅在《中国戏曲概论》中将李渔誉为清代戏曲第一人，称其"十曲一出，纸贵一时"，是完全可信的。②

三、尤侗

尤侗（1618—1704 年），字同人、展成，号悔庵，晚年又自号西堂老人，长洲（今江苏吴县）人。顺治拔贡，康熙十八年（1679 年）举博学宏词科，授翰林院检讨，参与修《明史》三年，撰《列传》300 余篇、《艺文志》5 卷，采明代史实，仿李西涯体制乐府数十篇，后告归。晚年以"老名士"称于时。擅诗文、词、骈文、戏曲，著有诗文集《尤西堂全集》22 种 65 卷。传奇《钧天乐》，杂剧《读离骚》《吊琵琶》《桃花源》《黑白卫》《清平调》，合称《西堂曲腋》。其中《读离骚》《吊琵琶》《黑白卫》最为著名，唯曲白过长，不宜演出，多为案头之作。

传奇《钧天乐》，以清顺治十四年（1657 年）科场案为背景，揭露科举制度的腐朽、封建社会的黑白颠倒、贤愚易位，感叹仕途坎坷，抒发个人牢骚。文才出众的沈子虚应试落第，不学无术的假斯文因财势而得中。子虚上书揭发舞弊现象，被乱棒打出。又到霸王庙申诉，感动了上帝。后来天界考试真才，沈子虚考中状元，夫妻团圆。剧本表现了一种无法实现的幻想，沈子虚就是作者本人的写照。

杂剧《读离骚》写屈原怀石投江，宋玉为之招魂的故事。《吊琵琶》写昭君出塞和蔡文

① 青木正儿 . 中国近世戏曲史 . 王古鲁，译著 . 北京：作家出版社，1958.
② 吴梅 . 中国戏曲概论 . 南京：江苏文艺出版社，2008.

姬凭吊青冢的故事。《桃花源》写陶渊明进桃花源成仙的故事。《黑白卫》写侠女聂隐娘的故事。《清平调》写唐代诗人李白创作《清平调》三章的故事。

四、其他曲家

万树，字花农，一字红友，江苏宜兴人。著有戏曲 20 余种，流行传奇《空青石》《念八翻》《风流棒》3 种，都写一个才子与二女成婚的风流故事，故称《拥双艳三种》。其作品片面追求情节的离奇巧合，雕琢痕迹明显。

清朝中期比较有影响的剧作家较少，只有唐英、蒋士铨等。

唐英（1682—约 1755 年），字隽公（或俊公），号叔子，晚号蜗寄居士，奉天（今辽宁沈阳）人。隶汉军正白旗，授内务府员外郎兼佐领。雍正年间曾任景德镇瓷厂协理官，乾隆初调任九江关监督。仍掌窑务，所督造之瓷器称"唐窑"。后任广州关监督。能诗工书，善画山水人物，尤好戏曲，撰传奇《转天心》、《双钉案》（原名《钓金龟》）等 4 种；杂剧《十字坡》《梅龙镇》《面缸笑》等 17 种，合称《古柏堂传奇》，均传世。其戏曲以改编民间戏曲为主，有个别保留了民间戏曲的优点；由于其身份为封建官吏，也改编了许多反动、落后的东西。另有著作《陶心人语》，保存了不少戏曲史料，颇有参考价值。

蒋士铨（1725—1784 年），字心馀、藏生、苕生，号藏园，又号清容居士，晚号定甫，江西铅山人。家贫，母教极严，22 岁中举。乾隆二十二年（1757 年），33 岁考中进士；38 岁官翰林编修。42 岁到 51 岁，曾主讲蕺山、崇文、安定书院。他是清代著名的戏曲家、诗人，其以诗与袁枚、赵翼并称"江右三大家"。他创作的传奇作品有《采石矶》《康衢乐》《忉利天》《长生箓》《升平瑞》《采樵图》《采石矶》《庐山会》《一片石》《空谷香》《桂林霜》《四弦秋》（杂剧）《雪中人》《香祖楼》《临川梦》《第二碑》《冬青树》16 种。前七种不可见，后九种合称《藏园九种曲》，比较流行。他在创作上追随汤显祖，从临川派发展而来，语言风格继承汤显祖并有所创造，较有影响。《临川梦》为其代表作，全剧写汤显祖一生的事迹。汤显祖在张居正、申时行先后当政的形势下，已经看到当时的政治腐朽，危机四伏。他不为奸相所拉拢，并且上书指摘时弊，结果被贬为徐闻县典史。数年后升为遂昌县令，任职期间做出一番政绩。晚年辞官回乡，终其余生。作者把汤显祖塑造成为一个忠孝两全的人物：他有卓越的才华，高尚的节操，不避权贵，为当权者所抑，仕途潦倒，家居二十余年，白首事亲。作者以汤显祖寄托自己的理想，表现出无限的仰慕之情。《临川梦》写在黑暗统治之下，汤显祖的才华不得伸展，张居正用中状元来诱惑他，他说："权相不死，终身不中。"认为富贵一时，名节千古。他把万种情怀写成《牡丹亭》，寄寓不平之气。作品中还创造了一个醉心于《牡丹亭》的人物——娄江俞二娘。她有卓越的才识，最了解汤显祖。《牡丹亭》写杜丽娘痴情，至死不变，显然是作者借以自况。她读《牡丹亭》而死，不是羡慕杜丽娘得谐佳偶，而是因为自己"做了生不逢时的女秀才"。俞二娘就是蒋士铨的影子，在她身上概括了作者自己的不平和愤慨。这本戏构思精巧细密，语言典雅酣畅，具有诗的格调，风格蕴藉。《冬青树》叙述南宋灭亡的故事，歌颂了文天祥忠贞不屈的民族气节，表彰了谢枋得、唐珏等忠义之士，痛斥卖国投敌的汉奸。冬青树是千古不磨的民族英雄的象征。作品主题具有积极意义。《桂林霜》写吴三桂谋反，广西巡抚马镇雄不肯降服，满门殉难，歌颂忠义气节，表达褒忠斥叛的道德观念。他也写了歌颂降清汉奸吴六琦的《雪中人》，流露出思想反动的一面。

杨潮观（1710—1788 年），字宏度，号笠湖，江苏金匮（今无锡）人。乾隆元年（1736 年）举人，曾为山西、河南、云南等地县令，后任四川邛州知州，乞老归养。在邛州卓文君妆台旧址建吟风阁，选可歌可泣之事编为杂剧 32 种，都是一折短剧，以庆新阁落成。晚年归乡又筑阁，复名"吟风"，作为书房，亲自指导艺人演唱所编戏曲。其杂剧 32 种俱存，合称《吟风阁杂剧》。多取历史题材，或劝谕勤俭廉洁，或讽刺世态恶习；或歌颂庶民智慧，均有积极意义。以《发仓》《罢宴》《骂财神》为代表。《汲长孺矫诏发仓》写汲长孺奉命前往河南救济灾民，从权矫诏，持节开仓放粮，救活数百万灾民。剧作反映了灾区人民的痛苦，揭露官差的凶狠，赞扬汲长孺关心民众疾苦的精神和机谋权变的智慧。《寇莱公思亲罢宴》写寇准生日举行宴会，老婢刘婆向其哭诉其母当年靠针黹度日的贫苦生活，寇准听后罢宴自责的故事，表现了寇准的孝思和力戒奢侈、崇尚节俭的精神，对于后代官吏廉政建设颇有意义，影响最大。《穷阮籍醉骂财神》借历史人物阮籍之口醉骂财神，抒发作者对为富不仁者的义愤。杨潮观的剧作，曲文清新优美，道白平易流畅，艺术性较高。清代阮元巡抚浙江，观《罢宴》杂剧，曾痛哭不已，足见其曲情感人至深。其作品缺点是有封建正统观念和出世思想。杨潮观是一个独具风格的作家，他的杂剧很有特色：

其一，体制、结构、表现手法力求创新，大多构思新颖，故事简洁完整，宾白流畅。曲词生动爽朗，富有诗意。

其二，重视杂剧的讽喻作用，剧前有小序，说明创作目的，模仿白居易的新乐府诗。

其三，内容多写文人遭遇和前人政绩，其中有一定的揭露性和现实意义。其四，文人书卷气息较浓，难称当行本色，不太易于演出。

桂馥（1736—1805 年）《后四声猿》，包括四个短剧：《放杨枝》《谒帅府》《投溷中》《题园壁》，分别写白居易、李贺、苏轼、陆游四位诗人的故事，抒发文人不得意的苦闷和烦恼。注意人物的心理刻画，曲词流畅华丽，颇有戏曲性。

舒位（1765—1815 年）《瓶笙馆修箫谱》：《卓女当炉》《博望访星》《樊姬拥髻》《西阳修月》，单纯叙述历史，缺乏现实意义。

第三节　《雷峰塔》

《雷峰塔》是一部美丽的神话悲剧，写蛇仙白娘子和许仙的爱情故事。白蛇故事最早见于唐人小说《李黄》（《太平广记》卷四五八），宋代开始流行。明人吴从先《小窗自记》

云："宋时法师钵贮白蛇，覆于雷峰塔下。"明代洪楩《清平山堂话本》的宋元话本《西湖三塔记》中，白蛇故事已具雏形。话本写宋代淳熙年间奚宣赞游西湖，几乎被一白衣妇人所害，后得奚真人相救。三妖被镇于雷峰塔下。白衣妇人即白蛇所变。明田汝成《西湖游览志余》中有关于白蛇故事的记载。明冯梦龙《警世通言》的《白娘子永镇雷峰塔》，主要写小市民的婚姻，主题是谴责男子负心，丰富了故事情节，塑造了白娘子、许宣等人物形象。清初的《西湖佳话》也有白娘子故事。雍正、乾隆之交，黄图珌的《雷峰塔传奇》对白娘子有一定的同情，对许宣形象塑造有一定突破，但由于正统观念的影响，对白、许不合法的婚姻加以否定。乾隆三十六年（1771 年），新安人方成培改编的《雷峰塔》吸取、借鉴前人之作，以众多演出本为底本，思想艺术达到新的高度，其影响最为卓著，是白蛇故事的集大成之作。

方成培（1731—1789 年），字仰松，号岫云词逸，徽州（今安徽歙县）人。少年多病，不能入场屋。勤奋好学，博览群书，精于音韵律吕之学。乾隆三十六年（1771 年）客扬州，完成《雷峰塔》的改编。乾隆五十一年（1786 年），旅居汉皋（今武汉汉口镇），卒于此地。其诗文、乐府风格酷似姜夔，与同里周瓒被誉为"双白石"、"黄山二布衣"。其著述甚富，著有《听弈轩小稿》《香研居随笔》《飞鸿堂随笔》《叠嶂楼诗抄》《汉皋小草》《岫云诗草》《黄山新咏》《香研居词麈》《布衣词合稿》（与周瓒词合集）等，著《词榘》26 卷。传奇《双泉记》已佚，改编传奇《雷峰塔》今存。

《雷峰塔》写在峨眉山连环洞修炼的蛇仙白娘子思凡下山，与西湖青蛇小青约为主婢，在西湖邂逅青年许宣，并一见钟情，结成佳偶。其婚姻受到镇江金山寺法海禅师等人的干涉破坏。端午节，白娘子错饮雄黄酒，露出原形。许宣惊怖而死，白娘子求得南极仙翁还魂草，将其救活。法海又引诱许宣至金山寺，将之禁闭寺中。白娘子寻夫，水漫金山寺，战败逃遁杭州，生子许士麟，后被法海擒拿，镇于西湖畔雷峰塔下。小青被擒，许宣出家。20 年后，许士麟考中状元，奉旨祭塔，白娘子、小青灾限已满，修成正果，出与许士麟相见后升入仙界。白娘子勇于反抗封建压迫，热烈追求幸福爱情和婚姻的精神被广为传颂。《雷峰塔》是继《长生殿》、《桃花扇》之后，在古代戏曲史上占有重要地位的作品。

《雷峰塔》的戏曲冲突是白娘子与以法海为代表的社会力量以及神权力量之间的冲突。盗库引起的与钱塘县令的纠葛、赠符引起的茅山道士的惩罚、盗草引起的与嵩山诸仙的斗争，曲折反映了白娘子反对和破坏封建社会秩序的举动。白娘子被封建社会视为"异端"、"妖邪"，遭到封建社会的人、神、半人半神的道士的镇压。他们不仅用人间的法律来约束她，而且用神的法力来制裁她。这些矛盾冲突其实就是中国封建社会解体前夕各种社会矛盾的折射。《雷峰塔》是当时广大农民群众要求打破旧的传统，摆脱旧的制度，实现新的理想，反抗斗争情绪高涨的标志。其反抗被镇压，理想遭到扼杀，就是剧本的悲剧精神的表现。由于封建势力的强大，正义力量的单薄，结果是反抗斗争失败了，但其反抗精神给人们以鼓舞，为人们指明了出路和希望。作品也有消极宿命思想，认为姻缘天定，人力无法改变；而白娘子忏悔前非，最后皈依正果，则是一种妥协思想的反映。

《雷峰塔》塑造最成功的是白娘子形象。她对自由爱情、婚姻敢于大胆执着的追求，敢于反抗阻碍爱情、婚姻的封建势力，具有顽强斗争、自我牺牲的精神。在《端阳》《求草》《水斗》《断桥》等几出戏中，白娘子为了救活许宣，冒着生命危险去仙山盗草；为了爱情和幸福，不顾可能被毁灭的威胁投入金山水斗；金山惨败以后，逃亡西湖，仍未忘情于许宣。白娘子对理想生活的向往，达到忘却自我、甘愿献身的程度。她从勇敢追求幸福爱情、婚姻，到顽强反抗各种社会势力，进行百折不挠的斗争，再到寡不敌众，最后失败，直至牺牲。她对封建势力的冲击必然走向失败。这必然带来悲剧结局，构成了她的悲剧性格。虽然在《合钵》以后她的感伤情绪和妥协态度令人遗憾，但她仍然是不驯服的叛逆者形象。这一形象既概括了古代劳动妇女的美好品质，也概括了站在反封建斗争前列的斗士们的精神风貌。

许宣是一个小市民的典型，他的形象从一个侧面曲折反映了新兴社会力量。新型市民阶层尚处于萌芽状态，在斗争中显得软弱动摇。许宣对白娘子有较为深厚的爱情。茅山道士说他"额上有一股黑气，是被妖缠"，他马上承认"家中妻婢，其实来历不明，每每生疑"，并接收了镇妖的灵符。但他回家见到白娘子，就犹豫起来，不由得如实复述。即使在断桥边的激烈感情斗争中，许宣对白娘子的遭遇也心有不忍，最后不忍收钵，而由法海赶来合钵。他一直处于自我矛盾之中。作为新兴的小市民形象，他有所向往和追求，他不仅喜欢白娘子的如花似玉，也对其怀有深厚的爱情。但他自私，长于自我保护。他恐惧"异端"，听道士的话，相信法海的劝告，对白娘子又爱又惧。他不自觉地帮助法海来毁灭白娘子。他毁灭了白娘子，也毁灭了自己的幸福生活和一切美好的希望。结果毁灭了别人，也毁灭了自己。软弱动摇是他的致命弱点，也是最大的悲剧性格特点。这个人物概括了店伙小业主中小商人的思想性格特征。

法海代表统治阶级人物形象。他老谋深算，阴险，狡猾，残忍，不仅靠法力来镇压白娘子，而且着力争取处于动摇犹豫之中的许宣，不择手段，诡计多端，不遗余力地破坏许宣与白娘子的婚姻。白娘子要求自由爱情婚姻的正义性，决定了法海在客观上是反面人物，是一个破坏人类幸福的反面的、非正义的形象。

现实主义与浪漫主义精神的结合是《雷峰塔》艺术上最大的特色。故事内容涉及人间现实社会和蛇仙、神怪等超现实的形象，作品以人神之间的矛盾冲突来反映特定历史时期的现实生活，剧本中的各种形象均以现实为基础，是现实生活中人物的再现，所以作品是现实主义的。白娘子是爱好自由、向往正常爱情、婚姻的普通民间妇女的典型，而法海则是残酷镇压普通民众的暴力形象，代表了强势的封建礼教和封建势力。由于斗争的复杂性和矛盾冲突的特殊性，超现实的力量和法术较量又具有浓郁的浪漫色彩，作品用仙山盗草、金山水战等片段表现人物形象，推开故事情节，具有很强的艺术魅力。

《雷峰塔》人物描写的成就也值得注意。白娘子既是修炼成道的蛇仙，又是渴望爱情的温柔的女性。既有蛇仙兴风作浪、独来独往的超人神通，如仙山盗草、金山水战等，又有女性对自由爱情的渴望，以及为获得爱情而顽强、细致、执着、坚韧的斗争气概和义无反顾、一往无前的牺牲精神。两者合而为一，人蛇结合，不着痕迹，天衣无缝。这明显受到神魔小说《西游记》孙悟空等形象塑造手段的启发，且更为出神入化。许宣的带有城市小市民印记的自私动摇、患得患失、软弱多情等特征，也刻画得很传神。

第四节 地方戏剧的勃兴

清代中期，盛极一时的昆曲开始走向衰落，下里巴人的花部戏逐渐兴盛，中国古代戏曲开始发生历史性的嬗变，即由戏曲演变为戏剧。

昆曲衰落的主要原因是，昆曲经常在宫廷演出，仅仅迎合了统治阶级和少数文化人的口味，而严重脱离了其赖以生存的现实生活土壤，脱离了广大的劳动人民大众。在创作和演出当中，忽视了内容，片面追求形式，形式主义倾向趋于严重。

昆曲衰落的表现在于，原先的优点变成了缺点，结果导致"花雅之争"。昆曲曲词原本典雅艳丽，富有文采；乾嘉以后，堆砌辞藻的现象严重，为大多数观众所难以理解。昆曲唱腔原本婉转悠扬，轻柔曼妙，优美动听；乾嘉以后，节奏趋于缓慢，转调过于细密，大多数观众不能欣赏。昆曲原本具有"以时文为南曲"的特点，战斗性强；乾嘉以后，曲家偏重对曲词的欣赏，而忽视了作品的社会内容，由量变至质变，使昆曲失去了早期的战斗光彩，不能反映现实的斗争。适者生存的原则普遍存在，昆曲的发展也要遵循这个规律。乾嘉以后，昆曲渐渐失去观众，这样就遭到了历史的无情淘汰。

中国古代戏曲的发展也充满了辩证法，盛极而衰，物极必反。昆曲原先的优点，没有及时地得到革新，而是无限度地膨胀，结果走向反面，变成缺点，从而使昆曲不可避免地走向衰落。广大观众选择了地方戏，昆曲的地位被"花部"所代替。花部，即民间地方戏曲剧种，是"野调俗腔"的地方戏，显示出强大的生命力。文人传奇创作明显走下坡路，其内容宣扬封建伦理道德，娱宾遣兴；结构冗长，语言典雅，过分讲究格律，忽视了戏曲的舞台特点，其从形式到内容都表现出没落的气象。

从康熙中叶到乾隆中期，地方戏的乱弹诸腔逐渐兴起。吴长元《燕兰小谱》，李斗《扬州画舫录》，严长明《秦云撷英小谱》，钱德苍《缀白裘》，焦循《剧说》《花部农谭》等书以及禁书目录记载，清初地方戏有梆子腔、乱弹腔（扬州乱弹、四川乱弹）、秦腔、西秦腔（甘肃调或琴腔）、襄阳调（湖广调）、楚腔（楚调）、吹腔（枞阳腔、石牌腔）、安庆梆子、二黄调（胡琴腔）、罗罗腔、弦索腔（女儿腔，俗称河南调）、巫娘腔、琐那腔、柳子腔、勾腔。未见于记载而实际存在并流行的地方戏则不计其数。其流行地区，南方有江苏、浙江、安徽、江西、福建、广东、湖南、湖北、云南、贵州、四川，北方有陕西、甘肃、山西、河南、河北、山东、北京。除了东北、西藏和新疆，几乎遍及全国。经济文化繁荣的扬州和北京分别为南北两大戏曲活动中心。

其实，从清初开始，地方戏曲就日渐繁盛，唱腔日趋丰富，剧目更加多样，一大批地方戏曲趋于定型和成熟。从声腔系统看，除昆腔之外，地方剧主要有梆子腔、皮黄腔、高腔三大声腔。属于梆子腔系统的，有山西、陕西、河北、河南、山东等省的各路梆子戏；属于高腔系统的，有江西、四川、湖南、福建、浙江等省的高腔调；属于皮黄腔的，有湖北、安徽、广东、广西、云南等省的皮黄戏。其他，在各种民间歌舞和曲艺基础上产生的民间小戏种也很兴旺，如湖北、湖南的花鼓戏，四川、云南的花灯戏，江西的采茶戏，安徽的黄梅戏，河北与东北一带的嘣嘣戏，等等。这些地方戏具有浓郁的生活气息、鲜明的地方色彩以及深厚的群众基础，形成了各自的特色和风格。

到清代嘉庆、道光年间，花部的高腔、弦索腔、梆子腔、皮黄腔与昆腔合称"五大声腔"。其中梆子与皮黄最为发达。顾名思义，皮黄腔是由西皮和二黄腔结合而成的。西皮起源于湖北，由西北梆子腔演变而来。梆子腔变成襄阳腔，由襄阳腔再加以变化，就成了西皮。二黄腔的演变比较复杂，是多种声腔融合的产物。明代中期，受弋阳、昆山腔的影响，皖南一带产生了徽州腔、青阳腔（池州腔）、太平腔、四平腔等。四平腔后来逐渐形成吹腔。同时，西秦腔等乱弹也流入安徽，受当地声腔影响，又形成拨子，为当时安徽的主要唱腔之一。吹腔与拨子两者相融合，就是二黄调。大约在乾隆、嘉庆年间，二黄调流传到湖北黄州一带，汲取当地民歌的营养，再与西皮结合，就是皮黄腔，在湖北称为楚调，在安徽称为徽调。乾隆年间，四大徽班进京，所唱的主要就是二黄腔，也兼唱西皮、昆曲。道光初年，楚调演员王洪贵、李六等搭成徽班，在北京演出，二黄腔、西皮再度融合，同时吸收昆腔、京腔和秦腔等诸腔调的优点，以京师文化为背景，适应北京风俗，采用北京语言，形成了京剧这一中国最早的地方剧种。后来，经过无数热爱京剧的艺人的努力和完善，京剧流行到全国各地，成为影响最大的地方剧种。到 20 世纪初，在齐如山等人的帮助之下，京剧大师梅兰芳出访美国，获得了空前的成功和荣誉，京剧则由一个地方剧种发展为具有中华民族特色的戏曲种类和文艺形式。

地方戏的剧目大多出自下层文人和民间艺人之手，靠师徒口授和艺人传抄，在戏班内流传。其刊印机会极少，难以保存，因此大多散佚。从目前所见到的刻本、抄本、曲选、曲谱、笔记和梨园史料的记载中可以发现，地方戏剧目十分丰富。仅《高腔戏目录》就著录高腔戏剧本 204 种；玩花主人钱德苍《缀白裘》第六集和第十一集，收有 50 多种花部诸腔剧本；李斗《扬州画舫录》，焦循《花部农谭》《剧说》，叶堂《纳书楹曲谱》的"外集""补遗"以及《清音小集》等书籍记载地方戏剧目约 200 种。京剧在发展过程中，从其他剧种和说唱文学中吸收了大量剧目，许多传奇杂剧的名著被改编成京剧上演；同时，京剧也接受了清朝内廷"雅部"串演长篇历史传说故事的影响。经过京剧艺人的集体创作和在长期舞台实践中的不断提高，许多剧本都成了为广大群众所喜闻乐见的舞台演出本。这些剧目有的移植自昆曲演唱的传奇、杂剧的剧目，有的取材于民间故事或讲唱文学，有的改编自《三国演义》《水浒传》《隋唐演义》《杨家将》等通俗小说，但都或多或少加进了时代的内容，带有新的时代特征。这些剧目题材广泛，贴近生活，由于经过无数艺人的长期打磨和舞台实践的加工提高，所以深受观众欢迎，以方成培的《雷峰塔》为代表。但是，由于京剧形成于全国封建统治的政治中心北京，难以避免封建思想的影响，也出现了不少宣扬封建道德、宗教迷信，美化投降变节行为的剧作。

地方戏中占有突出地位的是反映古代政治、军事斗争的剧目，如《神州擂》《祝家庄》《贾家楼》《两狼山》等。这些剧作歌颂了人民群众正义的反抗斗争和深得人民爱戴的英雄人物。地方戏中爱情婚姻题材的剧目相对较少，如《拾玉镯》《玉堂春》《红鬃烈马》等，具有新的特点；而《莫柯寨》《三休樊梨花》等在爱情戏里别具一格，描写武艺高强、富有胆识的女英雄争取爱情的故事，具有强烈的传奇色彩。社会伦理剧《四进士》《清风亭》《赛琵琶》等，歌颂正直善良，批判忘恩负义。生活小戏《借靴》《打面缸》等，活泼清新，富有生活情趣。

传统剧目《打渔杀家》，又名《庆顶珠》，故事来源于陈忱《水浒后传》第九回、第十回。原作写梁山英雄李俊严惩豪绅丁自燮和贪官吕志球，后将二人放还，劝其改过自新的故事。《打渔杀家》改李俊为肖恩父女。梁山起义失败后，肖恩父女隐居河下，打渔为生，恶霸丁自燮勾结官府，百般勒索。肖恩父女忍无可忍，杀了丁氏全家。肖恩自刎，女儿出逃。剧作抨击了勾结官府、为非作歹的恶霸豪绅，深刻揭示了官逼民反的客观规律，指出封建政治势力与被压迫者之间矛盾的不可调和性。该剧的成功之处在于，人物性格的刻画比较出色。作品详细地交代了人物思想的转变过程，充分运用了父女二人不同性格的对照、对比和衬托，人物形象鲜明生动。而肖恩与丁家教师爷之间武艺和人格的较量也取得很好的艺术效果。作品真实地描写了在官兵追捕之下，肖恩被迫自杀，女儿流落江湖的悲剧结局，又痛快淋漓地嘲弄了以教师爷为代表的反派人物，带有讽刺喜剧色彩，最大限度地满足了观众的审美心理和惩处坏人的愿望，长期以来，一直获得观众的好评和广泛欢迎。这本戏，最早的演出记录见于嘉庆十五年（1810 年）成书的《听春新咏》，在二百多年后的今天仍具有舞台生命力。

第五节 花雅之争

明代中叶至清代初期，昆曲风靡一时，一统天下。昆曲唱腔优美，剧目丰富，能反映现实等优点得到长足的表现，在剧坛上占有压倒一切的优势。物极则必反，任何事物发展的高峰时期的到来就是其衰落的开始，这不以人的意志为转移。在戏曲领域，随着观众审美趣味的提升、文化修养的提高，原本适宜于下层民众特别是无文化群体欣赏的戏曲面临深重的危机。而昆曲形式渐趋雅化，其内容必然日益脱离现实。昆剧本身形式和内容的改革脚步缓慢；许多地方戏剧则如雨后春笋般地登上舞台，展开身手拳脚，向昆曲提出挑战。而且，地方剧种繁多，关目新奇，具有乡土气息，能反映人民群众身边的现实生活，逐渐为观众所接受，并得到好评。从清代乾隆末年到道光末年，羽翼丰满的地方戏与昆剧形成分庭抗礼的格局，出现了花雅之争。花部，也称乱弹，就是野调俗腔的清代地方戏，是指入清以来全国各地、各民族的民间戏曲的统称，包括京腔、秦腔、弋阳腔、梆子腔、罗罗腔、二黄调等地方剧种。而雅部，则指传统的以昆山腔为主的雅乐正声，即文人戏剧。

花雅之争共出现了三个回合：首先是代表弋阳腔的高腔（在京称京腔）与昆腔争胜，结果京腔处于压倒昆腔的优势地位；其次是秦腔代表花部与京腔争雄，结果各地秦腔艺人集结北京，取京腔而代之，花部称盛；最后，嘉庆初年，徽调与秦腔竞奏，百花齐放，万紫千红。通过花雅之争，花部成为剧坛主体，雅部开始走下坡路，中国戏曲进入了新的发展阶段。

花雅之争实为雅俗之争。起初，昆腔无疑是有一定优势的，因为统治阶级和上流社会是昆曲的忠实观众；而花部则因出道未久，形式上尚未完全成熟，而且遭到打压。朝廷官府的正式演出一律是昆曲；花部戏不登大雅之堂，处于附属地位，主要在民间演出，一般在庙会、赛神、喜庆活动中演出，观众为下层民众。然而，下层人民群众在人数上占有绝对优势，对于贴近生活、通俗易懂、形式活泼、成本低廉的花部戏，以前所未有的热情给予大力支持。花部戏本身就是活跃于下层的"文艺轻骑兵"，是戏曲与地方文化结合而产生的富于个性、贴近群众日常生活需要的产物，能迅速地反映人民群众的思想感情，成为群众教化和娱乐的工具。花部戏不断通过演出实践的打磨得到提高完善，增强了竞争力。而下层民众对于百年不变、脱离生活、唱腔老套的昆曲，则觉得面目可憎。这样，花部戏的生命力日渐强大，而昆曲的观众则在无形中不断减少。"沉舟侧畔千帆过，病树前头万木春"，天长日久，花部戏终于得以脱颖而出；相形之下，雅部昆曲则江河日下，无可奈何，迎来了黄昏日落的光景。

花部戏发展的机遇发生在清代乾隆年间，并不是偶然的。地方戏的活动中心在扬州、北京两大城市。这两大城市当时本来分别是南方和北方的经济、文化中心，当然也是昆剧演出最繁盛的地方。花部戏为了与昆曲争胜斗奇，就必须向中心城市挺进，也纷纷涌向扬州和北京。乾隆十六年（1751 年），恰逢皇太后六十大寿，全国上下一片喜庆气氛。这是千载难逢的好机会，花部戏进京演出，形成热潮。"自西华门至西直门外高梁桥，每数十步间一戏台"，"南腔北调，备四方之乐"（赵翼《檐曝杂记》），盛况空前。在心照不宣的花雅较量中，作为弋阳腔分支的高腔首先胜出，压倒了昆曲，出现了"六大名班，九门轮转"的局面，高腔得到统治者的青睐。继而高腔进入宫廷，演变为御用声腔，并逐渐雅化，失去清新刚健的特色，不可避免地走向衰落。乾隆四十四年（1779 年），秦腔表演艺术家魏长生进京，与昆曲、高腔比试高低，轰动京师，大有后来居上之势，以致"歌闻昆曲，则哄然散去"（徐孝常《梦中缘传奇序》）。朝廷无奈，只能贴出告示，三令五申，禁止演出秦腔。乾隆五十五年（1790 年），乾隆皇帝八十大寿，高朗亭率领徽班进京，以安庆花部会合高腔、秦腔，组成三庆班，接着又有四喜班、春台班、和春班。著名的四大徽班相继进京，把二黄调带进了京师，并与京腔、秦腔、昆腔合演，形成南腔北调会聚一城，争奇斗艳的局面。统治阶级想以行政干预的手段再次禁演，但花部已经赢得了观众，形成气候，干预不但无济于事，反而刺激了花部的完善提高和发展壮大。花部最后取得了绝对优势。从明代中叶到清初二百多年间一直独领风骚的雅部昆曲，在花雅之争中渐渐失去了光彩，从而风光不再。嘉庆年间，北京流传"南昆北弋东柳西梆"，即苏州昆曲、河北高腔、山东柳子戏和山陕梆子腔。

地方戏影响最大的是梆子腔、皮黄腔、弦索腔。梆子腔，泛指陕西、山西两省交界的同州梆子和蒲州梆子，来源于民歌和说唱，先演变为民间小戏，后来发展为大型戏曲。皮黄腔是西皮和二黄腔两种腔调合流后出现的一个声腔系统。西皮兴起于湖北，是外来声腔，是梆子腔在当地演变而成的，由山西传到湖北襄阳，经过民间艺人的加工而成。二黄腔兴起于南方，一说专以胡琴为节奏，故称琴腔，又名二黄腔。乾嘉之际，西皮和二黄腔结合，经湖北艺人创造加工，成为皮黄腔，在湖北称楚调，传统剧目有《玉堂春》、《贵妃醉酒》等。弦索腔，兴起于山东、河南，开封与临清是两大中心。其形成过程与山陕梆子腔相类，是在民间小戏基础上发展起来的，其基础是明代流传的各种小调。乾隆时期，弦索腔发展成为大型戏曲，在河南、山东亮相。

结　语

从上古时期到 1840 年鸦片战争的漫长古代社会里，中国戏曲几乎一直在一个相对封闭的状态里自行发展，很少受到外来的影响。随着西方资本主义的入侵，西方文化也逐渐进入中国。摇摇欲坠、日薄西山的清王朝再也抵挡不住外来文化的入侵，只能被动地接受，于是加速了中国古代戏曲的革新步伐。

其实，中西方的文化交流早就开始了。元代纪君祥的杂剧《赵氏孤儿》是最早传到西方的中国戏曲，被法国文学家伏尔泰改编为《中国孤儿》，在西方流传。交流总是双向的、相互的。自明代中叶以降，一批西方传教士来到中国，带来了西方的宗教和文化，西方的戏曲也传到了中国。西方的戏曲传统早在文艺复兴时期就已形成，不仅剧种门类丰富，有歌剧、舞剧、话剧等剧种，而且其悲剧、喜剧各具其独特的美学风貌，享誉世界，这些无疑给古老的中国戏曲提供了有益的借鉴。中国封建社会的土崩瓦解、西方文化特别是戏曲文化的影响以及清代花部戏即地方戏的大量涌现，使中国戏曲发生了翻天覆地的变化。于是，话剧、歌剧、舞剧等新型的戏曲形式也就相继出现。中国最早的话剧是由意大利歌剧《茶花女》的译本改编而演出的。这标志着中国古代戏曲一统天下的局面已经被彻底打破。戏曲变异，地方戏争妍斗艳，加上新的戏曲形式的出现，导致戏曲蓬勃发展。从此，古老沉重的神州大地迎来了中国戏曲百花争艳、万紫千红的春天。

思考题

1. 李玉等人的《清忠谱》在中国戏曲史上有何重要地位？
2. 以李渔的《风筝误》为例，谈谈其喜剧创作经验。
3. 花雅之争的性质是什么？有何深远影响？
4. 分析《雷峰塔》中白娘子的形象。

后　记

　　《古代小说与戏曲》作为广播电视大学的文科教材，自2011年7月出版以后，每年加印一回，共计已经印行过六次，总数达74000余册。作为一本高校教材，它不仅得到广大师生的认可，而且得到学术界以及诸多读者的支持和肯定，对此，编著者深表感谢。2013年暑假，该课程的全部教学实况录像（共16讲）在中国人民解放军南京理工大学顺利摄制完成，经过编辑加工，后期制作，早已发行使用，标志着该课程的建设日臻完善。值得一提的是，在2013年秋季举办的全国大学出版社优秀教材评选中，《古代小说与戏曲》从成千上万种教材中脱颖而出，荣获二等奖，这无疑是对这本教材的嘉勉，更加令人欣慰。

　　由于本书初版时，为了赶在当年秋季开学之前出书，编著时间太过紧迫，加之书稿篇幅较大，编著者本人和责任编辑都未有足够的时间进行认真思考和校对，以致造成许多笔误、疏漏，给读者带来了诸多不便，影响了书稿的整体质量和效益。此外，由于成书仓促，有些文字未经仔细打磨推敲，尚需进一步完善。在使用该书的近六年里，编著者听取了一些同行专家和读者的意见，多有可取之处；本着与时俱进的精神，本书编著者又掌握了一些新的资料，对有些问题的认识和理解也有所发展和深化。现征得出版社同意，进行一次全面修订，使之精益求精，这是学术界和教育界的一大幸事。修订后的教材肯定优于初版的教材，但并不可能完全解决所有的问题。修订书稿如扫落叶，旋扫旋落，可能还有原先的缺陷没有解决好，而又出现了新的问题，所以热忱欢迎广大师生和读者不吝赐教。

　　这次修订，仍然是编著小组全体成员共同努力的结果，我再次感谢编著小组其他五位成员付出的劳动。国家开放大学的隋慧娟老师和中央广播电视大学出版社的宋莹编辑为本教材的修订再版付出了辛劳和汗水，一并致谢。

沈新林
丁酉初夏于金陵亚东仙林茶苑百世堂

第一版后记

在《古代小说与戏曲》一书出版之际，我作为本书的编著者，有几件事不得不说。

首先需要说明的是，本书参考、吸收了国内外许多同行专家的研究成果，限于篇幅，难以一一注明，在此一并致谢。有关中国古代小说史总体框架的论述，主要参照了南京师范大学前校长、已故古代小说研究专家谈凤梁教授编著的《中国古代小说简史》。本书不仅直接沿用其理论架构，而且文字上也有大段引用，有的甚至照本过录。谈凤梁教授是我的研究生导师，他是20世纪国内研究古代小说的著名专家，对于古代小说史、唐代传奇、《儒林外史》《红楼梦》等课题，研究有素，下过很多工夫，发表了不少论文，有自己独到的见解和完整的理论体系。20世纪80年代中期，他带领我们一起完成了《中国古代小说简史》的撰写工作，我们三位研究生在他的指导下，每人撰写了两章，最后由他统稿审定。后来的十多年里，《中国古代小说简史》成为江苏省高等院校本科生和研究生通用的选修课教材。我作为主讲教师，讲过几十遍，对其中的不少问题进行了反复思考，觉得该书的体系比起其他各家更为科学合理，更有生命力；当然，我也有一些个人的新想法。因此，本书在参考先师的小说理论体系的同时，也参考了学界其他专家的研究成果，对于具体作品的评析力求与时俱进，进行了必要的补充和完善。在先师逝世13周年到来之际，谨以本书的出版作为纪念，聊以告慰先师的在天之灵。曹雪芹为友人敦诚将白居易《琵琶行》改编为传奇，曾赋诗云："白傅诗灵应喜甚，定教蛮素鬼排场。"我想，本书出版，先师在九泉之下也一定会高兴的。

我长期在高等院校为本科生和研究生开设"元明清文学""中国小说史""明清小说研究""中国古代小说和戏曲比较研究"等课程，其中戏曲占了半壁江山。我平生最早发表的第一篇长篇论文就是关于清代传奇《桃花扇》的人物形象研究的，其观点曾被《光明日报》摘要刊登。我后来又长期从事李渔研究，对他的戏曲、曲论下过一定的工夫；又完成了江苏省教育厅的研究课题《中国古代小说和戏曲比较研究》项目，完成了20多篇研究论文，出版了《同源而异派——中国古代小说和戏曲比较研究》专著；还应凤凰出版社之约，对包含李渔曲论在内的《闲情偶寄》作了注释和导读，作为国学名著出版。因此，本书关于古代戏曲的论述完全是我近几年来的研究成果。自己觉得有不少新的观点，有关戏曲的起源、流派、特征，戏与曲的关系，雅与俗的关系，古代戏曲的内涵，等等，都没有照搬别人的观点，而发表了一些个人的见解。我并非想标新立异，只是想努力探索历史的真相，恢复历史的本来面目。我自觉尚能自圆其说，国内一些专家也给予了肯定和鼓励。但这只是一家之言，极有可能引起学术界的争议。为此，热忱欢迎海内外的同行专家和读者提出宝贵意见，以便将来作必要的修订，使之臻于完善。

还要说明的是，本书既注重对古代小说、戏曲发展史的描述，有一定的理论深度，又有较为丰富的古代小说、戏曲代表作品的介绍、分析。本书论析古代小说和戏曲，力求自成一家，深入浅出，既可以作为社会文学青年了解中国古代小说、戏曲的进修读本，也可以作为一般文科院校本科学生的专业课或选修课的教材。

最后要感谢中央广播电视大学中文系的隋慧娟老师，中央广播电视大学出版社的策划编辑韦鹏、责任编辑宋莹等老师为本书付出的劳动。我目前所工作的南京师范大学泰州学院暨中文系领导惠予大力支持和关照，提供了必要的条件，应予热忱感谢。另外，本书的编著时间极短，从出版合同的签订到交出书稿，不足四个月——一般情况下，至少需要一年时间，任务很重，要求比较高。应我之邀约，许多同志不辞劳苦，夜以继日，为我分劳，利用节假日和休息时间，帮助我到外地查找文献资料，整理文稿笔记，输入电脑，排版校对，等等，付出了艰苦劳动，本书包含了他们的劳动和汗水。他们是本书编写组五位成员：朱从云、沈昱、沈昊、赵爱昌、陈晶晶。没有他们的积极参与，我仅凭一人之力是难以完成这项工作的。在此要特别加以说明，并致以谢忱。

沈新林
沈新林庚寅仲冬于金陵亚东茶苑、凤城泰院公寓

主要参考文献

[1] 杨伯峻. 论语译注 [M]. 北京：中华书局，1980.

[2] 杨伯峻. 孟子译注 [M]. 北京：中华书局，1984.

[3] 曹础基. 庄子浅注 [M]. 北京：中华书局，1982.

[4] 任继愈. 老子新译 [M]. 上海：上海古籍出版社，1985.

[5] 程毅中. 燕丹子 [M]. 北京：中华书局，1986.

[6] 余嘉锡. 世说新语笺疏 [M]. 北京：中华书局，1988.

[7] 王季思. 全元戏曲 [M]. 北京：人民文学出版社，1999.

[8] 顾学颉. 元人杂剧选 [M]. 北京：人民文学出版社，1998.

[9] 青木正儿. 中国近世戏曲史 [M]. 王古鲁，译. 北京：作家出版社，1958.

[10] 胡士莹. 话本小说概论 [M]. 北京：中华书局，1980.

[11] 谭正璧. 话本与古剧 [M]. 谭寻，补正. 上海：上海古籍出版社，1985.

[12] 谭正璧. 三言两拍资料 [M]. 上海：上海古籍出版社，1980.

[13] 赵景深. 宋元戏文本事 [M]. 上海：北新书局，1934.

[14] 赵景深. 中国小说丛考 [M]. 济南：齐鲁书社，1980.

[15] 钱南扬. 戏文概论 [M]. 上海：上海古籍出版社，1981.

[16] 钱南扬. 宋元戏文辑佚 [M]. 上海：古典文学出版社，1956.

[17] 钱南扬. 永乐大典戏文三种校注 [M]. 北京：中华书局，1979.

[18] 黄霖，韩同文. 中国历代小说论著选 [M]. 南昌：江西人民出版社，1982.

[19] 丁锡根. 中国历代小说序跋集 [M]. 北京：人民文学出版社，1996.

[20] 胡适. 胡适古典文学研究论集 [M]. 上海：上海古籍出版社，1988.

[21] 王国维. 王国维戏曲论文集 [M]. 北京：中国戏剧出版社，1984.

[22] 鲁迅. 中国小说史略 [M]. 北京：人民文学出版社，1973.

[23] 鲁迅. 中国小说的历史的变迁 [M]. 北京：人民文学出版社，1973.

[24] 鲁迅. 古小说钩沉 [M] // 鲁迅. 鲁迅全集：第8卷. 北京：人民文学出版社，1973.

[25] 谈凤梁. 中国古代小说简史 [M]. 南京：江苏教育出版社，1988.

[26] 谈凤梁. 古小说论稿 [M]. 杭州：浙江古籍出版社，1989.

［27］孙楷第．中国通俗小说书目［M］．北京：人民文学出版社，1982.

［28］袁行霈，侯忠义．中国文言小说书目［M］．北京：北京大学出版社，1981.

［29］江苏省社会科学院明清小说研究中心，江苏省社会科学院文学研究所．中国通俗小说总目提要［M］．北京：中国文联出版公司，1990.

［30］刘勰．文心雕龙注译［M］．周振甫，注．北京：人民文学出版社，1981.

［31］庄一拂．古典戏曲存目汇考［M］．上海：上海古籍出版社，1982.

［32］傅惜华．元代杂剧全目［M］．北京：作家出版社，1957.

［33］李修生．古本戏曲剧目提要［M］．北京：文化艺术出版社，1997.

［34］蒋瑞藻．小说考证［M］．江竹虚，标校．上海：上海古籍出版社，1984.

［35］郑振铎．郑振铎全集［M］．石家庄：花山文艺出版社，1998.

［36］郑振铎．郑振铎古典文学论文集［M］．上海：上海古籍出版社，1984.

［37］张次溪．清代燕都梨园史料［M］．北京：中国戏剧出版社，1988.

［38］吴梅．顾曲麈谈：中国戏曲概论［M］．上海：上海古籍出版社，2000.

［39］唐文标．中国古代戏剧史［M］．北京：中国戏剧出版社，1985.

［40］王卫民．吴梅戏曲论文集［M］．北京：中国戏剧出版社，1983.

［41］胡忌．宋金杂剧考［M］．上海：古典文学出版社，1957.

［42］康保成．王季思全集［M］．广州：中山大学出版社，2004.

［43］徐朔方．汤显祖评传［M］．南京：南京大学出版社，1993.

［44］王季思．玉轮轩曲论［M］．北京：中华书局，1980.

［45］王季思．玉轮轩戏曲新论［M］．广州：花城出版社，1993.

［46］王日根．明清小说中的社会史［M］．北京：中国财经出版社，2000.

［47］李修生．元杂剧史［M］．南京：江苏古籍出版社，1996.

［48］王利器．元明清三代禁毁小说戏曲史料［M］．上海：上海古籍出版社，1981.

［49］王世德．美学词典［M］．北京：知识出版社，1986.

［50］钱光培．中国文学百科知识手册［M］．沈阳：辽宁少年儿童出版社，1989.

［51］浦江清．浦江清文选．［M］．北京：北京大学出版社，2010.

［52］王焕镳．先秦寓言研究［M］．上海：古典文学出版社，1957.

［53］郭绍虞，罗根泽．中国近代文论选［M］．北京：人民文学出版社，1981.

［54］章学诚．丙辰杂记［M］．北京：中华书局，1986.

［55］张远芬．金瓶梅新证［M］．济南：齐鲁书社，1984.

［56］许之衡．中国音乐小史［M］．长春：时代文艺出版社，2009.

［57］任半塘．唐戏弄［M］．上海：上海古籍出版社，2006.

［58］孙楷第．中国通俗小说书目［M］．北京：人民文学出版社，1982.

［59］伍蠡甫．西方文论选［M］．上海：上海译文出版社，1979.

［60］中国戏剧协会研究室．戏剧理论译文集：第9辑［M］．北京：中国戏剧出版

社，1963.

[61] 沈新林．稗海探骊：古代小说新论［M］．南京：江苏文艺出版社，1997.

[62] 沈新林．李渔新论［M］．苏州：苏州大学出版社，1997.

[63] 沈新林．李渔评传［M］．南京：南京师范大学出版社，1998.

[64] 沈新林．《三国演义》导读［M］．南京：江苏古籍出版社，2000.

[65] 沈新林．同源而异派：中国古代小说戏曲比较研究［M］．南京：凤凰出版社，2007.

古代小说戏曲专题

形成性考核册

文法教学部　编

学校名称：_____

学生姓名：_____

学生学号：_____

班　　级：_____

形成性考核是学习测量和评价的重要组成部分。在教学过程中，对学生的学习行为和成果进行考核是教与学测评改革的重要举措。

《形成性考核册》是根据课程教学大纲和考核说明的要求，结合学生的学习进度而设计的测评任务与要求的汇集。

为了便于学生使用，现将《形成性考核册》作为主教材的附赠资源提供给学生，采用纸质形考的学生可将各次作业按需撕下，完成后自行装订交给老师。若采用**网上形考**或有其他疑问请咨询课程教师。

古代小说戏曲专题作业 1

姓　　名：＿＿＿＿＿

学　　号：＿＿＿＿＿

得　　分：＿＿＿＿＿

教师签名：＿＿＿＿＿

认真阅读教材上编第四章《宋元话本和明清拟话本》，并回答下列问题。

1. 婚姻爱情和断案折狱是话本、拟话本最重要的题材类型，请简要介绍爱情题材和公案题材的拟话本代表作品各一部，每部介绍字数不少于二百字。(20 分)

（1）爱情题材的拟话本

（2）公案题材的拟话本

2. 以唐传奇《霍小玉传》和拟话本小说《卖油郎独占花魁》为例，分析话本、拟话本和唐代小说在爱情观念和人物形象上发生了哪些新变化。(20分)

3. 话本、拟话本擅长运用富有特征性的器物来连缀故事，请以《蒋兴哥重会珍珠衫》为例，分析话本、拟话本小说是如何以物为线结撰作品的。(20分)

4. 话本、拟话本小说在安排情节上讲究"无巧不成书",请以《金玉奴棒打薄情郎》为例,分析话本、拟话本是如何运用"巧合"手法的。(20 分)

5. 话本、拟话本是后世文艺创作重要的题材渊薮。请介绍一部根据话本、拟话本改编而成的文艺作品，如戏曲、影视等，并说明其与原作有何不同。(20分)

古代小说戏曲专题作业2

姓　　名：＿＿＿＿＿＿

学　　号：＿＿＿＿＿＿

得　　分：＿＿＿＿＿＿

教师签名：＿＿＿＿＿＿

认真阅读《水浒传》原著、教材关于《水浒传》的论述及相关研究论著，并以小组形式就以下问题进行讨论。讨论时，每组选择两个题目集中讨论；每人须在二者中选择其一做五百字左右的发言，并注意其他同学的观点。讨论之后，请各用一百字摘要记录三位同学的发言，和自己的发言一起整理提交。

讨论题目

1. 《水浒传》所描写的是否是"农民起义"？
2. 如何看待《水浒传》鱼龙混杂的人物群像？
3. 如何理解《水浒传》的招安描写？
4. 《水浒传》有哪几种结局？你赞同哪一种？为什么？
5. 《水浒传》的悲剧性体现在哪里？
6. 如何评价《水浒传》中的江湖文化？
7. 水浒英雄中你最欣赏哪一位？为什么？
8. 《水浒传》的艺术魅力何在？
9. 水浒故事长期流传不衰，并被不断搬演的原因是什么？

同学发言摘要一　（10分）

同学发言摘要二（10分）

同学发言摘要三（10分）

自己观点（70 分）

答 题 纸

答 题 纸

姓　　名:_____

学　　号:_____

得　　分:_____

教师签名:_____

古代小说戏曲专题作业 3

　　《窦娥冤》是关汉卿的杂剧代表作,请认真研读《窦娥冤》原著、教材中有关《窦娥冤》的论述,并参考相关研究资料,在下列参考论题中任选其一,自拟题目,写字数一千二百字左右的小论文一篇(100 分)。

参考论题

1. 如何评价窦娥这一形象?
2. 如何看待窦娥的节烈和孝道?
3. 《窦娥冤》的科诨与古代戏曲传统。
4. 《窦娥冤》与中国古代小说戏曲中的鬼魂报仇。
5. 《窦娥冤》与中国古代小说戏曲中的清官申冤。
6. 《窦娥冤》的悲剧价值。
7. 关于《窦娥冤》的自定论题。

答 题 纸

答　题　纸

答 题 纸

姓　　名:＿＿＿＿＿

学　　号:＿＿＿＿＿

得　　分:＿＿＿＿＿

教师签名:＿＿＿＿＿

古代小说戏曲专题作业 4

　　明代汤显祖的《牡丹亭》是明清传奇的经典之作，请认真研读《牡丹亭》原著、教材中有关《牡丹亭》的论述，并参考相关研究资料，回答下列问题。

　　1. 你如何理解杜丽娘的因梦而死？是什么样的社会背景催生了这样的悲剧故事？（25 分）

2. 《牡丹亭》中的杜丽娘和《西厢记》中的崔莺莺形象有何异同？（25分）

答 题 纸

答 题 纸

3. 谈谈你对《牡丹亭》大结局的看法。（25 分）

4. 《牡丹亭》是一部充满了诗意的戏曲作品，尤其《惊梦》《寻梦》等出。请细读这两出，选取你自己最喜欢的两支曲子抄录推荐给大家，并简要说明你推荐该曲的理由。(25 分)

答 题 纸